Diabolico
Dair

LIBRI DI LUCINDA BRANT

— *La saga della famiglia Roxton* —
NOBILE SATIRO
MATRIMONIO DI MEZZANOTTE
DUCHESSA D'AUTUNNO
DIABOLICO DAIR
LADY MARY
IL FIGLIO DEL SATIRO
ETERNAMENTE VOSTRO
CON ETERNO AFFETTO

— *I gialli di Alec Halsey* —
FIDANZAMENTO MORTALE
RELAZIONE MORTALE
PERICOLO MORTALE
CONGIUNTI MORTALI

— *Serie Salt Hendon* —
LA SPOSA DI SALT HENDON
IL RITORNO DI SALT HENDON

'Occhialino e penna d'oca, e via nella mia portantina——il 1700 impazza!'

Lucinda Brant scrive romanzi e mistery ambientati nell'era georgiana, famosi per la loro arguzia, l'atmosfera drammatica e il lieto fine. Ha una laurea in storia e scienze politiche ottenuta all'Australian National Universiry e una specializzazione post-laurea in scienza dell'educazione della Bond University, che le ha anche assegnato la medaglia Frank Surman.

Nobile Satiro, il suo primo romanzo, ha ottenuto il premio Random House/Woman's Day Romantic Fiction di 10.000 $ ed è stato per due volte finalista del Romance Writers' of Australia Romantic Book of the Year.

Tutti i suoi libri hanno ottenuto riconoscimenti e premi e sono diventati bestseller mondiali.

Lucinda vive in quella che chiama 'la sua tana di scrittrice' le cui pareti sono ricoperte da libri che coprono tutti gli aspetti del diciottesimo secolo, collezionati in oltre 40 anni… il suo paradiso. È felice quando i lettori la contattano (e risponderà!).

lucindabrant@gmail.com	|	lucindabrant.com
pinterest.com/lucindabrant	|	twitter.com/lucindabrant
facebook.com/lucindabrantbooks	|	youtube.com/lucindabrantauthor

MIRELLA BANFI

Quando non sto leggendo, passo il tempo libero traducendo i libri che mi sono piaciuti, per dare anche ad altri la possibilità di leggerli in italiano. I vostri commenti sono importanti, mandatemi un messaggio a:

mirella.banfi@gmail.com

Diabolico Dair

UN ROMANZO STORICO GEORGIANO
Terzo volume della saga della famiglia Roxton

Lucinda Brant

TRADUZIONE DI MIRELLA BANFI

A Sprigleaf Book
Pubblicata da Sprigleaf Pty Ltd

Eccetto brevi citazioni incluse in articoli o recensioni, nessuna parte di questo libro può essere riprodotta in forma elettronica o a stampa senza la preventiva autorizzazione dell'editore. Questa è un'opera di fantasia; i nomi, i personaggi, i luoghi e gli avvenimenti sono il prodotto della fantasia dell'autore e sono usati in modo fittizio.

Diabolico Dair
Copyright © 2014,2020 Lucinda Brant
Originale inglese: Dair Devil
Traduzione italiana di Mirella Banfi
Revisione a cura di Marina Calcagni
Progettazione artistica e formattazione: Sprigleaf e GM Studio
Modelli di copertina: Jam Murphy e Guy Macchia
Gioielli personalizzati: Kimberly Walters, Sign of the Gray Horse
reproduction and historically inspired jewelry
Tutti i diritti riservati

Il disegno della foglia trilobata è un marchio di fabbrica appartenente a Sprigleaf Pty Ltd. La silhouette della coppia georgiana è un marchio di fabbrica appartenente a Lucinda Brant

Disponibile come e-book, audiolibri e nelle edizioni in lingua straniera.

ISBN 978-1-925614-76-3

10 9 8 7 6 5 4 3 2 1   (i) I

per mia figlia

Cinda Ann

Grazie a Ermione e Edonic per il loro aiuto

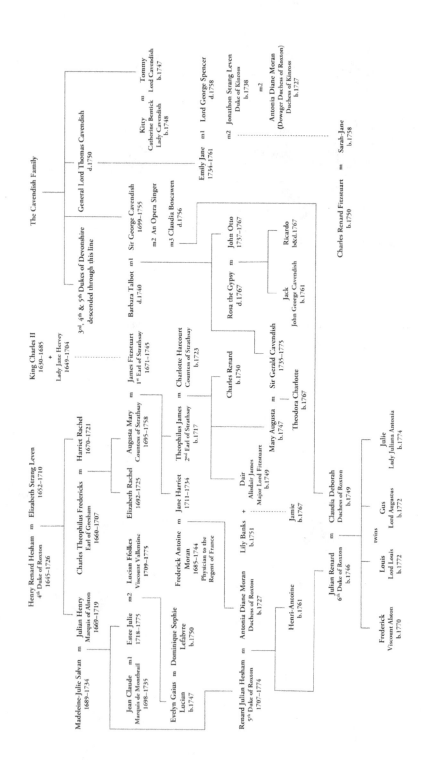

UNO

CAVENDISH SQUARE, LONDRA, LA PRIMA SETTIMANA DI MAGGIO, 1777

Alisdair 'Dair' Fitzstuart si sfilò la camicia di lino bianca dalle spalle squadrate, la appallottolò e la gettò al suo attendente. Bill Farrier afferrò l'indumento stropicciato con la sua unica mano e lo gettò dentro un grande zaino di tela, sopra al panciotto di seta blu notte di sua signoria e alla redingote in tinta. Aveva appoggiato gli stivali di pelle neri del suo padrone accanto a un alto muro di pietra, lontano da eventuali passanti. Difficile che ci fossero pedoni, comunque, visti il posto e l'ora.

Il Red Lyon Lane correva dietro a una fila di eleganti residenze di città che davano su Cavendish Square. Lo usavano i commercianti e gente di quello stampo. Non era un indirizzo frequentato da gentiluomini, salvo che fossero intenti a qualche mascalzonata. I tre gentiluomini ubriachi che si passavano una bottiglia di vino, bevendo sorsate robuste, non erano impegnati in opere pie. Bill Farrier lo sapeva con certezza. Il flemmatico ex-soldato sapeva anche che dalle loro buffonate non sarebbe uscito niente di buono.

Era il tramonto e c'era la luna nuova e questo significava che sarebbe stato buio pesto. Ed era un bene, pensò l'attendente. Il suo padrone e i suoi due amici forse sarebbero riusciti a scappare senza essere catturati o riconosciuti. Aveva piena fiducia nel maggiore Lord Fitzstuart. Cinque anni come attendente di sua signoria gli avevano permesso di apprezzarne il valore. Lo avrebbe seguito in capo al mondo e sarebbe anche caduto oltre i suoi confini, se necessario. I due compagni civili del suo padrone non godevano della stessa fiducia. Insieme sembrava che sotto il fuoco avrebbero avuto lo stesso coraggio che sua signoria aveva nel dito mignolo. Ma, siccome erano i compagni di bisboccia del maggiore fin dai tempi di Harrow, non toccava a lui fare commenti, salvo che glielo chiedessero. Rimase in silenzio e aspettò pazientemente che sua signoria si togliesse il resto dei vestiti: calze, calzoni in pelle di daino e brache. Poi, fece segno con un dito a un portatore di fiaccola di farsi avanti, come se la torcia potesse far luce sulla discussione in corso o, almeno, fornire un minimo di calore al maggiore a petto nudo.

Dair non sembrava sentire il freddo dell'aria primaverile, le dita dei piedi scavavano nella terra fredda sotto le calze mentre si slacciava i tre bottoni alle ginocchia e poi la patta dei calzoni. Alzò gli occhi quando lo chiamarono.

"Aspetta!" Disse un gentiluomo alto e biondo, che era rimasto in calzoni. Puntò il collo della bottiglia di vino in direzione dell'amico. "Non si era parlato di restare nudi come vermi."

"Per fare un'incursione nello studio di Romney come indiani americani non possiamo restare vestiti da inglesi," enunciò Cedric Pleasant, come se stesse parlando con un bambino.

Dair lasciò cadere i calzoni, li scavalcò, si tolse le calze, le avvolse nei calzoni e gettò il tutto a Farrier.

"Il perizoma, signor Farrier, se non vi dispiace."

"Allora indossi veramente le brache," dichiarò Lord Grasby, biondo chiaro e di bell'aspetto, con soddisfazione. "Questa è una scommessa che vincerò. Il sottoscritto sarà più ricco di una ghinea!"

Cedric Pleasant fece scivolare il suo orologio da taschino d'argento in una tasca profonda della redingote.

"Una scommessa? Sulle *brache* di Dair?"

"Se le indossasse o no," disse Lord Grasby. "*Io* ho detto che, contrariamente a quanto *altri* possano pensare, Alisdair Fitzstuart è un gentiluomo."

"Grazie, Grasby."

Lord Grasby salutò Dair portandosi il collo della bottiglia alla tempia.

"Chi diavolo potrebbe scommettere il contrario?" Si chiese Cedric Pleasant a voce alta.

"O a chi potrebbe importare," aggiunse Dair scuotendo la testa.

Lord Grasby bevve un lungo sorso di vino prima di dire: "Fratello Faina. Ecco chi! Faina ha detto che un soldato, addirittura un dragone, non se ne farebbe nulla di un capo di abbigliamento inutile come le brache, perché un soldato deve avere la sua arma pronta *in ogni momento*." Fece un versaccio. "Hai sentito, Cedric? Faina… arma pronta… in ogni momento."

Cedric grugnì la sua conferma e fece per afferrare, mancandola, la bottiglia che Lord Grasby stava agitando.

Dair roteò gli occhi, guardando il cielo che si stava oscurando e fece segno a Farrier di avvicinarsi.

"La carrozza è in fondo al vicolo?"

"Sì, milord."

"Pagato i gendarmi?"

"Per rimanere sordi come un ciocco di legno? Sì, milord. Non sentiremo nessun grido di aiuto da quella gente."

"Bene. Una volta che Lord Grasby e io saremo entrati dalla porta del giardino, tu sparirai con tutta la roba e ci vedremo alla carrozza nella piazza. Non fuori dalla casa di Romney. Falla fermare dall'altra parte della strada. Faremo una corsa." Colse l'occhiata scettica di Farrier rivolta al suo biondo e ubriaco compagno di scuola. "Non preoccupatevi. Se necessario lo isserò su una spalla."

"Molto bene, milord." Farrier non aggiunse altro. "Perizoma?"

"Perizoma."

Lord Grasby appoggiò un gomito ossuto sulla spalla di Cedric Pleasant per poter alzare un piede e togliersi la calza senza cadere sul muso. "Ehi, Dair! Dimmelo ancora... Perché ci stiamo svestendo in un vicolo?"

Cedric Pleasant sospirò irritato e stava per rispondere quando Dair disse, pazientemente:

"Due motivi: stiamo per irrompere nello studio di un pittore per dare una scossa all'inesistente vita amorosa di Cedric. Secondo: vuoi mettere in imbarazzo quella faina buona a nulla di tuo cognato; parole tue, non mie. Quindi i tuoi migliori amici ti stanno facendo un favore, organizzando questa commediola."

Ci volle un momento perché la spiegazione riuscisse a penetrare nel cervello imbevuto di vino di Lord Grasby.

"Bene. Lieto di aiutarti, Cedric. Spero che Faina soffochi con una costoletta di agnello! Puah," aggiunse, facendo una smorfia come se avesse assaggiato qualcosa di inaspettatamente amaro. "Perché ho dovuto ritrovarmi con Faina Watkins come cognato? Quell'uomo è un un..." Cercò nel suo vocabolario limitato dall'alcol. "Una *Faina*."

Dair sorrise. "Questo è lo spirito giusto! Ora spogliati."

Lord Grasby si tolse ubbidiente l'altra calza. "Sai, quello che detesto di lui, più di ogni altra cosa, più delle sue continue lagne bigotte, più della sua meschina boria, più del modo in cui gira intorno a mia sorella..."

"Di certo come lista è sufficiente..."

"... è che ha commesso l'infamia di dichiarare che Charlie

Fitzstuart sarebbe un conte di Strathsay più adatto di Dair. Ha anche detto che è quello che pensano i parenti di Dair! Che faccia tosta!"

"Mio fratello *sarebbe* un conte più adatto," confermò Dair, tirando i lacci delle brache. "E, sì, anche i miei stimati parenti la pensano allo stesso modo." Scrollò le spalle. "Niente di nuovo. La Faina è un mezze maniche leccapiedi, ma ammetto che usa a suo vantaggio quel poco di materia grigia che ha tra le orecchie a sventola."

"Stronzate!" Dichiarò Lord Grasby e bevve un'altra sorsata di vino dalla bottiglia. Si pulì la bocca con il dorso della mano che teneva stretta la calza scartata. "A me tuo fratello piace abbastanza, Dair, ma Charlie non è te. Vero, Cedric?"

"Certamente no!" Confermò Cedric Pleasant. "Charles è un topo di biblioteca; tu no. Che ne sa un topo di biblioteca, eccetto quello che c'è sui libri? Scritti da gente morta, i libri. Gente spaventosa, gli autori."

"Non esiste che un topo di biblioteca erediti il titolo di conte," aggiunse Lord Grasby. "Farebbe sembrare tutti noi non all'altezza. Non c'è niente di male a essere tutto muscoli e niente cervello, e l'ho detto alla Faina. Se non fosse per voi coraggiosi ragazzi in uniforme, i piagnucolosi individui come la Faina passerebbero i loro giorni tremando di paura sotto le coperte! E gliel'ho detto."

Dair scoppiò a ridere. "Non sono in uniforme adesso, Grasby. Ma grazie per la difesa accorata; beh, almeno credo che sia quello cui mirava il tuo discorso."

"Prenderei quello che dice Grasby *cum grano salis*," disse Cedric Pleasant, mormorandogli all'orecchio. "Direi che è più che altro il chiaretto che parla."

Gli occhi scuri di Dair fissavano quelli di Cedric Pleasant.

"Ma Faina Watkins non beve… Ovviamente non me la prenderò, Cedric," disse Dair sforzandosi di sorridere quando vide che il suo amico sembrava a disagio. Gli diede una pacca sulla spalla. "Oltre a non avere un cervello, a quanto pare non ho nemmeno un cuore. Ah! Mi chiedo quali organi interni Faina Watkins mi permetterà di avere?"

"Niente cuore? Questa mi è nuova," rispose Cedric Pleasant con un sorriso, imitando il tono indifferente di Dair. "Forse crede segretamente che tu sia un automa? Che torni in vita dandoti la carica? Che ne pensi, Grasby? Mistero risolto! Il maggiore è sopravvissuto nove anni nell'esercito perché non è di carne e ossa, ma è fatto di ingranaggi e molle!"

"Automa? Niente cervello e niente cuore? Questo spiegherebbe perché ha accettato quell'orrenda scommessa di scopare una storpia per uno scellino," dichiarò Grasby, aggredendo Dair in un istante di lucidità. "L'hai fatto? Hai accettato questa sfida spregevole, *Dair*?"

Cedric Pleasant era sbalordito. "Diavolo no! Chi lo dice?"

"La Faina, ecco chi!"
Cedric guardò Dair, meravigliato. "Non è possibile. Non lo avresti mai fatto!"
Dair sembrò a disagio per un attimo, ma lo mascherò in fretta dicendo, con una risata di finta indifferenza: "Se è appena carina e ci sta, perché no?" Guardò le due facce tirate, senza capire l'improvvisa tensione tra i suoi due migliori amici. "Che c'è? Ero ubriaco. È successo tanti anni fa." E, per farli ridere, aggiunse con un sorriso imbarazzato: "Essere zoppi non significa avere *il cervello zoppo*. Visto che io non ho un cervello, lei scoprirebbe che sono un automa e toglierebbe la chiave prima che io possa anche solo baciare le sue labbra seducenti!"
"Non potresti nemmeno avvicinarti tanto da farlo! Scommetto uno scellino!" Proclamò Lord Grasby.
Risero e tornò la concordia.
"Non è ora che ti tolga i calzoni, Grasby?" Chiese Cedric, riportando in carreggiata la conversazione.
Lord Grasby abbassò le spalle.
"È assolutamente necessario che mi tolga i calzoni *e* le brache?"
"Sì," rispose Dair con un accenno di scusa nella voce. "È cruciale per la riuscita della missione."
"E l'orologio sta ticchettando verso la mezz'ora…" Aggiunse allegramente Cedric Pleasant alzando le sopracciglia.
"Va bene, va bene," borbottò Lord Grasby, slacciando con riluttanza i grandi bottoni di corno dei suoi calzoni di tela. Non riuscendo a trattenere la bolla d'aria che aveva in gola, emise un rumoroso rutto e si sentì molto meglio. Ridacchiò. "Credo di aver bevuto troppo chiaretto. Drusilla, Silla, la mia mogliettina, mi rimprovererà severamente quando tornerò a casa. *Harvel Grasby, sei ubriaco e passerai la notte nel tuo letto.*" Alzò gli occhi mentre slacciava il quarto e ultimo bottone. "Conoscete mia moglie, no, Dair? Cedric?"
"Si," rispose Dair, scuotendo la testa rivolto a Cedric che sorrise. "Abbiamo partecipato entrambi alle tue nozze."
"Ah! *Giusto!*" Disse Grasby. "Era mia sorella che mancava al mio grande giorno. Era a letto. Febbre."
"Dair indossava la sua uniforme," aggiunse Cedric Pleasant. "È stato appena prima di essere inviato a occuparsi di quell'orribile situazione nelle colonie…"
Dair fece una smorfia alla parola *orribile*, come se la guerra in America si potesse paragonare a un mal di denti. Si tolse le brache e, com'era sempre stata sua abitudine, non fece commenti riguardo al tempo passato nell'esercito, specialmente riguardo al suo coinvolgimento nella sanguinosa lotta dall'altra parte dell'Atlantico, tra quelli

leali alla corona e gli agitatori che avevano preso le armi contro il loro re. Aveva fatto delle scelte durante la sua vita che ora desiderava aver ponderato meglio, ma non aveva rimpianti ed era abbastanza filosofico da sperare di aver imparato qualcosa lungo il cammino.

Quando Bill Farrier gli porse una sottile cintura di pelle intrecciata, la appoggiò bassa sui fianchi stretti e nudi, fece un nodo e tirò per assicurarsi che non cedesse. Poi girò il nodo per metterlo appena sotto il fianco destro di modo che i due lembi rettangolari di morbida pelle di vitello cuciti alla cintura ricadessero davanti e dietro, offrendo una copertura tra le gambe. Alzando gli occhi, vide Lord Grasby che lo guardava stupito.

"Si chiama perizoma. Farrier ne ha uno anche per te."

Lord Grasby fissò il suo miglior amico, nudo eccetto che per quella striscia di pelle tra le cosce muscolose, e la sua sicurezza svanì completamente. Continuò a guardarlo, imbambolato.

"È tutto lì quello che indossa un indiano americano?"

"In estate... sì."

Lord Grasby sembrò preso dal panico. "Mi stai prendendo in giro!"

"No. Così, oppure niente del tutto," rispose Dair, a suo agio col proprio corpo. "Scegli tu."

Lord Grasby agitò nervosamente una mano, come per scacciare una vespa. L'atteggiamento imperturbato del suo amico aumentò il suo panico.

"Tanto varrebbe non indossare niente perché quella pelle copre a malapena il tuo ding-dong. E non ridere. Dair! Cedric! Oh! Ah. Ah. Sì, va bene, a te serve un perizoma più lungo, ma noi, eh? Che ne dici di *me*?"

"Non eri così timido a scuola," aggiunse Dair, mentre si intrecciava una parte dei capelli neri lunghi fino alle spalle. "Siamo stati i primi a spogliarci in segno di sfida e a correre nella corte interna, o attraverso il campo da rugby con i nostri gioielli esposti al vento."

"A scuola, eravamo tutti della stessa misura; tu non eri così grosso e peloso, *allora*."

Cedric Pleasant fece una smorfia. "Con quel broncio non sembri diverso da una delle mie otto sorelle quando le si dice che non può avere un nuovo paio di guanti, ma nessuna di loro si lamenta tanto! Almeno tu dalla tua hai l'altezza. A scuola ero il più piccolo di tutti. E lo sono ancora. Eppure non mi lamento."

Dair ridacchiò, dando una pacca sulla spalla a Cedric.

"Cedric, con otto sorelle, ai miei occhi sei alto due metri. Una è già troppo. Mary mi prendeva in giro senza pietà. Le sorelle maggiori sono particolarmente brave in questo. È dannatamente imbarazzante avere il petto e le gambe pelose a quattordici anni."

Lord Grasby sbatté gli occhi. "Cosa? Lady Mary ha anche lei il petto peloso?"

Dair e Cedric Pleasant si scambiarono un'occhiata stupefatta e poi scoppiarono a ridere raffigurandosi la graziosa, raffinata sorella maggiore di Dair, dai capelli d'oro, con il petto ricoperto di peli. Quando Cedric riuscì a riprendere abbastanza fiato da parlare, disse ansimando:

"Non la divina Lady Mary, Grasby, testa di rapa! Dair. *Dair* era un orso peloso a Harrow, e lo è ancora."

"Beh, sei cresciuto a sufficienza da giustificare i peli. Io non sono cambiato," ammise Grasby imbronciato. "Almeno tu hai le spalle larghe e i muscoli, Cedric. Proprio come Dair. Le donne ammirano le spalle larghe e i muscoli. Io sembro ancora un furetto malnutrito... Proprio così! Continuate a ridere! Colpite un uomo quando è ubriaco! È dannatamente vero, ve lo dico io!"

"Ti sentirai meno un furetto e più un guerriero quando applicherò le pitture di guerra," lo rassicurò Dair. "Qualunque uomo può nascondersi dietro ai colori di guerra. Ora datti una mossa, Grasby, prima che le donnine spariscano nella notte."

A Lord Grasby piacque l'idea di nascondersi dietro ai colori di guerra. Si tolse in fretta le brache, strappò la cintura con il perizoma dalle pazienti mani di Farrier, che era al suo fianco da un po', e se la mise intorno alla vita. Imbarazzatissimo, legò di corsa le estremità della cinghia e diede un sospiro di sollievo per aver terminato il compito in un tempo da record. Non se ne era accorto, ma i due lembi non erano davanti e dietro come pensava, ma a sinistra e a destra, contro i fianchi nudi.

Cedric Pleasant non riuscì a frenarsi. Esplose in una risata; l'espressione di sollievo sul volto di Grasby era stata l'ultima goccia. Dair si voltò per nascondere il sogghigno e i due amici barcollarono insieme, piegati in due dalle risate incontrollate. Con le mani sui fianchi, Grasby li guardava truce, chiedendosi che cosa ci fosse di tanto divertente. Alla fine Cedric si voltò, senza riuscire a parlare perché stava ridendo ancora forte, e agitò un dito in direzione dell'inguine di Grasby. Sua signoria abbassò gli occhi, sobbalzò quando vide la fonte dell'allegria dei suoi amici e cercò in fretta di sistemare le cose, con il volto in fiamme.

"Dannazione! È incastrato!"

"Posso aiutarvi, milord?" Chiese Farrier, impassibile, mentre il suo padrone e il signor Pleasant continuavano a darsi delle manate, non riuscendo o non volendo controllare le loro risate.

"Sì, sì. Va bene. E fate in fretta!"

Grasby sopportò a testa alta le manovre dell'attendente che gli sistemava il perizoma, con tutta la dignità di un uomo che si trovasse nel suo spogliatoio e non nudo in un vicolo.

"Se voleste controllare che il nodo che avete legato è ancora sicuro, milord, il resto è tutto a posto."

"Non potete farlo voi, dannazione?" Ordinò Lord Grasby a denti stretti.

Quando l'attendente rimase in silenzio e alzò il braccio sinistro, finalmente Grasby abbassò gli occhi. Al posto della mano c'era solo aria. La curiosità ebbe la meglio e Grasby sbirciò nel vuoto della manica della giacca di Farrier. In tutta risposta, Farrier spinse il braccio nella manica e al posto della mano uscì un moncone, sormontato da un piccolo uncino di lucido argento, che sporgeva da una coppa su misura assicurata all'avambraccio con una cinghia di cuoio.

Grasby fece un salto.

Dair e Cedric Pleasant, che erano appena riusciti a smettere di ridere, esplosero un'altra volta in risate incontrollate e questa volta talmente forti che ricaddero all'indietro, contro l'alto muro di pietra che circondava il giardino della residenza di città di George Romney, con le spalle che si scuotevano, come se servisse loro un sostegno per restare in piedi.

"Per il re e la nazione, milord," fu l'impassibile risposta di Farrier alla reazione di Lord Grasby davanti alla sua mano amputata.

"Mi avete spaventato a morte! Dannazione a voi!"

L'attendente si inchinò e con un gesto plateale agitò il braccio di modo che il moncone fosse nuovamente nascosto, lasciando solo la punta dell'uncino visibile dentro la manica della giacca.

"Grazie, signor Farrier," disse Dair, spostando le spalle nude dal muro di pietra. "Per questa sera vi siete divertito; ora tocca a noi. Andate a prendere il barattolo della vernice e la polvere, per favore."

L'attendente si inchinò e si ritirò, lasciando dietro di sé un silenzio greve.

"Nove anni nell'esercito e ne sei uscito con qualche ammaccatura, ma il povero Farrier ha avuto la dannata sfortuna di perdere una mano," disse Cedric Pleasant in quel silenzio. "Ma siete riusciti a mantenere entrambi una testa sulle spalle, ed è quella la cosa più importante, vero?"

"Dannazione, avresti potuto dirmelo!" Sbottò Grasby. "Avrò gli incubi per settimane." Rabbrividì per il disgusto. "Dannatamente spiacevole…"

Il volto di Dair si fece cupo. Era sul punto di rammentare al suo amico che c'erano migliaia di Farrier in giro che avevano perso gli arti, per non parlare di quelli che avevano fatto il sacrificio supremo, al servizio del re e della nazione. E tutto perché i gentiluomini come Grasby potessero continuare a vivere indisturbati e liberamente le loro vite. Invece, si ricacciò in gola il commento e si voltò a prendere il barattolo della vernice dal suo attendente.

"Guarda e impara, Grasby," disse Dair, facendo segno al suo miglior amico di avvicinarsi.

Intingendo il dito indice nel barattolino di ceramica con la vernice bianca e guardandosi in uno specchietto che il suo attendente teneva alzato alla luce arancione della lanterna, Dair tracciò una striscia continua da zigomo a zigomo, attraverso il naso aquilino. Poi aggiunse due strisce su ogni guancia e un'unica striscia dal labbro inferiore fino al centro del suo forte mento squadrato.

Soddisfatto dei colori di guerra, scambiò il barattolo di vernice con uno straccio intriso di polvere di carbone e se lo passò sulle palpebre chiuse, poi si annerì sotto gli occhi, allargando il colore verso le tempie fino all'attaccatura dei capelli. Poi applicò la polvere nera alla parte superiore arrotondata delle spalle muscolose. Sorrise guardandosi allo specchio. Il bianco degli occhi ora risaltava minaccioso e la vernice e la fuliggine in qualche modo facevano sembrare i grandi denti bianchi più luminosi e aguzzi.

Dair rivolse il suo macabro sorriso ai suoi due amici, che spalancarono gli occhi e sorrisero, apprezzando la sua trasformazione. E quando gettò indietro la testa e ululò alla luna, Grasby si unì a lui, contagiato dall'entusiasmo dell'amico.

Quando entrambi i gentiluomini furono sufficientemente decorati con i colori di guerra e la fuliggine applicata non solo sul volto di Lord Grasby ma anche sui capelli, per nasconderne il colore biondo chiaro, Cedric Pleasant diede un'ultima occhiata ai suoi amici e dichiarò che erano pronti per intraprendere la loro missione. Lord Grasby però prese tempo con un'ultima riserva, dicendo, diffidente:

"Non credete che il mio perizoma sia un bel po' più piccolo di quello di Dair?"

Dair e Cedric reagirono come concordato, fingendo sorpresa e si guardarono l'un l'altro scuotendo poi solennemente la testa. Entrambi nascosero un sorriso ma c'era una luce maliziosa nei loro occhi, come scolaretti che stessero giocando uno scherzo a un compagno ignaro. Dair aveva chiesto a Farrier di ridurre la lunghezza e la larghezza del perizoma dell'amico di modo che quando correva non potesse fare a meno di esibire gli attributi.

"Certo che no!" Mentì spudoratamente Cedric Pleasant. "È una questione di prospettiva… Sono sicuro che tu e Dair abbiate il batacchio della stessa misura. Non è vero, Dair?"

"Non chiederlo a me!"

"Non quello, Cedric! Non ho bisogno delle tue rassicurazioni sulla misura del mio bastoncino di zucchero! Il *perizoma*. È il perizoma che mi preoccupa. Non sembra che copra…"

"Io mi preoccuperei di più per quella voglia," lo interruppe Dair scuotendo lentamente la testa. Risucchiò l'aria tra i denti e poi esalò lentamente, lasciando cadere le spalle.

"Se qualcuno la vedesse, ti riconoscerebbe, e non lo vuoi di certo."

"Sì che lo vogliamo!" Gli sibilò Cedric Pleasant all'orecchio.

Lord Grasby sbatté una mano sulla parte sinistra del suo inguine esposto, per coprire una macchia color caramello della misura di una tabacchiera. Alzò il mento. "Nessuno la riconoscerà eccetto la mia cara signora moglie."

Dair alzò le sopracciglia scure. "Ne sei sicuro?"

"Che cosa vuoi insinuare? Che sia un marito infedele?"

"È quello che sto insinuando?"

"Io prendo *molto* sul serio la santità del matrimonio."

"Buon per te!" Dair diede una sculacciata un po' troppo forte al sedere nudo dell'amico. "Io ammiro un uomo pronto a sacrificarsi per una causa, anche se persa. Farrier! È ora, se non vi dispiace."

"Ehi, attento Dair! Non accetto…"

Ma Dair gli aveva voltato le spalle per nascondere un sorriso. Un'occhiolino a Cedric Pleasant e il suo amico si rese conto che Dair aveva elegantemente distratto Grasby dalla sua preoccupazione riguardo alle dimensioni del perizoma. Scosse la testa, ammirato per l'abilità innata di Dair per il sotterfugio sottile.

Mentre Farrier e il portatore di torcia raccoglievano i vestiti dei gentiluomini, Dair ripassò ancora una volta il piano dell'incursione nello studio del pittore, in particolar modo la tempistica della drammatica entrata di Cedric Pleasant con la spada in pugno. Quando i suoi amici confermarono di aver capito come si sarebbero svolti gli eventi, aggiunse:

"Quando Cedric minaccerà di infilzarmi con la spada, sarà il momento di battercela a gambe levate…"

"… fingendo di essere giustamente terrorizzati," aggiunse Cedric Pleasant.

"Saremo spaventati a morte, vecchio mio," confermò Grasby.

"Tu minaccerai di infilzarmi e noi ci precipiteremo verso la porta. Capito, Grasby?"

"Perfettamente. Cedric cerca di infilzarti. Noi sembriamo pietrificati. Io smetto di dare la caccia alle danzatrici e corro fuori dalla casa dietro a te. Corriamo verso la carrozza dall'altra parte della piazza."

Dair sorrise. "Cedric è l'eroe e la divina Consulata Baccelli avrà occhi solo per il suo nuovo campione. Più facile di così!" Tese la mano. "Signori, che l'avventura abbia inizio!"

I tre uomini si strinsero la mano, con una luce maliziosa negli occhi, e si augurarono buona fortuna prima di dividersi. Il signor Cedric Pleasant tornò indietro nel vicolo, con la mano guantata sull'elsa della spada e una nuova baldanza nel passo. Il maggiore Lord Fitzstuart e Lord Grasby entrarono furtivamente nel giardino della residenza di città di George Romney, passando dall'entrata posteriore.

Proprio in quel momento, Lady Grasby, il signor William Watkins e la sorella di Lord Grasby, la signorina Talbot venivano fatti accomodare dentro casa dal maggiordomo del signor Romney.

DUE

Il signor William Watkins notò l'ora tarda alla luce di un candelabro, poi rimise nel taschino del panciotto l'orologio cesellato con la sua catena d'argento. Si fermò alla base dei tre bassi gradini per permettere a sua sorella Lady Grasby e alla signorina Talbot di entrare prima di lui nella residenza del signor George Romney.

"Ripetimi perché insisti a vedere ora il tuo ritratto non ancora finito?" Chiese a Lady Grasby con voce rassegnata, respingendo con un gesto della mano un cameriere che si era avvicinato per prendere il mantello, segno certo che la visita sarebbe durata poco. "Non abbiamo un appuntamento e probabilmente il signor Romney non è nemmeno in casa, o magari è con un cliente…?"

"Ci vorrà solo un momento, William," rispose seccamente Lady Grasby, togliendo le mani guantate da un enorme manicotto di visone, ficcandolo in mano al maggiordomo. "Visto che eravamo a cena a due case da questa porta, sarebbe stupido da parte mia essere così vicino e non fargli visita. Dubito che il signor Romney si rifiuterà di vedermi. Ho già posato nove volte, eppure c'è qualcosa che non va ancora e mi tiene sveglia di notte. Sono così distratta che non riesco nemmeno a ricordare i piatti serviti alla tavola di sua altezza. Solo che c'era questo centrotavola, un'elaborata scultura di zucchero di una pecora che brucava…"

"Mucche."

"Mucche? Davvero?" Lady Grasby aggrottò la fronte, momentaneamente distratta. "Siete sicura che quei grumi di zucchero fossero mucche, Aurora?"

Rory (nessuno, eccetto sua cognata, la chiamava Aurora) annuì e finse di tossire, portandosi una mano guantata alla bocca per nascondere un sorriso all'espressione di sofferente tolleranza sulla lunga faccia del signor Watkins mentre ascoltava sua sorella parlare a vanvera.

"Una deliziosa scena pastorale di bovini," confermò il signor Watkins. "E c'era anche una pastorella... o erano due, signorina Talbot?"

"Non lo ricordo, signore, ma era deliziosa," confermò Rory, permettendo a un cameriere di prendere il suo mantello rosso di lana. "Lady Cavendish dice che sua altezza ha il miglior pasticciere di tutta l'Inghilterra e io le credo."

Lady Grasby fece spallucce. "Sono sicura che fosse deliziosa, e l'avrei probabilmente anche apprezzata, se non fossi stata preoccupata per il mio ritratto. Ho sentito sì e no una parola su cinque della conversazione, anche se quella chiacchierona di Lady Cavendish aveva parecchio da dire."

"Proprio come il suo corpulento marito," disse il signor Watkins in tono di derisione. "Ed è sorprendente visto che raramente si ferma per respirare tra un boccone e l'altro, men che meno per parlare. Temo che un giorno o l'altro Lord Cavendish... esploda."

"Oh, povera me, spero di non essere io la persona sfortunata seduta accanto a lui quando succederà," scherzò Rory con una luce divertita negli occhi azzurri. "Si spera che Lord Cavendish abbia il buongusto di *esplodere* in privato..."

"Non mi interessa se Lord Cavendish esplode in tutta la sala da pranzo!" Esclamò Lady Grasby, esasperata. "Voi due a volte avete conversazioni così di cattivo gusto che mi chiedo se *voi* abbiate un po' di educazione." Fissò suo fratello. "Vuoi che dorma di notte, William, oppure no?"

"Niente mi è più caro, niente è più importante per me del tuo benessere, Silla, ma..."

"Avete capito che cosa ha detto Lady Cavendish, in mezzo a tutte quelle chiacchiere, Aurora?" Chiese Lady Grasby mentre entrava nel foyer, con il maggiordomo al seguito, e suo fratello si rese conto, troppo tardi, che la domanda che aveva rivolto a lui era retorica. "Può essere vero? Che la figlia di un mercante, una certa signorina Strang, abbia respinto la proposta di matrimonio di Lord Fitzstuart?"

"È quello che ha riferito Lady Cavendish," rispose Rory. Fece una pausa per riflettere. "Anche se... Sono più sorpresa che sia stata fatta una proposta, non che sia stata respinta."

"Perché lo dite, signorina Talbot?" Chiese il signor Watkins, incuriosito.

"Da quanto ho potuto vedere di lui, Lord Fitzstuart non sembra il tipo di gentiluomo portato a fare proposte di matrimonio alla leggera."

Lady Grasby si voltò dopo aver parlato con il maggiordomo e guardò sorpresa sua cognata.

"La signorina Strang è una grande ereditiera che vale ventimila sterline o più. La sua fortuna ha radici nel commercio, certo, ma William dice che Fitzstuart non può permettersi di essere molto selettivo nella scelta di una sposa: la dimora ancestrale è un mucchio di rovine e la fortuna della famiglia è stata in pratica mandata in fumo dal conte assente..."

Quando Rory si voltò, sorpresa, a guardare il signor Watkins, stupita che conoscesse dettagli tanto intimi riguardo alle finanze di Fitzstuart, e che li avesse riferiti a sua sorella, questi sorrise, imbarazzato che sua sorella sbandierasse ai quattro venti ciò che le aveva detto in confidenza.

"Non rovine, mia cara." William Watkins corresse diffidente sua sorella. "La tenuta nel Buckinghamshire non è come potrebbe essere. La casa ha ottant'anni e non è ancora stata completata. Comprensibile, visto che in pratica non ci ha mai vissuto nessuno. E dato che il conte continua a risiedere nella sua piantagione di zucchero nei Caraibi... Non c'è molto che il figlio ed erede possa fare finché il padre è vivo e resta il proprietario assente. Eppure, dubito che Fitzstuart farebbe qualcosa anche se potesse. I suoi peccatucci assomigliano a quelli del padre e quindi richiedono tutte le scarse risorse che ha a sua disposizione."

Rory piegò la testa, pensierosa. "Con questo intendete dire che Lord Fitzstuart preferisce fare oggetto della sua munificenza la sua mantenuta e i figli che lei ha avuto da lui invece della tenuta che un giorno erediterà?"

L'approccio diretto di Rory non mancava mai di mettere a disagio William Watkins. Fece una risata poco convinta, arrossì e guardò sua sorella come per chiederle aiuto, che lei offrì prontamente, dicendo francamente: "Allora di certo avrà bisogno di una fortuna! Posso anche non approvare Fitzstuart, ma in queste circostanze è comprensibile perché abbia chiesto la mano della signorina Strang. Ma perché *lei* lo abbia respinto è al di là della mia comprensione."

"Forse la signorina Strang non voleva sposare un uomo che mantiene un'amante e i suoi figli?" Suggerì Rory. "Nonostante abbia la garanzia di un titolo, in futuro, alcune donne non sono convinte che sia sufficiente per accettare una proposta di matrimonio."

"Lungi da me continuare una simile conversazione nell'atrio di un pittore, ma il fatto che la signorina Strang abbia respinto la proposta di Lord Fitzstuart dimostra che ha molto buon senso," rispose il signor

Watkins. Chinò la testa imparruccata verso Rory. "Sono d'accordo con voi, signorina Talbot. Sua signoria è un reprobo e un donnaiolo. Nessuna donna di buon senso lo accetterebbe come marito."

Rory riuscì a nascondere un sorriso. Appoggiandosi leggermente al suo bastone da passeggio con il manico d'avorio, disse tranquillamente: "Da quanto ho sentito, la signorina Strang è tutto tranne che priva di buon senso. Anche se forse se ne potrebbe discutere. Ha respinto il maggiore ed è scappata con il minore, se dobbiamo credere a Lady Cavendish."

"È scappata con il *fratello* di Fitzstuart?" Lady Grasby era talmente stupita che zittì il maggiordomo che le stava dando la buona notizia che il signor Romney poteva riceverli. "Non ditemelo. Una ragazza con la puzza del mercato di Covent Garden ancora addosso ha la sfrontatezza di respingere l'erede di un conte e preferire il fratello minore, che non ha prospettive e tanto meno ricchezze? Quella ragazza deve essere veramente folle!"

"O innamorata...?"

"Stupidaggini, Aurora!" Dichiarò sprezzante Lady Grasby. "I figli dei mercanti sono educati a credere innanzitutto nel valore delle cose. L'amore è un ideale, un'emozione di prim'ordine, e come tale non può essere misurata, quindi non può avere alcun valore per quella gente così pratica."

Rory si chiese se sua cognata parlasse per esperienza, avendo avuto un nonno che aveva accumulato la sua vasta fortuna in una vita passata a vendere pesce a Billingsgate. Ma dato che aveva usato la terza persona, Rory poteva solo sperare, per il bene di suo fratello, che sua cognata avesse dimenticato gli inizi 'odorosi' della sua famiglia.

"Ora basta parlare di questa signorina Strang e delle sue deficienze mentali. E non voglio più sentire un'altra parola su Lord Fitzstuart," continuò Lady Grasby. Coprì la mano della cognata con la sua e disse a bassa voce: "A dire il vero, è l'amicizia servile di vostro fratello con Fitzstuart che mi tiene sveglia di notte. A volte penso... A volte penso che Grasby tenga più a quell'uomo che a me! Vorrei..."

"Grasby vi è devoto," la interruppe Rory.

"... che Fitzstuart non fosse mai tornato dalle Colonie!"

Rory sobbalzò. "Non potete dire sul serio, Silla!"

"Sfortunatamente ha la fortuna del diavolo," disse il signor Watkins sospirando e offrendo alla sorella in lacrime il suo fazzoletto bianco perfettamente stirato e piegato. "Più pericolosa è la missione, più ardita la causa, più Fitzstuart vuol giocare a fare l'eroe. E si è congedato dall'esercito con la testa e gli arti intatti!"

Rory guardò i fratelli, allibita.

"Non riesco a credere alle mie orecchie, signor Watkins. Potete criticare l'uomo perché è un reprobo e un donnaiolo e, voi, Silla, potete detestarlo di cuore ed essere gelosa del tempo che Grasby passa in sua compagnia... Non c'è molto, in effetti, che Lord Fitzstuart possa dire in sua difesa per il suo manchevole comportamento, ma nessuno di voi due ha il diritto di augurarsi che *muoia*. È-è impietoso e sua signoria è un eroe di guerra!"

"No. No, signorina Talbot. Mi avete frainteso," si scusò William Watkins. Fece un sorrisino e assunse un'aria furtiva. "Come segretario del *Comitato per la corrispondenza coloniale di interesse*, ho accesso a certe... *comunicazioni* e-e *particolari* riguardo alla guerra in America... Ci sono state missioni, missioni pericolose, signorina Talbot, cui a sua signoria è stato chiesto di partecipare, e l'ha fatto di buon grado, con rischi considerevoli, non solo per gli uomini sotto il suo comando, ma anche per lui in prima persona. È considerato spericolato all'estremo, tanto che non sono l'unico che si è chiesto a voce alta se non abbia fatto un patto con..." Fece una pausa e voltò la testa per guardare il maggiordomo, che distolse prontamente lo sguardo, poi indicò con un dito il pavimento e sussurrò: "*Voi-sapete-chi*."

Rory batté gli occhi davanti all'oltraggioso suggerimento che Lord Fitzstuart fosse riuscito ad avere successo e a sopravvivere a missioni pericolose, a volte mortali, solo perché aveva venduto la sua anima al diavolo. Ma prima che riuscisse a fare un commento, Lady Grasby affrontò Rory, dicendo con un broncio: "Nessuno ha detto di volerlo morto. Se non state attenta a difendere con tanta veemenza un gentiluomo che non conoscete affatto, e che non vi distinguerebbe da un'altra, ma che ammettete candidamente di osservare, si potrebbe pensare all'insano e delirante interesse di una zitella bruttina nei confronti di un attraente mascalzone."

Il volto di Rory divenne di fiamma. Poteva anche essere una zitella, certamente non era delirante. E nemmeno bruttina. Si potevano descrivere i suoi capelli come biondo paglia bagnata. Aveva gli occhi azzurri, ma così chiari da farli descrivere come freddi. Ma aveva il volto a forma di cuore e la pelle perfetta, quindi, a conti fatti, era considerata dolce e carina, anche se non bella. Se era bruttina, era solo quando si trovava nell'orbita delle bellezze dai capelli scuri e le guance arrossate dall'esercizio sulla pista da ballo. Ma a ventidue anni non si aspettava certo di sposarsi, né per amore né per altre ragioni. Senza una fortuna e abbastanza bellezza da superare lo svantaggio di una dote esigua, Rory si era rassegnata a vivere i suoi giorni come li aveva iniziati, a carico di suo nonno.

Quindi, che la sua bella cognata, che era una mora molto carina con umidi occhi castani, ponesse l'accento sulla realtà della sua situazione in quella maniera così brusca *e* in pubblico, era una cattiveria che ferì Rory fino in fondo. Sapeva che sua cognata non aveva una natura crudele ma, viziata fin dalla nascita, Drusilla non pensava spesso agli altri prima che a se stessa, quindi poteva essere inconsciamente insensibile. Rory fu sorpresa e anche grata che Drusilla non avesse dichiarato quello che era palesemente ovvio; ci pensò William Watkins, che condivideva l'inconsapevole mancanza di tatto di sua sorella.

Fece trasalire mentalmente Rory e le fece desiderare di essere un topolino per potersi infilare in un buco del battiscopa quando disse con un comprensivo sorriso smielato: "Sono sicuro che l'interesse della signorina Talbot per Lord Fitzstuart non vada oltre l'apprezzamento per le sue eccezionali doti atletiche. Come spesso capita, è quello che ci manca che apprezziamo di più negli altri. Voi, mia cara signorina Talbot, non potete fare a meno di essere zoppa, come io non posso essere biasimato per la mia vista scarsa. È la volontà di Dio, e quindi dobbiamo accettarla con buona grazia e pazienza."

"Se volete seguirmi nel salotto al piano di sopra, il signor Romney vi raggiungerà immediatamente," disse il maggiordomo nel silenzio che seguì il sermone del signor Watkins, con un piede sul primo gradino.

"Hai portato gli occhiali, William?" Chiese Lady Grasby, raccogliendo le sue sottane di seta albicocca per salire rapidamente la scala, per quanto era possibile con le scarpine a tacco alto. "Voglio proprio che esamini il ritratto e mi dica che cosa c'è che mi lascia perplessa." Si fermò, colta da un pensiero improvviso, e voltò la testa con una mano sulla lucida balaustra. "Non vi disturbate a salire, Aurora. Ci fermeremo mezz'ora al massimo."

"Meglio così," rispose allegramente Rory in piedi alla base della scala, conscia che per salire le ci sarebbe voluto il doppio del tempo di chiunque altro, eccetto forse un bambino ai primi passi. "So così poco di arte che non potrei assolutamente esservi d'aiuto." Cercò in giro per trovare un divano o una poltrona. "Il signor Romney deve certamente avere un vestibolo per i visitatori a questo piano…"

Stava parlando da sola. Il maggiordomo e Lady Grasby, con suo fratello un passo dietro di lei, erano spariti sulla scala.

La salvò uno degli aiutanti del pittore. Entrò nell'atrio dallo studio sul retro della casa, vestito con un camice imbrattato da tutti i colori dell'arcobaleno, in tempo per assistere alla conversazione. Suggerì a Rory di seguirlo in una stanzetta di esposizione fuori dallo studio del signor Romney. C'era un fuoco nel camino e una sedia confortevole dove sedersi e aspettare.

Il fuoco era invitante, tuttavia il suo interesse non fu attratto dalle molte tele dipinte ammucchiate contro due pareti, o da quelle sui cavalletti, pronte per l'ispezione, ma dal trambusto che arrivava dall'altra parte di una porta lasciata socchiusa dall'aiutante. Incuriosita, Rory entrò senza invito nella grande stanza ben illuminata, trovandola traboccante di attività e risate.

Era a metà della stanza e accanto a una tela appoggiata a un cavalletto quando finalmente quelli che erano sul palco di fronte a lei la notarono. Rory diede un'occhiata distratta a una tela incompleta, più interessata al gruppo di femmine poco vestite la cui modestia era assicurata da diafani veli di seta piazzati nei punti strategici. Anche se i teli coprivano il torace e scendevano fino ai piedi nudi, la trasparenza del tessuto faceva ben poco per nascondere le loro membra e gli attributi femminili. Avevano tutte le lunghe gambe tornite delle ballerine dell'opera. Arrivò una conferma quando tre di loro uscirono dal gruppo e danzarono per il palco, tenendosi per mano e piroettando qua e là sulla punta dei piedi, con le snelle braccia aggraziate a fare da contrappunto al movimento dei piedi.

I movimenti fecero sì che le sete appuntate sulle spalle scivolassero, fermandosi alle fusciacche azzurre legate alle vite sottili. I lunghi capelli, accuratamente appuntati e decorati con ghirlande di fiori, si sciolsero in folti boccoli lungo le schiene snelle e sopra piccoli seni rotondi, che ondeggiavano liberi; petali cadevano dai fiori spargendosi sul palco dietro ai loro passi.

Sembravano statue greche di lucido marmo bianco che avessero preso vita con le loro membra scolpite e i volti incipriati; i loro movimenti aggraziati, mentre danzavano sul palco, erano ipnotici. Rory ammirava felice il loro entusiasmo e la loro agilità, quindi le ci volle un po' prima di accorgersi che la stavano chiamando e che a rivolgersi a lei era proprio la prima ballerina che si faceva aria con il ventaglio sulla dormeuse.

"Chiedo scusa, ero così presa dalle vostre compagne che non ho sentito la vostra domanda."

CONSULATA BACCELLI NON RISPOSE IMMEDIATAMENTE, prendendosi un momento per valutare l'abito di Rory di taffetà verde menta a righe con la sottogonna di seta lilla ricamata, la sopravveste con le *ruche* e raccolta dietro *à la polonaise*. Era evidentemente una signora, se non addirittura un membro dell'alta società e Consulata si chiese dove fosse il suo chaperon, o almeno la sua cameriera, specialmente a un'ora così tarda. Una signora perbene non si allontanava da casa sua da sola, e non entrava mai nelle case degli uomini, specialmente i pittori; ci poteva essere gentaglia di tutti i tipi. Si chiese se Rory fosse sfuggita in qualche modo ai suoi custodi e se intendeva voltarsi e fuggire inorridita per essere entrata in una stanza piena di ballerine poco raccomandabili.

Consulata non dovette chiedersi perché la giovane donna usasse un bastone. Quando Rory aveva attraversato in silenzio la stanza, la sua andatura impacciata aveva rivelato che ne aveva bisogno per muoversi. L'orlo corto della sua *polonaise*, a circa sei centimetri sopra il pavimento, mostrava le caviglie sottili nelle calze bianche ricamate e le scarpe di seta con il tacco in tinta con l'abito; il piede destro girato verso l'interno spiegava il perché dell'andatura irregolare.

Rory guardava tutto con gli occhi sgranati e Consulata pensò che fosse un peccato che la giovane donna non avrebbe mai potuto danzare o essere aggraziata nei suoi movimenti, e quindi non avrebbe mai potuto farsi vedere nel suo aspetto migliore. Ma il suo spontaneo entusiasmo quando aveva visto le ballerine piroettare attraverso il palco fece capire a Consulata che lì c'era una giovane donna senza malizia, e decise immediatamente di farsela amica.

"Signora..."

"Signorina. Signorina Talbot," la corresse Rory con un sorriso, voltandosi a guardare Consulata Baccelli, ora che le ballerine erano state ricondotte in formazione da uno stanco assistente. Un altro arrivò in fretta ad aiutare il collega a sistemare i teli e le ghirlande. "Ballano in modo delizioso. Come tutte voi, immagino."

"Sì. Balliamo tutte. Ma io, Consulata Baccelli, sono la ballerina più meravigliosa di tutte loro." La prima ballerina rise dietro al ventaglio per la sua presunzione. "Ve lo mostrerei se non fosse per questa oltraggiosa veste che il signor Romney ci ha fatto indossare." Indicò con il ventaglio la dormeuse di damasco azzurro. "Venite, sedetevi con me."

Quando Rory si guardò attorno, come pensando che una sedia più vicina sarebbe stata più adatta che non sedersi sul palco con le ballerine, Consulata sorrise e diede un colpetto al cuscino di damasco.

"Venite. Fatemi compagnia finché comincerà il divertimento."

Rory si arrampicò riluttante sui tre gradini di legno e si sedette dove le aveva indicato, attenta a non disturbare la sopravveste raccolta sulla schiena. Tenne il bastone vicino a sé, con una mano guantata sul legno di mogano.

"Dovete essere felice che un pittore dell'abilità e reputazione del signor Romney immortali voi e le vostre belle ballerine."

"Il signor Romney non ci sta dipingendo come ballerine ma come parte di un'allegoria greca. Io? Io preferisco essere dipinta come sono, una famosissima ballerina. Ma questo..." Agitò un polso tornito coperto di perle verso una grande tela montata su un cavalletto. "... Questo dipinto per cui ci ha fatto vestire tutte in questi irritanti teli è per il duca di Dorset. Lo appenderà nella galleria a Knole." Consulata si chinò con un sorriso malizioso. "E poi, dato che Dorset, lui, è il mio amante, mi farà ritrarre mentre ballo. E quel dipinto lo appenderà nei suoi appartamenti privati, solo per i suoi occhi." I grandi occhi castani scintillarono allegri mentre aggiungeva, a bassa voce perché la sentisse solo Rory: "Dorset, lui vuole che il signor Romney mi dipinga nuda. Forse glielo permetterò, eh?"

Rory arrossì, senza volerlo. Il suggerimento di Consulata Baccelli era vergognoso e del tutto inadatto a una zitella che viveva una vita ritirata nella casa del vecchio nonno, che sarebbe rimasto inorridito sapendo che la sua unica nipote era in compagnia di una troupe di ballerine di moralità perlomeno dubbia. Che stesse conversando con la famigerata amante del duca di Dorset, poi, Rory decise di tenerlo per sé.

Sapeva che avrebbe dovuto offendersi per la conversazione sboccata della ballerina, congedarsi e tornare nella piccola sala d'attesa, ma non si sentiva per niente offesa. E per non essere considerata una puritana, raccolse tutto il suo coraggio, guardò i grandi bellissimi occhi di Consulata e disse con un sorriso che sperava sprigionasse un carattere mondano che era ben lungi dal possedere: "Sono sicura che il duca farà tesoro di un simile dipinto. Una figura aggraziata come la vostra deve essere ammirata e merita di essere immortalata."

Consulata fu contenta della sua risposta e sorrise radiosa.

"Penso che diventeremo buone amiche. Ottime amiche davvero, signorina Talbot. Chiederò a Dorset di invitarvi a cena. Poi voi e io potremo ridere insieme ricordando la piccola avventura che il maggiore Fitzstuart sta organizzando per il suo simpatico amico."

Rory cercò di nascondere l'interesse nella voce e la sorpresa sul volto. "Maggiore? Il maggiore Fitzstuart?"

Riuscì a far sembrare di non sapere nulla di questo ufficiale, perché gli occhi scuri della ballerina si strinsero maliziosi e divertiti. Prima di illuminare Rory, si rivolse al gruppo di ragazze che ridacchiavano e si spintonavano dietro la dormeuse e sbatté forte il ventaglio sullo schienale dorato. Le ballerine ringoiarono immediatamente le loro risate e rimasero zitte e ferme abbastanza a lungo da sentire i rimproveri.

"Smettetela immediatamente altrimenti nessuna di voi ballerà più a

Haymarket." Voltò la testa in direzione delle finestre. "Tenete d'occhio le finestre e quando il bel maggiore e il suo amico appariranno, farete quello che vi ho detto. Sì? Bene," aggiunse quando le ballerine annuirono obbedienti. "Ora per favore, frenate la vostra impazienza di vedere il maggiore Fitzstuart in tutta la sua gloria. Quando arriverà attraverso quella finestra, solo allora avrete il mio permesso di strillare così forte che il suo simpatico amico correrà in questa stanza e mi salverà la vita."

Tornò a rivolgersi a Rory e disse allegra: "Comincerà presto e, per non allarmarvi, vi dico che cosa sta per succedere. Ma prima promettete di non dirlo ai servitori del signor Romney. È molto importante che sia una sorpresa così che il simpatico amico del maggiore, che ovviamente è infatuato di me, creda che sia terrorizzata e che lui mi salvi da un destino peggiore della morte."

Rory era così affascinata che poté solo annuire. Si spostò sulla dormeuse, aspettandosi di ricevere le confidenze di Consulata riguardo al maggiore Fitzstuart. Ma si era appena avvicinata quando le ballerine dietro di lei cominciarono a saltare su e giù e a strillare deliziate, facendo alzare in piedi Consulata Baccelli. Nello stesso momento, uno degli assistenti di Romney gettò per aria colori e pennelli come spaventato e scappò dalla stanza, mentre due delle ballerine sollevavano i teli del loro costume, saltavano con leggerezza giù dai tre gradini del palco e correvano attraverso lo studio verso le tre finestre a ghigliottina.

L'esplosione di eccitazione delle ballerine fu tale che Rory si voltò istintivamente a guardarsi sopra la spalla, verso di loro, non dall'altra parte dello studio per capire che cosa aveva causato la loro eccitazione. Quando si voltò nuovamente per guardare verso le finestre, un intruso, che si era silenziosamente calato nello studio da una finestra aperta, stava rincorrendo due ballerine per la stanza.

Rory, ammutolita da un comportamento così stravagante, pur battendo più volte gli occhi per reazione, come per autoconvincersi che la scena che le si presentava davanti stesse veramente accadendo, non percepiva un pericolo immediato né per sé né per le ballerine. Ne fu sorpresa perché quell'intruso era un maschio e nudo, salvo per una cintura in vita che sosteneva un copertura tra le gambe. Mentre lo guardava rincorrere le ballerine ridacchianti, che non mostravano alcun desiderio di sfuggire alla sua caccia, il perizoma si rivelò una copertura molto scarsa e il volto di Rory avvampò per l'imbarazzo.

E poi, in un batter d'occhi, il suo acuto imbarazzo si trasformò in sorpresa e dalla sorpresa nacque la paura, non per sé ma per l'intruso. Quando era entrato nella stanza correndo verso il palco e aveva catturato le due ballerine strillanti afferrandole per la vita e tenendole strette,

Rory aveva visto che aveva i capelli resi grigi dalla cenere, gli occhi anneriti e il viso ridente mascherato da larghe strisce di pittura bianca. Ma era un camuffamento poco efficace, che non avrebbe imbrogliato chiunque lo conoscesse. Rory lo conosceva meglio di chiunque altro. L'intruso nudo era Harvel; Harvel Edward Talbot, Lord Grasby; il suo unico fratello.

TRE

Qualche minuto prima, Lord Grasby aveva seguito in silenzio Dair, restandogli vicino nell'oscurità mentre il suo amico avanzava nel piccolo giardino sul retro della residenza di città di George Romney. Dair trovava facilmente la strada al buio, la sua visione notturna non era seconda a nessuno ed era stata messa a frutto per condurre missioni esplorative, di notte, in territorio nemico. Il giardino e la casa di George Romney erano sicuramente territorio nemico. Sapeva che lo studio del pittore era convenientemente posto al pianterreno sul retro della casa, poiché quel giorno aveva fatto visita a casa del pittore per una ricognizione.

Un soldato non andava impreparato in battaglia. Con la promessa di mezzo scellino, uno degli assistenti di Romney aveva accettato di lasciare socchiusa una finestra dello studio. Contro la promessa dell'altro mezzo scellino, lo stesso servitore si sarebbe assicurato che il suo padrone fosse momentaneamente allontanato dallo studio all'ora concordata. Aveva poi offerto a Lord Fitzstuart una visita dello studio del suo padrone, arrivando al punto di mostrargli il piccolo giardino sul retro della casa e l'alto muro di pietra con la porta che dava accesso al Red Lyon Lane. E anche quella sarebbe stata aperta all'ora specificata.

Il segretario di George Romney aveva poi trovato sua signoria che gironzolava da solo nello studio e si era profuso in mille scuse per l'assenza del signor Romney. Poteva forse essere d'aiuto? Dair rispose di sì. Discussero poi il desiderio di sua signoria di commissionare un ritratto come regalo per sua madre. Era una mezza verità. La contessa di Strathsay lo tormentava perché si facesse fare il ritratto da quando si era ritirato dal servizio l'inverno precedente. Voleva presentarlo come il nobile erede al titolo di conte di Strathsay. Non era entusiasta del ritratto a figura intera che era stato svelato durante i festeggiamenti per il suo ultimo compleanno. Dipinto con l'uniforme del 17° Cavalleria Leggera, con Farrier che teneva le redini della sua cavalcatura, Phoenix, con una battaglia sullo sfondo, il ritratto si trovava da due minuti sulla parete della galleria ancestrale quando la contessa aveva espresso la sua opinione. Il ritratto era impressionante, ma sarebbe stato sostituito da qualcosa di più adatto, possibilmente del solo busto di suo figlio, più consono al posto in società del figlio maggiore in qualità di pronipote di Carlo II, futuro conte di Strathsay. Come era solito fare in risposta ai proclami di sua madre, Dair aveva sorriso senza fare commenti, ma si era attenuto al suo mantra: sarebbe nevicato all'inferno prima di permettere a lei, o ai suoi nobili e bigotti parenti, di farlo diventare una copia del suo spregevole padre.

"Dair! *Psst*! Dair?" Gli sibilò Grasby all'orecchio. "È questa? È questa la finestra?"

Dair tornò di colpo al presente e annuì. Erano accucciati sotto una delle tre finestre a ghigliottina, quella con il vetro alzato e le tende di velluto aperte sulla notte. Sbirciò attraverso la finestra e Grasby si unì a lui, con il naso appena sopra il davanzale e gli occhi azzurri spalancati.

C'erano candele accese dappertutto. Dall'altra parte della stanza, su una piattaforma rialzata, con lo sfondo di tendaggi di tessuto bianco, mezza dozzina di bellezze poco vestite ridacchiava e flirtava con due gentiluomini in abiti dimessi che tentavano di posizionarle in un qualche tipo di ordine intorno allo schienale di una dormeuse rivestita di damasco. Lì, sulla dormeuse, era reclinata la famosa ballerina italiana Consulata Baccelli, che sventolava un ventaglio e conversava con una donna parzialmente nascosta alla vista da un terzo assistente di Romney, che impartiva ordini agli altri due.

Né Dair né Grasby erano interessati a questa donna sconosciuta. Piuttosto, la sua presenza era una complicazione di cui Dair avrebbe volentieri fatto a meno. Consulata non aveva menzionato una compagna e il fatto che non fosse vestita come le ballerine significava che forse era una fastidiosa cliente, venuta a vedere il pittore a proposito di un ritratto. Dair la scartò come poco importante e la dimenticò completamente quando si unì a Grasby per ammirare la visione affascinante di una troupe di ballerine in sete trasparenti, con i bianchi seni liberi dalla costrizione di un corsetto. Quelle sfere squisite di fascino dondolavano e sobbalzavano in un movimento ubriacante mentre le ballerine si spintonavano giocosamente a vicenda e prendevano in giro i pazienti assistenti del pittore che tentavano di riposizionare le ghirlande di fiori sui capelli gonfi e appuntati in alto.

Se Grasby fosse stato meno affascinato e meno ubriaco, forse avrebbe notato il bastone della donna parzialmente coperta, un'anomalia in un gruppo di ballerine. E se avesse notato il bastone, avrebbe voluto vedere il volto della proprietaria di quello che era essenzialmente un accessorio maschile, usato dalle donne solo quando erano vecchie e inferme, e da sua sorella Rory da che poteva ricordare.

Fu un caso fortuito per Dair che il suo amico non si fosse accorto del bastone e che l'assistente continuasse a ostruire la vista del volto della proprietaria. Se avesse riconosciuto sua sorella, Grasby non sarebbe saltato attraverso la finestra e non sarebbe corso verso il palco con le braccia alzate, ululando come un pazzo fuggito da Bedlam. Avrebbe portato il suo magro sedere lontano dalla finestra e risalito il sentiero del giardino per rifugiarsi nell'oscurità, lasciando il suo amico arenato e confuso da quell'atto di codardia.

"Questo è un colpo di fortuna. Romney non è nella stanza. La tela è incustodita. Ora o mai più, Grasby!"

"Per Dio, hanno delle belle gambe," esclamò Grasby, incapace di frenare la sua ammirazione. "Arrivano alle orecchie!"

Dair ridacchiò, dandogli una piccola spinta. "Su fino in paradiso, amico mio. Ora sbrigati e sali."

"Cosa? Io? Per primo?

"Sì. Io sarò subito dietro di te. Tu andrai a sinistra verso il palco e quelle belle lunghe gambe, strillando più forte che puoi per attirare la loro attenzione. Io prenderò il fianco destro, ma resterò in silenzio, in modo da arrivare da quei tizi e coglierli di sorpresa, nel caso dimostrassero di avere un'indole coraggiosa. Sospetto che scapperanno quando ci vedranno. Ma non si può mai dire, specialmente con delle donne presenti. Qualcuno potrebbe voler fare l'eroe."

A Grasby piaceva l'idea che fosse Dair a occuparsi di ogni eventuale violenza, ma era ancora riluttante.

"Potremmo veramente sconvolgere quelle deliziose creature con la nostra scenetta e io non credo di poterlo fare; sconvolgerle, voglio dire. Possono anche essere solo ballerine, ma un gentiluomo deve restare tale, con tutte le donne, sia di alta sia di bassa nascita. Non mi sembra giusto spaventarle."

Dair lo capiva. Non desiderava nemmeno lui terrorizzare delle donne, indifese o no.

"Ti svelerò un segreto, qualcosa che Cedric non sa perché è deciso a essere l'eroe del giorno. Consulata sa benissimo quello che sta per succedere e le ho chiesto di informare le ragazze. Ci stanno aspettando.

Presumo sia per quello che stanno ridacchiando e spintonandosi. Da' un'altra occhiata e vedrai che non riescono a restare ferme." Grasby sorrise quando alzò gli occhi oltre il livello del davanzale. "Carine, vero?"

"Celestiali... Potrei guardarle dimenarsi così per tutto il giorno..."

"Anch'io."

Grasby si lasciò cadere sotto il davanzale. "Questo piano mi piace molto di più." Finse di abbottonarsi le labbra. "Non una parola a Cedric."

Dair tese la mano. "Buona fortuna."

Si strinsero la mano. Entrambi sorrisero al pensiero di rincorrere ballerine seminude che squittivano di piacere.

Dair alzò lentamente il vetro e quando fu abbastanza aperto da permettere il passaggio di un uomo fece un cenno a Grasby, che si raddrizzò. Dair gli strinse brevemente la spalla per dargli coraggio, poi Grasby si spinse sulla sporgenza, oltrepassò il davanzale e saltò dentro la stanza.

Ci vollero in tutto trenta secondi.

Le pareti dello studio riverberarono degli strilli acuti della mezza dozzina di ballerine sovraeccitate che saltavano di gioia. Due di loro corsero attraverso lo studio a braccia aperte per salutare l'intruso che giocava a fare l'indiano americano.

Lord Grasby era al settimo cielo.

RICONOSCENDO SUO FRATELLO, RORY SI ALZÒ DALLA DORMEUSE e si appoggiò al bastone, come temendo di crollare se non avesse avuto il beneficio del suo sostegno. Quando una mano le afferrò il polso, distolse lo sguardo da Lord Grasby, che faceva le capriole con due ballerine ridacchianti, e fissò Consulata Baccelli senza vederla.

"Non allarmatevi," la rassicurò la ballerina. "Non c'è alcun pericolo. I maggiore e il suo amico, stanno solo facendo un gioco..."

"Devo scendere immediatamente da qui!"

La presa di Consulata si fece più forte, ma continuò a sorridere.

"Non è possibile finché lo spettacolo non sarà finito. Per favore sedetevi e restate calma."

"Non capite. Non devono vedermi qui. Devo andarmene senza indugio!"

"È naturale che noi donne diventiamo ansiose quando gli uomini giocano, perché sono imprevedibili," rispose Consulata, prendendo la decisione di Rory per ansia femminile. Cercò di farle capire la ragione.

"Ma i loro giochi sono innocui. E questi due sono come due ragazzini che fingono di essere dei selvaggi. E le mie ballerine si stanno divertendo come pazze. Quindi, signorina, volete restare seduta e non sciupare il divertimento, sì?"

"Vi assicuro, se non me ne vado immediatamente, le conseguenze per quegli uomini saranno molto peggiori che non sciupare il vostro divertimento. Ora, per favore, lasciatemi andare."

"Perché siete spaventata per una sciocchezza simile?" Chiese indignata Consulata, alzando la voce per farsi sentire sopra tutta quell'eccitazione.

Un'occhiata veloce oltre la spalla di Rory e capì il motivo dell'aumento delle grida di ammirazione delle ballerine. Un secondo intruso maschio era entrato dalla finestra. Era il maggiore Lord Fitzstuart. Consulata riportò riluttante lo sguardo su Rory. Adesso era furiosa con quella giovane donna alla quale aveva offerto un posto in prima fila per lo sfrontato spettacolo dell'affascinante maggiore. Respingere la sua offerta ed essere così scortese da volersene andare proprio quando lo spettacolo stava per cominciare fece credere a Consulata di aver completamente sbagliato a giudicare Rory. La giovane donna era proprio una di quelle sdegnose zitelle moraleggianti che gli inglesi riuscivano a produrre con monotona abbondanza.

"Oh, siete proprio noiosa!" Esclamò, alzandosi dalla dormeuse per mettersi in piedi accanto a Rory. "E io non ho intenzione di scusarmi con qualcuno che muore dallo spavento alla vista di un uomo svestito! Eh? Il corpo maschile è bello, possente, stupendo. Se si deve svenire, è solo perché lo si apprezza! Volete scappare per una cosa più che naturale, ma Consulata, no, non vi permetterà di farlo! Questa è l'occasione perfetta per aprire gli occhi e *vedere*."

La prima ballerina afferrò le spalle di Rory, la fece voltare verso lo studio e fece un verso soddisfatto.

"Ora date una bella occhiata a quello che avete davanti agli occhi, perché io ho una vasta esperienza di uomini e nessuno è più impressionante nella sua meravigliosa mascolinità della figura del maggiore Fitzstuart. Ecco!"

Rory non cercò di liberarsi dalle mani di Consulata, ma nemmeno fece quello che le chiedeva, cercando il maggiore. Mantenne lo sguardo in un punto intermedio, sul pavimento, dove erano caduti e si erano sparpagliati i colori, i pennelli e i vari accessori dopo essere stati lanciati per aria dall'assistente in fuga. Rory sperava, così facendo, di evitare di vedere suo fratello, di modo che se lui avesse per un momento smesso di concentrarsi sulle ballerine che aveva tra le braccia e l'avesse riconosciuta, non si sarebbe sentito così acutamente imbarazzato. Perché di certo trovarla in mezzo a una troupe di ballerine seminude e di dubbia moralità, anche se era di per sé sbalorditivo, non sarebbe stato nulla in confronto al fatto che la sua sorellina lo aveva scoperto a sollazzarsi con quelle stesse femmine.

Il suo secondo pensiero, e quello che la divorava maggiormente, era come impedire a sua cognata e al signor Watkins di entrare nello studio. Erano al piano di sopra e il trambusto era così assordante e continuo che se anche fossero stati tre piani più in alto, non avrebbero potuto fare a meno di sentire gli strilli acuti e le risate di finta protesta delle ballerine che venivano rincorse. Era solo questione di tempo prima che tutti quelli che erano in casa corressero lì per scoprire che cosa stesse succedendo. E se Lady Grasby avesse scoperto che uno degli intrusi era, in effetti, l'uomo che aveva sposato tre anni prima, Rory era sicura che la vita matrimoniale di suo fratello sarebbe diventata un inferno.

Per salvare il matrimonio di suo fratello dalla rovina, la famiglia dallo scandalo e per amore della pace domestica, Rory sapeva che era suo dovere fare ogni sforzo per attraversare lo studio e chiudere a chiave la porta. Sua cognata e il signor Watkins non dovevano assolutamente entrare. Se fosse stata in grado di chiudere la porta, era sicura che Grasby e il maggiore avrebbero avuto la possibilità di scappare dalla casa così come erano entrati, senza essere scoperti da altri e senza che i loro conoscenti sapessero del loro oltraggioso comportamento.

E poi una vocina dentro di lei, la voce che le parlava quando era sola con i suoi pensieri nella sua stanza da letto, o nella serra a curare i suoi preziosi ananas, pronunciò quelle due paroline che conosceva tanto bene.

E se?

Quando era molto più giovane e quindi più impetuosa e meno equilibrata, queste due parole le avevano causato dolore e conflitti più volte di quante potesse contare. Le avevano permesso di considerare alternative e possibilità per un futuro che era invece stato preordinato alla nascita.

Sua madre era morta di parto e lei era nata zoppa. L'ostetrico che l'aveva fatta nascere aveva ipotizzato la possibilità che ci fossero anche danni cerebrali. Riteneva che non avrebbe mai camminato, che il suo corpo non si sarebbe mai sviluppato e che le funzioni mentali sarebbero state compromesse. Meglio non nutrirla e lasciare che la natura facesse il suo corso. L'aveva salvata suo nonno. Nessuno, però, aveva potuto salvare suo padre. La morte dell'amatissima moglie lo aveva fatto sprofondare nella depressione e due mesi dopo la sua nascita aveva fatto l'impensabile. Era stato ripescato, morto, nel Tamigi. Un incidente di barca, così avevano detto a tutti.

E se fosse nata senza deformità? *E se* fosse stata in grado di camminare senza un bastone, diritta e sicura, e con tutta la grazia mostrata dalle giovani donne che volevano presentarsi nel migliore dei modi? Avrebbe trovato un corteggiatore. Si sarebbe sposata. Avrebbe già avuto dei figli.

E se suo nonno non l'avesse salvata? E quello era il più grande *e se* di tutti.

Mentre era in piedi sul palco, indecisa, trattenuta contro la sua volontà da Consulata Baccelli, risentì quelle due paroline e osò prendere in considerazione le conseguenze di quel *e se*?

E se fosse rimasta sul palco e avesse fatto quello che pretendeva Consulata Baccelli, e avesse osservato il maggiore Fitzstuart vestito da selvaggio? La ballerina insisteva e si sarebbe offesa se non l'avesse fatto. E dopo tutto, essendo il maggiore l'attore principale, sicuramente desiderava che ogni membro del suo pubblico guardasse attentamente lo spettacolo. Sarebbe stato il massimo della maleducazione non dimostrargli un po' di considerazione...

Rory sorrise tra sé, si lisciò la sopravveste e si sedette nuovamente sulla dormeuse. Con la schiena diritta, una mano guantata appoggiata lieve in grembo, sulle pieghe della seta color lavanda, e l'altra sul manico d'avorio intagliato del suo bastone, alzò lentamente lo sguardo e permise ai suoi occhi azzurro chiaro di ispezionare con calma l'attore principale, un certo maggiore Lord Fitzstuart.

Oh mio...

In tutti i suoi sogni a occhi aperti, lui non era mai stato *così*.

In calzoni e camicia bianca, quello era il punto massimo cui poteva portarla la sua immaginazione. E alla recente regata di Pasqua dei Roxton, il maggiore Lord Fitzstuart aveva involontariamente dato corpo a questo sogno a occhi aperti quando era entrato sotto il suo tendone, con un largo seguito, in cerca di rinfreschi dopo la fatica fatta per vincere la gara. Era passato diritto davanti a lei senza un secondo sguardo, come ci si poteva aspettare. Non la conosceva. Rory aveva sei anni meno di suo fratello e il maggiore era nell'esercito, all'estero prima ancora che lei lasciasse la nursery. E come sempre durante quegli eventi, lei era seduta con gli anziani, gli infermi e gli ospiti che non volevano fare la lunga passeggiata per inneggiare ai rematori dalla riva del lago. Ignorata, Rory aveva avuto la possibilità di ammirare sua signoria con i calzoni umidi e la camicia ancora più umida, appiccicati al suo fisico virile.

Ma mai, nelle sue più azzardate fantasie, avrebbe creduto che appena un mese dopo la regata di Pasqua avrebbe rivisto il maggiore, e questa volta con indosso niente di più di un perizoma tra le cosce possenti. Quando il maggiore si fermò e gettò indietro la testa ridendo per aver trovato il fratello di Rory che si dimenava felice sul pavimento con due ballerine addosso, Rory ebbe un'altra occasione per valutarlo. E proprio come le ballerine le sembravano scolpite nel marmo, così anche il maggiore. La sua ampia schiena e le spalle erano levigate, il contorno dei muscoli delle braccia e delle gambe scolpito come una statua classica di Apollo. Ma quando si voltò e attraversò la stanza correndo verso il palco, Rory rimase talmente sbalordita che ansimò e le venne il fiato corto, come se le servisse aria per prevenire un leggero giramento di testa. Non furono gli occhi scuri o il volto dipinto o le due trecce ai lati del bel viso che la colsero alla sprovvista. Fu la sorpresa per qualcosa che non si aspettava.

Gli uomini della sua classe sociale erano sempre ben rasati; alcuni avevano un'ombra bluastra sulle guance e sul mento tra una rasatura e l'altra. Sapeva che, se non si fossero rasati, agli uomini sarebbero cresciuti i peli e che, se lasciati crescere, questi peli si sarebbero trasformati in una barba. Il maggiore Lord Fitzstuart aveva quell'ombra bluastra sulla mascella forte e il mento squadrato e, anche se la gola era rasata e senza peli, il resto del suo corpo non era così. Lo strato di peli scuri sul petto muscoloso fu una completa sorpresa. Quel pelo scuro non solo copriva il petto, ma continuava a sud dell'ombelico, oltre il profilo definito del busto in una scura linea netta, che spariva sotto la cintura appesa bassa sui fianchi, cui era appeso il perizoma. Uno sguardo veloce al pavimento e vide che i piedi nudi erano grandi e senza peli, ma che i polpacci saldi e le cosce muscolose non erano glabri. Fu una rivelazione. Rory si sentì la bocca secca. La mascolinità del maggiore andava ben oltre le aspettative un po' infantili dei suoi sogni a occhi aperti. Non faceva meraviglia che le ballerine stessero applaudendo e saltando su e giù ammirate! Mentalmente, stava facendo anche lei la stessa cosa.

Ripresasi dallo stupore della rivelazione, si permise di lasciarsi andare ad ammirare quello spettacolo di prodezza atletica e sfrontata virilità.

Uno degli assistenti di Romney, abbastanza coraggioso, o forse abbastanza stupido, da opporre resistenza, alzò i pugni. Il maggiore rise e accettò la sfida. Senza però alzare i pugni. Con le mani sui fianchi, affrontò l'assistente, sfidandolo a sferrare il primo colpo. Quando l'assistente lo fece, il maggiore schivò con nonchalance, evitando il contatto con la serie di pugni sferrati nell'aria davanti a lui. Poi, quasi fosse stanco del gioco, andò finalmente all'attacco. Il suo pugno colse immediatamente la mascella dell'assistente e l'uomo indietreggiò barcollando, sbalordito.

Rory si alzò a metà dalla dormeuse.

Le ballerine alle sue spalle inneggiarono al maggiore, che fece seguire una serie di brevi colpi precisi piazzati strategicamente al corpo dell'uomo. L'assistente crollò al suolo, senza fiato.

Rory applaudì.

Le ballerine esultarono ancora più rumorosamente.

Il maggiore si voltò verso il palco per accettare il plauso, ma le ballerine, inclusa Rory, sussultarono e smisero di sorridere agitate indicando qualcosa o qualcuno alle sue spalle.

Un secondo assistente fu abbastanza folle da tentare di aggredire il maggiore alle spalle, con una sedia alzata sopra la testa, pronto a rompergliela in testa. All'istante, il maggiore roteò sugli avampiedi, vide la sedia per aria, si acquattò e spinse avanti una spalla. L'assistente corse diritto contro la spalla del maggiore, fu sollevato da terra, perse l'equilibrio e la presa sulla sedia e finì per volteggiare in aria. Quando il maggiore si rialzò, la sedia e l'assistente crollarono al suolo. La sedia rimbalzò e si frantumò. L'assistente cadde sulla schiena, senza fiato e con l'autostima in frantumi. Quando riprese fiato, sgattaiolò carponi fuori dalla stanza, seguito dalla grassa risata del maggiore e dai dileggi delle ballerine.

Finita la resistenza, il maggiore Lord Fitzstuart si voltò verso il palco e si inchinò platealmente, per poi tornare alla svelta nella parte dell'indiano americano.

Rory guardava affascinata, ammaliata, mentre il maggiore recitava per il suo attento pubblico: ogni tanto si acquattava, come se stesse nascondendosi dietro a un cespuglio; sbirciava da dietro una tela in equilibrio su un cavalletto come fosse una roccia, con il volto diviso in due da un sorriso. Poi divenne serio, perse il sorriso e, con una mano a schermarsi gli occhi, finse di essere in perlustrazione, alla ricerca di nemici. Le ballerine continuavano a saltellare, ad applaudire la sua sciarada e alcune gridavano perfino, per farsi notare. Ma il maggiore restò nella parte e attraversò abilmente il campo di battaglia degli accessori da pittore lanciati per aria e lasciati sparpagliati nel panico da uno degli assistenti del signor Romney: pennelli disseminati come rametti spezzati, una tavolozza come fosse lo scudo di un soldato e vernici di tutti i colori traboccate dai vasetti e schizzate sul pavimento come fossero il sangue dei feriti sconfitti.

Gridolini e risatine di gioia provenienti dal palco accompagnarono la traversata di quel pericoloso campo di battaglia e, per celebrare, il maggiore ululò alla luna con i pugni alzati in segno di vittoria. Le ballerine continuarono ad applaudire e tutte sperarono di essere quella che il maggiore avrebbe catturato una volta invaso il palco.

Consulata Baccelli si chinò in avanti sulla dormeuse, con la diafana seta che scivolava in modo invitante dalla spalla mentre lo invitava a raggiungerla. E quando il maggiore guardò dalla sua parte, Consulata lo chiamò con un sorriso sensuale e piegando un dito. Era tutto l'incoraggiamento che gli serviva per balzare verso la dormeuse.

Quello che il maggiore Lord Fitzstuart non poteva vedere, e quindi sapere, e che le ballerine videro ma ignorarono prontamente, era l'improvvisa attività alle sue spalle. Un gruppo di incursori aveva invaso lo studio, spalancando la porta fino a farla sbattere contro i pannelli. Il forte rumore di legno contro legno si perse nel trambusto delle ballerine che gridavano per attirare l'attenzione del maggiore.

Rory non solo vide la porta spalancarsi ma fu anche testimone dell'entrata spavalda del signor Cedric Pleasant che si portò al centro della stanza, sfoderando poi la spada con un gesto drammatico e tenendola in alto, come un valoroso cavaliere dei tempi passati alla ricerca di un nemico da sconfiggere. Cedric Pleasant fece seguire alla sua entrata teatrale la sonora dichiarazione che lui, Cedric Pleasant, Esquire, era venuto a risolvere la situazione. Con somma delusione del signor Pleasant, nessuno, eccetto quelli alle sue spalle, sentì la sua coraggiosa dichiarazione.

Il signor George Romney, William Watkins e Lady Grasby, insieme a un gentiluomo che Rory non conosceva si precipitarono tutti verso la porta nello stesso momento e, una volta dentro, si sparpagliarono nella stanza alla ricerca della fonte di quel trambusto, che era direttamente davanti ai loro occhi.

Rory balzò immediatamente in piedi.

Qualcuno, *lei*, doveva avvertire Grasby.

Sul bordo del palco, il suo sguardo passò dagli intrusi a suo fratello, che era spaparanzato sul pavimento e lieto di essere lì. La testa piena di fuliggine era posata in grembo a una ballerina mentre un'altra era cavalcioni sopra di lui. Entrambe le donne stavano passando le dita sul corpo del selvaggio catturato, alla ricerca dei punti più sensibili per fargli il solletico. E dalle risatine di suo fratello, con le lunghe gambe magre che scalciavano selvaggiamente, sembrava che stesse sopportando il metodo di tortura selezionato come meglio poteva.

La diceva lunga sul suo amore fraterno che, nonostante la natura sbalorditiva delle condizioni di suo fratello, guardarlo ridere e divertirsi la fece sorridere con indulgenza. Erano anni che non era così contento. Aveva quasi dimenticato che Grasby potesse ridere così di cuore.

Il sorriso indulgente di Rory ne segnò il destino. Se non si fosse soffermata a contemplare suo fratello con affetto, avrebbe potuto fare in tempo a evitare il disastro togliendosi di mezzo. Avrebbe sicuramente perso l'equilibrio, cadendo sul posteriore e stropicciando il vestito, forse mostrato un pezzo di gamba calzata di bianco, niente in confronto alla completa perdita di dignità che stava per travolgerla.

Distolse lo sguardo da suo fratello e lo riportò verso l'ingresso, dove gli intrusi erano rimasti di sasso, muti di stupore, ed ebbe una visione terrificante. Era così stupefacente che ogni fibra dal suo essere le cospirò contro e non riuscì a muovere un muscolo. Il maggiore Lord Fitzstuart aveva fatto un balzo enorme e stava letteralmente volando verso la dormeuse. Stava precipitando direttamente contro di lei e non c'era niente che lei potesse fare per salvarsi. Chiuse stretti gli occhi e fece un respiro profondo. Pronta al disastro, sperò per il meglio.

QUATTRO

Mentre respingeva i due assistenti di Romney che avevano mostrato un po' di coraggio, acquisito di recente grazie al loro procace pubblico, Dair si chiedeva dove fosse finito Cedric Pleasant. Il suo amico piccoletto non aveva ancora fatto la sua grande entrata. Quindi lui e il suo collega indiano americano, Lord Grasby, avrebbero dovuto continuare con la loro sciarada per tutto il tempo che ci sarebbe voluto a Cedric ad apparire un eroe agli occhi della divina Consulata e del suo stormo di ballerine.

E dov'era finito Grasby in tutto quel trambusto? Non che a Dair servisse il suo aiuto per liberarsi dei due uomini. Aveva giocato con loro, poi si era stufato delle loro buffonate e si era liberato di loro in fretta, uno dopo l'altro. Abbattere i due uomini, uno aveva perfino cercato di rompergli la testa con una sedia, aveva aggiunto un po' di sapore allo spettacolo. E alle ragazze sembrava essere piaciuto. Avevano gridato e strillato più forte quando il suo pugno si era scontrato con il primo oppositore. E quando uno degli assistenti aveva sputato sangue non erano svenute per il disgusto, ma avevano ululato per averne di più. Cosine così graziose ma dannatamente sanguinarie, sospettava che la loro destinazione preferita per un picnic fosse una bella impiccagione a Tyburn, quando non stavano danzando all'Opera di Haymarket.

Scoprire il suo biondo amico steso sulla schiena, solleticato a morte da due ballerine fu una piacevolissima sorpresa, e Dair non avrebbe potuto essere più felice per lui. Non vedeva Grasby così spensierato da prima del suo matrimonio con quella fredda bellezza, Drusilla Watkins. Quindi decise di non disturbarlo, e fare la sua mossa verso il palco, da solo. E quando Consulata lo chiamò con un sorriso sensuale e invitandolo con un dito, fu tutto l'incoraggiamento che gli servì.

Dair fece un balzo verso il palco.

Gli incoraggiamenti, gli strilli e i battimani erano assordanti.

E poi successe l'imprevisto.

Talmente imprevisto che il tempo rallentò per permettere a quel momento di incidersi nella memoria collettiva dei presenti. C'era una tale incredulità che nessuno parlò né si mosse per una questione di secondi, chiedendosi se facesse parte dello spettacolo organizzato dal maggiore. Non aveva ricevuto il soprannome di Diabolico Dair perché se ne stava seduto al White a giocare a carte.

Dair era in pieno slancio quando sulla sua traiettoria si mise la donna con il vestito di seta verde menta e lavanda. Da dove era saltata fuori, nel nome di Giove? Non avrebbe potuto scegliere un momento più disastroso. Aveva il cervello grande come un pisello per non capire che cosa le sarebbe successo facendo una mossa così stupida? Gli era impossibile fermarsi a metà salto. Il suo istinto di soldato gli disse che se non avesse messo in atto immediatamente un'azione evasiva, la sua enorme carcassa nerboruta avrebbe sbattuto contro quella babbea a piena potenza. Si sarebbero rotte delle ossa. Quelle di lei. Sembrava pesare un quarto di lui, era sottile come un wafer, in effetti e, con un bastone da passeggio in mano, doveva essere fragile come un guscio d'uovo. Non c'erano né il tempo né la possibilità di farsi sentire, anche se avesse gridato un avvertimento. Lo stormo di bellezze che solo un momento prima stava sobbalzando e ridacchiando gridandogli incoraggiamenti, ora vide il disastro che stava per succedere e si disperse, urlando, per togliersi di mezzo.

Dair fece l'unico gesto possibile per evitare conseguenze catastrofiche. Strinse le braccia, si voltò a mezz'aria e si preparò all'impatto, sperando che fosse sufficiente ad alterare la sua traiettoria e farlo ricadere lontano da quella creatura idiota. La sua immediata reazione avrebbe funzionato se la femmina fosse rimasta dov'era e non si fosse voltata. Fu come se la donna avesse percepito una presenza minacciosa e, cercando di scappare, si mise un'altra volta sulla sua traiettoria. Dair non aveva altra scelta.

Atterrò pesantemente sul palco, con la forza di inerzia che lo portava in avanti, e raccolse la femmina, letteralmente sollevandola e stringendola forte contro il petto mentre continuava a correre. La tenne stretta contro di sé mentre i piedi nudi cercavano di resistere all'inerzia. Sbatté una coscia contro l'angolo della dormeuse, sorprendendo la sua occupante, che fu sospinta in avanti prima di finire distesa sulla schiena sui cuscini con un gridolino involontario quando la dormeuse inclinata ricadde sui quattro piedini con un tonfo.

Dair calcolò che il bordo della piattaforma fosse a un metro da lui, e che poi c'era un dislivello con uno spazio vuoto di circa un metro e mezzo prima della parete di gesso in fondo allo studio. L'ultima cosa che voleva era cadere nel varco con la sua prigioniera; lei avrebbe potuto finire sotto di lui e restare schiacciata. E anche se avesse saltato il varco non c'era nessun posto dove andare. Sarebbero finiti contro il muro. Anche se a lui potevano venirne lividi e abrasioni, non c'erano garanzie che sarebbe riuscito a impedire alla sua prigioniera di rompersi le ossa, forse le costole.

Doveva fare qualcosa, in fretta. Con la coda dell'occhio vide i drappeggi che il pittore aveva usato come sfondo. Si gonfiavano alla brezza che entrava dalla finestra aperta. Calcolò di poterci arrivare. Stringendo la sua prigioniera con un braccio, tese l'altro, afferrò una manciata di tessuto e pregò che il bastone che sosteneva le tende resistesse. Il tessuto doveva restare attaccato agli anelli abbastanza a lungo da permettere loro di restare impigliati, impedendo loro così di cadere oltre il bordo del palco.

La strategia funzionò. La velocità unita al moto li fece ruotare nelle pieghe del tessuto. La tenda fece un'ampia oscillazione. La spalla di Dair colpì la parete con un tonfo e poi la tenda e i suoi due occupanti tornarono indietro sul palco e si fermarono. La coppia era avvolta nel tessuto, ma era rimasta in piedi e incolume.

Lieto del risultato dei suoi sforzi per evitare il disastro, Dair fece involontariamente una risata. Per parecchi secondi, tutto quello che riuscì a sentire fu il proprio respiro pesante e il cuore battere contro le costole. Lontano, dall'altra parte dello studio, sembrava esserci un gran subbuglio, ma lì, avvolti in quel bozzolo di tessuto, c'era solo silenzio... e un respiro. Anche la sua prigioniera stava respirando affannosamente. Sentiva il suo fiato sul petto nudo, dov'era premuta la sua fronte, e stava tremando, senza dubbio per lo spavento. Ma non stava né gridando né gemendo, e questo gli diceva che non si era fatta male. Niente ossa rotte. Bene. Probabilmente lui aveva un brutto livido sulla coscia e sulla spalla, ma non era niente rispetto alla ferita al suo ego, grazie alla donna stupidamente inconsapevole avvolta al sicuro tra le sue braccia.

Chi diavolo era comunque? Da dove era venuta? Perché era sul palco circondata da ballerine vestite da ninfe greche, quando lei era coperta da capo a piedi? Il suo cervello offuscato dal vino cercava delle risposte. Doveva essere un'amica di Consulata, invitata ad assistere alla sciarada. Forse una cantante, o un'attrice, o una prostituta di alta classe, al servizio di uomini della sua classe sociale? L'amante di uno degli amici di Dorset, forse. Sì, aveva un senso.

Certamente non era una di quelle timide donne delicate, come sua sorella e le sue cugine, e sua madre, che non avrebbero mai osato mettere un prezioso piedino nello studio di un pittore senza uno chaperon, e per paura di incontrare proprio le donne per cui lui e Grasby stavano recitando. Una damigella da salotto sarebbe svenuta o avrebbe urlato a pieni polmoni. Il colpo di essere sollevata per aria da un uomo nudo che giocava a fare il selvaggio sicuramente avrebbe causato un attacco isterico. Eppure non era isterica. Forse la sua prigioniera era troppo gelata dalla paura per lottare? Avrebbe spiegato perché era aggrappata a lui come una sposa vogliosa al novello marito la prima notte di nozze. Dair sogghignò. Beh, il più vicino possibile senza la consumazione.

Decise che, tutto sommato, poteva non essere un'idiota, ma un'astuta civetta. Stupida nel mettere in atto la sua mossa, nessuno con un briciolo di cervello si sarebbe gettato di fronte a un dragone con il torace largo come un armadio, ma astuta. Se la sua intenzione era di attrarre la sua completa attenzione, beh, c'era riuscita. E sembrava anche disinvolta nel fargli capire che cosa voleva da lui. Civetta.

Qual era quel detto che Cedric ripeteva *ad nauseam* dopo una bottiglia di troppo di chiaretto? *Carpe* qualcosa... *Carpe diem*... Cogli l'attimo! Ecco. E certamente lui aveva qualcosa tra le mani in quel momento, caldo e morbido e, senza dubbio, delizioso... Sorrise. Era pronto a cogliere l'attimo. Al diavolo quello che stava succedendo oltre il loro bozzolo.

Comodo che i vestiti della donna fossero in disordine, tutti raccolti da una parte, con i pannier richiusi a fisarmonica sopra i fianchi che gli inchiodavano il braccio sinistro intorno alla sua vita, con la mano sul sedere rotondo e sodo. La leggera sottoveste non era una barriera alla piacevole sensazione tattile della calda e rotonda carne femminile. Dair si chiese se il suo odore fosse altrettanto piacevole.

Chinò la testa, aspettandosi uno dei profumi troppo dolci e inebrianti di Floris in cui le sue amanti sembravano fare il bagno, come fossero acqua e lui avesse soldi da buttare. Ma qual era il prezzo per portarsi a letto una bella donna?

Fu piacevolmente sorpreso. Questo profumo era molto più discreto, e irresistibile...

Chiuse gli occhi e la annusò, chiedendosi quali fossero i componenti di una fragranza così seducente. Era un indefinibile, quasi impercettibile miscuglio di profumi, di vaniglia, e lavanda e, in gran parte, del suo fascino femminile. Fece nascere in lui un desiderio profondo che non sarebbe riuscito a descrivere e che non voleva nemmeno riconoscere. Tutto quello che sapeva era che voleva di più, immediatamente. La sua mano strinse la sottile sottoveste, arricciando il tessuto tra le sue lunghe dita mentre la guardava, affascinato.

La donna alzò la testa dal suo torace e Dair si spostò, abbastanza da vederla in volto, per capire se anche lei fosse coinvolta quanto lui. I suoi grandi occhi azzurri, limpidi sotto le palpebre pesanti, sbatterono guardandolo e quando le labbra si aprirono, lentamente e in modo così invitante, a Dair non servì altro invito. Premette la bocca su quella della donna e si lasciò prendere dal momento...

Furono i perni di legno nell'intonaco che cedettero per primi. Erano quelli che tenevano le staffe di metallo attaccate al muro. Una staffa si staccò e cadde rumorosamente sul palco, proprio nel momento in cui la barra di legno che sosteneva la tenda, curvatasi sotto il peso dei suoi due occupanti, si ruppe in due. Ci fu un gran fruscio e un clangore di legno quando gli anelli scivolarono fuori dalle estremità scheggiate della barra spezzata. Dair e la sua prigioniera si ritrovarono affogati nei drappi.

Finì in pochi secondi. Colta impreparata, la coppia imbozzolata lottò per rimettersi in piedi, ora che non era più sostenuta dalla tenda tesa dal loro peso. Con i suoi riflessi fulminei, le braccia di Dair si avvolsero e si strinsero intorno alla sua prigioniera. Mentre cadevano, sporse i gomiti e assorbì il grosso della caduta. Intrappolati nei drappi, continuarono a rotolare e caddero nello stretto varco tra il palco e la parete.

Dair cadde sulla schiena, con la prigioniera sopra di lui, strettamente aggrappata come se lui fosse l'unico pezzo di legno galleggiante in un mare in burrasca. Entrambi erano scossi ma incolumi. Entrambi restarono immobili, facendo respiri profondi, per recuperare l'equilibrio, se non la dignità. Poi entrambi si resero conto di colpo della loro situazione. Mentre rotolavano giù dal palco, le tende si erano srotolate, liberandoli mentre cadevano nel varco. Ora erano un intreccio di braccia e gambe nude, perizoma sghembo, pannier storti e rotti, strati di sottogonne di seta minuziosamente costruite schiacciati e scompigliati, e tutto quanto in mostra.

Dair pensò che fosse uno spasso.

Ridendo, si mise una mano dietro la testa e si rilassò, per niente turbato. Il suo sorriso si trasformò in vero buonumore guardando la sua prigioniera che si sforzava di districare le membra e i vestiti dalla sua figura muscolosa. E, senza il suo aiuto, non stava avendo molto successo. Vedeva, dall'espressione testarda della donna, che la sua mancata assistenza la irritava ma quando riuscì a mettersi diritta e togliersi con le dita i capelli biondi arruffati dal volto, lui le afferrò il polso. Aveva tutte le intenzioni di tirarsela addosso di nuovo per proseguire da dove erano rimasti quando erano avvolti dalle tende, e al diavolo tutti gli altri.

Poi una voce rimbombò nello studio, sopra tutto il fracasso. Dair fermò la mano sul polso della sua prigioniera, si mise un dito sulle labbra perché non parlasse e si alzò su un gomito per ascoltare. Non era Cedric Pleasant che dichiarava di essere venuto a salvare la situazione. Non riconobbe la voce, ma aveva riconosciuto il tono di comando. Era accompagnato da passi, anch'essi familiari. Erano uomini con gli stivali che marciavano in sincrono. Una dozzina, forse più, se doveva tirare a indovinare.

Soldati.

CINQUE

Rory non intendeva farsi baciare. Al contrario, era stata sul punto di dare voce al suo affronto; era il massimo della maleducazione annusarle il collo, annusare il collo di chiunque! Avrebbe dovuto essere terrorizzata, nervosa, persino isterica per essere stretta a un uomo nudo con solo un pezzo di pelle di daino tra di loro. E non si stava dimostrando un gran riparo. Una particolare parte dell'anatomia dell'uomo non si stava comportando come avrebbe dovuto, o forse, e quello era il dilemma, si stava precisamente comportando come avrebbe dovuto, ma senza permesso. Non che lei sapesse niente di *quello*, eccetto quello che aveva imparato studiando gli arazzi in un tempio ornamentale nella tenuta dei suoi padrini nell'Hampshire.

Ventidue anni e completamente ignorante sulle faccende di cuore o, per essere più precisi, in materia di lussuria. Venti-*due*. Non riusciva quasi a credere alla sua stessa ignoranza!

In qualità di zitella, avrebbe avuto il dovere di svenire. O, almeno, fare tutto il possibile per liberarsi da lui e uscire dal bozzolo. Urlare. Qualunque cosa per allontanare più che poteva il suo corpo virginale da una simile potente virilità. Lo pretendeva la sua reputazione ineccepibile. La sua famiglia se lo aspettava. Altrimenti la buona società l'avrebbe condannata.

Ma il maggiore Lord Fitzstuart aveva sconvolto il suo mondo ben ordinato come fosse uno di quei globi pieni di liquido colorato nella vetrina di un farmacista. Galleggiante in un mare di possibilità liquide, si rese improvvisamente conto che questa visita imprevista allo studio di George Romney si stava trasformando nella serata più eccitante della sua noiosa vita. Non succedeva mai niente nella sua esistenza quotidiana che non fosse sancito dalle convenzioni, considerato accettabile, pacifico e *sicuro* per la nipote nubile di un pari.

E ora era lì, tra le braccia del più attraente, più spettacolare eroe di guerra della sua era. Che cosa avrebbe dovuto fare? Sapeva che cosa avrebbe voluto fare, ma andava contro tutto quello che le avevano detto o insegnato. Qual era quel detto che Cedric Pleasant usava in tutte le occasioni... *Carpe... Carpe... Diem*. Ecco! Beh, lo avrebbe colto e al diavolo le conseguenze!

Che male avrebbe fatto un solo, semplice bacio? Un bacio e avrebbe saputo, per un verso o per l'altro, se baciarsi era sopravvalutato. Non era mai stata baciata e certamente mai nel modo in cui le donne desideravano essere baciate dagli uomini attraenti, ardentemente e senza freni. Una volta, quando era da sola nella sua serra, si era lasciata andare a sognare a occhi aperti sui baci, la meccanica di un bacio e come ci si doveva sentire. Aveva concluso che se due persone ci avessero pensato prima di farlo, lo avrebbero evitato. I suoi sogni a occhi aperti l'avevano portata a coprire completamente con la corteccia una pianta di ananas che stava maturando, finché il giardiniere l'aveva avvertita della sua distrazione. Due persone con le bocche premute insieme? Che cosa c'era di così speciale?

Era così caldo e così... così *maschio*. Odorava di pepe e muschio e... lime appena spremuti... Era affascinante come la pelle del viso sembrasse liscia eppure, quando ci si strofinò con un movimento verso l'alto, il mento fosse ruvido, come le punte aguzze della piccola grattugia d'argento per la noce moscata che usava suo nonno... Aveva il naso grande, aquilino. Lo aveva già notato prima... E le ciglia... erano lunghe e scure... Era sicura di avere le labbra gonfie... Il suo sapore era salato e delizioso. Avevano chiuso le finestre per tener fuori l'aria della notte e acceso un fuoco nel camino...? All'improvviso aveva così caldo, le girava la testa e c'era una sensazione formicolante, più una pulsazione da qualche parte...

Oh, mio Dio!

Non le era mai passato per la mente che per godere veramente di un bacio appassionato le bocche dovessero essere aperte. Era così... decadente. E lui era così... delizioso. Si appoggiò a Dair, desiderando qualcosa di più. Non voleva che si fermasse. Voleva che tutto quello che stava succedendo fosse impresso a fuoco nella sua mente: la mano calda che le teneva il sedere; la sensazione di lui, grande e nudo, premuto contro di lei; le dita intrecciate nei lunghi capelli legati sulla nuca da un nastro di satin color lavanda; e il modo meraviglioso in cui la stava baciando, come se veramente, ferventemente, non desiderasse niente e nessun altro più di lei.

Oh, com'era facile farsi catturare da convinzioni sbagliate. E tutto quello che ci era voluto era stato un bacio...

SE RORY ERA AVVILITA PERCHÉ IL LORO MERAVIGLIOSO interludio era finito bruscamente con lo spaccarsi della barra delle tende, fu sbalordita fino a diventare muta quando atterrò cavalcioni sul maggiore Lord Fitzstuart, in uno stato pietoso.

Non era così importante che potesse essersi rotta qualche costola. Sapeva di essere ammaccata da capo a piedi dopo aver capitombolato ed essere stata schiacciata sotto di lui mentre rotolavano sul palco e poi atterravano sul pavimento. E quando poi si erano fermati, ammonticchiandosi, il maggiore era rimasto lì, sdraiato sulla schiena, ridendo così forte che Rory rimbalzava sul suo stomaco.

Ma il capitombolo le fece prendere coscienza del proprio comportamento, e riuscì solo a pensare a sistemarsi i vestiti e ad allontanarsi da lui il più presto possibile. Doveva allontanarsi prima che Drusilla e il signor Watkins scoprissero dov'era finita e prima che Grasby si rendesse conto che la sua sorellina l'aveva visto ubriaco e in déshabillé, a sollazzarsi con femmine di dubbia reputazione. Ma come poteva giustificarsi per quello che le era accaduto? I pannier erano contorti e rotti, i bottoni e i lacci che trattenevano la sua polonaise si erano strappati e il tessuto ora ricadeva sciolto senza alcun ordine. E dov'era finito il suo bastone? L'ultima volta che ricordava di averlo visto era quando era stata colpita da un muro di muscoli virili e le era volato via dalla mano. Sperava che non avesse causato danni a qualcuna delle ballerine...

Fu riportata all'immediato presente quando Dair le strinse gentilmente il braccio, ammiccando e portandosi un dito alle labbra, segnalandole di restare zitta. Non fu necessaria alcuna spiegazione. Il forte rumore regolare di stivali sul parquet, accompagnato dalle grida di allarme delle ballerine, la fece balzare via da lui per inginocchiarsi sotto il bordo della piattaforma rialzata per vedere che cosa stesse succedendo.

Appena dentro la porta c'era il signor George Romney, con le braccia conserte, le spalle curve e un'espressione preoccupata. Accanto a lui c'era suo fratello Peter, che sorrideva da un orecchio all'altro. Si tolsero dal percorso di un contingente di milizia in uniforme, guidato da un capitano della guardia dalle guance rubizze. I soldati si fermarono di colpo a metà dello studio, dove c'era un gentiluomo tarchiato con una redingote azzurra, del colore delle uova di pettirosso, intessuta di filo metallico e lustrini, in piedi a gambe larghe, per meglio mostrare i polpacci muscolosi. L'effetto del suo atteggiamento marziale era smorzato perché aveva camminato sulla vernice rovesciata sul pavimento e ora aveva macchie di mille colori sulle scarpe con la fibbia. Teneva alta una spada davanti a un pubblico di ballerine spaventate che piangevano e stava declamando. Finì in fretta il discorso che aveva provato quando fu interrotto dal capitano delle guardie che abbaiava ordini, ma il braccio che teneva la spada restò a mezz'aria. Rory sospettò che si fosse pietrificato, lingua e corpo assieme, quando aveva sentito, e poi visto, i soldati. Riconobbe lo spadaccino congelato. Era uno dei migliori amici di suo fratello, il signor Cedric Pleasant. Dedusse che fosse il 'simpatico amico' cui si era riferita Consulata Baccelli.

Si chiese dove fosse finito suo fratello. Pregò che fosse riuscito a nascondersi da qualche parte nella stanza. Forse era accucciato dietro alla pila di tele contro una parete o sotto il tavolo con la tovaglia drappeggiata che sosteneva tutti gli accessori necessari a un pittore di ritratti? Sarebbe stato ancora meglio se fosse riuscito a tuffarsi fuori dalla finestra aperta da cui era entrato. Non era tra quelli ora raccolti nello studio, quindi, quando Dair le tirò il pizzo al gomito per attirare la sua attenzione, Rory lasciò volentieri perdere il melodramma. Fu sorpresa di vedere che il maggiore era rimasto tranquillo, appoggiato a un gomito, nascosto.

"Rapporto, mio bell'esploratore! Che cosa sta succedendo là fuori?"

"Non volete guardare per conto vostro?"

"Lasciatemi indovinare," disse il maggiore. "Dodici, forse quindici, gendarmi, più il loro capitano…?"

Rory guardò nello studio, contò, poi annuì, impressionata.

"Non potrei chiedere probabilità più favorevoli! Sarei stato offeso se fossero stati meno di una dozzina. Sei, e le cutrettole li avrebbero presi per clienti; otto, e le nostre lucciole avrebbero pensato a una retata e a un'accusa di adescamento. Ora, con una *dozzina* del fiore della milizia a invadere la scena, sospettano che ci sia qualcosa di molto più serio in ballo."

Rory aggrottò la fronte.

"Cutrettole e lucciole? In ballo? No so proprio di che cosa stiate parlando, ma non ha niente a che fare con i volatili o gli insetti. E, oso pensare, è stato tutto programmato per il vostro divertimento?"

Sorpreso, Dair fissò Rory per la prima volta da quando si era scontrato con lei. Anche se gli piaceva quello che vedeva, era una cosina ben fatta con grandi occhi azzurri e capelli lucenti, la sua sicurezza e l'intelligenza che le illuminava il viso lo misero a disagio. Non era sicuro se stesse ridendo *di* o *con* lui. L'istinto gli diceva che la seconda alternativa era quella giusta, quindi compì un atto di fede e si fidò di lei, dicendo, disinvoltamente: "Non siete particolarmente perturbata che lo studio del signor Romney sia stato invaso da ruffiani in uniforme?"

"Perché dovrei?" Rispose Rory con un'alzata di spalle e aggiungendo, con un sorriso impudente: "Ho un eroe di guerra a proteggermi."

"Ah! Vero!" Rispose Dair, sentendosi arrossire. Dio! Stava arrossendo? Sentì contrarsi lo stomaco a quel pensiero. Parecchie donne avevano usato quella mossa con lui, sbattendo le ciglia e facendo il broncio con le loro labbra rosse, e per portarsi a letto le più belle, aveva lasciato loro credere che funzionasse. Ma non era mai arrossito a quel commento.

"Un eroe di guerra mascherato da selvaggio," lo canzonò Rory.

"Tutto per una scommessa," spifferò Dair, come se una confessione fosse necessaria.

"Sì, lo avevo immaginato. Ma quelle povere... cutrettole e lucciole, loro non lo sanno, vero? E la milizia... Spero che non abbiate dovuto pagare voi per la loro invasione? O forse le vincite copriranno anche le spese?"

"Furba." Gli tremarono le labbra. "Scommetto il mio perizoma che sapete anche che cosa significa *perturbata*."

Rory si voltò per guardare nuovamente oltre il palco; tutto pur di farlo smettere di fissarla. Si sentiva piuttosto debole. Gli disse che cosa stava succedendo, aggiungendo: "Il capitano ha messo due dei suoi uomini a guardia della porta, che ora è chiusa. Non potete scappare da quella parte, se era quella la vostra intenzione."

Dair le tirò nuovamente il pizzo e fece segno con il pollice alle sue spalle. "La porta dietro di noi. Non è chiusa a chiave. Che cosa sta facendo adesso il gentiluomo con la spada?"

"Ha riposto la spada e sta conversando con il capitano."

"Il signor Pleasant sarà stizzito come un istrice che gli abbiano rovinato lo spettacolo. È stato saggio a rinfoderare la spada e a non tentare di fare l'eroe. Non è un codardo ma sarebbe stupido sfidare degli uomini in uniforme, specialmente con tutte le probabilità contro."

"Un eroe di guerra lo farebbe! Voi lo fareste. Non c'è niente che vi spaventi."

Per la seconda volta in altrettanti minuti, Dair fu sorpreso dalla sua sicurezza. Ma recuperò in fretta il sangue freddo e chinò la testa, ringraziando e dicendo con un sorriso: "Li spaventerò fino a farli arrendere. Dubito che uno qualunque di quei ragazzi abbia mai visto un coloniale, tanto meno un nativo di quel continente."

Lo sguardo di Rory andò per un attimo alla sua faccia dipinta, con le due trecce che pendevano ai lati delle orecchie, poi alle ampie spalle, ma non osò lasciarlo scendere più in basso e lo riportò in fretta al volto con le orbite annerite. Che lui la stesse osservando attentamente era evidente dal suo sguardo fisso.

"Sì, lo fareste," disse Rory con calma. "E non richiederebbe nemmeno questo assurdo travestimento. Non assomigliate per niente a un indiano americano."

"Assurdo? E quanti indiani americani avete..."

"Ho visto le stampe!"

Dair si coprì la bocca dopo essere involontariamente scoppiato a ridere. Si chinò su di lei alzando le sopracciglia. "Vi mostrerò le mie se mi mostrerete le vostre...?" Ma quando Rory aggrottò la fronte, senza capire l'allusione, si tirò indietro, improvvisamente a disagio, e disse con asprezza inconsueta: "La prossima volta che vorrò apparire ridicolo verrò a chiedere i vostri consigli!"

"Non avete bisogno dei miei consigli. Ve la cavate magnificamente da solo! Oh! Oh! Scusatemi, sono stata scortese! Perdonatemi!"

Dair sorrise, guardandola agitarsi e annaspare scusandosi, con le guance rosse come mele per l'imbarazzo. Le diede un buffetto sotto il mento, poi lo pizzicò affettuosamente.

"Voi, mia cara tenera delizia, non assomigliate assolutamente alla solita cricca di amiche di Consulata... Sono contento che vi siate lanciata contro di me."

"Lanciata?" Esclamò Rory. "*Lanciata*?" Non sapeva che cos'altro dire davanti a una simile assurda accusa. Le furono risparmiati ulteriore imbarazzo e spiegazioni quando Dair le mise un dito sulle labbra per zittirla e indicò con la testa il palco.

"Ascoltate! C'è una discussione. Una donna che sta facendo a fette un povero cristo. Non è Consulata. Quando lei si accende grida e gesticola. Chi avete detto che c'era?"

"Non l'ho detto."

Rory sbirciò oltre la sporgenza, ma sapeva a chi apparteneva la voce agitata senza bisogno di farlo. In mezzo allo stupefacente diorama di soldati sull'attenti, ballerine ammucchiate l'una sull'altra e uno studio di pittore nel caos, era entrata maestosamente Lady Grasby, tallonata da William Watkins. Entrambi erano corsi dal signor Romney per chiedere spiegazioni. Rory non aveva idea di cosa si stessero dicendo, c'era troppo rumore. Poteva ben immaginare che sua cognata stesse accusando il pittore di tutti i mali del mondo, tanto Silla stava gesticolando con il ventaglio chiuso.

Insoddisfatta della laconica reazione del pittore, quando questi indicò il capitano, Lady Grasby si rivolse prontamente all'ufficiale e procedette a scorticarlo senza riguardo per il suo rango, la sua missione o il loro pubblico. L'arma prediletta di Drusilla non cambiava mai: il pedigree dei Talbot che risaliva a Edoardo III; il fatto che il nonno di suo marito fosse un conte e che suo marito un giorno avrebbe ereditato il titolo; e i nobili legami del conte con tutti i consiglieri della corona, che si sarebbero accertati che il capitano fosse spedito all'isola St. George nei mari del sud se non avesse fatto quello che gli ordinava.

Rory sospirò e disse, quasi scusandosi: "Lady Grasby sta minacciando il capitano e lui sembra piuttosto intimidito."

"Grasby? *Lady* Grasby?" A Dair bruciarono le orecchie e si sedette. "Ditemi, Delizia, vedete un tizio dai capelli rossi, con gli occhi spalancati, magro come un palo: uno scribacchino con taccuino e matita? Sta prendendo nota?"

Rory annuì. "Sì. E non riesce a scrivere abbastanza in fretta per seguire la conversazione. Ha appena rotto la punta della matita, che gli è saltata fuori di mano. Oh no! Quel povero tizio si è chinato per terra per cercare di riprenderla e il signor Watkins gli ha calpestato la mano…"

"Il signor *William* Watkins? C'è anche Watkins la Faina? Alleluia! È proprio una giornata fortunata!"

Rory si guardò alle spalle in tempo per vedere Dair che sferzava l'aria con un pugno, felice come una pasqua.

"Faina? Watkins la Faina? È così che lo chiamate?"

Cercò di reprimere un sorriso ma Dair lo vide e le puntò un dito addosso.

"Ammettetelo, Delizia! Quel soprannome gli si adatta come un guanto. Quegli occhietti stretti, quelle sopracciglia cespugliose, quelle narici sottili, critiche!"

"Non ammetterò niente. E vergognatevi, non tutti possono essere degli Adoni. Certamente non il signor Watkins. Ma copre bene i suoi difetti."

"Ma copre bene i suoi difetti," la scimmiottò Dair, facendo una faccia disgustata.

Rory non riuscì a resistere, si lasciò scappare una risatina.

"Mai, neppure in mille anni, avrei creduto il maggiore Lord Fitzstuart capace di invidiare qualcuno. Potreste indossare un sacco e le donne cadrebbero comunque ai vostri piedi. Il povero signor Watkins deve usare tutta la bravura del suo sarto per acconciarsi in modo da attirare l'attenzione di una donna. Poi voi entrate in una stanza con un sacco addosso e i tutti gli sforzi del povero signor Watkins diventano inutili."

"Venite qui, Delizia," le ordinò gentilmente e la tirò giù accanto a lui, tenendo stretta la sua mano guantata. Non c'era più il sorriso da mascalzone quando la guardò negli occhi e disse a bassa voce: "È ora che metta fine a questa sciarada. Devo farlo, prima che il mio amico scribacchino usi tutta la pergamena. Ma prima di fare la mia grande uscita, voglio sapere il vostro nome. Non siete una ballerina e non siete un'attrice. La vostra conversazione, tutto di voi, dice che avete ricevuto tutte le attenzioni necessarie, almeno in passato. No. Non ribellatevi, non ho intenzione di causarvi angoscia. Voglio offrirvi..." Quando Rory continuò a guardarlo senza espressione, Dair sbuffò, distolse lo sguardo, poi la guardò ancora esasperato. "Al diavolo! Che cosa vi sto offrendo...?"

Rory deglutì a fatica, con la gola chiusa per l'ansia, lo sguardo inchiodato al suo bel volto. Dalla profonda ruga tra le sopracciglia nere, capì che il maggiore aveva la mente in subbuglio.

"Come faccio a saperlo io se non lo sapete voi?" Gli chiese sussurrando.

A quel punto Dair abbassò lo sguardo, ma non lo distolse, guardava fisso la sua bocca. Poi scese ancora, fino al rigonfio dei piccoli seni sodi contenuti nell'aderente corpetto di seta a righe, con la profonda scollatura quadrata e il bel bordo di pizzo della *chemise* che sbucava appena dai bordi di seta. Strofinò una piega del pizzo delicato tra l'indice e il pollice, bruciando dalla voglia di accarezzare qualcosa di più... Alla fine le alzò il mento con l'indice e riportò lo sguardo sul volto di Rory.

"Sapete che cosa voglio, Delizia. Non potete baciare un uomo come mi avete baciato senza aspettarvi un qualche risultato. Beh, questo è il vostro giorno fortunato. Ho intenzione di darvi ciò che volete."

Rory batté gli occhi. Era il suo turno di avere la mente in subbuglio. Era invasa da emozioni contrastanti di gioia e timore. Gioia perché aveva visto che lui la desiderava. Poteva anche essere ignorante ma non era una stupida. Il più bell'uomo di Londra trovava *lei* desiderabile. Nessuno l'aveva guardata in quel modo, mai. Certo, lui non aveva mai saputo della sua esistenza prima di quel giorno, nonostante lei avesse partecipato al ballo di Pasqua dei Roxton, meno di un mese prima. Ma la gioia fu presto cancellata dal timore, il timore di quello che stava per proporle. Un bacio e presumeva di sapere che cosa voleva lei? Gli uomini erano creature così impulsive.

Non voleva sentire che cosa aveva da offrire e si spostò, per lisciarsi le sottane e rimettere un po' d'ordine nei vestiti e in se stessa prima di essere scoperta, com'era inevitabile. Sua cognata aveva smesso di maltrattare verbalmente il capitano, che stava ora rivolgendosi ai suoi uomini. Anche le ballerine si erano zittite. Un tonfo vicino la fece sobbalzare. Sentì dei passi sul palco. La dormeuse fu raddrizzata. Per la prima volta da quando erano caduti nella buca, si sentì Consulata Baccelli che si lamentava nella sua lingua.

Eppure, prima che Rory potesse dare una sbirciata per vedere che cosa stava succedendo, Dair la prese tra le braccia e la baciò in fretta sulla bocca.

"Che cosa c'è in voi che mi attira? Devo essere pazzo! Non importa. È fatta. Qualunque cosa vogliate. Casa, carrozza, vestiti. Datemi una settimana per organizzarmi. Fino ad allora andate a casa Banks, a Chelsea. Ha un muro in comune con l'orto botanico. Lil, Lily Banks. Vi ospiterà finché verrò a prendervi, senza fare domande. Fate solo il mio nome. Ripetete le istruzioni perché sappia che non le dimenticherete. Ditele!"

"Casa Banks, a Chelsea. La casa ha un muro in comune con l'orto botanico. Lily Banks si occuperà di me, senza fare domande. Chi è Lily?"

"Un'amica… un'ottima amica." Sorrise. "La madre di mio figlio."

Dal volto di Rory defluì tutto il sangue. Era scossa. Anche se non sapeva perché, non ne aveva idea. Non che non sapesse che il maggiore aveva un'amante e che aveva generato prole illegittima. Nei salotti si discuteva liberamente delle abitudini dei nobili e delle loro mantenute. Era perfino stata presente a una discussione tra le pazienti mogli di due pari che discutevano della cura dei figli che i loro mariti avevano avuto da diverse amanti, e una delle donne si era lamentata dell'abilità che aveva suo marito di mettere incinta ogni donna su cui posava gli occhi. Sua cognata l'aveva portata via prima che potesse sentire di più. Eppure, per lei, queste conversazioni erano solo quello, conversazioni come tutte le altre. Quindi non aveva mai veramente pensato a quello che, per molte mogli di pari, era un fatto della vita. Ma sentirselo dire così francamente in faccia, e da quell'uomo, poi! Non sapeva che cosa fosse più sconvolgente, se sua signoria con indosso solo un perizoma o che le dicesse che aveva avuto un figlio illegittimo da una donna di nome Lily Banks.

Per parecchi secondi non riuscì né a pensare né a sentire. Fissò senza vedere Dair che guardava oltre il palco, poi si accucciava e le diceva qualcosa. Ma lei non lo sentì. Tutto quello cui riusciva a pensare era una casa a Chelsea, la sua amante e il loro figlio. Che cosa le aveva offerto? Una casa? Vestiti? Una carrozza? Ma Lily Banks e suo figlio? Aveva intenzione di mettere da parte Lily Banks per lei, o lei era solo un'aggiunta al suo harem? Quante altre donne c'erano? E quanti bambini? Che cosa avrebbe pensato suo fratello? *Suo fratello*? Perché mai Grasby si era intrufolato nei suoi pensieri confusi sul maggiore e il suo nefando stile di vita?

Grasby! Riusciva a sentirlo. Si riscosse mentalmente dai suoi pensieri e scoprì che Dair era sparito.

"Dair! *Dair*. Per l'amore del cielo, non lasciami qui a marcire!"

Era Grasby che implorava. Ma da dove? La sua voce era attutita, come se venisse da un pozzo profondo. I soldati adesso stavano sparpagliandosi per lo studio. Presto l'avrebbero scoperta! Oh, dov'era il maggiore? Se l'era appena chiesto che apparve, da sotto il palco. Scivolò sulla pancia per un tratto per poter alzare le spalle, poi si contorse girandosi sul sedere nudo, e Rory voltò la testa per non vederlo alzarsi. Quando Dair sbuffò, si voltò di nuovo a guardarlo. Era coperto di ragnatele e polvere.

"Siete una cosina timida, vero?" Disse, senza criticare. Indicò il palco con la testa. "Amico in estrema difficoltà. Incastrato sotto una trave. Devo liberarlo. Quindi dovrete scusarmi. E un avvertimento, io starei giù fino a quando il combattimento…"

"*Il combattimento…?*"

"… sarà finito." Si chinò e chiamò, sotto la piattaforma. "Non ti abbandonerei mai, Grasby! Fai quello che ti dico. Non puoi venire in avanti. Il varco è troppo stretto, perfino per la tua ossuta carcassa! Devi arretrare, prima le chiappe!"

"Oh Dio! No! Non da quella parte! Dair! Dair! Devi *salvarmi*!"

"Lo farò, amico! Prima devo creare un diversivo. Quando sentirai un sacco di baccano e le ragazze che strillano, striscia indietro da dove sei venuto, più in fretta che puoi. Capito?"

"Capito. Baccano e urla e io arretro."

"Più in fretta che puoi!"

"Più in fretta che posso."

"Così si fa!"

"Dair! Dair? E che diavolo faccio dopo? Dove vado? Cerco di arrivare alla finestra?"

"No! Non la finestra. Attraverso il palco. Dall'altra parte c'è una porta…"

"Una porta? Dall'altra parte del palco? Ehi? Cos'è questo fracasso? Sembra che ci sia un rinoceronte che cammina sopra di me."

"Soldati che stanno cercando…"

"Ha mandato i *soldati* a cercarmi? Dannazione! Sono fritto!"

"Non te! Niente di cui ti debba preoccupare!"

"Preoccupare! Non mi importa della dannata milizia! È la dannata moglie... La carissima Silla è la fuori, Dair! Mi *ucciderà*! Dair! Dair... ho perso il dannato perizoma... Dair?"

Dair roteò sulle punte dei piedi, sempre accucciato, con le spalle che sobbalzavano e una mano premuta sulla bocca per reprimere uno scoppio di risa. Lacrime di divertimento gli riempirono gli occhi. Si voltò a guardare il vuoto buio sotto la piattaforma quando Grasby lo chiamò con un sussurro acuto.

"Dair? Dair, mi hai sentito...? Stai ridendo! Lo so! Non è divertente! Sono io che sto rischiando la testa!"

Anche se era riuscito a controllare la risata, Dair non riuscì a nascondere il sorriso e si sentiva nella sua voce. Si asciugò le lacrime dagli occhi, facendo degli sbaffi con la fuliggine.

"No. Non è per niente divertente, ma non è della tua testa che mi preoccupo."

"Va' all'inferno per avermi messo in questo pasticcio!"

"Sì. Sì. Sarò là molto presto. Metti le mani sui tuoi attributi, attraversa il palco ed esci da quella porta più in fretta che puoi! Poi vai alla carrozza. Grasby? Grasby!"

"Sì! Sì! Porta! Carrozza! Occupati di Silla. Sii gentile. Sai, i suoi nervi. Il colpo... Mi stai ascoltando Dair? Dair? Dair! Che il diavolo ti prenda! Dannato stupido scherzo! Dannato..."

Il resto della tirata di Lord Grasby fu coperto dal rumore delle ballerine che venivano riportate protestando sul palco.

Dair diede un'occhiata attraverso il palco per accertarsi della posizione dei soldati. La maggior parte era ancora in formazione, in attesa di ordini. I civili erano ancora sulla porta, e anche Lady Grasby e la Faina, e due soldati che sorvegliavano la porta. Strano che fossero proprio lì; non faceva parte dell'accordo preso con il capitano. Le ballerine erano tutte raggruppate sul palco e gli bloccavano la vista della parte destra dello studio. Immaginò che fosse Consulata quella supina sulla dormeuse; tutto quello che riusciva a vedere di lei era un ventaglio che andava freneticamente avanti e indietro oltre lo schienale della dormeuse. E là, in piedi al centro della stanza accanto a Cedric Pleasant, c'era il giornalista, matita e taccuino in mano, che guardava a occhi sgranati e interessato, come se fosse capitato sulla notizia dell'anno! Dair sorrise. Avrebbe ottenuto la sua storia, certo, e anche di più.

Alla fine decise che era ora di fare la sua mossa. Per salutarla, tirò una lunga ciocca dei capelli di Rory che si era sciolta dalla sua pettinatura in disordine, poi si alzò e allungò le gambe. Quando lei tentò di fare lo stesso, le indicò di restare seduta, nascosta.

"Restate qui. Probabilmente correrà del sangue. Niente di serio, ma non voglio che siate immischiata nel tafferuglio..."

"*Sangue?* Starete attento, vero?"

Dair pensò immediatamente ai suoi nove anni nell'esercito e alle sanguinose carneficine cui erano sopravvissuti lui e i suoi compagni. Nessuno gli aveva mai chiesto di stare attento, allora, perché a nessuno importava di lui. Rise in tono aspro e si guardò dietro le spalle per controllare se lo avevano già notato, poi cercò di spazzar via la sua apprensione.

"Non il mio! Di quel gruppo laggiù. Beh, forse qualche goccia del mio," ammise davanti al volto preoccupato di Rory. Con una mossa impulsiva, si chinò e le sussurrò all'orecchio: "Starò attento, solo per voi..."

Con i denti, tirò fino a scioglierlo il nastro di satin color lavanda che le legava i capelli in disordine, ridacchiando quando la sentì sobbalzare.

"Pensavate che intendessi mordervi?" Le chiese mentre si legava in fretta il nastro in fondo alla treccia che gli pendeva davanti all'orecchio destro.

No. Rory aveva pensato che intendesse baciarla e, quando non lo aveva fatto, si ritrovò a essere irritata con se stessa per averlo sperato. Doveva essere evidente dalla sua espressione, perché Dair disse in tono di scusa: "Tutti i guerrieri ottengono la loro parte delle spoglie di guerra. Questa è la mia. Ora auguratemi buona fortuna, Delizia!"

Rory non ebbe l'opportunità di augurargli niente. Dair era saltato dal varco sul palco, in piedi con le braccia tese, prima che lei potesse emettere un suono. Poi tuonò, rivolto alla stanza, con tutto l'entusiasmo di un uomo che non vede l'ora di godersi il risultato del suo invito.

"Bene, ragazzi! Chi vuol essere il primo?"

E scoppiò l'inferno.

SEI

Lord Shrewsbury aveva settant'anni ma quel giorno se ne sentiva centosettanta. Era in giornate come quella che contemplava di rassegnare le dimissioni dal suo incarico di capo dello spionaggio inglese. Si sarebbe ritirato a vivere il resto dei suoi giorni lì, nella sua casa in stile olandese a Chiswick, con l'amatissima nipote come compagnia. Insieme avrebbero guardato le navi risalire e scendere il Tamigi, e tutti i mali del mondo, tutte le nefandezze e gli intrighi sarebbero stati consegnati alle pagine della sua storia segreta.

Ma aveva promesso al suo sovrano di restare a capo dello spionaggio fino a che quella 'insignificante agitazione' nelle colonie americane si fosse risolta. I membri del Consiglio della Corona che si riferivano alla guerra in corso dall'altra parte dell'Atlantico in quei termini erano idioti speranzosi oppure semplicemente degli stupidi ignoranti. Sua maestà era irremovibile nella sua convinzione che l'insignificante agitazione sarebbe presto finita e che i suoi 'figli' americani sarebbero tornati da lui, il loro genitore inglese.

In privato, Shrewsbury credeva che le colonie americane fossero già perdute. Lo credeva perché lui, più di chiunque altro nel regno, aveva accesso alla corrispondenza segreta e alle informazioni di una rete di spie che si allargava oltre il regno, attraverso l'Europa, oltre il vasto Oceano Atlantico fino a ognuna delle colonie delle Americhe. E sapeva che il figlio americano si era rivolto a un altro genitore, un rivale, il grande nemico della Gran Bretagna: la Francia. L'ambasciatore francese alla corte di San Giacomo stava facendo di tutto per rassicurare re

Giorgio che la Francia non sarebbe entrata in guerra per aiutare i ribelli americani, che sarebbe rimasta neutrale.

Palle! Pensò Shrewsbury. Sapeva che i francesi erano bugiardi. Il governo di Luigi stava segretamente fornendo aiuto in varie forme di modo che i ribelli potessero scatenare una guerra su vasta scala contro le truppe britanniche che difendevano i sudditi coloniali di sua maestà. Aveva informazioni in abbondanza che glielo confermavano. Recentemente aveva ricevuto la soffiata che un agente francese con base a Lisbona era pronto, al giusto prezzo, non solo a tradire i suoi compatrioti, ma a rivelare il nome del traditore all'interno dei ranghi burocratici della stessa rete di spie di Lord Shrewsbury. Shrewsbury sapeva che il traditore esisteva perché era stato sul punto di agguantare il suo intermediario, Charles Fitzstuart, un giovane idealista che era riuscito a evitare la cattura grazie all'aiuto della sua nobile famiglia.

Gli faceva venire la bile in gola pensare che Charles Fitzstuart fosse riuscito a fuggire in Francia. Ora non poteva trascinarlo davanti a un tribunale perché fosse giudicato per il suo tradimento, e aveva portato con sé l'identità del traditore annidato nella rete di spie inglesi. Ora era di vitale importanza prendere contatto con l'agente doppiogiochista francese a Lisbona. Shrewsbury avrebbe inviato il suo uomo migliore, che possedeva la capacità di confondersi con i locali, sapeva parlare tutte le lingue necessarie, era esperto nel maneggiare tutti i tipi di arma e, se catturato, sarebbe stato in grado di resistere alla tortura che toccava alle spie straniere. Era una missione pericolosa e impegnativa che avrebbe richiesto grande coraggio e astuzia, ma era sicuro che il maggiore Lord Fitzstuart sarebbe stato all'altezza del compito.

In quel momento, il maggiore si stava leccando le ferite dopo una serata particolarmente scatenata nello studio di un pittore. Shrewsbury non aveva ancora letto i dettagli più minuti del rapporto su quello che era successo, ma sapeva che erano coinvolti alcol, pugni e puttane, come sempre con il maggiore. Mezza dozzina di poveracci e un pittore infuriato cercavano risarcimenti e vendetta. Ma niente di tutto ciò preoccupava minimamente Shrewsbury. Era stato esattamente così anche lui all'età del maggiore. I giovanotti, in special modo quelli che rischiavano la vita, avevano bisogno di distrazioni. E questi uomini si sarebbero trasformati in ragazzacci alla minima opportunità.

Che ironia che il maggiore, il suo miglior agente, fosse proprio il fratello maggiore di Charles Fitzstuart, il traditore in fuga. Ma lui si fidava implicitamente del maggiore. Non si poteva dire lo stesso degli altri membri della famiglia di Charles Fitzstuart. Due di questi membri erano seduti davanti a lui nel suo studio. Entrambi erano aristocratici di altissimo rango ed entrambi erano sospettati di complicità nella fuga di Charles Fitzstuart.

Il duca di Roxton era il duca più potente in tutto il regno, figlio del suo migliore amico e cugino di Charles Fitzstuart; l'altro, Jonathon Strang, appena nominato duca di Kinross, era il pari più ricco di Scozia e certamente il più schietto. Una coppia da far paura. Entrambi gli uomini erano arroganti, sicuri di sé e impavidi. Ma entrambi avevano un punto debole, lo stesso punto debole: Antonia, duchessa vedova di Roxton.

Il duca di Roxton chiese di sapere perché fossero stati convocati davanti a lui.

Il capo dello spionaggio era notevolmente tranquillo e compiaciuto.

"Non lo sapete, vostra grazia?" Lord Shrewsbury non ne era convinto. Guardò Kinross. "Forse la vostra grazia scozzese vorrebbe illuminare sua grazia inglese?"

"Non c'è bisogno di essere così giocondo con noi," disse seccamente Kinross. "Se Roxton dice di non saperlo, credetegli."

Shrewsbury guardò Kinross tra gli occhi.

"Molto bene. Allora devo solo arrestare voi per tradimento, vostra grazia."

"*Tradimento*?" Dissero all'unisono i due duchi, ma fu Kinross che scoppiò a ridere, come se Shrewsbury stesse scherzando, pur sapendo che non era così. Soffiò in aria il fumo del sigaro.

"Per aver aiutato una coppia in una fuga d'amore? Non siate sciocco, amico! Non c'è niente di sovversivo!"

"Per aver coscientemente aiutato un traditore a evitare la cattura, la pena è... Vedo che non sapete che cos'è venuto alla luce oggi, Roxton?" Continuò Lord Shrewsbury e fu interrotto da Kinross.

"Vi dirò io che cos'è successo questa mattina. Shrewsbury qui ha dato il permesso alla milizia di prendere d'assalto la casa di vostra madre all'alba. Immaginatelo! La casa era invasa dalle truppe! È stata un'esperienza dannatamente spaventosa per *Madame la Duchesse*..."

Roxton era quasi fuori dalla poltrona.

"*Cosa*? Dei *soldati* hanno invaso la casa di *mia madre*?" Guardò Kinross e poi Shrewsbury. "A che gioco state giocando? È intollerabile che mi abbiate convocato cinque minuti dopo il mio arrivo in città, costringendomi a lasciare mia moglie, *incinta*, preoccupata perché non sapeva quale fosse il problema. E ora scopro che avete sconvolto ancora di più mia madre? Non permetterò..."

"Quello che voi permetterete e non permetterete è irrilevante, vostra grazia," lo interruppe educatamente Shrewsbury. I suoi gelidi occhi azzurri guardarono oltre il bordo degli occhiali. "Dovete chiedervi come mai Kinross sapesse che la casa di vostra madre è stata perquisita dalla milizia su mio ordine. A quell'ora del mattino, quando la maggior parte di Westminster sta ancora dormendo..." Guardò direttamente il duca di Kinross e disse, senza battere le palpebre: "La mia ipotesi è che la duchessa fosse ancora a letto... E nessuno potrebbe saperlo meglio di voi, vostra grazia."

"Ah! Vi sminuite, Shrewsbury. Vista la vostra sinistra occupazione, scommetto il mio portasigari d'argento che non solo conoscete la risposta, ma che lato del letto preferisce."

Shrewsbury inclinò la testa bianca all'ambiguo complimento.

"E quando non è a letto, preferisce una dormeuse nella biblioteca o lo spazio aperto del bel padiglione estivo di sua grazia, vero? La varietà infinita di ambientazioni che scegliete per i vostri torridi accoppiamenti è limitata solo dalla vostra immaginazione."

Kinross scoprì i denti bianchi. Ma gli occhi non ridevano. Aspirò forte dal sigaro e soffiò deliberatamente il fumo in faccia al capo dello spionaggio.

"Che misero piccolo uomo siete, Shrewsbury. I rapporti piccanti che vi consegnano su una bella donna che fa l'amore con il suo amante vi eccitano? Li tenete sotto il cuscino? Li tirate fuori per sbrodolarci sopra quando vi serve un po' di sollievo? Ah, scommetto che state spiando *Madame la Duchesse* da ben prima che io..."

"Per l'amor del cielo, Kinross, state parlando di mia madre!"

Era Roxton. Aveva afferrato i braccioli della poltrona, con il volto cremisi. Guardò furioso il segretario di Shrewsbury, il signor William Watkins, che abbassò immediatamente lo sguardo sulla penna che aveva in mano. "*Mia madre*, Kinross," disse sussurrando ferocemente. "Non una comune sgualdrina. Una duchessa. Pensavo che voi... Dio! Non so più che cosa pensare adesso!"

Kinross diede affettuosamente un colpetto sul braccio dell'uomo più giovane e si chinò a parlargli sottovoce. "Le mie scuse. Mi ha fatto perdere il controllo. Mi ha fatto infuriare a morte. Non ha il diritto, nessun diritto, di spiarla. Non volevo sconvolgervi. Julian..." Aspettò che gli occhi verdi di Roxton fissassero i suoi. "Amo infinitamente Antonia, sinceramente e devotamente. Non c'è niente che non farei per renderla felice. Intendo sposarla, e senza indugio. Con o senza la vostra benedizione." Con un mezzo sorriso aggiunse: "Preferirei avere la vostra benedizione."

"Bene, Roxton può consegnarvi la licenza speciale che si è recentemente procurato da Cornwallis, una volta che vi sarete congedati da me. Forse ce l'ha qui adesso, nella tasca della redingote...?"

"Come...?"

Shrewsbury accennò un sorrisino, tranquillo e compiaciuto per essere riuscito a innervosire entrambi i gentiluomini dopo solo pochi minuti di conversazione. Le cose stavano procedendo ancora più in fretta di quanto si fosse aspettato. I duchi si fissarono per poi guardare Shrewsbury.

"Non vi aspetterete che Shrewsbury ve lo dica!" Esclamò Kinross, agitando una mano. Poi sorrise imbarazzato. "Ma accetterò volentieri la licenza, se veramente l'avete."

"Certo che ce l'ho! Dannazione a voi!" Esplose Roxton. "Non posso dire di essere molto felice di avere un padre che ha solo otto anni più di me. Che amiate sinceramente mia madre, e che siate un duca, addolcisce un po' la pillola. Oltretutto è quello che vuole lei. Voi la rendete felice. Ed è tutto quello che ho mai desiderato per lei, che sia felice. Quindi, per l'amor del cielo, sposatela senza indugio. Questo pomeriggio non sarà abbastanza presto!"

Kinross scosse la testa, scusandosi. "Non oggi. Ho promesso di accompagnarla a teatro. C'è la prima della nuova commedia di Sheridan. Sono settimane che l'aspetta. Non posso deluderla."

"Domani mattina allora. Non oltre." Quando Kinross annuì, Roxton sospirò di sollievo. Prese da una profonda tasca della redingote un pacchetto con il sigillo dell'arcivescovo di Canterbury e glielo consegnò. "Lascio a voi il resto dei particolari... Quanto a voi, signore," disse poi rivolgendosi a Shrewsbury, "aspetto le vostre scuse per aver diffamato la duchessa vedova di Roxton, e le avrò adesso o lascerò la vostra casa e né io né uno dei miei amici vi rivolgeremo mai più la parola."

Shrewsbury non si lasciò intimidire minimamente, e si chinò sulla scrivania, incrociando le braccia sul sottomano sopra la scrivania.

"Che cos'è, Roxton, che vi fa credere che il vostro titolo metta voi e la vostra famiglia al di sopra delle leggi?"

"Mio padre lo credeva di certo," disse Roxton in tono scherzoso, poi aggiunse serio: "Mi conoscete e sapete che sono meticoloso nel voler fare sempre la cosa giusta. Che un membro della mia famiglia possa essere un traditore del re mi rattrista e mi stupisce." Diede un'occhiata a Kinross. "Confesso di aver saputo solo recentemente delle attività sovversive del cugino Charles. Non mi rallegra che membri della famiglia si siano sentiti obbligati ad aiutarlo a evitare la cattura. Ma credo che quelle azioni siano state fatte con le migliori, anche se forse non illuminate, intenzioni."

"Migliori intenzioni? Non illuminate? Stupidaggini," dichiarò sprezzantemente Shrewsbury. "Vista la loro 'assistenza', vostra madre e Kinross potrebbero tranquillamente essere alleati della Francia!"

"Charles Fitzstuart è scappato in Francia con mia figlia per sposarsi, e io ho dato il mio consenso, quindi non è un crimine," dichiarò il duca di Kinross. "È tutto quello che chiunque al di fuori di queste quattro mura deve sapere. E questo conclude la faccenda!"

Shrewsbury fissò Kinross con le palpebre a mezz'asta.

"Non insultate la mia intelligenza, o quella di Roxton e del mio segretario. Voi e la duchessa vedova siete stati determinanti per la mancata cattura di Charles Fitzstuart e la sua fuga in Francia. Punire Fitzstuart ora è puramente teorico. Ma solo perché quell'uccellino è scappato non significa che altri non possano essere puniti e fornire un esempio al suo posto. Quelli che contemplano di tradire devono capire che anche se riescono a evitare la cattura non significa che siano liberi, specialmente quando si lasciano dietro amici e famigliari. Ci sono miriadi di possibilità di infliggere una punizione, senza toccare con un dito il traditore."

La bocca di Shrewsbury si contorse compiaciuta. Alzò un braccio e fece segno a qualcuno di uscire dall'ombra della lunga stanza.

"La vostra famiglia sarà ritenuta responsabile e io mi assicurerò che Charles Fitzstuart sia punito. In effetti, ho intenzione di prendere tre piccioni con una fava. E ho lo strumento giusto per farlo."

"Strumento?" Chiese Roxton, scambiando un'occhiata con Kinross.

Quando Kinross alzò le spalle, con un'espressione di completa incomprensione, Roxton guardò dietro di lui. Kinross lo imitò. Entrambi i duchi furono stupiti quando dall'ombra uscì il maggiore Lord Fitzstuart. Tuttavia il loro stupore non fu causato dal fatto che fosse stato lì per tutto il tempo e avesse sentito l'intera conversazione, ma dal suo aspetto.

Kinross non riuscì a fare a meno di esclamare: "Buon Dio, che cosa vi è successo?"

Dair sorrise, ma anche quel minimo gesto gli fece fare una smorfia. Istintivamente si toccò l'angolo della bocca, dove il labbro era spaccato e un brutto livido bluastro stava peggiorando man mano che passavano le ore. Sopra l'occhio sinistro la fronte era nera e gonfia, e c'erano abrasioni e lividi sulle nocche. Si sentiva a pezzi. Ma, nonostante tutto, riusciva ancora a restare in piedi. Un lungo bagno caldo aveva fatto miracoli nell'alleviare il dolore. Una bella rasatura, una camicia e una cravatta bianche pulite, un vestito di tessuto color antracite con pizzo e bottoni d'argento e aveva ripreso l'aspetto di un gentiluomo, anche se lo stato di volto e mani lo faceva piuttosto assomigliare a un bandito di strada.

"Venite a sedervi, maggiore," disse Shrewsbury con calore genuino. "Fate gli onori con la teiera, Watkins."

Quando il segretario si alzò a metà dalla sedia, facendo una smorfia, Dair gli fece segno di sedersi.

"Preferirei una birra, ma anche il tè andrà bene. Non datevi pena, Watkins, me la caverò da solo. Potreste dover consultare i vostri appunti nel caso in cui io non ricordi bene i fatti. Sono stato preso a pugni da dieci, o erano dodici, soldati?"

"Io... Io non..." Disse William Watkins in tono arrogante e finse di guardare i suoi appunti spostando i documenti.

Si chiedeva come facesse il maggiore a sapere che non solo aveva scritto un rapporto esaustivo sulla commedia recitata nello studio di Romney la sera prima, ma che era stato là, testimone di tutto quell'episodio imperdonabile. Quell'uomo era una bestia. Non vedeva l'ora che Shrewsbury leggesse il suo rapporto e aspettava con gioia il momento in cui quell'idiota arrogante avrebbe ricevuto il giusto castigo.

"Erano dieci," dichiarò Dair, mettendo una zolletta di zucchero nella sua tazza di tè e mescolando. Sorseggiò con cautela la bevanda scura. "Il pronostico non era favorevole, ma ne sono uscito meglio di alcune di quelle teste di cuoio."

Fu il turno del duca di Roxton di aggrottare la fronte.

"*Dieci* soldati addosso a te?"

Dair si sedette comodamente su una poltrona vicino a William Watkins, facendolo immediatamente sentire inadeguato, messo a confronto con un tale colosso muscoloso, tanto che il segretario istintivamente si allontanò da lui. Se aveva notato il tentativo di ritrarsi, Dair lo ignorò e allungò le gambe, appoggiando un lucido stivale nero sopra un poggiapiedi imbottito.

"Sono sorpreso che non mi abbiano anche infilzato con uno spiedo," rispose indifferente. "Comunque non posso lamentarmi. I lividi guariscono prima dei colpi di spada."

"Perché avrebbero dovuto infilzarvi?" Chiese Kinross.

Dair alzò un sopracciglio nero fingendosi sorpreso, e anche quel gesto gli causò una fitta di dolore. Non aveva idea che le sopracciglia fossero così sensibili. Comunque riuscì a sembrare tranquillo e non dolorante.

"Non è quello che capita ai traditori?" Dair guardò Shrewsbury. "Oppure per i traditori figli di nobili c'è il ceppo del boia?"

Shrewsbury inclinò la testa e disse: "Non posso perseguire vostro fratello per alto tradimento, ma posso gettare *voi* nella Torre..."

"*Cosa*? Mandare *Dair* nella Torre? Per-per *tradimento*? Siete impazzito?" Chiese il duca di Roxton. "Non siate assurdo! Nessuno ci crederà nemmeno per un attimo! Perché un eroe di guerra, che ha passato nove anni nell'esercito, tre dei quali combattendo i ribelli, dovrebbe improvvisamente decidere di tradire tutto quello che gli è prezioso? Impossibile. Non è plausibile!"

"È così che la pensate? Ieri, nessuno avrebbe concepito che un idealista dai modi gentili, che ha passato tutta la vita con la testa sui libri, fosse capace di tradimento, ma Charles Fitzstuart ha commesso proprio quel reato, consegnando segreti di stato." Shrewsbury diede un'occhiata a Dair, che continuava a sorseggiare il suo tè, indifferente, e si rivolse a Roxton e Kinross. "Vi darete da fare entrambi perché il fango si attacchi. È il minimo che possiate fare, vista la vostra complicità nella fuga di Charles Fitzstuart. Quanto al perché il maggiore abbia tradito i suoi compatrioti? Scegliete voi: stanco della guerra, coscienza... debiti?"

Roxton rifiutò con un gesto. "Stupidaggini! Mai. Nessuna di queste cose funzionerebbe."

"Non importa. Una qualunque andrà bene," rispose Shrewsbury dicendo sprezzante, quando il duca di Roxton continuò a guardarlo irritato: "Per favore, non preoccupatevi eccessivamente, vostra grazia. Non ho intenzione di far arrivare la rivelazione ai giornali, niente di così sordido. Deve solo arrivare alle orecchie della società che il maggiore è stato confinato nella Torre, sospettato di tradimento. Se entrambi rifiuterete di confermare o negare l'accusa, la società crederà che sia vera. Senza subbio sentirete sussurrare alle vostre spalle, ma nessuno oserà dar voce all'accusa davanti a voi. Temo però che una tale rivelazione potrebbe far girare le teste nella vostra direzione e per delle ragioni completamente sbagliate." Lord Shrewsbury scosse la testa disapprovando e si rivolse al duca di Kinross. "Che vergogna che sia l'eroe di guerra e non suo fratello a essere marchiato come traditore. Spero che riusciate a dormire di notte sapendo di aver aiutato..."

"Siete un figlio di puttana, Shrewsbury."

Il capo dello spionaggio allargò le mani e sorrise all'insulto disgustato del duca di Kinross.

"Per il bene di tutti, vi assicuro, vostra grazia. E vi sto facendo il favore di informarvi prima che la notizia che il maggiore è stato arrestato e gettato nella Torre arrivi a Westminster insieme alla colazione."

"E tu...? Tu che ne pensi?" Chiese Roxton a Dair.

"Non mi sembra troppo preoccupato, questo è certo," borbottò Kinross.

Dair si raddrizzò con cautela e tolse lo stivale dal poggiapiedi. Ogni centimetro del suo corpo pulsava di dolore, e questo lo rendeva irritabile e insolente.

"Non importa ciò che penso io. L'importante è riparare ai danni causati dall'immorale comportamento di mio fratello. Se questo significa mettermi ai ferri nella Torre, così sia."

"La legge non può chiederti di prendere il posto di tuo fratello," dichiarò Roxton. "Lui non lo vorrebbe. Se pensasse che..."

"È questo il problema. Non ha *pensato*." Dair alzò una mano, esasperato. "E considerano me il tonto della famiglia!"

"Nessuno ha detto che..."

"Non voglio la tua pietà o il tuo aiuto, Roxton. I traditori si meritano quello che gli succede!"

"Ma Charles è tuo *fratello*."

"E mio fratello ha pensato una volta a me, *suo* fratello, quando fungeva da tramite a favore dei francesi e dei ribelli coloniali, mentre io stavo combattendo per il re e per la patria? Si è mai soffermato a pensare che i numeri sui pezzi di carta che passava ai francesi erano, in realtà, carne e sangue? Che ogni numero era un uomo con una famiglia, un uomo che combatteva a migliaia di miglia da casa sua, su campi di battaglia stranieri, per essere massacrato dov'era, perdendo pezzi di sé? Quell'uomo ha lasciato una vedova e degli orfani, lasciati a cavarsela da soli. Ha mai rivolto un pensiero a me o a quegli uomini? Il suo tradimento ha aumentato il numero dei nostri morti e dei nostri feriti; forse ci ha fatto perdere una battaglia o due. Si merita la stessa considerazione che ha avuto per me: nessuna. Ma poiché è un codardo e non è rimasto a subirne le conseguenze, tocca a me affrontarle e farmi carico di quello che sarebbe spettato a lui. E io non sono un codardo."

"Bene, ecco la risposta," mormorò Kinross nel silenzio assordante, con le guance che si coloravano. Raddrizzò le spalle e prese il portasigari d'argento per avere qualcosa da fare con le mani. Quando vide Dair che lo adocchiava, gli offrì un sigaro, poi gli passò il suo perché lo usasse per accenderselo, dicendo in tono leggero, con il sigaro di nuovo tra i denti: "Se vi piace questa miscela ve ne manderò una scatola. Devo comunque liberarmi di questi dannati cosi." Poi aggiunse, con un sorriso imbarazzato, rivolto a Roxton: "Lei dice che non è un buon esempio per i ragazzi..."

Dair alzò un sopracciglio a questa dichiarazione, non completamente sicuro di chi stesse parlando Kinross, ma percepì che aveva a che fare con la duchessa vedova di Roxton. Fumare il sigaro lo riportò a un umore più conviviale e fece un cenno col capo a Kinross dicendo: "Grazie. Una scatola sarebbe gradita..." Diede un'occhiata a suo cugino e, con un voltafaccia improvviso, aggiunse: "Charles è un traditore e un codardo, ma hai ragione. Nonostante tutto è sempre mio fratello. Non lo voglio morto, sia per il bene di mia madre sia per il mio. Spero che lui e la signorina Strang abbiano una lunga vita felice insieme. Scusate, signore, ma è la verità," si scusò con Shrewsbury. "Nelle colonie ho visto fratelli combattere contro fratelli e non dovrebbe mai succedere. Non è giusto, ecco tutto. Inoltre, se il nostro titolo deve proseguire oltre la mia generazione, sarà Charles che dovrà produrre un conte dopo di me. Non sarebbe giusto per la memoria di nostro nonno, il generale, che la linea morisse con me, no?"

"Stupidaggini!" Esclamò Roxton. "Ti sposerai e avrai un figlio... Voglio dire un..."

"... figlio legittimo?" Dair fece un mezzo sorriso. "Non lo credo probabile, no. È più probabile che Charles e sua moglie abbiano un erede legittimo al titolo di conte di Strathsay che io sopravviva al prossimo inverno, visto il lavoro che mi sono scelto. Quindi voglio che resti in vita," disse a Shrewsbury. "Farò qualunque cosa serva. Marcirò nella Torre, con qualunque accusa vogliate inventarvi, ma Charles e la sua famiglia devono essere lasciati in pace. Voglio la vostra parola, signore."

Shrewsbury sostenne lo sguardo del giovane, come rimuginando sulle conseguenze di fare una simile promessa e lasciare in libertà Charles Fitzstuart. Aveva pensato di mandare discretamente un assassino per far fuori quell'uomo; gli avrebbe dato una certa soddisfazione che i ribelli e i francesi sapessero che era in grado di dispensare quella particolare forma di giustizia dalla comodità del suo studio a Londra. Ma era un tradizionalista. Oltre a non voler causare angoscia alla contessa di Strathsay per la perdita di uno dei suoi unici due figli, non voleva essere la causa dell'estinzione del titolo, in particolare perché la linea aveva avuto inizio dalla relazione di Carlo II con Lady Jane Hervey, la figlia minore di un duca, che era anche un suo antenato da parte di sua madre. Che gruppo incestuoso era l'aristocrazia inglese!

Il suo sguardo andò fuggevolmente ai lividi sul bel volto del maggiore e sulle lunghe dita che tenevano il sigaro, con la pelle ancora scorticata, e si trovò a essere d'accordo con lui. Quell'uomo aveva un assoluto disprezzo per la propria sicurezza. Era sempre stato così, da quando era un ragazzo. Non era stato minimamente sorpreso che i dispacci e le lettere provenienti dal fronte della guerra coloniale tessessero le lodi del coraggio del maggiore. Avevano menzionato più di una volta la sua imprudenza. Che fosse sopravvissuto fino a ventinove anni era quasi un miracolo. Quindi non si preoccupava che il giovane superasse l'inverno successivo, ma le due settimane seguenti in Portogallo. L'Inghilterra e il Portogallo potevano anche essere alleati, ma con una nuova regina sul trono da soli tre mesi, c'erano disordini dappertutto. Lisbona brulicava di tagliagole e spie, sia spagnole che francesi, e lui pregava che Alisdair Fitzstuart tornasse in Inghilterra vivo e non in una bara di piombo. Alla fine annuì, con sollievo di tutti.

"Sì. Va bene. Avete la mia parola e i presenti ne sono testimoni."

"Grazie, signore," disse Dair solennemente, poi sorrise, e gli fece male il labbro. "Allora a me tocca la porta dei traditori e un po' di tempo nella Torre?"

"Non dite idiozie, Fitzstuart!" Disse sprezzante Shrewsbury. "Un agente impavido e addestrato come voi, che accetta di rischiare la vita e le membra per il re e la nazione, rinchiuso in prigione? Sarebbe uno spreco immane di talento ed energia. No, posso usare le vostre particolari... *abilità* sul continente."

Fissò Roxton, oltre le spalle di Dair, e poi Kinross e disse: "E quanto a quelli che pensano che potreste essere un traditore... Quelli cui passa per la testa questa idea devono avere la segatura nel cervello. Ma c'è abbastanza segatura tra i nostri conoscenti da riempire una segheria, purtroppo! Che lo pensino servirà al suo scopo e ci darà un po' di tempo; sufficiente perché partiate e, spero, arriviate alla vostra destinazione e al vostro contatto prima che le richieste di liberarvi diventino troppe. Ora, se le vostre grazie vogliono scusarci, devo parlare con Fitzstuart da solo."

"E perché sono diventato un traditore?" Chiese Dair. "Stanchezza per la guerra, coscienza o debiti?"

"Debiti. Roxton, Kinross. Dite alla duchessa vedova che suo cugino si è indebitato per una cifra enorme ed è accusato di aver passato documenti sensibili a suo fratello perché li vendesse ai francesi per suo conto. Per quanto riguarda lei e il resto della società, Fitzstuart soggiornerà nella Torre mentre sono in corso le indagini."

"Non ci crederà," disse sicuro Kinross, alzandosi e sgranchendosi le gambe, imitato dagli altri gentiluomini nella stanza.

Dair fu d'accordo. "No, non ci crederà. Mi conosce meglio di mia madre."

"Beh, Kinross farà in modo che ci creda!" Grugnì Shrewsbury. "Se ci crede Antonia Roxton, lo crederanno anche gli altri. Ed è vitale per i nostri sforzi bellici nelle colonie che i nostri amici e parenti credano che Fitzstuart sia rinchiuso nella Torre. Quindi non mi interessa che cosa fate, Kinross, ma fate in modo che la duchessa ci creda."

Il duca di Roxton tirò i pizzi ai polsi. "Se qualcuno può convincerla siete voi, Kinross." Guardò un attimo il maggiore e disse, tendendogli la mano: "Non so che cos'abbia Shrewsbury in serbo per te, ma temo fortemente che sia pericoloso quanto andare in battaglia. Buona fortuna."

"Tutto perché possiamo dormire tranquilli nei nostri letti, *aye*, Dair," disse Kinross, afferrando l'avambraccio del maggiore.

Dair lo tirò vicino perché potesse sentire solo lui. "Devo vedere la cugina duchessa prima di partire per il continente. Domani mattina."

Kinross annuì. "Le farò sapere che verrete. A che ora?"

"Prima di mezzogiorno."

Kinross fece un'espressione sorpresa per l'orario ma accettò. E, senza dire altro, seguì Shrewsbury e Roxton in anticamera, dove si salutarono.

"Presumo che vi vedrò entrambi a teatro stasera?" Chiese cordialmente Shrewsbury, come se la conversazione nel suo studio non ci fosse mai stata.

"Finirò *io* nella Torre se perderemo la nuova commedia di Sheridan!" Esclamò Kinross. "Venite nel nostro palco. Antonia vi aspetta."

Shrewsbury non fu per niente sorpreso dall'invito, o dal fatto che dividendo un palco a teatro, Kinross e la duchessa vedova di Roxton rendessero pubblica la loro relazione. Non poté comunque fare a meno di guardare il duca di Roxton per valutare la sua reazione a quell'interessante notizia. Roxton si limitò ad alzare gli occhi al cielo ma rimase zitto, e Shrewsbury dovette reprimere un sorriso vedendo che il duca tutto d'un pezzo era capitolato in silenzio davanti alla *force majeure*, sua madre.

"Ne sarei lieto," rispose Shrewsbury, "e anche mia nipote. Rory aspetta questa commedia almeno quanto sua grazia. In effetti, credo sia stata la duchessa a scriverle per dirle…"

E così, discutendo l'imminente serata a teatro, Lord Shrewsbury salutò i due aristocratici con un umore molto migliore di quando li aveva ricevuti. Quando tornò nel suo studio, Dair e William Watkins erano ancora in piedi.

"Per l'amor di Dio, ragazzo mio, sedetevi! Sedetevi! Stare in piedi accanto a voi e ai vostri parenti mi fa sentire come se fossi in fondo a un dannato pozzo! Anche voi, signor Watkins. Ora, prima di discutere quello che voglio che otteniate a Lisbona, c'è una cosa che ho bisogno che facciate… Per me," guardò il suo segretario, "e per il signor Watkins."

Dair appoggiò le spalle allo schienale della poltrona davanti alla scrivania di Shrewsbury, con il sigaro acceso tra le dita, e incrociò le caviglie. Senza degnare William Watkins di un'occhiata, fissò il vecchio negli occhi azzurri dietro gli occhiali.

"Qualunque cosa sia, se è per voi, signore, consideratela fatta."

"Bene. Voglio che dimentichiate l'incidente nello studio di George Romney."

SETTE

"Scusate, signore? L'incidente?" Chiese Dair.

"Sì. Molto bene," rispose Shrewsbury. "È esattamente così che reagirete e risponderete se qualcuno ve lo chiederà."

Dair guardò sospettoso William Watkins. "Allo studio di Romney?" Il vecchio annuì.

"Si è trattato solo di uno scherzo con qualche bella ballerina e una piccola zuffa con la milizia." Dair alzò una spalla con noncuranza e aspirò il fumo. "Niente di rilevante, signore, e anche piuttosto noioso."

"*Scherzo*? Una piccola *zuffa* con la-la milizia? *Noioso*?" William Watkins strillava come un'aquila. "I soli danni allo studio del signor Romney ammontano a centinaia di ghinee! E quanto all'angoscia causata a..."

"Grazie, signor Watkins," lo interruppe Shrewsbury. "Capisco le vostre preoccupazioni, e ho il vostro rapporto... tutte le sue venticinque pagine."

Dair fece una smorfia. "Solo venticinque pagine? Niente abbellimenti, allora?"

"Quando sua signoria avrà avuto il tempo di analizzare il mio rapporto, vedrà che la vostra condotta chiaramente condannabile..."

"Ripetetelo cinque volte, Watkins, scommetto che non ci riuscirete."

"... ha causato un danno incommensurabile al..."

"Sì, sì. Centinaia di ghinee di danni," disse tranquillamente Dair con un sospiro esagerato. "Mandatemi il conto. Romney dovrebbe ringraziarmi. Solo il resoconto sui giornali dovrebbe decuplicare la richiesta per i suoi ritratti. Per non parlare di quelli che andranno a trovarlo solo per dare una sbirciata al teatro delle operazioni; magari potrebbe persuaderli a comprare qualche tela."

"Non ci saranno resoconti sui giornali," disse Shrewsbury categoricamente. "Gli appunti del giornalista sono stati... confiscati."

"Bruciati, milord," lo rassicurò cerimoniosamente Watkins. "Ho provveduto personalmente. E l'editore è stato informato che il fiato del suo giornalista puzzava di alcol e che quindi non si potrà fidare nemmeno del resoconto verbale."

"Oh, ma siete proprio un tesoro," disse sarcasticamente Dair. "Che cosa avete fatto come bis? Avete offerto alle ragazze il contenuto dei vostri calzoni per far restare zitte anche loro?"

Watkins fu sinceramente sbalordito ma Shrewsbury ridacchiò.

"La lealtà di un segretario si estende solo fino a un certo punto..."

"... il suo batacchio non abbastanza."

Watkins non aveva idea di che cosa intendesse per batacchio, ma quando il vecchio scoppiò a ridere di cuore si convinse di essere stato diffamato; il successivo commento di Shrewsbury lo confermò e il suo volto divenne viola per l'imbarazzo.

"Non è giusto nei confronti di Watkins. Pochi uomini sono stati benedetti con un bell'aspetto e un equipaggiamento degno di un toro da primo premio. Quindi, per evitare che il resto di noi si senta inadeguato, manteniamo la conversazione sopra la cintura, per favore. Se volete saperlo," continuò il vecchio in tono più serio, "il vostro gruppo di ammiratrici è stato minacciato di finire a Newgate se solo diranno una parola riguardo a ieri sera. E la signora Baccelli terrà chiusa la sua bella bocca se desidera che Dorset continui ad adorarla. Romney sarà compensato, con diverse lucrose commissioni per addolcirgli il boccone, oltre al pagamento dei debiti del suo scapestrato fratello. Il signor Cedric Pleasant ha dato la sua parola di non parlare dell'incidente, e anche mio nipote. Rimane solo che voi mi diate la vostra parola d'onore di fare lo stesso. In effetti, da voi voglio qualcosa di più. Voglio che dichiariate di essere stato così ubriaco da non ricordare assolutamente niente della serata."

Dair fu infastidito dalla prepotenza di Shrewsbury, per quella che lui considerava solo una serata allegra passata giocando con tre amici. Che fosse finita in una zuffa non era del tutto colpa sua. Era colpa della milizia e il mezzo orchestrato da Shrewsbury per poterlo far arrestare. E lui si era volentieri adeguato ai piani di Shrewsbury, era pronto a farsi gettare nella Torre, se necessario, o a farsi mandare in qualche disgraziata missione all'estero, tutto per dare manforte ai britannici nei loro sforzi bellici contro i ribelli coloniali.

Ma quello che non era pronto a subire era la predica per uno scherzo innocuo che aveva visto il suo amico Grasby felice come non lo era da anni, e tutto perché Watkins la Faina e la sua altrettanto arrogante sorella si erano sentiti offesi. Che la Faina andasse a piagnucolare da Shrewsbury per un incidente che non lo riguardava minimamente lo faceva infuriare per la codardia del gesto. Un fascicolo di venticinque pagine, già!

La rabbia per l'interferenza di Watkins la Faina nei suoi affari non gli impediva di sentire quella specie di disagio che aveva sperimentato nelle numerose occasioni in cui era stato portato davanti al preside di Harrow, per essere punito per qualche infrazione minore. Uno sguardo al segretario e seppe che era esattamente come voleva che si sentisse.

Era dannatamente tentato di dare un pugno al sorriso ipocrita di Watkins. Invece alzò il mento squadrato e disse bellicosamente: "Potrebbe essere difficile. Potrò anche non essere molto sveglio, ma ho una memoria eccezionale... e non ho mai bevuto abbastanza da non ricordare la notte precedente. Grasby, invece, lui era ubriaco e non dovrebbe essere considerato responsabile, perché sono stato io a farlo ubriacare. Accetterò il biasimo per le sue azioni, senza difficoltà. Ma non mi rifugerò in un angolo perché il vostro segretario senza fegato e la sua sorellina con la puzza sotto il naso si sono offesi per qualcosa che, oltre a tutto, non avrebbero dovuto vedere!"

Shrewsbury si tolse gli occhiali, chiuse gli occhi e si premette la base del naso tra pollice e indice. Quando sospirò, come se perfino *lui* fosse stato spinto oltre il limite della sua pazienza, William Watkins si convinse che il vecchio stesse per dare una strigliata al maggiore, ed era anche ora! Quindi fu stupido quando il conte disse: "Come potete entrambi capire, le ultime dodici ore sono state estenuanti, dodici ore che avrei passato più volentieri... Ma ciò che è fatto è fatto... Watkins... siate così gentile da uscire."

"Uscire? Ma... Milord! Capisco che come vostro segretario dovrei fare ciò che mi ordinate... ma come *fratello* di Lady Grasby, è mio dovere essere presente per rappresentarla se intendete discutere le infrazioni inscusabili che sono avvenute a casa del signor Romney."

Shrewsbury aprì gli occhi e si concentrò sul suo segretario, che restava testardamente seduto dietro la sua scrivania, e dietro a una nuvola di fumo. Non aveva bisogno di chiedersi da dove venisse il fumo, con il maggiore che soffiava deliberatamente il fumo del suo sigaro dietro la spalla destra in direzione di Watkins. Il ragazzo era incorreggibilmente dispettoso e Shrewsbury dovette sforzarsi per non sorridere.

"Voi potete anche pensarla così, signor Watkins, ma è irrilevante. Il giorno in cui ha sposato mio nipote, vostra sorella è diventata una Talbot e parte della mia famiglia, quindi non è più una vostra responsabilità, per quanto siano forti i vostri sentimenti fraterni. Ma non ho nessuna obiezione a che andiate a cercare Lady Grasby a quest'ora del giorno. Potrebbe essere alzata e aver bisogno della vostra spalla fraterna su cui piangere. Senza dubbio arriveranno ancora tante lacrime," mormorò tra sé e sé mentre Watkins chiudeva silenziosamente la porta dello studio.

"A parte aver quasi rovinato il matrimonio di mio nipote," disse Shrewsbury, appoggiandosi allo schienale della sua sedia e incrociando le mani sul panciotto di seta che gli copriva la pancetta rotonda, "e che ci vorrebbe l'immacolata concezione perché la moglie di mio nipote concepisca, visto che non vuole che lui si avvicini a più di dieci metri dalla sua persona, non mi interessa assolutamente quello che è successo ieri sera, eccetto un fatto importante. È questo fatto che mi costringe a chiedere la vostra parola di gentiluomo che, da ora in poi, non rivelerete a nessuno, né a parole né a gesti, che ricordate un singolo dettaglio di quello che è successo tra le mura dello studio di George Romney."

Dair si mise diritto, attentissimo.

"Signore, se è così importante per voi, allora sì, vi do immediatamente la mia parola di ufficiale e gentiluomo. Se volete che dica che ero ubriaco tanto da non capire più nulla, così sia. Ma potrei saperne il motivo? Perché il bisogno di segretezza e la necessità che io dimentichi? Se Lady Grasby vuole biasimare qualcuno, quello dovrei essere io…"

"Oh, dà la colpa a voi, certamente. E io non la biasimo per quello! Avete reso oggetto di scherno suo marito, e quindi il suo matrimonio, e davanti a testimoni. È una creatura orgogliosa, vanitosa e potrebbe non riprendersi mai da questa umiliazione. Certamente non vi perdonerà mai. E la cosa non mi preoccupa minimamente. Che voi abbiate dimenticato i dettagli dell'intera serata farà già molto per lenire la sua autostima. Potrebbe riuscire a guardarvi negli occhi a testa alta quando tornerete da Lisbona. Un'assenza di quattro o cinque settimane dovrebbe anche placare la rabbia di Grasby nei vostri confronti."

"Per averlo fatto ubriacare? Ammetto di aver tagliato un po' corto il suo perizoma…"

Shrewsbury agitò la mano con indifferenza.

"Avrei voluto essere là per vedere la scena. Non ho dubbi che Grasby si sia divertito immensamente, finché non si è reso conto che sua moglie e suo cognato erano entrati a far parte del pubblico. Una coincidenza molto sfortunata. Ma non è questo che ha fatto infuriare Grasby, o il motivo per cui vi ho estorto la promessa. Mia nipote, la sorella minore di Grasby, aveva accompagnato allo studio Lady Grasby e il signor Watkins. Riguardo ciò che ha visto, e quanto, devo ancora scoprirlo…"

L'espressione di educato interesse di Dair a questa notizia disse a Shrewsbury tutto quello che gli serviva sapere. Da qualche parte nei profondi recessi della mente del maggiore poteva anche esserci una vaga consapevolezza del fatto che il suo miglior amico avesse una sorella. Se ci avesse pensato, sarebbe forse riuscito a richiamare alla mente la sua immagine da bambina, quando, occasionalmente, lui aveva trascorso le vacanze da loro. Shrewsbury non era sorpreso che non avesse idea della sua età e che non sarebbe stato in grado di indicarla in mezzo a un gruppo di dieci giovani donne di buona famiglia in fila davanti a lui. Nel mondo del maggiore, Aurora Christina Talbot non esisteva. E perché avrebbe dovuto esistere?

Ad un certo punto erano stati sicuramente presentati, quando Rory era cresciuta. Venivano dalla stessa ampia cerchia sociale, e i loro amici e parenti più intimi si erano sicuramente intersecati qualche volta, partecipando ai vari impegni della buona società. Questa interazione sociale era indubbiamente cresciuta negli ultimi sei mesi, da quando il maggiore aveva rassegnato le dimissioni dall'esercito.

L'occasione più recente era stato il finesettimana di Pasqua, nella tenuta dell'Hampshire del duca di Roxton. Era così grato a Deborah Roxton per aver incluso Rory nelle piccole feste per gente della sua età quando giocavano alle sciarade, facevano i picnic sul lago, partecipavano a recital musicali serali e danzavano al ballo di gala. La pista da ballo era il posto dove giovani uomini e donne in età di sposarsi interagivano maggiormente; un'occasione per darsi una bella occhiata, senza uno chaperon a soffiare sul collo delle ragazze.

Rory non poteva ballare. Ma Deborah faceva sedere Rory accanto a lei, di modo che avesse un ottimo punto di osservazione per guardare il ballo e, per associazione, la vicinanza indicava che sua nipote era un'ospite privilegiata. E a quei decani della buona società che davano grande valore a queste cose, a quelli che dubitavano del posto di Rory tra le loro fila, veniva cortesemente ricordato che oltre a essere la nipote del conte di Shrewsbury, la signorina Talbot era la figlioccia del vecchio duca di Roxton e della sua duchessa vedova, Antonia Roxton.

C'erano volte in cui ospiti ignari si chiedevano ad alta voce come mai una cosina così graziosa non fosse ancora sposata, ma non serviva rispondere quando Rory si alzava in piedi con l'aiuto del suo bastone. L'espressione di estremo imbarazzo, spesso pietà, che appariva sugli stessi volti sorpresi quando sua nipote si allontanava zoppicando, trasformata ai loro occhi in un essere completamente differente e indesiderabile per via della sua andatura sgraziata, gli faceva venire voglia di ridurre in polpette ciascuno di loro.

Ma quello che gli spezzava il cuore, ciò che non mancava mai di fargli venire le lacrime agli occhi, era l'eterno scintillio negli occhi azzurri di Rory, occhi azzurri proprio come i suoi, la luce di meraviglia e di eccitazione per il mondo che la circondava. Era ancora più evidente quando osservava le contraddanze, con le guance rosate dalla gioia di vivere. Era come se fosse là, sulla pista da ballo, a fare ogni passo insieme alle coppie che ballavano. Avrebbe dato qualunque cosa perché succedesse.

"Signore...? Milord? Lord Shrewsbury?"

Era Dair, in piedi, chino sulla scrivania di Shrewsbury. Il vecchio sembrava si fosse sentito improvvisamente male tanto era il pallore delle sue guance e l'espressione vitrea dei suoi occhi. Ma il vecchio si riprese altrettanto in fretta, e fece segno a Dair di allontanarsi. Il maggiore tornò alla sua poltrona e spense con attenzione il sigaro su un piccolo vassoio d'argento accanto al gomito, lasciando al vecchio il tempo per recuperare completamente il suo equilibrio.

"Voglio che mia nipote dimentichi ieri sera," disse Shrewsbury seccamente, senza preamboli. La sua incapacità di fornire a Rory una cura per la sua infermità fisica lo faceva sentire inadeguato in modo deprimente. "Prego che, col tempo, diventi niente di più che un lontano incubo. E deve essere stato un incubo, un dannato incubo, per una donna educata con la massima cura che non ha mai messo piede fuori di casa senza uno chaperon, e che non è mai stata lasciata da sola in compagnia di un uomo che non fosse suo fratello o suo nonno, mai. È nubile ed è probabile che lo resti, dopo essere stata testimone del vostro disgustoso e sgradevole comportamento!"

"Chiedo scusa, signore?" Disse educatamente Dair, frugandosi nel cervello per trovare un senso all'emotiva filippica del vecchio, quando non più di dieci minuti prima stava ridacchiando dell'intero episodio. Né ricordava femmine presenti nello studio di Romney, a parte l'indesiderata Lady Grasby, che si adattassero alla descrizione di educata con cura, e lei era sposata al suo migliore amico. "A parte Lady Grasby, che è stata una testimone non intenzionale della nostra... uhm... bravata, non c'erano altre donne che..."

"Dannazione, Fitzstuart! Mia nipote è stata testimone dell'intero sordido episodio! E, da quanto ha dichiarato piangendo nel suo cuscino Lady Grasby, sembra che lei e mia nipote siano state costrette ad assistere a una scena tolta direttamente dalle pagine di un baccanale!"

Lord Shrewsbury spostò le pagine davanti a sé, come volendo allontanarsi dall'avvenimento e dal maggiore, e fece del suo meglio per riportare sotto controllo la sua agitazione e il tono della voce.

"Non mi importa assolutamente che tiriate fuori la vostra attrezzatura per farla ammirare a puttanelle vestite da silfidi e gente del genere. Quante ne scopiate e quante volte sono affari vostri e dico, buon per voi! Giocate una partita pericolosa per la vostra patria e la posta è terribilmente alta, quindi avete il diritto di divertirvi altrettanto. Ma... ci sono volte, *questa volta*, in cui questo comportamento va troppo oltre. Mia nipote, la sorellina di Grasby, è innocente. Ed era là, dannazione a voi!"

"Capisco, signore. Non avete bisogno di ripetermelo," disse in fretta Dair, sentendo il collo sgradevolmente caldo sotto la cravatta. Si spinse in avanti sulla poltrona. "Non potete pensare che avrei continuato come ho fatto, che avrei permesso a Grasby di compromettersi, se avessi avuto il minimo sentore che lei, che la sorella del mio miglior amico, sarebbe stata presente. Vi do la mia parola, signore!"

Shrewsbury annuì, più calmo, sentendo la sincerità nella voce dell'uomo. "Immagino di no... Non potevate saperlo... È solo che la sua presenza cambia l'intero episodio, no?" Alzò un sopracciglio. "Mi chiedo se vi sareste comportato diversamente se aveste saputo che Lady Grasby e il signor Watkins facevano parte del pubblico?"

Dair non riuscì a nascondere il sorriso.

"Lo sapevo, signore," rispose, strappando al vecchio una riluttante risata.

"Mi fa quasi desiderare di essere stato una pulce nella parrucca di Watkins, solo per vedere la faccia di Lady Grasby. Ma che resti tra noi." Spinse indietro la sedia e Dair si alzò. "Quindi, la prossima volta che vedrete mia nipote vi comporterete come se la notte scorsa non fosse mai successa; fingerete una completa ignoranza. A quel punto lei si sentirà a suo agio, tutti noi saremo più tranquilli." Fece il giro della scrivania. "E questo vale per Grasby e chiunque altro menzioni lo studio di Romney o faccia domande. Eravate troppo ubriaco e non vi ricordate niente. Siete un buon attore. Se qualcuno può convincere i miei nipoti, siete voi."

"E Watkins?"

"Il signor Watkins farà quello che gli viene ordinato. E sa qual è la posta. Vuole quanto me che sua sorella dia un erede a Grasby. Cementerebbe il suo posto nella nostra famiglia. Meglio essere considerato lo zio di un conte che essere ricordato come il nipote di un pescivendolo di Billingsgate." Quando Dair fece un verso, esprimendo il suo scetticismo, Shrewsbury sorrise. "È normale che a voi non interessi, avete il sangue reale degli Stuart nelle vostre vene, non l'acqua dell'estuario come Watkins. Ora mettete su un bello spettacolo e tutti vi crederanno. Mia nipote, nonostante la sua giovinezza e la sua inesperienza, ha la mente acuta e gli occhi ancora più acuti; le viene da tutto quel restare seduta a osservare la gente. Vedrà oltre la facciata se non farete in modo di crederci anche voi." Tese la mano a Dair. "Conto su di voi, ragazzo mio."

"Potete contarci, signore," rispose Dair, dando una forte stretta di mano al vecchio. Stava ancora cercando di associare un volto al nome della sorella di Grasby, senza arrivare a niente. In fondo, non era importante. Aveva dato la sua parola, e a Shrewsbury, l'ultimo uomo al mondo che avrebbe mai voluto scontentare. "Non vi deluderò. Vi do la mia parola."

Shrewsbury sorrise, tranquillo. "Lo so. Non l'avete mai fatto, grazie. Ora facciamoci portare una caraffa di birra e la berremo sulla terrazza, poi faremo una passeggiata in giardino. L'aria fresca aiuta a schiarire la mente e a concentrarsi. C'è ancora parecchio che vi devo dire prima che partiate per Lisbona..."

"Nonno? Nonno? È successa una cosa meravigliosa! Crawford è stato il primo a scoprirlo! È proprio come quello nel libro. Oh, dovete venire nella serra e vederlo coi vostri occhi! Oh! Vi prego, perdonatemi. Pensavo che foste solo. Crawford ha detto che i vostri ospiti erano andati via..."

"Rory. Entra! Entra, mia cara!" La invitò Shrewsbury quando sua nipote fece un passo indietro, per ritirarsi dalla stanza. "So che vi hanno già presentato, ma farò nuovamente gli onori, perché le presentazioni a un ricevimento, dove c'è sempre una folla di gente che riempie i salotti, non sono vere presentazioni, no? Questo è il maggiore Lord Fitzstuart, cugino della vostra madrina; Dair, l'amico di Grasby dai tempi di Harrow. Maggiore, questa è mia nipote, Aurora Talbot."

L'unico suono nella stanza fu il tonfo del libro di Rory che cadeva sul pavimento.

OTTO

AMMUTOLITA, RORY GUARDÒ DAIR CHE RACCOGLIEVA lentamente il libro. I suo occhi non lo lasciarono un istante, si era accucciato per prendere *Un trattato generale di agricoltura e giardinaggio* di Richard Bradley, poi si era alzato in tutta la sua statura, lasciando gli occhi di Rory al livello dei bottoni d'argento cesellato della redingote di filo nero. Per qualche ragione inspiegabile, completamente vestito sembrava molto più alto e parecchio più largo. Le bloccava completamente la vista della scrivania di suo nonno.

Dair le fece un piccolo inchino, mormorò una banalità, che era lieto di conoscerla e le tese il libro, senza mai guardarla negli occhi. Rory era talmente contenta di rivederlo che non registrò immediatamente la freddezza nelle sue maniere e nel suo tono di voce. Era anche troppo preoccupata a chiedersi se avrebbe notato che non indossava i pannier, che evitava di portare quando era in casa, e se per caso avesse qualche traccia di terra sulla guancia. Si era ricordata di togliersi i guanti da giardinaggio, quindi le mani erano pulite, ma il leggerissimo grembiule bianco sopra la gonna di mussolina bianca (non il colore più pratico per scavare nel compost) era macchiato di terra. Non aveva avuto intenzione di andare nella serra degli ananas dopo la merenda, perché doveva prepararsi per andare a teatro. Ma il giardiniere le aveva fatto avere la meravigliosa notizia che stava spuntando un fiore di ananas, e quindi era dovuta andare a vederlo di persona, subito.

Quando suo nonno le ricordò gentilmente di prendere il libro che il maggiore aveva ancora in mano, Rory si sentì immediatamente in colpa per aver dimenticato le buone maniere. Si rese anche conto che stava fissando in modo maleducato il suo ampio torace e non lo aveva ancora guardato in faccia. Eppure, quando fece per prendere il libro, notò lo stato del pollice del maggiore: la pelle sulla nocca era scorticata e coperta di sangue. La sua preoccupazione per il suo stato di salute superò l'imbarazzo e l'incertezza. Senza permesso, gli voltò gentilmente la mano destra e vide che il resto delle nocche era nello stesso stato e che c'erano anche dei lividi. Era sicura che le dita fossero gonfie. Quello che non notò fu che nell'attimo in cui gli toccò la carne tumefatta, Dair reagì, stringendo forte il trattato di Bradley, tanto che lei non sarebbe riuscita a toglierglielo dalle dita anche se avesse usato tutte e due le mani e tutta la sua forza.

"Avete subito un terribile pestaggio… Temo di non essere stata per niente coraggiosa. Sono svenuta al primo colpo…"

Con le dita ancora appoggiate sul dorso della mano di Dair, Rory alzò gli occhi dalle ferite verso il mento e poi la bocca. Lì si fermò, con gli occhi azzurri che si spalancavano per la preoccupazione davanti al labbro spaccato. Poi lo guardò negli occhi. I lividi sul volto la fecero ansimare involontariamente.

"Spero… spero che abbiate preso qualcosa per il dolore. Dovreste veramente applicare una bistecca cruda su quell'occhio, per tirar fuori il livido, e per non far restare una cicatrice sul labbro, c'è un rimedio…"

"Grazie, mia cara," la interruppe gentilmente Lord Shrewsbury, togliendo il libro dalle dita di Dair. "Sono sicuro che il maggiore ha fatto tutto quello che poteva per ora."

"Certo, certo," mormorò Rory, annuendo, nuovamente imbarazzata per aver dimenticato le buone maniere e per aver parlato in modo così diretto.

Tornando in sé, scoprì che il maggiore non aveva più il libro e che lei gli stava tenendo la mano. Gli lasciò andare immediatamente le dita e si portò in fretta il pugno dietro la schiena ad afferrare il fiocco che legava il grembiule sottile. La mano destra si strinse sul manico d'avorio intagliato del suo bastone da passeggio, perché aveva la sensazione di ondeggiare, come se fosse su una barca in un mare in tempesta.

"Per favore scusatemi, signorina Talbot," disse Dair in tono annoiato. "Conosco la strada per la terrazza, signore. Vi aspetterò là quando vi è più comodo."

Fece un lieve cenno con la testa, passò davanti a Rory e uscì dalla stanza.

Rory lo guardò uscire, con uno strano nodo che le si formava in gola, completamente disorientata. Non sapeva che cosa fosse appena successo, ma le aveva lasciato un senso di vuoto. Perché si era comportato come se non la conoscesse? Nessuno dei due era obbligato a parlare dei dettagli della sera prima, ma non c'era bisogno di fingere che non fosse successo niente tra di loro. Le aveva dato un indirizzo a Chelsea. Si erano baciati! Lo aveva visto, e lui l'aveva abbracciata, praticamente nudo. Forse era imbarazzato? Forse era la presenza di suo nonno che lo rendeva ampolloso e freddo?

Ma avrebbe potuto ammiccare, per farle capire che sapeva bene che lei esisteva. Lei non lo avrebbe mai tradito.

E poi ebbe un improvviso orrendo pensiero che poteva dar conto del suo comportamento. Non era freddezza, era imbarazzo, e quello strano imbarazzo che aveva già incontrato tante volte, ma che aveva sempre ignorato perché non aveva il potere di cambiare se stessa.

La sera prima, lui non aveva visto il bastone. Non l'aveva vista camminare. Ora sì. E ora sapeva che era zoppa. Non poteva biasimarlo per essere rimasto sorpreso da una simile scoperta. Ma ora la disprezzava perché aveva quell'imperfezione? L'espressione di Dair non era cambiata, non aveva mostrato disgusto, o pietà. In effetti, lui avrebbe anche potuto essere un muro di mattoni tale era stata la mancanza di emozioni. Qualcosa, intuizione forse, dentro di lei le disse che questo atteggiamento freddo, o meglio la completa mancanza di reazioni, non era dovuto a pregiudizi. Qualunque fossero le sue fisime, non pensava che includessero l'intolleranza. Quindi perché era rimasto di ghiaccio?

Suo nonno le diede la risposta e la sua spiegazione la lasciò più desolata di quanto ritenesse possibile. Se il maggiore l'avesse guardata con disgusto avrebbe almeno mostrato un'emozione e lei avrebbe potuto dimenticarlo, considerarlo indegno di lei.

Con il libro di Rory premuto al petto, Lord Shrewsbury le mise un braccio sulle spalle e le baciò la tempia.

"Ecco, non è stato così difficile, vero, tesoro? Non avevo detto a te e a Drusilla che il maggiore era così ubriaco ieri sera che non avrebbe probabilmente ricordato un singolo particolare di quello che era successo? E avevo ragione. È proprio così. Nessun ricordo degli avvenimenti dopo essere entrato nello studio di Romney. Sembra che lui, tuo fratello e il signor Pleasant abbiano fatto fuori un buon numero di bottiglie di chiaretto prima di cominciare la loro sceneggiata. Ubriachi persi, tutti e tre. Dovremmo perdonarli, non credi? Particolarmente il maggiore. Chiunque combatta con tanto coraggio per la sua patria come ha fatto lui si merita di divertirsi altrettanto. Gli orrori del combattimento possono segnare profondamente un uomo. Anche una persona energica come il maggiore deve avere i suoi momenti bui. Una pagliacciata da ubriachi permette a uomini simili di dimenticare quei momenti, anche se solo per un po'."

La baciò ancora e se la strinse al fianco, aggiungendo, con vero rimpianto: "Che maledetta sfortuna per quei tre che il vostro gruppetto stesse facendo visita a Romney in quello stesso momento. Tutti e tre, quando non sono ubriachi, sono veri gentiluomini e rimpiangono sinceramente di aver causato a te e a Drusilla anche una minima angoscia. Se per te va bene, preferirei che non si scusassero di persona, sconvolgerebbe solo ulteriormente tua cognata. Prima ci metteremo alle spalle l'intero episodio meglio sarà. Non sei d'accordo, mia cara?"

Rory annuì, non del tutto convinta che suo fratello e i suoi amici fossero così ubriachi da aver dimenticato completamente il loro comportamento, specialmente il signor Cedric Pleasant, che era rimasto perfettamente lucido e vestito per tutto il tempo. Suo fratello era ubriaco, vero, ma il maggiore? Se aveva rilevato l'odore dell'alcol nel suo fiato, non era così marcato da farle pensare che fosse ubriaco e non aveva sentito il sapore dell'alcol sulla sua lingua... Arrossì di colpo ricordando il loro bacio profondo. Se andava in giro a baciare donne sconosciute in modo da farle sciogliere contro di lui, come dovevano essere i baci che riservava alle donne cui veramente teneva?

"Stai bene, Rory?" Le chiese Lord Shrewsbury, con il braccio ancora sulle sue spalle. L'aveva sentita ondeggiare e tremare. "Mi hai detto a colazione che non avevi avuto incubi e me lo diresti se ci fosse qualcosa che ti turba, vero?"

Rory si sforzò di sorridere e riprese il libro. "Sì, certo, nonno. Ho dormito veramente bene."

"Andiamo nella serra a vedere la tua grande sorpresa?"

"No. No, nonno. Il maggiore... Lord Fitzstuart ti sta aspettando in terrazza. La sorpresa può aspettare. Inoltre devo cambiarmi d'abito per andare a teatro..."

Shrewsbury le diede un buffetto sotto il mento. "È un po' che aspettiamo questo avvenimento, vero? E io ho un'altra sorpresa per te. La tua madrina ci ha invitati nel suo palco."

"Oh? Che-che bello. Sarò lieta di parlare della commedia con *Madame la Duchesse*."

Shrewsbury accompagnò Rory dallo studio alla galleria attraverso l'anticamera, continuando a parlare dell'imminente visita a Drury Lane per vedere *La scuola della maldicenza* di Sheridan. Si fermarono davanti a una piccola cabina con un basso sportello, dentro la quale c'era una panchetta con un cuscino di velluto. In verticale nella cabina saliva una fune di seta che passava da una serie di pulegge attaccate in alto e in basso, che permetteva all'occupante della cabina, che in effetti era un montapersone, di sollevarla e abbassarla facilmente.

Shrewsbury l'aveva fatto installare quindici anni prima, sul modello di quello che esisteva negli appartamenti privati del re francese a Fontainebleau, che permetteva all'amante di Luigi, *Madame de Pompadour*, di fargli visita in segreto. Per Rory, significava libertà di movimento. Da bambina aveva dovuto chiamare un cameriere per portarla su e giù dai tanti gradini dell'ampio scalone, che girava intorno al centro della casa all'olandese.

Ora, seduta sul cuscino di velluto, poteva andare e venire facilmente dal primo piano dove c'erano le sue stanze. Shrewsbury ricordava ancora l'espressione di assoluta felicità sul suo faccino quando aveva fatto il suo primo viaggio nella cabina, con suo fratello che saliva correndo sulle scale cercando di arrivare per primo. Era una gara di cui non si stancavano mai, nemmeno adesso.

Due camerieri stavano di sentinella ai lati del montapersone e uno aprì lo sportello per Rory ma, prima che lei entrasse, Shrewsbury le prese una mano.

"Rory, mia cara. Non voglio che ricordi particolari di ieri sera che possano turbarti, ma il signor Watkins mi ha detto che ti ha trovato accasciata in un varco dietro il palco, che eri svenuta..."

"Sì, è vero."

"Ricordi come ci sei arrivata o perché sei svenuta?"

"Non... non ricordo il momento preciso, no..."

"Il signor Watkins ha scritto un rapporto sulla serata..."

"Un-un rapporto? Perché?"

"Per favore, non allarmarti. Non lo leggerà nessuno eccetto me. E se nel frattempo ricorderai qualche altro particolare... spero che ti confiderai con me..."

Rory esitò, poi alzò lentamente la testa guardando suo nonno negli occhi azzurri, con un accenno di sorriso.

"Certamente, nonno."

LORD SHREWSBURY ANNUÌ E CON UN BACIO SULLA FRONTE LASCIÒ che Rory entrasse nel montapersone. Lo guardò salire, con Rory che lo salutava con la mano mentre lui restava lì a guardare nel vuoto. Sorrise e la salutò anche lui. L'esitazione di sua nipote nel rispondere alle sue domande, il modo in cui aveva evitato il suo sguardo, quel sorriso che non era un vero sorriso erano tutti segni di dissimulazione. Essendo il capo dello spionaggio di sua maestà da tanti anni, non poteva non accorgersi che Rory gli stava nascondendo qualcosa. Conoscendola, avrebbe nascosto la verità solo per proteggere qualcun altro. Sospettava che si trattasse di suo fratello, Harvel, Lord Grasby.

Era affezionato a Grasby, che era il suo erede, ma era Rory che amava. Lei aveva ereditato da lui gli occhi azzurri dei Talbot e la tranquilla determinazione, e dalla madre un carattere dolce e delicate fattezze nordiche. Shrewsbury aveva disprezzato la madre dei ragazzi, sua nuora Christina, con ogni fibra del suo nobile essere, perché lei aveva tirato fuori il peggio da lui, in ogni modo concepibile.

Ironicamente, con tutta la sua esperienza di spia e la sua abilità di vedere sotto la maschera pubblica di una persona fino a scoprire i suoi desideri nascosti e le sue macchinazioni, non era riuscito a vedere che Christina non portava alcuna maschera. Era quello che appariva: una bella donna con un cuore d'oro. Shrewsbury conosceva solo una donna che si adattava a quella descrizione, Antonia, duchessa vedova di Roxton, e non era pronto a credere che due donne simili potessero esistere nello spazio della sua vita. E quel che era peggio, era che era stato troppo amareggiato, troppo pieno di vergogna per il fatto che suo figlio ed erede si era sposato tanto al di sotto della sua classe sociale per poter anche solo pensare di accettare una donna simile come nuora. Non solo era straniera, una norvegese, ma la figlia illegittima di un funzionario minore di corte e di una sarta.

Quando suo figlio e la sua nuova famiglia erano tornati in Inghilterra, era stato talmente pieno di risentimento che aveva giurato di non avere niente a che fare con loro, finché, un giorno, sua nuora gli aveva fatto visita. Era la prima volta che la vedeva e ne era stato immediatamente incantato. Aveva portato con sé il suo nipotino, che non aveva ancora cinque anni, e padre e figlio si erano riconciliati in fretta.

Non riusciva a ricordare chiaramente come fosse caduto in una simile spirale di depravazione, e a quel tempo aveva incolpato solo lei. Lo aveva stregato, anima e corpo. Appena qualche ora dopo aver dato alla luce Rory, sua nuora era stata informata che la bambina non era normale e che, con tutta probabilità, non sarebbe sopravvissuta più di qualche mese. Lei si era auto incolpata per quello che gli aveva permesso di farle e si era gettata dal balcone. Agli altri era stato detto che era morta di parto. Suo marito era stato inconsolabile. Non avrebbe mai sospettato la verità, nemmeno in mille anni o più, ma sua moglie gli aveva lasciato un biglietto. E anche lui si era suicidato, annegandosi e lasciando Shrewsbury da solo a occuparsi di un bambino di sei anni e di una neonata.

Erano stati i due orfani a liberarlo infine dalla sua amara solitudine. Grasby aveva poco più di sette anni quando Shrewsbury aveva fatto una visita inaspettata alla nursery, spinto dalle domande di Antonia Roxton che chiedeva come stesse la sua figlioccia. Shrewsbury si era meravigliato che i Roxton avessero volontariamente sponsorizzato la sua nipotina, specialmente quando nessun medico aveva potuto assicurargli che avrebbe mai camminato, o che non avesse ridotte capacità cerebrali, come spesso si diceva dei bambini malformati.

La domanda della duchessa lo aveva fatto vergognare e spinto a visitare una nursery in cui non era mai entrato. Aveva dovuto chiedere a un cameriere di mostrargli dov'era. Lui, il capo dello spionaggio inglese, non conosceva la disposizione della sua stessa casa! Quello che aveva trovato non solo aveva aggiunto vergogna a vergogna, ma lo aveva spinto all'azione.

Il suo nipotino di sette anni era rannicchiato in un angolo polveroso e lo stavano picchiando con delle canne. Con il suo corpicino magro stava facendo del suo meglio per proteggere la sua sorellina di un anno, che stava piangendo senza sosta. Ma non era la paura che la faceva urlare, era la scarpa di ferro chiusa intorno al suo piedino storto e assicurata con barre di ferro e bulloni appena sotto il ginocchio paffuto, per costringere il piede ad allinearsi. Suo fratello aveva tentato di toglierle la scarpa e per la sua compassione aveva ricevuto una battuta che gli aveva tolto la pelle dalla schiena.

Quello stesso giorno Shrewsbury aveva assunto il controllo di ogni aspetto della vita dei bambini. Nuovi servitori, nuovi tutori, ambiente nuovo e allegro. Niente più botte, niente più scarpa di ferro e sostegni, ed era vietato parlare di 'curare la zoppa'. Shrewsbury aveva mandato degli agenti a rivoltare il continente in cerca di un medico in grado di curare la deformità della nipotina, e aveva trovato il professor Petrus Camper ad Amsterdam. Camper, esperto in molti campi, era anche un esperto di piedi. Nonostante non fosse stato in grado di curare il piede equino di Rory, aveva rassicurato Shrewsbury e il fratello della bambina sul fatto che Rory era normale sotto tutti gli altri aspetti. Da quel giorno in poi, fratello e sorella erano stati inseparabili. Grasby era il campione di sua sorella e Rory la più grande sostenitrice di suo fratello e la sua confidente.

Era quindi facile per Shrewsbury credere che i fratelli si sarebbero protetti l'un l'altro, che avrebbero perfino mentito; che Rory avrebbe tenuto per sé certi particolari degli avvenimenti nello studio di Romney e tutto per proteggere il fratello. Non le avrebbe fatto pressioni. Poteva scoprirlo in altri modi. Il rapporto di Watkins sarebbe stato l'inizio. Interrogare i presenti avrebbe fornito un quadro più completo. Scrivere le istruzioni ai suoi fidati agenti poteva essere rimandato al giorno dopo. Il maggiore lo stava aspettando. Quella sera intendeva mettere da parte tutti i problemi del regno e, cosa ancora più importante, quelli della sua famiglia, e passare una serata rilassata in compagnia di sua nipote. Eppure non riusciva a togliersi dalla testa che Rory non era stata sincera con lui, che aveva sentito il bisogno di mentire, e questo lo preoccupava più di quanto volesse ammettere.

NOVE

Rory aveva mentito. Non aveva mai mentito a suo nonno e si sentiva in colpa. Aveva mentito, non per proteggere suo fratello ma il maggiore Lord Fitzstuart. Se il maggiore non ricordava la notte prima, più precisamente il suo incontro con lei, che senso aveva ricordargli l'incidente e la sua vergogna? A che cosa sarebbe servito far sapere la verità a suo nonno? Gli avrebbe solo causato altra angoscia. E che il maggiore fosse indotto a ricordare un episodio di cui chiaramente non gli poteva importare di meno e che, se fosse stato sobrio, non avrebbe certo coinvolto *lei*, era un'umiliazione che Rory non poteva sopportare.

Non biasimava il maggiore perché non la ricordava. Per lui quell'incontro era solo uno dei tanti; lei era solo un numero nella lunga lista di donne con cui aveva scherzato negli anni. *Scherzato...* Che espressione sciocca! Nel suo caso, era adatta. Ma era sicura che il maggiore avesse fatto molto di più che *scherzare* con le altre donne. Con lei si era trattato solo di un breve bacio. Un breve bacio che non valeva la pena di ricordare. Ma per lei non solo quel bacio era un momento di cui fare tesoro, tutta la serata era stata così eccitante da averla impressa nella memoria. Un incontro simile non le sarebbe probabilmente mai più capitato. E questo sottolineava la sua esistenza appartata. Guardò il libro che aveva in mano. Nella sua vita quotidiana lei era una zitella il cui interesse principale era la coltivazione e la cura degli ananas.

Distratta dai suo stessi pensieri, consegnò il bastone alla sua cameriera senza nemmeno vederla e si arrampicò sul sedile sotto la finestra che dava sui giardini formali. Lasciò cadere sul tappeto il trattato di Bradley sul giardinaggio, tutta la gioia per la sua scoperta cancellata dall'inquietudine. Le faceva male la testa e si sentiva calda, eppure stranamente fredda. Forse stava per venirle la febbre? Lo studio del pittore non era riscaldato e lei non aveva avuto il mantello... Ma tra le braccia del maggiore non aveva sentito freddo, il contrario piuttosto...

Trovò lo scialle di lana ai suoi piedi e fece per mettersela sulle spalle quando la sua cameriera, Edith, lo fece per lei.

"Sembrate completamente esausta! Troppo tempo passato al caldo nella serra," la rimproverò amorevolmente la donna più anziana, sistemandole lo scialle. "E dopo tutto il trambusto di ieri sera, oserei dire che vi ha colorito le guance. Ora restate qui seduta tranquilla e vi farò portare una tazza di tè. Avete tempo per berne una tazza prima di cambiarvi per andare a teatro. Ma prima lasciate che vi tolga le scarpe..."

Rory annuì, abbracciando uno dei cuscini mentre sprofondava in quelli alle sue spalle. Come sempre, Edith tolse la scarpa destra per prima.

Proprio come le belle scarpine indossate da innumerevoli giovani donne, le scarpe di Rory erano alla moda e spesso ricoperte di tessuto intonato ai suoi vestiti. Ma diversamente dalla maggior parte delle scarpe, che avevano la stessa forma, quelle di Rory erano fatte per adattarsi individualmente al piede sinistro e a quello destro. Un mastro ciabattino, raccomandato dal professor Camper, faceva le scarpe per lei fin da quando era bambina. Aveva fatto dei calchi in gesso di Parigi e creato scarpe che si adattavano alla forma sghemba del suo piede destro; eccetto le pantofole indossava le scarpe più alla moda.

Le scarpe che Edith teneva in mano, mentre le copriva i piedi con le sottane di mussolina bianca, erano di satin viola con bassi tacchi di pelle bianca. Rory fissò le scarpe, ringoiando le lacrime. Sentì appena Edith dirle di fare un pisolino mentre andava a prendere il tè e voltò il viso verso la finestra quando la cameriera tirò le pesanti tende davanti al sedile. Fu solo quando si rannicchiò comoda nel suo angolino che si rese conto che le lacrime stavano scendendo sulle guance arrossate.

Stupida! Idiota! Creatura ridicola! Si rimproverò. *Smettila immediatamente di commiserarti! Di piangere per niente. Se devi versare lacrime, allora fallo per non aver detto la verità al nonno. Allora, la notte scorsa è stata la più eccitante di tutta la tua piatta vita? Sii lieta che sia successa. Ora hai un ricordo di cui far tesoro, ed è tutto tuo...*

"Rory? Rory? Sei lì? Posso entrare?"

Rory si passò in fretta entrambe le mani sulle guance bagnate proprio mentre le tende si aprivano e Grasby infilava la testa tra i drappi di velluto. Sembrava imbarazzato ed era in déshabillé, con solo una *banyan* di seta sopra la camicia bianca e i calzoni di velluto marrone; un turbante di seta in tinta copriva i capelli biondi tagliati cortissimi. Rory annuì, raccolse le sottane di mussolina bianca e si sedette contro i cuscini per lasciare spazio sul sedile a suo fratello. A Grasby non servì altro invito. Si arrampicò accanto a lei, chiudendo nuovamente le tende, come per nascondersi dal resto del mondo. Perché Grasby non riusciva a pensare a un altro posto più confortevole per leccarsi le ferite.

"Ricordi quando ci nascondevamo nello studio del nonno?" Le chiese con affetto sincero, appoggiato ai pannelli di legno. Seguendo l'esempio di sua sorella, avvolse le braccia intorno a un cuscino e se lo strinse al petto. Stava già cominciando a sentirsi meglio. "Ridevamo e ci dicevamo a bassa voce di stare zitti. Il nonno non diceva mai una parola. Fingeva di non sapere che eravamo dietro le tende! Anche quando aveva una riunione con quei musi lunghi del Ministero degli Esteri che andavano e venivano con tutti quei documenti. Io non credo che siamo mai riusciti a imbrogliarlo, e tu?"

Rory scosse la testa. "No, non una sola volta." Sorrise al ricordo. "Ricordi quella volta che sei rotolato giù dal sedile e sul tappeto, proprio davanti al nonno e ai visitatori? Non persero il filo e continuarono con la loro riunione come se non fosse successo niente. Anche quando ho dovuto farmi vedere e aiutarti a risalire dietro le tende, nessuno di loro disse una parola."

Grasby fece un sorrisetto. "Non ero caduto, Rory. Mi avevi spinto tu."

Rory spalancò gli occhi azzurri. "Davvero?"

"Sì, davvero! E non pensare di poter fingere di essere innocente. Ti conosco benissimo!"

Risero entrambi e poi caddero immediatamente in un silenzio imbarazzato. Rory tornò a guardare fuori dalla finestra, senza accorgersi del cielo azzurro, dei prati di velluto verde e del giardino topiario che si estendeva fino al fiume. Grasby la guardava ansioso. Vide le guance bagnate e capì che era sconvolta. Non era difficile capirne il motivo. Nonostante lo stato miserevole della situazione in cui si trovava lui stesso, la diceva lunga sul suo amore fraterno che mettesse tutto da parte per anteporre la preoccupazione per il benessere di sua sorella a tutto il resto. Evitò però ancora per un po' la questione in cima ai pensieri di entrambi, contento di restare seduto con lei, con il mondo chiuso fuori.

"Pensavo che mi avrebbero respinto alla porta; che ti stessi vestendo per andare a teatro," disse, come per riprendere il controllo. "Tutte le volte che Silla si prepara per un'uscita, specialmente quando sa che saranno presenti persone importanti, chiunque siano, Silla li conosce!, la sua vestizione comincia subito dopo la merenda. Io non oso interromperla. Non che lo farei. Io preferisco fare un pisolino. Riesco comunque a vestirmi in metà del tempo. Oserei dire che è perché non ho bisogno che mi stringano i lacci e mi infilino nei pannier..."

"Edith è andata a prendere il tè... poi mi vestirò..."

"Sì, le ho chiesto di portarne una tazza anche a me. Hai deciso che vestito metterti? Non ti ho sentito dire a Silla che avresti indossato un abito di broccato di seta viola ricamato con fiori multicolori..."

"So che ho annoiato a morte sia te sia il nonno con il mio entusiasmo per la nuova commedia di Sheridan e che cosa avrei indossato per la prima."

"Tu non ci annoi mai, Rory, e Silla era altrettanto entusiasta. Anche se... Sospetto che fosse più per lo spettacolo di contorno che per la commedia in sé. Non aveva ancora deciso che abito indossare fino a ieri..." Sembrò improvvisamente imbarazzato. "Ma non è più un problema per lei. Dice che è stata troppo umiliata per andare a Drury Lane; e non uscirà mai più in mia compagnia... Rory? Rory, mi hai sentito? Silla resterà a casa..."

Rory distolse riluttante gli occhi dal panorama. Aveva appena visto suo nonno e il maggiore Lord Fitzstuart. Erano usciti dall'ombra, erano in pieno sole sulla terrazza, e stavano bevendo birra da boccali d'argento. Finita la birra, un cameriere portò via i boccali e i due uomini scesero dalla terrazza sul sentiero di ghiaia. Camminavano fianco a fianco ma il maggiore era tanto più alto di suo nonno che si era chinato rispettosamente verso di lui, con le mani allacciate dietro la schiena, per seguire meglio la conversazione del vecchio.

Era tale l'insistenza nella voce di suo fratello che Rory soppresse il desiderio di continuare a osservare suo nonno e il suo compagno e guardò Grasby.

"Che c'è, qual è il problema, Harvel? Sembri così stanco. Sei riuscito a dormire ieri notte?"

"Nemmeno un attimo," confessò Grasby. "La dormeuse nel mio spogliatoio è piena di bozzi e hanno lasciato spegnere il fuoco, quindi gelavo." Scrollò le spalle. "Non è colpa del servitori. Come potevano sapere che avrei passato lì la notte? Comunque... qualunque lacchè con un briciolo di cervello avrebbe dovuto capire come stavano le cose. Ho solo infilato la testa nello spogliatoio di Silla che mi ha scagliato addosso un cane di porcellana di Meissen. Riesci a crederlo? Ha aggredito me, *suo marito*, con un cane di porcellana!"

"Ti ha colpito?"

"No, mi ha mancato. Era una bella figurina, oltre a tutto. Un regalo per il suo compleanno... Ha un bel braccio, Silla. È tutto quel tirare con l'arco. Grazie a Dio non aveva l'arco e le frecce a portata di mano."

"Oh, Harvel! Povero tesorino. Silla ti perdonerà... Ma sarà meglio non farsi vedere nelle sue stanze per un po'... Ha ricevuto un brutto colpo."

"*Lei* ha ricevuto un colpo?" Grasby gonfiò le guance, indignato. "Dimmi chi non l'ha ricevuto! Non ho problemi a dire che la mia autostima è a brandelli. Non sono mai stato più imbarazzato di ieri sera in tutta la mia vita. Aggredito dalla milizia come se fossi un criminale comune! Che faccia tosta."

Nonostante suo fratello sembrasse miserevole, Rory non riuscì a nascondere una risatina. Gli mise una mano sul braccio per consolarlo. "Ma che cosa dovevano pensare i soldati quando sei corso per lo studio senza vestiti?"

"Avrei dovuto correre verso la porta, ma con Dair che ha affrontato l'intera milizia e colpi che cadevano da tutti le parti, ero disorientato. Ho svoltato nella direzione sbagliata. Un errore che avrebbe fatto chiunque..."

"Oh, sì. Sono d'accordo."

"... e quindi non ho potuto fare altro che buttarmi verso la finestra aperta," continuò Grasby. Il suo sollievo perché poteva finalmente dare la sua versione della storia, e a un orecchio così comprensivo, annullò qualunque pensiero sul fatto che quella conversazione fosse completamente inaccettabile per le orecchie della sua sorellina. "Ero quasi riuscito a raggiungere la libertà, oltre a tutto, quando hanno avvisato il capo della milizia che stavo scappando e due di loro mi hanno gettato per terra! Avrebbero potuto rompersi delle ossa! Le mie ossa! E come se non fosse stato abbastanza irritante cercare di coprire le mie *vulnerabilità* con una mano mentre tentavo la fuga in campo aperto, un grosso bruto si è seduto sul mio torace, non permettendomi di coprire niente del tutto! Te lo dico io, Rory, se non fosse stato per quel bruto, e il fatto che sono stato una testa di rapa, Silla non mi avrebbe mai riconosciuto!"

"Oh?" Rory era tutt'orecchi e attentissima. "Pensavo che le mogli potessero facilmente distinguere i loro mariti senza vestiti?"

"Che ne sai tu! Le mogli non *guardano*. Ma ho questa dannata voglia e quando l'ha vista è svenuta di colpo! Io..."

Di colpo, Grasby ringoiò le parole, rendendosi conto che non solo stavano discutendo una faccenda assolutamente non adatta al gentil sesso, ma che stava parlando con la sua sorellina. Era così abituato a confidarsi con lei, e lei aveva sempre ascoltato i suoi problemi, che, fino a quel momento, nessun argomento era stato bandito.

Era venuto nelle sue stanze per scusarsi della sua condotta riprovevole e invece aveva solamente confermato di non essere un gentiluomo. Era tutto quello che lo aveva definito Silla: un totale, insensibile somaro. Eppure, prima di poter formulare una frase di scusa che le avrebbe fatto capire quanto rimorso provasse per il suo comportamento, Rory gli chiuse la bocca con un'osservazione acuta, che gli fece anche bollire le orecchie.

"Vuoi dire che le mogli non guardano per loro scelta e preferiscono restare nell'ignoranza? O vuoi dire che una moglie *finge* solo di non guardare suo marito svestito perché è considerato maleducato farlo? Perché non riesco a credere che una moglie sceglierebbe di restare nell'ignoranza, ma siccome è considerato maleducato fissare qualcuno in una qualsiasi situazione sociale, credo piuttosto alla seconda alternativa." Arricciò il naso riflettendo. "Spiegherebbe perché gli uomini sono ben lontani dalla portata d'orecchi quando le mogli discutono di questo argomento nelle riunioni sociali. Ci sono parecchie risatine dietro i ventagli aperti, sulle dimensioni e sulle stime. E Lady Hibbert-Baker ha un registro delle scommesse."

Grasby si sedette di colpo diritto, con il volto che rifletteva i suoi sentimenti. Era sbalordito e sconcertato in ugual misura. La sua voce salì di un tono. "Stime? Dimensioni? Un registro delle *scommesse*? Non ci credo, stai raccontando una frottola."

"Perché dovrei raccontarti una frottola?" Ribatté Rory, indignata. "Inoltre, non capisco la metà di quello di cui ridacchiano."

"No, ovvio," confermò Grasby borbottando.

"Pensavo che gli uomini scommettessero continuamente sulle donne?"

"Ma non sulla propria *moglie*. Mai sulla moglie, o la sorella o la madre, se è per quello. Un uomo non sarebbe un gentiluomo se lo facesse. È segno di cattiva educazione e al club non è tollerato menzionare…"

"… ma è perfettamente accettabile menzionare l'amante di qualcuno?"

"È tutto un altro paio di maniche!"

"Davvero? Sono donne anche loro. E comunque la società voglia definirle, rimangono donne con un cuore e un cervello, desideri e sogni…"

Grasby era incapace di formulare un'obiezione intelligente all'acuta osservazione di sua sorella, quindi esclamò, frustrato: "Una visita allo studio di Romney e sei diventata di colpo un'esperta di donne perdute!"

Rory sorrise con gli occhi azzurri pieni di malizia. "Oh? Ma io pensavo che fossero ballerine dell'opera."

"Sono ballerine dell'opera ma..."

"Stupidone, certo che non sono solo ballerine. In particolare la signora Baccelli. Sanno tutti che è la mantenuta del duca di Dorset, perfino chi vive in una gabbia dorata come me. Solo che non avrei mai pensato di incontrare l'amante di un nobile. È stata un'esperienza così illuminante... E visto che ne stiamo parlando, i termini 'cutrettola' e 'lucciola' riferiti a una donna sono eufemismi per *prostituta*?"

"Per l'inferno, Rory! Silla ha ragione. Non solo sono il peggior marito al mondo, sono anche un pessimo fratello. Non dovresti sapere nulla di cutrettole e lucciole, e nemmeno dovresti ascoltare quelle mogli dal cervello di gallina e le loro-le loro *fesserie*."

"Più facile dirlo che farlo quando discutono a voce alta di una particolare scommessa come se io non fossi nemmeno presente."

"E io che credevo che tu fossi al sicuro a quei ricevimenti. Silla ha avuto l'ardire di accusarmi di essere il peggior fratello al mondo, e lei porta mia sorella in quei covi di iniquità. Le dirò una parolina..."

"Non puoi. Non parla con te, ricordi? Inoltre, non credo che sappia di cosa chiacchierano quelle mogli dietro i loro ventagli aperti. Semplicemente, lei non è curiosa."

"Curiosa? È una parola per descriverlo. Spiona è un'altra."

Rory fece il broncio. "Come faccio a non esserlo quando sono praticamente l'unica a quei ricevimenti che non sia sposata? Sono di quattro stagioni troppo vecchia per poter essere messa con le ragazze alla loro prima stagione e troppo giovane per sedermi con le vecchie zitelle con il cornetto acustico. E visto che Silla è così gentile da portarmi con lei quando va in visita, le sue amiche e conoscenti dimenticano che non sono sposata." Guardò suo fratello e disse con un'alzata di spalle, avvolgendosi meglio nello scialle: "E una volta che sono seduta, non è così facile per me allontanarmi per non sentire quelle conversazioni. Non voglio lamentarmi e il mio bastone..." Si sforzò di sorridere. "Perché la gente deve pensare che se sei zoppa devi anche essere sorda? È terribilmente imbarazzante per la persona che sta gridando con me che la padrona di casa la informi che il fatto che io cammini male non significa che non abbia due orecchie perfettamente funzionanti!"

"Rory... perdonami. Non pensavo..."

"Oh, non prendertela per me. Non vogliono essere scortesi e mi sono abituata a queste supposizioni."

"È magnanimo da parte tua. Comunque, essere obbligata ad ascol-

tare conversazioni così di cattivo gusto è decisamente troppo. E quelle donne si ritengono rispettabili, ah!"
"Oh, ma lo sono. È un divertimento innocuo, a modo suo." Sorrise sfrontata. "Innocuo, forse, come fingere di essere un selvaggio americano per un branco di ballerine." Quando suo fratello si coprì il volto con le mani, vergognandosi, Rory aggiunse in tono serio: "Non mi è successo niente e l'incidente non mi ha certamente corrotto, quindi non c'è stato alcun danno. Inoltre, mi è servito per chiarire una cosa che mi lasciava perplessa..."
"Perplessa?"
"Sì, le stupide scommesse scritte nel registro di Lady Hibbert-Baker... Avevo una conoscenza eccezionalmente limitata di come apparisse un uomo senza vestiti; potevo tirare a indovinare. Ma dopo la notte scorsa, non..."
"Oh. Mio. Dio. Ho corrotto la mia stessa sorella," gemette Grasby con una mano sulla fronte, come a proteggere gli occhi e se stesso da altre franche confessioni. "Impiccatemi subito!"
"A dire il vero," aggiunse Rory piano, chinandosi verso di lui e ignorando la sua esclamazione melodrammatica, "sono stata più sorpresa di scoprire che gli uomini hanno i peli qui." Si mise una mano sul décolleté. "Quello proprio non me lo aspettavo."
"Per favore, Rory, basta!" La pregò Grasby e lasciò cadere la testa contro il cuscino. Dopo qualche secondo si sedette di nuovo. Sistemandosi il turbante, emise un gran sospiro. "È in momenti come questo che vorrei sinceramente che non fossimo rimasti orfani. Solo una madre può rispondere alle domande di una figlia."
"Silla mi ha confidato che la signora Watkins non le ha detto assolutamente *niente*."
"Beh, almeno è *qualcosa*." Guardò attentamente sua sorella. "È tutto quello che ti ha detto Silla?"
"Certamente. Silla me lo ha detto in un momento di debolezza. Penso che lo abbia fatto per avvertirmi, nel caso avessi tentato di confidarmi con lei per cercare risposte a domande intime cui non era pronta a rispondere."
Grasby sospirò di sollievo. Ma si era appena rilassato quando lo colpì un pensiero improvviso. "Ma, Rory, io non ho il petto peloso..."
"No, tu no..."
Ci volle un momento a Grasby per digerirlo. In quel momento, il volto di sua sorella si fece scarlatto. Capì immediatamente chi aveva descritto. La sua smorfia di perplessità si trasformò in una di rabbia repressa e digrignò i denti. Quando riuscì a riprendere il controllo delle sue emozioni, disse seccamente:

"Watkins ha detto di averti trovato svenuta dietro il palco. Ha insinuato che sei rimasta là con Fitzstuart per un po', da sola. L'ho minacciato di fargli saltare i denti se avesse mai ripetuto quell'informazione. Dimmi la verità, Aurora, sei rimasta da sola dietro il palco con Dair Fitzstuart?"

Suo fratello l'aveva chiamata con il suo nome completo solo una volta, anni prima, e in quel momento non ricordava perché l'avesse fatto, solo che era stato furioso con lei, furioso come in quel momento. Oh Dio, stava per mentire per la seconda volta in due ore e si sentiva le lacrime agli occhi. Ma non avrebbe ceduto il ricordo del bacio scambiato con il maggiore. Se l'avesse fatto, il bacio sarebbe stato interpretato dagli altri come qualcosa di sordido e non dignitoso, qualcosa di cui vergognarsi. Lei non se ne vergognava e, a prescindere da come il maggiore e gli altri vedevano quel loro breve intimo momento, lei intendeva continuare a preservare l'idea che lui avesse apprezzato quel bacio tanto quanto lei.

"Non c'è niente da dire, Harvel. L'ho già detto anche al nonno. Sono svenuta alla vista della prima goccia di sangue. Non sopporto la vista di uomini che si picchiano. Sono grata al signor Watkins per avermi messa in salvo. Era veramente spaventoso."

"Spaventoso? Non ne dubito! Non avresti mai dovuto essere costretta a vedere quello spettacolo orrendo. Mai." Ancora furioso, Grasby colpì il davanzale verniciato con il lato del pugno. "Dannazione a Dair, sempre a fare l'eroe! Sempre a infilarsi in un pasticcio dove come minimo viene preso a botte, o quasi si fa ammazzare! A volte mi chiedo perché tollero i suoi inutili eroismi. *Dannato idiota*... Rory, Dair è il mio miglior amico ma tu sei mia sorella e se pensassi che si è approfittato di te, che ti ha toccato un solo capello, sarebbe la fine della nostra amicizia. Difenderei il tuo onore, e al diavolo le conseguenze."

"Lo so, Harvel," rispose sommessamente Rory. "So anche che in un simile incontro ci sarebbero conseguenze per uno solo. Lui è un soldato, tu no. Lui è stato addestrato a uccidere, tu non potresti. E ti ucciderebbe..."

Come per sottolineare la verità della sua dichiarazione, si sentì un forte scoppio di risa provenire dal giardino. Rory premette la fronte sul vetro e vide l'oggetto della loro discussione. Il maggiore aveva appoggiato una natica soda su un basso muretto di pietra, con la lunga gamba che dondolava avanti e indietro, chino su una candela accesa che gli porgeva un servitore per accendere il sigaro. Suo nonno era accanto a lui e teneva in mano un cestino di porcellana. Rory conosceva quel contenitore, c'erano le briciole per il piccolo banco di carpe che viveva nello stagno che circondava una fontana centrale raffigurante dei delfini nell'atto di saltare. L'acqua della fontana era stata chiusa per permetterne la pulizia ed era per quello che si poteva sentire la loro conversazione, se non le parole. Il maggiore soffiò uno sbuffo di fumo nel cielo azzurro e disse qualcosa che fece ridere suo nonno e gli fece scuotere la testa.

Fratello e sorella osservarono i due uomini in silenzio e Grasby appoggiò di nuovo la schiena quando suo nonno consegnò il cestino di porcellana a un lacchè per riprendere la passeggiata con Dair attraverso il giardino topiario.

"Scusami, pasticcino," disse a bassa voce, usando un vecchio soprannome di quando erano piccoli. "Mi sono disonorato due volte. Ieri sera mi sono comportato come un pazzo e oggi sto imprecando come un marinaio. Sono una disgrazia e non ho scuse."

Rory scivolò sul sedile per abbracciarlo.

"Tu sei il miglior fratello che esista in tutto il mondo e io non ti scambierei con nessun altro. Ieri non ti avrei creduto capace di imprecare, men che meno di correre nudo nello studio di un pittore, e mi hai sorpreso facendo entrambe le cose! Ovviamente, un comportamento simile mi obbliga a ritirare l'aureola e sostituirla con due piccole corna e una coda biforcuta. Ma non per questo ti vorrò meno bene."

Grasby scosse la testa sorridendo, rendendosi conto che Rory stava cercando di non dare importanza alla sua volgare trasgressione, ma non riusciva a vedere il lato divertente nella sua rozza condotta. Si tirò indietro per guardarla negli occhi azzurri.

"Grazie, mi merito proprio di farmi confiscare l'aureola. Mio cognato ora pensa che io sia un eccentrico libidinoso. Mio nonno scuote la testa deluso e mia moglie... Silla è così disgustata dal mio comportamento che non vuole avere più niente a che fare con me. Incolpa Dair e pretende che tagli i legami con lui. È la sua condizione per una riconciliazione."

"Ma... certo capirà che voi tre stavate solo scherzando. Non c'è stato alcun danno effettivo. E se noi, Silla, il signor Watkins e io, non fossimo capitati lì in quel momento, lei non ne avrebbe mai saputo niente."

"Silla non è indulgente come te. Non ha mai approvato Dair, anche se non riesce a darmi una spiegazione ragionevole di questa antipatia. Non avevo capito quanto lo detestasse fino al suo ritorno dai combattimenti nelle Americhe. In questi ultimi sei mesi lo ha vituperato in ogni possibile occasione e ora questo atteggiamento è diventato perfino imbarazzante. Hai ragione. Era solo uno scherzo. E non c'è mai stato il minimo pericolo che io le fossi infedele. E gliel'ho detto. Ma ha sentito ragione? No. È solo diventata ancora più isterica e ha cominciato a lanciarmi delle cose addosso. Le ho detto che deve accettare i miei amici così come sono. Non ho intenzione di rinunciare a loro. Dair Fitzstuart è il mio miglior amico."

"Ma Silla è tua moglie, Harvel."

"Quindi vedi dove sta il dilemma. È necessario farglielo capire. Non ho intenzione di cedere. Finché non lo capirà, continueremo a restare separati."

"Allora sarà meglio che ci mettiamo insieme per trovare una soluzione accettabile per entrambi," rispose Rory, lieta che la conversazione si fosse spostata su un argomento diverso dal suo coinvolgimento nell'incursione nello studio di Romney, ma turbata che il matrimonio di suo fratello fosse in difficoltà.

"E quale modo migliore per farlo, se non davanti a una tazza di tè?" Aggiunse in tono molto più allegro, a beneficio della cameriera che aveva reso nota la sua presenza schiarendosi la gola. "Penserò io a versarlo, Edith. Grazie."

Edith aveva scostato le tende ed era affiancata da due cameriere dei piani alti, una con il vassoio con le stoviglie e l'altra con la teiera e il supporto per tenerla in caldo.

Grasby continuava a rimuginare fissando fuori dalla finestra mentre sua sorella si occupava del tè. Guardò suo nonno e il suo miglior amico fermarsi a un incrocio dei sentieri. Qui il vecchio contò usando l'indice e la punta delle dita, mentre Dair annuiva in risposta mentre fumava il sigaro. Ricordò che Dair gli aveva detto una volta che i soldati fumavano, gli ufficiali fiutavano il tabacco. Sapeva che Dair non amava fiutare e proprio non sopportava i suoi colleghi ufficiali che restavano ben lontani dalla linea di fuoco, fiutando tabacco in tende a righe, mentre i soldati erano fatti a pezzi sul campo di battaglia. Quindi fumava in loro compagnia per irritarli. E ci riusciva benissimo. Lui, l'erede di un conte, era socialmente superiore alla maggior parte di loro, che erano i secondi o i terzi figli di nobili e non avevano nessun titolo cui aspirare, a parte il rango comprato nell'esercito.

Ma quello che infastidiva questi ufficiali più del disprezzo di Dair per il rango sociale e il suo atteggiamento menefreghista, era che i soldati di fanteria seguivano il maggiore a capofitto in battaglia, senza fare domande. E quindi i suoi colleghi ufficiali lo definivano arrogante e avventato, e disprezzavano lui e i suoi eroismi perché dimostravano ciò che loro erano veramente: guerrieri di cartapesta. Una scintilla del sigaro di Dair e sarebbero finiti in fumo.

Grasby sorrise e si ritrovò a sorseggiare tè caldo al latte prima di rendersi conto che aveva in mano tazzina e piattino di porcellana. Accantonò i suoi pensieri abbastanza da dire cupamente: "La verità è,

Rory, che non ho il diritto di maledire Dair per le sue buffonate avventate. È l'uomo più coraggioso che conosca. Con la sua famiglia, suo padre in particolare, che non ha nessuna considerazione per lui, ti meraviglia forse che lui stesso non abbia la minima considerazione per la propria sicurezza? No, Rory. Non lo abbandonerò. Non posso. È Silla che deve capire perché non posso farlo, altrimenti continuerà a sentirsi infelice e per giunta renderà me infelice."

Rory doveva chiederglielo. "Perché, Harvel? Perché rischiare il tuo matrimonio?"

"Se non fosse per Dair Fitzstuart, tu non avresti un fratello, Silla non avrebbe un marito e il nonno non avrebbe un erede per il suo titolo e i suoi beni."

DIECI

Con un orecchio così attento e comprensivo a disposizione, Grasby cominciò presto a confidare a Rory i particolari e gli aneddoti riguardanti il suo miglior amico che, se Dair avesse potuto dire la sua, sarebbero rimasti sepolti nel passato, per non essere mai riferiti, e certamente non alla nipote del suo mentore.

"Fu durante il secondo anno a Harrow che Dair intervenne in mia difesa per la prima volta. Biscoe il Bullo, uno scimmione di ragazzo che aveva un anno più di noi, mi stava prendendo a botte. Non ricordo perché. Credo non gli piacesse il colore dei miei capelli. O erano i miei occhi azzurri? Qualunque cosa fosse, non era qualcosa che io potessi cambiare, anche se avessi voluto. Cedric, che sapeva usare bene i pugni, aveva fatto del suo meglio per togliermi di dosso quello scimmione, ma gli amici di Biscoe lo avevano immobilizzato mentre il Bullo mi lavorava. Fu allora che intervenne Dair. A quel tempo non era molto più grosso di me, ma, Dio, come sapeva combattere! Aveva messo al tappeto il Bullo prima che capisse che cosa l'aveva colpito!"

"E così siete diventati amici per la pelle… tu, il signor Pleasant e Lord Fitzstuart," disse Rory per farlo continuare a parlare quando suo fratello fece una pausa scuotendo la testa inturbantata a quel ricordo. "Quando è stata la seconda volta che è venuto in tuo soccorso?"

"La seconda volta?"

"Hai detto che Lord Fitzstuart intervenne in tua difesa per la prima volta quando eravate a Harrow… Quindi deve esserci stata una seconda volta."

"Brava! Ma non sarebbe giusto che ti raccontassi io i particolari.

Basti dire che stavo fissando una lama, con la punta rivolta al mio petto, in mano a un uomo che credeva che mi fossi preso delle libertà con una... uhm, donna sotto la sua protezione."

"Sua sorella? Sua moglie? Non sua figlia?"

"No! No! No! Non quel tipo di donna o quel tipo di protezione."

Rory spalancò gli occhi, ma disse tranquillamente: "Una prostituta. Per favore, continua. A meno che mi sbagli e tu mi voglia correggere...?"

"No, non è necessario che ti corregga. Successe poco prima che Dair andasse a raggiungere il suo reggimento e Cedric e io andassimo a Oxford. Stavamo festeggiando la nascita di suo... beh, non importa. Stavamo festeggiando e finimmo a un certo indirizzo dove i giovani gentiluomini erano benvenuti. L'uomo con la spada si credeva innamorato della mia... amica. Io non ero in condizioni di difendermi e lui aveva tutte le intenzioni di versare il mio sangue. Dair si intromise e, per farla breve, ferì a morte quell'uomo. Fu un duello leale, con i secondi e un risultato netto. Quell'uomo sapeva come tenere in mano una spada e, se non fosse stato per Dair, sarei stato io a sanguinare a morte sul pavimento."

"Quindi gli devi veramente la vita. Strano che non sia venuto a Oxford con voi e si sia invece unito all'esercito. Non è la strada consueta per il figlio maggiore di un conte, no? Ancora un po' di tè...?"

Grasby tese la sua tazza.

"Non c'è niente di consueto nella sua storia! E la famiglia di Dair è tutt'altro che convenzionale. Il padre ha abbandonato la contessa e tre figli quando Dair aveva circa dieci anni. Se n'è andato nelle Indie Occidentali e non è più tornato a casa. Dair dice che è come se il padre fosse morto, ma senza un corpo da seppellire." Grasby mise una zolletta di zucchero nel tè e rimise la pinza d'argento nella ciotola che gli veniva tesa. "Noi saremo anche stati orfani, Rory, ma avevamo il nonno che si è preso cura di noi. Dair, sua sorella e suo fratello hanno dovuto cavarsela da soli. La contessa si è ritirata in se stessa. Il dolore l'ha fatta impazzire per un po'..."

"La contessa di Strathsay? Affranta? Forse questo spiega perché non sia una persona gradevole."

"Non spiega perché sia fredda come il ghiaccio con tutti, incluso i suoi figli! Nemmeno un briciolo di istinto materno, da quanto si può vedere. Ma è la mamma di Dair, quindi non dirò una parola contro di lei."

"Giusto. Ma solo perché *lei* è un tipo freddo non significa che lo sia lui. Suo padre deve essere un tipo dal sangue caldo, e Lord Fitzstuart ha preso da lui... Forse è il motivo per cui il conte è partito per i Caraibi?"

Grasby fece spallucce. "Forse. Non l'ho mai chiesto. Tutto quello che so è che mentre il conte vive nella sua piantagione di zucchero con la sua amante dalla pelle scura e i loro due marmocchi, la sua tenuta in Inghilterra cade in rovina. Non vuole spendere un penny per il suo mantenimento. Né dare al suo erede la procura per agire in sua vece. Quindi Dair temporeggia. Aspetta che suo padre muoia. Aspetta di ereditare. Aspetta di essere in grado di fare qualcosa oltre ad aspettare." Fece una smorfia. "Mi preoccupa che, mentre aspetta, la sua fortuna possa girare. Non si può continuare a rischiare la vita e non aspettarsi che la morte prima o poi ti raggiunga."

"La morte raggiunge tutti, prima o poi," disse Rory sommessamente. "Ma non capisco perché la tenti. Mi sembra…" Cominciò a dire, ma si corresse immediatamente prima che suo fratello si rendesse conto del suo passo falso. "Quello che ho sentito dire di lui è che trabocca di gioia di vivere. Che si gode ogni momento."

"Beh, lo faresti anche tu, se sapessi che il tuo prossimo respiro potrebbe essere l'ultimo! Dair dovrebbe sposarsi e produrre un erede. A quel punto il conte potrebbe anche decidere di affidargli il controllo della tenuta. È quello che pensa il nonno. Ma dato che Dair è entrato nell'esercito contro la sua volontà, Strathsay ha rifiutato di cedere un solo penny dei suoi fondi o di affidargli un minimo di responsabilità."

"Ma se suo padre non è in Inghilterra da vent'anni, chi si occupa delle sue proprietà, se non il suo erede?"

Grasby sospirò e per un momento sembrò assente. "Il cugino, credo. Sì, il secondo cugino bacchettone di Dair, il duca di Roxton. È lui che tiene i cordoni della borsa e se uno dei fratelli Fitzstuart ha bisogno di fondi deve andare da lui con il cappello in mano."

Rory sbirciò fuori dalla finestra. Suo nonno e il maggiore non si vedevano da nessuna parte. Restavano solo i giardinieri, che potavano le siepi e rastrellavano la ghiaia. Sospirò e si appoggiò ai cuscini.

"Credo che detesterebbe dover andare da chiunque con il cappello in mano… Lo troverebbe umiliante."

"Sì, è così. Ma non è una circostanza inconsueta, di per sé. Molti figli vivono di sussidi e cambiali finché ereditano. Sarebbe la stessa cosa per me se il nonno non mi avesse affidato la gestione delle proprietà quando ho sposato Silla. Ora ho un'occupazione e ancora molto da imparare, ma quando erediterò il titolo, il nonno sa che sarò in grado di occuparmi di tutto. Ma pochi uomini sono come il nonno…"

"Il conte di Strathsay dovrebbe vergognarsi! Non solo per aver abbandonato la sua famiglia, che è già imperdonabile, ma perché tratta i suoi figli, in particolare il maggiore ed erede, con un tale disprezzo!" Disse Rory veementemente. "Costringerli ad elemosinare la propria eredità a un parente. Costringere il suo erede a farlo, quando dovrebbe essere a capo della famiglia in assenza del padre... Mi rimangio tutto quello che ho detto. Il conte non è affatto un essere a sangue caldo. È freddo e sgradevole come la sua contessa. Direi che erano una coppia perfetta. Meraviglia che non scorra lo stesso ghiaccio nelle vene del figlio!"

"Rory, non c'è motivo che ti scaldi," disse Grasby piano, chiedendosi come mai fosse di colpo così appassionata, anche se sapeva che sua sorella possedeva una grande empatia. "Questo stato di cose va avanti da quando Dair aveva dieci anni. Non è niente di nuovo."

"Allora non mi sorprende minimamente che abbia un tale disprezzo per il suo retaggio, la sua posizione in società e la sua vita! Lo trattano ancora come se fosse un ragazzino di dieci anni. Non ha nessun motivo per crescere, no? Tanto vale continuare ad avere dieci anni, per quello che gliene verrebbe se tentasse di prendersi la responsabilità della sua famiglia e della sua eredità. Fintanto che suo padre vive e resta cocciutamente della sua opinione, Lord Fitzstuart non può fare altro che aspettare. E tutti sanno che i ragazzi senza un'occupazione e senza uno scopo faranno danni, in un modo o nell'altro."

Grasby batté gli occhi. "Per Giove, Rory," sussurrò, aggiungendo poi, alzando la voce quando la spiegazione di Rory gli entrò in testa, "hai colpito nel segno! Non ho mai pensato alla situazione di Dair sotto questa luce. Ma potresti aver ragione. In effetti, ha perfettamente senso. Come sei intelligente!"

"Grazie, ma non sono così intelligente," sorrise Rory, ma apparvero le fossette a quel complimento. "La sua situazione non è molto diversa da quella delle donne in attesa di marito. Finché non ci sposiamo, non abbiamo molti obiettivi. Siamo solo un peso per gli altri, per ogni verso. Ma una volta sposate, abbiamo una posizione in società, una casa da gestire e, se Dio lo vuole, figli da crescere e di cui preoccuparci. Deve essere lo stesso per i figli maggiori, specialmente per quelli respinti dai propri padri. Aspettano, anche loro. Almeno le donne nubili hanno padri e fratelli che si occupano di loro e che loro stesse possono curare per quanto possibile. Anche se pure questo aspetto perde importanza quando i fratelli prendono moglie..."

"Tu non sarai mai un peso, Rory. Io intendo occuparmi di te, sempre."

"Lo so, carissimo. Non pensavo a me, parlavo in generale. Sarò un'eccellente zia un giorno e Silla sarà contenta di avermi. Lei amerà i vostri figli, ma non la vedo passare molto tempo nella nursery, vero?"

Grasby era sul punto di dire che, per come andavano le cose al momento tra lui e sua moglie, ci sarebbe voluto quasi un miracolo perché la nursery fosse occupata in futuro. Si risparmiò il commento quando Rory continuò e lui si ritrovò nuovamente stupito per l'acuto intuito di sua sorella.

"Oserei dire che la vita nell'esercito sia stata un bene per sua signoria. Se trascuriamo la reale possibilità di essere uccisi o mutilati in battaglia, la disciplina quotidiana di un reggimento dà uno scopo agli uomini. Potrebbe anche tenerli fuori dai guai finché non vanno in licenza, e poi a quel punto potrebbero lasciarsi andare alla pazza gioia...?"

"Posso solo essere d'accordo con te," Grasby sorrise. "Anche se mi chiedo con quanti ufficiali tu abbia conversato?"

"Sono tutte osservazioni e congetture, carissimo fratello. Ho visto i soldati alle parate, anche se non il 17° reggimento di Lord Fitzstuart. Ci deve volere un'enorme quantità di tempo e fatica per lucidare tutti i bottoni di quelle giacche rosse e pulire gli stivali fino a far riflettere la luce! E quanto poi a mantenere i calzoni più bianchi del bianco... Chi ha mai potuto pensare a un colore tanto improbabile per un soldato?"

"Ma stanno veramente bene, con tutto quello scarlatto e quel bianco."

"Vero. E non ho nemmeno accennato alle ore che ci devono volere per curare i loro cavalli. Tutti quei finimenti di cuoio e ottone, e il mantello che deve brillare. Vedere i dragoni a cavallo è veramente uno spettacolo!"

"Proprio così. Meraviglioso quello che possono fare un po' di sputo, del lucido e una giacca scarlatta per un uomo," scherzò Grasby, poi la guardò attentamente. "Non ti sarai innamorata di un militare, vero, Rory?"

"Certo che no!" Ribatté Rory e, per nascondere il rossore sulle guance, gli lanciò il cuscino, che Grasby afferrò e le ributtò ridendo.

"Bene, perché non voglio che sposi un militare. Ho già trovato difficile che il mio miglior amico partisse per andare a combattere. Non sopporterei che ti dovessi preoccupare per un marito che fa la stessa cosa."

Rory rise. "Ti voglio bene perché pensi che io possa sposarmi!"

"Perché non dovresti? Voglio dire, sei abbastanza carina e alcuni uomini trovano belli gli occhi azzurri."

"Lo prendo come complimento." Poi Rory aggiunse seriamente, sperando che il suo tono sembrasse abbastanza casuale da non sollevare sospetti: "Allora, perché Lord Fitzstuart ha comprato una nomina nell'esercito?"

"Ah, beh. Non ha avuto molta voce in capitolo dopo essere stato scoperto a comportarsi da stupido. Credo che la decisione sia stata presa dal vecchio duca di Roxton, che a quel tempo era il tutore legale di Dair."

"Il mio padrino? Perché?"

Grasby rabbrividì involontariamente. "Il figlio è abbastanza pomposo, ma il vecchio duca... La parola sinistro non comincia nemmeno a descriverlo! Tutte le volte che sono stato a Treat, mi aspettavo quasi di vedere il suo fantasma aggirarsi nei corridoi del palazzo. Era già una specie di spettro in vita, con quel naso a becco e il modo minaccioso che aveva di parlare e quegli occhi neri cui non sfuggiva nulla. Non credo che qualcuno gli abbia mai detto 'no' in tutta la sua vita!"

Rory scrollò le spalle. "Strano che ti abbia lasciato quell'impressione. Con me è sempre stato gentile... Ricordo in particolare una volta, avevo circa sei anni, il nonno e io siamo andati a Treat..."

"Io dov'ero?"

"Harrow. Il nonno mi aveva portato a vedere il bambino. Erano passati due mesi da quando *Madame la Duchesse* aveva partorito il figlio minore, e io ebbi il permesso di salire nelle sue stanze... La sua dama di compagnia mi portò negli appartamenti più magici che abbia mai visto! Era esattamente come immaginavo fosse il palazzo delle fate, tutto oro e rosa... C'era un profumo delizioso e dolce... Ma quando vidi *Madame la Duchesse* allattare al seno suo figlio, dimenticai tutto quello che mi circondava. Devo averla stancata con tutte le mie domande, perché il mio padrino mi fece sedere sulle sue ginocchia per distrarmi. Beh, *adesso* so che è quello che stava facendo. Mi raccontò una storia sul vecchio re francese, la sua corte e le belle dame. Anche se sospetto che non fosse per niente una storia ma ricordi della sua vita prima che sposasse la mia madrina."

"Lui era *lì*? Nella stanza? Nella stanza mentre la duchessa stava... mentre il bambino mangiava?"

Rory scoppiò a ridere.

"Oh, Grasby, se solo potessi vedere la tua faccia! Un bambino allattato al seno è la cosa più naturale al mondo."

"Le duchesse hanno le nutrici che si occupano di quel genere di cose."

"Beh, non sorprenderti se Silla deciderà di allattare suo figlio."

"Silla farà quello che sarà di moda."

"Allora quasi certamente allatterà suo figlio, perché è di moda che le signore dell'alta società allattino al seno i loro figli. Se mai io dovessi avere un figlio, lo farei, che fosse o no di moda. Esattamente come *Madame la Duchesse* non teneva conto della moda."

"Qualunque fosse il motivo, mi colpisce che il duca fosse lì, come se partecipasse a un tè!" Sembrò preoccuparsi. "Il nonno non era presente a questo episodio di allattamento, vero?"

"Stupidone! Certo che no. Quando ebbe finito la storia, il vecchio duca mi riportò dabbasso dove mi aspettava il nonno." Rory sorrise e si strinse nelle spalle. "Fu stato allora che gli dissi che mi piaceva il suo naso aquilino."

Grasby restò a bocca aperta. "Non puoi aver fatto una cosa del genere! Hai detto allo spaventoso duca di Roxton che ti piaceva il suo-il suo naso aquilino? Beh, non lo avrei mai... E lui che cosa fece?"

"Che cosa credi che abbia fatto? Avevo solo sei anni. Rise e mi disse che avrei potuto averlo quando fossi cresciuta."

"Sei proprio una ragazza stranissima, Rory. La maggior parte delle ragazzine avrebbero detto che amavano un bel fiore o un anello di diamanti, o un pappagallino, ma tu hai detto a un vecchio duca che ti piaceva il suo naso a becco!" Rise e disse scherzando: "Se è quello il tuo criterio per affezionarti a qualcuno dovrò vedere se riesco a trovare un gentiluomo il cui becco sia all'altezza."

Rory sorrise guardandolo, ma non rise e sentì le guance che si scaldavano. Conosceva giusto il gentiluomo il cui bel naso era all'altezza, ma lo tenne per sé e chiese nuovamente a suo fratello perché a Lord Fitzstuart fosse stata comprata una nomina da ufficiale nell'esercito.

"Non dovrei dirtelo ma so che, se non te lo dirò io, andrai a chiederlo al nonno... E forse non sarà comunque una sorpresa. Se ne è parlato tanto che potresti anche averlo sentito a uno di quei tè cui ti ha portato Silla. Inoltre, Dair non nasconde di avere un figlio naturale, non l'ha mai fatto."

"Il figlio di Lily Banks?"

Grasby annuì. "Quindi l'hai sentito. Sì. È il motivo per cui Dair è stato spedito nell'esercito. Lui e Lily avevano tentato di scappare a Gretna; l'unico posto in cui avrebbero potuto sposarsi senza bisogno di documenti. Lui aveva solo diciotto anni e lei, beh, era abbastanza grande da sapere che non era il caso! Abbastanza grande da riuscire a farsi mettere incinta e sperare che l'erede di un conte l'avrebbe sposata!"

"Ma come ha potuto manovrare per farsi mettere incinta? Un figlio non è una benedizione di Dio?"

"Non questo tipo di figlio, Rory."

Rory aggrottò la fronte, sentendosi immediatamente a disagio. Le parole di suo fratello non le piacevano per niente. Lasciò il sedile sotto la finestra per affaccendarsi con il servizio da tè, sperando che avere le mani occupate calmasse le sue emozioni. Sollevò la teiera d'argento e si rese conto che c'era tè sufficiente solo per un'altra tazza, quindi spense la candela nello scaldino e rimise la teiera sul supporto. Poi impilò le tazze e tornò al sedile da dove suo fratello la stava osservando. Con i pensieri raccolti in frasi coerenti che suo fratello avrebbe capito senza agitarsi, disse sommessamente:

"Harvel, mi sconvolge sentirti parlare in quel tono derogatorio di un bambino. Un figlio è un figlio ed è tutto quello che è. Viene al mondo senza colpe, eppure è immediatamente marchiato dagli altri per le sue parentele, le sue caratteristiche o le sue-le sue deformità, come se valesse meno di niente..."

"Rory, non intendevo te."

"Lo so, carissimo. Ma questo non lenisce la pena che provo quando sento di un bambino accusato delle colpe di un altro. Io sono venuta a patti con i miei difetti. Ho una vita privilegiata che mi ripara dalle brutture del mondo. Ma che tu e altri condanniate un bambino perché i suoi genitori non erano sposati... Come hai fatto in fretta a dimenticare che la nostra stessa madre era illegittima!"

"Non l'ho dimenticato. Anche se vorrei poterlo fare."

"Perché? Perché i nostri genitori non avevano lo stesso rango? Perfino il nonno ammette che la loro unione era felice. Che tu desideri che fosse diverso, è come voler cancellare la loro felicità. Inoltre condanna la mia esistenza perché, agli occhi di molti, io sono la punizione di Dio perché mio padre aveva sposato qualcuno molto inferiore a lui."

"Chiunque lo dica non è degno di stare al mondo!"

"Esattamente come quelli che condannano il figlio di Lily Banks perché è illegittimo."

Grasby non contestò la sua affermazione. Non aveva mai vinto un dibattito con sua sorella. Invece disse semplicemente: "Si chiama Jamie... James Alisdair Banks."

"Oh! Mi piace quel nome. E ha anche dato al ragazzo il suo nome di battesimo..."

"Dair gli avrebbe dato anche il suo cognome, se glielo avessero permesso. Ma non era possibile e nemmeno il matrimonio. Il vecchio duca di Roxton li raggiunse e sistemò tutto. Lily Banks ebbe il suo bambino e Dair entrò nell'esercito. È successo dieci anni fa ed è passata molta acqua sotto quel ponte da allora!"

Rory si acciglò. "Che vuol dire?"

Grasby si sarebbe morso la lingua per la sua mancanza di decoro. Le rispose comunque.

"Vuol dire che Lily Banks si è sposata e ha avuto altri quattro figli da suo marito."

"Quindi non è l'amante di Lord Fitzstuart?"

"Amante? Dubito che lo sia mai stata nel vero senso della parola.

Era una cosina graziosa quando Dair l'ha notata. Cinque figli dopo credi che Dair sarebbe ancora interessato a una donna simile?"

Sapere che Lily Banks era sposata e non era l'amante di Lord Fitzstuart rallegrò Rory più di quanto volesse ammettere, ma non le impedì di dire, in tono volutamente scherzoso:

"Povera me, deve essere abbastanza vecchia da avere un piede nella fossa! Non riesco a immaginare sua signoria attratto da una simile vecchia befana."

"Ah, sorellina cara! A dire la verità non ho idea di che aspetto abbia Lily Banks, solo che il figlio che ha avuto da Dair è l'immagine sputata di suo padre. In ogni modo, il signor Banks è una persona per bene. Sono cugini e si conoscono dall'infanzia, così mi dice Dair, da lì lo stesso cognome. Rende facile la transizione, no? È un botanico, o forse raccoglie piante per un botanico? In un modo o nell'altro, è un avventuriero che viaggia in tutto il mondo alla ricerca di piante esotiche."

"Questo spiega perché occupano una casa vicino all'orto botanico di Chelsea... Mi chiedo se il signor Banks sappia qualcosa degli ananas... Harvel, adesso mi devo vestire altrimenti farò tardi. E al nonno non piace aspettare..."

Grasby saltò giù dal sedile e si ficcò le mani nelle tasche della *banyan* di seta. "Direi che Banks potrebbe sapere qualcosa degli ananas..."

Rory prese a braccetto il fratello e lo accompagnò alla porta del suo salottino. "Sei sicuro di non voler accompagnare il nonno e me a teatro?"

Una delle cameriere di Rory gli aprì la porta e Grasby si fermò sulla soglia.

"E fornire altre munizioni a Silla? Inoltre," aggiunse con un sorriso colpevole, "il teatro è più una cosa tua che mia. La rabbia di Silla mi ha solo dato una buona scusa per non venire... Ehi! Aspetta un attimo! Non ti ho mai detto che Lily Banks vive porta a porta con l'orto botanico di Chelsea. Quindi come fai..."

Ma Rory aveva chiuso la porta in faccia a suo fratello prima che potesse fare altre domande, già facendo programmi per visitare l'orto botanico e vedere se i giardinieri potevano dirle qualcosa riguardo alla coltivazione degli ananas. Avrebbero forse potuto scambiarsi delle informazioni. Avrebbe portato con sé il suo giardiniere e forse avrebbe potuto convincere Silla ad accompagnarla e fare un picnic. E se fosse capitata per caso vicino al muro di pietra e avesse dato un'occhiata alla casa occupata da Lily Banks e dalla sua famiglia... Sarebbe stato un colpo di fortuna se avesse scorto la signora Banks e i suoi figli, e in particolare il ragazzo che era l'immagine di suo padre. Dopo tutto, il maggiore non l'aveva forse invitata ad andare da Lily Banks, che non avrebbe fatto domande?

Rory sarebbe stata molto sorpresa di scoprire che mentre lei stava pensando a Lily Banks e Jamie, Dair Fitzstuart stava pensando a lei e alla promessa che aveva fatto a suo nonno, e a che cosa poteva fare in merito.

UNDICI

La mattina dopo la sua visita al conte di Shrewsbury, Dair arrivò alla residenza di Hanover Square di sua cugina poco prima di mezzogiorno e trovò la famiglia nel bel mezzo di un festeggiamento. Non aveva voglia di disturbare la riunione e quindi disse al maggiordomo che avrebbe aspettato, non in anticamera, ma sui gradini dello scalone principale. Si tolse i guanti da cavallerizzo di pelle marrone chiaro e li lasciò cadere nel cappello, si lasciò togliere il cappotto di lana grigia da un cameriere e consegnò spada e cintura al maggiordomo. Rifiutò un rinfresco e chiese del fuoco per accendere un sigaro, poi si sistemò sulla scala in modo da poter stendere nel modo più comodo possibile le lunghe gambe inguainate nei calzoni di pelle scamosciata aderenti alle cosce. Restò lì, a fumare, con i gomiti appoggiati al gradino dietro la schiena, fissando il ritratto a figura intera di una bellezza dai capelli color tiziano, sua nonna Augusta, la prima contessa di Strathsay.

Tuttavia nella sua mente non era sua nonna che vedeva, mentre fissava quell'imponente tela, ma una giovane donna di poco più di vent'anni, con occhi azzurro pallido che brillavano di onestà. Non era bella ma era graziosa. Non era paffuta come imponeva la moda, ma delicata, come un figurina di Meissen. Aveva i capelli di un indefinito biondo chiaro e anche se aveva una bocca dalla forma perfetta, le sue labbra erano rosa chiarissimo. Fino all'incursione nello studio di Romney, se fosse passato davanti a lei per strada, o se l'avesse vista tra la folla di un salotto, non le avrebbe dato una seconda occhiata. Certamente non l'avrebbe cercata per conversare o, se era per quello, per qualunque altra cosa. Perché il Dair di due giorni prima aveva sempre paragonato il pallore alla mancanza di vivacità.

Ma ora non riusciva a smettere di pensare a quella pallida bellezza. Dopo l'incursione nello studio di Romney, mentre rabberciavano il suo corpo pieno di lividi e abrasioni, era stato così preso a riandare mentalmente a ogni minuscolo dettaglio del loro incontro che non aveva nemmeno reagito al bruciore quando Farrier gli aveva applicato sulle abrasioni un tampone di lino inzuppato di un preparato antisettico composto da trementina, alcol e aloe. La mancanza di reazione aveva fatto sì che il suo attendente si chiedesse a voce alta se una lesione interna avesse lasciato il suo padrone insensibile al dolore. A quel punto Dair aveva ordinato a Farrier di smetterla di preoccuparsi come una vecchia zia zitella e di continuare.

Giocherellando con il nastro di seta viola che le aveva preso come trofeo di guerra, decise che la sua bellezza pallida era un sotterfugio, proprio come la neve che copre una vasta distesa lascia il panorama privo di tratti distintivi. Ma non lo aveva imbrogliato. Aveva colto la scintilla di malizia nel suo sorriso e il divertimento nei suoi occhi per l'oltraggiosa situazione in cui si era trovata, avvolta con lui in una tenda e poi a cavalcioni sul suo torace sul pavimento dietro il palco.

La sua Delizia non era una signorinella piagnucolosa, né una *habituée* degli svenimenti da divanetto. Aveva reagito con sicurezza e allegria, senza nascondersi. Né aveva tentato di civettare con lui. Era stata, semplicemente, se stessa e Dair lo trovava affascinante. Non era bravo con le parole, ma per lui, in mancanza di una migliore analogia, lei era una stella tra le migliaia di altre stelle brillanti e scintillanti nel cielo notturno, che non era stata notata o apprezzata finché non era intervenuto il fato. Era stato solo allora che lei aveva colpito la sua attenzione, proprio come una stella cadente che attraversasse luminosa l'oscurità del cielo notturno, e nella più bizzarra delle circostanze. Come poteva ignorarla a quel punto?

Dio, doveva essere diventato stupido, a sdilinquirsi su manti di neve e notti stellate! Che diavolo non andava in lui? Un colpo in testa di troppo durante l'ultima campagna, forse. O forse quel proiettile di un ribelle che gli aveva graffiato la testa. Sapeva che alcuni uomini erano costretti nelle camicie di forza, perché non erano più in grado di sopportare le infinite scene sanguinose che rivedevano continuamente nella loro testa: di membra staccate e teste ridotte a una poltiglia rossastra; di gente che moriva urlando e orfani che piangevano; e civili ribelli il cui posto non era il campo di battaglia, che prendevano le armi solo per essere massacrati a migliaia... Sì, tutto questo poteva assicurare a un soldato il suo letto di paglia nel manicomio di Bedlam.

Ma era veramente sopravvissuto nove anni nell'esercito, con tutti gli orrori connessi, per perdere la testa per una donna che, se ne rendeva conto ora, era talmente fuori dalla sua portata che avrebbe tranquillamente potuto vivere a Vladivostok?

Quando era entrata nello studio di Shrewsbury e aveva lasciato cadere il libro, Dair aveva sentito il sangue defluirgli dal viso. Vederla, no, sentire la sua voce, con quella nota di entusiasmo, l'aveva fatto sorridere prima ancora di capire che cosa stesse dicendo o che aspetto avesse. E poi all'improvviso era giunto il colpo, come un pugno nello stomaco. Era la sua stella cadente ed era *la nipote di Shrewsbury*.

Peggio ancora, due minuti prima che apparisse, lui aveva dato la sua parola di dimenticare del tutto la sera precedente, di dimenticare *lei*. Si era sentito defraudato di qualcosa di prezioso. Eppure sapeva che Shrewsbury stava facendo solo quello che doveva: proteggere la reputazione ineccepibile di sua nipote.

Era rimasto accucciato, e ci aveva messo un tempo infinito a riprendere il libro prima di alzarsi in tutta la sua altezza, sperando di aver digerito il colpo abbastanza da non farlo capire a Shrewsbury. Cercando di fare del suo meglio per restare passivo e controllato, intorpidito era una parola migliore, le aveva teso il libro, guardando non lei ma oltre i suoi capelli chiari. Voleva solo che lo prendesse e in modo da potersene andare subito. Invece, lei lo aveva sorpreso, non solo mostrando di preoccuparsi per le sue ferite, ma addirittura parlandogli come se fossero vecchi amici. E che cosa aveva fatto lui? L'unica cosa che poteva. Era rimasto muto e aveva dimostrato la profondità emotiva di un pezzo di legno. Stupido idiota!

Ma era stato quando lo aveva toccato che aveva dovuto ricorrere a tutta la sua bravura di attore. Gli aveva preso la mano come se quel gesto per lei fosse la cosa più naturale al mondo. Gli aveva fatto male ogni sottile pelo, ogni centimetro quadrato della pelle sul dorso della mano, una sensazione molto più intensa delle ferite che già aveva subito. Si era obbligato a pensare ad altro, come era stato addestrato a fare nel caso di cattura e tortura. Ed era stata una tortura, peggiore dello schiacciapollici o del fuoco.

Una breve, aspra frase ed era fuggito sulla terrazza. Era rimasto a fissare gli alberi di tasso e le file di siepi potate e disposte a formare figure geometriche prima di rendersi conto che un servitore lo aveva seguito all'esterno. Gli aveva offerto un boccale di birra e lui lo aveva ingollato in un sorso e ne aveva chiesto un altro.

Aveva subito un colpo monumentale. No. Due colpi. La bella donna pallida che aveva giocosamente cercato di sedurre nello studio di Romney non era una prostituta e la sua reputazione era assolutamente impeccabile. Era la nipote del conte di Shrewsbury e lui era mortificato. Se lo avesse saputo, non si sarebbe comportato in quel modo con lei. Certamente non le avrebbe parlato come aveva fatto. Ma, e se ne vergognava, sapeva di mentire a se stesso. Non desiderava scusarsi per il suo comportamento nei confronti di quella donna. Aveva apprezzato il loro scambio di battute, ancor più perché era stato sincero e non studiato. Più di tutto, risentendo la sua voce, il suo desiderio più grande era stato di prenderla tra le braccia e baciarla come aveva fatto quando erano rinchiusi nel bozzolo delle tende.

Condurre la sua prima carica di cavalleria era stato meno spaventoso del terrore che aveva provato nello studio di Shrewsbury. Non vedeva l'ora di partire per il Portogallo.

Con i pensieri sul Portogallo e sull'imminente missione arrivò la consapevolezza che era seduto sui gradini dello scalone della casa di Hanover Square di sua cugina da almeno venti minuti. Avrebbe già dovuto essere sulla via di Portsmouth, prima che qualcuno lo vedesse in giro per Londra. Dopo tutto, per tutti, lui era rinchiuso nella Torre al momento, indagato per complicità nelle azioni sovversive del fratello minore. La Torre era il posto dove aveva mandato Farrier, con sommo disgusto del suo attendente. Farrier avrebbe trascorso il mese seguente ospite di sua maestà. Dair gli aveva detto di considerarla una vacanza. Farrier aveva risposto a sua signoria che riusciva a pensare ad alcune cose cui paragonare la sua incarcerazione volontaria, ma che la parola 'vacanza' non rientrava tra quelle.

Dair stava per mandare un servitore nel salotto per disturbare sua cugina quando la porta si aprì e lei uscì nel corridoio in un turbine di sottane di satin color avorio con ricami di filo metallico e i capelli d'oro intrecciati con nastri di satin in tinta, il volto arrossato e radioso. Dair non poté fare a meno di sorridere vedendola così felice, tutt'altra cosa rispetto alla vedova che aveva pianto la perdita dell'amato marito per tre tristissimi anni. Il motivo della sua felicità la seguì fuori dalla stanza. Jonathon Strang-Leven, appena diventato duca di Kinross, era altrettanto splendido vestito di velluto scuro, con il suo panciotto indiano di fili metallici d'oro e d'argento abbagliante contro la sua carnagione scura.

Dair capì allora che cosa stavano festeggiando e si alzò lentamente in piedi per salutare la nobile coppia e offrire le sue congratulazioni.

Jonathon afferrò Antonia per la vita, la fece roteare e la baciò. Antonia rise e fece per mettergli le braccia intorno al collo ma, essendo tanto più piccola di lui, dovette alzarsi sulla punta dei piedi nelle scarpine di satin. Sempre cavalleresco, e conscio della loro differenza di statura, Jonathon la sollevò senza sforzo, mettendola in piedi su una sedia accanto alla parete, permettendole di guardarlo dall'alto in basso. Le tenne le mani intorno alla vita e le sorrise. Antonia gli prese il volto bronzeo tra le mani e avvicinò la bocca alla sua.

Finalmente soli, dopo la cerimonia e una mattinata trascorsa con la famiglia, erano concentrati solo l'uno sull'altro e si abbandonarono a un lungo bacio senza fretta, punteggiato di mormorii di amore eterno e devozione in francese, la lingua natia di Antonia e la lingua che preferivano parlare in privato.

Quando si separarono, Antonia restò in piedi sulla sedia, con le braccia intorno al collo di Jonathon, giocherellando con il nastro di satin nero che gli teneva i capelli sulla nuca. Si chinò contro di lui, con gli strati di satin del vestito che lo avvolgevano come una nuvola, e disse con un piccolo broncio e una luce scherzosa negli occhi verde smeraldo:

"Non capisco proprio perché il nostro matrimonio ha dovuto aver luogo a quest'ora assurda. Non volevate restare a letto con me? Non potevamo sposarci nel pomeriggio? A un orario più rispettabile?"

"Ma mia cara moglie... Ah! Adoro chiamarvi così. *Mia* carissima moglie. La *mia* duchessa... Tesoro, se avessi potuto scegliere saremmo rimasti a letto tutto il giorno, ci saremmo sposati lì, per quello che mi importa..."

Antonia fece una risatina. "Davvero? Ma il povero reverendo Jenkins, lui non avrebbe saputo dove posare gli occhi!"

"... ma per amore della nostra famiglia, e specialmente del vostro austero figlio, ho pensato fosse meglio provvedere alla cerimonia il più presto possibile. E in un ambiente in cui lui si sarebbe trovato più a suo agio."

"Julian? A suo agio? Non avete visto la sua espressione? Sembrava a suo agio quanto un cavolo sul punto di essere affettato!"

Jonathon scoppiò a ridere.

"Un cavolo? Sì, sì. Sembrava un po' acido. Ma non prendetevela. È uno che rimugina. Pensate a come si deve sentire. Ieri sera va a teatro per vedere una nuova commedia e che cosa succede? Il pubblico non si interessa a quello che succede sul palcoscenico ma alle persone nel palco dove c'è sua madre. Che, oltre a tutto, non andava a teatro da sei anni e, quando lo fa, si presenta con un gigante abbronzato al seguito.

Peggio ancora, lei bacia questo sconosciuto davanti a tutti quanti, facendo per di più quasi nascere una sommossa. E sappiamo quanto Roxton detesti l'attenzione pubblica, di qualunque tipo. Quindi il poveretto è mortificato quando tutti gli occhi puntano su di lui per vedere che cosa pensa del comportamento sfrontato di sua madre. E come prima cosa, questa mattina, deve sopportare di vedere sua madre sposare il suo gigante, che oltre a tutto non è molto più vecchio di lui. Ma con le nostre firme su quel documento di matrimonio, ora noi siamo legalmente e spiritualmente legati in un solo essere, e non c'è assolutamente niente che lui ci possa fare. Il che significa che sua madre non è più una duchessa vedova, ma la duchessa di Kinross, e suo marito è il suo nuovo papà."

Antonia ansimò.

"Nuovo papà? Oh, com'è divertente! Ma non per Julian. Sì, quando la raccontate in questo modo, capisco un po' della sua agitazione. Quindi," aggiunse con un sorrisino provocante, "sarebbe scortese lasciare i nostri ospiti e sparire in biblioteca?"

"Con i nostri ospiti, tesoro, intendete i vostri figli, vostra nuora, il cappellano di Roxton e il suo padrino? Li ho invitati a restare a pranzo." Quando Antonia lo guardò arricciando il naso, Jonathon rise e la baciò con gusto. "Per quanto mi piaccia l'idea di sgattaiolare nella biblioteca, la nostra assenza, in un giorno come questo, sarebbe sicuramente notata."

Antonia sorrise, mostrando le fossette, e lo prese in giro. "Ma... il nostro matrimonio deve essere consumato per essere valido, sì?"

"E pensate che, con una casa piena di gente, la biblioteca sia la scelta più saggia?"

"Non ho ho detto niente riguardo all'essere saggia... o comoda."

"Solo sfrontata?" Jonathon sorrise. "Siete così adorabilmente birichina!"

"Ma è per quello che mi amate, sì?"

"Quello e molto altro..." Cercò di sollevarla dalla sedia e poi la rimise sul cuscino ricamato. "Dannazione a questi cerchi! Come faccio ad abbracciarvi come si deve con questi maledetti affari sotto le sottane che mi impediscono i movimenti? Quando saremo a casa andrete in giro in déshabillé."

"Sposati da meno di un'ora e sua grazia di Kinross avanza già delle pretese sull'abbigliamento di sua moglie!" Quando Jonathon aggrottò la fronte, Antonia gli pizzicò il mento squadrato. "Ma, certo. Per voi e per la mia stessa comodità indosserò il meno possibile." Gli mise una mano sulla guancia. "Ma non oggi... o domani..."

"Forse potremmo sgattaiolare via, anche se solo per una mezz'ora..."

"Mezz'ora? Non ho intenzione di lasciarmi defraudare!"

Fece ridere di cuore Jonathon, con gli angoli degli occhi che si increspavano. Quando riuscì a controllarsi, disse serio: "Abbiamo solo oggi e stanotte prima che parta. Domani la vostra famiglia potrà riavervi fino al mio ritorno."

"Oggi avete fatto di me la più felice delle donne, ma domani sarò desolata." Gli baciò dolcemente la fronte, poi si appoggiò a lui e lo guardò negli occhi scuri. "Come farò a sopportarlo?"

"E io?" Mormorò Jonathon, senza smettere di fissarla.

Jonathon si chiese se non fosse tutto un bel sogno da cui si sarebbe svegliato. Ma si era svegliato quella mattina con quella incantevole creatura, che amava oltre ogni ragione, rannicchiata tra le sue braccia. Avevano fatto l'amore, come sempre, appassionatamente e senza inibizioni, sapendo che non restavano molte ore e che poi sarebbero passati mesi prima che potessero dividere nuovamente un letto. Lui doveva partire per la Scozia per seppellire il suo anziano parente e prendere il suo legittimo posto come capo della famiglia Strang-Leven e *laird* del castello di Kinross sulle rive del Loch Leven. La sua sposa sarebbe tornata nella tenuta della famiglia Roxton, nella sua casa vedovile, per informare il caro defunto *Monseigneur* del suo nuovo matrimonio, organizzarsi per la nuova vita e aspettare il suo ritorno.

Erano marito e moglie solo da un'ora e non voleva altro che sollevarla di peso e riportarla a letto.

Ma cogliere quei pochi momenti da soli fuori dal salotto doveva bastare, la famiglia li stava aspettando. Stava per suggerire che tornassero dentro quando il suo subconscio percepì l'odore di un sigaro, pungente, con un accenno di ciliegia. Di colpo gli venne voglia di fumare. Non aveva bisogno di voltarsi per sapere chi c'era, né distolse gli occhi dalla sua duchessa, dicendole a bassa voce:

"Tesoro, c'è un ritardatario al nostro matrimonio..."

DAIR ASPETTÒ FINCHÉ LA SUA PRIMA CUGINA, ANTONIA, duchessa di Kinross, fu rimessa sul pavimento e avesse nuovamente infilato i piedini nelle scarpe di satin prima di andare a salutare e a congratularsi con i neosposi. Strinse con piacere la mano di Jonathon e si inchinò formalmente sulle dita tese di Antonia. E quando lei lo tirò vicino e gli porse una guancia, la baciò con diffidenza. Fu una sorpresa per Jonathon vedere Dair intimidito alla presenza della cugina, un membro della famiglia che conosceva da tutta la vita. Se Antonia lo notò non lo fece capire, come finse di non vedere le abrasioni sulle nocche di Dair, il taglio in via di guarigione sul labbro o il livido scuro intorno all'occhio sinistro.

Dair sorprese ulteriormente Jonathon conversando con loro in perfetto francese. Avrebbe dovuto immaginare che il ragazzo conosceva la lingua, come il resto della famiglia Roxton. Dopo tutto, Antonia parlava quasi esclusivamente francese, anche se sapeva parlare inglese se necessario. Un inglese che fosse stato testimone della loro conversazione avrebbe sicuramente creduto di essere capitato per caso in un salotto parigino.

Un breve scambio di banalità e poi fu chiaro che Dair voleva conferire con Antonia da sola, quindi Jonathon lo invitò a unirsi alla famiglia per il pranzo, cosa che Dair rifiutò educatamente, come si aspettava, poi Jonathon si congedò e tornò in salotto, lasciando i cugini da soli in fondo alle scale. Antonia allargò le sottane e si sedette sui gradini, invitando Dair a fare altrettanto.

"Mi piace il vostro nuovo duca," dichiarò Dair, allungando ancora una volta le lunghe gambe sopra parecchi gradini. "È una brava persona." Sorrise. "Non lo avreste sposato se non fosse stato così. E vi ha reso felice."

"Sì, è vero. Sono nuovamente molto felice."

"Non molti sono tanto fortunati da avere un buon matrimonio, ma averne due…"

"Un giorno spero che sarai felice come me, Alisdair."

"Ma, cugina duchessa, io non vi piaccio nemmeno."

Antonia perse il sorriso. "Questa è una grossa stupidaggine e mi offende!"

Dair inclinò educatamente la testa, riconoscendo che il suo rango le permetteva di dire e fare tutto quello che le piaceva, ma da primo cugino alzò una spalla con nonchalance e aspirò il sigaro. "Sareste la prima a rimproverarmi se non dicessi la verità."

"Ma *non* stai dicendo la verità, stai dando un giudizio non basato sui fatti riguardo ai miei sentimenti."

"Allora perdonatemi. Non sono bravo con le parole, né con i sentimenti…" Riportò lo sguardo sul ritratto di Augusta, contessa di Strathsay. "Non posso accusare nessuno per la mia mancanza di cervello. Charles ha ereditato tutto quello disponibile in famiglia. Ma ritengo responsabile il figlio di quella donna, mio padre, per la mia mancanza di sentimenti."

"Se vuoi incolpare qualcuno, allora accusa nostra nonna," dichiarò

Antonia, fissando anche lei il ritratto. "Ha messo tua madre contro tuo padre. Tuo padre contro *Monseigneur*. Tuo padre ha preso una nave e ha attraversato il mare per liberarsi di lei. Ma tu non puoi sfuggire a te stesso. Augusta era una donna bella e senza cuore, fredda come una serpe." Antonia rabbrividì di disgusto. "Per favore, non parliamo di lei proprio in questo giorno."

"Perché, se era una tale serpe, tenete il suo ritratto sulla vostra parete? Se fosse mio, sarebbe avvolto in un lenzuolo e ficcato in soffitta, o consegnato a un angolo polveroso di qualche galleria. Forse a Roxton piacerebbe averlo?"

Antonia sorrise ma scosse la testa. "Non può, anche se fosse tanto buono da togliermelo d'intorno. *Monseigneur* ha proibito la sua presenza a Treat. I suoi resti non sono sepolti nel mausoleo di famiglia, ma a Ely, accanto al suo amante."

"Ma certo non è necessario che resti sulla vostra parete?"

"Vero. Ma la tengo lì perché... mi ricorda che una bella faccia non corrisponde sempre a un bel cuore."

"Strano... Voglio dire, strano per voi, che siete considerata la donna più bella dei vostri tempi, sia per il carattere sia per il volto."

"*C'est ce que tu penses*? Pensi che non abbia le mie giornate nere?"

Risero entrambi, poi Antonia aggiunse, in tono serio: "La bellezza è un dono di Dio e non se ne dovrebbe abusare o prenderla per scontata. Quelli che sono benedetti con la bellezza fisica non devono solo apparire buoni, devono *essere* buoni e questo vuol dire *fare* il bene."

"Ripensandoci, non toglietela da lì. Ciò di cui avete bisogno sono candele, incenso e un altare. Un sacrario papista, se volete, dedicato al vostro arcangelo della bellezza. Sarebbe giusto, se ci pensate, visto che nostro nonno era un generale papista del vecchio pretendente."

"È importante, vero, che quelli che sono dotati di grande bellezza fisica non abusino del loro dono?" Continuò Antonia, ignorando la battuta. "È uno spreco essere autodistruttivi, noncuranti del prossimo e intenti a farsi male da soli; dimostra anche una grande arroganza."

Dair distolse lo sguardo dal ritratto della loro nonna e si voltò lentamente per fissare Antonia, con il volto impassibile. Si tolse il sigaro dalla bocca.

"Così predicò la duchessa Bellezza, il cui primo marito ai suoi giorni era, e così sarà sempre ricordato, l'aristocratico più arrogante su entrambe le rive della Manica."

Antonia sorrise gentilmente. "Sì, è vero. Ma *Monseigneur* portava la sua arroganza con suprema sicurezza e una personalità vincente, come qualcuno che abbia la redingote meglio tagliata nella stanza. Aveva anche un'alta opinione di sé. Conosceva il proprio valore e lo dichiarava agli altri. E questa, per un aristocratico nella sua posizione, era la cosa giusta da fare."

"E io come indosso la mia redingote, cugina? Un po' larga sulle spalle per il vostro gusto? Un po' lisa ai polsi, forse? Oso dire che anche il tessuto non sia all'altezza. Non risparmiate i miei sentimenti, adesso. Se devo sorbirmi una predica come pranzo, voglio tutte le dodici portate, con un contorno di umiliazione!"

Antonia restò in silenzio un momento e poi gli riferì quello che pensava, onestamente e senza artifici.

"L'uomo che fingi di essere, questo Adone presuntuoso che maltratta il suo corpo in zuffe e litigi con esseri inferiori, non è un gentiluomo. Finge che non gli importi di niente e nessuno. Va a donne e beve troppo. Non rifiuta mai una scommessa e quindi pone in atto ridicole sfide con i suoi amici per farli ridere, o farli ricchi, o senza alcun motivo. Quest'uomo, io non lo conosco e non voglio conoscerlo. Ma questo non mi impedisce di volergli bene e di preoccuparmi per lui. *Moi*, io mi preoccupo che cominci a credere alla maschera dietro la quale si nasconde così che un giorno i due esseri si fondano, e a quel punto lui sarà perduto per noi, e per se stesso."

"Io sono quel che sono."

"No! Tu fingi. Reciti. Ma sono talmente tanti anni oramai che reciti quel ruolo che non riesci più a capire la differenza tra i due. Ma a volte il vero Alisdair Fitzstuart emerge e allora penso che ci sia ancora speranza per te."

Quando Dair sbuffò e scosse lentamente la testa per mostrare un educato disaccordo, Antonia alzò le sopracciglia e disse seccamente: "Quindi la tua proposta di matrimonio a Sarah-Jane Strang era sincera e sei veramente desolato che abbia scelto tuo fratello..."

"Ovvio che non fosse sincera!" Ringhiò Dair furioso, abboccando finalmente all'amo. "Non ho mai nemmeno fatto la domanda a quella ragazza. Tutto quello che dovevo fare era spargere la voce che avevo intenzione di farlo. Tutto ciò che serviva era confidare a mia madre che pensavo di sposarmi. Francamente, se mia madre mi conoscesse almeno un po', saprebbe che non mi è mai passato per la testa! Sapevo che non avrebbe approvato la figlia di un mercante come prossima contessa di Strathsay, per quanto importante fosse la dote. E ovviamente, lei è corsa in lacrime da Charles dicendo che stavo per rovinare il nome della famiglia! Charlie ha pensato al peggio e quando ha visto la signorina Strang e me passeggiare da soli sulla terrazza si è finalmente deciso ad agire. Era tutta la spinta che gli serviva per raccogliere il coraggio di rivelare i suoi veri sentimenti alla signorina Strang." Fissò Antonia, continuando a ribollire. "Mi sbalordisce che il mio fratellino avesse le palle per diventare un traditore della sua patria e che invece quando si trattava di chiedere alla ragazza che amava di sposarlo, si comportasse come un eunuco! Che altro potevo fare se non intromettermi e dargli una spinta?"

"Essere innamorati può far paura, più di qualunque altra cosa, specialmente se c'è il dubbio che quell'amore non sia corrisposto, oppure se un impedimento minaccia il lieto fine." Antonia si riprese e sorrise. "Ma come vedi, ho dimostrato di avere ragione. *Enfin*. Quindi che cosa dobbiamo fare con te, Alisdair? Tu che un giorno sarai il conte di Strathsay e capo della tua famiglia. Tuo fratello Charles è stato marchiato come traditore per aver seguito le sue convinzioni, e non potrà più rimettere piede sul suolo inglese ed è escluso dall'eredità di famiglia. Tu sei l'unica speranza per la continuazione della dinastia. Quindi vuoi per favore promettermi di smetterla di cercare di ucciderti in tutti quei modi stravaganti? Quest'ultima volta poi nello studio di un pittore, di tutti i posti!"

"Cugina duchessa, posso promettervi che se effettivamente sarò ucciso non sarà perché desideravo morire."

Aveva avuto intenzione di abbreviare al massimo l'incontro con sua cugina. Avrebbe fatto volentieri a meno della predica materna, ma era chiaro che non era possibile fermarla una volta partita. Come un felino feroce, Antonia camminava avanti e indietro sulle piastrelle di marmo bianco e nero alla base dello scalone, con le sottane avorio che frusciavano ondeggiando e Dair dovette ammettere di sentirsi lusingato che le importasse tanto del suo benessere. In effetti, che le importasse di lui. E proprio in quel giorno, il giorno delle sue nozze, che sarebbe dovuto essere gioioso e spensierato, non passato a preoccuparsi per lui. Rimase sbalordito quando si rese conto che era la prima predica materna che riceveva nei suoi ventotto anni di vita (sua madre non faceva prediche, dava solo suggerimenti in quel suo modo irritante e insulso, o si scioglieva in lacrime). Era bizzarro ma sentire i rimproveri di Antonia gli dava una certa soddisfazione.

"Pensi che correre pericoli sia una cosa da ridere? Non mi stavi ascoltando? Hai l'obbligo, se non verso te stesso, verso gli altri, di sfruttare al massimo il tuo potenziale. No! Non parlare. Ho ancora qualcosa da dirti. Non cercare di darmi a bere quella stupidaggine ridicola che anche *tu* sei un traditore perché, *moi*, io non ci credo assolutamente. E non dirmi che questo tradimento, che non hai commesso, deriva dalla mancanza di fondi. Non credo nemmeno a questo. Non venderesti mai il tuo paese per denaro. Quindi anche quella è una bella, grossa bugia e credo che provenga dalla bocca di Shrewsbury, che mi ritiene una testa vuota e che pensa di essere un Machiavelli dei nostri giorni..."

Questo discorso appassionato fece fare a Dair una risata riluttante e si trovò a scusarsi per il suo comportamento invece di difendersi, come era stata sua intenzione. Un tale voltafaccia sorprese perfino lui e rese ancora più difficile la richiesta che doveva farle, specialmente perché significava rivelarle che stava di nuovo per mettere in pericolo la sua vita, e in un modo molto più serio che non per una rissa nello studio di un pittore. Quindi fu con un sorriso imbarazzato che tolse un pacchetto sigillato e un borsellino di ghinee dalla tasca interna della redingote.

"Ho il permesso di parlare, adesso, vostra grazia?" Chiese a bassa voce, guardandola dal quarto gradino, quindi da una bell'altezza, perché era balzato in piedi appena lo aveva fatto lei. Quando Antonia annuì e gli fece segno di sedersi, mentre lei si sedeva accanto a lui, Dair mise il pacchetto e il borsellino tra di loro e continuò. "Non vi avrei mentito se mi aveste chiesto esplicitamente delle accuse di tradimento. E grazie, grazie per aver creduto in me... Ma questo rende la mia richiesta molto più difficile da fare. Questo," disse, prendendo il pacchetto sigillato, "voglio che lo teniate in un posto sicuro. Forse non dovrete mai rompere il sigillo, ma nel caso io morissi..."

Antonia si raddrizzò. "Se morissi? Alisdair, che cosa..."

"Per favore, vostra grazia. Devo poter finire senza interruzioni. Il pacchetto contiene le mie ultime volontà e il mio testamento, che non hanno bisogno di spiegazioni. Una volta che la mia dipartita sarà di dominio pubblico, voglio che diate il pacchetto a vostro figlio. Roxton saprà che cosa farne." Mise il pacchetto sul gradino e prese il borsellino. "Per il compleanno del ragazzo. È tra un mese, ma potrei non tornare... non tornare in tempo. Dovrebbero esserci abbastanza ghinee per una bella festa in famiglia e il suo regalo." Sorrise imbarazzato. "Non ho idea di che cosa desideri. L'ultima volta che mi ha scritto, era un moschetto o un microscopio. Un soldato o un medico. Non riesce a decidere. Ma a dieci anni chi può veramente sapere che cosa fare del proprio futuro? A quell'età io volevo essere un pirata. Ah. Almeno non ha il peso della dinastia sulle sue piccole spalle e sarà in grado di intraprendere un cammino scelto da lui." Diede un'occhiata ad Antonia e poi aggiunse: "Se potessi scegliere io, preferirei che non seguisse i miei passi. Sua madre dice che ha un bel cervello, quindi spero che scelga il microscopio. Ma nel caso pensiate che l'unico posto per lui sia l'esercito, allora così sia."

Antonia batté gli occhi. "Stai affidando Jamie a me?"

"Se mi dovesse succedere qualcosa, sì. La sua custodia legale fino al suo venticinquesimo compleanno, quando riceverà il grosso della sua eredità, per com'è adesso. Se fossi nei panni di mio padre, e conte, avrei più voce in capitolo riguardo alla distribuzione della ricchezza... Se voi e il vostro nuovo duca voleste tenerlo d'occhio mentre cresce, ve ne sarei eternamente grato." Dair fece un mezzo sorriso. "Siete le uniche due persone che non lo guarderanno dall'alto in basso a causa della sua nascita."

"Alisdair... Julian, anche lui non guarderebbe mai dall'alto in basso il bambino, qualunque bambino, e forse sarebbe un tutore migliore, *oui?*"

"No. Non ci rivolgiamo quasi la parola. E chi può biasimarlo dopo ciò che è successo durante la regata? Suo figlio è quasi annegato e io ero distratto, dovevo a tutti i costi raggiungere l'arrivo... Gesù, che cosa deve pensare, che cosa dovete pensare voi, di me?" Aspirò il fumo del sigaro e lo soffiò dietro la spalla, lontano da Antonia. Quando lei restò in silenzio, fece un sorrisino storto. "Grazie per non averlo chiesto... Forse ve lo dirò un giorno..." Si riprese e aggiunse: "Anche se fossimo in ottimi rapporti, lui e Deborah hanno abbastanza figli e un altro per strada. Oltre a tutto, dopo tutti quegli anni nel subcontinente come mercante, il vostro nuovo duca ha una mentalità molto più aperta riguardo alle possibilità e ai potenziali. L'ho visto con i ragazzi Roxton. Frederick lo idolatra." Dair si rannuvolò per un pensiero improvviso. "Ma se preferite che non..."

"No! No! Ovviamente farò quello che mi chiedi," rispose Antonia, trattenendo le lacrime. Mise le dita sulla grande mano del cugino. "Jonathon sarà d'accordo con me. Sarà un onore. Veramente." Tirò su con il naso e sorrise quando Dair le alzò la mano e la baciò. "Ma non succederà perché tornerai da noi da dovunque tu stia andando e Jamie potrà ringraziare il suo papà di persona per il microscopio la prossima volta che ti vedrà."

"Spero che abbiate ragione, cugina duchessa. E grazie. Ora posso stare tranquillo."

Spense il sigaro sulla suola dello stivale e lasciò cadere il mozzicone in un vassoio d'argento che un servitore attento gli aveva teso. Dopo averla aiutata ad alzarsi, porse ad Antonia il pacchetto sigillato e il borsellino. Antonia fece scivolare i due oggetti sotto il primo strato delle sottane di satin, in una delle due lunghe tasche ricamate, legate in vita tra gli strati di sottogonne.

"Per quanto ne sa il resto dei londinesi, io passerò il prossimo mese nella Torre. Voi e Kinross potete sapere che sarò in Portogallo. Sarete contenta che non sia una nazione con cui siamo attualmente in guerra: un bel cambiamento. Shrewsbury mi dice che abbiamo un accordo commerciale con i portoghesi e che importiamo barili su barili di porto..."

"Ma tu non ci stai andando per il vino."

"No. Ed è tutto quello che vi posso dire," si scusò. "Riporterò al vostro nuovo duca e a Roxton una dozzina di bottiglie, o una cassa, quello che riuscirò a portare."

"Stai attento, *mon cher*."

Dair si inchinò sopra la sua mano e poi, poiché lo guardava con tanta preoccupazione, le baciò impetuosamente la guancia. "Farò assolutamente del mio meglio per restare in vita, *ma chère cousine*. Promesso."

Antonia lo prese a braccetto e camminò con lui verso il foyer, voltando la testa a un improvviso scoppio di suoni, conversazione e risate che arrivò dal salotto quando la porta si spalancò. Suo figlio minore, Lord Henri-Antoine, si precipitò fuori, vide sua madre, si avvicinò e le afferrò la mano, con un cenno della testa a Dair che si stava affibbiando il cinturone.

"Fitzstuart! Nessuno ci ha detto che eravate qui. Cielo! Ma quello è un occhio nero; e il labbro... Venite a dirci com'è successo. Scommetto che è stata una zuffa coi fiocchi. Stiamo per cominciare un giro di sciarade prima del pranzo e siete proprio il quarto che ci mancava. *Maman*, non vi dispiace se Fitzstuart prende il vostro posto..."

"Henri-Antoine, per favore, zitto. Penso che tu abbia bevuto troppo punch. Ascoltami. Alisdair sta per andarsene e tu dimenticherai di averlo visto. Non una parola. Né a Jack né a nessun altro. *N'est-ce pas?*"

"Se volessi tenerlo per te, Harry, te ne sarei molto obbligato," disse Dair strizzando l'occhio al giovane cugino mentre il sottomaggiordomo lo aiutava a infilarsi il cappotto. "Affari di sua maestà. Capisci..."

Gli occhi scuri di Henri-Antoine si spalancarono osservando suo cugino prendere il cappello e i guanti da un servitore. Si diede un colpetto sul lungo naso. "Capito. Non una parola." Baciò sua madre sulla guancia e le mise un braccio sulle spalle. "Allora siete voi, *Maman*, che siete rimasta incastrata con me, Jack e il Reverendo J..."

"Henri-Antoine? Jenkins? *Incroyable*! Esco dalla stanza per cinque minuti e mi ritrovo in squadra con il cappellano?" Antonia era offesa. "È stato tuo fratello, vero? È terribilmente scarso nelle sciarade, ma Jenkins, è ancora peggio..." Si lasciò ricondurre nel salotto. "Non riesco mai a capire che cosa finge di essere! E poi non riesco a smettere di ridere dietro il ventaglio perché sembra un *poisson* boccheggiante. È veramente indecoroso."

"Chi sembra un pesce fuor d'acqua, tesoro?" Chiese Jonathon, mettendole in mano una coppa di champagne. "Roxton vuole fare un brindisi."

"Il reverendo Pesce," sussurrò teatralmente Henri-Antoine, e saltellò via prima che sua madre potesse afferrargli il braccio. Le gettò un bacio dalla sicurezza dell'altra parte della stanza.

Antonia sorrise e gli soffiò anche lei un bacio. Un'occhiata alle sue spalle, proprio mentre il cameriere in livrea chiudeva la porta del salotto, e vide che il sottomaggiordomo stava chiudendo la porta d'ingresso. Dair Fitzstuart se n'era andato.

DODICI

Rory passò due settimane a cercare di persuadere sua cognata ad accompagnarla all'orto botanico di Chelsea. Era perfino riuscita a cooptare suo nonno e il signor Watkins alla sua causa. Entrambi confermarono che un po' d'aria fresca, un picnic e un ambiente diverso avrebbero risollevato il morale a Lady Grasby. Rory aveva perfino tentato di annoiarla a morte, sperando che l'incessante parlare della propagazione degli ananas e della necessità che Crawford si consultasse con i giardinieri dell'orto botanico sarebbe stato sufficiente a forzare Silla a dire sì alla loro escursione. Lady Grasby era rimasta irremovibile.

L'ultima linea di attacco di Rory fu il senso di colpa. La visita all'orto botanico doveva avvenire entro le tre settimane seguenti. Rory e suo nonno sarebbero poi partiti per la loro vacanza annuale nell'Hampshire, nella tenuta del duca di Roxton, Treat, e sarebbero rimasti lontani un mese. Come poteva lasciare le sue preziose piante di ananas alle sole cure di Crawford se lui non avesse prima consultato i giardinieri dell'orto botanico per sapere come curarle correttamente?

Forse suo nonno sarebbe dovuto andare da solo a Treat quell'anno? Anche se quell'anno sarebbe stato speciale perché invece di risiedere nella casa grande, il duca e la duchessa avevano dato loro l'uso della Gatehouse Lodge, dall'altra parte del lago. La costruzione era alla fine del viale di ghiaia che portava alla casa vedovile, la deliziosa residenza elisabettiana della sua madrina sulle rive del lago. Non vedeva l'ora di poter nuotare e pescare...

Lady Grasby non si lasciò convincere, né ebbe il minimo senso di colpa. Cominciò a farsi servire i pasti nelle sue stanze, per evitare non solo le conversazioni entusiastiche di Rory ma anche le conversazioni dei maschi della famiglia. Tutti sembravano aver dimenticato non solo l'incidente in questione ma anche la suprema umiliazione che lei aveva subito nello studio di Romney. Un'umiliazione così grande che non osava avventurarsi fuori da casa Talbot per tema di essere ridicolizzata. E quanto a tornare nello studio per le ultime sedute per completare il suo ritratto, anche quello era fuori questione.

Dopo due settimane nemmeno suo fratello William, il suo più convinto sostenitore, provava più simpatia per lei. Cominciò a stancarsi del suo continuo bisogno di rivivere l'incidente e arrivò al punto di suggerire che sicuramente un'innocente nubile come la signorina Talbot doveva aver ricevuto un colpo molto più forte di lei. Lady Grasby lo aveva guardato a bocca aperta, lo aveva definito un bruto insensibile e gli aveva ordinato di lasciarla sola a soffrire.

Lord Shrewsbury, che non sopportava molto la moglie di suo nipote come individuo, ma teneva in considerazione la sua importanza per la continuazione della dinastia dei Talbot e del titolo di conte di Shrewsbury, si assunse il compito di farle la predica. Le disse che esibire tutto quell'oltraggio morale perché suo marito aveva fatto le capriole con delle ballerine era estremamente ordinario. Sapeva tanto di comportamento del peggior tipo di pescivendola di Billingsgate. Come moglie di un aristocratico, doveva darsi da fare per adempiere al suo unico scopo nella vita: produrre un erede. Sposati da quasi tre anni e non c'era ancora segno di una gravidanza, quindi che cosa c'era che non andava in lei? La predica di sua signoria fu interrotta dalla notizia che la carrozza lo aspettava per condurlo a St. James Palace. E fu un bene. Lord Shrewsbury scappò dal proprio studio al suono dei singhiozzi ululanti di Lady Grasby.

L'unico membro della famiglia che sembrava non influenzato dal comportamento di Lady Grasby era suo marito. A parte la diversa sistemazione per la notte, Grasby continuava con la sua vita come se l'incidente allo studio di Romney non fosse mai accaduto. Passava il suo tempo al White. Cenava fuori con il signor Cedric Pleasant. Aveva riunioni con il suo uomo d'affari e il sovraintendente e si fece prendere le misure dal sarto per un vestito nuovo. Sapeva che sua moglie si stava comportando in modo vergognosamente egocentrico e infantile e gli diede modo di ricordare il motivo per cui l'aveva sposata: non perché si fosse innamorato di lei, ma perché suo nonno gli aveva detto che con una dote di cinquantamila sterline era la donna da sposare. Che fosse bella certo lo aveva aiutato a decidere. Una parte di lui era lusingata che Silla fosse sconvolta per il suo comportamento, dimostrava che lui le interessava. Ma era deciso più che mai a non cedere alla sua pretesa di porre fine alla sua amicizia con il maggiore Lord Fitzstuart. Lo preoccupava molto di più che il suo amico stesse languendo nella Torre, accusato di tradimento, che non i suoi problemi matrimoniali; e anche il fatto che sua moglie si rifiutasse di accompagnare sua sorella all'orto botanico, pur sapendo che Rory non poteva andare senza una compagnia femminile in un posto di lavoro e di studio completamente maschile e che accettava visitatori solo su invito.

Ma Grasby sapeva come far sì che sua moglie cedesse alla sua volontà. Tre anni di matrimonio gli avevano insegnato almeno quello. Mentre lei cenava da sola, Grasby entrò senza preavviso e le disse semplicemente che non doveva preoccuparsi che la obbligasse ad andare da nessuna parte. Avrebbe portato lui sua sorella all'orto botanico il giorno dopo e la sua presenza non era né richiesta né desiderata, perché l'adorabile Maria Hibbert-Baker aveva gentilmente accettato di fungere da chaperon per Rory. Se voleva usare la carrozza, era sua per tutto il giorno, perché lui e il loro gruppetto sarebbero andati in battello, una sorpresa speciale per Rory e Maria.

Il suo stratagemma funzionò. Drusilla obiettò immediatamente a che Maria Hibbert-Baker prendesse il suo posto, esattamente come si era aspettato Grasby. Se non avesse sposato Drusilla Watkins, Maria sarebbe stata la scelta immediatamente successiva. Più tardi quella sera stessa, Lady Grasby disse a Rory che una tranquilla gita in barca lungo il Tamigi era proprio il tonico che le ci voleva per schiarirsi la mente. Forse, mentre erano all'orto botanico uno dei farmacisti sarebbe stato così gentile da suggerire il più recente rimedio alle erbe per l'emicrania.

Rory non avrebbe potuto essere più felice che l'escursione stesse finalmente procedendo come aveva previsto. E con lei così contenta, lo divennero anche Grasby, William Watkins e Lord Shrewsbury. Almeno per un po', a casa Talbot ci fu la pace. E poi piovve. Ci furono inconsueti temporali estivi e continuò a piovere pesantemente per tutta la settimana. Quando finalmente ritornò il sole, erano passati dieci giorni ed erano arrivati alla vigilia della partenza di Rory e di suo nonno per l'Hampshire.

C'era comunque ancora tempo per visitare l'orto botanico, secondo Lord Grasby. Quindi andarono, con la barca del conte, ai remi otto robusti servitori nella livrea verde e rosa salmone degli Shrewsbury. Il battello, con la prua, la poppa e le ringhiere sculpite e dorate con fantasiose creature marine, era fornito di una stanza coperta, completa di tappeti e soffitto dipinto e mobili dorati. Su questo tendaletto era steso un tappeto e c'era persino una tenda di tela blu che forniva riparo dal sole estivo che batteva fieramente per la prima volta da settimane, se si voleva godere della brezza rinfrescante del fiume.

Rory apprezzò immensamente la passeggiata nell'orto botanico, con il suo gruppetto che la seguiva dovunque andasse. Non riusciva quasi a contenere l'entusiasmo e la meraviglia per tutto quello che vedeva. Ispezionò le varie aiuole di erbe medicinali, ascoltò attentamente un giovane apprendista farmacista, la loro guida, e fissò meravigliata l'unico olivo in tutta l'Inghilterra che era riuscito a prosperare nel clima inglese. In una giornata così calda, tuttavia, non la sorprendeva che una pianta nativa dell'area mediterranea stesse crescendo così bene. Quel commento ricevette una reazione così entusiastica dal giovane studente che quando accompagnò lei e il suo gruppetto nella magnifica aranciera, con i suoi pannelli di vetro e vasi su vasi di aranci, limoni e lime, parlò quasi esclusivamente con Rory. Quando si trasferirono alla distilleria e alla zona di preparazione delle piante, dove si fabbricavano i farmaci, lo studente aveva perso tutta la sua timidezza e aveva dimenticato che Rory era una bella giovane donna.

Rory non avrebbe potuto essere più felice di così, in particolare quando il capo giardiniere la informò che conosceva proprio il gentiluomo che avrebbe potuto discutere con lei della coltivazione degli ananas. Si era preso la libertà di inviare un messaggio a casa Banks una ventina di minuti prima. Il signor Humphrey era un esperto in bromeliacee e alloggiava a casa Banks, dove stava giusto mangiando. Avrebbe mandato il signor Humphrey alla loro barca, se alla signorina Talbot non dispiaceva che interrompessero il suo pasto…?

Solo quando menzionarono la barca di suo nonno Rory ricordò che era affamata e che Grasby era venuto a prenderla dieci minuti prima. Stava educatamente aspettandola vicino all'imponente statua di Sir Hans Sloane, benefattore dell'orto botanico. Con una mano guantata salda sul manico d'avorio del suo bastone, Rory prese a braccetto suo fratello con l'altra, appoggiandosi a lui un po' più del solito. Grasby la rimproverò dolcemente perché non si era riposata almeno un po' su una delle numerose panchine sparse nei giardini e le disse che un cappello di paglia non bastava proprio a offrirle ombra sufficiente in una giornata calda come quella. Dov'era il suo parasole?

"L'ho dato a Silla, che non aveva portato il suo. Hai ragione, ovviamente. Avevo quasi dimenticato come può essere feroce il sole… Sento solo ora il dolore alla caviglia e all'anca…"

"Allontaniamoci da questo caldo… Ho mandato Crawford a mangiare con i rematori e gli altri che sono venuti con noi. Sono tutti all'argine del muro meridionale."

"Muro meridionale?"

"È dove è ormeggiata la barca."

"Ah, è quello il muro meridionale." Rory cercò di apparire indifferente. "Che stupida, confondo sempre i punti cardinali."

"Ho deciso che fosse meglio fare il picnic al coperto oppure sotto la tenda. Fa troppo caldo all'aperto nei giardini. Inoltre," aggiunse con un mezzo sorriso, "Silla è tornata a bordo due ore dopo che abbiamo messo piede a terra, dichiarando che i raggi del sole erano suoi nemici. Quindi non è servito a niente darle il tuo parasole." Fece il broncio. "Almeno c'è qualcos'altro che la disturba oltre a me!"

"Già," mormorò distrattamente Rory. "Quindi la casa, quella con i comignoli giacobiani, dall'altra parte del muro, deve essere casa Banks...?"

Grasby avrebbe voluto vedere la faccia di sua sorella, ma era nascosta dall'ampia tesa del cappello di paglia. La sua domanda innocente però non lo ingannò e sospettò che fosse accompagnata da un intenso rossore.

"Vorrei non avere mai avuto con te quella conversazione su Lily Banks. Sei curiosa e vuoi vederla con i tuoi occhi. E se non ti conoscessi bene e non sapessi che hai veramente un grande interesse per gli ananas, direi che l'intera gita è una scusa per andare a sbirciare in punta di piedi oltre quella recinzione per vedere che cosa..."

"Non serve che vada in punta di piedi. E perché non dovrei essere curiosa, dopo quello che mi hai detto di lei?"

"Sapevo che avrei rimpianto di averti parlato di Lily Banks. Dair non parla di lei, o di suo figlio, con nessuno. Ma si è confidato con me, una volta. E ora l'ho detto a te..."

"Non ho intenzione di tradire la tua confidenza, Harvel."

"Ma questo non frena la tua curiosità, vero? Non c'è proprio nient'altro di misterioso in lei oltre quello che ti ho detto. È sposata e ha avuto altri quattro figli. Che altro potresti mai voler sapere?"

Tanto, secondo Rory. Che aspetto aveva? E il suo carattere? Era una buona moglie e madre per suo marito e i suoi figli? Fungeva ancora da *maîtresse* per il maggiore? Dopo tutto, Dair l'aveva invitata a casa Banks dicendo che Lily l'avrebbe accolta senza fare domande. Dair Fitzstuart teneva ancora a lei, e lei a lui? Forse il matrimonio della donna era uno stratagemma per coprire la sua relazione immorale con il maggiore? Il figlio assomigliava veramente al padre come una goccia d'acqua? Era degno del padre o era un ragazzino viziato? Era una casa felice? Chi viveva in quella casa? Erano agiati? Il signor Banks aveva accettato il figlio che Lily aveva avuto da un altro uomo? Amava sua moglie? O era il felice cornuto di sua signoria? Il signor Humphrey era solo un inquilino...? E la lista continuava...

E finché non avesse visto lei stessa Lily Banks e Jamie, era sicura che avrebbe continuato a porsi domande e a sognare di loro. Proprio come sognava il maggiore Lord Fitzstuart e quel bacio, e perché, nello studio di suo nonno, lui si era comportato come se non l'avesse nemmeno riconosciuta!

Il cuore accelerò e si sentì frastornata come un moscerino intrappolato sotto un bicchiere, pensando che casa Banks era a portata di mano. Tutto quello che la separava dall'orto botanico era un basso muretto di pietra, costruito come deterrente per le bestie a quattro zampe, non per gli uomini, per impedire che entrassero nell'orto botanico e calpestassero e mangiassero gli esemplari attentamente piantati e curati. C'era perfino un cancello chiuso, ma senza chiavistello, tra le due proprietà e un sentiero molto battuto che passava tra gli alberi, diretto alla casa.

Rory stava fissando il cancello e desiderando di poterlo attraversare e arrivare alla casa, con il pretesto di presentarsi al loro inquilino, il signor Humphrey, quando, con sua somma sorpresa, tra gli alberi apparve un uomo. Camminò a lunghi passi sul sentiero di ghiaia, poi lo lasciò, attraversò uno spiazzo erboso pieno di fiori selvatici che chinavano il capo nel calore del giorno e si diresse diritto verso di loro. Appoggiando un avambraccio segnato dal tempo sulla cima del basso muro di pietra, alzò il cappello e sorrise salutando.

"Mi scuso per l'interruzione, milady, milord, ma siete voi i signori che vogliono scambiare due parole con il signor Humphrey, che alloggia a casa Banks?"

Grasby fece un passo indietro nel sentirsi apostrofare senza aver dato all'uomo il permesso di parlare con lui. Dov'erano le buone maniere di quel servitore? Uno sguardo alle maniche arrotolate e alle braccia abbronzate, al fazzoletto legato intorno al collo rosso e al sorriso senza denti in un volto sudato, e fu ovvio che non solo era un uomo addetto a lavori umili all'aperto, ma che era anche in fondo alla scala gerarchica dei servitori. Ma Rory si fece avanti e alzò la testa di modo che il servitore potesse vederle il volto.

"Sì, sono la signorina Talbot, e desidero parlare con il signor Humphrey, riguardo alla coltivazione degli ananas."

"Non so niente riguardo a quegli anaqualcosa, ma la padrona mi ha mandato a chiedere se vorreste salire alla casa per parlare con il signor Humphrey. Mi ha detto di chiedervi se non vi dispiace unirvi a lei per una bibita fresca. Il caldo è terribile e in giardino c'è ombra..."

"Ringraziate la vostra padrona per la sua offerta di ospitalità," enunciò freddamente Lord Grasby. "Abbiamo ombra e rinfreschi a sufficienza sul nostro battello."

"Dove Drusilla e il signor Watkins preferiranno certamente che non li disturbiamo," disse Rory dietro al ventaglio fluttuante. "Inoltre, sarebbe scortese rifiutare l'invito..."

"... Da qualcuno che non abbiamo mai visto prima? No, non sarebbe scortese, risparmierebbe l'imbarazzo di imporci a loro," rispose Grasby, cui non importava che l'uomo potesse sentire ogni parola. "Chi manda uno stalliere? Dovrebbero mandare un servitore di casa. Inoltre, non è corretto che mia sorella sia presentata a gente simile."

Rory alzò nuovamente la testa di modo che il servitore la vedesse in volto sotto la tesa del cappello e gli sorrise. L'uomo si era rimesso il berretto di feltro sulla testa calva, chino a braccia conserte sul muretto ad aspettare una risposta ma, al sorriso di Rory, alzò nuovamente il berretto, senza apparentemente turbarsi per la mancanza di cortesia di sua signoria. Poi Rory si voltò a guardare il fratello, furiosa.

"È possibile che non abbiano un domestico. O forse il domestico è impegnato altrove? Non basta forse che abbiano fatto l'invito e non importa come?"

"A me importa, come a qualunque altra persona beneducata," dichiarò Grasby, con il naso all'aria, l'epitome dell'aristocratico arrogante. "C'è un modo giusto di fare le cose o è meglio non farle del tutto. E se le persone non sanno come comportarsi correttamente, allora sono solo dei maiali che non meritano la nostra condiscendenza!"

"Non ti avevo mai considerato un bacchettone, Harvel. Ti stai comportando da provinciale ostinandoti a impedirmi di attraversare quel cancello."

"E allora? Se anche lo fossi? Sto solo pensando a te. Meglio restare da questa parte con la nostra dignità intatta che andare di là con chissà chi, parassiti, mosconi e spudorati, per quanto ne so!"

"Proprio così. Non lo sai."

"Ne so più di te e tanto basta!"

Rory batté gli occhi. Forse suo fratello aveva preso troppo sole e non era in sé? Non lo aveva mai visto tanto scortese e implacabile e, per quanto la riguardava, assolutamente senza motivo.

"Definisci il maggiore tuo *amico*," sussurrò fieramente, "eppure ti rifiuti di accettare i *suoi* amici?"

"Ah, è diverso e lui sarebbe d'accordo con me. Sei una donna e mia sorella. Sei una signora e lo resterai. Non voglio che la tua reputazione, o tu, siate corrotte avendo a che fare con persone di incerto lignaggio e dubbia reputazione. Sappiamo già che una di loro non ha una reputazione..."

"Reputazione fatta a brandelli per aver avuto a che fare con il *tuo* miglior amico! Non direi che sia colpa sua, no?"

"Ah! Te l'ho detto. Era abbastanza grande da capire."

"Non accetto che *tutte* le colpe siano scaricate su di lei. Bisogna essere in due per fare un figlio. E io…"

"Basta! Basta!" Le ordinò Grasby, facendo un passo indietro, stupefatto. "Devi aver preso troppo sole, cara sorella…"

"…e io ho fatto i conti," dichiarò Rory. "Il maggiore aveva solo diciotto anni quando è nato suo figlio e lei deve essere stata ancora più giovane. Ragazzi anche loro."

"Non puoi andare in giro a parlare di api e fiori," disse Grasby sussurrando platealmente, con uno sguardo significativo al servitore, che continuava pazientemente ad aspettare, appoggiato al muretto. "Non davanti…"

"Ma secondo te, Harvel, non importa quello che diciamo davanti ai sottoposti."

Grasby non riuscì a trovare una risposta, quindi rinunciò e disse sospirando: "Vieni, pasticcino, andiamo sul battello dove c'è l'ombra…"

"Harvel, non possiamo rifiutare l'invito," sussurrò Rory. "Non possiamo. Il signor Humphrey si è gentilmente offerto di parlare con me. Quando mai avrò un'altra opportunità simile? Non per mesi e mesi. E la padrona di casa ci ha offerto un rinfresco. Questa gente è amica del *tuo* miglior amico."

"Rory, se devo essere sincero non so quanto conti questa gente per Dair. Di certo non ho la minima idea di che cosa significhi Lily Banks per lui adesso. Ma di una cosa sono sicuro. Sono di nascita vile e non appartengono alla nostra cerchia sociale e quindi dovremmo restare alla larga."

"Non sono d'accordo con te e non disprezzerò l'ospitalità liberamente offerta, da qualunque parte arrivi." Quando suo fratello alzò le mani, imbarazzato, aggiunse: "Dimmi: bere una bibita fresca con gli occupanti di casa Banks e scambiare due parole con lo specialista in bromeliacee dell'orto botanico avrà un'influenza corruttrice su tua sorella peggiore del dividere una dormeuse con la famosa mantenuta del duca di Dorset e le sue amiche sgualdrine nello studio di Romney?"

"Oh, no, non ti ci mettere anche tu!" Gemette Grasby alzando gli occhi al cielo. Raddrizzò la schiena, si passò una mano sulla bocca e sbuffò forte, frustrato. "Non finirò mai di sentirmi rimproverare per quell'insignificante episodio, vero?"

"No, salvo che tu cominci a trattare la gente per ciò che è, e non come detta il tuo rango." E prima che suo fratello potesse aggiungere altro alla discussione, Rory si rivolse al servitore e accettò la gentile offerta della sua padrona con un sorriso. "Vi seguiremo tra un momento. Io uso un bastone e mi ci vorrà un po' per arrivare fino alla casa."

"Benissimo, signorina! Avvertirò la signora Banks e il signor Humphrey che state arrivando," rispose l'uomo con un largo sorriso e, sollevando ancora una volta il berretto, si voltò e tornò da dove era venuto, fischiettando.

"Avevo una bella fetta di pasticcio di fagiano, un pezzo del miglior Cheshire e una bottiglia di Bordeaux che mi aspettavano sul battello," si lamentò Grasby, aprendo il cancello e poi richiudendolo una volta che Rory e lui stesso lo ebbero oltrepassato. "Spero che tu sia contenta. E non incolpare me quando scoprirai che questa gente non sa assolutamente come comportarsi davanti alla nipote di un conte!"

Rory gli lasciò vedere il suo sfacciato sorriso di trionfo. "Grazie, Harvel. Ma *io* so comportarmi come si deve, ed è tutto quello che importerebbe al nonno."

Grasby emise un grugnito, le offrì il braccio e non parlò fino a quando ebbero attraversato gli alberi e furono arrivati sul bordo del prato che si estendeva giù a sinistra, fino a un boschetto di salici lungo la riva del fiume, e a destra, su verso la casa, una palazzina giacobiana di mattoni rossi con i comignoli elaborati. Le portefinestre che si aprivano su un'ampia terrazza erano spalancate e fissate ai mattoni con dei ganci, permettendo di entrare e uscire liberamente dalla casa, e alla brezza del fiume di entrare.

Poiché il servitore che aveva riferito l'invito non si vedeva da nessuna parte, Grasby e Rory si avviarono verso la terrazza e le portefinestre. Lì, all'ombra della casa, un tappeto copriva le mattonelle e sopra c'era un tavolo coperto da un vero banchetto: una mezzena di manzo con tutti i contorni, un cosciotto d'agnello, ciotole colme di verdure, salsiere ricolme e piatti di condimenti, due grandi pagnotte di pane fragrante, bicchieri e caraffe di vino. Nei piatti su entrambi i lati c'era del cibo mangiato a metà, con le forchette e i coltelli dal manico d'osso appoggiati sopra. Sullo schienale di una sedia era appesa la redingote di un ragazzo, e in un altro posto, invece delle stoviglie, c'erano ammucchiati diversi pacchetti incartati, ancora da aprire. Tutto indicava che stessero mangiando. Eppure erano le sedie, scostate dal tavolo e in disordine, che raccontavano la storia. Era come se i commensali avessero lasciato il banchetto in fretta e furia. Ma perché? Che cosa aveva fatto sì che più di mezza dozzina di persone lasciasse improvvisamente coltello e forchetta e scappasse?

Fratello e sorella si guardarono in faccia, muti, senza riuscire a trovare una ragione plausibile.

TREDICI

Lord Grasby stava per suggerire a Rory che era il caso di andarsene. Non riusciva proprio a capire come la gente potesse all'improvviso alzarsi e abbandonare un banchetto splendido come quello davanti a loro. Non vedeva motivo di aspettare e avere la conferma che quella famiglia non era degna della loro considerazione. Inoltre, fissare tutto quel cibo gli faceva aumentare l'appetito. Se non fosse tornato immediatamente al battello, al suo pasticcio di fagiano e formaggio del Cheshire, temeva che avrebbe perso la testa per la fame e si sarebbe servito da solo.

E poi rinunciò immediatamente all'idea di tornare al battello. La mano guantata di Rory era aggrappata forte alla sua manica e capì che solo la sua volontà di ferro la teneva in piedi. La camminata fino alla casa era stata due volte più lunga, e quindi doppiamente faticosa, del percorso fino al battello. Doveva riposare e alzare il piede sopra uno sgabello. Non si sarebbe sorpreso che avesse delle vesciche. E doveva bere qualcosa.

Senza chiederglielo, la sollevò e la portò alla sedia più vicina, allontanandola con un piede dal tavolo per far sedere sua sorella. Poi cercò un bicchiere pulito in mezzo al disordine sul tavolo. Ne trovò uno in fondo, dalla parte opposta del tavolo, dove c'erano la giacca del ragazzino e i pacchetti, e anche una caraffa di cordiale. Riempì il bicchiere, poi ci infilò il naso e lo annusò prima di bere un sorso del nebuloso liquido dolceamaro per vedere se il sapore era accettabile. Solo allora lo porse a Rory. Quando le disse di bere la limonata perché era, secondo lui, una bevanda perfettamente accettabile, Rory lo fece senza discutere.

Le precauzioni che aveva preso per assicurarsi che la bibita fosse adatta a lei la fecero sorridere. Poi Grasby andò a cercare un poggiapiedi, lasciandola sola sulla terrazza mentre lui entrava in casa.

Rory sapeva di avere le vesciche al piede destro e un'occhiata alla caviglia le confermò che era gonfia. Aveva una voglia matta di togliersi la scarpina fatta apposta per lei e muovere le dita. Ma non era a casa sua. Poteva solo incolpare se stessa per aver voluto visitare casa Banks e non si lamentava. Non si sarebbe fatta sfuggire quell'opportunità per niente al mondo. Bevve allegramente il resto della bibita e si sentì meglio. Stare seduta all'ombra era un sollievo, e anche togliersi il cappello di paglia, che si lasciò cadere in grembo. Si sistemò i capelli con le dita e poi prese il ventaglio dipinto a guache che le pendeva dal polso, lo aprì con uno scatto e agitò l'aria calda sul volto arrossato.

Quando passarono cinque minuti senza che suo fratello tornasse, Rory cominciò a preoccuparsi. Sperava non stesse dando agli occupanti della casa una lezione sulle buone maniere, o su come trattare le persone socialmente superiori. Cominciava a chiedersi se alcune delle idee distorte di Silla sul suo elevato stato sociale non avessero fatto presa su suo fratello. A Grasby non era mai importato rispettare in modo pignolo l'etichetta e aveva sempre dichiarato che solo le vecchie vedove erano decise a far rispettare regole che tutti nella loro cerchia sociale conoscevano fin dalla culla. Ma dov'erano gli occupanti della casa? Perché avevano lasciato la tavola in tutta fretta? Dov'era il signor Humphrey? Che cosa c'era di così urgente che richiedesse che tutti quanti andassero altrove? Che cos'era successo ora a suo fratello?

Si era appena posta tutte quelle domande che fu salutata da un'ondata di rumore. La fece sobbalzare. Era lieta di aver finito la bibita nel bicchiere perché l'avrebbe certamente versata sul davanti del vestito di chintz. Distolse lo sguardo dal prato e si guardò indietro da sopra la spalla destra, verso le portefinestre.

Una vera folla si stava riversando sulla terrazza, o almeno così sembrò a Rory. Uomini e donne, sia vecchi sia giovani, ragazzini, un bebè urlante in un cesto, diversi cani saltellanti e tre giovanotti, tutti intenti a conversare tra di loro, senza fretta. Erano tutti allegri e ripresero il loro posto a tavola avvicinando le sedie. Tre ragazzini ignorarono Rory, nella fretta di soddisfare l'appetito, arrampicandosi sulle sedie con l'aiuto degli adulti e prendendo immediatamente le forchette per continuare a mangiare il cibo che avevano nei piatti. Gli adulti ripresero il loro posto, ma non mangiarono, sorridendo invece a Rory, ma all'apparenza troppo diffidenti per osare fare altro che annuire muti quando lei restituì il sorriso.

Diverse cameriere seguirono la famiglia sulla terrazza, portando altri piatti e secchielli di ghiaccio contenenti bottiglie di vino che posero a intervalli in mezzo a tutto il resto. Poi arrivò un servitore che portava un poggiapiedi, che piazzò davanti a Rory, spostandolo finché fu a posto. Poi si congedò, lasciando Rory a tavola in mezzo a gente che sapeva che era lì ma che si comportava come se fosse uno spettro invece di una persona. Tirò un sospiro di sollievo quando riapparve suo fratello, un sollievo che si trasformò in sorpresa quando vide la bellezza dai capelli scuri al suo fianco. Fu lieta quando una cameriera le offrì un bicchiere di vino. Le dava qualcosa non solo da bere ma anche da guardare invece di fissare la donna che doveva essere Lily Banks.

Ne ebbe la conferma quando gliela presentarono e Grasby si mise accanto alla sua sedia mentre la signora Banks procedeva a presentare il resto della famiglia seduta al tavolo: sua nonna, la signora Clare Banks, i suoi genitori, il signor e la signora Harold Banks, i suoi fratelli Charlie ed Eddie e un cugino, Arnie e quattro dei suoi cinque figli. Clive, otto anni, che voleva diventare un soldato come lo zio Fitz. Bernard, sei anni, che sarebbe diventato un pirata. Oliver aveva tre anni e fino a due mesi prima era stato il piccolo della famiglia, fino all'arrivo di Stephen, cioè.

Rory non aveva modo di sapere se gli adulti fossero parenti di Lily o di suo marito, ma non era importante, e nemmeno poteva sperare di ricordare il nome di tutti, anche se aveva fatto del suo meglio per memorizzare quello dei figli. Gli unici membri della famiglia non presenti a tavola erano il marito di Lily, che era partito per un viaggio nei mari del sud proprio due settimane prima, ma che era stato a casa abbastanza a lungo da essere presente alla nascita del suo quarto figlio, si intromise nonna Banks, cosa che invece non era successa per le nascite di Bernard e Oliver.

"Mio figlio maggiore, Jamie, è nello studio a installare il suo microscopio con l'aiuto del signor Humphrey che ne capisce di queste cose. Dovrebbero raggiungerci presto, a meno che," disse Lily Banks con un sorriso, "si lascino talmente prendere da qualche indagine scientifica da dimenticare il passare del tempo..."

"Cosa che succede spesso qui intorno!" Si intromise papà Banks con una risata. "Quando è impegnato in qualcosa, Jamie dimenticherebbe perfino di mangiare, se non gli mettessimo il cibo davanti!"

"Per favore, Lord Grasby, non volete sedervi?" Chiese Lily Banks. "C'è cibo a sufficienza per un esercito, anche se tutti i miei figli eccetto Jamie mangiano come se dovessero andare in guerra! Per favore," insistette e sorrise quando finalmente Grasby sollevò le falde della redingote blu ornata di pizzo d'argento e mise le ginocchia ossute sotto il tavolo. "Abbiamo già recitato il ringraziamento, quindi, se non vi dispiace, continueremo la festa di compleanno. Passate il vostro piatto a papà Banks, vi taglierà qualche fetta di manzo e di agnello."

Appena fu sicura che tutti a tavola fossero stati serviti e che stessero mangiando e bevendo, i ragazzi attentamente controllati dai nonni, si rivolse a Rory e a Grasby e disse tranquillamente: "Vi sarete sicuramente chiesti perché la terrazza fosse deserta, subito dopo aver mandato il vecchio Bert con l'invito a parlare con il signor Humphrey qui in casa. Per favore perdonatemi se vi ho separato dal resto del vostro gruppo. Il signor Humphrey mi ha informato di avervi visti arrivare in battello con un gruppo di persone quando Bert era già in cammino verso il cancello..."

"Non preoccupatevi, signora Banks," le disse Grasby con un sorriso, tra un boccone e l'altro, buttandosi sulla montagna di carne e verdure che aveva nel piatto. "Erano stanchi per tutto quel sole e si stanno godendo un pisolino pomeridiano, e non si stanno certo preoccupando perché non siamo con loro. Non è così, Rory?"

Rory si stupì di come avesse fatto in fretta suo fratello ad adattarsi all'ambiente e come un sorriso gentile e le attenzioni di una bella donna avessero fatto meraviglie per cancellare ogni pregiudizio che poteva aver avuto riguardo al sedersi a tavola con gente socialmente inferiore. E con una donna di cui aveva lasciato intendere che avesse maniere e moralità ben lontane dalle loro, tanto da non essere considerata degna di nota. Guardandola ora, la signora Banks, con il suo semplice abito di lino verde pallido e la giacca aderente, i capelli neri raccolti e trattenuti da forcine disadorne e un nastro verde, senza gioielli, si presentava come moglie e madre di mezzi e modi modesti. Era la sua bellezza che la faceva risaltare e, da quanto aveva potuto capire Rory nei cinque minuti da che l'aveva incontrata, era modesta anche riguardo a quella.

Rory appoggiò il bicchiere di vino, come se avesse richiesto tutta la sua attenzione, e sorrise alla sua ospite.

"Come dice mio fratello, non ha importanza. Lady Grasby starà riposando senza minimamente accorgersi della nostra scappatella, anche se forse il signor Watkins si starà agitando chiedendosi dove siamo finiti. Forse dovremmo fargli avere un messaggio...?"

"Non sarà necessario... per ora," dichiarò Grasby e, ignorando lo sguardo di sua sorella e rivolgendo un brillante sorriso alla signora Banks, disse: "Ci stavate raccontando come mai la terrazza era deserta...?"

"Sì! Siamo andati tutti davanti alla casa per vedere la carrozza più magnifica..."

"... tirata da sei cavalli neri, con due uomini di scorta e quattro servitori," si inserì papà Banks, affettando dell'altro manzo per i piatti dei suoi nipoti. "*Tutti* in livrea."

"E c'era uno stemma sullo sportello..." disse nonna Banks.

"... dei duchi di Roxton," finì mamma Banks. "Non è quello che hai detto, Arnie? Roxton? Ecco, Lily, passa la bottiglia a sua signoria. Il suo bicchiere è vuoto e si sta soffocando con la carne."

Grasby aveva deglutito e respirato contemporaneamente quando avevano menzionato il duca di Roxton. Un'occhiata scambiata con Rory confermò che stavano entrambi pensando la stessa cosa: che ragione poteva avere il sesto duca di Roxton, un aristocratico orgoglioso e di poche parole, di visitare casa Banks? Assolutamente incomprensibile. E poi la loro muta domanda ottenne una risposta senza bisogno che dessero voce alla loro incredulità.

"Immaginate, un regalo di compleanno per il nostro Jamie consegnato con una carrozza simile," esclamò orgogliosa nonna Banks. "È qualcosa che ricorderà per il resto dei suoi giorni, no?"

"Non è poi così difficile da immaginare, nonna, non quando si sa che il padre di Jamie è... Ahi! Perché lo hai fatto?" Si lamentò Charlie con voce stridula, tirandosi indietro e massaggiandosi l'orecchio che suo padre aveva schiaffeggiato.

"Sai che non devi dirlo in compagnia, Charlie," lo avvertì papà Banks e tornò ad affettare il manzo. "Nessuno ne ha il diritto, eccetto sua signoria..."

"E ovviamente dovevamo vedere tutti la carrozza," continuò nonna Banks. "Non capita tutti i giorni... beh, mai, che la carrozza di un duca si fermi davanti a casa nostra! Non credo di aver mai visto niente di così meraviglioso. Tutta lacca nera e vernice d'oro. Ricordi di aver mai visto una carrozza simile, Eddie?"

Eddie Banks scosse la testa, tenendo cautamente d'occhio suo padre. Non aveva intenzione di mettere lingua nella questione e farsi schiaffeggiare anche lui. Quindi toccò al cugino Arnie riempire il vuoto della conversazione per esprimere la delusione che tutti gli altri provavano ma che non avevano espresso a voce alta.

"Vorrei solo che la sua nobile occupante fosse scesa dalla carrozza invece di far salire Jamie per parlargli in privato. Così avremmo potuto vederla tutti..."

"... lei e i suoi meravigliosi vestiti!" Disse sospirando malinconica mamma Banks. "Rende la consegna del regalo ancora più speciale, vero? Pensare che il nostro Jamie è l'unico ad essere salito su un veicolo dove si siedono gli aristocratici. L'interno sicuramente era foderato di sete e broccati..."

"Dubito che Jamie stesse pensando ai nobili posteriori che si sono appoggiati su quei cuscini di seta, nonna!" Esclamò ridendo Eddie Banks, ricevendo uno schiaffo proprio come suo fratello; Charlie rise forte al dolore del fratello, ringraziando il cielo di non essere stato l'unico a essere messo in imbarazzo davanti a degli estranei.

"All'inizio il povero Jamie era riluttante," confidò Lily Banks a Rory e a suo fratello, ignorando l'attività dall'altra parte del tavolo. "Non posso biasimarlo. Essere convocato dentro una carrozza così magnifica tutto da solo, e da una duchessa, poi! Qualunque ragazzo di dieci anni sarebbe stato nervoso."

"E non solo un ragazzino di dieci anni, signora Banks," confermò Grasby. "Sarebbero tremate le ginocchia anche a me a dover salire da solo."

I giovani fratelli Banks si scambiarono un'occhiata stupita e poi alzarono insieme i bicchieri.

"Proprio così! È quello che abbiamo detto anche noi," esclamò Charlie e fece tintinnare il bicchiere contro quello del fratello Eddie, pace fatta tra di loro.

Grasby appoggiò la forchetta e il coltello, dando un'occhiata a sua sorella. "Quindi non era il duca di Roxton… Era sua grazia la duchessa di Roxton che è venuta a trovarvi?"

"Strano che lo menzioniate, Lord Grasby," disse Lily Banks, con gli occhi castani altrettanto sgranati. "Lo pensavo anch'io. Ma il cameriere in livrea che è entrato a informarci che Jamie doveva andare alla carrozza ha dato un nome completamente diverso: Kin-qualcosa…"

"Kinross. Sua grazia la duchessa di Kinross," disse Charlie con un sorriso di superiorità. "Ora posso parlare della parentela a voce alta, papà? Lo ha fatto quel cameriere, quindi se la duchessa di Kinross conferma la parentela…"

Papà Banks alzò una spalla e sporse il labbro inferiore.

"Deve decidere tua sorella se dirlo o no. Non ti ha dato fastidio finora, Lily, e non è che lo nascondiamo. E Jamie ha sempre saputo chi è suo padre e che cos'è. Sua signoria lo riconosce come proprio. Ma abbiamo gente dell'alta società oggi a tavola. Il tuo passato e la parentela del ragazzo potrebbero non essere graditi…"

Apparve un sorrisino sul volto di Lily Banks e Rory trattenne il fiato, chiedendosi se era quello il momento della rivelazione e, se così fosse stato, se sarebbe stata in grado di capire se la bella Lily era ancora innamorata del maggiore Lord Fitzstuart. Se avevano ancora un legame, a parte essere i genitori di un figlio illegittimo.

Ma quando Lily Banks fece per parlare, Grasby intervenne e Rory avrebbe voluto dargli un calcio.

"Non sono affari nostri perché la duchessa di Kinross è stata qui. Se per voi è lo stesso, daremo per scontato che sua grazia sia venuta a parlare con vostro figlio Jamie."

"Se è quello che desiderate," disse tranquilla Lily Banks e tornò a mangiare il resto delle verdure che aveva nel piatto.

"Perdonate la mia curiosità femminile," disse Rory nel silenzio pesante, la remissiva accettazione di Lily Banks del proclama di suo fratello aveva dato alla sua voce un tono tagliente non intenzionale, "ma a me piacerebbe molto sapere perché la duchessa di Kinross è venuta qua fin da Westminster nella magnifica carrozza dei Roxton per portare un regalo a Jamie. Presumo che oggi sia il compleanno di vostro figlio, signora Banks?"

Lily annuì. "Sì. Oggi compie dieci anni."

Rory guardò la tavolata, ignorando gli sguardi eloquenti di suo fratello, e disse, tagliando la sua fetta di manzo in bocconcini: "Che peccato che sua signoria non abbia potuto essere qui per condividere questo giorno con suo figlio…"

"Rory!" Sibilò suo fratello sottovoce. "Stai giocando con il fuoco e la cosa non mi piace."

"È per quello che è venuta la duchessa di Kin*ross*," spiegò mamma Banks, quando nessun altro osò rispondere dopo aver sentito la frase sibilata da Lord Grasby. "È venuta con il regalo di Jamie perché suo padre non poteva e perché sua grazia è prima cugina di Lord Fitzstuart."

"Ecco, mamma, ora l'hai detto, e Lord Grasby non voleva sentirlo," disse papà Banks scuotendo la testa, anche se non sembrava irritato con lei. "Forse frequenta Lord Fitzstuart in società. Comunque, sono lieto che sia di pubblico dominio, come dovrebbe essere. Jamie è mio nipote e per me non ha nessuna importanza se è nato dalla parte sbagliata del letto. E non mi importa chi lo sente o chi lo sa! Non in questa casa. Senza offesa, milord."

"Nessuna offesa," rispose Rory per suo fratello e un po' troppo allegramente per i gusti di Grasby. Guardò i commensali e vide che avevano concentrato la loro attenzione su suo fratello che stava tagliando con forza la sua terza fetta di carne come se dovesse assicurarsi che il suo pasto fosse effettivamente morto. "Per favore, non volete raccontarci il resto della storia della visita della duchessa…?"

Erano tutti più che desiderosi di accontentarla e nonna Banks disse:,

"Un cameriere ha abbassato i gradini perché Jamie potesse salire in carrozza e un altro è rimasto sull'attenti davanti allo sportello aperto, con il naso per aria come se fosse anche lui un duca! Povero Jamie. È rimasto in fondo a quei gradini sbirciando nel buio come se fossero i gradini di una forca! Ma poi sua grazia è apparsa sulla porta. Che visione! Una vera bellezza. E indossava sete meravigliose e gioielli sfavillanti, come si conviene al suo rango. Anche se non ne aveva assolutamente bisogno per migliorare quello che Dio le ha dato."

"Era proprio come si può sognare che sia una duchessa, e anche di più," la interruppe mamma Banks, con gli occhi spalancati e la voce piena di meraviglia. "Le sottane erano un'adorabile tonalità di rosa chiaro, coperte di ricami d'argento e lustrini. E c'erano tanti metri di tessuto che le gonne riempivano l'apertura della carrozza! E ho visto anche le sue scarpe. A punta, di satin rosa in tinta ricamate con filo d'argento. Era così bella e ha teso una mano guantata per invitare Jamie a salire…"

"E noi abbiamo potuto ammirare il suo meraviglioso se…"

"… sorriso di benvenuto," mamma Banks interruppe suo marito, dandogli un'occhiataccia prima di rivolgersi nuovamente a Rory. "Una donna così bella. Certo la mia Lily ha un volto altrettanto dolce…"

"Oh, mamma!" Rise Lily Banks. "Nessuno è bello come la duchessa di Kinross. Sono sicura che Lord Grasby e la signorina Talbot saranno d'accordo."

"Sì, sì, sua grazia è ritenuta straordinariamente bella per una donna della sua età," borbottò Grasby.

"E ha anche il seno più bello su cui abbia mai posto gli occhi," dichiarò soddisfatto papà Banks, ammiccando a Charlie, Eddie e Arnie, che sorrisero tutti da un orecchio all'altro. Ma quello che disse dopo trasformò i loro sorrisi in espressioni di abietto disgusto. Diede di gomito a sua moglie e disse rudemente, con una risatina: "Non proprio all'altezza della vostra considerevole magnificenza quando eravate all'apice della forza come nutrice, mia cara, ma quasi! Che c'è? Devo forse chiedere scusa a tutti per aver detto quello che avevo davanti agli occhi?" Si lamentò quando non solo sua moglie, ma anche sua madre e sua figlia lo guardarono storto.

Alzò le braccia, si alzò in piedi con un grugnito e fece un inchino prima di sedersi di nuovo. "Chiedo scusa a vostra signoria e alla signorina Talbot per essere stato così franco. Ma non sono abituato a parlare con gente raffinata. Ciò che avrei dovuto dire, per usare le parole che i membri femminili della mia famiglia approverebbero, è," a quel punto imitò il tono meravigliato di sua moglie e la voce di sua madre quando parlavano della nobile visitatrice, "la duchessa indossava un corpetto splendidamente ricamato. Coperto di piccoli fiocchi. Così scollato, anche. Mostrava alla perfezione il suo ampio petto. Beh, mamma, così va meglio?"

L'intera tavolata eruppe in una grande risata a quello scimmiottamento e ci vollero parecchi secondi perché si calmassero tutti. Papà Banks guardò i suoi ospiti che non stavano ridendo, ma sorridevano educatamente.

"Senza offesa, ma ci piace fare qualche risata a tavola…"

"Per favore, signor Banks. Non dovete scusarvi a casa vostra," rispose Rory. "Siamo *vostri* ospiti. Inoltre," aggiunse, senza nascondere un sorriso, "sono a favore del parlare chiaro e anche la mia madrina, sua grazia di Kinross. Ve lo direbbe anche lei, non è famosa solo per la sua bellezza ma anche per il suo… uhm… *décolletage*."

La rivelazione che la bella giovane donna con i capelli d'oro pallido e i lineamenti delicati fosse la figlioccia di un personaggio così celestiale come la duchessa di Kinross suscitò un senso collettivo di meraviglia. Era come se la duchessa in persona fosse venuta tra loro e rimasero tutti a bocca aperta per lo stupore. L'unico a non essere impressionato era Grasby, le cui orecchie erano diventate rosse sentendo il signor Banks. Diventarono ancora più calde dopo la rivelazione di sua sorella, anche se non era sorpreso della sua ingenua sincerità.

"Perché suo padre abbia pensato fosse giusto regalare un microscopio a un ragazzino di dieci anni, proprio non lo capisco," dichiarò nonna Banks, senza rivolgersi a nessuno in particolare, alzando una spalla sconcertata. "Pensavo che sua signoria gli avrebbe regalato un pony tutto per lui, o una mazza da cricket. Sarebbero stati più adatti a un ragazzino di dieci anni."

"Nonna, sai benissimo che è il regalo perfetto per Jamie," disse gentilmente Lily Banks. "Hai visto la sua espressione di gioia quando è sceso dalla carrozza, portando quella cassetta di mogano come se contenesse l'oggetto più prezioso al mondo! Non vedeva l'ora di andare nello studio, ed è ancora là con il signor Humphrey. Hanno entrambi dimenticato che stiamo festeggiando il suo compleanno senza di lui. Ma io non voglio scoraggiare la sua curiosità. Jamie vuole diventare un medico quando sarà grande," confidò a Grasby e Rory, prendendo il bebè che piangeva dalla cesta e coccolandolo.

"Beh, è quello che dice oggi," ribatté mamma Banks.

"Che bello!" Esclamò Rory entusiasta. "Allora un microscopio è il regalo perfetto. Senza dubbio lui e il signor Humphrey in questo preciso momento stanno guardando nella lente per vedere un'ala di maggiolino ingrandita o il petalo di un fiore. Sono sicura che presto si tratterà di qualcosa più interessante, come la zampa di una pulce e il sangue di un topo… Oh! Scusate. Non è stato molto educato da parte mia, vero?"

"Anche mia sorella ha un vivo interesse per tutte le cose scientifiche," spiegò Grasby, sperando di orientare la conversazione su un argomento generale più vicino a quelli cui era abituato a tavola. "Il suo principale interesse sono le piante, gli ananas per essere più specifici. Ed è il motivo per cui siamo qui per vedere il signor Humphrey... Qualcuno di voi sa qualcosa sugli ananas...?"

"No, milord. Ma il nostro inquilino, il signor Humphrey certamente sarà in grado di discuterne per una sera intera. E non c'è niente da perdonare, signorina Talbot," dichiarò papà Banks facendo scivolare indietro la sedia e alzandosi in piedi. Tolse un tovagliolo dal panciotto e lo mise sul tavolo. "Le conversazioni che ci sono intorno a questo tavolo tra mio genero, quando torna da una delle sue spedizioni, e il signor Humphrey farebbero diventare candidi i vostri capelli biondi, signorina Talbot. Piene di topi, pestilenze e pigmei! Eppure devono essere più civili che non sentire parlare di amputazioni e selvaggi che se ne vanno in giro come ossessi; che è quello che succede quando il padre di Jamie e il suo attendente fanno una delle loro rare apparizioni. Ora, scimmiette mie," disse strofinandosi le mani e rivolgendosi ai suoi tre nipoti, "se avete finito di demolire quello che avevate nel piatto, direi che è arrivata l'ora di quella partita di cricket che vi avevo promesso. Eddie. Charlie. Arnie. Chi di voi batterà per primo?" Chiese quando i suoi figli e nipoti si affrettarono ad alzarsi. "Forse a vostra signoria piacerebbe unirsi alla nostra partita?"

I due figli maggiori di Lily Banks corsero da Grasby e restarono in piedi accanto alla sua sedia. "Giochereste davvero con noi, sir? Davvero? *Per favore.*"

"Come puoi rifiutare qualcosa a quei faccini così entusiasti, Harvel?" Rory rise davanti alla rassegnazione sul volto di suo fratello e disse confidenzialmente ai due ragazzini: "Mio fratello è bravissimo con la mazza, ma non fatelo lanciare. Mettetelo nel campo esterno, dove può ricevere."

"Grazie tante!" Esclamò Grasby, posando il tovagliolo con riluttanza. "Si dice che abbia preso una porta o due ai miei tempi."

"Due! È tutto quello che hai mai preso!"

"Alla faccia di una tranquilla giornata sul fiume," borbottò Grasby con falsa rassegnazione ma con un sorriso alle due facce sporche che lo guardavano entusiaste.

Si tolse la redingote e Arnie Banks si avvicinò per aiutarlo e appoggiare la giacca sullo schienale della sedia, ma non prima di aver guardato con invidia il taglio del tessuto, i bottoni di metallo lavorato e il ricamo di delicato filo d'argento sulle tasche e i risvolti ai polsi.

Grasby tolse i volant di pizzo ai polsi e si arrotolò le maniche ampie fino sotto i gomiti. "Grazie per lo splendido pasto, signora Banks," aggiunse con un piccolo inchino a Lily.

Ma quando si raddrizzò, Rory vide che era pallido e afferrò in fretta il suo bastone per alzarsi, una reazione naturale, ma non necessaria quando lo vide voltarsi e seguire a grandi passi papà Banks e i suoi tre figli. Capì qual era il motivo del pallore del fratello quando accettò una tazza di tè da mamma Banks. Lily Banks aveva slacciato la giacca di lino e aveva attaccato al seno il neonato, che succhiava contento. Rory sorrise, ricordando la conversazione che aveva avuto poco prima con suo fratello proprio su quell'argomento.

Aveva sulla punta della lingua una domanda sul bambino quando sentì tirare poco cerimoniosamente la cascata di pizzi che aveva al gomito sinistro. Appoggiò la tazza sul piattino e si voltò trovando Bernard, il bambino di sei anni, in piedi accanto a lei. Non aveva seguito i suoi fratelli, Clive e Oliver, sul prato con gli uomini, ma era rimasto lì a fissarla. Quando Rory sorrise, il bambino indicò il poggiapiedi e disse senza giri di parole:

"Il vostro piede è storto. Che cos'ha che non va?"

QUATTORDICI

"Bernard! Zitto! Non è una domanda da fare a un'ospite."
Era sua madre ed era mortificata.
"Ma il suo piede è tutto sbagliato, mamma, guardate!"
"Lei è la signorina Talbot e tu sei scortese. Per favore perdonatelo, signorina Talbot. È sempre stato il più franco della famiglia e il più curioso. Deve sapere tutto di tutti."
"Va tutto bene, signora Banks. Quando avevo la tua età, Bernard, facevo talmente tante domande a mio nonno che sembrava dovesse esplodergli la testa e volar via la parrucca." Sorrise quando il ragazzino fece una risatina. "Risponderò alle tue domande, se ne sarò capace."
"Riuscite a camminare con un piede così?"
"Ho camminato fino a qua. In effetti, ho camminato per tutti i giardini dall'altra parte del muro e poi sul sentiero attraverso gli alberi fino alla vostra casa," rispose Rory con calma, mentre si sistemava le sottane sulle caviglie. "Uso un bastone. Eccolo. Vuoi guardarlo da vicino?" Tese il bastone a Bernard. "Vedi l'ananas intagliato nel manico?"
Bernard prese prontamente il bastone e lo osservò come se fosse l'oggetto più affascinante che avesse mai visto, dall'elaborato manico d'avorio intagliato che assomigliava a un ananas, fino in fondo al lucido mogano, al puntale consumato. Le chiese, curioso: "Vi serve sempre per camminare?"
"Non sempre, ma è meglio averlo, di modo da non inciampare e cadere."
"Riuscite a saltellare?"
"Sul piede sinistro, sì."

"Fare un balzo?"

"Con grande difficoltà."

"Saltare?"

"Su e giù? Sì. Ma solo se sono *molto* eccitata."

Bernard sorrise e poi chiese: "E correre? Riuscite a farlo?"

"No."

"Nemmeno se vi stesse rincorrendo un grosso orso?"

"No, nemmeno in quel caso. Tenterei di farlo, ovviamente. Ma temo che se un orso mi inseguisse, mi prenderebbe sicuramente. Pensi che se glielo chiedessi ballerebbe con me?"

"Che sciocchezza! Gli orsi non ballano, a meno che siano legati a una catena e siano ammaestrati."

"Hai ragione, ovviamente."

"Un orso vi mangerebbe appena vi vede!"

"Bernard! Che cosa terribile da dire," lo rimproverò Lily Banks.

"Ma vera." Rory sorrise al ragazzino. "Non preoccuparti, mi assicurerò di restare in casa se sentirò che ci sono orsi scappati dal serraglio di Brookes sulla Tottenham Court Road."

"Sapete andare a cavallo?"

"Certo. Andare a cavallo mi rende più facile andare da un posto all'altro."

"Avete gli stivali?"

"Sì. Stivali speciali."

"Potete far sistemare il vostro piede?"

Rory scosse la testa. "Purtroppo no. Questo piede sarà così per sempre, proprio come tu avrai sempre i capelli ricci, eccetto quando sono bagnati. Allora sono diritti, vero? Ma il mio piede è sempre lo stesso, asciutto o bagnato."

A Bernard venne un'idea e spalancò gli occhi.

"Nuotare! Sapete nuotare? Riuscite a nuotare come una... come una *sirena*?"

A quel punto fu sua madre che scoppiò a ridere.

"Bernard! Hai proprio delle idee strane. La signorina Talbot ha bisogno del bastone per camminare; non può certo usarlo nel fiume per nuotare."

"Chiedo scusa, signora Banks, ma l'idea di Bernard è eccellente," ribatté Rory, con lo sguardo fisso sul ragazzino che era arrossito nel sentirsi riprendere davanti a un estraneo. Sorrise e gli prese la mano tirandolo più vicino. "Penso che tu sia molto intelligente ad aver pensato che io sappia nuotare. Non mi serve il bastone in acqua, no? L'acqua mi tiene a galla."

"Nuotate... nuotate come una sirena?"

"Non ho mai visto una sirena, quindi non so come nuotano. Forse mio nonno ne ha vista una, perché è stato lui a insegnarmi a nuotare, e io nuoto molto bene, in effetti."

"Con le braccia, non con le gambe."

"Oh, sei *veramente* intelligente! Uso le braccia più delle gambe, anche se riesco a scalciare con le gambe, e mi aiuta a muovermi." Rory bevve un sorso del tè al latte. "Altre domande?"

Bernard fece spallucce. "No. Se me ne vengono in mente altre, posso chiedere?"

"Certo."

"Ringrazia la signorina Talbot per aver risposto alle tue domande..."

"Grazie."

"... e ora lasciale bere il tè in pace," disse fermamente Lily Banks. "Vai a giocare con i tuoi fratelli."

Bernard porse a Rory il suo bastone con un sorriso timido e poi corse attraverso la terrazza, giù dai gradini e sul prato per unirsi alla partita di cricket. Quando voltò la testa per guardarla, Rory lo salutò con la mano. Il ragazzino rese il saluto e fece una capriola sull'erba per buona misura. Voltandosi verso Lily Banks, Rory era sul punto di dire quanto stesse godendosi il pomeriggio e ringraziarla per aver mandato il vecchio Bert a invitarla; che sperava di vedere il signor Humphrey e incontrare suo figlio Jamie prima che fosse il momento per lei e Grasby di tornare al battello. Ma invece del tranquillo discorsetto di ringraziamento, non disse assolutamente niente.

Aveva ricevuto un colpo e perso la presa sul manico della tazza, che tremò sul piattino e poi si rovesciò. Il goccio di tè che era rimasto nella tazza superò il bordo del piattino e macchiò il nastro di satin azzurro infilato nella cupola del cappello di paglia che aveva ancora in grembo. Era grata che il tè non fosse finito sulle sottane fiorite. Si affaccendò comunque con il capello per avere il tempo di riprendersi e sperare che il rossore sulle guance sbiadisse a sufficienza da poter guardare il nuovo arrivato.

Prima il libro e poi la tazza di tè. Avrebbe sicuramente pensato che era la donna più goffa al mondo.

Sulla terrazza era arrivato il maggiore Lord Fitzstuart.

Il pastrano schizzato di fango nascondeva una giacca da cavallerizzo color prugna scuro e calzoni marrone chiaro e con gli stivali altrettanto inzaccherati, sembrava che il maggiore avesse passato la giornata a cavallo, e che durante varie fasi del viaggio il tempo fosse stato inclemente. Aveva ancora i guanti di pelle, ma si era tolto il cappello nero di feltro, mostrando i capelli neri disordinati, lunghi fino alle spalle, umidi per l'esercizio o la pioggia, o entrambi. Il livido intorno all'occhio era sparito e il taglio profondo sul labbro era guarito, lasciando una piccola cicatrice violacea. La pelle aveva un aspetto sano, come se avesse passato molte giornate al sole e la barba scura, tagliata corta, gli dava un aspetto piratesco. Ma erano gli occhi che Rory stava fissando senza battere le palpebre. Era stanco, come se non avesse dormito per una settimana, e la stava fissando in un modo che suggeriva il desiderio che lei gli leggesse nei pensieri. Pensieri sconfortanti perché stava ricevendo la fortissima impressione che non fosse contento di scoprirla lì, a casa Banks.

Rory fu la prima a distogliere lo sguardo, occupandosi della tazza e del piattino e mettendoli sul tavolo. Poi controllò il nastro di seta macchiato come se richiedesse tutta la sua attenzione. Durante la sua voluta distrazione, il maggiore venne avanti e si fece vedere da Lily Banks. Rory finse di non notarlo ma con la coda dell'occhio lo vide togliersi i guanti e mettere delicatamente una mano nuda sulla spalla di Lily. Erano guarite anche le abrasioni sulle nocche delle dita e la mano era abbronzata, come il viso. Si chinò, disse qualcosa all'orecchio di Lily Banks, le baciò la guancia e poi si rialzò. Quel bacio, lieve e sbrigativo com'era stato, ebbe il potere di far arrossire Rory e farla sentire sconfortata. E quando Lily Banks si voltò sulla sedia con un'esclamazione di felice sorpresa, con il bambino ancora attaccato al seno e tese una mano a Dair per salutarlo, il rossore sul volto di Rory divenne quello di un'intrusa indesiderata.

Lì c'era una coppia felice di vedersi; una coppia abituata all'intimità; una coppia che aveva un figlio...

Per la prima volta da che era arrivata a casa Banks, Rory desiderò di aver ascoltato il consiglio di suo fratello ed essere tornata al battello. Per ragioni che solo il suo cuore conosceva, sentiva un gran peso in petto. Era il dolore, il dolore lacerante di un affetto non corrisposto o desiderato. Era una tale stupida! Non l'aveva mai fatta oggetto delle sue attenzioni in passato, perché mai, dopo un bacio da ubriaco che non ricordava nemmeno, avrebbe dovuto trattarla in modo diverso?

Come a rispondere alla sua domanda, il maggiore le fece un piccolo inchino quando Lily Banks menzionò il suo nome, anche se Rory era talmente sovrappensiero da non avere idea di che cosa stessero dicendo. Ma non importava, l'aveva salutata ed era tutto quello che si pretendeva da lui. Non la guardò più, né la incluse nella sua conversazione.

La sensazione dolorosa aumentò ancora guardando l'interazione tra i genitori di Jamie Banks. Eppure non riusciva a detestare Lily Banks o a sentirsi gelosa di lei solo perché il maggiore si sentiva a suo agio in sua compagnia. Lily Banks non era una donnaccia. Non stava civettando con lui, né si comportava in un modo che indicasse che erano nient'altro che amici di lunga data. Perché, si chiese, le donne che avevano un figlio al di fuori del vincolo matrimoniale erano istantaneamente marchiate come forme di vita inferiore, incapaci di fedeltà, onestà e comportamento decente? Eppure la loro controparte maschile non era ritenuta immorale. Non le era mai piaciuta quella doppia morale. Ovviamente Harvel l'aveva definita ingenua e aveva detto che l'avrebbero rinchiusa come una pazza se mai si fosse permessa di dar voce a questi pensieri davanti a gente perbene. Silla aveva definito malvagie e da non ripetere mai le sue elucubrazioni, e certamente non davanti al vicario.

Il turbinio generale di attività suscitato dall'arrivo del maggiore permise a Rory di ritirarsi sullo sfondo, al suo solito posto di osservatrice durante le riunioni. Per molti versi era un sollievo non avere gli occhi del maggiore puntati su di lei; la aiutava a calmare i battiti del suo cuore e le permise di bere una seconda tazza di tè senza versarne una sola goccia.

I servitori correvano avanti e indietro dalla casa. Pastrano, guanti e cappello furono portati via. Tolti dal tavolo i piatti sporchi e le ciotole vuote. Liberato uno spazio per il nuovo arrivato. Gli posero davanti stoviglie e posate pulite, pane fresco, un bicchiere e una caraffa di birra. E il maggiore non esitò a riempirsi il piatto con i resti del banchetto di compleanno, dicendo, in risposta a una domanda di Lily Banks, appena la bocca fu vuota:

"Sareste affamata anche voi se non aveste mangiato un buon pasto inglese per oltre un mese!" Staccò un pezzo di pane fragrante dalla pagnotta e lo intinse nella salsa. Quando poté parlare di nuovo disse con un sorriso: "Due fette di manzo e mi sento nuovamente un essere umano. No! Non ditelo. Lo so. Dovrò rasarmi e farmi un bagno prima di poter essere riconosciuto come essere umano, ma volevo arrivare il prima possibile." Guardò la partita di cricket. "Non vedo Jamie. Dov'è il festeggiato?"

Lily Banks gli parlò della visita della duchessa di Kinross e del microscopio in regalo, aggiungendo, dopo essersi sistemata, aver allacciato la giacca e aver appoggiato il bambino sulla spalla per il ruttino: "È nello studio con il signor Humphrey e sta guardando tutta una serie di strani oggetti attraverso le lenti. La povera signorina Talbot è venuta qua apposta per vedere il signor Humphrey e Jamie sta monopolizzando il suo tempo, quindi non si è ancora visto."

"Allora fateli uscire da lì, Lil. Non gli ho regalato un microscopio perché potesse monopolizzare il tempo e l'attenzione del vostro inquilino. Non quando Humphrey è desiderato altrove. E non voglio che Jamie trascuri il cibo e i suoi impegni. I suoi fratelli hanno mangiato a tavola con il resto della famiglia?"

"Sì, ovviamente."

"Allora perché non Jamie?" Chiese sottovoce Dair.

"L'ha fatto. Avevamo cominciato a mangiare quando siamo stati interrotti dalla carrozza della duchessa. Ma il povero signor Humphrey non ha avuto la possibilità di finire quello che aveva nel piatto quando Jamie ha visto che cosa c'era nella cassetta di mogano."

"Lil, avrebbe dovuto tornare a tavola. È il maggiore. Deve dare il buon esempio. E non dite che bisogna essere indulgenti perché è il suo compleanno. Lo fa tutte le volte che può. Non avrebbe dovuto poter toccare il microscopio fin dopo aver finito il pasto con la famiglia. E avrebbe dovuto aspettare finché Humphrey avesse mangiato a sazietà. È solo indice di buona educazione. Lo stomaco di quel pover'uomo deve brontolare per la fame!"

"Sì. Sì, certo. Avete ragione," mormorò Lily Banks alzandosi in piedi. "Sapete com'è quando si distrae... È così terribilmente intelligente. Molto più del resto di noi."

Dair si versò un altro bicchiere di birra.

"Essere intelligenti non basta. Deve imparare come usare la sua intelligenza nel modo giusto. Deve comunque considerare anche gli altri. E deve passare del tempo all'aperto, godendosi l'aria fresca, il sole e il cricket, come ogni altro ragazzo della sua età."

"Lui preferisce lo studio..." Quando Dair non rispose e bevve la birra, Lily aggiunse sommessamente: "Lo farò chiamare immediatamente..." Quando fece per rimetterlo nella sua cesta, il bambino si agitò e cominciò a piangere e lei restò lì, sconvolta, senza sapere che cosa fare.

Senza pensarci due volte, Dair allungò un braccio, prese il neonato che frignava e se lo appoggiò al petto, con una mano grande che copriva l'intera piccola schiena per tenerlo saldamente diritto, con il mento bagnato del piccolo appoggiato alla spalla. Sentendo che lei era ancora lì, aggiunse piano: "Non prendetevela, Lil. Sono stanco... Resterò qui stanotte, se non disturbo troppo..."

"Mai. La vostra stanza è sempre pronta."

Quando il maggiore sorrise e annuì, Lily Banks entrò in casa, lasciando un silenzio pesante intorno al tavolo. Rory desiderò che le due Banks più anziane, sedute dall'altra parte della terrazza, che chiacchieravano con le teste vicine, si girassero e notassero il nuovo arrivato.

Sperava che Jamie e il signor Humphrey non ci mettessero molto ad arrivare. Appoggiò la tazza sul piattino e alzò lo sguardo sulla scena del fagottino accoccolato contro il petto del maggiore, mentre lui continuava a mangiare famelico, usando la forchetta come meglio poteva con una sola mano libera, sia per tagliare sia per raccogliere le verdure che aveva nel piatto. Teneva il bambino in modo naturale, come se fosse abituato a farlo e come se le sue braccia fossero il posto più naturale e comodo dove stare.

C'era qualcosa di meraviglioso in un uomo grande e attraente che teneva con una grande mano protettiva un esserino così piccolo e vulnerabile. Le fece venire inespicabili lacrime agli occhi, lacrime che Rory ricacciò indietro in fretta sbattendo le palpebre. Si ammonì mentalmente di smetterla di fare la sentimentale, visto che perfino quella piccola scena domestica che coinvolgeva il maggiore aveva il potere di provocare in lei una tale reazione emotiva.

Riportò lo sguardo sul prato e guardò la partita di cricket. Suo fratello, nel campo esterno, con le maniche arrotolate fino ai gomiti, aveva una mano alzata per schermare gli occhi dal sole. Uno dei fratelli Banks era alla battuta. Un altro stava lanciando. I ragazzi stavano facendo capriole sul prato, non molto interessati alla partita. Rory sospettava che gli adulti stessero completamente dominando la gara e che i bambini avessero quindi perso interesse. Spostò lo sguardo, per vedere se le due Banks stessero ancora chiacchierando tra di loro. Era così. Riportò l'attenzione verso il tavolo e fu sorpresa di trovare il maggiore che la guardava fisso. Doveva aver avuto gli occhi fissi sul suo profilo per un po', vista l'intensità del suo sguardo e quando lei non distolse gli occhi disse francamente: "Prima che osiate chiedere quello che state pensando, signorina Talbot, la risposta alla bruciante domanda è no, questo marmocchio non è mio. E nemmeno i suoi tre fratelli maggiori. Hanno un padre e la loro madre è una moglie fedele. Solo Jamie è mio."

"Grazie per la vostra franchezza, milord," rispose Rory con lo stesso tono. Nonostante il peso che sentiva sul cuore, si sentiva offesa per la sua supposizione. "Ma non ho intenzione di ringraziarvi per aver pensato di poter leggere nei miei pensieri. Vi sorprenderà sapere che quello che stavo veramente pensando è che la signora Banks ha fatto un lavoro egregio nell'allevare i suoi figli e quasi sempre da sola, visto che suo marito, l'intrepido esploratore, e voi, un ufficiale, l'avete lasciata da sola per lunghi periodi. Stavo anche pensando come deve essere piacevole avere altri membri della famiglia intorno in quei momenti. Non avendo zii o zie o genitori e solo un nonno, è stato un vero piacere per Harvel e me sederci a un tavolo con un grande e felice gruppo famigliare. Mi ha ricordato le poche volte che siamo andati a trovare i miei padrini a Treat..."

"Signorina Talbot, mi scuso se vi ho offeso..."

"Milord, dovreste aspettare finché ho finito la mia tirata prima di decidere se mi dovete o meno delle scuse," lo interruppe Rory. La luce tornò nei suoi occhi azzurri quando Dair chiuse in fretta la bocca e distolse lo sguardo. "Visto che siamo sinceri, permettetemi di esserlo altrettanto. Anche se non sono affari miei, se Jamie ha un dono per la scienza e la sua inclinazione naturale è passare il tempo a guardare attraverso una lente e classificare insetti e piante e qualunque altra cosa catturi il suo interesse, allora sua madre è saggia a lasciargli fare come gli piace, piuttosto che obbligarlo a fare quello che piace a voi. Non ho mai incontrato vostro figlio..."

"... eppure pensate di conoscerlo?"

Rory fece un mezzo sorriso. Avrebbe voluto dire che se anche non conosceva il figlio, credeva di conoscere le inclinazioni di suo padre. Disse invece, con un tono un po' meno aspro: "No, non lui. Ma se riandate con la mente al vostro decimo compleanno, come ho fatto io, riuscite a ricordare che cosa avete mangiato? Io certamente no. Ma sono sicura che ricorderete quello che stavate facendo..."

Dair non esitò a rispondere. Spostò il bambino sull'altra spalla, continuando a tenerlo con il palmo aperto e disse sinceramente:

"Ero fuori a far rimbalzare i sassi sull'acqua del lago. Io preferivo... preferisco stare all'aperto. Dovunque ma non in uno studio. Quelle stanze soffocanti mi fanno venire il mal di testa. Charlie e io stavamo aspettando che nostro padre ci raggiungesse. Era nel suo studio, un posto che lasciava raramente. Ci stava osservando dalla finestra dello studio... Quando finalmente si unì a noi, mi fece un regalo di compleanno che non dimenticherò mai. Il giorno dopo partì per Londra. Non lo abbiamo più visto. E prima che commentiate," aggiunse con un sorriso smorto, "non voglio obbligare Jamie a stare all'aperto per via di quello che facevo alla sua età o ciò che penso lui dovrebbe fare. Bisogna ricordargli che è uno di cinque fratelli, specialmente in un giorno come questo. Detto tra noi, sua madre, i suoi nonni, e perfino il marito di Lily, lo viziano per via di chi è e non perché sia intelligente. Il mio bisnonno era Carlo II, quindi ha sangue reale nelle vene, per quanto inquinato, e un giorno io sarò il conte di Strathsay. È qualcosa che dà alla testa della famiglia di sua madre, i cui antenati non si sono mai innalzati al di sopra della loro posizione di servitori negli ultimi trecento anni. Ma questo non gli toglie la macchia dell'illegittimità."

Rory piegò la testa e disse pensierosa: "Forse questo preoccupa più voi di loro..."

Dair rise, riluttante. "Sì, forse è così..." Guardò le due donne Banks. "La madre di Lil era la balia della nostra famiglia, e poi la bambinaia; suo padre era il giardiniere nella nostra tenuta... Cioè, fino a quando è successo l'impensabile..."

"Vi siete innamorato di Lily Banks."

Dair depose la forchetta, spinse via il piatto e prese il bicchiere, svuotandolo in un sorso. Rory capì che stava per confidarle qualcosa, ma l'improvviso trambusto alle sue spalle gli impedì di farlo e l'attimo passò. Dair tirò indietro la sedia, Lily Banks prese il suo bambino e un ragazzo alto e magro corse da suo padre che lo strinse forte.

Non rimase un solo occhio asciutto a quella affettuosa riunione tra padre e figlio, perfino Rory si asciugò in fretta una lacrima prima che qualcuno se ne accorgesse.

Il chiasso fece allontanare le due donne Banks dalla parete e correre al tavolo. Abbracciarono il padre di Jamie. Mamma Banks prese il bel volto del maggiore tra le mani e gli baciò calorosamente la fronte prima di stringerlo in un abbraccio. Dair rise quando lo rimproverò per non averle avvertite che era arrivato, annuì obbediente quando gli chiese se aveva mangiato abbastanza e sorrise quando la donna gli disse che era un bene perché non voleva che morisse di fame dopo essere sopravvissuto a tutti quegli anni nell'esercito. Aveva un interesse particolare per il suo benessere. Dopo tutto, lei era stata la sua principale fonte di nutrimento dalla nascita fino ai due anni. E a quel punto Lily Banks disse a sua madre di stare zitta e che ripeteva sempre la stessa cosa tutte le volte che Al (era così che Lily chiamava il maggiore) veniva a trovarli dopo una lunga assenza. E questa volta l'assenza era stata di ben cinque settimane.

Dair accettò imperterrito tutte quelle attenzioni, ridendo e sorridendo e scuotendo la testa sentendo i discorsi delle donne, prima di tirarsi il figlio sulle ginocchia chiedendogli di raccontargli tutto sul suo compleanno.

"È vero che lo ripeto tutte le volte," confidò mamma Banks a Rory sedendosi, mentre una cameriera dalla faccia acida le serviva una tazza di tè. "Ma io vi chiedo, signorina Talbot, perché non dovrei dirlo? Sono fiera che sua signoria sia cresciuto fino a diventare una montagna d'uomo. Quale nutrice non lo sarebbe? Non era un bambino molto grosso. C'è stato un momento, appena dopo la sua nascita, in cui suo padre temette che non sarebbe sopravvissuto. Ma io dissi al conte che con me il suo erede avrebbe superato l'anno e fu così. A dire il vero," aggiunse in tono confidenziale, tirandosi lo scialle sulle spalle rotonde e chinandosi verso la sedia di Rory, "non sono sorpresa che fosse un bambino così gracile. Affamato, di nutrimento e di affetto. La contessa era una donna fredda *in tutti i sensi*. Odiava fare, mettere al mondo e allattare i bambini. È proprio la verità di Dio."

"*Mamma*! La signorina Talbot non è abituata a conversazioni simili. È una *signora*," sussurrò ferocemente Lily Banks con un occhio al maggiore che teneva le mani di suo figlio e ascoltava attentamente il racconto meravigliato del ragazzo dell'incontro con la duchessa di Kinross all'interno della sua opulenta carrozza. "Oserei dire che non è solo imbarazzata ma anche offesa. La povera signorina Talbot è venuta per parlare di ananas con il signor Humphrey, non per sentire raccontare di Al quando era un bambino. Perdonate mia madre, signorina Talbot. Il signor Humphrey dovrebbe arrivare subito. Non so che cosa lo stia trattenendo ancora…"

Rory sorrise e degluti, sperando di non avere il volto del colore delle barbabietole; le informazioni rivelatrici di mamma Banks avrebbero fatto cadere suo fratello dalla sedia per la mortificazione e la sorpresa. Le avrebbe sicuramente usate come esempio primario del motivo per cui non voleva esporre sua sorella al rude buon senso della famiglia Banks. Ma guardare il maggiore e suo figlio insieme, l'evidente amore reciproco e, a dire il vero, l'affetto di tutto il clan Banks per Lord Fitzstuart e il suo affetto per loro era un balsamo per i suoi più delicati sentimenti. Come avrebbe veramente potuto offendersi per l'onestà di mamma Banks quando era espressa con il calore dei sentimenti che provava per il maggiore? Inoltre, anche il suo stesso comportamento era manchevole, perché se aveva fissato la bellezza di Lily Banks appena l'aveva vista, ora stava guardando due volte di più il bel bambino con la zazzera di riccioli rosso scuro e gli occhi scuri di suo padre. Oh, Jamie Banks avrebbe spezzato cuori proprio come suo padre quando fosse cresciuto…

"Signorina Talbot…?"

Era il maggiore. Un braccio sulle spalle di Jamie, la tolse dalle sue riflessioni. "Jamie, questa è la sorella di Grasby, la signorina Talbot. Ricordi Lord Grasby, ci ha accompagnato al casotto di caccia del signor Pleasant…"

"Grasby? Sì, ricordo Grasby." Il ragazzino fece a Rory un piccolo grazioso inchino e disse solennemente: "Come state, signorina Talbot?"

"Sto bene, Jamie. Posso chiamarti Jamie?"

Il ragazzo sorrise. "Lo fanno tutti."

"Mi piacerebbe vedere il tuo microscopio un giorno, se me lo permetterai."

Gli occhi del ragazzino si illuminarono. "Davvero? L'ha costruito il signor George Adams, di Fleet Street," disse in tono di meraviglia. "Fa i migliori microscopi. È di ottone e ha *tre* obiettivi Lieberkuhn, quindi ha una struttura compatta e un ingranditore semplice. E si può smontare completamente e riporre in una grande cassetta di legno..." Alzò gli occhi guardando suo padre. "Posso mostrarglielo, papà? Posso?"

"Certo, ma non oggi. La signorina Talbot deve lasciarci adesso e tu devi mangiare quello che hai lasciato nel piatto. Ma prima che tu finisca," aggiunse, prendendo la redingote di Grasby, "per favore portala a Lord Grasby e digli di non aspettare. Ci penserò io ad accompagnare la signorina Talbot."

Rory stava per chiedere come mai sua signoria stava ponendo fine non solo alla sua visita ma anche alla partita di cricket di suo fratello, quando il maggiore si voltò a parlare con un gentiluomo grassoccio con parrucca a borsa e occhiali che era appena uscito sulla terrazza. La loro conversazione fu breve e poi il gentiluomo scese i gradini che portavano sul prato seguendo Jamie. Rory lo seguì con gli occhi e si raddrizzò sulla sedia quando tre persone entrarono nel suo campo visivo sul limitare del prato. Jamie aveva ancora in mano la redingote di suo fratello; Grasby dava le spalle alla partita di cricket, mani sui fianchi, mentre la terza figura era lievemente curva in avanti a mani giunte, come se stesse supplicando, eppure era l'unico a parlare. Era uno dei servitori del battello e, dal suo atteggiamento e dalla posizione delle braccia di Grasby, era sicura che il servitore gli stesse rovesciando addosso una montagna di lamentele, con i complimenti di Lady Grasby.

QUINDICI

Dair tese la mano a Rory. "Venite, lasciate che vi aiuti ad alzarvi."

Rory tolse i piedi dal poggiapiedi e Dair lo allontanò con un calcio. Aiutandola ad alzarsi, le tenne la mano finché fu stabile e si fu appoggiata al bastone.

"Siete venuti in carrozza?"

"No, con il battello di mio nonno."

"Sul fiume? Molto piacevole. Il viaggio di ritorno dovrebbe darvi tempo a sufficienza per una franca e lunga discussione con il signor Humphrey riguardo al vostro fiore di ananas... È il primo, credo?"

"Ricordate il fiore?"

"Mi avete lasciato cadere un trattato di giardinaggio sul piede ed eravate così eccitata. Se è possibile che gli occhi azzurri brillino, allora i vostri stavano brillando. Immagino che quelle piante non fioriscano spesso?"

"Crawford e io abbiamo aspettato due anni per vederne uno. Un fiore significa che avremo un frutto di ananas tra non molto."

"Allora è raro ed è qualcosa di cui entusiasmarsi. Spero che i consigli del signor Humphrey siano utili. Ora, per favore, consegnate il bastone alla signora Banks." Quando Rory esitò, Dair sorrise. "Ve lo restituirà." Una volta fatto, si allontanò di un passo, continuando a tenerle la mano. La ispezionò dal basso in alto, fermando lo sguardo su un punto del corpetto che sottolineava la vita sottile. "Se non mi sbaglio, sotto quelle belle sottane fiorite ci sono dei leggeri pannier?"

"Sì. Ma..."

"Niente ma, signorina Talbot. Vi prenderò in braccio. Quando lo faccio, per favore raccogliete le sottane per ripiegare i pannier. Renderà molto più facile il mio compito. A quel punto la signora Banks vi restituirà il bastone, che voi terrete senza minacciarmi, e io vi porterò fino al battello. Capito?"

"Sì. Ma..."

Dair non aspettò per sentire le sue obiezioni. La sollevò senza sforzo e Rory fece in fretta quello che le aveva chiesto, mentre Lily Banks la aiutava a sistemare gli strati di cotone leggero sugli stinchi per poi consegnarle il bastone. Dopo uno scambio affrettato di addii e ringraziamenti, Dair scese a lunghi passi dalla terrazza avviandosi verso gli alberi che schermavano il muro a sud e l'orto botanico. Ma non aveva fatto più di cinquanta passi che si fermò all'ombra di un'enorme quercia.

"Signorina Talbot, se volete che vi consegni al battello senza incidenti, dovete rilassarvi tra le mie braccia. Non restare rigida come un pezzo di legno, che è quello che sto portando in questo momento."

"Posso camminare!"

"Sì. Ma non in questo stato. La signora Banks mi ha informato che avete le vesciche ai piedi. Scommetto che sareste abbastanza testarda da camminare comunque, solo per indispettirmi. Ma non pensate a voi, pensate a vostro fratello. Nel tempo che vi ci vorrebbe per arrivare al battello, temo che Grasby potrebbe buttarsi fuori bordo e perdersi in un groviglio di canne del Tamigi. Mi sembra di aver capito che Lady Grasby è a bordo della barca?"

"Sì, e anche con molta riluttanza. Harvel e io abbiamo lasciato soli lei e il signor Watkins per parecchio tempo..."

"Grazie."

Rory piegò la testa per guardarlo. La faccia di Dair era così vicina che riusciva a vedere ogni singolo pelo della barba che gli copriva le guance e la mascella. Era nera, come i capelli che gli ricadevano sulla fronte... come i peli che aveva sul petto... Con quella leggera abbronzatura, sembrava veramente un pirata.

"Grazie? Perché, di grazia?"

"Per non aver portato sua signoria e la Faina a casa Banks."

"Oh, non si sarebbero mai avvicinati a venti metri da lì! Oh! È..."

"... la verità. Mi sorprende che Grasby vi abbia dato il permesso di farlo."

"Non l'ha fatto, ma non è riuscito a fermarmi."

Dair rise.

Rory sorrise. Le piaceva quel suono.

"Oh, non ne dubito. Siete una cosina molto decisa, vero?"

"Ero stata invitata; invitata a casa Banks..."
Dair non esitò a rispondere e sembrò sorpreso.
"Davvero?"
"Sì. Ma... ma non vi dirò chi mi ha invitato perché sareste più che sorpreso. Sareste sbalordito."
"Davvero? Non sono tipo da sorprendermi facilmente, signorina Talbot."
"Vi credo. Dovete avere avuto esperienze terrificanti mentre eravate nell'esercito."
"Sì."
Dair riprese a camminare e aveva fatto solo qualche metro quando Rory disse a bassa voce: "Spero di non essere troppo pesante."
"Per niente. Ho portato soldati feriti sul campo di battaglia. Credetemi, quando gli uomini sono morti o stanno morendo, pesano il doppio del normale. Voi, signorina Talbot, siete leggera come le ali di una farfalla."
"Vi chiedo scusa."
"Scusa...?"
Dair cercò di guardarla in volto ma Rory girò la testa e una ciocca di capelli che era sfuggita alla molletta smaltata le ricadde sulla fronte. Non aveva modo di capire il suo umore. Ciò che sapeva era che gli piaceva averla di nuovo tra le braccia. Molto. Eppure, la sensazione era così strana e sconcertante, come se non avesse il diritto o un motivo di averla lì. Sembrava che non avesse consistenza. Aveva le ossa piccole, un piccolo seno e si chiese se sotto tutti quei metri di chintz ci fosse qualche curva. Perché lo confondeva tanto? Perché quando era uscito sulla terrazza e l'aveva scoperta lì, nelle sue belle sottane fiorite, era stato sopraffatto dal desiderio di afferrarla e baciarla?

Perché mai lei aveva sentito il bisogno di scusarsi? Dio, sperava che non stesse per menzionare quella sera nello studio di Romney. Se l'avesse fatto, avrebbe dovuto mentirle ancora e fingere un'inebriata ignoranza come aveva promesso a suo nonno. Ed era un'altra cosa che lo stupiva. Si sentiva a disagio al pensiero di mentirle, di continuare ad apparire un idiota indifferente. Per la prima volta in molti anni non aveva voglia di recitare. Voleva solo essere se stesso; essere se stesso *con lei*.

Quando Rory si spostò leggermente tra le sue braccia, interrompendo i suoi pensieri, Dair colse il leggero profumo di lavanda nei suoi capelli mischiato al profumo di vaniglia della sua pelle calda. Era un profumo così evocativo che gli mandò una fitta di desiderio direttamente dalle narici all'inguine e niente si era mosso laggiù dall'ultima volta che l'aveva tenuta tra le braccia. Era allarmante, il suo cervello confuso non era l'unica cosa che si era rammollita.

Più di un mese all'estero e con uno stormo di formose bellezze che gli si offrivano ogni notte, aveva avuto ampie possibilità di dimenticare Aurora Talbot, di rassicurarsi di essere ancora un maschio pienamente funzionante, perfettamente in grado di soddisfare qualunque donna. Allora perché aveva scelto di dormire da solo a Lisbona? Come era potuto succedere che fosse tornato in Inghilterra nelle stesse condizioni di impotenza in cui era partito, un maschio non funzionante; un eunuco in tutti i sensi?

Quella vergognosa situazione non poteva continuare o sarebbe impazzito. E si disse che esisteva un solo rimedio. Se avesse baciato Aurora Talbot un'altra volta si sarebbe convinto che il bacio che si erano scambiati nello studio di Romney era stato solo una fantasia e niente di speciale. Non voleva che fosse speciale; non poteva essere altro che ordinario. Non c'era spazio nella sua vita per i sentimenti, in particolare con una donna di elevata condizione e che faceva parte della sua stessa cerchia sociale. Ai sentimenti si accompagnavano le aspettative di matrimonio, un'istituzione che aborriva. Dopo essere stato testimone per anni dell'unione piena di astio dei suoi genitori, aveva giurato di non soccombere mai all'ossimoro della 'felice vita matrimoniale'. Poteva andar bene per suo fratello Charlie ma Charlie era più giovane. Charlie non aveva visto la violenza e il veleno tra due persone intrappolate in un matrimonio cui nessuno dei due poteva sfuggire. Charlie non era l'erede, non era lui quello con cui sua madre si era confidata, su cui sua madre aveva appuntato tutte le sue speranze e le aspettative; non era lui quello che suo padre giostrava come fosse una marionetta, usando il matrimonio come esca e punizione per i suoi stessi peccati.

Un bacio scambiato con Aurora Talbot e si sarebbe convinto che non era attratto da lei né più né meno che da qualunque donna carina che cogliesse il suo sguardo errante. Un bacio e la sua vita sarebbe tornata ad essere imperturbata come prima dell'incidente allo studio di Romney, uno stato in cui era in grado di finire a letto con un certo tipo di donne, fare l'amore con mutuo abbandono e soddisfazione, poi passare alla successiva bella ninfa che gli avesse rivolto un sorriso invitante: senza fare domande e senza che nessuno dei due si aspettasse altro.

Quindi prima avesse baciato Aurora Talbot, prima avrebbe riavuto il suo equilibrio.

Si prese un momento per raccogliere i suoi pensieri, si schiarì la voce insieme alla mente e disse, fingendo disinteresse: "Vi chiedo scusa, signorina Talbot, ma non capisco perché mi stiate chiedendo scusa."

"Oh, lo so che non c'è niente che nessuno dei due possa fare per cambiare il passato. Ma solo perché non possiamo cambiare gli eventi non significa che io non possa cambiare opinione. E non posso fare a meno di sentirmi così, ora che la mia opinione è cambiata. Ha senso per voi?"

"Forse dovreste spiegarvi un po' meglio?"

"Posso?"

"Ve ne prego," rispose Dair in tono indifferente, pensando che se le avesse permesso di blaterare forse lui avrebbe potuto dimenticare come lo faceva sentire.

"Grazie... Vedete, finché non avete menzionato un momento fa di aver trasportato morti e feriti dal campo di battaglia, non avevo mai pensato troppo a quello che voi e i vostri compagni d'armi avete dovuto sopportare nell'esercito. Oh, sapevo che doveva essere miserabile e troppo orribile per parlarne, ma non avrei mai potuto immaginare gli orrori che avete affrontato sul campo di battaglia... Ma quello che avete appena detto, era così reale che mi ha fatto immediatamente sentire come se ci fossi io in mezzo alla carneficina..."

"Perdonatemi, non era mia intenzione turbarvi."

"Oh, non c'è niente da perdonare. Non sono turbata. Volevo solo che sapeste che mi piacerebbe... piacerebbe non è la parola giusta, sarei *onorata* se mai voleste parlarmi del periodo che avete passato nell'esercito. Di qualsiasi cosa. Il nonno dice che so ascoltare, per essere una donna, vale a dire che non interrompo e non sono impicciona."

"Terrò a mente la vostra offerta."

A quel punto Rory proruppe in una risatina. "Che significa che non avete intenzione di dirmi assolutamente niente! Non importa. La mia offerta rimane."

Quando Dair restò in silenzio e continuò lungo il sentiero uscendo nella radura, Rory si permise di appoggiargli la testa sulla spalla e accoccolarsi contro la morbidezza della sua redingote di velluto color prugna. Senza accorgersi, respirò a fondo e sospirò felice, apprezzando l'odore salato e mascolino mischiato con le tracce di bergamotto e foglia di tabacco.

"Sono in viaggio dalle prime luci dell'alba," mormorò imbarazzato Dair. "Deve essere sgradevole per voi."

"No! No, per niente. Mi piace... Voglio dire, mi piacete... Voglio dire la vostra redingote... La vostra redingote è molto piacevole."

Dair tenne la bocca cucita, con la mascella squadrata e gli occhi fissi in avanti, ma il panico nella voce di Rory mentre si correggeva lo fece sorridere tra sé.

Erano arrivati al basso muretto di pietra che divideva l'orto botanico da casa Banks. Invece di aprire il cancello e attraversarlo, Dair depose attentamente Rory sulla cima del muretto.

"Mi rattrista che vi abbiano impedito di sposare Lily Banks," disse Rory colloquialmente appoggiando il bastone al muretto. "Mi piace. È bella e non solo d'aspetto. Ha un buon cuore e un'anima gentile. Mi piace anche la sua famiglia. Sono persone piacevoli e ben intenzionate. Certo vi considerano parte della loro famiglia. E Jamie… è evidente che lo amate tantissimo. Tutto quello che conta è l'affetto profondo che voi, Jamie e la signora Banks provate l'uno per l'altro. In situazioni simili, la buona opinione della società vale tanto quanto una tazza di porridge freddo, no? Jamie vi assomiglia molto ma, e potete anche farvi beffe di me, assomiglia a come deve essere stato Charles alla sua età. Anche se i capelli di vostro fratello sono più fiammeggianti…"

"Charles…?"

Quando mugugnò, sorpreso, Rory aggiunse tranquilla: "Non era mia intenzione offendervi, milord."

"Non mi avete offeso, signorina Talbot."

Con un piccolo inchino, Dair si scusò e camminò per un tratto nel campo di fiori selvatici, roteando le spalle e allungando le braccia, come a liberarsi della tensione nei muscoli. Poi continuò a camminare, infilando le mani nelle tasche della redingote.

Poteva anche dire che non lo aveva offeso, ma Rory la pensava diversamente. Era sempre troppo sincera per il suo stesso bene. I suoi pensieri le uscivano dalla bocca senza la circospezione che suo nonno diceva le servisse. Il suo discorso ingarbugliato voleva rassicurare il maggiore che non era prevenuta sulla famiglia Banks o offesa perché aveva avuto un figlio con Lily Banks, o anche che stesse continuando ad avere una relazione con la signora Banks, di qualunque tipo fosse, non lo sapeva esattamente. Anche se, dopo aver passato qualche ora in sua compagnia, Rory si era convinta che lei e il maggiore non erano amanti e non lo erano dal matrimonio con suo cugino.

Lo vide voltarsi e tornare verso di lei, con una mano tra i capelli in disordine e fu a quel punto che le venne in mente. Perché era stato in sella tutto il giorno? E se era così, allora non la meravigliava che dovesse sgranchirsi le membra. Era stanco e indolenzito eppure si era preoccupato di riportarla al molo. E perché il volto e le mani erano leggermente abbronzati, come se avesse passato le giornate in un clima dove il sole brillava così forte da far diventare la pelle color caramello? Di certo non esisteva un posto di qua della Manica dove non fosse piovuto nell'ultimo mese, e dove avesse potuto abbronzarsi. Concluse che doveva essere rimasto assente dall'Inghilterra per almeno quattro settimane. Era quello il motivo per cui si era fatto crescere quella barba nera sul volto, come se non avesse avuto tempo o voglia di radersi per giorni? Oppure faceva parte di qualcosa di più misterioso, forse un travestimento.

Il sole brillante le fece socchiudere gli occhi e mettere una mano sulla fronte quando la raggiunse al muretto. Il maggiore si spostò sulla traiettoria dei raggi di sole per bloccare il riverbero, lasciandola all'ombra. Rory gli sorrise, tolse la mano che le schermava gli occhi e disse allegramente:

"Avevo sempre pensato che un ospite della Torre passasse la maggior parte della giornata in una cella buia e umida. Si vede proprio che noi all'esterno sappiamo ben poco di quello che succede all'interno della principale prigione per i traditori di sua maestà..."

Per un momento, Dair non capì di che cosa stesse parlando Rory. Aveva dimenticato che avrebbe teoricamente dovuto passare il mese appena trascorso nella Torre; anche se non aveva dimenticato che il suo attendente stava ancora languendo sotto chiave fingendo di essere lui. Non voleva mentirle, ma non voleva nemmeno rivelare il gioco.

"Perché lo dite, signorina Talbot?"

"Senza dubbio mio nonno potrebbe dirmelo. Conosce la storia della Torre e dei suoi ospiti quanto il palmo della sua mano. Forse agli ospiti della Torre non vengono forniti gli strumenti per radersi per paura che si feriscano o facciano del male ad altri, ma sono sicura che raramente i prigionieri appena liberati hanno un colorito sano come il vostro."

Dair alzò un sopracciglio scuro e folto con studiata sorpresa. "Davvero? Forse a me hanno permesso di fare esercizio nel cortile. Detesto essere rinchiuso, specialmente in piccoli spazi."

Gli occhi azzurri di Rory si strinsero e la sua voce assunse una nota di trionfo.

"Quand'anche fosse quello il caso, milord, del tempo in più nel cortile avrebbe solo significato più tempo inzuppato fino alle ossa e forse un raffreddore a causa del vostro bisogno di stare all'aperto. È piovuto in pratica per tutto il mese scorso... anche alla Torre. Le nuvole nere non si aprono per i traditori, anche se sono innocenti e le accuse solo uno stratagemma per fini superiori..."

Per un attimo Dair non disse niente e Rory si chiese se avrebbe confutato le sue affermazioni. Ma poi Dair le rivolse un sorriso smagliante e scosse la testa.

"Brava, signorina Talbot. Naturalmente non vi posso dire dove sono stato o che cosa stavo facendo."

"Oh, non mi interessa! Oh! No, non è proprio vero. Mi importa che siate tornato a casa sano e salvo, ma quanto a quello che stavate facendo e dove..." Finse di riflettere un momento sulla questione, arrotolandosi una lunga ciocca di capelli sul dito. "Non Parigi. Non faceva abbastanza caldo. E siete stato via poco più di un mese... Quindi non siete andato e tornato dai Caraibi... Direi qualche posto a sud della Manica, verso il Mediterraneo... Il sud della Francia? Spagna forse...?"

"Con questa barba, non vi biasimerei se pensaste che mi sono dato alla pirateria per mare o al contrabbando sulle coste della Cornovaglia."

Lo sguardo di Rory si puntò sulla punta delle dita di Dair che stavano lentamente accarezzando la guancia barbuta e desiderò poter allungare la mano e fare la stessa cosa. Si chiese come sarebbe stato baciarlo con la barba. Sarebbe stato meraviglioso come quella prima volta? I peli sul volto erano morbidi come quelli sul petto? Le avrebbero fatto il solletico o dato fastidio?

Smettila, Aurora Christina Talbot! I tuoi pensieri su quest'uomo non sono più deliziosamente peccaminosi, sono diventati ridicolmente ossessivi. Ti ha baciato una volta e adesso pensi che ci sia un qualche tipo di legame tra voi due? Non c'è. A prescindere da come ti senti tu, non è possibile che lui possa contraccambiare. Smettila di essere ingenua, piccola idiota!

Così diceva la voce della ragione. Ma non riusciva a farne a meno, specialmente con l'uomo davanti a lei in tutta la sua bellezza piratesca. Avrebbe tanto voluto sapere come sarebbe stato baciarlo con quella barba. Deglutì e strinse forte le labbra secche dicendo, con una risatina nervosa e una piccola scrollata di spalle, nel modo migliore che conosceva per sembrare indifferente: "Pirata. Selvaggio americano. Ufficiale dell'esercito di sua maestà. Contrabbandiere, forse... Mi chiedo quali altri travestimenti indossiate quando siete lontano dai salotti della buona società..."

"Vostro nonno dovrebbe pensare ad assumervi. Avete capacità di osservazione e ragionamento di prim'ordine."

Rory si illuminò a quel complimento, ma notò che la voce del maggiore era atona e che aveva brillantemente evitato di dare una risposta diretta. Inoltre, non aveva mostrato il minimo segno di riconoscimento quando aveva parlato di selvaggi americani. O era un attore eccezionale oppure era veramente stato completamente ubriaco quella sera nello studio di Romney. In ogni modo, la voce della ragione dentro di lei osò ripeterle compiaciuta che una tale mancanza di reazione era la riprova che lei per lui non significava niente.

"Non perché mi sia sforzata, ma ho imparato col tempo," disse Rory con un piccolo e inconscio sospiro di sconfitta in risposta alla sua vocina della ragione. "E per noia. Semplicemente non c'è molto altro da fare a balli e riunioni simili quando si è confinati su una sedia."

"Non potete ballare... mai?"

Rory sentì la nota di preoccupazione nella sua voce e la risvegliò dai suoi pensieri ossessivi. Le stava bene, per aver ascoltato i dubbi espressi dalla sua vocina interiore invece di concentrarsi sul presente! L'ultima cosa al mondo che voleva da lui era la compassione; la penultima, di apparire lacrimosa. Le accadeva raramente, se non mai, di autocompiangersi e non usava mai il suo piede malformato come scusa o come un modo per apparire interessante o per suscitare simpatia. Le avevano insegnato fin da giovane che attirare l'attenzione su di sé, in qualsiasi modo, era segno di estrema maleducazione. Dopo aver lasciato la nursery ed essere entrata in società, suo nonno l'aveva avvertita che era responsabilità sua mettere gli altri a proprio agio e assicurarsi che non si sentissero a disagio in sua presenza. Per farlo, doveva essere conscia delle sue limitazioni. Le aveva detto che era la ragazza più bella al mondo e che tutti se ne sarebbero presto resi conto, se fosse stata semplicemente se stessa.

Aveva creduto a suo nonno e si era comportata come le aveva consigliato. Ma ciò che non le era mai passato per la mente, finché non aveva posato gli occhi proprio su quell'uomo ora in piedi davanti a lei, era di porsi la domanda che si stava facendo in quel momento: l'avrebbero mai desiderata per se stessa?

"Avete ragione. Il nonno dovrebbe assumermi," rispose Rory, ignorando la sua domanda proprio come aveva fatto lui prima. "Le chiacchiere che potrei riferirgli dopo ore passate a osservare gli altri oltre il bordo della mia tazza di tè! Ma non serve che ve lo dica, vero? Sospetto che nel mestiere che vi siete scelto, dobbiate essere un maestro nell'osservare. Anche se, nel vostro particolare caso, siete bravissimo nel nascondere le vostre capacità."

"Nascondere le mie capacità?" Gli angoli della bocca tremolarono. "Ne ho più di una?"

Rory ignorò il suo tono frivolo, tirando mentalmente un sospiro di sollievo per il fatto che il maggiore non avesse insistito per sapere se poteva o no ballare, ed eccitata per averlo smascherato. Più ci pensava, più sapeva che la sua supposizione era giusta. Ricordava come l'avesse lasciata perplessa quando lo aveva osservato ai balli e alle riunioni dell'alta società dalla tranquillità della sua poltrona e dietro il ventaglio. L'impressione che ci fosse qualcosa nel modo in cui recitava un po' troppo bene la parte del buontempone. E la incuriosiva il fatto che suo nonno lo difendesse discretamente tutte le volte che gli ospiti a una cena osavano suggerire che il maggiore Lord Fitzstuart non fosse altro che un buffone arrogante e un idiota egoista, una disgrazia non solo per il suo sangue reale ma anche per i suoi augusti parenti, il duca di Roxton e la sua famiglia.

Si era sempre chiesta che legame ci fosse tra suo nonno e il compagno di scuola di suo fratello. Aveva pensato che suo nonno volesse semplicemente tenere paternamente d'occhio il maggiore, visto che il suo stesso padre aveva abbandonato la famiglia e il suo paese. Forse era vero, ma ora credeva che la loro relazione non fosse così semplice. Si sarebbe presa a calci per non aver sospettato prima che il maggiore fosse il *protégé* del capo dello spionaggio. Era perfettamente logico, e il maggiore recitava il suo ruolo a meraviglia.

"Tutte le spie si nascondono dietro una maschera, altrimenti non sarebbero brave, no?" Disse tranquillamente Rory e quando vide morire il sorriso sul volto del maggiore, finse di non notarlo, aggiungendo allegramente: "Saper osservare è un'abilità importante. Non molti riescono a fare bene due cose insieme, men che meno osservare una stanza piena di gente fingendo disinteresse. E voi siete particolarmente abile, perché in genere siete al centro dell'attenzione e quindi deve essere doppiamente difficile per voi." Rory piegò la testa e arricciò il nasino, pensierosa. "Avete imparato alla perfezione l'arte di apparire uno spaccone arrogante tanto da averla fatta vostra, e così la maggior parte della gente la prende per oro colato..."

"Oro colato? Avete di me un'opinione molto più alta di altri che ritengono di conoscermi meglio."

Rory fece spallucce. "Perché la vostra famiglia, gli amici e i conoscenti dovrebbero pensare che non siete come apparite? Si può sfidare il maggiore Lord Fitzstuart a qualunque scommessa, deve vincere a tutti i costi e recita la parte del grosso attraente buffone in modo così convincente che nessuno mette in dubbio la sua interpretazione. La società raramente guarda oltre la superficie. Preferisce credere che le risposte più salaci siano quelle giuste e non cambia opinione una volta che se l'è fatta. È così che una donna dolce e di buon carattere può essere marchiata come una sgualdrina per tutta l'eternità quando, da ragazza, ha fatto l'errore di innamorarsi di un bel ragazzo fuori dalla sua portata matrimoniale e di conseguenza ha avuto suo figlio fuori dal vincolo matrimoniale."

Dair fu sorpreso dal suo acuto e succinto riassunto. Sapeva che si stava riferendo a Lily ed era d'accordo con lei, ma tutto quello che disse fu: "Grazie, signorina Talbot, vi siete spiegata."

"Non c'era cattiveria nel mio discorso, milord."

Dair la guardò negli occhi e Rory lo fissò apertamente e senza malizia. Era un cambiamento così gradito dalla maggioranza delle donne cui si era accompagnato, sia nei loro letti sia in società. Anche le donne della famiglia Banks, cui avrebbe affidato la sua vita, gli dicevano quello che pensavano volesse sentirsi dire. Ma Aurora Talbot era incurabilmente sincera e dubitava che sarebbe riuscita a inventarsi una bugia anche se avesse tentato. Comunque, a dispetto della sua sincerità, nonostante ciò che pensava di sapere di lui, era stato all'erta per troppi anni oramai e non aveva intenzione di aprirsi in nessun modo o forma davanti a una ragazza di cui aveva letteralmente ignorato l'esistenza fino a poco tempo prima, nonostante la buona opinione che aveva di lui. Inoltre, la conversazione stava diventando troppo seria e rilevante per i suoi gusti. Quindi, per prenderla in giro disse: "Forse ho ignorato la mia vera vocazione? Dovrei calcare le tavole del palcoscenico...?"

"Oh, ma voi siete al centro della scena tutte le volte che entrate in una stanza. Non c'è una sola testa, maschile, femminile o incipriata, che non si volti nella vostra direzione quando annunciano il vostro nome. E a quel punto comincia la vostra recita!"

Dair sorrise.

"Come siete intelligente!" E le rivolse un profondo inchino. "Se si deve dare spettacolo il pubblico è indispensabile e non c'è niente di meglio di un adorante pubblico femminile."

Rory abbassò gli occhi sui guanti di cotone a fiori intonati al vestito e lisciò un'immaginaria grinza, pensando al benvenuto entusiasta che aveva ricevuto dalle ballerine nello studio di Romney. Respirò a fondo e compose il volto in un sorriso, con uno scintillio negli occhi e una fossetta sulla guancia.

"Non dovete darvi tanto da fare. Potreste restare fermo in mezzo a una stanza, senza fare e dire niente, e il vostro adorante pubblico femminile sarebbe comunque più che soddisfatto. Proprio come una statua di marmo, o un dipinto a figura intera di Sir Joshua o del signor Romney. Mi fa pena lo sproloquio di quei poveri poeti che tentano di competere con la festa che voi offrite agli occhi."

A quel punto Dair gettò indietro la testa e scoppiò a ridere di cuore. Quando riuscì a parlare di nuovo, si avvicinò eliminando lo spazio tra di loro. Appoggiò le mani sul muretto ai due lati delle sue sottane, si chinò verso di lei, con gli occhi allo stesso livello, a pochi centimetri di distanza. Era così vicino che Rory vide che le sue pupille si erano dilatate, facendo diventare i suoi occhi neri come il carbone.

"Mia cara signorina Talbot," disse soavemente, "scommetto una ghinea che tutte le volte che ho fatto il mio ingresso in un salotto, vi prudevano le mani dalla voglia di farmi inciampare con il vostro bastone."

"Perché dovete credermi così maligna?" Gli chiese dolcemente Rory, con gli occhi fissi in quello sguardo di ossidiana.

"È proprio quello. Siete la persona meno maligna che conosca." Le rivolse un mezzo sorriso. "Farmi sbattere il muso per terra darebbe almeno a qualche altro arrogante spaccone la possibilità di essere al centro della scena."

"Ma farvi inciampare priverebbe il vostro adorante pubblico femminile del suo spettacolo. Non potrei mai essere *così* cattiva con *loro*."

"*Touché*, signorina Talbot."

"Anche se… ho una confessione da farvi," aggiunse Rory esitante e un po' senza fiato perché lui continuava a fissarla negli occhi. "C'è stata più di un'occasione in cui avrei voluto farvi inciampare, ma…"

Dair trattenne il fiato, sperando senza speranza che non avrebbe menzionato lo studio di Romney. Guardare nei suoi franchi occhi azzurri stava distruggendo le sue difese ed era arrivato al punto di volerle confessare tutto.

"… ma il mio impulso era puramente egoistico, quindi me ne sono astenuta."

Dair si chinò ancora più vicino. Inconsciamente Rory lo imitò avvicinandosi. Rimase lo spessore di un capello tra di loro.

"Avreste dovuto essere egoista molto tempo fa, signorina Talbot…"

SEDICI

Rory quasi non riusciva a respirare. Era tornata quella pressione al petto, come se il suo cuore fosse troppo grande per stare nelle costole e le era tornata quella sensazione di formicolio nelle membra. Dair sapeva quanto erano vicine le loro bocche? E poi lo sentì premere gentilmente contro gambe e le sue ginocchia si aprirono per volontà propria, permettendogli di avvicinarsi al muretto.

Rory batté le palpebre e inspirò bruscamente, sbalordita. Eppure non si spostò per rimediare alla propria immodestia. Fu scandalizzata, tanto da restare immobile, che lui fosse in piedi tra le sue gambe aperte, all'aria fresca di un giardino pittoresco. Per il bene della propria reputazione e per il decoro, avrebbe dovuto spingerlo via più forte che poteva e riunire immediatamente le ginocchia. Ma era stata in una posizione tanto più compromettente con lui quando erano avvolti dalla tenda, con lui nudo eccetto un perizoma di pelle tra le gambe, che mostrarsi oltraggiata ora non solo sarebbe apparso ridicolo ma piuttosto insincero.

Quindi lasciò che la propria reazione fosse istintiva invece di fare quello che avrebbe dovuto. Chiuse effettivamente le gambe, le chiuse intorno a lui e le ginocchia trovarono un ancoraggio, stringendosi ai lati dei fianchi stretti di Dair. E una volta ancorate le ginocchia, i piedi si avvolsero intorno alle cosce e si bloccarono lì, e non lo lasciarono andare. Le gambe potevano anche essere nascoste da metri e metri di tessuto, ma non era possibile nascondere l'intima vicinanza dei loro corpi. Non importava che Dair continuasse ad avere le mani appoggiate di piatto sul muretto di pietra e che Rory tenesse le sue unite in grembo, o che fossero completamente vestiti. Dalla vita in giù adesso erano uniti e Rory non conosceva un altro posto dove avrebbe voluto essere.

E adesso lui l'avrebbe baciata. Era di certo quello che volevano entrambi, no? Lei voleva disperatamente baciarlo e se lui non avesse preso in fretta l'iniziativa, Rory era sicura che sarebbe svenuta per l'ansia. Non poteva baciarlo lei per prima. Le donne, le dame ben educate, in particolare le vergini, non prendevano l'iniziativa. Farlo avrebbe portato a ipotesi e congetture non necessarie. Le donne ben educate aspettavano di essere baciate. Aspettavano di essere notate. Potevano anche passare l'intera vita aspettando, ma era quello che dovevano fare.

Ma la sua vocina *e se* osò suggerirle che avrebbe semplicemente dovuto baciarlo lei per prima. E se lui stesse proprio aspettando che lei lo facesse? Eccola di nuovo con i suoi *e se*! *Idiota*! Uomini come il maggiore non aspettavano niente e nessuno. Se avesse avuto voglia di baciarla lo avrebbe fatto nel prossimo minuto, o non l'avrebbe fatto del tutto. Forse stava solo scherzando con lei? Era possibile che avesse orchestrato tutta quella scena intima solo per darle una lezione per averlo chiamato grosso attraente buffone e spaccone arrogante. Ma certo aveva capito che lo aveva inteso come complimento alle sue capacità di recitazione.

Quindi continuò ad aspettare e a rimuginare, senza rendersi conto che aveva il fiato corto e il volto arrossato dal desiderio.

Anche se non poteva leggere i dubbi e i desideri di Rory, Dair era ben consapevole della sua presenza in ogni altro senso. Desiderava baciare dappertutto quella deliziosa bella creatura, con il nasino elegante e i grandi occhi azzurri, a cominciare dalla sua bocca così invitante. Poi le avrebbe tolto il leggero fichu che nascondeva la profonda scollatura quadrata del corpetto, per esporre e poi succhiare i suoi seni divini e bearsi del suo profumo: un miscuglio inebriante di delicata vaniglia e dolce lavanda ma più di tutto il profumo che era solo suo, tenero, sincero e adorabile.

Era consapevole di essere intrappolato tra le sue gambe, allargate e premute contro i suoi fianchi, gambe avviluppate intorno alle sue cosce, e sorrise tra sé. Tutto quello che c'era tra lui e il paradiso erano gli strati di cotone delle sottane a fiori di Rory. Con suo sommo sollievo, la bestia sonnecchiante, che aveva passato tre apatiche settimane in Portogallo, si era finalmente svegliata e minacciava di trasformarsi in un turgore straziante che avrebbe avuto la meglio sul suo buon senso, disperdendo ai quattro venti ogni cautela. Poteva anche tenere le mani ferme sulle pietre ai lati dei pannier di Rory, ma quello che bramava era non solo baciarle la bocca, ma aprire la patta dei pantaloni, rialzare le sottane sulle cosce dalla pelle di seta e curare lì, immediatamente, la sua temporanea e preoccupante impotenza. Una volta soddisfatto, avrebbe potuto tornare alla strada che preferiva: portarsi a letto belle donne con abbandono lascivo.

Eppure, contrariamente all'opinione popolare, non era un donnaiolo senza coscienza che seduceva le donne pensando solo al suo piacere e al diavolo le conseguenze. La verità era che dopo aver ricevuto la sconvolgente notizia, alla tenera età di diciassette anni, che sarebbe diventato padre, le possibili conseguenze della soddisfazione dei suoi appetiti carnali non erano mai assenti dai suoi pensieri. Quindi permetteva di dividere il suo letto solo a donne vissute, donne sposate che avevano già compiuto il loro dovere nei confronti dei loro mariti e a quelle che pagava e che sapevano come impedire la naturale conseguenza di un accoppiamento.

Fu il ricordo di questo criterio di scelta personale per un'amante adeguata e il fatto terrificante che Rory fosse una giovane donna senza alcuna esperienza che misero a tacere i suoi istinti più bassi. Non aveva intenzione di corrompere l'adorabile signorina Aurora Talbot. Un semplice bacio sarebbe bastato. Si rendeva ovviamente conto che i suoi pari avrebbero considerato non degno di un gentiluomo anche solo un bacio con una donna nubile di buona famiglia e di reputazione ineccepibile. Ma si autoconvinse che la signorina Talbot era una donna ragionevole e intelligente che avrebbe riconosciuto quel bacio per ciò che era: un fuggevole flirt primaverile. Proprio come si era comportata in modo ragionevole dopo il loro incontro allo studio di Romney, avrebbe tenuto per sé quel bacio, cosa per cui Dair le sarebbe stato eternamente grato.

Le sorrise guardandola negli occhi, anticipando il piacere di quel bacio, e quando Rory gli restituì il sorriso, fu tutto l'incoraggiamento che gli serviva. Ma diversamente dal suo comportamento nello studio del pittore, quando l'aveva scambiata per una bella prostituta in cerca di un nuovo benefattore e l'aveva trattata di conseguenza, ora era deciso a dimostrarle che poteva essere gentile e considerato e a trattarla con il rispetto dovutole come socialmente sua uguale. Soprattutto, voleva che lei apprezzasse il bacio quanto lui e portasse con sé un piacevole ricordo di quel breve incontro.

Deliberato nei movimenti, dicendosi che non voleva spaventarla facendole paventare che intendesse trattarla in modo diverso che con galante riverenza, le accarezzò teneramente la guancia arrossata prima di metterle dietro l'orecchio una ciocca di capelli biondo paglia che si era sciolta. Quando le sorrise guardandola negli occhi la vide deglutire. Forse deliberatamente o per nervosismo, Rory si passò la punta rosa della lingua lungo il bordo del labbro superiore, con gli occhi fissi sulla bocca di Dair, e fu il segnale di cui lui aveva bisogno per sapere che aveva il suo permesso di premere la propria bocca su quella di lei.

Le prese finalmente il volto tra le sue grandi mani e la baciò.

LE MANI DI RORY SCIVOLARONO SUL MORBIDO VELLUTO DELLA redingote e intorno al collo per tenerlo stretto, con le dita tra i capelli lunghi fino alle spalle, piegando il capo per far posto al suo naso mentre lui premeva le labbra sulle sue. Era decisa ad assaporare ogni secondo del loro bacio e fu lietamente sorpresa che la barba non fosse ispida ma setosa e vellutata, come il tessuto morbido della redingote. I peli neri della barba le accarezzarono la pelle mentre si baciavano e le accesero i sensi. Si sentiva fremere dappertutto. Le piaceva molto quella barba. Ma ciò che la sorprese perfino di più fu come Dair fosse gentile, come il bacio fosse esitante.

Era così diverso da quello che si erano scambiati nello studio di Romney che Rory si chiese se Dair si stesse pentendo del bacio. La prima volta che si erano baciati era stato con tutto l'entusiasmo di un uomo che la trovava desiderabile. Ora la scintilla di desiderio sembrava quasi spenta. E proprio quando lei cominciò a sciogliersi tra le sue braccia, Dair la spense del tutto interrompendo il bacio. Con le guance in fiamme per la vergogna, pensò che Dair doveva essersi reso conto che non era minimamente attratto da lei da sobrio. Eppure lui non si tirò indietro, ma continuò a fissarla, come se le stesse chiedendo una spiegazione.

Come doveva reagire una persona come lei, completamente nuova a situazioni simili? Non era mai stata lasciata da sola con un uomo che non fosse un parente stretto, men che meno era stata baciata da qualcuno, finché il più bell'uomo di Londra aveva fatto diventare i suoi sogni realtà. Riconosceva di essere stata una partecipante volontaria a quel bacio ma, senza esperienza di rifiuti e di come districarsi con dignità, rimase immobile, indecisa. Mortificata da una simile debolezza di carattere, Rory era sull'orlo delle lacrime.

Com'era possibile essere così incapace? Perché si era innamorata di quell'uomo? La pressione che sentiva in petto e il cuore che batteva forte tutte le volte che lo vedeva ne erano la conferma. Perché doveva essere *quest'uomo* di cui conosceva la fama con le donne e che chiaramente non teneva a lei oltre l'ordinario? E ora che la conosceva per ciò che era, una *ingénue* passabilmente carina, che non avrebbe mai ballato e che non sarebbe mai stata un'elegante donna di mondo, probabilmente l'aveva baciata per pietà, e pensarlo le dava la nausea.

Lentamente tolse le mani dalle sue spalle e le lasciò ricadere in grembo. Ma quando fece per togliere le gambe, allentando la pressione delle ginocchia sui fianchi di lui, con il volto rosso per l'umiliazione di essersi resa conto di come fosse finita in basso, Dair la sorprese afferrandola per le braccia senza lasciarla andare.

Rory alzò gli occhi e rabbrividì per l'intensità dei suoi occhi neri e la smorfia che aveva sul volto. Che pensieri gli passavano per la bella testa? Stava cercando le parole giuste per chiederle scusa per il suo comportamento? Non voleva sentirle! Non voleva il suo rimorso e certamente non voleva la sua pietà. Decisa a mantenere la dignità, Rory strinse le labbra e lo guardò francamente, senza battere gli occhi e fissando la sua smorfia. Disse in silenzio una preghiera, sperando che le lacrime che si stavano raccogliendo dietro i suoi occhi non cadessero per aggiungere dolore alla sua vergogna.

Ma Dair la sorprese di nuovo allentando la stretta sulle sue braccia mentre il volto si schiariva. Rory vide un'espressione difficile da decifrare passargli sul volto. Era come se qualcosa si fosse finalmente chiarito, una rivelazione così profonda che perfino lui era rimasto sorpreso da quella scoperta. Lentamente, la percorse con lo sguardo, seguendo le mani che scivolavano lungo le braccia sottili fino alla cascata di pizzi ai gomiti, prima di continuare sui guanti, sulle dita, per poi afferrarle le mani. Vide muoversi il suo pomo d'Adamo mentre deglutiva, poi la mascella che si contraeva, come se fosse arrivato a una decisione difficile, che aveva comunque preso. Quale fosse quella decisione non riusciva nemmeno a immaginarlo. Aspettò che parlasse, respirando piano. E quando lo fece, Dair non le fornì una spiegazione o parole di scusa e certamente nulla che le rivelasse i suoi pensieri.

La lasciò sconcertata e alla deriva.

"Oh diavolo…" Mormorò Dair. "Diavolo e dannazione…"

Furioso per aver dato voce alla sua frustrazione per la sua incapacità di articolare i suoi pensieri in un modo che riuscisse a trasmettere la natura sconvolgente della sua rivelazione, Dair rinunciò al tentativo. Forse non era in grado di spiegarle come si sentiva, ma certamente poteva dimostrarglielo. Quindi la baciò di nuovo.

Con le mani intorno alla vita sottile, premette le labbra sulle sue, senza più reticenza.

Ardente e divorante, il bacio non lasciò alcun dubbio a Rory sul suo desiderio. E se respirò, non ne fu cosciente. Se pensò a qualcosa, fu che aveva sognato quel momento, quel particolare bacio e con quel particolare uomo, sin da quando aveva tredici anni, quell'estate in cui Alisdair Fitzstuart era venuto, in uniforme, a congedarsi da suo nonno e suo fratello.

Senza più il senso del tempo e dello spazio, era consapevole solo della bocca di Dair, dell'insistenza indugiante della sua lingua e del modo meraviglioso in cui la faceva sentire. Si sentiva debole eppure era più viva in tutto il corpo di quanto lo fosse mai stata. Desiderava che la sollevasse e la portasse in un posto ombroso sotto gli alberi e che si stendesse con lei tra i fiori selvatici. Voleva che si svestisse davanti a lei, così da poterlo ammirare di nuovo nudo, questa volta completamente; e voleva accarezzarlo, dappertutto. Più di ogni altra cosa, voleva che facesse l'amore con lei come la coppia negli arazzi del tempietto, i corpi nudi senza vergogna e allacciati, e presi da una passione senza confini.

Ma non lì. Non sul terreno di casa Banks. Non a così poca distanza dalla casa dove vivevano suo figlio e la donna che lui avrebbe sposato, se altri non l'avessero considerata un'unione inadatta. Non con qualcuno che lo chiamava da lontano, in modo così insistente, come un servitore che grattasse la porta per qualche motivo urgente, e che non se sarebbe andato via per quante volte glielo ordinassero. Ma... il vecchio Bert non era uno dei servitori di suo nonno... Perché avrebbe dovuto chiamare lei e sua signoria...

L'incantesimo si ruppe.

Premendo forte una mano sul petto di Dair, Rory districò le gambe dal loro ancoraggio intorno alle sue cosce, staccò la bocca dalla sua e si sedette diritta. Gli diede un'occhiata di avvertimento poi chinò la testa, con le mani raccolte in grembo e le dita strettamente intrecciate. Non sapeva perché avesse abbassato la testa in quel modo così codardo, poiché non si vergognava di averlo baciato. Era stata una reazione istintiva, come se fosse stata colta a essere terribilmente peccaminosa, anche se non era assolutamente così che si sentiva. Eppure si rese conto che era quello che i suoi gesti gli avevano fatto intendere perché Dair le tolse le mani dalla vita e fece un passo indietro dal muretto e da lei, con una frase inarticolata di scusa che Rory non colse, tanto era assorbita dalla sua stessa codardia, anche se la sincerità delle scuse era abbastanza chiara nel tono di voce del maggiore.

Se fosse stata attenta, non solo all'essenza delle sue scuse ma alle reali parole che aveva pronunciato, si sarebbe resa immediatamente conto che era successo qualcosa di portentoso, ben oltre il bacio che si erano scambiati. L'aveva chiamata Delizia, come aveva fatto nello studio di Romney. Fu solo più tardi, quando il signor William Watkins e suo fratello arrivarono sulla scena, che ricordò le scuse di Dair e l'uso del nomignolo Delizia, e cambiò tutto.

Intanto, seduta sul muretto di pietra tra l'orto botanico e casa Banks, Rory era troppo presa a salvare la dignità che le era rimasta. Alzò lentamente le mani e si dedicò al banale compito di lisciare e appuntare i capelli in disordine, senza dare al maggiore una seconda occhiata. Ciononostante era acutamente conscia della sua vicinanza, del fatto che il suo odore mascolino indugiava ancora e che il sapore salato di lui le era rimasto sulla lingua, e il suo volto assunse la tonalità colpevole di un melograno.

Ancora ebbro di desiderio e preso dal momento, Dair fu lento a reagire al rifiuto. Respirando affannosamente, la fissò, confuso, senza capire perché Rory avesse interrotto un bacio così perfetto e meraviglioso. Era stato troppo insistente? Avrebbe forse dovuto essere più gentile? Lei era giovane e inesperta... Doveva essere quello. Doveva procedere un passo per volta. Il suo ardore doveva averla spaventata. Dio, era stato uno sconsiderato, una testa di legno! Meditando, si portò una mano alla guancia e sentì i peli sotto le dita. Fece una smorfia, ma gli diede un'idea. E se fosse stata la barba il motivo per cui si era tirata indietro? Non l'aveva fatto nello studio di Romney, al contrario! Allora perché adesso? Doveva essere tutto quel pelo in volto. Dannazione! Avrebbe dovuto rasarsi a Portsmouth prima di partire. Ma aveva avuto troppa fretta di arrivare a casa e passare la giornata con suo figlio, il giorno del suo compleanno. E non era riuscito a far bene nemmeno quello! Che idiota!

Una volta di troppo a recitare la parte di Rodomonte, l'eroe spaccone di Ariosto, ed era diventato come lui. Per la prima volta nella sua vita era non solo irritato ma si vergognava per aver permesso al suo desiderio e al suo affare di dettare le sue azioni.

Sentiva il bisogno travolgente di abbracciarla e consolarla, di parlarle delle sue intenzioni, ma non era il momento; e lei non gli avrebbe probabilmente creduto, viste le sue azioni.

Quindi si allontanò dal muretto con un inchino rispettoso, con la mano nella tasca della redingote che teneva stretto l'astuccio portasigari d'argento e mormorando una frase di scusa che gli uscì dalla bocca prima che potesse riflettere. E fu allora che anche Dair sentì il suo nome e si voltò in fretta, scoprendo il vecchio Bert che si affrettava attraverso il campo aperto, tenendo in mano un cappello di paglia con la tesa larga e nastri azzurri di seta che svolazzavano nella brezza. Il vecchio servitore era rosso in faccia e ansimava. Doveva aver corso per tutta la strada.

Quando lo raggiunse, il vecchio Bert gli porse il cappello con un cenno della testa poi abbassò gli occhi sull'erba, senza uno sguardo a Rory. Il suo comportamento furtivo era una prova sufficiente che era stato testimone della loro intimità. Che restasse dov'era dopo essere stato congedato fece avvicinare Dair, che si rese conto che l'uomo voleva dirgli qualcosa. Sperava solo che, avuto il permesso di parlare, il vecchio Bert avesse l'accortezza di restare cieco come ogni buon servitore, e che non avesse l'intenzione di parlare dell'ovvio.

"Chiedo scusa a vostra signoria. C'è un gentiluomo dall'altra parte del giardino che sta guardando, l'ho visto dagli alberi, quando ha sporto la testa sopra la siepe. È il motivo per cui vi ho chiamato in quel modo. Non intendevo mancarvi di rispetto od offendervi."

"Nessuna offesa. Com'era?"

"Volto affilato, occhi piccoli, capelli stravaganti."

"Alto o basso?"

"Basso."

"L'avevi mai visto prima?"

Il vecchio Bert scosse la testa calva.

Allora non era Grasby. Non che il suo miglior amico fosse tipo da nascondersi tra i cespugli. Se fosse stato Grasby, avrebbe marciato direttamente fino a lui, strappato via sua sorella e gli avrebbe dato un meritato pugno sul naso. Grasby non era un codardo, e non era basso. Ma conosceva qualcuno che faceva parte del gruppetto sul battello di Shrewsbury che era sia basso sia codardo. Sperava che l'intuizione si rivelasse giusta. Non vedeva l'ora di 'sistemare' la cravatta di quella Faina invadente.

"Questo guardone ha muscoli degni di nota? Devo prepararmi?"

Il vecchio Bert fece un verso di scherno ed espose il suo sorriso sdentato. "Proprio no, milord! È un pappamolle se mai ne ho visto uno. Non che ne abbia mai visti. Ma lo riconoscerei se lo vedessi, e quello è proprio così. Dovrete solo dargli un colpetto con il dito e andrà giù in un attimo, con le mani sopra la testa e piagnucolando come una ragazzina!"

"Questo in pratica descrive la Faina. Bene. Eviterò di rovinarmi la pelle appena ricresciuta sulle nocche. È ancora tra i cespugli?"
"No, milord. Appena avete voltato le spalle si è fatto vedere…"
"Già."
"… ed è andato direttamente dalla vostra innamorata, dov'è adesso e sta conversando."

Dair resistette al desiderio di voltarsi. Alzò un sopracciglio scuro davanti all'uso di quel termine per la signorina Talbot da parte del vecchio, senza fare commenti. Giocherellando con i nastri azzurri del cappello di paglia di Rory disse tranquillamente: "Avvertite Jamie che tornerò tra un quarto d'ora. E la signora Banks può svuotare le mie sacche. Ci sono un paio di bottiglie di porto, una rete piena di arance per i ragazzi e una montagna di roba da lavare. E i rasoi devono essere affilati."

"Provvederò io ai rasoi per vostra signoria!"

Dair non ebbe il coraggio di deludere il vecchio servitore. Avrebbe affrontato in un altro momento lo sdegno di Farrier per aver permesso a un altro di avvicinarsi agli strumenti da toeletta del suo padrone. Per ora doveva solo liberarsi di quella barba, di modo che la signorina Aurora Talbot non avesse scuse per non baciarlo ancora. E l'avrebbe baciata ancora, ne era certo, come sapeva che il giorno segue la notte. E la prossima volta non ci sarebbero state scuse, né interruzioni, e nessun guardone come la Faina nei cespugli.

Aspettò che il vecchio Bert tornasse fischiettando verso casa Banks per la strada da dove era venuto, pensando al modo migliore di affrontare William Watkins e la sua propensione per la perfidia.

Poteva anche riferirsi al suo vecchio compagno di scuola di Harrow con il soprannome di Faina che gli era stato dato da ragazzo, ma quell'uomo non era una faina, era un serpente. Era un codardo baciapile che pugnalava alle spalle e che si era fatto strada strisciando durante la scuola e aveva fatto la stessa cosa per diventare il compiaciuto signor sotutto segretario del capo dello spionaggio inglese, e grazie al matrimonio di sua sorella con Grasby.

Quell'uomo non meritava di mettere le sue ginocchia nodose sotto la scrivania di segretario di Lord Shrewsbury, dove aveva accesso a tutti i segreti, di stato e personali; in particolare quelli personali. Per Watkins non esisteva un'alta causa morale. Non era un funzionario altruista che faceva la sua parte per il suo paese. Non era motivato dal senso del dovere o dall'imperativo di tenere lontana la tirannia del papa dall'Inghilterra, o dal bisogno patriottico di mantenere il diritto di ogni inglese di vivere nel paese dalla mentalità più liberale sulla terra. E certamente non si era mai offerto di sporcarsi le mani eseguendo missioni sotto copertura, niente che andasse oltre le carte sulla sua scrivania.

Dair si era chiesto come mai una persona della scaltrezza e intelletto superiore come Shrewsbury potesse impiegare un uomo così egocentrico, solo per essere illuminato dal capo dello spionaggio, che gli aveva detto che sapeva esattamente che tipo di persona aveva assunto, e che era meglio avere un serpente vicino che permettergli di strisciare via nell'erba alta senza conoscerne i movimenti, senza quindi poter sapere quando avrebbe colpito.

Ora, raddrizzando le spalle, Dair si preparò a recitare la parte dello spaccone arrogante. Non mancava mai di mettere a disagio Watkins, che si aspettava violenza fisica da un momento all'altro. Ma quando si voltò per tornare verso il muretto, tenendo per i nastri azzurri il cappello di paglia a tesa larga, si trovò di fronte uno spettacolo stupefacente.

Il signor William Watkins stava facendo del suo meglio per tenere la mano della signorina Talbot mentre lei era altrettanto decisa che le lasciasse andare le dita. E quando l'uomo si alzò dalla sua posizione inginocchiata per lanciarsi sulla signorina Talbot, mentre lei tendeva in avanti le mani per tenerlo a distanza, la messinscena che Dair aveva avuto intenzione di recitare scoppiò come una bolla di sapone.

Si mise a correre, preso dal bisogno primitivo di proteggerla, senza tener conto delle conseguenze per sé. Era un istinto che aveva provato per la prima volta quando era nato suo figlio e più di recente a Brooklyn Heights, quando aveva messo in salvo una vedova realista e i suoi due figli piccoli in mezzo al fuoco della battaglia. Ma ora c'era qualcosa di nuovo in quel miscuglio di emozioni, qualcosa che non aveva mai sperimentato prima, qualcosa che lo sorprese e lo irritò ancora di più. Era possessivo, irosamente possessivo.

Nessuno poteva toccare ciò che era suo... *nessuno*.

DICIASSETTE

Come fosse finito il signor William Watkins in ginocchio davanti a Rory, con un furibondo Dair Fitzstuart che avanzava minacciosamente verso di lui come un toro ferito, si poteva capire andando alla conversazione che aveva avuto con Drusilla, Lady Grasby, un'ora prima.

Fratello e sorella avevano condiviso il pasto nell'opulenta cabina del battello di Lord Shrewsbury. Le tende di damasco color oro erano chiuse sulle finestre oltre le quali i rematori in livrea stavano mangiando, mentre le finestre della cabina che davano sulle barche che affollavano il Tamigi erano aperte per lasciar passare una piacevole brezza.

C'era abbastanza da mangiare e bere per sei, ma Lady Grasby e il signor Watkins erano gli unici seduti a mangiare piselli, insalata mista, una terrina d'oca, vassoi di formaggi e frutta di stagione. Mangiavano in silenzio, con il sottofondo delle risate e della conversazione dei loro servitori, che stavano facendo un picnic sulla riva all'ombra dei salici. Tutta quell'allegria serviva solo a sottolineare l'irritazione e l'imbarazzo dei fratelli per essere stati abbandonati da Lord Grasby e da sua sorella.

"Capisco che tu continui a essere irritata con tuo marito per il suo comportamento nello studio di Romney," disse William Watkins, spingendo da parte il piatto vuoto di Worcester, "ma devi trovare la forza di perdonarlo *e* dimenticare. Se non lo farai, non ci sarà un erede e ti ritroverai divorziata ed entrambi noi in disgrazia."

"*Divorziata?*" Lady Grasby si raddrizzò, con gli occhi sgranati per lo spavento. Deglutì; le dita strinsero forte le bacchette laccate di nero del ventaglio cinese. "Io non voglio divorziare da Grasby. Mi piace essere sua moglie. Lui mi piace. Potrei perfino essere innamorata di lui... E voglio essere la contessa di Shrewsbury, William. *Devo* esserlo."

"Allora dagli un figlio, non importa il sesso, maschio o femmina per il momento andranno bene. Ecco quanto sei caduta in basso nella stima di Lord Shrewsbury. Un figlio gli dimostrerà che sei in grado di procreare e ridurrà il solco tra di voi. Quando arriverà il figlio tanto atteso, sarai per sempre nel cuore e nella vita di Grasby. A quel punto niente potrà toccarti. Sarai la contessa di Shrewsbury, mia cara."

"È tutta colpa di *quell'uomo*, William. Se Fitzstuart fosse morto in battaglia, Grasby avrebbe potuto piangere il suo amico, e la nostra vita senza di lui sarebbe stata semplicemente meravigliosa. Non è da cristiani dirlo ma è così che mi sento. Ero così felice quando si è unito al suo reggimento nelle colonie e ci ha lasciati soli. Ho pregato, sì, *pregato* che non tornasse! L'ultima cosa che mi aspettavo era che tornasse a casa come eroe di guerra. *Quell'uomo* mi ha fatto diventare una persona cattiva, William. Per favore, ti prego, dimmi che non è colpa mia."

William Watkins diede un'occhiata ai due muti servitori, che restavano a testa alta con gli occhi fissi in avanti, e disse gentilmente: "Siamo d'accordo su questo punto. Ma ha la fortuna del diavolo e c'è poco da fare contro quella." *Eccetto farlo avvelenare, o accoltellare a morte in un bordello mentre sta dormendo dopo una notte di dissolutezza*, gli disse la sua vocina interiore, alimentata dal chiaretto. *Ma sei pietrificato dalla paura che ti scoprano. E ti scoprirebbero sicuramente. Anche nella morte la fortuna sarebbe dalla parte di quell'idiota del favorito di Shrewsbury, il maggiore Lord Fitzstuart.*

Il signor Watkins ricordò le missioni sotto copertura che Lord Shrewsbury aveva affidato al maggiore Lord Fitzstuart, e come lui fosse sopravvissuto tutte le sacrosante volte, nonostante i pericoli e i rischi per la sua vita. Nessuna ferita alle sue atletiche membra, e le piccole cicatrici sulla guancia e sul mento avevano solo migliorato il suo aspetto da dio greco. Era convinto che Fitzstuart avesse venduto l'anima al diavolo e che un giorno il diavolo sarebbe venuto a reclamarla.

"Ho riflettuto molto sul problema dell'indebita influenza del maggiore su tuo marito e sono arrivato a una soluzione che, ne sono sicuro, approverai con tutto il cuore." William Watkins non poté fare a meno di sorridere compiaciuto. "Qualunque sia l'effetto di Fitzstuart e della gente come lui su Grasby, è controbilanciato dai ragionevoli e amorevoli consigli della signorina Talbot. Con attente cure e la mia influenza, in qualità di marito della signorina Talbot, dovremmo essere in grado di rimuovere l'influenza del maggiore."

"*Aurora*? Aurora sposata a te..." Lady Grasby sbatté gli occhi per la sorpresa. Non le era mai passato per la testa. Ma ora che suo fratello l'aveva suggerito, le sembrava perfettamente sensato. "William! Oh! Sì! *Sì*! Sarei tanto felice di avere Aurora come sorella! E Grasby la ascolta molto più di chiunque altro; più di me! E con te come suo marito... Oh, per favore, dimmi che sei serio. Che non è un capriccio. Con la tua ricchezza e la tua posizione nel governo, potresti sposare qualunque donna, bella e ricca. Ma scegliere Aurora... Penso che piangerò per la felicità."

Watkins alzò una mano in un gesto di modestia, anche se il suo sorriso indicava abbastanza chiaramente che era contento della sua reazione calorosa, e indicò a un servitore di mettergli vicino il decanter di cristallo. Era una giornata così calda...

"Mia cara, il tuo sostegno mi fa veramente piacere. Ammetto che la prospettiva di avvicinare la signorina Talbot e di chiedere il consenso a Lord Shrewsbury mi rendono terribilmente nervoso. È per questo che sono pieno di chiaretto fino alle orecchie. So di non essere niente fuori dall'ordinario. Sei mia sorella quindi hai il dovere di pensare il contrario, ma..."

"Oh, zitto. Lord Shrewsbury può solo esserti eternamente grato se sei pronto a sposare Aurora. In privato abbiamo sempre creduto tutti che nessuno avrebbe mai chiesto la sua mano, perfino Lord Shrewsbury. In quanto alle idee romantiche di Grasby, che un giorno sarebbe arrivato un gentiluomo che l'avrebbe amata per se stessa, sono solo un mucchio di sciocchezze. Ha un bel volto e un pedigree eccellente, certo, ma svanisce tutto quando fatica ad alzarsi in piedi e usa quell'orribile bastone. Ma tu," strinse forte la mano del fratello, "tu, carissimo William, sei un uomo così nobile. Sei sempre riuscito a nascondere il tuo naturale disagio, come ho fatto io, davanti alla sua andatura sgraziata."

William Watkins si riempì di nuovo il bicchiere. L'entusiasmo di sua sorella verso un'unione con Aurora Talbot era rassicurante, ma lui non era il modello di perfezione che credeva lei. Che Aurora avesse un bel visino e un carattere dolce quasi cancellava la sua infermità fisica e il suo carattere testardo. Ma era pronto a sopportare molto di più: gli sguardi pietosi dei suoi pari, la passione della ragazza per la coltivazione degli ananas e la sua naturale ritrosia, per non parlare del suo modo franco di parlare, tutto, per quanto sgradevole, se avesse significato che attraverso il matrimonio avrebbe potuto realizzare entrambe le sue ambizioni: entrare a far parte della nobiltà ed essere riconosciuto come successore del nonno di Aurora come capo dello spionaggio.

"Le tue rassicurazioni mi scaldano il cuore, Drusilla," disse, accennando un sorriso. "Era mia intenzione chiederlo oggi pomeriggio alla signorina Talbot e ricevere il suo assenso, poi avvicinare Lord Shrewsbury questa sera. Mi rendo conto che è un metodo poco ortodosso, ma senza l'assenso di Aurora non ho intenzione di chiedere quello di Lord Shrewsbury."

Lady Grasby si alzò in fretta e spalancò le finestre, controllando prima il battello e poi la terraferma, in cerca della sua cameriera. Doveva rendersi presentabile per il ritorno di suo marito, e quello di Aurora, appena fidanzata con suo fratello.

"Che mi importa dell'ordine in cui lo farai?" Esclamò. "Voglio solo che sposi Aurora il prima possibile e stacchi mio marito da Fitzstuart! Quindi vai! Per favore, vai e di' quello che devi dire per portarla via da quella gente volgare. E durante il viaggio di ritorno qui, trova un momento per farti forza e chiederle di sposarti. Ora vai, William!"

William Watkins seguì doverosamente sua sorella sul ponte e chiuse immediatamente gli occhi alla luce forte del sole. Aprì un occhio strizzandolo, le fece un inchino e barcollò verso il molo. Lieto di essere sceso dalla barca, fu sorpreso quando il senso di malessere non cessò, perché aveva pensato fosse il leggero rollio del battello che lo faceva sbandare. Ora si chiese se non fosse il chiaretto che stava avendo la meglio sul suo cervello abituato solo al tè. Barcollò in avanti, sulla banchina, e si diresse verso il muretto di pietra. Lieto di essere sulla terraferma e di avere qualcosa che lo guidasse, andò verso il cancello che aveva visto durante il giro nell'orto botanico.

Era quasi arrivato a destinazione quando gli apparve la visione sorprendente del maggiore Lord Fitzstuart che portava tra le braccia Aurora Talbot. Il maggiore era apparso come dal nulla, da sotto la cupola di un boschetto di betulle, e arrivava a grandi passi verso il muretto sul terreno aperto. Completamente impreparato a una tale eventualità, William Watkins si lasciò prendere dal panico e fece l'unica cosa che gli venne in mente. Si accucciò, non volendo essere visto, strisciò lungo un sentiero di ghiaia e si gettò di lato in una siepe per nascondersi. Ma l'inaspettato vigore necessario per assicurarsi un nascondiglio sicuro fu sufficiente a risvegliare il suo sistema digestivo, non abituato allo stimolo dell'alcol. Il suo stomaco stava letteralmente annegando nel chiaretto. William Watkins cadde attraverso le felci e le foglie, colpì forte il terreno, vomitò di colpo e svenne.

Quando riprese i sensi, qualche minuto dopo, ebbe un momento di panico pensando che il battello fosse partito senza di lui. Poi scartò l'idea, si alzò, si spazzolò i vestiti e si pulì in fretta il volto e la bocca con il fazzoletto. Gli tornò il panico mentre si controllava la redingote cercando segni di vomito e d'erba. Soddisfatto di essere presentabile, sbirciò sopra i cespugli. Sbalordito da quello che vide, e per convincersi di non stare sognando, alzò la testa oltre la siepe e fissò apertamente.

La signorina Aurora Talbot, la donna sulla quale aveva appuntato le sue speranze matrimoniali e i suoi sogni, e il dissoluto maggiore si stavano baciando! E non era un bacio qualunque, era un bacio torrido. Era il tipo di bacio in cui si impegnavano i dissoluti e le loro puttane. E anche allora i degenerati lo facevano al buio o dietro le porte chiuse. Era una scena che sembrava uscire da un'incisione di Hogarth e lasciò William Watkins catatonico in ugual misura per la rabbia e la paura.

I suoi sogni matrimoniali sarebbero finiti in niente se non avesse fatto qualcosa, e subito, per trascinare via quel libertino con più muscoli che cervello che stava imponendo con la forza le sue attenzioni alla sposa che aveva scelto. Buon Dio! Fitzstuart doveva averla fatta ubriacare per renderla così compiacente e, troppo sconvolta e fragile, lei non era riuscita a ribellarsi.

Sarebbe andato là e avrebbe chiesto soddisfazione. Già, e sarebbe valso a tanto! Il maggiore gli avrebbe riso in faccia e avrebbe rifiutato: non era socialmente suo pari. Ma siccome il maggiore era più un bruto che un aristocratico, non sarebbe stato per niente sorpreso se l'arma scelta fossero i pugni nudi piuttosto che lo stocco di un nobile. Ma non voleva farsi cambiare i connotati, quindi decise ragionevolmente di considerare la propria sicurezza invece di precipitarsi a togliere la signorina Talbot da una posizione tanto compromettente e immorale.

Quindi si prese tutto il tempo restando nella siepe, chiedendosi come fare per salvare una ragazza innocente da un fato peggiore della morte, quando si presentò l'opportunità di salvare la signorina Talbot senza pericoli per la sua persona. Il maggiore, chiamato da uno zotico, aveva voltato le spalle alla sua vittima. Era ora o mai più per recitare la parte dell'eroe con la signorina Talbot.

Il signor William Watkins allargò i cespugli e si precipitò al salvataggio della sua preda matrimoniale. Il suo momento di gloria era arrivato!

DICIOTTO

"Signor Watkins! Lasciatemi andare la mano e alzatevi immediatamente!"

Rory cercò il bastone con lo sguardo, ma non era più contro il muretto, dove l'aveva lasciato. Doveva essere caduto nell'erba quando lei e il maggiore erano occupati in tutt'altre faccende. Con il signor Watkins deciso a tenerle la mano, tutto quello che riusciva a fare per non cadere e raggiungere il bastone nell'erba era tenersi stretta al muretto con la mano libera.

"Signorina Talbot, Aurora, per favore, ascoltate..."

"Non avete il permesso di usare il mio nome, signore. Ripeto, alzatevi! Non ne uscirà niente di buono."

In equilibrio sui talloni, con i muscoli dei polpacci doloranti per la posizione innaturale, William Watkins sentì il sudore dell'incertezza cominciare ad imperlargli le tempie. La reazione della signorina Talbot non era quella che si era aspettato. Non era una tremante vergine, né una zitella terrorizzata, grata per la sua interferenza, sollevata di essere salvata dalle braccia brutali del suo seduttore. Tuttavia si convinse che la signorina Talbot non era in sé. Quel demonio l'aveva drogata, era l'alcol che parlava. Ed era tutto l'alcol che aveva bevuto lui che alimentava la sua naturale supponenza, spingendolo a dichiararsi immediatamente per non perdere l'occasione. Se avesse insistito e lei lo avesse ascoltato con la mente lucida, avrebbe afferrato al volo l'opportunità di diventare la signora William Watkins. Quindi perseverò con la sua dichiarazione, per quanto poco ortodosso fosse il metodo. E nonostante la crescente mancanza di sensibilità nella gamba destra.

"Signorina Talbot, il mio più grande desiderio su questa terra è di avervi come mo…"

"No! Non ditelo, signor Watkins," gli ordinò Rory. "Non è né il momento né certamente il luogo per una dichiarazione simile. Se me lo chiederete, dovrò essere sincera e non desidero mettervi in imbarazzo."

"Signorina Talbot, quando sarete sobria, capirete la validità della mia proposta e mi darete la risposta che desidero da…"

"Quando sarò… quando sarò *sobria*?" Esclamò Rory, offesa. "Signor Watkins, è evidente che siete *voi* che avete bevuto, altrimenti non osereste suggerire una cosa così improbabile! Mi avete insultato, e se vi scuserete, lascerete la mia mano e vi allontanerete immediatamente, forse vi perdonerò."

"Perdonar*mi*?" Il signor Watkins strinse le dita intorno al polso sottile di Rory mentre si alzava, senza rendersi conto che la gamba destra si era addormentata. "Signorina Talbot, sono qui davanti a voi con una sincera proposta di matrimonio. Non me ne andrò finché non avrò assicurato la mia felicità presente e futura, e questo richiede che diciate sì, che sarete mia moglie."

"La vostra…? La *vostra* felicità presente e futura…?"

Rory decise che il sigmor Watkins era ubriaco, molto ubriaco, e la sua ansia aumentò a dismisura. Non tanto per se stessa. Non si sentiva in pericolo, personalmente. Se necessario, gli avrebbe dato uno schiaffo, certa che Watkins sarebbe tornato in sé, e che si sarebbe accorto di dov'erano, se non della scorrettezza del proprio comportamento. Temeva per la sicurezza del segretario, se il maggiore Lord Fitzstuart avesse smesso di parlare con il vecchio Bert e avesse colto la scena che gli si presentava davanti. Era certa che l'aristocratico prima avrebbe reagito e dopo avrebbe affrontato le conseguenze.

Se aveva imparato qualcosa restando seduta sulla sua sedia, come osservatrice forzata ai ricevimenti, era che gli uomini si dividevano in due tipi fondamentali, con qualche sfumatura. C'era il tipo flemmatico, portato a parlare lentamente e a passeggiare altrettanto lentamente che, qualunque fosse l'occasione, sembrava annoiato a morte. Senza dubbio erano abili con la spada, ma l'arma che preferivano erano le frecciate verbali, che garantivano la sconfitta dell'oppositore con il massimo impatto e il minimo sforzo fisico. Il secondo tipo non era portato alla verbosità ed era più tattile in tutti i sensi. La loro conversazione in compagnia era rumorosa e disinibita. Tutto era fatto all'eccesso, bere, ballare, corteggiare e senza dubbio andare a donne. Il secondo tipo adorava stare al centro dell'attenzione e il loro senso dell'umorismo era talmente contagioso da attrarre gli ammiratori come la luce attira le falene. Il maggiore apparteneva sicuramente a questo secondo gruppo e, come attore e spia, aveva la capacità di esagerare quei tratti a suo vantaggio. Ma non c'era un briciolo di esagerazione nelle sue dimensioni fisiche e nella sua agilità. Ciò che peggiorava le cose per il signor Watkins era che oltre a essere un maschio a sangue caldo e vigoroso, il maggiore era impavido. Ed era anche un assassino addestrato.

Se il signor Watkins fosse stato un qualunque altro gentiluomo che l'avesse abbordata, Rory non avrebbe esitato ad avvisare il maggiore della sua situazione e permettergli di comportarsi di conseguenza. Ma il signor Watkins era il fidato segretario di suo nonno. Era anche il fratello di Silla e questo ne faceva il cognato di suo fratello, quindi parte della famiglia. Non voleva che questo episodio si intromettesse tra di loro e rendesse la vita difficile a tutti. Avrebbero anche continuato a essere in contatto, se non giornalmente almeno parecchie volte la settimana. Sarebbe stato imbarazzante da quel momento in poi, visto che aveva palesato le sue intenzioni nei suoi confronti. Coinvolgere il maggiore avrebbe complicato moltissimo le cose e, se voleva essere onesta con se stessa, non sapendo quali erano i sentimenti del maggiore nei suoi confronti, non si sentiva all'altezza di rispondere alle eventuali domande di suo nonno.

Quindi cercò ancora una volta di ragionare con il signor Watkins.

"Signor Watkins, per favore, vi prego, lasciatemi andare e alzatevi." Con un brillante sorriso che sperava sembrasse genuino aggiunse: "Se farete ciò che vi chiedo, ascolterò quello che avete da dire, ma non oggi. Domani. Quando avrete avuto il tempo di riflettere sulle vostre intenzioni. D'accordo?"

"Signorina Talbot, domani o dopodomani, o il giorno dopo ancora non cambierà la mia decisione. Devo sposarvi e vi sposerò."

Rory non dubitava che fosse sincero e per un fuggevole momento la curiosità ebbe la meglio su di lei. Mise da parte l'ansia, smise di cercare di liberare la mano e si permise di chiedergli: "Perché?"

"Scusate?"

"Perché desiderate sposarmi?"

William Watkins sbatté gli occhi, con il cervello fradicio d'alcol che cercava di ricordare e trasformare in frasi coerenti tutte le ragioni che aveva formulato e scritto nella sua agenda sul perché la signorina Aurora Talbot, nipote di un conte, sorella di un futuro conte, figlioccia di una duchessa, sarebbe stata la moglie perfetta per lui. Ma mentre il suo cervello galleggiava nell'alcol e il suo labbro inferiore tremava, l'unica sostanza che uscì dalla sua bocca fu un po' di bava.

"Tre paroline, signor Watkins. Niente di più, niente di meno. Solo tre."

Quando il signor Watkins la guardò con un'espressione stranita, senza la minima idea di quali potessero essere quelle tre parole, Rory fece un sorrisetto. E quando lui si mise la mano nella tasca della redingote in cerca del fazzoletto per pulirsi la bocca bagnata, Rory colse l'occasione.

Afferrò il bordo del muretto di pietra per non cadere all'indietro, poi tirò forte. Liberò la mano, ma non si liberò da William Watkins. Il suo movimento improvviso l'aveva colto di sorpresa. Perse la presa, ma il consumo di alcol aveva reso lente le sue reazioni. Invece di fare un passo indietro, lontano dal muretto, la gamba destra insensibile restò dov'era. Il risultato fu che la gamba sinistra compensò troppo per quella mancanza di cooperazione e William Watkins, dopo aver fatto un passo indietro, barcollò in avanti.

Il cambio improvviso di direzione fece girare la testa al segretario. Senza controllo sugli arti, il signor William Watkins si sporse in avanti, la gamba destra crollò sotto di lui e il segretario ricadde pesantemente sul ginocchio, con le braccia che sbatacchiavano, in cerca di ancoraggio. Il suo mento sbatté forte sul ginocchio di Rory e fu tale la forza con cui atterrò che rimbalzò e poi ricadde, a faccia in giù, in grembo a Rory, sulle sottane in disordine. E lì rimase in uno stato di incredula paralisi.

LE AVEVA COLPITO IL GINOCCHIO COSÌ FORTE CHE RORY EMISE UN involontario gemito di dolore, quasi perse l'equilibrio e gridò ancora, questa volta spaventata, quando cadde indietro prima di darsi una spinta e riuscire a restare seduta sul muro, ansimando sollevata. Ma sconvolta e indolenzita, fu traumatizzata quando il signor William Watkins cadde a faccia in giù in grembo a lei e restò lì. Era divisa tra il desiderio di spingerlo via e cercare di spostarsi sul muro per allontanarsi da lui, e chiedergli se si fosse fatto veramente male. Non ebbe la possibilità di fare nessuna delle due cose.

Come per magia, William Watkins si alzò, con la testa e gli arti che ciondolavano molli, galleggiò per un momento davanti a lei prima di volare per aria e atterrare, ammaccato, in mezzo ai fiori selvatici.

DAIR AVEVA PRESO IL SEGRETARIO PER IL COLLETTO. CON UNA forza alimentata da una collera assoluta, lo aveva tolto dal grembo di Rory sollevandolo così in alto che le scarpe con le fibbie di Watkins non toccavano più terra. Per qualche istante William Watkins aveva levitato. Dair avrebbe voluto gettare la Faina nell'oblio. In mancanza di ciò, intendeva gettarlo lontano dalla signorina Aurora Talbot quanto glielo permettevano le forze. Voleva punirlo, severamente. William Watkins non avrebbe mai più messo un dito addosso ad Aurora Talbot senza timore di una seria punizione.

In passato, Dair aveva resistito al desiderio di spegnere il sorriso altezzoso del segretario, ora non solo glielo avrebbe spento, ma lo avrebbe rimosso in modo permanente. Niente e nessuno lo avrebbero fermato. Ma proprio in quel momento, quando chiuse il pugno e voltò William Watkins verso di lui, diede per caso un'occhiata a Rory. Vide il disagio nei grandi occhi azzurri e capì che non poteva farlo, non lì, non in quel momento, non di fronte a lei. L'ultima cosa che voleva era accrescere la sua ansia. Quindi ricacciò indietro la violenza e aprì lentamente il pugno, flettendo le dita e aprendole.

Voltò il segretario, gli appoggiò fermamente un piede in mezzo alla schiena e lo spinse verso il terreno aperto, dove William Watkins barcollò, con le braccia che sbatacchiavano selvaggiamente mentre cercava invano di restare in piedi, prima di cadere a faccia in giù nell'erba.

Dair recuperò il cappello di paglia di Rory, lo spolverò e si avvicinò a lei. Poi glielo mise delicatamente sull'acconciatura bionda e raddrizzò i nastri azzurri lasciandoli penzolare ai lati della testa perché lei potesse allacciarli. Poi le alzò il mento e la guardò sotto la tesa del cappello, con lo sguardo pieno di preoccupazione.

"State bene?"

Rory annuì, anche se era vicina alle lacrime, solo perché era imbarazzata per essere stata colta in quella posizione assurda e il maggiore ne era stato testimone. Che cosa stava mai pensando William Watkins? Non gli aveva mai dato il minimo incoraggiamento e lui non aveva mai mostrato segni che tenesse a lei oltre l'ordinario. E se il maggiore avesse pensato che era una civetta? Che avesse in qualche modo incoraggiato William Watkins? Certamente no. Però, ripensandoci, aveva baciato lui, volentieri e senza ritegno.

"Sì, sì, sto bene," aggiunse allegramente quando lui continuò a fissarla. E aggiunse, per metterlo a suo agio, eppure rendendosi conto dopo che lo aveva invece messo a disagio quando la sua reazione fu brusca: "Deve essere la novità di essere abbordata che mi ha agitato, non avvezza come sono a simili attenzioni." Fece una risatina nervosa, con una mano sulla bocca. "Deve esserci qualcosa nella fermentazione del vino questa primavera che fa ubriacare i gentiluomini di solito sobri, fino a perdere il controllo. Speriamo che il signor Watkins si svegli con un bel mal di testa e senza ricordare nulla."

"Vi ha fatto male?"

"Potrei avere un bel livido sul ginocchio, ma questo è tutto. Anche se avrei preferito che colpisse il ginocchio sinistro piuttosto che il destro. Quella povera gamba ha già abbastanza problemi senza bisogno di prendere altri colpi. Ma non è niente di preoccupante, veramente, e-e… Grazie," aggiunse con un gran sorriso, perché l'espressione preoccupata si era trasformata in un cipiglio. "Grazie per non averlo colpito. So che l'ubriachezza non è una buona scusa per il suo comportamento. Deve aver pensato che l'alcol gli avrebbe dato coraggio. Anche se non riesco a pensare da dove gli è venuta l'idea che io avrei… Che lui e io avremmo potuto… È completamente assurdo! E se non fossi così sorpresa, nessuno mi ha mai dato nemmeno un'occhiata di sghembo, di ricevere le attenzioni indesiderate da un uomo come il signor Watkins, il segretario di mio nonno… Beh, oserei dire che se il ginocchio non stesse pulsando e non avesse sbavato sulle mie sottane, potrei anche trovare umoristico il suo comportamento…"

Si fermò di colpo, sapendo che stava parlando a vanvera, ma non era riuscita a farne a meno. Il cipiglio del maggiore era svanito mentre lei blaterava e ora la stava guardando in un modo strano e con uno strano sorriso che non riusciva a interpretare e che la faceva sentire a disagio e accaldata.

Il maggiore alzò un sopracciglio, sorpreso che Rory avesse capito che voleva dare un pugno in faccia alla Faina, ma non fece commenti. Ciò che gli interessava era il motivo per cui Watkins doveva farsi coraggio. Stava per domandarle se quell'uomo aveva avuto l'audacia di chiederle di sposarlo. Perché altrimenti la Faina avrebbe avuto bisogno di tracannare vino, mettersi su un ginocchio e imporle le sue attenzioni? Ma riuscì solo a dire il suo nome, e poi la sincerità di Rory lo sorprese davvero.

"Signorina Talbot…"

"Rory. Sarebbe Aurora, ma nessuno mi chiama così. Siamo andati oltre le formalità, no?"

Dair ridacchiò impacciato. "Sì, suppongo di sì… Rory. *Rory*. Mi piace. *Aurora* è un bel nome, ma Rory è adatto a voi. *Rory…*"

Rory sentì un fiotto di calore al volto. Il modo in cui pronunciava il suo nome con quella voce profonda e sonora, con un accento quasi carezzevole, le fece provare un brivido giù per la schiena. Eppure stupì perfino se stessa riuscendo a mantenere il tono di voce stabile e leggero.

"E voi? Mi piacerebbe chiamarvi in un modo diverso da maggiore. È troppo formale."

"I miei amici e la mia famiglia mi chiamano Dair."

"Sì, ma io preferirei chiamarvi Alisdair."

Dair si accigliò, tutt'altro che contento.

"Nessuno, oltre a sua grazia di Rox... sua grazia di Kinross, mi chiama così. Non mi piace che usi quel nome, ma sapete com'è, non si può rifiutarle niente. Ed è la cugina cui sono più vicino; non potrei mai negarle niente." Sorrise e tirò giocosamente uno dei nastri del cappello. "Tutti mi chiamano Dair."

Ma Rory non voleva essere come tutti. Voleva essere l'unica ad avere il permesso di chiamarlo per nome. Si rendeva conto che solo le madri e le mogli, o le sorelle amatissime, si rivolgevano ai parenti maschi con il loro nome di battesimo e anche allora non era un costume universale, specialmente se il marito aveva un titolo nobiliare. Il maggiore Lord Fitzstuart poteva essere il primogenito di un nobile ed ereditare un titolo, un giorno, ma permetteva a Lily Banks di chiamarlo Al. Quindi, se la madre di suo figlio poteva essere in termini così intimi con lui da usare il nome di battesimo, lei, che lo aveva baciato e che aveva tutte le intenzioni di darsi a lui, poteva chiamarlo Alisdair. E se lui glielo avesse rifiutato, allora avrebbe significato che non era attratto da lei come suggerivano i baci. Sentiva formicolare le dita aspettando la sua risposta, ma era decisa a scoprirlo, in un modo o nell'altro.

"Tutti vi chiamano Dair. Io preferisco Alisdair. È adatto a voi. E anche... Anche la barba..."

Dair lasciò andare il nastro e si guardò dietro le spalle, momentaneamente distratto da un gemito. Era il segretario, che cercava di rialzarsi dall'erba. Si voltò nuovamente verso Rory e disse, più bruscamente di quanto intendesse: "Mio padre era l'unico che mi chiamava Alisdair. Io detesto quell'uomo. Detesto quel nome, lo detesto da quando avevo dieci anni."

"Oh?" Rory rimase imperturbata, ma il suo cuore cominciò a battere forte al pensiero che si fosse confidato con lei. "Forse allora è ora che qualcuno cui tenete, oltre la duchessa di Kinross, vi chiami Alisdair? Se mi darete il permesso di chiamarvi con il vostro nome, sarà come dare a voi stesso il permesso di seppellire quei brutti ricordi, o qualunque cosa sia che non vi piace di vostro padre. Così, invece di pensare al vostro detestabile padre quando vi chiameranno Alisdair, potrete pensare a... pensare a..."

"... baciarvi?" Prese i due nastri che penzolavano dal cappello e glieli legò lentamente in un fiocco sotto il mento, prendendosi tutto il tempo, come se stesse pensando alla sua proposta. "Mi piacerebbe che fosse così semplice... Non cambierò mai opinione su mio padre." Poi aggiunse, con un'alzata di spalle: "Forse, col tempo, sarò in grado di seppellire quei brutti ricordi, come suggerite." Le labbra si mossero con l'ombra di un sorriso. "Anche se... Sentendovi dire Alisdair, non posso promettervi di non fare una smorfia all'inizio. È una reazione istintiva, dopo tutto."

"Grazie. Senza dubbio, dopo un po', smetterete di fare le smorfie e imparerete ad amare il vostro nome quanto me."

"Spero che abbiate ragione. Conosco un modo che può garantire che non assuma un'espressione scontenta quando direte il mio nome."

Rory sbatté gli occhi. Era evidente che non capiva a che cosa si stesse riferendo e il sorriso di Dair gli arrivò agli occhi.

"Se mi baciaste tutte le volte che lo direte."

Rory ansimò, poi scoppiò a ridere. D'impulso, toccò il davanti ricamato della sua redingote.

"Volete che vi baci prima o dopo aver detto il vostro nome? Se è prima, dubito che riuscirei a dirlo e quello, temo, è il vostro intento, no? Impedirmi di pronunciare il vostro nome baciandomi? Ma non riuscirete a imbrogliarmi!"

"Voi, Rory, siete troppo furba per il vostro stesso bene. Mi piacerebbe baciarvi di nuovo, adesso…" La guardò negli occhi. "E non sono ubriaco…"

Rory deglutì e perse il sorriso. "È diverso… *Voi* siete diverso… Vorrei… Vorrei che mi baciaste."

"Allora ditelo. Dite il mio nome."

"Alisdair."

"Ancora."

"Alisdair."

Dair si chinò per baciarla.

"Ancora," mormorò quasi contro le sue labbra. "Ditelo, Rory."

"Alisdair… *Alisdair*!"

Le labbra di Rory avevano appena sfiorato quelle di lui quando si tirò indietro di colpo e ripeté il suo nome, questa volta gridando un avvertimento.

Dair spalancò gli occhi. Vedendola al sicuro, ma con una mano tesa oltre la sua spalla, come per allontanare qualcosa di malvagio, capì che c'era un pericolo alle sue spalle. All'istante, ruotò su un tallone. William Watkins incombeva a un braccio di distanza. Aveva il braccio sinistro alzato diagonalmente oltre la spalla destra, con entrambe le mani strette all'estremità del bastone di malacca di Rory con il manico d'avorio a forma di ananas in alto. Il segretario stava impugnando il bastone come fosse un'ascia e, in un atto di suprema stupidità da ubriaco, stava per usare questa metaforica ascia per abbattere la sua nemesi colpendola sulla nuca.

Dair non gli concesse tregua; gli sferrò un fulmineo pugno in faccia.

DICIANNOVE

"Cielo! Che splendido colpo! Ed eseguito brillantemente, amico mio. Veloce. Preciso. Perfetto. Non mi sarei mai aspettato di vedere uno spettacolo simile. Per Giove, Dair, potresti insegnare una cosetta o due a Jack Broughton."

Era l'esuberante Lord Grasby. Era tale la sua eccitazione nel vedere il suo miglior amico piantare un pugno in faccia a Faina Watkins che notò appena sua sorella, muta e immobile come una statua ornamentale sul muretto di pietra. E certamente non rilevò l'umore del suo amico, che non reagì alla sua presenza né voltò la testa per guardarlo, ma rimase concentrato su William Watkins mentre fletteva le dita, con le nocche doloranti dopo il colpo.

In effetti, era tale la felicità di Grasby nel vedere suo cognato ottenere la giusta punizione dopo tutti quegli anni, e per mano del suo miglior amico, che aveva sempre minacciato di cambiare i connotati a Faina Watkins ma non aveva mai dato seguito alla minaccia, che quasi dimenticò di essere terribilmente arrabbiato, non solo con William Watkins ma anche con Dair.

Era furioso con William Watkins per aver avuto l'audacia di pensare che fosse suo diritto chiedere la mano a Rory, e sotto l'influsso dell'alcol. Grasby era tornato al battello e a una prevedibile predica da parte di sua moglie per averla abbandonata e, a giudicare dal suo aspetto (aveva fatto un tuffo nel Tamigi mentre tornava da casa Banks), per essersi divertito senza di lei. E nel bel mezzo di uno sproloquio tutto incentrato su se stessa Silla aveva menzionato per caso le intenzioni di suo fratello e come lei pensasse fosse un'idea meravigliosa. La sua reazione, che suo fratello avrebbe potuto anche essere l'ultimo uomo rimasto sulla terra e lui non avrebbe comunque consentito a una simile unione, aveva fatto sciogliere Lady Grasby in un mare di lacrime. Grasby l'aveva lasciata prostrata sul divano e si era precipitato sulla banchina in cerca di Rory prima che William Watkins le mettesse addosso le sue zampe.

Quello che vide quando svoltò uscendo da una curva del sentiero non fu William Watkins che palpeggiava Rory, ma lo spettacolo straordinario del suo migliore amico che amoreggiava con la sua sorellina! Fu talmente sorpreso che si chiese se non fosse un gioco di luci o un miraggio. O forse era ubriaco o stava sognando? Di sicuro era furente. Il suo miglior amico dai tempi di Harrow aveva infranto la regola cardinale degli amici: le sorelle erano strettamente proibite.

Le sorelle sposavano brave persone, fessacchiotti noiosi; preferibilmente tizi quasi vergini. Il che significava qualcuno la cui storia sessuale non fosse nota ai fratelli e agli amici. Un tizio che partiva per il Grand Tour e aveva le sue avventure all'estero ma non lo faceva a casa sua. Un bravo ragazzo senza scheletri nell'armadio o, come nel caso del suo miglior amico, una casa Banks con la sua ex amante e un figlio illegittimo, e una sordida storia sessuale nota non solo a lui ma a tutti i membri del White e oltre!

Una cosa era vantarsi e scambiarsi pettegolezzi sulle avventure del suo miglior amico quando le donne erano di una certa classe e un certo tipo, ma quando era la sua sorellina nel mirino di Dair, beh, allora era una cosa ripugnante e imperdonabile.

In effetti, vedere Rory e Dair vicini quanto era possibile per una coppia senza effettivamente baciarsi aveva dato una grossa scossa a Grasby. Non aveva mai nemmeno pensato che sua sorella potesse sposarsi. Gli piaceva l'idea di lei come una zia zitella, che vivesse con lui e Silla e i loro figli. Che poi gli uomini potessero trovare Rory attraente, beh, sant'Iddio, era sua sorella! Se ci pensava veramente, era lieto che avesse un'infermità perché significava che non avrebbe mai avuto un corteggiatore e poteva essere lasciata in pace. Sarebbe sempre stata la sua sorellina e non la moglie di un altro tizio.

Poteva anche essere irritato e arrabbiato per la presunzione di Faina Watkins, ma almeno i suoi motivi erano trasparenti. Non amava Rory, voleva sposarla per lo status sociale che gli avrebbe conferito. Almeno Watkins era chiaro, mentre non aveva idea di quale fosse il gioco di Dair. Forse un capriccio del momento, ma un capriccio cui avrebbe dovuto resistere. L'ultima cosa che voleva era che sua sorella si innamorasse di Diabolico Dair Fitzstuart. Potevano venirne solo angoscia e tristezza, ne era convinto.

Così, quando vide Rory seduta sul muretto e il suo miglior amico talmente vicino a lei che era evidente che stava per baciarla, la sorpresa e la rabbia gli fecero affrettare il passo. Marciò verso il muro, pronto a chiedere a Dair di togliere le mani di dosso a sua sorella quando, sbalordito, vide William Watkins saltare fuori dal nulla con un bastone in mano e le intenzioni ben chiare. La rabbia di Grasby svanì immediatamente, sostituita dall'incredulità. Stava per gridare un avvertimento quando Rory lo fece per lui e il suo miglior amico si occupò in fretta e in modo violento della situazione.

Preso da quel momento, dimenticò le sue intenzioni bellicose, sepolte dall'ammirazione per Dair e l'enorme soddisfazione di vedere suo cognato ricevere finalmente il giusto castigo. Non vedeva l'ora di dirlo a Cedric e ai ragazzi al White. Era sicuro che sarebbero state saldate un mucchio di scommesse, cancellata o creata una montagna di debiti, tutto grazie a quel pugno.

Eppure ebbe una fitta di rimorso osservando la Faina barcollare con la mano sul naso fratturato, con gli occhi ciechi per le lacrime di dolore. Alla fin fine, quell'uomo era suo cognato e sapeva che Silla sarebbe andata in pezzi una volta scoperto che suo fratello era stato colpito e, oltre a tutto, per mano del maggiore Lord Fitzstuart. Poteva predire che la felicità, domestica o di altro tipo, sarebbe stata merce rara in casa sua. E quello gli ricordò sua sorella e la proposta di matrimonio di Watkins e la sua simpatia svanì. Ma prima che avesse la possibilità di andare da Rory, Dair lo chiamò e Faina Watkins ritrovò la voce tra le grida di dolore.

"Il naso! Il mio naso, è rotto! Santo cielo, mi avete rotto il naso! Dannato bastardo, Fitzstuart. Dannato cialtrone senza cervello! Me l'avete rotto. Sapete che cosa..."

"Attento al vostro linguaggio, Faina, o vi romperò anche la mascella."

William Watkins fece una risata sguaiata che riuscì solo a far uscire dalle narici un fiotto di sangue che schizzò sul davanti del panciotto splendidamente ricamato. Nonostante la fitta di dolore tra gli occhi, trovò l'energia mentale per dargli una risposta ghignando.

"Linguaggio? Che cosa ne sapete voi? Non riuscite a mettere insieme due frasi che abbiano senso. Dubito che uno stupido zuccone come voi riesca a scrivere più del suo nome... Buon Dio del cielo, il mio *n-naso*!" Si pulì le lacrime dagli occhi, anche se continuavano a lacrimare, e passò esitante il dito sotto le narici, vide il sangue, poi il sangue sui vestiti e crollò a gambe incrociate sull'erba. "Gesù, sto sanguinando a morte! Il dolore! Sto *morendo*!"

"No, non state morendo. Il naso è rotto e i nasi rotti sanguinano, parecchio. Se volete sapere che cos'è il dolore chiedetelo al mio attendente. Farsi amputare una mano maciullata, ecco cos'è il dolore. Quattro frasi e una congiunzione, senza tener conto di questa. Grasby?! Dammi la tua fiaschetta."

Alla parola *congiunzione*, William Watkins aveva voltato la testa per fissare il maggiore. Come se lo stesse vedendo per la prima volta, si chiese se, dopo tutti quegli anni, non lo avesse giudicato male. Ma decise subito che la quantità di vino bevuta a pranzo insieme all'inferno tra gli occhi lo facevano delirare. E quando Dair gli fece l'occhiolino, con un sorrisino saputo, capì che doveva essere così.

"Grasby? Fiaschetta! Quella piena di cognac che porti sempre nella tasca della reding…"

"Aspetta un cavolo di minuto!" Lo interruppe Grasby, con un dito puntato contro il maggiore. "Ti sei fatto crescere la barba!"

Dair si strofinò la guancia.

"Non c'era molto altro che potessi fare. I prigionieri non possono tenere gli attrezzi per radersi. Potrebbero usarli per altri scopi."

"Che altri scopi?"

"Mi vengono in mente l'omicidio o il suicidio…" Mormorò Dair.

"Frena! Sei uscito dalla Torre!"

Dair sorrise. "Sì."

"Buon Dio, adesso è chiaro perché voi due andate d'accordo!" Esclamò William Watkins tra un gemito e l'altro, non riuscendo più a sopportare quella conversazione insensata.

"Dici che dovrei tenere i baffi?" Chiese Dair a Grasby, ignorando William Watkins.

Diede un'occhiata a Rory ma, visto che aveva la testa bassa, si chiese se non stesse facendo del suo meglio per nascondere un attacco di ridarella davanti alla straordinaria mancanza di comprensione di suo fratello. Per pungolarla e farle alzare la testa, aggiunse: "Ho sentito che alle donne piace la barba da pirata. Che ne pensi, Grasby?"

Quando Grasby sembrò riflettere seriamente su quell'idea, William Watkins rabbrividì esasperato, con il sangue che gli gorgogliava in gola.

"Pensare? Con un cervello come una nocciolina, e posizionato tra le gambe, non riesco a immaginare che pensiate a qualcos'altro!"

"Nocciolina?" Dair lo guardò altezzoso.

"Non c'è niente in lui che abbia le dimensioni di una nocciolina!" Confermò Grasby. "Il cervello o-o… Accidenti! È normale che faccia così?"

A Grasby fu risparmiato l'imbarazzo quando William Watkins cominciò a tossire violentemente, si mise la testa tra le ginocchia e il sangue cominciò a uscire dal naso cadendo sull'erba.

"Dammi il tuo fazzoletto, il mio non basterà," ordinò Dair e stava per voltarsi e assistere William Watkins quando incrociò lo sguardo di Rory, che lo stava fissando e non distolse gli occhi. "State bene, signorina Talbot?"

"S-sì. Starò bene, appena avrete aiutato il signor Watkins."

Tra di loro c'era stato un momento, nemmeno dieci secondi, ma Grasby, normalmente non molto svelto di comprendonio, questa volta capì subito. Ebbe il presentimento che la prima conclusione cui era giunto uscendo dalla curva del sentiero fosse quella giusta. Dair aveva baciato sua sorella e forse Watkins li aveva sorpresi, aveva aggredito Dair ed era stato punito per i suoi sforzi.

"Ecco," disse Dair a Watkins, accucciandosi accanto a lui e porgendogli uno dei fazzoletti. "Il sangue smetterà di uscire fra un momento e poi potrete bere un sorso del cognac di Grasby. Prima ritornerete sul battello e applicherete una compressa fredda al gonfiore, prima sparirà. Per il livido ci vorrà molto più tempo."

Watkins gli strappò di mano il fazzoletto e si tamponò il naso con cautela, fissando il maggiore con odio. Quell'uomo era un buffone grosso come un gorilla ma doveva ammettere di capire perché le donne finissero nel suo letto. Beh, c'era una donna che era deciso a impedire che lo facesse, a ogni costo.

"Vi avverto, Fitzstuart. State lontano dalla signorina Talbot. Lei è mia e intendo sposarla."

Dair gettò indietro la testa e scoppiò a ridere. Diede uno spintone a William Watkins, metà per scherzo e metà sul serio.

"Voi? Avvertire *me*? Voi e quale esercito? E pensare che speravo di avervi ficcato un po' di buonsenso in zucca!"

"Non crediate che non so qual è il vostro gioco!"

"Povero me, Faina. Non avete usato il congiuntivo, e dite che sono io lo zuccone analfabeta." Svitò il tappo e gli porse la fiaschetta. "Bevete un sorso. Vi sentirete meglio. Anche se perché poi dovrei preoccuparmi per voi..."

Il segretario prese una sorsata di cognac, si sciacquò la bocca e lo sputò. Poi ne prese un sorso e lo deglutì, ricacciando la fiaschetta in mano a Dair.

"Molestate ancora una volta la signorina Talbot e andrò diritto da Shrewsbury con quello che so di voi..."

"Non mancate mai di essere prevedibile! Eravate un contafrottole anche scuola."

"... di voi e i vostri *piaceri perversi*."

"Piaceri perversi? Baciare una bella ragazza è un piacere perverso?"

Dair sbuffò, sprezzante. "Ne sapete proprio molto di perversità! In effetti, non sapete un bel niente di belle ragazze!"

Con un martello che batteva dietro gli occhi e la faccia che si stava gonfiando, William Watkins era comunque deciso ad avere la meglio su quel babbuino barbuto. Con un senso esagerato della propria furbizia e una sottovalutazione dell'intelligenza del maggiore, si assunse il compito di informare sua signoria, senza dirlo esplicitamente, che era a conoscenza della vecchia scommessa che sfidava il demonio a scopare una storpia. Se quella scommessa ripugnante fosse diventata di dominio pubblico, sarebbe stata la fine dell'accettazione da parte della società. Perché, anche se le scommesse assurde erano all'ordine del giorno, c'erano cose inaccettabili, perfino per i giocatori più vili e dal cuore duro; i folli, i deformi e i giovanissimi erano al primo posto della lista.

"So perché vi siete improvvisamente interessato alla signorina Talbot," disse William Watkins, guardando oltre la spalla di Dair, verso il muretto, dove Lord Grasby si era ritirato per parlare con sua sorella e dove i due fratelli stavano conversando a bassa voce. Riportò lo sguardo sul maggiore. "Ci devono essere voluti tutti i vostri poteri di deduzione per rendervi finalmente conto che avevate una di quelle sulla porta di casa. E non ce n'è nessuna più carina della signorina Talbot, tanto che, quando è seduta, si potrebbe quasi dimenticare il suo... inconveniente."

"Una di quelle?" Lo interruppe Dair, che non riusciva a capire di che cosa stesse blaterando il segretario. Concluse che l'uomo avesse una commozione cerebrale. "Una di che cosa?"

"Oh, andiamo, Fitzstuart," lo sbeffeggiò William Watkins. "Siete stupido, non cieco. La signorina Talbot è una *storpia*."

Dair strinse i denti e chiuse i pugni.

"E voi avete i capelli castani. Nessuna delle due cose richiede un'ulteriore discussione."

William Watkins batté gli occhi. Si sentiva le palpebre pesanti ed enormi. "Ha il piede destro deformato ed è zoppa da una gamba, e questo la rende la vittima ideale per la vostra perversa scommessa, non credete?"

Dair afferrò il segretario per la gola, con la mano in alto, vicino alla mascella. Digrignò i denti e sibilò nell'orecchio dell'uomo: "Direi che state per aggiungere denti rotti alla lista delle vostre ferite, se non chiudete il vostro dannato becco!"

Poi lo spinse via, si alzò in tutta la sua statura e se ne andò, lasciando il segretario a boccheggiare per riprendere fiato, con la bocca spalancata perché il naso rotto era intasato dal sangue secco.

"È tutto tuo!" Abbaiò Dair a Grasby. "Rimettilo in piedi. Le sue gambe non saranno certamente inutili come tutto il resto di lui."
"Ma e mia..."
"Porterò io la signorina Talbot fino alla banchina."
"No. Non credo che sia una buona idea," disse Grasby, staccandosi dal muretto. "Porterò io Rory..."
"Tua sorella ha le vesciche ai piedi e non può camminare e tu non riusciresti a portarla fin là." Tirò da parte Grasby, dicendogli all'orecchio: "Se mi lasci qui con lui è probabile che lo riduca in polpette. Vuoi averlo sulla coscienza?"
"Certamente no!"
"Bene, allora si fa a modo mio."
La rabbia era un'emozione che il suo miglior amico esibiva raramente, se non mai, quindi Grasby smise di obiettare. Guardò Dair andare dove sua sorella, in silenzio e attenta, era rimasta seduta con le mani in grembo e una sensazione inquietante gli fece stringere lo stomaco. L'insistente tossire di William Watkins gli fece distogliere con riluttanza lo sguardo per offrire assistenza a suo cognato. E fu un bene perché non era possibile fraintendere l'emozione scritta a grandi lettere sul volto di Rory quando il maggiore le porse il bastone che aveva trovato sull'erba.

Dair aveva raccolto il bastone e stava per porgerglielo, quando Rory alzò la testa e lui riuscì a vederle il volto sotto la tesa del cappello e tutta la sua rabbia svanì all'istante. Fu così stupito dalla sua espressione che si fermò di colpo davanti a lei, ammutolito. Aveva avuto intenzione di chiederle scusa per la sua reazione violenta davanti al comportamento di Watkins, perché lei aveva dovuto essere testimone di uno spettacolo così sconveniente e per averla lasciata seduta al sole. Ma ringoiò e dimenticò tutte quelle parole, già formate ma non ancora dette.

Rory gli stava sorridendo, ma non era un sorriso qualunque, era un sorriso allegro, amorevole ed era l'ultima cosa che lui si aspettava da lei, viste le circostanze. Era il più bel sorriso che avesse mai visto. Lo fece sorridere, senza che nemmeno se ne accorgesse.

"Vi ricordate di me," sussurrò Rory, di modo che la sentisse solo lui. Prese il bastone e lo mise di traverso sulle gambe, poi tese la mano. Dair la prese senza pensarci e Rory lo tirò vicino. "Quando vi siete scusato per avermi baciato, prima, ho sentito quello che avete detto, ma non stavo veramente ascoltando. Se ha un senso. Ma ora, seduta qui a pensare a quel bacio, che era un modo più piacevole di passare il tempo che non osservare il povero signor Watkins sanguinare nell'erba..."

"Mi dispiace di averlo fatto davanti a voi, ma non mi dispiace di averlo colpito."

"... ho ricordato quello che mi avete detto prima. Avete detto: *mi dispiace, Delizia*. È la prova che vi ricordate di me dallo studio di Romney! Non eravate per niente ubriaco, vero?"

Dair la sollevò senza parlare e la portò oltre il cancello e lungo il sentiero.

"Avete preso un po' troppo sole, signorina Talbot."

"E voi, milord, non potete raccontarmi una frottola dopo avermi baciato. Ammettetelo!"

Dair continuò a camminare.

"Signorina Talbot, sareste così gentile da guardare sopra la mia spalla e dirmi se vedete vostro fratello e la Faina?"

"Chiamatemi Rory, o Delizia, ma ne ho avuto abbastanza di essere chiamata signorina Talbot! Vi state ostinando solo perché vi ho scoperto!"

"Riuscite o no a vedere vostro fratello?"

Rory alzò il mento, guardò oltre la spalla di Dair e scosse la testa.

"No. Ci sono gli alberi e devono essere oltre la nostra visuale... Oh! *Alisdair*! Che cosa state facendo?"

Dair si era buttato tra i cespugli. Dietro a una siepe, la rimise in piedi, la attirò a sé e, prima che Rory riuscisse a raddrizzarsi il cappello o gli abiti, o capisse che cosa fare con il suo bastone, si chinò sotto la tesa del capello e la baciò sulla bocca. Era solo un bacio, ma fu sufficiente a riportare il sorriso nei suoi occhi scuri e alzargli gli angoli della bocca.

"Ora mi sento molto meglio. Grazie... *Rory*."

Rory lasciò cadere il bastone e gli mise entrambe le braccia intorno al collo, mettendosi sulla punta dei piedi per baciarlo. "È stato Grasby che vi ha detto di fingere di non ricordarvi di me dallo studio di Romney?" Sorrise timida e lo guardò tra le ciglia. "Io mi ricordo bene di voi... *tutto* di voi..."

"Voi, mia cara Delizia, siete una civetta! No, non Grasby. Vostro nonno."

"Oh! Adesso è molto più logico. Il nonno deve aver cercato di risparmiarmi la vergogna per quella situazione imbarazzante." Rory fece una risatina. "Oppure voleva risparmiare a voi e a Grasby la vergogna per la vostra situazione imbarazzante! Mi bacerete ancora?"

"Non qui, non adesso. Non con vostro fratello che mi respira sul collo."

Rory fece il broncio, fingendo di essere delusa. "Ma mi bacerete ancora, vero?"

"Sì."

"E con quei baffi?"

"Ah! Allora vi piace davvero la mia barba da pirata?"

"Non sono una donnina allegra, ma ho buon gusto. Tutto quello che vi posso dire è che non ho ancora deciso quale dei vostri personaggi preferisco: selvaggio americano o pirata... Ma ve lo farò sapere, dopo matura riflessione."

Dair rise forte e poi soffocò la risata portandosi una mano alla bocca, ma gli occhi continuarono a sorridere. Quando riuscì a parlare di nuovo disse roco: "Siete incorreggibile!"

"E devono sentire terribilmente la vostra mancanza a casa Banks," disse Rory, raccogliendo il bastone. "Mi sento in colpa per aver occupato tanto del vostro tempo, mentre avreste dovuto passarlo con vostro figlio, proprio oggi, oltre a tutto."

"Se conosco Jamie, sarà occupato con il suo nuovo microscopio e quando entrerò nello studio e mi farò sentire, alzerà gli occhi, sorriderà e penserà che sia sempre stato lì. Potete pensare che assomigli a mio fratello Charles, ma ha il carattere dolce di sua madre, una cosa per cui sono profondamente grato." Fece per prenderla di nuovo in braccio, poi esitò e disse con un'espressione preoccupata: "Vi danno fastidio... Jamie e i Banks?"

"Fastidio? Non so di che parliate."

Dair la sollevò di nuovo e riprese il sentiero.

"No. No, immagino che non capiate. Dovrò cercare di spiegarvelo prima che io... Io penso che sia importante parlarvi di loro e di me, prima che andiamo oltre."

Rory trattenne il fiato, chiedendosi che cosa volesse confidarle e, altrettanto interessante, che cosa intendesse dire con 'andare oltre'... Andare oltre a *cosa*?

"Se è quello che desiderate," disse con calma.

Dair annuì. "Bene."

E quella fu l'ultima parola che disse a quel riguardo poiché erano arrivati alla banchina. Qui la depose sul terreno proprio mentre Lady Grasby usciva sul ponte del battello. Silla sobbalzò in modo così vistoso che Rory pensò che sua cognata stesse per svenire e sospirò di sollievo quando un servitore attento le spinse una sedia sotto il sedere prima che crollasse. Poi la sua cameriera estrasse un ventaglio per rinfrescare il petto ansimante della sua padrona. Ma una rapida occhiata alle sue spalle disse a Rory che non era il suo ritorno che aveva causato tanta angoscia alla cognata, ma la vista di William Watkins con un braccio sulle spalle di Grasby e un fazzoletto insanguinato sotto il naso.

"Temo che il viaggio di ritorno non sarà tranquillo come quello di andata," disse Dair all'orecchio di Rory, chinandosi sopra la sua mano per salutarla. "Spero solo che riusciate a ignorare il melodramma e troviate un angolino tranquillo per parlare di ananas con il signor Humphrey, senza interruzioni."

"Oh, è qui, sul battello?"

"Sì, dovrebbe essere a bordo che vi aspetta. Pensavo fosse giusto che aveste l'opportunità di sfruttare la competenza di Humphrey senza distrazioni per qualche ora, dopo che Jamie ha monopolizzato la sua attenzione mentre eravate a casa Banks."

"È stato molto premuroso da parte vostra, milord. Grazie." Apparvero le fossette. "Dovrò trovare un modo per ripagarvi."

Dair alzò un sopracciglio e disse, in tono blando: "Non dovete sforzarvi. Sono solo un semplice soldato, quindi le mie necessità sono altrettanto semplici." Si inchinò di nuovo e disse, proprio mentre Grasby e William Watkins arrivavano alla banchina: "Aspetto con piacere di cenare con voi e Lord Shrewsbury alla Gatehouse nelle prossime settimane, per farmi spiegare tutti i misteri della coltivazione degli ananas." Fece un cenno a Grasby e disse ironico al segretario: "Credo proprio di aver aggiunto un po' di carattere alla vostra faccia, Faina. No, vi prego, non ringraziatemi. Potrete farlo più tardi, quando sarà passato il gonfiore." Poi voltò i tacchi e tornò indietro sul sentiero, con le mani sprofondate nelle tasche della redingote.

Rory lo guardò andare, restando a fissare la sua schiena più a lungo di quanto fosse educato. Con sua vergogna, la coltivazione degli ananas era l'ultima cosa che aveva in testa.

VENTI
TREAT, HAMPSHIRE: TENUTA DUCALE DEI ROXTON, LUGLIO 1777

DAIR ATTRAVERSÒ LA VASTA DISTESA DI PRATI CURATISSIMI E ANDÒ verso il molo che si proiettava nel lago, dove parecchi skiff ormeggiati ondeggiavano su e giù nell'acqua. Il sole era alto nel cielo azzurro intenso, senza nuvole e senza brezza. Era un tempo perfetto per una nuotata. Non per la prima volta guardò con invidia le fresche acque del lago pieno di pesci e punteggiato di isolotti. Come gli sarebbe piaciuto spogliarsi, tuffarsi e rinfrescarsi. Ma il desiderio fu immediatamente superato dalla paura. Raddrizzò le spalle, aspirò il fumo del sigaro e ignorò il caldo sotto la cravatta. Ignorò anche la donna alle sue spalle, che l'aveva seguito dal padiglione estivo della duchessa.

L'aveva trovata lì, da sola, a ricamare. Aspettava che la sua giovane padrona tornasse da una nuotata. Il necessario per il tè era stato tolto dal cestino appoggiato su un tavolo basso ed era pronto su una tovaglia. Sapeva che la teiera d'argento sul suo supporto e tutto il resto venivano dalla casa vedovile elisabettiana, in cima alla collina. La duchessa di Kinross era attesa a casa da un giorno all'altro; almeno così gli aveva detto la governante quando era arrivato, senza farsi annunziare, la sera prima, con il suo valletto e il *portmanteau*.

Aveva appena passato due faticose settimane a Fitzstuart Hall nel Buckinghamshire, la tenuta di famiglia. Aveva avuto intenzione di restare una sola settimana, ma si era sentito in obbligo di restare perché sua sorella, Lady Mary, rimasta vedova, e sua figlia Theodora erano arrivate il giorno prima della sua partenza. Erano state così contente di vederlo che, in buona coscienza, non se l'era sentita di offenderle, e aveva prolungato il suo soggiorno. Inoltre era sinceramente affezionato a Mary e a quel maschiaccio di sua nipote. Teddy implorava suo zio Dair di portarla a cavalcare e a cacciare con il falco, tutto per restare all'aperto e poter sfuggire ai tentativi ben intenzionati di sua madre di trasformarla in una giovane signora. Non poteva dirle di no ed era la scusa che serviva anche a lui per evitare di restare in casa.

Ma restare aveva significato sopportare ancora le melodrammatiche lamentazioni di sua madre riguardo al matrimonio socialmente inaccettabile e (ai suoi occhi) disastroso di suo fratello. Non le importava che Charles avesse tradito il suo re e la sua patria, non era niente al confronto della scelta di una sposa inadeguata. Dair non fece commenti. A che sarebbero serviti, quando esisteva solo il punto di vista di sua madre? Aveva anche dovuto prestare un orecchio comprensivo alle lamentele di sua sorella per la sua difficile situazione. Mary aveva dato sfogo alla sua umiliazione per le condizioni in cui era costretta a vivere, grazie allo spregevole testamento del suo defunto marito e all'uomo (Mary lo chiamava demonio e mostro) che aveva l'incarico di amministrare la tenuta finché il suo erede, Sir John Cavendish, avesse raggiunto la maggiore età.

Quando Dair aveva tentato di dire che era molto fortunata a non essere stata sfrattata da una casa e dalle terre cui non aveva più diritto, la reazione di Mary era stata di accusarlo di essere un bruto senza sentimenti, che non aveva idea di cosa significasse dover andare con la mano tesa da un funzionario per ogni cosa che rendesse sopportabile la vita di una donna. Dato che Lady Mary indossava un abito della seta più costosa ricamata di filo d'oro, scarpine e guanti in tinta ed era in grado di cambiasi d'abito due volte al giorno, Dair sospettava che il 'mostro', di cui conosceva il nome, che però gli sfuggiva in quel momento, fosse più che generoso.

E quando Dair aveva osservato che, in effetti, lui sapeva benissimo che cosa significava essere finanziariamente dipendente da altri e che lei aveva tutta la sua simpatia, Lady Mary si era scusata immediatamente, con gli occhi pieni di lacrime, sapendo perfettamente che suo fratello non aveva il benché minimo controllo sulla sua eredità e che tutte le decisioni riguardanti la tenuta erano prese dal loro cugino, il duca di Roxton.

La reazione della contessa era stata di sospirare tragicamente e deplorare il fatto che il figlio maggiore fosse tutt'ora scapolo. Per ottenere il controllo di ciò che era suo di diritto, avrebbe solo dovuto sposarsi e porre così fine alla vergogna della famiglia, il dominio di Roxton su di loro.

Quello aveva messo fine alla sua pazienza e rafforzato la sua decisione. Sua madre non aveva mai pronunciato parole più vere. Si era scusato per non aver accettato prima i suoi consigli. Si era congedato ed era andato a cercare il sovraintendente, chiudendosi nello studio con il vecchio dipendente per due giorni. Poi aveva lasciato Fitzstuart Hall, senza che i suoi parenti sapessero nulla dei suoi motivi e delle sue intenzioni, lasciando al sovraintendente una lunga lista di richieste che non vedeva l'ora che fossero evase.

Dair aveva cavalcato verso l'Hampshire più felice di essere al mondo di quanto lo fosse mai stato.

Sua cugina Antonia era una delle tre persone che lo avevano portato alla tenuta ducale dei Roxton, Treat. Lord Shrewsbury era la seconda. Doveva ancora fare rapporto sulla sua missione in Portogallo. Ma era la terza persona che voleva vedere più di tutti, e quella persona al momento si stava godendo le acque rinfrescanti del lago.

Quando si era offerto di andare lui a chiamare la sua padrona, così che la cameriera potesse restare al fresco nel padiglione, la donna aveva scosso vigorosamente la testa e aveva dichiarato che lei, e tutti gli altri servitori, avevano ricevuto istruzioni precise di non lasciare da sola la signorina Talbot. A quel punto Dair aveva sollevato un sopracciglio scuro, perché sicuramente in quel momento la signorina Talbot era da sola ora, nel lago. La cameriera era arrossita e si era corretta: la signorina Talbot non doveva essere lasciata da sola con un uomo che non fosse suo nonno o suo fratello. Dair non fece commenti, girò sui tacchi e andò a cercare la signorina Talbot, con la cameriera attaccata alle falde della sua redingote di lino color panna.

Era quasi al molo quando vide Rory. Beh, una parte. Sentì sguazzare e guardò in fretta a destra degli skiff, cogliendo la visione di pelle nuda. Il sedere rotondo di Rory era venuto in superficie e poi era sparito sotto la superficie con tutto il resto di lei quando aveva scalciato le gambe. Dair si guardò alle spalle, vide la cameriera che sbuffava, con una mano sulla fronte per schermare gli occhi dal riverbero, e disse tranquillo, indicando un gruppetto di salici sulla riva: "Andate a sedervi all'ombra. Potrete comunque vedere il molo e dire con tutta sincerità che non avete lasciato la signorina Talbot da sola... con me."

Il calore del sole estivo fece decidere la cameriera, che andò all'ombra, lasciando Dair che si avvicinava al molo, una cosa che fece con mascherata trepidazione, e senza guardare in basso verso l'acqua che si scorgeva tra le tavole. All'esterno sembrava essere tranquillo e sicuro, ma le lunghe dita che portavano il sigaro alla bocca tremavano. Maledì il suo tallone d'Achille, maledicendo ancora di più suo padre per averglielo inflitto. Ma, più di tutto, maledì se stesso per l'incapacità di superare quella debolezza, perché sapeva che era tutto nella sua mente.

Quei pensieri amari evaporarono quando vide il bastone di Rory e una pila di vestiti alla fine del molo. Usando il manico di ambra scolpita del bastone, frugò tra i vestiti e raccolse ogni articolo per esaminarlo. Era un esperto di abbigliamento femminile e di tutti gli ammennicoli che lo sostenevano e i diafani indumenti gli dissero che la signorina Talbot indossava, logicamente, meno strati possibili durante quell'insolita ondata di caldo. Aveva rinunciato al corsetto sotto il leggero abito di mussolina, camminava scalza, anche se c'era un paio di calze bianche con grosse macchie d'erba su un piede, forse indossate per amore di modestia. E, a meno che si sbagliasse, aveva anche fatto a meno di un abito da bagno di tessuto. Appoggiò il bastone contro una grossa bitta e, sigaro tra i denti e mano destra che schermava gli occhi, ispezionò la superficie dell'acqua per trovare segni di movimento.

"Salve! Che cosa ci fate qui?"

La voce veniva da dietro. Era allegra e per niente ansiosa per essere stata colta a nuotare nuda nel lago. Dair si voltò ma non guardò nell'acqua bensì oltre gli skiff verso la riva. Non lo faceva per correttezza, era l'acqua calma. Riuscì comunque a sembrare disinvolto quando si tolse il sigaro di bocca.

"Sono venuto a baciarvi."

Quando Rory gorgogliò ridendo, Dair sorrise. Ma continuò a non guardare in basso.

"Avete tenuto la barba."

"Sì."

"L'avete tenuta per me?"

"Sì. Con enorme dispiacere di mia madre. Dice che sembro un moro vagabondo. Dovrò radermi prima di tornare a..."

"Ma siete appena arrivato..."

"... Fitzstuart Hall."

"Oh... Potete guardare, sapete. Sono quasi completamente nascosta da una barca."

Dair continuò a fumare il sigaro, facendo del suo meglio per restare calmo e sotto controllo, e dimenticare che solo un metro sotto i suoi piedi c'era l'acqua ferma di un lago pieno di canne. Non cessava mai di stupirlo che non avesse la stessa reazione quando saliva a bordo di una nave che attraversava l'oceano. Teoricamente una grande distesa di acqua marina, con il movimento costante delle onde, l'aria salina, e la mancanza di terra in ogni direzione avrebbe dovuto impaurirlo di più. Ma no. Era la vitrea calma di un lago, il nulla dell'oscura profondità e l'inevitabile groviglio di canne che si attorcigliavano che gli facevano battere forte il cuore. Rimandava la sua mente al suo decimo compleanno, quando era stato tenuto sotto ed era quasi annegato, con i polmoni che si riempivano d'acqua mentre si dibatteva, alla disperata ricerca d'aria, con le urla di suo fratello e la furia di suo padre che gli risuonavano nelle orecchie, mentre lo riportava in superficie e poi lo cacciava ancora sotto, più volte. Suo padre aveva voluto dargli una lezione. Tutto ciò che aveva ottenuto era farsi odiare ancora di più da Dair.

"Quaggiù, ai vostri piedi," gli gridò Rory, agitando un braccio sopra la testa per attirare la sua attenzione.

Il movimento interruppe le riflessioni di Dair sul passato. Si liberò dalla malinconia, e abbassò finalmente gli occhi per guardarla.

Rory aveva agganciato i gomiti alla fiancata di uno skiff e aveva appoggiato il mento sulle mani, quindi tutto ciò che si vedeva di lei, erano le braccia nude e il volto. Gli sorrise, con i capelli appiccicati alla testa che le ricadevano in lunghe ciocche gocciolanti. Dair appoggiò una natica sulla bitta e le restituì il sorriso.

"Farrier mi aveva avvertito che il lago era abitato dalle sirene, ma non gli ho creduto. Come prima cosa, le sirene sono creature marine."

"Farrier...?"

"Il mio attendente, da prima della guerra nelle Americhe. Potreste averlo visto in giro di recente, a pescare da uno skiff, o a lanciare la lenza dalla diga. È in vacanza per due settimane, a pescare, la sua ricompensa per aver passato un mese rinchiuso nella Torre al mio posto. Ha il permesso del duca di pescare tutte le trote e cacciare tutta la selvaggina che può mangiare, dormire sotto le stelle dovunque gli piaccia e osservare le sirene a suo comodo."

"È un uomo calvo con una cicatrice sulla guancia e un uncino d'argento al posto di una mano?"

"È proprio lui."

Rory scosse la testa. "Io non l'ho visto ma il nonno me l'ha descritto, avvertendomi che il duca ha un ospite che frequenta il lago."

"Eppure continuate a nuotare nuda?"

Rory fece il broncio, improvvisamente a disagio.

"È ovvio che non abbiate mai dovuto nuotare con indosso l'equivalente di una camicia da notte. È un capo di vestiario orribile! Più un impedimento che un aiuto e potrebbe facilmente far annegare chi lo indossa." Apparirono le fossette. "Senza, sono una nuotatrice eccezionale, in pratica un pesce. Non mi sorprende che il vostro attendente abbia pensato di vedere una sirena."

Dair fece scorrere gli occhi scuri sulle braccia e le spalle sottili e giù sulle lunghe ciocche bagnate che le incorniciavano il volto a forma di cuore e sparivano nell'acqua. Sembrava veramente una bella sirena. Si chiese se non solo la schiena snella ma anche il sedere rotondo fosse visibile sopra il pelo dell'acqua e per la prima volta invidiò a Farrier la sua meritatissima vacanza. Il suo attendente era seduto sul suo skiff, a metà strada tra il molo e l'isola, con una lenza in acqua. Ma se stava veramente pescando, Dair si sarebbe mangiato uno stivale. Farrier era direttamente dietro a Rory, al posto migliore. Dair si prese un appunto mentale di ordinare a Farrier di allontanarsi il più possibile dal molo della casa vedovile e dalla sua sirena residente per il resto della sua piccola avventura di pesca.

Indicò Farrier puntando il bastone sopra la sua testa nella direzione dello skiff di Farrier.

"Se non volete che vi catturi con il suo uncino, vi suggerisco di venire nel padiglione per il tè."

Un'occhiata alle sue spalle e Rory vide la piccola barca e il suo occupante. Quando il pescatore osò levarsi il cappello, Rory strillò sorpresa e scomparve sotto la superficie dell'acqua, mentre Dair rideva. Riemerse dall'altra parte del molo, fuori dalla visuale di Farrier ma ora in piena vista della sua sbalordita cameriera e anche di Dair, se avesse sbirciato oltre il lato delle tavole di legno. Dair si voltò verso di lei ma restò dov'era.

"Dovrei tornare al padiglione in modo che la vostra cameriera possa aiutarvi a vestirvi. Sospetto che fare la sirena vi renda famelica."

Rory rimase in silenzio per un momento, poi disse a bassa voce, così bassa da costringerlo ad avvicinarsi al bordo del molo per sentirla: "Forse vi piacerebbe fare una nuotata prima? Fa così caldo... Dovete essere veramente accaldato con quella redingote..."

"Grazie per l'offerta, ma io..."

"Oh! Oh, io non resterò. Non intendevo dire nuotare *con me*." Si corresse in fretta, imbarazzata per essere stata respinta. "Potete avere il lago tutto per voi. E gli uomini non hanno bisogno di denudarsi, possono nuotare con i calzoni. Io indossavo quelli scartati da Grasby per imparare a nuotare, quindi so quanto sia facile per gli uomini... Oppure no," aggiunse in fretta, visto il modo in cui Dair stava guardando la superficie dell'acqua, ma non giù verso di lei. "Non dovete nuotare con i calzoni, se non volete. Potete..."

"Rory. Non c'è niente che mi piacerebbe di più che nuotare nudo con voi."

Era la verità. Non c'era niente che desiderasse di più. Correzione. C'era una cosa, ma poteva aspettare. E se mai c'era stato un momento giusto per superare il suo terrore per l'acqua di lago, era proprio quello, e con lei. Ma invece di afferrare l'attimo, perché quell'attimo avrebbe dovuto aspettare finché avesse saputo come stavano le cose tra di loro, declinò educatamente, dicendo gentilmente: "Terrò buona la vostra offerta per un altro giorno. Adesso farò allontanare Farrier, di modo che possiate vestirvi. Vi aspetterò al padiglione. Ho qualcosa di importante da discutere con voi."

"Che cosa c'è di così importante?" Gli chiese Rory mezz'ora dopo, salendo i gradini per raggiungerlo nell'ombra del bel padiglione della duchessa.

Si era vestita in fretta. Il corpetto era bagnato nei punti dove non si era asciugata bene, specialmente all'altezza del seno, e i capelli, anche se tirati indietro e legati sulla nuca con un nastro di satin, gocciolavano ancora. Ma non era una brutta cosa. Senza brezza, perfino l'ombra del padiglione offriva solo un sollievo minimo dal caldo estivo.

Dair si era tolto la redingote ed era sdraiato, con il panciotto senza maniche e la camicia, con le gambe allungate sopra una fila di cuscini ricamati e una mano sotto la testa. Stava fissando il soffitto dipinto. Si era quasi appisolato quando la domanda di Rory lo risvegliò. Si sedette e le offrì i cuscini sul lato opposto del basso tavolo carico del modesto pasto: una ruota di formaggio Cheshire, un barattolo di chutney, una pagnotta di pane fresco, fette di manzo freddo, cipolline sott'aceto e un'insalata verde. Oltre alla teiera d'argento sul suo supporto e le tazze su un vassoio, c'era una caraffa di sidro di pera, che era stata immersa nel ghiaccio, ora sciolto, in un secchiello di porcellana. Rory guardò incuriosita la caraffa mentre appoggiava il bastone.

"Cortesia della cucina della cugina duchessa, esattamente come la teiera," disse Dair, versandole un bicchiere di sidro. "Il tè va bene, ma con questo caldo, meglio cominciare con una bevanda fresca. Sono veramente necessari?" Aggiunse in tono serio quando la cameriera di Rory, Edith, si avvicinò con un paio di stivaletti.

Rory scosse la testa e Edith si ritirò, tornando a sedersi tra due grosse colonne accanto ai gradini del padiglione. Prese il suo ricamo, con un orecchio alla conversazione.

Rory si sedette accanto al tavolo, infilando i piedi sotto le gonne di cotone e bevve grata il sidro.

"Siete alloggiato alla casa vedovile?"

"Sì."

"Perché non su alla casa grande con le loro grazie?"

Dair cominciò a riempire un piatto con un po' di tutto quello che c'era sul tavolo.

"Roxton è un ospite eccellente e mi ritiene ancora parte della famiglia, nonostante il mio disdicevole comportamento durante la regata. Ma ci parliamo appena." Le passò il piatto pieno, continuando a fissarla. "Ed è solo una breve passeggiata da qui alla Gatehouse, e voi..."

Rory sentì il rossore salirle al volto e sorrise senza accorgersene.

L'ammissione di Dair di stare nella casa della sua madrina per essere vicino a lei la faceva fremere dappertutto e non avrebbe potuto essere più felice. Eppure restò pensierosa quando Dair menzionò la regata. Si era tenuta proprio lì due mesi prima. Rory ricordava bene la gara di barche. Non era possibile che lei, o qualunque altro ospite dimenticasse quella giornata.

Durante la gara, uno dei figli gemelli di cinque anni del duca era caduto dallo skiff dentro il lago ed era quasi annegato. Si era salvato grazie alla prontezza del duca di Kinross. La gara era stata in sostanza abbandonata. Eppure il maggiore aveva continuato a remare e l'aveva vinta, con tanto di fanfara e vanteria da parte sua. I Roxton avevano tenuto la bocca chiusa sull'intero incidente. E siccome nessuno poteva pensare che un eroe di guerra fosse capace di ignorare una richiesta di aiuto, ci doveva essere una spiegazione perfettamente ragionevole del motivo per cui il maggiore aveva continuato a remare per vincere la gara.

Rory poteva anche non conoscere il motivo alla base del comportamento di Dair, ma riteneva di avere una comprensione maggiore di altri di quell'episodio. Il punto migliore per vedere la gara di barche era da una tenda installata sul punto più alto della vasta distesa di prato. E lì Rory aveva visto il maggiore tagliare il traguardo sotto l'arco del ponte di pietra, la prima delle tre barche che avevano completato la gara. E mentre la folla ignara festeggiava il vincitore, Rory aveva visto altre due barche, l'una vicina all'altra, che progredivano lentamente verso il ponte, chiaramente non più in gara. Fu solo molto dopo che sentì della scampata tragedia. Ma prima ancora, prima che lo sbalorditivo incidente diventasse di dominio pubblico, il maggiore e il suo gruppetto di seguaci, inclusa una covata di giovani bellezze che pendeva dalle sue labbra, si erano precipitati nella sua tenda in cerca di rinfreschi.

Il maggiore era in piena forma. Aveva un braccio sulle spalle di Cedric Pleasant, non perché gli servisse il sostegno dell'amico per restare in piedi dopo lo sforzo fisico, ma per riconoscere affettuosamente l'appoggio del signor Pleasant per la vittoria. Mentre raccontava i punti salienti della gara ai suoi compagni, Rory era sicura che le femmine adoranti che facevano parte del suo gruppo, specialmente le gemelle Aubrey, due bellezze snelle con grandi occhi castani, sentissero solo una parola su dieci, troppo prese, come Rory stessa, ad ammirare il fisico attraente e possente del maggiore. I capelli neri scomposti gli ricadevano umidi sulla fronte e sugli occhi. La solita ampia camicia di lino bianca era completamente fradicia e quindi aderiva a ogni muscolo del torace, come i calzoni aderenti color panna, che mostravano al meglio la sagoma delle cosce sode.

Rory aveva fatto ricorso al ventaglio, sentendosi improvvisamente stordita alla presenza di una tale potente virilità e perché lo spazio dentro la tenda si era di colpo fatto caldo e opprimente, affollato com'era da un pubblico desideroso di far parte dei festeggiamenti per la vittoria del maggiore. Quando il signor Pleasant gli aveva ficcato un boccale di birra in mano, il maggiore lo aveva svuotato di colpo, tra le urla di incoraggiamento. Poi il maggiore era stato risucchiato dalla folla di ammiratori, lasciando Rory sulla sua sedia a guardare le schiene dei signori e le creazioni complicate e stropicciate dei vestiti *à la polonaise* delle signore.

Ignorata e sentendosi invisibile, Rory aveva afferrato il suo bastone, per cercare aria fresca e sollievo sul prato. Ma non era facile per lei alzarsi da una sedia. Era accerchiata dalla folla troppo presa dal momento. Cinque minuti dopo però, la folla si era divisa per permettere al maggiore, con un cameriere alle calcagna, di spostarsi sul fondo della tenda. Si era fermato a un passo dalla sedia di Rory, con lo sguardo fisso in un punto sopra la sua testa, senza accorgersi di lei. Qui il servitore lo aveva aiutato a infilarsi il panciotto di seta ricamato.

Rory non aveva mai smesso di guardarlo in volto. Lei, che se ne stava sempre seduta nel suo angolino tranquillo, a osservare senza mai essere osservata, aveva visto ciò che gli altri non potevano vedere e ciò che lui non voleva che gli altri vedessero. Appena aveva voltato le spalle a tutti quanti, la maschera di strafottenza che indossava in pubblico era caduta. Sparito lo scintillio negli occhi, il sorriso sicuro. Il volto si era rilassato in puro sollievo, da che cosa Rory non aveva idea, ma era come se gli avessero assegnato un compito che era sicuro di fallire, solo per eseguirlo miracolosamente bene. Aveva preso un profondo respiro e chiuso gli occhi per un attimo, forse ringraziando il cielo per aver superato quella che sicuramente doveva essere stata un'esperienza difficile a giudicare dal sollievo scritto a grandi lettere sulle sue belle fattezze.

Rory aveva istintivamente capito che aveva a che fare con la gara di barche, proprio come sapeva, in quel momento, mentre si sedeva davanti a lui all'ombra nel padiglione, che lui voleva confidarsi con lei. Quindi rifletté attentamente sulle parole da pronunciare, strappando la mollica dal pezzo di pane che aveva nel piatto. La mangiò prima di dire, nel tono più tranquillo che riuscì a trovare, un'occhiata veloce attraverso il basso tavolo davanti al quale Dair era seduto sui cuscini, a gambe incrociate, a impilare fette di carne su una grossa fetta di pane: "Avete dato spettacolo alla regata..."

"Spettacolo? Ah! Uno dei migliori che abbia mai dato. Altrimenti sarei stato destinato al fallimento. Ma la parola fallimento non c'è nel mio vocabolario. Quindi, dal momento in cui ho messo piede sul molo e dentro la barca, e finché ne sono sceso dopo il traguardo, ho messo su il miglior spettacolo di tutta la mia vita. Sono contento di non ricordare assolutamente niente: remare, quello che è successo durante la gara, le urla di incoraggiamento dalla riva. Non ho mai guardato né a destra né a sinistra e non mi sono fermato, per niente e nessuno. Non potevo..."

"Quindi avete continuato a remare mentre altri potevano aver bisogno del vostro aiuto?"

"Sì. Ma mio fratello mi ha assicurato che non c'era stato bisogno del mio aiuto."

"Ma sicuramente vi sareste fermato, se avessero chiesto il vostro aiuto?"

"Sinceramente?" Dair la guardò fisso, nonostante la sensazione di calore che gli bruciava la gola. Si chiese se fosse possibile veder arrossire un uomo sotto la barba. "Non posso rispondervi. Ho solo remato come un dannato demonio, deciso ad attraversare la linea del traguardo e arrivare sulla terraferma nel minor tempo possibile."

"Avreste potuto rifiutare l'invito a partecipare alla gara," gli disse Rory, poi si corresse immediatamente. "No, ovviamente non potevate. Dair Fitzstuart non rifiuta mai una scommessa. Se lo facesse sarebbe strano e i vostri amici potrebbero farsi delle domande..."

"Sì... Mi consola un po' sapere che ero troppo lontano per essere di aiuto se mi avessero chiamato; così mi ha raccontato Charles. Il piccolo Louis era caduto fuori bordo e stava affondando velocemente e Kinross si è tuffato e lo ha salvato prima ancora che Charles o Roxton avessero il tempo di reagire."

Rory continuò a giocherellare con il pane senza mangiarlo, lasciando un guscio di crosta vuoto e un mucchietto di briciole sul suo piatto.

"Credo che se vostro fratello vi avesse chiamato sareste istintivamente andato ad aiutarlo, senza pensare ad altro."

"Grazie per la fiducia. Significa molto per me..."

Rory sorrise timidamente a quel complimento, ma non smise di fissarlo.

"Non avete pensato alla vostra sicurezza quando avete salvato quella famiglia sul campo di battaglia a Brooklyn Heights, no?"

"È diverso in battaglia. So come comportarmi e come trattare i miei uomini su un campo di battaglia. Ed eravamo sulla terraferma."

"Ma di certo in battaglia lo scopo principale è di assicurarsi la vittoria a ogni costo?"

Dair le rivolse un sorrisino sghembo. "Possiamo anche non esserci assicurati la vittoria di recente, ma abbiamo vinto nella campagna di Long Island. Avremmo anche catturato Washington e i suoi ribelli, se non fossero sgattaiolati via nel mezzo della notte."

"Ma vicino al Jamaica Pass avete salvato una donna e i suoi due figli da una casa in fiamme; una casa cui aveva dato deliberatamente fuoco la milizia coloniale che credeva che la donna stesse ospitando un generale del re. I ribelli non ci avrebbero pensato due volte a sacrificare quelle vite se avesse significato stanare e assicurarsi la preda più importante, il generale Clinton. Eppure siete entrato in un edificio in fiamme, mentre tutti intorno stavano sparando e con il nemico vicinissimo, e avete salvato non solo quelle tre vite, ma anche quella del generale."

"Vedo che vi tenete al corrente delle vicende della guerra nelle colonie e che avete letto i resoconti dei giornali su quella scaramuccia," rispose Dair con un sorriso imbarazzato. "Ma non c'era parola in quei resoconti della cattura del generale Sir Henry Clinton. Non sarebbe stato un bene per il morale del pubblico."

La fronte di Rory perse la piccola ruga che si era formata mentre spalancava gli occhi azzurri e pronunciava un silenzioso 'Oh'. Quando Dair scimmiottò le sue azioni, Rory sorrise con le fossette e confessò.

"Come nipote del capo dello spionaggio sono al corrente di piccole cose non alla portata del grande pubblico. Ovviamente non rivelerei mai le mie fonti, ma anche voi godete della fiducia di mio nonno, quindi non ritengo di aver tradito nessuno."

"Rory, vi rendete conto che c'è chi, da entrambi i lati di un qualsiasi conflitto, non ci penserebbe due volte a usare vite innocenti come mezzo per raggiungere uno scopo?"

Stava pensando specificamente a Lord Shrewsbury. Ma non lo avrebbe mai menzionato per nome proprio a lei, distruggendo così la visione amorevole che aveva di suo nonno. Lord Shrewsbury era un capo dello spionaggio astuto e senza scrupoli, senza coscienza quando si trattava di vincere a tutti i costi. Per lui, valeva qualunque prezzo. Non per Dair. I bambini erano innocenti, quali che fossero le azioni dei loro genitori e qualche volta nonostante quelle. Ragione sufficiente per cui non avrebbe mai potuto prendere il posto di Shrewsbury e per cui avrebbe rifiutato l'offerta se gliel'avessero fatta. Ma quella conversazione era destinata a un altro giorno e con il suo mentore. Spinse di lato il piatto dicendo tranquillamente: "Potrete anche trovarlo difficile da credere, ma non tutte le donne sono spettatrici innocenti in guerra."

"Oh, non lo trovo per niente difficile da credere," lo contraddisse onestamente Rory. "Il nostro sesso non ci preclude di prendere le parti in un conflitto e di agire in base alle nostre convinzioni."

"Il marito della donna che ho salvato era un ribelle, ma lei non lo era. Era una lealista e una spia per noi. Dovevo salvarla. Non potevo permettere che cadesse in mani nemiche, sapeva troppo. Ma non è il motivo per cui l'ho salvata. Non potevo togliere ai suoi figli la loro madre."

"Certo che non potevate," rispose Rory con un sorriso. Poi si accigliò. "Se mio marito fosse un soldato ribelle, o uno degli uomini del re non potrei tradirlo spiando per i suoi nemici. Lo sosterrei, lo aiuterei in ogni modo possibile. Non è questa la natura del matrimonio? Sostenersi a vicenda nella buona e nella cattiva sorte?"

"E se non credeste nella sua causa?"

Rory fece un risolino incredulo all'idea stessa.

"Stupidone. Perché mai dovrei sposare un uomo se non credessi nella sua causa? Prima di sposarci dovremmo conoscerci abbastanza bene, amarci abbastanza e stimarci, tanto da rendere la cerimonia una semplice formalità. Non ci sarebbero sorprese né incertezze. Saremmo d'accordo, se non su tutto, almeno sulle cose di primaria importanza. Se non fosse così, tanto varrebbe sposare un *palo*!"

Dair aveva sulla punta della lingua la battuta che sposare un palo era preferibile a sposare il signor William Watkins, ma non voleva guastare il loro *tête-à-tête* menzionando la Faina, quindi disse in un tono che sperava indifferente: "Allora, signorina Talbot, che cosa considerate di primaria importanza in un matrimonio?"

Rory fece spallucce e alzò una mano in un gesto che suggeriva che la risposta era ovvia.

"Amore. Rispetto. Amicizia. Onestà. Fiducia..."

"Compatibilità fisica?"

"Certo. Sicuramente se ci sono amore, rispetto, amicizia, onestà *e* fiducia in un matrimonio ci sarà anche compatibilità fisica?"

Dair si lasciò scappare un sorrisino.

"Ci può essere compatibilità fisica anche senza matrimonio..."

Il volto di Rory si riempì di colore, imbarazzo e rabbia. L'espressione compiaciuta e quel sorrisino la irritarono più del dovuto.

"È una cosa completamente diversa. È come-come rubare il cibo dalla tavola di un'altra persona!" Disse con furia rabbiosa. "Potrà soddisfare un bisogno momentaneo ma quanto costerà in termini di autostima e di sensi di colpa? Quel tipo di accoppiamenti è sicuramente insoddisfacente perché manca delle qualità di cui ho parlato che rendono così soddisfacente l'amore fisico tra marito e moglie. Anche se so benissimo che sia gli uomini sia le donne hanno amanti, io non potrei mai tradire mio marito in quel modo vile. Che lui possa avere un'amante..." Fece un respiro profondo, consapevole di aver detto più di quanto doveva e gli diede in fretta un'occhiata, cercando i suoi occhi per capire se stesse ridendo di lei, delle sue ingenue dichiarazioni su una materia di cui non aveva esperienza. "Se mio marito mi fosse infedele vorrebbe dire che le qualità che ci avevano unito non esistono più. Non potrei restare sposata a un uomo simile."

"Ma non c'è modo per una donna di uscire da un matrimonio."

Rory sostenne il suo sguardo.

"Da lì l'importanza di fare la scelta giusta, o non scegliere del tutto, prima del matrimonio; anche se perché stiamo parlando di matrimonio proprio non lo so, visto che sono completamente digiuna a quel riguardo e-e riguardo a tutto il resto. Quindi la mia opinione non ha valore..."

"No, non è vero. La vostra opinione conta, conta moltissimo... per me. Chiedo scusa se vi ho messo a disagio. Volevo solo esprimere l'idea che nonostante sia possibile avere compatibilità fisica al di fuori del matrimonio, è impossibile che un matrimonio prosperi se non esiste compatibilità fisica. Ma capisco il vostro punto di vista. Se l'amore, il rispetto, l'onestà, la fiducia *e* l'amicizia esistono, non c'è motivo per cui marito e moglie non debbano godere dell'intimità fisica. E se non è così, sicuramente la colpa è dell'uomo, che dei due è quello che ha esperienza. Anche se, in qualche raro caso, entrambe le parti possono essere ignoranti..."

"Certamente no?" Rory trovava assurda l'idea, in particolare in quella compagnia. Ma quando Dair non la disilluse, perse il sorriso incredulo, chiedendosi a chi si stesse riferendo, perché doveva avere qualcuno o una coppia in mente. "Allora le due parti non dovrebbero lavorare insieme per trovare una soluzione al loro... *rebus*?"

Dair scoppiò a ridere. "*Rebus*? Oh, Delizia. Mi piace proprio la vostra scelta di parole! *Rebus*. Un eufemismo perfetto!"

La sua risata era contagiosa. Rory ridacchiò e stava per fare una battuta inopportuna quando furono interrotti da un suono che sembrava provenisse da un topo ferito. Le fece perdere il filo del discorso e guardò la sua cameriera, perché era da lì che arrivava il rumore. Ma non c'erano topi, nessun animaletto ferito. Solo Edith, seduta rigida, con le mani strette in grembo e gli occhi sgranati che fissava Rory, la bocca chiusa talmente stretta da mettere in evidenza i tendini del collo.

Prestando un orecchio attento alla conversazione, ogni parola sembrava condurre la coppia verso un'intimità inappropriata tra uno scapolo e una nubile. E quando la conversazione toccò l'argomento completamente inopportuno delle relazioni intime tra marito e moglie, e poi addirittura l'idea assolutamente scandalosa di rapporti intimi al di fuori del matrimonio, Edith non riuscì più a controllarsi. Ma invece di interrompere quel discorso scandaloso con la scusa che era ora di ritornare alla Gatehouse, e indicare il pony e la carrozzella che le aspettavano sotto l'ombra del grande albero di tiglio sul prato davanti al padiglione, espresse la sua disapprovazione in modo tutt'altro che intenzionale. Tutte le parole trattenute uscirono dalle sue labbra in uno squittio di allarme, somigliante a quello di un topo aggredito da un gatto o, all'orecchio di Dair, di un gatto la cui coda fosse stata chiusa in una porta.

Comunque il rumore ebbe l'effetto desiderato di rendere la coppia nuovamente cosciente di dove si trovava. E, pur sottolineando quanto fosse sconveniente la loro conversazione, mise ancor più in evidenza quanto si sentissero a loro agio insieme. E la cosa fu ancora più evidente quando Rory guardò Dair da sotto le ciglia e lui le fece l'occhiolino. Si scambiarono un sorriso complice, come se li avesse colti a collaborare a qualcosa di completamente peccaminoso. Eppure rispettarono l'editto inespresso della cameriera e riportarono doverosamente la loro attenzione ai rispettivi piatti e al cibo rimasto. Consumarono il resto del pasto in silenzio, con Rory che spilluzzicava mentre Dair mangiava di gusto, come sempre. Rory si chiedeva se i maschi grandi e vigorosi avessero dei pozzi senza fondo al posto dello stomaco. Anche se la nuotata nel lago le aveva fatto venire appetito, con Dair davanti, curiosamente, non aveva per niente fame. Quando Dair svuotò il suo bicchiere di sidro di pere e le riempì nuovamente il suo, Rory chiese in un sussurro: "Perché dovevate remare come... *un dannato demonio?*"

Dair sorrise involontariamente davanti all'esitazione di Rory nel pronunciare l'imprecazione ed ebbe il desiderio irrefrenabile di saltare dall'altra parte del tavolo e baciare la sua adorabile bocca. Tenne a freno l'istinto e finì il resto del pane con un mucchio di fette di carne, annegate nel chutney, dicendo, quando ebbe saziato l'appetito: "Non mi crederete... No, non è vero. *Voi*, più di chiunque altro, mi crederete, perché riuscite a vedere oltre la recita. Voi vedete *me*, vero, Delizia?"

Rory annuì e tese la mano attraverso il tavolo tra i piatti e i vassoi vuoti, sperando che Edith fosse tornata al suo ricamo, perché se la sua cameriera aveva ritenuto poco appropriata la conversazione avrebbe certamente disapprovato che la coppia si tenesse per mano. Ma a Rory non importava più ciò che pensava la sua cameriera o chiunque altro. Era ebbra di felicità, ma forse era perché non aveva mangiato? No! Certo era così che ci si sentiva quando si era innamorati? In preda alle vertigini, incapaci di mangiare, così felici da aver voglia di correre sul prato e rivelare i propri sentimenti al mondo. E capì che era proprio così quando Dair intrecciò le dita con le sue e una sensazione calda, non molto diversa da un formicolio, non sapeva come altro descriverlo, le fluì su per il braccio, la invase e si fermò all'altezza del cuore. Fu come se fosse di colpo immersa in una vasca piena di acqua calda e fragrante. Ma fu quando Dair sorrise guardandola negli occhi e pronunciò la sua franca ammissione che capì nel profondo del suo cuore che anche lui si sentiva come lei.

"Com'è possibile che non *vi* abbia visto fino a poco tempo fa?" Chiese Dair, con una nota di incredulità nella voce. "Come ho potuto essere così cieco...?" Scosse la testa davanti al suo stesso stupore e sorrise imbarazzato. "Non sono il più perspicace degli uomini, specialmente quando indosso la maschera che la società si aspetta di vedere. Avete detto voi stessa che sono un buon attore. Sono bravo a nascondere agli altri il vero me e le mie intenzioni. Una spia deve essere brava a camuffare sia la sua figura sia i suoi sentimenti." Si pizzicò tra l'indice e il pollice prima la guancia e poi il lobo dell'orecchio. "Mi faccio crescere la barba, metto un orecchino d'oro, mi lego un fazzoletto rosso al collo e riesco a impersonare un corsaro davanti ai nativi del Portogallo, senza farmi scoprire né importunare. Ho indossato le divise di nemici, affrontato battaglie per sua maestà, da dragone senza paura... Eppure, quando si tratta di remare, o nuotare, nelle acque scure dove crescono fitte e robuste le canne," si chinò sopra il tavolo, senza sorridere, non volendo farsi sentire da altri, "io sono... Sono un *codardo*."

Le dita di Rory si strinsero sulle sue alla parola *codardo*, rendendosi conto di quanto coraggio ci era voluto da parte sua, un soldato che aveva rischiato la vita molte volte per il suo re e il suo paese, per confidarle la sua paura. Si schiarì la gola per l'emozione e ritrovò la voce.

"Un eroe di guerra non è un codardo. *Voi* non siete un codardo. La paura di annegare è naturale quanto respirare. Quanti di noi sanno nuotare o si prendono la briga di imparare? I nostri marinai non hanno l'obbligo di saper nuotare, eppure passano la maggior parte della loro vita in mare."

"Rory, io so nuotare. Almeno, credo di saperlo ancora fare. Sono molti anni che non lo faccio. Me l'hanno insegnato da ragazzo. Presumo che sia come andare a cavallo. Una volta imparato non si può disimparare. Mi riterrete senza dubbio due volte pazzo, se vi dico che non ho problemi ad andare per mare. Navigare in alto mare non mi dà fastidio." Scrollò le spalle. "Forse sono l'odore e il sapore del sale nell'aria o il movimento delle onde, o entrambe le cose che placano la mia paura di vaste distese d'acqua? Qualunque cosa sia, è provvidenziale, altrimenti avrei sofferto le pene d'inferno andando avanti e indietro dall'America con il mio reggimento."

"Quindi sono solo le acque ferme che vi preoccupano?"

Dair sorrise. "Grazie per aver usato la parola preoccupano. Sì, mi preoccupano, tanto."

Rory guardò le loro dita allacciate e fu sorpresa di quanto fossero piccole e sottili le sue dita in confronto a quelle di Dair. Era un orso ed era difficile capire come con quelle dimensioni potesse aver paura di qualcosa, men che meno le fresche, calme acque di un lago dove lei passava tante ore felici nuotando, sentendosi aggraziata e completamente viva. Le piaceva veramente con la barba. Tagliata corta e scura come i capelli e i peli sul petto, gli donava. Sembrava che i suoi occhi fossero più scuri e il sorriso più brillante. Che peccato che la moda imponesse i volti ben rasati.

Stava procrastinando, chiedendosi come fare a chiedergli che cosa gli era successo quando era ragazzo per aver paura di nuotare in un lago. Doveva essere stato qualcosa di enorme, qualcosa di spaventoso che gli aveva lasciato una profonda ferita nella mente, perché era un soldato impavido che aveva affrontato più volte la morte. Si sentì fare la domanda.

"Perché vi preoccupano le acque ferme, Alisdair?"

"Perché, Delizia, il giorno del mio decimo compleanno, mio padre mi ha affogato in un lago."

VENTUNO

Non aveva detto *ha cercato di affogarmi*. Aveva detto mi *ha affogato*. Rory fu più stupita di quanto pensasse fosse possibile. Le domande si affollarono nella sua mente, tante da considerare saggio non dire niente. Dair avrebbe parlato a tempo debito, e a modo suo. Non voleva dire niente che potesse bloccarlo. Eppure la presenza di Edith la preoccupava, forse più di quanto infastidisse lui. Non era giusto che la cameriera sentisse la sua confessione intima e chiaramente tormentata, quindi la mandò via con poche parole sussurrate, su alla casa vedovile a chiamare un servitore che portasse via i resti del pasto. Doveva essere stata l'espressione del suo volto a convincere Edith a obbedire e andarsene dal padiglione con una breve riverenza, senza una parola di protesta.

Rory si domandava se Dair avesse notato che Edith era andata via, tanto era remoto il suo sguardo. Eppure, appena la sua cameriera sparì giù dalle scale e fu sul prato, Dair le afferrò le dita un po' più strettamente di quando intendesse e disse, semplicemente: "Era il mio decimo compleanno. Charles e io stavamo aspettando che nostro padre ci raggiungesse al lago. Doveva guardarmi mettere in acqua un modellino di barca a vela, il mio regalo di compleanno. Beh, i ragazzi sono ragazzi, specialmente ragazzi costretti ad aspettare tanto tempo da dimenticare che cosa stanno aspettando." Alzò gli occhi dalle loro dita intrecciate per sorriderle, un lampo di denti bianchi. "Non ci volle molto prima che ci togliessimo redingote, scarpe e calze e arrotolassimo i calzoni sopra le ginocchia per camminare nell'acqua e varare la mia barca. In un altro qualunque giorno saremmo rimasti in mutande. Ma ci avevano fatto una predica, dicendoci che dovevamo restare puliti perché i vestiti erano nuovi."

Dair fece spallucce.

"A essere sincero, i particolari ancora mi sfuggono. Tutto quello che so è che Charles e io avevamo cominciato a schizzarci, l'albero del modellino si era rotto mentre giocavamo e io avevo dato la colpa a lui. Abbiamo cominciato ad azzuffarci. Non era niente di serio. Io ero grande per la mia età, anche allora, e Charles era più basso di tutta la testa. Non gli avrei mai torto uno dei suoi capelli rossi... Ma, come sono soliti fare i fratelli minori, Charles urlava il doppio di me. Gli misi la testa sott'acqua, per punirlo. Respirò un po' d'acqua e cominciò a tossire. Invece di sentirmi in colpa cominciai a ridere. E più forti erano i suoi ululati, più ridevo. Nostro padre ci aveva raggiunto a quel punto, ma quasi non ce ne eravamo accorti. Charles mi accusò di aver cercato di affogarlo.

"Non lo biasimo per averlo detto. Aveva solo otto anni ed entrambi temevamo nostro padre più di quanto temessimo i mostri sotto il letto. Era un uomo rigido, freddo, che non aveva tempo per i bambini, specialmente per me. Non riusciva a concepire che io preferissi restare all'aperto a fare qualcosa, qualunque cosa, piuttosto che restare seduto davanti a una pila di vecchi libri polverosi. Passavo il tempo durante le lezioni a guardare le pecore fuori dalla finestra, e ho provato la sferza più volte di quante riesca a ricordare. La mia mancanza di attitudine e di applicazione lo infastidiva oltre i limiti della sua scarsa pazienza. Aveva un'idea precisa di come doveva essere il suo erede e non ero io."

Sorrise, ma era quasi una smorfia, e scosse la testa.

"Ironicamente, Jamie è esattamente il tipo di figlio del quale sarebbe stato fiero: studioso, di temperamento riservato e può passare ore con il naso affondato tra le carte."

"E voi siete fiero di lui, esattamente così com'è."

"Sì. Ma io so che cos'è l'autostima. Io apprezzo il valore della diversità; il *suo* valore. Mio padre era un uomo insicuro e amaro, che portava in sé vecchi risentimenti. Voleva farmi diventare quello che avrebbe dovuto essere lui e non era riuscito... Ma tornando al mio decimo compleanno...

"Nostro padre disse che meritavo una lezione. Disse che dovevo capire che cosa significava annegare, così che non ci avrei mai più provato con il mio fratellino. Mi prese per la nuca e mi tenne sott'acqua... La mia faccia... Ricordo l'intrico di canne... Non sentivo i tagli sulla carne... L'ultimo momento cosciente fu l'acqua nera che mi saliva nel naso...

"Quando mi risvegliai dall'oscurità ero sulla riva... Stavo tossendo acqua dai polmoni e con l'acqua c'era sangue. Avevo il volto lacerato dalla fronte al mento...C'era gente intorno e tante urla. Mia sorella, Mary, mi ha raccontato lei il resto. Era uscita in terrazza, aveva visto che cosa stava succedendo e aveva urlato chiamando nostra madre. Quando arrivarono sulla riva del lago ero fuori dall'acqua e respiravo, salvato da Banks, il capo giardiniere.

"Sì, proprio così," disse con un sorriso quando le dita di Rory si mossero nelle sue, "lo stesso papà Banks che avete incontrato. A un prezzo altissimo per lui e la sua famiglia, Banks intervenne. Strappò via mio padre, mi portò sulla terraferma dove fece uscire l'acqua dai miei polmoni. Più tardi, ho scoperto che mio padre era troppo sbalordito per reagire all'intervento di Banks. Ma una volta che ebbi ripreso a respirare, colpì forte Banks sul volto perché aveva interferito. Banks non restituì il colpo. Come poteva? Lo avrebbero impiccato se avesse colpito un nobile o, come minimo, lo avrebbero deportato. Già così perse il lavoro e lo perse anche sua moglie, la mia vecchia balia, e la sua famiglia fu gettata fuori senza referenze e nessun posto dove andare..."

"Com'è finita la famiglia a casa Banks?" Lo sollecitò Rory. "Avevano qualche parente in quella casa che li ha ospitati?"

Dair scosse la testa.

"No. Per un anno vissero di carità. Senza un posto dove andare e senza referenze, andarono alla deriva, impossibilitati a trovare un lavoro fisso. E poi *Monseigneur*, il vecchio duca di Roxton, li trovò, li alloggiò e trovò un impiego a Banks all'orto botanico."

Sorpresa che il vecchio duca si fosse lasciato coinvolgere in quell'episodio traumatico della vita di Dair, Rory non poté fare a meno di interromperlo. "Il mio *padrino* ha trovato una casa alla famiglia Banks? Un impiego al signor Banks?"

Dair la guardò come non ci fosse niente di strano in quella circostanza.

"Certo. Non solo ha aiutato la famiglia Banks, ma appena scoprì che cosa mi aveva fatto mio padre, *Monseigneur* gliene chiese conto. Non so che cosa si dissero ma, non molto dopo, mio padre partì per le Indie Occidentali per ispezionare le piantagioni di zucchero della famiglia e non è più tornato. Si dice che fosse su ordine del duca, e io ci credo. Io andai a Harrow, e fu la cosa migliore che mi potesse capitare all'epoca, e ottenni di poter passare parte delle vacanze con la famiglia Banks."

Sembrò di colpo imbarazzato e Rory fu ripagata del suo silenzio quando Dair esclamò: "Senza dubbio, se fosse stato in grado di predire che cosa sarebbe successo durante una di quelle vacanze, il duca ci avrebbe pensato due volte a permettermi quelle visite."

"Vi siete innamorato di Lily Banks e lei è rimasta incinta di vostro figlio."

"Rory, è la seconda volta che avete dichiarato con sicurezza che ero innamorato di Lil. Avevo diciassette anni e Lily sedici. Quello che è successo tra di noi non avrebbe dovuto succedere, ma è successo. Non posso dire che vorrei che non fosse mai successo, perché ora ho Jamie. C'è un grande affetto tra di noi, ma non ci siamo mai *innamorati*. Lil è innamorata di suo marito, ed è giusto, e io... Io sono dovuto crescere in fretta. Non c'è stato un Grand Tour per me. Il duca non mi diede scelta. Mi comprò un rango di ufficiale nell'esercito e, due mesi dopo la nascita di Jamie, Lil sposò Daniel Banks e io partii per raggiungere il mio reggimento. Ma non ho rimpianti, riguardo a Lil, a Jamie, al tempo passato come ufficiale."

"Non ne dubito," rispose Rory con un sorriso. "Avete un ragazzo meraviglioso che viene educato in un ambiente amorevole; la signora Banks è una buona madre per lui e per tutti gli altri suoi figli. Ma," aggiunse con una smorfia di perplessità, "non capisco perché il duca di Roxton si sia immischiato negli affari della vostra famiglia... come sia riuscito a far bandire vostro padre, che non mi sembra fosse un tipo docile e arrendevole. In effetti, sembra avere un carattere impetuoso e una comprensione molto limitata dei bambini, della gente in genere. Quel tipo d'uomo sta meglio da solo con i suoi libri e dovrebbe possibilmente restare scapolo a vita! Spero di non avervi offeso..."

"Per nulla. Avete centrato perfettamente la situazione. Ma certo avrete capito perché il duca di Roxton sia intervenuto a mio favore, perché si sia interessato?"

Quando Rory lo guardò perplessa, glielo spiegò.

"Mio padre aveva disonorato non solo la sua famiglia più prossima, ma tutta la famiglia allargata e, cosa ancora più importante, il capo della *sua* famiglia. Gettando sulla strada la famiglia Banks, dipendenti di buon carattere e che avevano servito fedelmente, una famiglia i cui antenati avevano servito i miei fin dal tempo di Giacomo I, mio padre aveva irrimediabilmente macchiato il suo buon nome. Può anche essere un conte, ma anche *lui* deve rispondere a un'autorità famigliare più alta, il capo della sua famiglia."

Quando Rory continuò ad aggrottare la fronte, senza capire, Dair sorrise e cercò pazientemente di spiegare una faccenda che a lui sembrava semplicissima.

"Apparteniamo tutti a una famiglia estesa. È così che funziona per gente come noi; è così che la nobiltà resta potente e controlla il regno. Diversamente dai nobili francesi, che si inchinano al loro sovrano, noi abbiamo la Magna Carta. Anche vostro nonno, quando è necessario, deve inchinarsi ai desideri del capo della sua famiglia."

"Capisco che siamo tutti imparentati in un modo o nell'altro ma sicuramente il nonno, come conte di Shrewsbury, risponde solo a se stesso?"

Dair dimenticò dov'era, tanto da portare la mano di Rory alla bocca e baciarla.

"Gli piacerebbe moltissimo sentirvelo dire! E farlo credere a voi e a tutti gli altri. Come capo dello spionaggio, certamente ha più potere di altri. Ma quando si parla degli affari di famiglia, quando si tratta di alleanze personali e famigliari, sua signoria deve obbedire come tutti noi. Non che il capo della nostra famiglia intervenga regolarmente o interferisca; solo quando ci sono dispute o, come nel caso della condotta di mio padre nei confronti dei Banks, quando sono in gioco l'onore e la reputazione della famiglia."

"A che famiglia estesa deve lealtà mio nonno?"

Appena pronunciata la frase ebbe un'illuminazione. L'espressione di meraviglia che apparve sul suo volto fece allargare il sorriso a Dair: la trovava adorabile. Le lasciò dire quello che aveva pensato.

"Il duca di Roxton è il capo della famiglia del nonno e della vostra. Noi, voi e io, apparteniamo alla stessa famiglia estesa, ma a rami diversi?" Quando Dair annuì, Rory sorrise. "Oh! È chiaro. Ora capisco perché il vecchio duca aveva accettato di essere il mio padrino. Come poteva rifiutarlo al nonno, anche se probabilmente lo avrebbe desiderato, *allora*. Anche se forse era stata la duchessa a convincerlo...? Ha un cuore talmente tenero e gentile, e so quanto si amassero. A *lei* non lo avrebbe rifiutato."

Dair la guardò stupito. "Perché avrebbe dovuto rifiutare? E perché la cugina duchessa avrebbe dovuto persuadere il vecchio duca a essere il vostro padrino?"

Rory arrossì suo malgrado. Non voleva dirlo a voce alta, ma lo fece.

"Perché ero nata... Per come sono," disse sommessamente. "Perché sono... sono una storpia."

Dair aggrottò la fronte, infuriato e strinse le labbra. Sembrava più arrabbiato di quanto lo avesse mai visto, come una nuvola nera che stesse rotolando giù dalle colline. Rory cercò di liberare la mano, ma Dair non la lasciò andare. Si chiese che cosa lo avesse fatto infuriare di più: che avesse accusato i suoi padrini di essere di idee ristrette, o che si fosse definita una storpia a voce alta, facendolo sentire in imbarazzo.

"Stupidaggini! Non è quello che siete, piccola idiota! Siete molto più di quello e se pensate che le loro grazie abbiano esitato a diventare i vostri padrini per una sciocchezza simile, allora non li conoscete proprio!"

"Non ho detto che abbiano rimpianto di essere i miei padrini," replicò sommessamente Rory, anche se era arrossita quando si era espresso così violentemente in suo favore, chiedendosi cosa pensarne. "Ma quando sono nata, i medici dissero a mio nonno che anche il mio cervello era danneggiato, come il mio corpo. Prima che fossi in grado di camminare e di parlare, e dimostrare così di avere un cervello funzionante, deve essere stato difficile per il nonno chiedere al duca e alla duchessa di essere i miei padrini. Ma capisco perché il nonno voleva che il capo della famiglia fosse il mio padrino. Accettandomi, non solo il duca e la duchessa mi stavano dando la loro benedizione, ma implicitamente dichiaravano che ero sotto la loro protezione. Mi ha sempre meravigliato come fossi prontamente accettata ai ricevimenti dei Roxton; perché altri nell'ampia cerchia dei Roxton mi invitassero ai loro balli e feste quando certamente, se non fossi stata la figlioccia del duca, non ci sarebbero stati inviti."

"Vi state sottovalutando, Delizia," le disse gentilmente Dair, svanita tutta la rabbia. "Qualche minuto in vostra compagnia basta a confermare la buona opinione delle persone. Inoltre, siete il più bel fiore in qualunque bouquet in una sala da ballo, senza tener conto del resto."

"Peccato allora che sia stata relegata in un vaso nelle sale da ballo fin dalla mia prima stagione. Se mai fossi stata sulla pista con gli altri bei fiori," ribatté Rory con un sospiro di delusione, anche se la fossetta sulla guancia gli diceva che era lieta della sua valutazione, "avreste potuto notarmi prima."

"Sono contento che siate restata nel vostro vaso mentre ero lontano a combattere," le disse baciandole ancora la mano, questa volta fissandola negli occhi mentre lo faceva, "altrimenti sareste sposata a un altro e avreste già un paio di marmocchi."

"Sposata a un altro? Questo significherebbe che da qualche parte c'è qualcun altro per me…"

Dair chinò la testa di lato. "Quindi credete che ciascuno abbia solo un unico vero amore?"

Era così ma Rory non riuscì a dirlo, visto il tono scettico con cui glielo aveva chiesto. E fu un bene, perché la confidenza che le fece dopo le fece ringoiare quelle parole e bandire l'idea che anche lui potesse crederlo.

"Anche i miei genitori lo pensavano, all'inizio. Prima che si sposassero; prima che passassero la loro prima notte insieme come marito e moglie."

"I vostri genitori non hanno trovato una soluzione al loro... al loro *rebus*?"

Dair si batté un dito sul naso, il segnale che lei aveva proprio colpito nel segno.

"Esatto. Sospetto che a causa dell'inesperienza di entrambi fosse impossibile trovare una soluzione."

"Se fossero stati veramente innamorati, se fossero stati destinati a restare insieme per sempre, avrebbero fatto di più per trovare una soluzione."

"Che romantica siete!"

Rory fece il broncio. "Lo dite come se fosse una brutta cosa."

"Assolutamente no. Ma essere pratici serve, specialmente visto che un matrimonio è per sempre. I miei genitori non si erano nemmeno scambiati un bacio appassionato prima dello scambio dei voti. Notevole."

"Non potete biasimarli. Non è insolito per una ragazza di buona famiglia e un gentiluomo intento a conservarne la virtù non baciarsi fin dopo il matrimonio. Grasby e Drusilla non si sono scambiati un bacio fino dopo sposati."

"Solo perché non si sono baciati tra di loro, non significa che non abbiano baciato altri, no?"

Gli occhi azzurri di Rory si fecero enormi per la sorpresa. "Oh! Siete un mostro. Grasby, sì, certo. Ma Silla? No! Era vergine quando si sono sposati, ne sono convinta."

Dair non fece altri commenti e Rory sospettò che sapesse esattamente chi aveva baciato Silla, dove e quando. Non le importava saperlo. Anche se era incline a pensare che fosse Dair l'uomo che Silla aveva baciato e da cui forse era stata respinta. Avrebbe spiegato perché sua cognata lo odiasse tanto.

Rory ebbe di colpo un pensiero malizioso e decise di mettere alla prova la sua supposizione.

"Sono veramente contenta di questa discussione. Ora farò in modo di baciare più gentiluomini possibile prima di decidere chi sposerò. Sembra che sia necessario fare esperienza..."

"No!" La interruppe Dair, e decise che il tavolo era una barriera tra di loro che non aveva intenzione di tollerare oltre.

Ma invece di raggiungere Rory camminando intorno al tavolo, come avrebbe fatto ogni tranquillo gentiluomo, lo saltò. Volteggiò sopra la confusione di piatti e bicchieri, vassoi e posate, e riuscì a scavalcarli tutti, eccetto un bicchiere che fece cadere con un ginocchio. Il bicchiere d'argento roteò su se stesso e volò a mezz'aria fino ad atterrare sul pavimento di marmo con un forte clangore.

Rory lanciò un involontario urlo al rumore improvviso, sorpresa perché tutta la sua attenzione era concentrata sul salto di Dair, sperando che non si facesse male, o facesse male a lei, o rompesse qualcosa con la sua impetuosità. Strillò ridendo quando Dair atterrò accanto a lei, solo che lo slancio gli fece scivolare i piedi e atterrò su un fianco, su un cuscino, con le gambe di lato. Rory si alzò sulle ginocchia, tese la mano e afferrò la manica svolazzante della sua camicia bianca, come se avesse potuto fermarlo. Ovviamente non ci riuscì, Dair la trascinò con sé e Rory atterrò sul suo petto, tra la pila di cuscini ora sparpagliati intorno a loro. Dair le mise un braccio intorno alla vita per tenerla vicina e rimasero lì, distesi sui cuscini sul pavimento di marmo, ridendo entrambi senza ritegno. E quando Dair alzò una nappina di seta d'oro e rosa, che si era staccata da uno dei tanti cuscini, e gliela fece ciondolare davanti agli occhi con un grande, stupido sorriso, come se fosse un premio catturato durante la sua pazza impresa sul tavolo, risero entrambi ancora più forte.

Quando si calmarono, Rory si ritrovò rannicchiata sul petto di Dair, che aveva una mano sotto la testa, sopra un cuscino, e fissava il soffitto dipinto del padiglione mentre le dita della mano destra giocherellavano con i capelli umidi di Rory.

"Non elegante o drammatica come la mia entrata nello studio di Romney," commentò, "ma ho ottenuto il risultato voluto. Siete di nuovo tra le mie braccia, al vostro posto."

Rory sorrise felice e gli appoggiò il mento sul petto.

"Ma dove sono le ballerine che inneggiano a vostra signoria?"

Dair alzò leggermente la testa e guardò il volto sorridente oltre il suo lungo naso. Gli occhi azzurri scintillavano divertiti, l'adorabile bocca era curva in un sorriso malizioso e c'era un delicato rossore sulle guance che sottolineava la perfezione della sua pelle di porcellana. Sembrava radiosa. In quel momento e per sempre era la creatura più bella su cui avesse posato gli occhi.

"Non voglio i loro applausi, solo i vostri..."

Rory si alzò su un gomito.

"Li avete, Alisdair. Sempre..."

Dair si spostò sul fianco.

"Allora perché stiamo sprecando tempo prezioso? Siamo soli e sono venuto fino nell'Hampshire solo per baciarvi. Ma prima dovete promettermi..."

Rory gli mise un dito sulle labbra per interromperlo. Poi gli accarezzò la guancia barbuta.

"Lo so e così sarà," gli disse in tono serio, ma lo scintillio era ancora lì.

"Non sapete che cosa vi stavo chiedendo, civetta!"

Rory annuì e strinse le labbra per reprimere un sorriso prima di dire, tranquillamente: "Stavate per chiedermi di astenermi dal baciare altri uomini."

"Beh, sì, era quello che stavo per chiedervi, ma..."

"... una simile richiesta, me lo concederete, è molto ingiusta."

Dair si accigliò. "Davvero?"

"Certo. Specialmente dopo aver detto che l'inesperienza prima del matrimonio non è uno stato ideale per marito e moglie."

"Non ho detto niente del genere. Ciò che intendevo è che voi e io..."

"... dovremmo baciare quante più persone possibile del sesso opposto, così che quando ci bacermo tra di noi, sapremo esattamente che cosa stiamo facendo. E visto che voi siete enormemente più esperto, devo recuperare parecchio se vi aspettate..."

Non potè andare oltre.

"Che cavolate!" Ringhiò Dair, schiacciandole la bocca con la sua, e dimenticarono il resto della ridicola discussione quando le bocche si fusero in un lungo languido bacio. "Recuperare, proprio," mormorò quando riemersero per respirare. "I vostri baci sono perfetti e meravigliosi senza bisogno di fare esperienza..."

"Oh, ma sarei molto più brava se potessi baciare molti..."

"No! No. Non avete bisogno di baciare nessun altro, mai. Solo me, creatura diabolica. E non fingete di avermi capito male! E non distorcete le mie parole," continuò imbronciato, facendo scorrere la grande mano lungo la schiena sottile. "Voi siete molto più brava di me con le parole, ma ho sempre pensato che fosse meglio dimostrare le cose invece che spiegarle," aggiunse, chinandosi per baciarle e stuzzicarle il collo, fermando la mano sulle sottane raccolte in vita. "Che profumo usate? Potrebbe far impazzire un uomo... farmi impazzire..."

Rory fece una risatina e rabbrividì, i morbidi peli della barba contro la gola le facevano il solletico. Si voltò tra le sue braccia così da essere lei sdraiata sui cuscini, con lui sopra. "Stupidone! Sapone. Ma probabilmente è solo acqua di stagno, visto che sono appena stata a nuotare."

"Nessun sapone al mondo ha un profumo tanto buono," mormorò Dair continuando ad assorbire il suo profumo, scendendo progressivamente a piccoli baci verso il rigonfio del seno esposto dalla bassa scollatura quadrata. "E se l'acqua del lago ha questo profumo inebriante, allora sono disposto a concedermi in sacrificio a qualunque pericolo mi aspetti nelle sue profondità..."

Le dita di Dair erano occupate a trovare e a slacciare le linguette che univano il corpetto alle sottane. Poi fece scivolare lentamente il leggero tessuto di cotone bordato di pizzo oltre il seno, per avere accesso al capezzolo. Sorrise tra sé, scoprendo nuovamente che non portava il corsetto. Lo aveva dimenticato. E quando lo succhiò dolcemente e poi passò scherzosamente il bordo dei denti contro la delicata punta rosata, Rory sobbalzò e arcuò la schiena, reagendo al piacere. I suoi fianchi cominciarono a ondulare sotto di lui e si tenne stretta alle maniche della camicia di Dair, chiaro segnale che le piaceva moltissimo ciò che lui le stava facendo e non voleva che si fermasse.

Preso dal momento, Dair fece scivolare la mano più in basso. Raccolse lentamente i molti strati delle sottane di cotone sottile, mettendo in mostra i piedi, poi le caviglie e poi le lunghe gambe sottili nelle calze. Le sottogonne erano raccolte intorno alle ginocchia, dove graziose giarrettiere rosa di seta tenevano ferme le calze di seta bianche. Fece scorrere le dita su una delle giarrettiere prima di farle scivolare sulla pelle setosa dell'interno di una coscia. Aveva gambe così ben fatte... Fu a quel punto che Rory si tirò indietro. La sua deliziosa esplorazione finì in un batter di ciglio, lasciandolo da solo, appoggiato ai gomiti, confuso e incuriosito.

VENTIDUE

Rory si staccò in fretta d lui, spostandosi verso il tavolo, e si tirò giù in fretta le sottane. Doveva coprirsi le gambe, specialmente per nascondere i piedi. Fece del suo meglio anche per chiudere il corpetto aperto sul seno; rendendosi conto solo in quel momento che le linguette erano state abilmente slacciate. Come avrebbe fatto ad agganciarle di nuovo senza l'aiuto di Edith? Si sentì stupida per il suo comportamento e ancor più quando lacrime di frustrazione le bruciarono gli occhi. Era sopraffatta da emozioni contrastanti: il desiderio che lui continuasse a farle provare quel piacere, il non sentirsi pronta a fargli toccare il piede. Non che Dair lo avesse fatto, e questo la spinse a chiedersi se si fosse deliberatamente astenuto dal farlo. Le sue carezze erano così dolci e i suoi baci così appassionati da farle desiderare di più eppure, dopo essersi scansata, sentiva un senso doloroso di perdita, di insoddisfazione.

Dair restò dov'era, sul pavimento di marmo, con una lunga gamba piegata, finché il suo ardore si fu raffreddato a sufficienza da non metterlo in imbarazzo. E poi si sedette e la guardò finché non poté più sopportare i suoi maldestri tentativi di agganciare il corpetto senza aiuto. Andò da lei in silenzio e si occupò del problema. All'inizio Rory non voleva che lo facesse e gli spinse via le mani. Quando Dair insistette, quando le prese le dita prima che potesse di nuovo schiaffeggiargli via le mani e poi premette le labbra sul dorso della sua mano, le spalle di Rory si rilassarono, e cedette, senza offrire resistenza.

Una volta sistemato il corpetto, Dair si mise a riordinare i cuscini, raccolse il bicchiere errante e lo rimise sul tavolo, poi tornò a sedersi di fronte a lei. E mentre si muoveva nel padiglione era consapevole che Rory restava lì, afflosciata, con la testa china e le mani in grembo e senza dubbio con la bella testa affollata di rimorsi. Si disse che era giovane. La sua esperienza del mondo era limitata alla casa di suo nonno e a una manciata di eventi sociali tra parenti, per quanto lontani. Era sempre stata controllata, sempre circondata da altri quando non era nel suo ambiente famigliare. Era sicuro che anche a casa sua non fosse mai stata lasciata sola con un uomo, eccetto suo nonno o suo fratello.

E lui aveva cercato di alzarle le sottane un attimo dopo che la sua cameriera aveva voltato la testa! Che cosa doveva pensare di lui? Sapeva precisamente che cosa avrebbe pensato suo nonno ed era il motivo per cui era deciso a parlare con lui quella sera stessa. Eppure gli restava un briciolo di dubbio, una piccola, insistente preoccupazione che avrebbe dovuto scartare dicendosi che erano solo i nervi, normale per un uomo sul punto di affrontare un cambiamento epocale. La preoccupazione perdurava perché faceva parte di lui da quando potesse ricordare; almeno da quando aveva scoperto qual era il problema alla base del matrimonio dei suoi genitori. Si era opposto al matrimonio, in particolare a un matrimonio di convenienza per il solo scopo di produrre un erede. L'idea lo faceva inorridire. Non voleva un matrimonio senza amore, eppure per un uomo nella sua posizione sposarsi per amore doveva sicuramente essere un'avventura dissennata?

Guardando Rory non lo pensava. Lo aveva capito quasi dal loro primo incontro, anche se aveva tentato di ignorare l'idea del fato e la possibilità di innamorarsi al primo bacio. Oh, ma quel secondo bacio sul muretto a casa Banks, quello era stata la sua fine! Aveva capito allora che non c'era modo di tornare indietro, che quello che sentiva per lei era molto più del semplice desiderio. Ciò che lo aveva sorpreso più di tutto e che aveva rinsaldato la sua decisione, era che Rory vedesse sotto la maschera eppure fosse a suo agio con lui qualunque fosse il personaggio che voleva presentare al mondo. Aveva meno dubbi su di lui di quanti ne avesse lui stesso. Con lei non c'erano artifici, ripensamenti, nessuna necessità di chiedersi se fosse più interessata al suo titolo che alla sua persona. E a conti fatti, i valori di Rory, ciò che lei voleva da un compagno, erano esattamente come i suoi.

Eppure quel briciolo di dubbio rimaneva, risvegliato dalla reazione di Rory alle sue carezze. Si rese conto di aver affrettato troppo le cose. Ma se lei fosse stata altrettanto ardente, se fosse stata presa dal momento come lui, certamente non si sarebbe ritratta? Era terrorizzato dall'idea che potessero non essere così ben assortiti. E se l'espressione fisica dell'amore l'avesse disgustata? Sua madre era stata giovane e innocente e aveva creduto di essere innamorata, eppure aveva talmente odiato l'atto sessuale che solo il dovere di produrre un erede le aveva fatto sopportare il letto nuziale.

Ed era quello che gli aveva detto suo padre, non in faccia, da uomo a uomo, ma in una lettera, inviatagli qualche anno prima, mentre Dair stava combattendo per il suo paese e per la sua vita dall'altra parte dell'Atlantico. Che rivelazione! Avrebbe potuto fornire un momentaneo sollievo da quella guerra sanguinosa se a essere messo a nudo dal nero inchiostro fosse stato il matrimonio di qualunque altra coppia e non quello dei suoi genitori. Suo padre non aveva incolpato la contessa per la disgregazione del loro matrimonio, ma il suo fallimento come marito. E perché, dopo tutti quegli anni, suo padre aveva ritenuto di confessare i suoi peccati? Dair se lo era chiesto e poi la risposta era arrivata al paragrafo seguente. Suo padre si era innamorato e viveva apertamente con la sua amante, e questa amante, Monica Drax, era sua moglie in tutto eccetto che di nome, e lo era da un po' di anni.

E siccome suo padre era innamorato e, almeno così sembrava, per la prima volta nella sua vita, ora sentiva un grande senso di colpa e una grande vergogna per come aveva trattato la sua legittima moglie e i suoi legittimi eredi. Era stato un pessimo marito e un padre ancora peggiore. Spiegava che Dair e suo fratello erano stati concepiti per dovere e nel modo peggiore possibile (non aveva proprio usato il termine *stupro*, ma Dair aveva letto tra le righe), e quindi non li aveva mai amati. Gli ricordavano che il suo matrimonio era senza amore e una prigione da cui non era possibile fuggire e che lui era un mostro. Ora chiedeva perdono ai suoi figli. Aveva inviato una confessione simile anche a Charles.

Nelle righe seguenti, suo padre aveva continuato dicendo che l'amore della sua vita, questa Monica Drax, gli aveva dato due bellissimi figli, gemelli. Nessuno poteva essere più caro al suo cuore o perfetto come Barnaby e Bernadette, e poiché li amava teneramente, aveva cambiato il suo testamento, di modo che il cinquanta percento dei proventi delle sue piantagioni di zucchero andasse ai figli naturali avuti da Monica Drax e l'altro cinquanta percento a lui. Sperava che lui avrebbe compiuto il suo dovere nei confronti di sua sorella e suo fratello e che avrebbe provveduto a loro con la sua eredità. Era sicuro che Dair avrebbe capito l'equità di questa decisione. Dopo tutto, i proventi delle sue proprietà in Inghilterra, la casa giacobiana nel Buckinghamshire, la residenza di città e gli affitti delle varie proprietà a Londra sarebbero stati tutti di Dair quando fosse succeduto al titolo di conte di Strathsay. E, aggiungeva suo padre, avendo lui stesso un figlio illegittimo, Dair non poteva proprio obiettare, no?

Dair non aveva obiettato. Ma non voleva nessuna parte dei disonesti proventi derivanti dalla schiavitù. Per quello che lo riguardava, i gemelli Drax potevano tenerli tutti.

Suo padre concludeva la sua epistola rivelatrice dichiarando che non sarebbe mai tornato in Inghilterra; la vita nelle Barbados lo soddisfaceva in pieno. Aveva scritto ai suoi avvocati a Londra, con le istruzioni che, appena si fosse sposato, Dair avrebbe ottenuto tutti i diritti e le responsabilità delle proprietà inglesi, e la gestione del considerevole patrimonio ora affidato alla gestione di sua grazia di Roxton sarebbe passata nelle sue mani. Scriveva che gli avrebbe volentieri ceduto anche la corona nobiliare, se fosse stato possibile.

Anche Dair l'avrebbe ceduta. Aveva poi saputo che sia Mary sia Charles avevano risposto al loro padre. Non chiese a nessuno dei due che cosa gli avessero detto o se avessero concesso il perdono che il loro padre aveva chiesto. Lui non aveva risposto. Aveva dato fuoco alla lettera con la punta incandescente del suo sigaro e l'aveva guardata ridursi in cenere nel fuoco da campo.

Si riscosse dal pensiero del suo spregevole padre e della sua ultima lettera, versò le ultime gocce del sidro di pere e mise il bicchiere di fronte a Rory, dicendo nel tono più tranquillo possibile: "Prendiamo anche il tè? Sarebbe un peccato non usare la teiera della cugina duchessa..."

A quel punto Rory alzò lo sguardo ed era tale la sua disperazione che Dair dovette usare tutto il suo autocontrollo per restare inerte e non correre al suo fianco e abbracciarla.

"Io-io vi chiedo scusa," disse mestamente Rory, con la voce rotta. "Dovete pensare che sia terribilmente infantile."

"Penso che non vi siate mai trovata in una situazione simile e che vi siate momentaneamente spaventata per qualcosa che non vi aspettavate. È perfettamente naturale."

"Davvero? Quante altre vergini sciocche avete dovuto rassicurare... No! Non avrei dovuto chiederlo..."

"Solo una. Lil. E lei, come voi, non è una sciocca. Anche se forse io lo ero, e lo sono ancora. Eravamo entrambi vergini quando ci siamo imbarcati nel nostro romanzetto primaverile. Da allora? Nemmeno una." Quando Rory sembrò sorpresa, sorrise tra sé e aggiunse gentilmente: "Avete detto che era importante essere sinceri."

"Sì. È vero. Grazie per avermelo detto."

"Ma, ovviamente, essere sinceri non lo rende meno doloroso..."

"Non mi addolora saperlo. Sarei stata sorpresa se aveste confessato di sedurre le vergini. E, per essere completamente sincera, disgustata. Non vi ho mai preso per un uomo che dà la caccia alle innocenti per sport. Ho sempre pensato che le vostre relazioni fossero con donne che sapevano che cosa volevano e potevano restituirvi lo stesso piacere."

Dair inclinò la testa con un sorriso, ma non aggiunse niente.

Rory strinse forte le mani in grembo e si obbligò a guardarlo negli occhi castani.

"Chiedo scusa, ma non c'è niente di rassicurante per me... qui."

"Rory, siamo insieme in questa faccenda. Non avete niente di cui scusarvi. Ho sbagliato io. Avrei dovuto rendermi conto..."

"No! No. Non scusatevi *voi* per il mio comportamento. Volevo che mi baciaste. Volevo baciarvi. Voglio che facciamo l'amore. È solo che io-io non voglio... Non credo di essere pronta a..."

"Rory, se non siete pronta a farvi toccare da me *dappertutto*, significa che non siete pronta per fare l'amore."

Il tono calmo e uniforme della sua voce calda avrebbe dovuto rassicurarla. Al contrario la fece sentire solo più imbarazzata e insicura. Dair aveva ragione. Forse non era pronta... Oh, ma come la faceva *sentire*. Il modo in cui il suo corpo reagiva al tocco di Dair... quando la baciava; quando le sue mani le toccavano la pelle; quando le aveva succhiato il seno... La pressione pulsante tra le gambe era stata quasi insopportabile e adesso, solo pensare di fare l'amore con lui faceva tornare quella sensazione. Aveva il volto in fiamme per l'imbarazzo e svuotò il bicchiere di sidro in un sol sorso, senza sentirne il sapore e senza rendersi conto di aver finito il bicchiere e averlo appoggiato.

Forse Dair aveva ragione. Aveva bisogno di una tazza di tè. Le avrebbe calmato i nervi. Sarebbe stato meglio parlare di qualcos'altro, di qualunque cosa, finché avesse trovato le parole per spiegarsi... E poi si sedette diritta, come colpita da un'idea, e lo guardò con gli occhi socchiusi e la bocca stretta. Come erano arrivati a quel punto? Stavano discutendo della paura di Dair per l'acqua e ora, con qualche strano trucco, lui era riuscito a cambiare argomento, e prima che lei fosse riuscita a concludere in modo soddisfacente la discussione su come aiutarlo a superare quel ricordo infantile così opprimente.

Sapeva di poterlo aiutare, anche se solo per permettergli di remare su una barca senza avere un attacco d'ansia per un'attività così innocua. Sorrise tra sé. Era sicura di conoscere il posto dove voleva che la portasse in barca a remi. Era solo a una breve distanza dal molo. Un uomo della sua forza poteva arrivarci remando in pochi minuti. Era il posto più magico, un posto dove lei poteva dimenticare i suoi difetti e dove aveva sempre immaginato di fare l'amore per la prima volta: il tempio ornamentale sull'isola del Cigno.

La sua espressione ribelle fu sostituita da un sorriso abbagliante quando formulò il piano.

"Posso aiutarvi a superare la vostra paura dell'acqua ferma, se me lo permetterete."

Dair sorrise dubbioso.

Era incantato dalla sua fiducia e consapevole della sua abilità nel riportare la conversazione a un episodio della sua infanzia che lui trovava ancora difficile discutere. Il suo imbarazzo per averle confidato la sua debolezza, dopo tutto i soldati non ammettono di avere paura, lo fece sembrare altezzoso.

"Fatemi indovinare," disse lentamente. "Intendete attirarmi sul molo e, quando non starò guardando, spingermi in acqua, sperando che guarisca all'istante?"

Rory ignorò la sua battuta.

"Se fosse così semplice, lo farei. No. Promettetemi che ci incontreremo sul molo domani mattina e vi dirò qual è il mio piano."

"Forse possiamo aiutarci a vicenda?" Suggerì Dair, tendendo la mano sopra il tavolo e, quando Rory sorrise timidamente e gli prese le dita, aggiunse con un sorriso: "Io ci sarò, ma voi dovrete lasciare a casa la vostra ombra."

"Edith?" Rory sospirò piano, simpatizzando con lui. "Povera Edith. Ha ordini precisi di non lasciarmi da sola per un minuto. Il nonno è diventato preistorico da quando avete dato un pugno sul naso al signor Watkins, che, tra parentesi, sta migliorando, anche se il naso non sarà mai più diritto. Grazie per aver chiesto di lui." Gli sorrise e riapparvero le fossette quando Dair rise forte per la sua completa mancanza di interesse per il naso di Faina Watkins. "Grasby ha ovviamente raccontato tutto al nonno, che ora è furioso con il signor Watkins. Sì. Ero sicura che vi avrebbe fatto piacere. Ma ora potete smettere di sembrare contento che nessuno vi abbia colto a baciarmi! Sono sicura che Grasby lo sospetti, ma non è il tipo di conversazione che si ha con una sorella."

"Grazie per l'avvertimento."

"Oh, non vi stavo avvertendo. Potete badare a voi stesso e Grasby vi perdonerà tutto. Davvero. Ha preso le vostre parti e non quelle di Silla nel pasticcio allo studio di Romney e questo l'ha inferocita. Non c'è niente che riesca a calmarla."

"Non mi sorprende. Grasby non avrebbe dovuto essere obbligato a prendere le parti di nessuno. E dovrebbe essere leale verso sua moglie, sempre."

"Pensavo che non vi importasse niente di Silla…?"

"È vero. Ma io non sono sposato con lei. Grasby sì. Questo significa che deve fare il suo dovere verso di lei, non verso di me."

Rory lo guardò un momento, con gli occhi azzurri attenti e disse quello che pensava.

"È interessante che lo diciate adesso. Scommetterei cinquanta sterline che nel momento in cui voi e mio fratello vi siete calati da quella finestra, non avreste dato due soldi per il matrimonio di Grasby o quello di chiunque altro, a dire il vero..." Si fermò quando Dair scosse la testa ridendo, poi continuò nello stesso tono franco:, "Vi interessava solo il vostro spettacolo e causare un chiasso tremendo, degno di finire sui giornali, in mezzo a un branco di ballerine ululanti e mezze nude."

Dair sorrise appena, alzando un sopracciglio, come a punteggiare la sua dichiarazione con un punto esclamativo. Aveva colpito perfettamente nel segno e si chiese se Rory si fosse resa conto che se lui e Grasby non si fossero calati da quella finestra, loro due non sarebbero stati lì, ad avere quella conversazione. Fato? Prima di quella sera avrebbe respinto l'idea considerandola fantasiosa. Ora non era così sicuro, specialmente perché la signorina Aurora Talbot era stata il catalizzatore che gli aveva fatto mettere in dubbio la sua visione del mondo. Ora lo vedeva attraverso lenti diverse. Era come se la sua vita fosse stata spalmata sopra uno dei vetrini di Jamie, come una goccia di sangue, e messa sotto la lente di un microscopio per essere studiata attentamente. E proprio come quando aveva guardato attraverso l'oculare del regalo di compleanno di suo figlio e aveva regolato la lente, davanti ai suoi occhi era apparso un mondo completamente diverso, un mondo che non sapeva esistesse e potesse essere possibile. Era entusiasmante e allarmante insieme.

Rory aveva lo stesso effetto su di lui. Con lei, la vita sembrava assumere un rilievo diverso. Gli faceva battere il cuore un po' troppo forte e stringere il petto. Non era tipo da pensieri profondi e riflessioni, ma sapeva che questa giovane donna seduta davanti a lui con una luce di trionfo negli occhi aveva cambiato per sempre il modo in cui vedeva il mondo. Non riusciva a pensare a nessun'altra con cui desiderasse dividere la vita.

"Una scommessa?" Riuscì a chiedere con calma. "Attenta, Rory, avete dimenticato il mio soprannome?"

Rory rise. "No. E vi consiglio di non accettare la mia scommessa perché perdereste!"

"Sì. Sì, e vero."

"Proprio non capisco perché il nonno ritenga di dover proteggere la mia virtù, *adesso*," continuò, parlando a vanvera perché Dair la stava guardando attentamente, con un'espressione nuova e sconcertante sul volto. "Due mesi fa non ci ha pensato due volte a lasciarmi con il signor Pleasant nella serra, senza chaperon, per un intero pomeriggio. È

vero che Cedric mi stava aiutando a preparare i vasi degli ananas per sistemarli nelle canalette di corteccia piene di concime. Non c'era nemmeno Crawford..." Piegò di lato la testa e sorrise, arricciando il nasino. "Immagino che il nonno pensasse che avere le braccia affondate fino ai gomiti nello sterco di cavallo non favorisse pensieri romantici."
"Non mi avrebbe impedito di baciarvi."
"Ora chi è il romantico!" Scherzò Rory.
"Il letame ha fermato Cedric?"
Il tono serio della domanda la sorprese. Restò incredula.
"Non siate sciocco, Alisdair! Il signor Pleasant baciare *me*? Io baciare *lui*?" Rabbrividì piano. "Cedric mi è molto caro, ma lo considero un secondo fratello."
"Sono sicuro che lui non vi consideri una sorella; inoltre, ne ha già otto."

I sentimenti del signor Cedric Pleasant per lei erano una novità per Rory, e si sentì nella sua voce mentre si spostava sui cuscini per arrivare dall'altra parte del tavolo dove c'era la teiera sul suo supporto, con una candela accesa sotto per tenere l'acqua alla giusta temperatura.

"Veramente? Strano che non lo abbia mai pensato..." Sorrise ancora. "Comunque non ho mai pensato a *voi* come a un fratello... Per favore restate seduto e lasciate fare a me," gli ordinò, quando Dair si alzò dai cuscini per aiutarla.

Dair aveva avuto intenzione di sollevare la teiera dal supporto per lei, un lavoro normalmente svolto da un maggiordomo o da un servitore per via del peso dell'argento, specialmente quando la teiera era piena. Ma fece come gli chiedeva e si sistemò di nuovo sui cuscini.

"Posso non avere la stessa forza in entrambe le gambe, ma ho i polsi e le braccia forti, grazie al nuoto, sia a casa, nel Tamigi, che qui, nel lago," gli disse Rory sistemando tre tazze di porcellana di Sèvres sui loro piattini. "Il nonno ha insistito che imparassi fin da piccola, per farmi irrobustire e provare che i medici si sbagliavano. Non posso fare lunghe passeggiate o ballare per fare esercizio e, anche se uso una sella all'amazzone, trovo che le lunghe cavalcate non vadano d'accordo con la mia caviglia. Ma nuotare..."

Alzò la teiera d'argento e versò abilmente il tè in ognuna delle tazze senza rovesciarne una goccia, poi la rimise sul supporto.

"... adoro nuotare! Vorrei poterlo fare tutto l'anno."

Usò poi le pinzette d'argento per scegliere una piccola zolletta di zucchero dalla ciotola di porcellana che aveva lo stesso disegno e colore del servizio da tè e la lasciò cadere in una delle tazze. Mettendo un cucchiaino d'argento sul piattino rimase in piedi per un momento con la tazza in mano e gli sorrise.

"Quando ero piccola, desideravo disperatamente essere un uccellino per poter volare libera. Avevo osservato che gli uccelli con una zampa rotta o anche con una sola zampa, potevano comunque librarsi nell'aria. Ma il nuoto è un eccellente sostituto del volo. Quando sono in acqua, mi sento libera e-e *aggraziata*..." Con una risata argentina alzò le spalle e disse scherzosamente: "Forse sono una sirena dopo tutto? Forse quando sono in acqua le mie gambe si trasformano in una coda di pesce. Dovrete solo aspettare fino a domani mattina per scoprirlo da solo. No, Edith, per favore restate dove siete. Vi porterò io il tè. Dovete aver corso per tutta la strada da casa e con questo caldo avete bisogno di qualcosa per riprendervi."

Dair voltò la testa di scatto, altrettanto sorpreso di vedere la cameriera di Rory quanto lo era Edith di essere stata notata dalla sua giovane padrona.

Edith aveva salito i gradini del padiglione sbuffando e sistemandosi le forcine nei capelli, in disordine dopo aver corso per la maggior parte del sentiero tortuoso che portava alla casa grande. Era in ritardo ma piena di notizie. La casa vedovile era un alveare di attività. I servitori si affaccendavano da una stanza all'altra con le braccia piene di biancheria, vassoi d'argento e cristalli lucenti, portando infiniti secchi d'acqua su per le scale e legna da mettere in ogni camino, per prepararli per il freddo della sera, anche se sembrava improbabile, visto l'insolito caldo soffocante che durava da una settimana, giorno e notte. La grande cucina era ricca di profumi deliziosi, di torte e pane appena sfornati e agnello arrosto che girava sullo spiedo. Il cuoco francese urlava oscenità galliche ai suoi due occupatissimi assistenti (Edith era sicura che le parole non fossero adatte a orecchie femminili, altrimenti perché avrebbe urlato in francese?). Nessuno aveva un minuto da dedicare a Edith, una cameriera dalla Gatehouse, un'estranea che dava solo fastidio, con la loro illustre padrona che stava arrivando.

Edith seguì un gruppo di servitori dei piani alti alla porta d'ingresso spalancata e rimase appena all'interno del portico, in tempo per vedere una grande carrozza, con gli sportelli laccati di nero, coperta di polvere e tirata da sei grigi, ora esausti, fermarsi nel viale circolare. Quattro uomini di scorta in livrea che avevano accompagnato la carrozza smontarono e si tolsero i guanti, i ragazzi di stalla accorrersero a tenere i cavalli. Seguiva una seconda carrozza con altri due uomini di scorta. Era quasi altrettanto splendida, ma appesantita dai bagagli, legati sopra e impilati all'interno talmente in alto che le cappelliere e i pacchi bloccavano la vista da uno dei finestrini. Quattro tra cameriere e camerieri uscirono da questa seconda carrozza, scossero le sottane stropicciate o le falde delle redingote ed entrarono immediatamente in casa, lasciando l'occupante della carrozza principale alle cure della sua cameriera personale, che aveva fatto il viaggio con la sua padrona, insieme a due vivaci whippet, uno nero e l'altro bianco e beige, che furono immediatamente presi in consegna da un servitore, che agganciò i guinzagli ai loro collari tempestati di diamanti e li portò via.

Edith sapeva di aver lasciato Rory da sola con il bel maggiore per troppo tempo, ma non riusciva a staccarsi, voleva vedere la padrona di casa, la duchessa di Kinross, una nobildonna che conosceva solo di reputazione e per via del collegamento con la sua padroncina. Non ne rimase delusa.

All'inizio pensò che la duchessa fosse la signora benvestita con un abito di broccato e la pettinatura raccolta, poi si rese conto che la donna era troppo giovane, e non abbastanza carina. Si diceva che la duchessa fosse una bellezza mozzafiato, una festa per gli occhi, una duchessa fatta e finita. Doveva essere la sua cameriera personale. Capì che era così quando la donna si mise di lato ai gradini della carrozza, dove si era raccolta una fila di camerieri di rango, dalla governante al maggiordomo e tutti quelli abbastanza privilegiati da avere accesso al suo appartamento privato, per salutare la nobildonna.

Un servitore in attesa accanto allo sportello della carrozza porse la mano guantata e sul primo gradino apparve una creatura da favola, non molto più alta di un metro e mezzo. I luminosi capelli biondi erano pettinati indietro e rivelavano un volto dolce che era ancora splendido. La maggior parte dei riccioli ricadeva sulle spalle e lungo la schiena, legati da nastri di satin, in tinta con la sottana aperta di seta verde chiaro con una sottoveste di pizzo. Il corpetto di seta in tinta aveva un delicato bordo di pizzo e metteva in mostra il magnifico décolleté, con una collana a tre fili di perle barocche e diamanti. Le braccia snelle erano ornate di braccialetti d'oro e sotto l'orlo della gonna si intravedeva un paio di scarpine di seta ricamata. Edith fu più che soddisfatta di aver visto una duchessa quel giorno e che quella particolare duchessa fosse all'altezza delle sue aspettative. Cercò di mandare a mente ogni minuscolo particolare, dai nastri di seta tra i capelli, al pizzo di Dresda della sottogonna, alla inconsueta forma a mandorla dei suoi occhi, convinta che non avrebbe mai più avuto una simile opportunità.

E poi, come per magia, quel bagaglio di ricordi evaporò nel momento in cui la duchessa pose il piedino dalla calzatura costosa sul terreno. Divenne di colpo viva, ed era un incanto. Sollevando le delicate sottogonne, si avvicinò ai servitori, dichiarando che era felicissima di essere tornata nello Hampshire, e parlava non in inglese ma in francese. Sventolò un delicato ventaglio e commentò che il caldo era insopportabile per quel periodo dell'anno e parlò con ognuno dei servitori, facendo domande e ascoltando attentamente ogni risposta. E quando raggiunse la testa della fila dove c'erano la governante, che fece una riverenza, e il maggiordomo, che chinò la testa, la duchessa prese la mano del maggiordomo e poi quella della governante e restò a conversare con loro per tre o quattro minuti, mentre la governante si asciugava una lacrima. E poi la duchessa sparì in casa. La sua cameriera personale e il resto della servitù la seguirono, e ognuno di loro sorrideva, e lasciarono Edith, che si era nascosta dietro il grande orologio a pendolo per non farsi vedere, semplicemente senza parole. Probabilmente non le sarebbe mai più successo di avere il privilegio di essere così vicina a una nobildonna del più alto rango e di tale bellezza e Edith giurò di ricordare per sempre il ritorno a casa di Antonia, duchessa di Kinross.

AL PADIGLIONE, LE NOTIZIE DI EDITH E IL MESSAGGIO DA consegnare al maggiore, affidatole da un servitore quando era uscita dalla casa, finirono nel dimenticatoio per la sorpresa quando Rory le offrì il tè. Con la testa ancora piena delle immagini dell'arrivo della duchessa di Kinross, dimenticò anche di ringraziare. Il suo stato di preoccupazione e confusione aumentò osservando Rory che si spostava nel padiglione solo con le calze e senza il bastone. Senza le scarpe speciali e un bastone su cui appoggiarsi, la sua andatura goffa era più marcata del solito. Non era una circostanza insolita per Edith, che si occupava della sua padrona da quando era un'adolescente, ma lo era il fatto che Rory avesse deciso di permettere al maggiore di vederla quando era più vulnerabile, una situazione che normalmente evitava a ogni costo, perfino con i membri della sua famiglia.

Obbediente, Edith prese la tazza di tè e andò sulla panchina di marmo tra due grosse colonne, dove c'era il suo ricamo. Mescolò per sciogliere lo zucchero e poi sorseggiò il tè scuro e dolce, grata per la bevanda calda, tenendo sospettosamente d'occhio la sua padrona.

Rory tornò al tavolo, mise una tazza di tè, la lattiera e la zuccheriera davanti al maggiore e poi sistemò la tazza rimanente al suo posto, ma non si sedette subito. Sapeva perfettamente che cosa stava facendo. Sapeva che lo sguardo di Dair era rimasto fisso su di lei per tutto il tempo in cui aveva chiacchierato di selle all'amazzone, di volare come un uccello e nuotare come una sirena. Non riusciva quasi a credere di stare blaterando come una testa vuota. Ma era solo nervosismo, puro e semplice. Sapeva anche che Dair non l'aveva persa di vista mentre versava il tè e portava la tazza alla sua cameriera dall'altra parte del padiglione. Era stato un lampo di genio dell'ultimo minuto. Aveva visto Edith con la coda dell'occhio mentre saliva le scale e si fermava a riprendere fiato sull'ultimo gradino. Portarle la tazza di tè le avrebbe fornito una scusa per attraversare tutto il padiglione, senza scarpe e senza bastone. Non era certo preoccupata di versare il tè, o di inciampare, o di rendersi ridicola in quel modo. Camminava normalmente scalza nel suo appartamento o fuori in giardino, in estate, se non c'era nessuno in giro.

Ciò che la riempiva di trepidazione, che la rendeva nervosa, era che aveva messo in mostra la Rory che nessuno vedeva mai, per lui. La Rory zoppa con il piede destro storto e la camminata sgraziata. La Rory che amava i vestiti di seta e satin ricamati e tutti i fronzoli femminili che vi si accompagnavano, e che riusciva ad auto convincersi, quando era in piedi davanti a uno specchio, che gli uomini l'avrebbero trovata attraente. Finché non si allontanava di un passo dal suo riflesso. Il piede destro non obbediva a quello sinistro e non puntava in avanti, né si appoggiava piatto. Era girato verso l'interno e il peso era sull'avampiede e schiacciava le dita, rendendola zoppa. Cercava di incolpare le sottogonne e il peso dei ricami che rendevano più difficile camminare. Ma la verità era che non cambiava niente quando restava con la sola *chemise* o in camicia da notte. Avrebbe sempre camminato in quel modo. Non era possibile sfuggire alla cruda realtà che muovendosi sulla terra non sarebbe mai stata aggraziata, elegante o gradevole da guardare.

La confortava un po' sapere che almeno quel giorno indossava un semplice abito di mussolina color crema, senza corsetto e i capelli bagnati sciolti in disordine sulla schiena. Forse Dair avrebbe distolto lo sguardo dalla sua camminata goffa per criticare il vestito semplice e quei capelli arruffati...

Se mai c'era stato un momento per lui di cambiare idea sul fare l'amore con lei, era proprio quello.

Con un profondo respiro e il cuore che batteva talmente forte nelle orecchie che pensava di diventare sorda, Rory alla fine si voltò a guardarlo. E ciò che vide o, meglio, ciò che non vide, non la confortò. Non riuscì a capire la sua reazione. Riflesso negli occhi di Dair c'era qualcosa che non aveva mai visto prima. Continuò a fissarlo negli occhi e, con ogni secondo che passava, il calore si intensificava sulle sue guance e sulla gola. Non voleva parlare. Voleva aspettare che fosse lui a farlo. E aspettò che fosse lui a far ripartire il tempo, e nella direzione che avrebbe scelto lui.

Quando lo fece, fu in un modo completamente inaspettato. Talmente inaspettato, che a Edith scivolò di mano la tazza. Il tè caldo e nero schizzò e le macchiò l'orlo delle sottane mentre la tazza si schiantava sul duro marmo, frantumandosi in centinaia di piccole schegge per tutto il pavimento del padiglione.

VENTITRE

Dair aveva capito che cosa stava cercando di fare Rory e non lo accettava. Solo perché non era uno studioso, non voleva dire che non sapesse leggere le emozioni e le ragioni di una persona. Se con quello spettacolo Rory stava cercando di allontanarlo, di fargli rivedere la sua decisione, fargli capire quanto lei fosse indegna di lui, allora non lo conosceva per niente. Ma sospettava che fosse la mancanza di fiducia in se stessa che le faceva ostentare così apertamente la sua debolezza fisica. Doveva esserle costato moltissimo farlo. Nelle otto settimane (erano passate solo otto settimane?) da quando l'aveva sollevata tra le braccia su quel palco nello studio di Romney, Rory aveva camminato in sua presenza solo con l'aiuto di un bastone.

Lo feriva un po' che Rory avesse bisogno di questa prova di sincerità; che avesse una scintilla di dubbio che lui potesse avere un carattere così frivolo; che non l'avrebbe desiderata, stimata, amata solo per un piccolo difetto voluto da Dio. Si ripeté che quel dubbio proveniva dalla sua giovinezza e inesperienza. Suo nonno l'aveva sempre tenuta al riparo dalla vita e non era una brutta cosa. Solo il tempo le avrebbe permesso di dimenticare quei dubbi, rinforzare la sua autostima e rendersi conto di quanto fosse amabile, nel carattere e nella forma. E Dair aveva tutte le intenzioni di passare quel tempo al suo fianco, e al diavolo quel briciolo di dubbio. Sapeva, in fondo all'anima, che erano compatibili in ogni senso. Se quella camminata attraverso il padiglione gli aveva mostrato qualcosa, era di dare una bella occhiata critica a se stesso, e a come avesse permesso per troppo tempo al matrimonio senza amore dei suoi genitori e alla misera amarezza di suo padre di decidere quale sarebbe stata la sua concezione della vita.

Lì c'era una giovane donna che, senza colpe, viveva con un impedimento ogni giorno. Era una circostanza al di fuori del suo controllo, eppure Rory non le aveva permesso di decidere come doveva guardare al mondo. Non era amara, non incolpava gli altri. Era allegra e piena di ottimismo. Era quello di cui Dair aveva bisogno nella sua vita. Aveva bisogno di *lei* nella sua vita.

Andò a raggiungerla accanto al supporto della teiera.

Non sapeva esattamente come comportarsi in quel momento epocale della loro vita. Dair era nervoso quanto Rory era esitante. In effetti, Dair era così nervoso da sentirsi formicolare la pelle sulla nuca. Pensò per un momento che avrebbe perso conoscenza. Perché il tempo rallentava in occasioni che avrebbero cambiato la vita? Succedeva la stessa cosa l'attimo prima che il tamburino di fanteria cominciasse a battere le sue bacchette sulla pelle del tamburo o il trombettiere facesse risuonare gli squilli di tromba che segnalavano la carica. Il terrore misto al sollievo di cominciare, e finire, di vivere un altro giorno, lo facevano partire al galoppo. Ma per quante volte avesse fatto la carica in sella al suo cavallo, ciò che aveva di fronte era nuovo per lui e sapeva che non lo avrebbe mai più rifatto.

Fu solo più tardi quella notte, nudo sotto un lenzuolo nel grande letto a baldacchino, con le finestre spalancate per far entrare la brezza, le mani sotto la testa, sorridendo al buio, che si ricordò che cosa aveva detto e la risposta di Rory.

Le aveva preso le mani, le aveva sorriso guardandola negli occhi e le aveva dolcemente baciato la fronte. Poi le aveva lasciato andare la mano destra e continuando a tenerle la sinistra aveva appoggiato un ginocchio sul pavimento. Aveva alzato la testa verso di lei e sorriso per un attimo. Si capiva dalla sua espressione che Rory non aveva idea delle sue intenzioni. Gli aveva calmato i nervi abbastanza per fargli dire con voce ferma: "Rory, io vi amo. Signorina Aurora Talbot, volete... volete acconsentire a sposarmi?"

Quando Rory si era limitata a guardarlo battendo gli occhi, come se le avesse parlato in una lingua straniera che conosceva solo lui, e gli aveva toccato la guancia barbuta, Dair aveva sorriso nervosamente e aveva girato la testa contro la sua mano per baciarle il palmo. Era stato contento per la seconda volta di essersi fatto crescere la barba: sapeva di essere arrossito. Si era alzato in piedi ma aveva continuato a tenerle la mano.

"Rory, desidero che mi sposiate... Non ho mai voluto niente nella mia vita tanto quanto desidero che siate mia moglie, ma... ma solo se lo volete..."

Rory aveva spalancato gli occhi azzurri. Si era portata di colpo una mano sulla bocca sorridente, come incredula e sorpresa per la sua offerta. E poi aveva cominciato a ridere e piangere allo stesso tempo. Una serie di piccoli cenni con la testa erano stati una conferma sufficiente per Dair. Rory gli aveva gettato le braccia al collo e lui l'aveva stretta in un abbraccio ridendo con lei. Rory si era tenuta stretta a lui, aveva mormorato che lo amava anche lei e che niente l'avrebbe resa più felice che essere sua moglie. Erano rimasti così, felici e rassicurati, rabbrividendo di sollievo, finché si erano divisi involontariamente quando Edith aveva lasciato cadere la tazza che si era rotta in mille pezzi sul pavimento di marmo.

Dopo, il tempo era accelerato, troppo velocemente perché Dair riuscisse a ricordare le parole dette e le promesse fatte. Gli sembrò che fosse passato solo un attimo da quando aveva fatto la sua proposta a quando era rimasto a guardare la sua novella promessa sposa andarsene in calessino con la sua cameriera, per tornare alla Gatehouse. Ricordava due cose: avevano concordato di tenere per loro il fidanzamento finché Dair avesse parlato formalmente con Lord Shrewsbury; Dair l'avrebbe aspettata al molo il mattino seguente per portarla in barca all'isola del Cigno. Scivolando nel sonno, non riuscì a decidere che cosa gli facesse più paura.

A̲r̲r̲i̲v̲ò̲ ̲a̲l̲ ̲m̲o̲l̲o̲ ̲i̲n̲ ̲m̲a̲n̲i̲c̲h̲e̲ ̲d̲i̲ ̲c̲a̲m̲i̲c̲i̲a̲, con una leggera redingote gettata sulla spalla, e trovò Rory che lo aspettava.

Era in ritardo.

Si era svegliato presto, come al solito da quando era entrato nell'esercito, e aveva fatto colazione nelle sue stanze per scrivere tre lettere: una a suo padre, una ai banchieri di suo padre e una a suo fratello Charles. Tutte e tre le lettere informavano i rispettivi destinatari del suo fidanzamento. Sapeva che le prime due lettere sarebbero state consegnate senza essere intercettate dall'ufficio postale segreto di Shrewsbury, dove tutte le lettere sospette erano aperte, lette e nuovamente sigillate, talmente bene che il ricevente normalmente non si accorgeva di nulla. Ma la lettera a Charles, un noto traditore, sarebbe stata deviata all'ufficio postale segreto. Avrebbero rimosso con perizia il sigillo di cera con l'impronta dello stemma dei Fitzstuart lasciata dal suo anello sigillo d'oro e avrebbero attentamente esaminato il contenuto della lettera. Era la ragione per cui l'aveva scritta nel codice che suo fratello aveva usato per passare informazioni vitali ai ribelli americani, attraverso i francesi, riguardo al numero delle truppe inglesi e il loro spiegamento.

Non c'era niente di sovversivo e che potesse interessare i servizi segreti in quella lettera. Informava semplicemente suo fratello del suo fidanzamento ed esprimeva il desiderio che se le circostanze fossero state diverse avrebbe desiderato che Charles facesse da testimone al suo matrimonio. Che sperava che suo fratello e sua moglie si fossero sistemati a Parigi e che doveva aspettarsi presto un regalo di nozze da parte sua. Terminava poi dichiarando la sua certezza che in un giorno non troppo remoto sarebbero stati di nuovo insieme.

Anche se il contenuto della lettera era innocuo e ben lontano dall'essere sovversivo, sapeva che il doppiogiochista all'interno del servizio segreto di Shrewsbury non poteva correre il rischio che la lettera nascondesse qualche informazione vitale per gli sforzi bellici americani. Perché altrimenti il maggiore avrebbe scritto a suo fratello, e in codice? Dair sperava che la menzione di un regalo di nozze sarebbe stata interpretata come un codice sui movimenti dell'esercito inglese nel Nord America. Era uno stratagemma, e avrebbe scommesso la sua futura eredità che il traditore si sarebbe assicurato che la lettera arrivasse a destinazione senza che nessuno nell'ufficio postale segreto, e specialmente Shrewsbury, sapesse della sua esistenza. Ora non gli restava che montare la trappola e aspettare che il traditore vi entrasse o, meglio, che vi inciampasse.

Era convinto che il traditore fosse William Watkins. Ma provarlo non sarebbe stato facile e temeva che la trappola che aveva montato non sarebbe scattata in tempo per evitargli l'imminente colloquio con sua cugina la duchessa. Il suo contatto in Portogallo non avrebbe aspettato all'infinito ed era vitale che fosse confermata l'identità di quell'uomo, cosa che poteva fare solo la duchessa. A quel punto avrebbero potuto assicurare al gentiluomo un lasciapassare e l'immunità perché ritornasse in Inghilterra, in cambio delle prove e del nome del traditore tra gli uomini di Shrewsbury. Dimenticò il colloquio, William Watkins e il gentiluomo che aspettava in una taverna di Lisbona appena vide Rory sul molo, e allungò il passo.

Rory era senza scarpe e l'orlo delle sottane di chintz sfiorava appena le caviglie. Indossava una corta giacca scollata, allacciata davanti e, in omaggio alla modestia, un fichu trasparente incrociato sul seno. I capelli biondi ricadevano davanti a una spalla raccolti in una spessa treccia che le arrivava in vita, legata con un nastro di satin rosa. Con entrambe le mani teneva il manico ricurvo di un cestino di vimini coperto da un tovagliolo, da cui spuntava una grossa pagnotta di pane.

C'era un altro cestino più grande e più pesante accanto alla scala che scendeva dal molo nell'acqua, dov'era ormeggiato uno skiff.

Vedendo Dair che attraversava il prato, Rory appoggiò il cestino ai suoi piedi, dove c'era anche il bastone da passeggio accanto alle scarpe che si era tolta, e lo salutò eccitata agitando un braccio. Dair restituì il saluto, con il volto diviso in due da un sorriso davanti a tanto entusiasmo. Era talmente contento all'idea di passare la giornata con lei che ogni traccia di nervosismo che sentiva al pensiero di salire su una barca a remi in un lago fu ricacciata indietro e messa da parte. Era deciso a remare attraverso il lago fino all'isola del Cigno per lei, e al diavolo i terrificanti ricordi infantili. Ed essendo in pace con il mondo da quando Rory aveva accettato la sua proposta di matrimonio, era perfino pronto ad accettare la cameriera di Rory come chaperon durante la loro avventura. Fu sorpreso quando, dando un'occhiata esitante oltre il bordo del molo, vide che lo skiff era vuoto.

"Edith è a letto con l'emicrania, quindi non può venire con noi," gli disse tranquillamente Rory e senza nemmeno accennare un sorriso, tanto che quasi le credette. "E non ho dovuto dire una bugia al nonno perché è uscito di casa molto prima di me. Ha qualcosa da fare con il duca. Ma ho informato Ernest, il maggiordomo del nonno, che avrei preso il calessino per andare a trovare la mia madrina... Ed era una mezza verità perché sono andata alla casa vedovile a prendere le provviste, prima di venire qua." Quando Dair alzò un sopracciglio, incuriosito, Rory nascose un sorriso e non riuscì a guardarlo. "La cosa più importante è che non abbia mentito..."

Dair sbirciò sotto il tovagliolo che copriva il cestino di vimini ai piedi di Rory e poi in quello accanto alla bitta. Erano entrambi pieni di provviste, sufficienti a nutrire almeno quattro persone. Drappeggiò la redingote sulla bitta.

"Stiamo partendo per un po'? Avrei dovuto lasciare un messaggio?"

"Stupidone! Ho solo pensato che dopo tutto quel remare... Voi... Gli *uomini* hanno bisogno di nutrimento dopo l'esercizio fisico..."

Dair ignorò la spiegazione ingarbugliata e il rossore dell'imbarazzo sulle guance e disse tranquillamente, mentre si arrotolava le maniche fino ai gomiti: "Premurosa e furba a ottenere un simile banchetto con mezze verità."

Rory sembrò compiaciuta. "A Pierre non è importato, veramente, perché il cibo per la Gatehouse viene dagli orti della casa vedovile e anche il pane e i dolci. È stato cortese e felice che la cena che aveva preparato per la duchessa non andasse sprecata. E mi ha prestato due sguatteri per riempire i cesti e caricare il *nécessaire de voyage* sullo skiff."

All'improvviso si rannuvolò. "Avete cenato da solo, non con la mia madrina, ieri sera?"

"Non è scesa, è rimasta nei suoi appartamenti. Cenerò con lei questa sera, se starà abbastanza bene. E poi ho un appuntamento con Lord Shrewsbury."

"Strano che sia malata. Spero che non sia niente di serio." Lo guardò con un sorriso esitante. "Parlerete... parlerete oggi con il nonno? Dovrebbe tornare dopo cena."

Dair sorrise tra sé sentendo l'esitazione nella sua voce e le diede un buffetto sotto il mento.

"Incredula bellezza! Immagino che questa mattina vi siate svegliata e abbiate immediatamente pensato di aver sognato la mia proposta di matrimonio?"

Rory trasalì.

"Oh! Come fate a saperlo?"

Dair scoppiò a ridere e scosse la testa.

"Oh, Delizia, la vostra mancanza di astuzia mi riempie di gioia." Finse di essere preoccupato. "O forse mi dovrei offendere perché mi ritenete un demonio volubile?"

Rory si intimidì immediatamente e scosse la testa. Quando fece per raccogliere il più leggero dei cestini, Dair fu lesto a farlo per lei. La seguì verso la scaletta.

"No, ma sono sicura che parecchie giovani donne e le loro madri alla ricerca di un marito per loro desidereranno che sia stato un sogno quando scopriranno che il maggiore Lord Fitzstuart, bello da svenire, è fidanzato, e proprio con me, tra tutte le giovani donne portate in parata davanti a lui a ogni stagione."

"Portate in parata? Non l'ho mai notato. Non vi valutate abbastanza, Rory." Appoggiò il cestino e piegò la testa di lato. "Sono bello da svenire?"

"Ne dubitate? Non mi avete creduto quando ho detto che tutte le volte che entrate in una stanza il cuore delle donne... Oh! *Siete* un demonio!" Esclamò quando Dair sorrise e le fece l'occhiolino. "Vi state ancora prendendo gioco di me!"

Ma Dair perse il sorriso quando guardò oltre il molo, giù nello skiff.

"Immagino che vogliate questi cesti, e me, in quella barca?"

"Sì, Ve li passerò io... O preferite che scenda io per prima così da passarmeli voi?"

Dair mise a terra il cestino e prese la redingote dalla bitta per frugare in una tasca profonda. Trovò quello che cercava, tolse il contenuto da una scatoletta rivestita di velluto e rimise la scatola vuota nella tasca, appoggiando poi la redingote sopra il più grande dei cestini. Rory si stava chiedendo se Dair stesse solo rimandando l'inevitabile e stava per mettere in funzione il suo piano quando lui le chiese di tendere la mano destra, poi si schiarì la voce e disse, dopo aver fatto un profondo respiro e respirando piano: "Prima di rendermi completamente ridicolo, svenire e cadere da questo dannato molo e annegare, voglio che lo abbiate."

Le infilò all'anulare una stretta fascia d'oro con incastonato uno zaffiro ottagonale color lavanda pallido. Fece ruotare l'anello per assicurarsi che la misura fosse giusta, lieto di scoprire che anche se Rory aveva la dita sottili e le nocche piccole, l'anello si adattava perfettamente e non sarebbe scivolato dal dito.

"Mio padre lo regalò a mia madre alla mia nascita, per festeggiare l'arrivo di un erede. Mia madre non l'ha mai portato e me l'ha consegnato quando ho compiuto ventun anni, con l'intesa che l'avrei regalato alla mia promessa sposa. Ora," aggiunse con un sorrisino, "quando vi sveglierete, avrete una prova tangibile che il nostro fidanzamento non è un sogno. E la prova," aggiunse guardandola negli occhi, "del mio amore... e devozione."

Rory fissava l'anello, quasi incredula, muovendo inconsciamente le dita perché una delle otto sfaccettature della pietra catturasse la luce del sole. Lo zaffiro color lavanda cambiava colore alla luce. Era l'anello più bello che avesse mai visto. Le lacrime le annebbiarono la vista.

"Stupidone. Non annegherete," gli disse con una vocina tenue, sopraffatta. "È... È bellissimo. Grazie Alisdair... Vorrei baciarvi ma..."

"Capisco. Siamo all'aperto e ci sono occhi *dappertutto*. Svelta, andiamo sull'isola così potremo baciarci là!"

Risero entrambi. Dair scherzava solo a metà. Prima che riuscisse a raccogliere i cestini, Rory gli gettò le braccia al collo e gli baciò la guancia barbuta.

"Al diavolo quegli occhi!" Dichiarò veemente, gettando al vento la cautela. Alzò il mento e ricevette un bacio dolce sulle labbra. "Sì, andiamo sull'isola," aggiunse a bassa voce. "Là potrò ringraziarvi come si deve. E vi aspetta una sorpresa. Vi piacerà..."

Fu allora, con Rory tra le sue braccia, che Dair si rese conto che non solo lei non portava il corsetto ma che le linguette che tenevano in vita le sottane erano lente. La lasciò andare prima di cedere al desiderio e sciogliere ogni fiocco e infilare un dito nelle stringhe per aprirle la giacca. Raccolse il cestino.

"Vi siete vestita da sola questa mattina?" Le chiese, con il desiderio che faceva sembrare brusca la sua voce.

"Cos'altro potevo fare? La povera Edith aveva mal di testa. Oh?

Pensavate che lo avessi inventato? No, gli avvenimenti di ieri e il segreto del nostro fidanzamento sono stati troppo per lei. Ovviamente, sapere che oggi eravamo diretti all'isola del Cigno ha solo peggiorato il suo mal di testa. Quindi ho dovuto vestirmi da sola, esattamente come adesso mi svestirò da sola, e per un buon motivo."

Mentre parlava stava facendo esattamente quello che lui avrebbe voluto che facesse, ma non gli era passato per la mente che potesse farlo lì, all'aperto su un molo. Rory si fece scivolare le sottane dai fianchi e poi le scavalcò, togliendosele. Poi sciolse lo scialle trasparente dalle spalle. Alla fine slacciò la giacca, sfilando il laccio dall'ultimo occhiello così che la giacca si aprì, mostrando il seno coperto da una sottile sottoveste di lino. Tolte le braccia dalle maniche lunghe fino al gomito, raccolse sottane e scialle e spinse contro il petto di Dair tutti e tre gli articoli di abbigliamento.

Dair prese automaticamente i vestiti, con lo sguardo inchiodato su di lei, in piedi davanti a lui coperta solo da una sottoveste e dalle calze bianche. Se c'erano altri occhi intorno a guardarli, erano sicuramente tutti fissi su di lei, per forza! La sottoveste di Rory sfiorava le giarrettiere ricamate, assicurate appena sopra le ginocchia. Avrebbe tranquillamente potuto essere nuda. Dair non aveva sbattuto le palpebre dal momento in cui Rory aveva cominciato a svestirsi. Aveva gli occhi asciutti, esattamente come la gola, prosciugata. Deglutì e cercò di non far trasparire il desiderio dalla voce.

"Rory... Siete... siete *matta*? Che... che cosa state facendo?"

Cercò di restituirle gli abiti ma Rory glieli spinse nuovamente tra le mani con un sorrisino malizioso sulle labbra. Se ci avesse pensato anche solo un attimo, avrebbe trovato divertente la reazione di Dair alla sua nudità. Dopo tutto, si trattava del Demonio in persona, sbalordito per il *suo* comportamento. Ma sapeva che cosa stava facendo e aveva fiducia nella sua capacità di prenderlo di sorpresa, lasciandolo sconcertato e confuso e, sperava, talmente assorbito da dimenticare che cosa lo aspettava. Era sicura che così sarebbe riuscita a farlo salire sullo skiff e remare verso l'isola prima di sapere che cosa stesse facendo e dove fosse.

"Mettete i miei vestiti sullo skiff insieme a tutto il resto," gli ordinò tranquillamente. "Ne avrò bisogno più tardi. *Au revoir*."

Dair non capiva di che cosa stesse parlando. Si voltò per guardare lo skiff, un braccio che teneva il cestino, l'altro pieno di vestiti, senza minimamente sapere che cosa fare, nonostante le sue istruzioni. Poi udì un tonfo e si rese conto di che cos'era successo. Voltò di scatto la testa verso il punto dov'era Rory un attimo prima. Ovviamente, lei non era più lì. Si era tuffata nel lago dal bordo del molo.

La chiamò e, senza pensarci due volte, scese i gradini arrugginiti con sottane, giacca e scialle stretti sotto il braccio e il cestino in una mano. Arrivò a metà della scala prima di guardare dietro la spalla, nell'acqua. Giusto in tempo per vedere Rory riaffiorare dalle profondità del lago accanto alla prua dello skiff che ondeggiava.

"Non dimenticate l'altro cestino!" Gli gridò Rory, tirandosi su emergendo dal lago, con la sottoveste intrisa d'acqua che aderiva alle sue curve come una seconda pelle. "E slegate la fune dalla bitta!"

"*Gesù...*" Dair quasi perse la presa.

Rory restò lì appesa, mezza fuori dall'acqua, il corpo appoggiato alla parte esterna della barca, con le braccia tese e strette al bordo per tenersi diritta. Restò lì in equilibrio, aspettando che l'acqua le defluisse dal corpo di modo da non farla finire nella barca con loro. Poi si arrampicò sul bordo ed entrò nella barca, sulle lucide tavole ricurve.

Dair non le aveva tolto gli occhi di dosso un istante. Ma una volta che Rory fu sana e salva a bordo, si voltò e risalì in fretta la scaletta per prendere l'altro cestino, scendendo poi nuovamente a tempo di record, se mai qualcuno avesse tenuto conto di imprese simili.

Rory si affrettò ad andare a poppa, per tirare dentro la fune e prendere i cestini, uno per volta. Li sistemò a prua con tutto il resto che avevano portato in precedenza gli sguatteri: un piccolo *nécessaire de voyage* rivestito di pelle di zigrino, che conteneva tutto ciò di cui potevano avere bisogno come piatti di porcellana, ciotole, tazze e piattini, insieme a posate, bicchieri, mestoli e una piccola teiera d'argento. In una tracolla impermeabile c'erano un fascio di candele e l'acciarino. C'erano anche due asciugamani e una coperta imbottita per sedersi e ammannire il loro banchetto.

Dair era cieco a tutto quando si lasciò cadere sulla traversa dov'erano assicurati i remi negli scalmi. Avrebbe potuto essere scolpito nel marmo tanto i suoi muscoli erano rigidi, ora che si era reso conto di essere sull'acqua. Era cosciente solo del movimento dello skiff non più ormeggiato mentre Rory si spostava sulla barca e del fatto che tutto ciò che c'era tra lui e l'acqua scura e torbida piena di canne era un sottile scafo di legno. Desiderava solo saltare fuori dallo skiff, risalire la scala e correre verso la terraferma. Non c'era nemmeno in ballo una scommessa per obbligarlo a restare o perdere, non solo la faccia, ma anche il suo soprannome di Diabolico Dair e l'ammirazione dei suoi compagni. Ma tutti quei pensieri astratti in quel momento non significavano niente.

Sentì Rory suggerirgli di togliersi il panciotto di seta a righe, era una giornata così calda. Lo fece senza nemmeno rendersene conto e il panciotto scomparve come per magia, con Rory che lo piegava e lo metteva da parte. Si tolse anche la cravatta e slacciò i due piccoli bottoni di corno al collo della camicia, anche se non ricordava di aver fatto nessuna delle due cose, eccetto che sentì di colpo più freschi il collo e il petto.

Fu solo quando Rory si sistemò a poppa davanti a lui che dimenticò il legno sottile dello scafo, il groviglio di canne e l'acqua torbida. Si concentrò completamente su di lei, come se la sua vita dipendesse dal non distogliere lo sguardo nemmeno per un secondo. E in un certo senso era vero. Guardarla lo calmò notevolmente. Fu in grado di prendere i remi, anche se afferrò talmente stretta l'impugnatura da perdere sensibilità nella punta delle dita, e si preparò a tagliare l'acqua con le pale.

Rory aveva preso uno degli asciugamani e lo stava usando, non per metterselo sulle spalle o coprirsi le gambe nude, ma per asciugarsi la faccia e togliere un po' d'acqua dai capelli folti. Si immobilizzò per un attimo, dando un'occhiata veloce alla mano destra, poi respirò. Lo zaffiro lavanda era ancora al suo posto. Poi si appoggiò l'asciugamano umido in grembo, come se si fosse ricordata della modestia solo in quel momento. Ma non fece nulla per coprirsi il seno che avrebbe potuto essere nudo tanto la sottoveste bagnata vi aderiva. Se se ne era accorta, non lo fece capire.

"Che meravigliosa giornata di sole per la nostra avventura!" Esclamò entusiasta. Con un sospiro di felicità, chiuse gli occhi e alzò il volto verso il calore del sole, e si rilassò. "Alisdair, penso che dovremmo muoverci, no?"

Lo pensava anche lui. Con lo sguardo fisso sulla sottoveste bagnata e aderente, cominciò a remare. Remò, non nel suo solito modo frenetico, ma con colpi precisi e lunghi che facevano scorrere lo skiff sull'acqua come un coltello caldo nel burro. Remava senza sforzo e continuando a remare così facilmente cominciò a rilassarsi, abbastanza da porsi domande sulla loro destinazione, la misteriosa isola del Cigno.

VENTIQUATTRO

L'isola del Cigno era la più vasta nel sistema di laghi della tenuta ducale e l'accesso era proibito da quando Dair riusciva a ricordare. Si diceva fosse abitata da un vecchio eremita folle o forse era un branco di cani selvatici? Qualunque cosa vivesse sull'isola era malevola e pericolosa. E certamente non erano i cigni. I cigni, gli uccelli acquatici e le anatre scivolavano sull'acqua oltre l'isola ma non aveva mai notato o sentito parlare di stormi di uccelli che si raccogliessero né sull'isola né sulle rive. Da ragazzo gli avevano detto, e ripetuto spesso, che le barche dovevano stare alla larga dall'isola. Metterci piede, poi, era strettamente proibito. Per decreto ducale nessuno ci andava, eccetto pochi servitori. Chissà che cosa facevano, ma con loro andava un guardacaccia. Sembrava suggerire che sull'isola ci fosse qualcosa cui valeva la pena di sparare. Nessuno dei servitori che ci andavano ne parlava, erano tutti tenuti al segreto. Per quanto ne sapeva Dair, le cose erano così da quando il quinto duca aveva ereditato il titolo, oltre cinquant'anni prima e suo figlio, il sesto duca, quello in carica, non aveva mai cancellato il decreto paterno.

Non che Dair avesse mai avuto interesse a sconfinare sull'isola. Era un'isola, dopo tutto, circondata dall'acqua di un lago. Non ci sarebbe mai andato vicino, né per soldi né per amore. L'unica occasione era stata quando aveva partecipato alla regata, il cui percorso passava accanto all'isola. Fino a quel giorno, cioè...

Mentre si avvicinavano all'isola, Rory disse a Dair di remare verso quello che sembrava un muro impenetrabile di alberi che scendeva fino al pelo dell'acqua. In effetti, c'era uno stretto canale buio, nascosto sotto un arco di olmi con i rami che si intrecciavano. Dopo una dozzina di colpi di remi, il canale si aprì magicamente alla luce in una piccola insenatura nascosta. C'era una spiaggetta di ciottoli e, oltre la striscia di spiaggia, un muro di fitta foresta. L'acqua era abbastanza profonda da poter ancorare lo skiff vicino alla riva, tanto che Rory e Dair avrebbero potuto raggiungere l'acqua bassa in poche bracciate, per poi camminare fino a riva. Con la sua altezza, Rory sospettava che Dair sarebbe stato in grado di camminare nell'acqua fin da dove era ormeggiato lo skiff. E lì l'acqua era chiara, trasparente e invitante.

Dair si accorse di aver remato fino a una caletta di acqua chiara solo quando Rory gli disse che era ora di tirare dentro i remi e ancorare la barca. Si rese conto allora di aver tenuto lo sguardo fisso su di lei per tutto il tempo mentre remava, e che anche Rory lo aveva fissato allo stesso modo. E dal sorrisino che le aleggiava sulle labbra e lo scintillio nei suoi occhi, Rory probabilmente non aveva ammirato la sua tecnica ma il suo fisico. Beh, le avrebbe dato qualcosa di più da ammirare.

Aveva la camicia impregnata di sudore, quindi se la sfilò, lasciandola cadere sulla traversa. Poi allungò le braccia per sciogliere i muscoli ed espandere il petto, respirando a fondo l'aria fresca, per niente stanco. Fece come gli chiedeva e, legato il sacchetto di sabbia alla fune di ormeggio, lo gettò fuoribordo, sorpreso e felice di vedere l'acqua così trasparente. Si voltò, pronto per i nuovi ordini e ammiccò. Quando Rory abbassò immediatamente gli occhi sulle tavole sotto i piedi di Dair, che aveva ancora gli stivali, lui ridacchiò.

"Non siate timida, Delizia. Mi piace più di quanto riesca a dirvi scoprire che mi desiderate quanto vi desidero io."

"Perdonatemi, sono una stupida," disse Rory con un sospiro irritato. "Ho distolto gli occhi per abitudine, non perché lo volessi. Le governanti e le donne sposate della famiglia ripetono continuamente alle giovani donne ben educate, le nubili in particolare, che ammirare apertamente il fisico di un uomo attraente è quanto di più immorale ci possa essere. Ed è assurdo, quando possiamo ammirare dipinti e statue di uomini, considerandoli arte, senza che nessuno abbia niente da ridire." Sorrise, e apparvero le fossette. "Non ho distolto gli occhi quando eravate un selvaggio americano. Anche se, ripensandoci, la compagnia di quella sera era talmente libera e senza pensieri che non mi sono sentita costretta a fare ciò che ci si aspettava da me, quindi ho fatto ciò che volevo, anche se al momento sembrava molto osé."

"Oh, spero proprio che saremo assolutamente osé insieme... al momento giusto."

Rory curvò le spalle e sorrise come se gli stesse nascondendo qualcosa. Quando Dair la guardò alzando le sopracciglia, fece una risatina e disse, in modo misterioso: "Allora siamo nel posto giusto!"

Dair non sapeva a che cosa si riferisse e non ebbe l'opportunità di chiederglielo. Proprio come aveva fatto sul molo, Rory lo sorprese. Si arrampicò sul bordo della barca e scomparve sott'acqua. Questa volta Dair non si spaventò, né esitò a guardare fuori bordo. L'acqua era trasparente e, quando scomparvero le increspature, la sua calma fu ricompensata quando l'adorabile sedere rotondo di Rory arrivò in primo piano sotto la superficie, con la sottoveste arrotolata intorno alla vita. Rory scalciò le gambe come le rane per spingersi in avanti e mosse le braccia in ampi cerchi per aiutarsi ad avanzare nell'acqua. Dair si meravigliò di come nuotasse senza sforzo, decidendo che, in effetti, un abito da bagno avrebbe intralciato movimenti così fluidi.

Si stava giusto chiedendo per quanto potesse nuotare prima di dover riemergere per respirare quando Rory apparve vicino alla riva e si alzò in piedi, con l'acqua che le arrivava appena alle ginocchia. Si voltò a guardarlo, con le mani sul volto per togliere l'acqua dagli occhi e poi sui capelli e lungo la treccia, con l'acqua che ruscellava lungo il corpo, con le singole gocce che scintillavano colpite dai raggi del sole. Non aveva mai visto niente di più incantevole. Se le sirene esistevano, dovevano assomigliare a lei.

Sentì il bisogno urgente di togliersi gli stivali, spogliarsi dei calzoni improvvisamente troppo stretti e gettarsi in acqua; sperava proprio che l'acqua fosse fredda come il ghiaccio.

"Quanti anni avete detto che avevate quando avete scoperto questa insenatura?"

"Quattordici."

"E da allora avete continuato a venire qua ogni anno?"

"Sì."

"E non vi ha mai preoccupato che il duca abbia proibito l'accesso a quest'isola a tutti?"

"No. E non preoccupa nemmeno voi, altrimenti non mi avreste portata fin qua."

"Vi ho portata qua nonostante il decreto di mio cugino. Non significa che non mi preoccupi."

Rory si fermò sullo stretto sentiero che attraversava la fitta foresta e arrivava alla radura e si voltò a guardarlo: Dair la stava seguendo carico di tutte le provviste che erano nello skiff.

"Perché?" Gli chiese, incuriosita.

"Io posso badare a me stesso. Posso affrontare un cane selvatico, un orco assetato di sangue o un vecchio eremita pazzo con un coltello arrugginito in mano, se necessario. Ma voi, voi siete fatta di una porcellana molto più fine e non dovreste mai venire qua da sola... di nuovo."

"Ma sono sette anni che vengo qua e non mi sono mai sentita in pericolo."

"Non stavo solo pensando al pericolo... Ma se aveste un incidente? Se vi slogaste la caviglia sana? Che fareste allora? Come fareste a chiedere aiuto? Chi potrebbe sapere che siete qui?"

Gli occhi di Rory si accesero di luce ribelle. "Non ho intenzione di farmi mettere sotto una campana di vetro!"

Dair sbatté gli occhi. "Campana di vetro?" Che cosa diavolo voleva dire? "Che campana di vetro? Voglio solo aver cura di voi..."

"Non voglio essere trattata come una di quelle fragili donne che languono continuamente sui divani, in preda agli svenimenti, con le penne bruciate sotto il naso. Non fanno mai esercizio e si aspettano che i loro mariti o i loro fratelli accorrano alla minima cosa, solo perché sono donne!"

"Certo che no. Non stavo suggerendo..."

"L'ho visto succedere troppo spesso ed è vergognoso. Silla usa questa tattica con Grasby, e a quanto pare funziona..."

"Non ne dubito," borbottò Dair.

"... e non è giusto!"

"No, non è giusto."

La sua tranquilla conferma la fermò. Alzò gli occhi e, irritata con se stessa, fece il broncio.

"Perdonatemi. Stavate solo cercando di proteggermi in modo gentile, e io sono stata troppo suscettibile."

"Sì."

"Non ho mai pensato di poter veramente essere in difficoltà e non poter chiedere aiuto. Sono sempre stata autosufficiente. Il nonno dice che è il modo migliore di imparare a vivere con i miei-i miei difetti."

"È vero, ma bisogna anche essere pratici. Quindi mi prometterete di non venire qua, o in qualsiasi altro posto, da sola..."

La fissava come se la promessa non fosse negoziabile.

Rory sospirò, come se si sentisse sconfitta e disse, fingendo irritazione: "Immagino che quando ci sposeremo, in qualità di mio marito, potrete ordinarmi di fare quello che volete, quindi tanto vale che lo prometta."

"Non è questo il tipo di promessa che voglio," dichiarò Dair, abboccando all'amo. "E se pensate che sarò quel tipo di marito, sarà meglio che mi restituiate l'anello."

Rory si mise in fretta la mano dietro la schiena, come se Dair intendesse veramente prenderglielo, ma poi tirò fuori la lingua come una bambina viziata. Dair la fissò imbambolato, poi rise di cuore.

"Voi-voi... stavate recitando!"

"Bruto!"

Risero insieme e Rory si chinò verso di lui, con una mano sul petto nudo e alzò la testa per ricevere un bacio. Dair fece del suo meglio per accontentarla, anche se dovette accucciarsi per farlo poiché con la mano destra teneva in equilibrio sulla spalla il più pesante dei cestini mentre nella sinistra aveva il secondo cestino, con il *nécessaire* infilato sotto il braccio.

"Vi ringrazio perché volete proteggermi," disse dolcemente Rory. Lo baciò di nuovo. "Non ho mai avuto un cavaliere."

"Non ve ne serviranno altri."

Rory gli accarezzò la guancia barbuta. "Non ne ho mai voluto un altro, mai. Solo voi..."

Dair si raddrizzò e continuarono a camminare, conversando.

"Allora niente cani selvatici, bestie o minacce di alcun tipo che io possa sconfiggere mentre sono qui?"

"Niente. È un posto tranquillo pieno di uccelli e qualche anatra."

"Nemmeno un vecchio eremita pazzo?"

Rory rise al suo disappunto. Immaginava che gli sarebbe piaciuto affrontare qualsiasi minaccia gli si parasse davanti.

"Purtroppo nemmeno il vecchio eremita. Ma posso mostrarvi il suo cottage e dov'è sepolto."

"Ah! Allora *c'era* un vecchio eremita pazzo!"

"Geoffrey non era pazzo, preferiva semplicemente vivere da solo. Eccoci, siamo arrivati!" Esclamò eccitata. "Allora che ne dite del mio paradiso segreto?"

La foresta si era aperta in una vasta radura piatta, con alti alberi su ogni lato e, sullo sfondo, il pendio ripido di un promontorio. Ma ciò che dominava il panorama più prossimo era una costruzione umana, un tempio greco circolare, un *tholos*. Si ergeva fiero al centro della radura, sopraelevato su una serie di plinti scalari che creavano otto bassi gradini. I colonnati scanalati si innalzavano al cielo per sei metri e ognuna delle colonne ioniche era fatta di marmo. Non c'era un tetto ed era aperto agli elementi atmosferici, ma attaccato a un lato del *tholos* c'era un tempo rettangolare, più piccolo e intimo, con una stanza interna circondata da colonne. Aveva un tetto a cupola che permetteva alla luce di entrare attraverso un oculus di vetro e vi si poteva accedere passando dal tempio circolare.

Rory era certa che se avesse avuto il tempo di esaminarlo, anche

Dair si sarebbe reso conto, come lei solo un paio di anni prima, che il tempietto era una replica in scala del mausoleo della famiglia Roxton in cima alla collina a Treat. Ma il tempio lì sull'isola non serviva a onorare i defunti illustri membri della famiglia, né era un posto per il lutto. Era tutt'altra cosa. Era questo tempio e quello che simboleggiava che voleva dividere con Dair.

Per il momento, però, era contenta di condividere la sua eccitazione nel vedere la radura e i suoi templi per la prima volta. Sembrava impressionato, esattamente come si era sentita lei quando aveva scoperto quel posto, durante i suoi vagabondaggi sull'isola e Geoffrey, l'eremita, l'aveva colta a sconfinare.

La radura poteva anche essere solo a cinque minuti di cammino dalla caletta attraverso la foresta, ma il primo pensiero di Dair fu che erano in qualche modo tornati indietro nel tempo, all'età dei miti. La sensazione era quella di un sogno a occhi aperti, favole e castelli in aria e si chiese se fossero entrati nel dipinto di un grande affresco che mostrava il monte Olimpo, la casa degli dei. Era così eccitato e incuriosito che lasciò cadere il suo carico alla base dei gradini, all'ombra di un enorme olmo e corse fin dentro il tempio circolare.

Rory non lo seguì, ma restò all'ombra, per alleviare la pressione sul piede. Perché, anche se era riuscita a percorrere quella distanza senza le sue scarpe speciali e rovinando completamente un paio di calze bianche, la caviglia e le dita le facevano male. Ma non importava. Era così contenta di vedere la meraviglia di Dair per la nuova scoperta. E quando lui le gridò che c'erano delle statue all'interno del tempio, come se lei non lo sapesse, non smontò il suo entusiasmo ma gli rispose chiedendogli se tutte e otto erano presenti e in ordine. Ci fu una pausa di qualche secondo e poi Dair le rispose urlando che era così, e Rory dovette reprimere una risata, per non fargli pensare che lo stesse prendendo in giro.

Quando non lo sentì più parlare, cominciò a sistemare una coperta e aprì il *nécessaire*. Prese uno dei bicchieri intagliati per riempirlo d'acqua. Era assetata, ma non era una sorpresa, ed era solo colpa sua. Aveva viaggiato sullo skiff senza parasole e con la sola sottoveste e le calze. Probabilmente il giorno dopo si sarebbe svegliata con la pelle chiara del colore delle fragole mature.

Tolse dal *nécessaire* la maggior parte delle stoviglie e delle posate prima che Dair riapparisse dal tempio. Era sparito per cinque minuti o più e sul volto aveva un'espressione difficile da leggere, tanto che Rory si chiese cosa ci fosse lì che potesse turbarlo. Prima di poterlo chiedere, Dair disse a bassa voce: "Sono un somaro sconsiderato. Avrei dovuto aiutarvi; e avete sete, dove posso trovare dell'acqua?"

Rory indicò oltre i gradini davanti al tempio.

"Vedete la piscina? L'acqua che la riempie viene da una sorgente. Ma quella più fresca si può prendere dalle fontane: dalle bocche dei leoni. Ed è anche la più fredda. Non si vedono da qui. Vedete quei grandi vasi sopra i piedestalli su entrambi i lati dei gradini? Le fontane danno sulla piscina, in modo che l'acqua scorra dalle loro bocche e dentro la piscina. Non è profonda e ha il fondo piastrellato, quindi potete... Che... Che c'è?" Gli chiese di colpo. Stava guardando la piscina mentre parlava, ma quando si era girata, aveva scoperto che Dair non guardava da quella parte ma la stava fissando attentamente. "Sembra che abbiate visto uno spettro." Sbattè le palpebre e ansimò un poco. "Non il fantasma di Geoffrey l'eremita?"

"No, niente fantasmi. Sono entrato nel secondo tempio... Quanti anni avevate quando siete venuta qua la prima volta? Quattordici? Siete entrata nel secondo tempio quando avevate quattordici anni?"

Rory non rispose immediatamente alla domanda, dicendo invece con un sorriso: "Non è splendido? Arazzi così meravigliosi e il tappeto così folto e la doratura sui pannelli di legno è così delicata. È così accogliente con il fuoco acceso e il sole che entra dall'oculus di vetro." Lo guardò pensierosa. "Deve essere un trucco dell'arredamento, perché da dentro sembra molto più piccolo di quanto ci si aspetti; le dimensioni di un salottino intimo. Senza dubbio sono gli arazzi che vanno dal pavimento al soffitto su tre lati che restringono la stanza... Come pensate che li abbiano trasportati fin sull'isola? Con una chiatta?"

"Allo stesso modo, immagino, in cui hanno trasportato il marmo, la pietra e il legno per costruire i templi e la piscina. Anche se sospetto che i templi siano stati costruiti prima che la terra intorno fosse inondata per creare il lago."

"Ah, sì. Ha un senso. Dimenticavo che il lago non è naturale anche se sembra che sia qui da sempre. Possono aver usato carri tirati dai buoi per trasportare il marmo... Ma gli arazzi non sono vecchi come l'isola. Sono..."

"Rory, non importa come siano arrivati qua. Sono quegli arazzi... quella stanza..."

"Aspettate di vederli con le applique accese e un fuoco. Hanno un senso di maggiore intimità e di bellezza alla luce delle candele."

"Intimità? Bellezza? Ah!"

"Alisdair, che c'è?"

Dair si passò una mano sulla bocca e respirò a fondo. Non sapeva come esprimere a parole quello che voleva dire, quindi sbottò. Ovviamente la sua dichiarazione fece sembrare che fosse arrabbiato, arrabbiato con lei, e non era vero. Era imbarazzato per quello che aveva visto sulle pareti del tempietto perché anche lei lo aveva visto e a quel tempo era molto più giovane di lui quando aveva avuto la sua prima esperienza sessuale. E lui ne era stato colpito molto più di quanto pensasse possibile.

"Rory... quegli arazzi, quella stanza... non sono adatti agli occhi di una ragazzina."

"Pensavo... Non capisco... Doveva essere la mia sorpresa per voi."

"Sorpresa?" Esclamò Dair, ripiegando le braccia sul petto nudo evitando di guardarla negli occhi. "Oh, lo è stata, davvero!"

"Non vi piacciono?" Chiese Rory, delusa, e si alzò in piedi. "Perché? Che cosa hanno che non va?"

Dair allora la guardò e vide solo un'onesta curiosità, che fece aumentare il suo disagio. Si scavò una buca metaforica ancora più grande.

"Di sbagliato? Volete che lo dica a voce alta?"

"Sì. Sì, perché ora mi è chiaro che il tempio, gli arazzi, la stanza stessa, vi hanno sconvolto e non capisco perché. Specialmente per un uomo della vostra esperienza del mondo."

Dair si allontanò da lei, passandosi le mani tra i capelli scuri e poi tornò indietro.

"E secondo la vostra ingenua opinione, che cosa pensate che stiano facendo le coppie nude su quegli arazzi? No! Non rispondete. La domanda era idiota, come me!"

"C'è una sola coppia," disse Rory a basa voce. "Una coppia in molte... *situazioni* diverse."

"Situazioni?" Disse Dair dubbioso. Rory pensò che sembrasse borioso. "Sono rimasto in quella stanza per meno di cinque minuti e credetemi, riconosco un'orgia quando ne vedo una."

"Ne sono sicura. Ma vi sbagliate."

"Rory, non è quello che..."

Rory lo interruppe.

"Pensate che poiché sono una vergine non dovrei guardare quegli arazzi. Probabilmente pensate che tutte le donne dovrebbero essere protette da simili espressioni d'amore?"

Le sopracciglia scure si contrassero sopra il naso aquilino. "Amore?"

"Sì, amore. Solo perché io non ho mai *fatto* l'amore non significa che non capisca la gioia che l'amore fisico deve regalare a una coppia *innamorata*. Quindi per favore non rivolgetevi a me come se steste parlando a una stupida ignorante..."

"Io non..."

"So benissimo, nonostante la mancanza di esperienza tangibile, che c'è chi ricerca solo il piacere sessuale..."

"Aurora!"

"... che è tutt'altra cosa che fare l'amore. Ed è fare l'amore che viene rappresentato in quegli arazzi. Non c'è modo che possiate persuadermi del contrario." Alzò gli occhi sul volto arrossato di Dair e dichiarò brutalmente: "Fare l'amore vi spaventa."

Quando Dair la fissò inorridito, Rory capì di aver toccato il nervo scoperto della verità.

"Oh, so che siete un amante meraviglioso e considerato. Ho sentito le storie sulla vostra... abilità e i vostri-i vostri... attributi. Sareste sorpreso di sapere di che cosa spettegolano le donne dietro ai loro ventagli, specialmente quando pensano che nessuno le possa sentire. Ma non è di quelle imprese che sto parlando, né mi importa di saperne più di quanto già sappia. Ciò che mi importa è la situazione in cui ci troviamo adesso. È unica per entrambi."

"Sì?"

"Voi non avete mai fatto l'amore con qualcuno che amate, e nemmeno io. In quel senso, siamo entrambi inesperti e..." Rory sorrise timidamente, "un bel po' *apprensivi*."

"Immagino che se la mettete così..." Il sorriso timido di Dair rispecchiava quello di Rory. "Ma nemmeno voi potete negare che la mia esperienza carichi indubbiamente sulle mie spalle il compito di rendervi felice."

"Oh, per favore, non annullate la mia responsabilità, solo perché sono vergine," rispose francamente Rory. "Voglio darvi altrettanto piacere di quanto ne darete a me, ve lo assicuro."

Dair rise sommessamente e scosse la testa.

"Che Dio mi sia testimone, Delizia, se qualcuno mi avesse detto tre mesi fa che avrei avuto una discussione così brutalmente franca sul talamo nuziale, con una bella vergine bionda che amo e adoro, gli avrei consigliato di farsi ricoverare al manicomio."

Per un attimo, Rory si preoccupò.

"Spero di non essere stata troppo franca?"

"Con me? Per niente. Mi piace."

"Allora non vi darà fastidio che vi dica che se tutto quello che vi serve, *ci* serve, per essere completamente a nostro agio tra di noi è fare l'amore, che cosa stiamo aspettando?"

Dair non riuscì a nascondere la sua meraviglia, o reprimere la risata. Ma non era scandalizzato, c'era del vero nelle parole di Rory. Quando riprese il controllo, le disse: "Non vi merito, ma mi rifiuto di rinunciare a voi. Sapete esattamente che cosa dire per farmi rendere conto di avere la testa piena di paure e dubbi infondati, e solo voi siete capace di scacciarli." Le accarezzò la guancia. "Non potrò mai ringraziarvi a sufficienza per avermi salvato da me stesso."

Rory sorrise con le fossette. "Potete tentare, però, permettendomi di mostrarvi quegli arazzi."

Dair finse di offendersi.

"Volete che io rientri là, in quel covo di iniquità, con voi? E io che pensavo che l'amore fosse incondizionato."

"Alisdair James Fitzstuart, siete un bacchettone! Un uomo che può pavoneggiarsi nello studio di un pittore con solo un perizoma, a dar spettacolo per un branco di ballerine ridacchianti..."

"Spettacolo. Era uno spettacolo. Stavo recitando. Sono un bravo *attore*."

"Non è una scusa che intendo accettare!" Rory fece il broncio. "Concorderete con me che cinque minuti in quella stanza, e un'occhiata veloce, sono niente paragonati alle ore che ho passato..."

"Ore?"

"... a studiare e ammirare quegli arazzi. Raccontano la storia..."

"Una storia?"

"... di un matrimonio, un matrimonio d'amore. E poiché si tratta di un matrimonio d'amore, è naturale che la coppia faccia l'amore, molte volte e su tutti e tre gli arazzi. Ogni arazzo rappresenta un momento diverso del loro matr... Oh! Mi stavate prendendo in giro!" Esclamò Rory quando Dair cominciò a ridacchiare. "Fingevate di fare il moralista solo per irritarmi! Ammettetelo!"

"Non ammetto niente, solo che vi adoro ancora di più, se possibile, quando parlate tanto ardentemente di un soggetto che vi interessa. Non vedo l'ora di sentirvi parlare della coltivazione degli ananas."

Rory fece il broncio. "Ora vi state prendendo gioco di me."

"Mai! Sono sinceramente interessato alla coltivazione degli ananas."

"Non crederò nemmeno per uno dei secondi scanditi dalla lancetta del vostro orologio da taschino che abbiate il minimo interesse per gli ananas! Alisdair!"

Strillò spaventata quando all'improvviso Dair la sollevò tra le braccia.

"Che cosa... Che cosa state facendo?"

"Che cosa sto facendo?" Ripeté lui, portandola senza sforzo giù dai gradini del tempio fino al bordo della piscina. "È ora che ci abbandoniamo a questo paradiso e facciamo un bagno. *Inoltre*, vi avevo promesso di prendervi un bicchiere d'acqua mezz'ora fa."

La superficie dell'acqua scintillava e si increspava come un lungo nastro di satin colto dalla brezza per l'acqua versata dalle bocche aperte di due grandi teste di leone installate su enormi basamenti ai lati di una serie di ampi gradini che scendevano sul fondo piastrellato. Dair scese i gradini senza esitazioni, l'acqua era rinfrescante in una giornata di sole così calda. Sia lui sia Rory ansimarono leggermente al primo contatto dell'acqua fredda sulla pelle calda.

"Permettetemi di dirvi quanto sia serio riguardo alla coltivazione degli ananas, futura moglie. Ho assunto Bill Chambers per fargli progettare una serra per Fitzstuart Hall."

"Chambers? *Sir William* Chambers? L'architetto svedese? Per costruire una... una serra per gli ananas? Nella vostra casa di famiglia? Per-per *me?*"

Dair camminò fino in mezzo alla vasca con Rory ancora in braccio e il livello dell'acqua gli salì appena sopra l'ombelico.

"Presto sarà la *nostra* casa," la corresse. Poi sembrò preoccupato. "Volete una serra per gli ananas, vero? Pensavo potesse essere un eccellente regalo di nozze. Forse ci vorrà un anno o due per costruirla, ma sarà comunque un regalo di nozze."

Quando Rory si aggrappò a lui, mormorando qualcosa di inintelligibile contro il suo collo, lo prese per un segno che era contenta del suo regalo di nozze. Cercò di togliersi le sue mani dal collo per guardarla in volto, per rassicurarla e baciarla, ma Rory restò avviticchiata a lui. Così fece la cosa più naturale al mondo, una cosa che qualunque buon nuotatore avrebbe fatto ma che lui non faceva in una vasta distesa di acqua dolce da molti anni. Si districò dalla sua presa andando sott'acqua. E una volta sotto e vedendo com'era chiara, si allontanò a nuoto riemergendo vicino ai gradini.

Rory lo salutò con la mano dal centro della piscina e lui restituì il saluto, tuffandosi di nuovo sott'acqua e scomparendo. Rory seguì il suo esempio e si tuffò sott'acqua, sapendo che stavano per giocare al gatto e al topo. Non avrebbe potuto essere più felice. E la sua felicità non aveva niente a che fare con il regalo di nozze.

VENTICINQUE

Era inevitabile che facessero l'amore.
 Due persone profondamente innamorate, isolate in un paradiso: ci sarebbe voluta la volontà combinata di tutti gli dei della mitologia per resistere al travolgente bisogno di comunicare fisicamente quest'amore. Nient'altro importava. Le consuetudini, le aspettative famigliari, le norme della società imponevano di aspettare finché fossero legalmente e spiritualmente una sola persona prima di consumare la loro unione. E il loro fidanzamento era ancora segreto e doveva ancora ricevere la benedizione di entrambe le famiglie, in particolare quella della madre di Dair, la contessa di Strathsay e, ancora più importante, l'approvazione di Lord Shrewsbury, il nonno di Rory.
 Pure formalità. Benedizioni e approvazioni erano una conclusione scontata per due giovani appartenenti alla stessa cerchia sociale, imparentati alla lontana, come del resto in un modo o nell'altro era tutta l'aristocrazia che risaliva alla Conquista normanna. La loro unione sarebbe sicuramente stata vista come l'epitome dell'accettabilità sociale, politica ed economica. Ma per la coppia felice, e in quel posto, nessuno di quei fatti era importante.
 C'era qualcosa in quella radura, il suo isolamento perfino dal resto dell'isola, con la sua alta e fitta cortina di alberi, i suoi templi eccentrici e la sua piscina incantata, che rendeva invulnerabili gli amanti, almeno in quell'istante.
 La manciata di ore che portò la coppia ad addormentarsi abbracciati sotto una coperta nel piccolo tempio rimase incisa nella loro memoria. Avevano fatto l'amore due volte nella stessa stanza contro la

quale Dair aveva tuonato, ma non era la prima volta, né l'unico posto. La consumazione della loro unione era avvenuta all'ombra di un antico olmo, sulla coperta da picnic accanto alla piscina. Dair era pronto ad aspettare, per quanto dubbioso, vista la disastrosa prima notte di nozze dei suoi genitori, per lei, perché la amava. Rory la pensava diversamente, anche se si era fissata che fosse il tempio l'ambientazione ideale per donarsi a lui. Ma quando la passione prevale, la reticenza e i piani meglio studiati sono irrilevanti. Nient'altro importava eccetto l'amore reciproco e, in quel paradiso, l'esperienza condivisa del mutuo piacere fisico.

Molto più tardi, Dair portò Rory nel tempietto, accese un fuoco nel camino e fece bollire l'acqua per il tè. Mentre lui si accendeva un sigaro, Rory preparò il tè, entrambi in silenzio. Le parole non erano necessarie a esprimere la gioia e il sollievo che entrambi avevano provato nello scoprire che condividevano un sano apprezzamento per il piacere fisico. Fu chiaro che la prima notte di nozze non avrebbe comportato timori, per nessuno dei due. Avrebbero potuto procedere nella nuova vista insieme, pieni di fiducia e di ottimismo. E mentre bevevano il tè sulla coperta stesa sul folto tappeto di fronte al fuoco, Rory raccontò a Dair la storia della coppia tessuta nei tre enormi arazzi che coprivano le pareti.

Confessò che gli arazzi avevano un significato diverso per lei perché aveva ascoltato i racconti di Geoffrey l'eremita. No, non lì, in quella stanza, rassicurò in fretta Dair. Era successo la prima volta che aveva visitato l'isola, quando l'eremita l'aveva scoperta a sconfinare nel tempio circolare. In cambio del permesso di andare e venire dall'isola come voleva, le aveva fatto promettere di non mettere piede nel tempietto fino all'estate dei suoi diciassette anni. Nonostante l'enorme curiosità, Rory aveva promesso e lui aveva accettato la sua parola, anche se l'aveva avvertita che l'avrebbe tenuta d'occhio per assicurarsi che mantenesse la promessa.

E poiché aveva visto che era una brava ragazza con il cuore d'oro, le aveva raccontato una favola che si riferiva a quell'isola, di un elfo dai capelli neri e della sua ninfa dai capelli d'oro e di tre tappeti magici. Come poteva resistere Rory? Fu solo qualche anno dopo, quando finalmente vide gli arazzi (che l'eremita aveva chiamato tappeti magici), che si rese conto che la favola era vera, tessuta con fili di seta in tre grandi arazzi. Aveva reso ancora più toccante il semplicistico racconto dell'eremita sulla storia della coppia.

Geoffrey l'eremita viveva su quell'isola da dieci anni o più quando un giorno, come per magia, nel tempio circolare apparve una coppia. Rimase due notti e poi scomparve. Lui li aveva osservati nascosto nella foresta, temendo che potessero essere spiriti malvagi, venuti a far danni. Ma quando li aveva visti giocare nella piscina, rincorrersi attraverso il tempio, sempre ridenti e giocosi, aveva capito che non gli avrebbero mai fatto del male. Ogni anno, per ventitré anni, la coppia era tornata sull'isola, per due notti, per giocare nella piscina e rincorrersi nel tempio.

Si capiva che si amavano oltre ogni misura.

Una settimana prima della seconda visita della coppia, erano arrivati degli operai per potare gli alberi e i cespugli intorno ai templi, pulire la piscina dalle foglie e spolverare e togliere le ragnatele dal tempietto. E fu così che l'eremita seppe esattamente quando gli elfi sarebbero tornati sull'isola anno dopo anno.

Proprio prima della loro settima visita, gli operai avevano portato con loro un tappeto magico. Lo avevano appeso a una parete del tempietto. Quando gli uomini se n'erano andati, Geoffrey era andato a guardarlo, ed era veramente magico, intessuto di sete dai colori brillanti e filo d'oro e luminoso come una giornata di primavera. Intessuti nel tappeto c'erano i suoi due amici elfi e vide che c'era anche un elfo più piccolo, un figlio. Riconobbe anche il palazzo dall'altra parte del lago rispetto all'isola e capì dove vivevano i suoi elfi per la maggior parte dell'anno e chi erano. In effetti erano il re e la regina di quel reame, e quando mettevano piede sull'isola, la magia li trasformava in elfi. Lo sapeva perché non portavano corone d'oro, non c'erano servitori e cuocevano da soli il loro cibo. I loro vestiti però erano di seta e velluto, quando sceglievano di indossarli, e non succedeva spesso, visto che erano elfi.

Da quel giorno in poi, ogni anno lui raccoglieva fiori e tralci e li intrecciava per farne corone da far indossare agli elfi in quell'isola di fiaba del loro reame. Le lasciava come offerte nel tempietto appena prima del loro arrivo. Sapeva che gli elfi apprezzavano le sue corone di fiori perché li vedeva rincorrersi e giocare con le corone in testa.

Il secondo tappeto magico era arrivato proprio prima della quindicesima visita della coppia all'isola. Aveva colori vivaci come il primo, ma parlava di famiglie. C'erano quattro pannelli sul tappeto. Il primo mostrava gli elfi, come sempre innamorati. Nel secondo erano con il figlio, che era diventato grande. Il terzo pannello mostrava la famiglia di elfi con un'altra coppia, che aveva anch'essa un figlio e, infine, nel quarto pannello una terza famiglia con una madre ma senza il padre e tre figli, due maschi e una femmina, che si erano uniti agli elfi e ai loro amici con un solo figlio. Erano tutti felici e si tenevano per mano.

E durante questa quindicesima visita, Geoffrey fu sorpreso di vedere che l'elfo femmina era incinta. La coppia nuotava come sempre, ma non correva tra le colonne del tempio circolare, preferendo passare la maggior parte del tempo chiusa nel tempietto. Dal suo cottage, l'eremita vedeva il fumo uscire dal comignolo del tempio. E quando non ci fu più fumo, l'eremita capì che gli elfi avevano lasciato l'isola per tornare al loro palazzo.

Due giorni prima della ventitreesima visita della coppia all'isola, sulla parete del tempio apparve un terzo tappeto magico. L'elfo maschio non aveva più i capelli neri, ma una criniera bianca come la neve, e camminava con l'aiuto di un bastone. Ma l'elfo femmina era bella e piena di vita come il primo giorno in cui lui era rimasto incantato dalla sua bellezza. Quella visita era destinata ad essere diversa da tutte le altre e la più memorabile per Geoffrey. Al tramonto del secondo giorno, aveva sentito bussare alla porta del suo minuscolo cottage. Lì davanti a lui, molto più piccola di quanto avesse stimato, ma più bella di quanto avesse pensato possibile, c'era la regina delle fate. Aveva gli occhi verdi più incantevoli che avesse mai visto e portava la sua corona di fiori sui lunghi capelli d'oro che le arrivavano oltre la vita.

Gli chiese se poteva entrare nel suo cottage e lui le diede la sua unica sedia perché si sedesse accanto al calore del fuoco. Le mise davanti una tazza di tè di denti di leone, che lei bevve a piccoli sorsi. Lo ringraziò per le corone di fiori che avevano sempre dato loro il benvenuto al loro arrivo. Lo ringraziò anche per essere stato il guardiano del loro paradiso. Sorrideva, ma si capiva che era inconsolabile. Glielo dicevano i suoi occhi verdi. Le chiese che cosa poteva fare per porre fine alla sua tristezza. Lei rispose che non c'era niente da fare; era nelle mani di Dio. Gli disse con una voce sottile ma coraggiosa che quella sarebbe stata l'ultima visita sull'isola che lei e il suo unico vero amore avrebbero fatto. Gli disse di non preoccuparsi, che avrebbe sempre avuto una casa su quell'isola. E che, quando fosse arrivato il suo tempo, avrebbe potuto essere sepolto sull'isola e che lei si sarebbe assicurata che avesse una pietra tombale e che avrebbero scolpito il suo nome sulla mensola del camino, così che lui, il guardiano dell'isola del Cigno, non sarebbe mai stato dimenticato.

Quando non uscì più fumo dal comignolo del tempio, Geoffrey capì che gli elfi erano tornati al loro regno e che non li avrebbe mai più visti. Rory gli aveva chiesto di descrivere che cosa c'era sul terzo e ultimo tappeto magico. Era una mappa dell'isola ed era piena di tutte le cose meravigliose che vi si trovavano, e dei momenti meravigliosi che i due elfi avevano trascorso lì. Erano lì, il re con i suoi capelli bianchi e la regina delle fate con i lunghi capelli d'oro, entrambi con le loro corone di fiori, e si amavano come sempre. Ma ciò che faceva più piacere a Geoffrey l'eremita, che gli faceva venire le lacrime agli occhi nel dirlo a

Rory, era che intessuto nella mappa dell'isola c'era il suo piccolo cottage e c'era lui, sorridente con la lunga barba e i baffi e un fiore dietro l'orecchio, che guardava fuori dall'unica finestra.

A quel punto Dair era andato davanti al terzo arazzo, per studiarlo e trovare il cottage. Ed era lì, sull'altro lato della radura rispetto ai templi, in un letto di fiori selvatici, e intessuto nei fiori c'era il nome dell'eremita: Geoffrey Swan. Continuando a guardare l'arazzo, le aveva chiesto che cos'era successo all'eremita. Rory glielo disse. Due anni prima lei era venuta sull'isola come sempre, ma non era riuscita a trovare Geoffrey da nessuna parte. Spesso era lui che la trovava. Era andata al suo cottage. Era vuoto e, a giudicare dalle ragnatele e dalla polvere, era parecchio che nessuno viveva lì. Aveva trovato la sua tomba non molto lontano dal cottage, in un punto aperto e soleggiato. Era segnalata da una bella pietra tombale e coperta da fiori selvatici. Accanto alla pietra tombale c'era una grande urna piena di splendidi fiori di porcellana squisitamente lavorati, di ogni colore e varietà. Rory immaginava che l'avessero messa lì di modo che Geoffrey l'eremita, guardiano dell'isola del Cigno, avesse sempre i fiori sulla sua tomba, in tutte le stagioni.

LA COPPIA FU SCOPERTA ADDORMENTATA ABBRACCIATA SOTTO LA coperta davanti al camino nel tempio e a Dair non sfuggì l'ironia. Se le figure intessute negli arazzi avessero avuto la capacità di prenderlo in giro perché era un ipocrita bacchettone, lo avrebbero sicuramente fatto mentre si tirava su le mutande e seguiva Farrier attraverso la frescura del tempio circolare verso la luce del pomeriggio.

"Chiedo scusa a vostra signoria per averla svegliata..."

"Perché siete qui, signor Farrier?"

"C'è un cottage più in là. Carino e pulito e con un letto confortevole. Immagino appartenesse al guardiano dell'isola del Cigno, Geoffrey l'eremita, perché è il nome che è inciso nella mensola sopra il camino."

Dair si passò una mano tra i capelli in disordine scostandoli dagli occhi e accettò il sigaro che gli offrì il suo attendente.

"Non volevo dire qui sull'isola. Qui, a dar fastidio a me. Non avete ancora qualche giorno libero per pescare?"

Farrier guardò attraverso le colonne del tempio verso la foresta che bordava la radura, con le foglie contro lo sfondo del cielo che riflettevano il bagliore arancio del sole pomeridiano. Un filo di fumo si alzò verso le nuvole e sembrò andare a toccare uno stormo di anatre che volavano in alto, in formazione. L'attendente continuò a fissare diritto davanti a sé, senza guardare il suo padrone, continuando a fumare. Non rispose alla domanda ma non riuscì a nascondere un sogghigno.

"Questa radura è un paradiso, vero? Privata e lontana da tutto... Nessuno potrebbe sapere che siete qui... Il fatto è che proprio oggi sono arrivati un guardacaccia e i suoi due battitori. Hanno sentito rumore e pensavano fosse una bestia selvatica ma, invece di dirigersi direttamente qui, fortuna ha voluto che abbiano visto il fumo e siano venuti prima a ispezionare il cottage. Mi hanno chiesto che cosa ci facessi qui. E poi ci siamo messi a fumare e a bere una bella tazza di tè e li ho tenuti occupati finché... finché tutto è ritornato quieto. Non credo che a sua signoria interessi sapere che ogni canto d'uccello, ogni rametto che si spezza echeggia nella foresta..."

"No, non m'interessa," ribatté Dair. Aspirò forte il fumo, come se non fumasse da una settimana e alzando il mento squadrato soffiò il fumo nell'aria. "Che cosa volete?"

Farrier arrivò al punto.

"C'è un'intera flotta che sta cercando la vostra sirena dai capelli d'oro. Sembra che abbia lasciato le scarpe e qualcos'altro di cui non può fare a meno sul molo, e hanno pensato che ci sia stato un incidente..."

"Dannazione!"

"... e quindi il guardacaccia e i ragazzi sono stati inviati a vedere se era qui."

"Che cosa gli avete detto?"

Farrier lanciò un'occhiata al suo padrone e disse spavaldo: "Un bel niente, come sempre. Non sono affari miei se il piatto di ieri era petto di cantante e quello di oggi fesa di sirena. I vostri gusti sono tutt'altro che pedestri. Ma la barba mi ha sconcertato. Anche se, in questo ambiente boschivo, e per fare la bestia a due..."

"Zitto, signor Farrier!" Ringhiò Dair e la ferocia di quell'ordine fece fare un passo indietro all'attendente, sorpreso. "Questo non è uno dei miei stupidi scherzi e non sono qui per una scommessa idiota o per un capriccio! Capito? Lei è... Francamente non sono affari vostri, dannazione!"

"Molto bene, maggiore," disse Farrier, salutando il suo ufficiale superiore. "Ne terrò conto, milord."

Dair gettò a terra il sigaro e l'attendente lo spense immediatamente sotto la suola. Dair sospirò pesantemente e alzò una mano, rassegnato.

"Signor Farrier, non voglio..."

"Il bastone," lo interruppe Rory, venendo avanti. "Ho lasciato le scarpe e il bastone sul molo. Stupida a dimenticarli. Ecco che cosa devono aver scoperto. Non ricordo di averli messi nella barca..."

Rory era rimasta a una certa distanza, con la coperta avvolta intorno come meglio poteva, tenuta contro il seno, con tutto il tessuto in eccesso raccolto su un braccio per non inciampare. Aveva i capelli biondi sciolti intorno al viso e sulle spalle che ricadevano come una cortina fino in vita. Si era svegliata subito dopo che Farrier aveva cautamente risvegliato Dair da un sonno leggero e aveva sentito quasi tutta la conversazione tra padrone e fidato servitore.

A Farrier appariva meno sirena e più come le eteree vergini medievali che aveva visto sulle vetrate colorate delle chiese. Era più carina di quanto si fosse aspettato da una bellezza dai capelli chiari, con le ciglia scure che incorniciavano i profondi occhi azzurri e aveva una bella bocca rosa scuro. Ma non era bella né voluttuosa come le normali compagne di letto del maggiore. Ed era di parecchi anni più giovane, il che lo portò immediatamente a chiedersi quale fosse la situazione tra il suo barbuto padrone e questa ragazza. Non dovette chiederselo a lungo perché ottenne la risposta quando Dair si voltò al suono della voce di Rory. Si accese una luce nei suoi occhi scuri, i lineamenti si addolcirono e l'irritazione sparì immediatamente. Farrier a quel punto capì l'importanza di questa donna nella vita del suo padrone e diede mentalmente un lungo fischio, abbassando gli occhi sulla punta polverosa degli stivali e tenendoli lì fissi.

La coppia si sorrise timidamente e quando Dair andò da Rory e le porse la mano, lei la prese e lui la attirò a sé. Le baciò la fronte, dicendo gentilmente: "Sarà meglio che vi riporti indietro prima che a vostro nonno venga un colpo apoplettico e la vostra cameriera sia obbligata a confessare la sua paura che vi sia accaduto qualcosa di molto più sconvolgente."

"Più dell'annegamento? Certamente no." Rory sorrise e si appoggiò al suo petto nudo con il volto alzato. "Lui potrà anche ritenere la perdita della virtù un destino peggiore dell'annegamento," continuò sussurrando. "Ma io no. Non sono mai stata più felice per una simile circostanza in vita mia."

Dair le scostò i capelli dalla guancia. "Sposiamoci qui, a Treat, questa settimana. Chiederò a Roxton di procurarci una licenza speciale."

"Oh? Ci vorrà una settimana?"

Dair rise e le pizzicò il mento. "Se potessi fare a modo mio ci sposeremmo domani. Ma agli arcivescovi serve un po' di preavviso, per ponderare e sentirsi importanti... Ma Cornwallis è un tipo cordiale. Roxton non avrà problemi."

"Una settimana sarà sufficiente per farmi mandare un vestito da casa... E dovrà esserci Grasby..."

"Sì, piacerebbe anche a me che ci fosse Grasby. Allora è tutto sistemato." Le baciò dolcemente la bocca. "Non vedo l'ora."

"Anch'io... Ora devo vestirmi in modo che possiate riportarmi alla casa vedovile... Ma prima devo-devo farmi un bagno..."

"Certo," la interruppe in fretta Dair, per risparmiarle l'imbarazzo. "Mi sono preso la libertà di preparare le calze e i vestiti accanto ai gradini della piscina."

"Oh! Come siete premuroso. Grazie," rispose Rory, con le guance ancora più rosate. "Non-non so quando avete trovato il tempo..."

"Ho anche sistemato la maggior parte delle stoviglie, ma ho lasciato fuori le fragole e c'è una pesca..."

L'imbarazzo di Rory, invece di scemare, divenne più acuto davanti alle sue interruzioni tattiche. Pensare che si era preso la briga di prepararle i vestiti, sapendo che avrebbe voluto lavarsi. Ma era ovvio che lo sapesse. Non era la prima volta che faceva l'amore. Per qualche ridicolo motivo, che solo il suo cuore conosceva, si sentì di colpo imbarazzata e stupidamente goffa davanti a lui, sensazioni completamente diverse da quelle provate quando era nuda tra le sue braccia.

Ricordava che quando avevano finito di giocare a nascondino nella piscina si erano asciugati e poi avevano preparato il picnic. Erano entrambi affamati e, dopo un pasto tranquillo e una bottiglia di vino in due, si erano stesi, sazi, sulla coperta a guardare il cielo e le nuvole. Non ricordava esattamente come fossero finiti a fare l'amore. Alcuni momenti erano più vividi di altri... Come Dair le avesse dolcemente tolto le calze, tirando i piccoli nastri di seta per sciogliere i fiocchi che tenevano a posto le giarrettiere e le calze sopra le ginocchia. Come avesse arrotolato una calza bagnata per volta lungo le gambe per poi tirarle via dai piedi, baciandoli, tutti e due allo stesso modo, continuando a dirle quanto la amasse e la desiderasse; e come lei non si fosse ritratta. Era stato così paziente, così gentile quando era stato necessario. Rory si era completamente affidata a lui.

Lui l'amava quanto lei amava lui ed era una cosa meravigliosa. Aveva imparato delle cose, cose straordinarie, su se stessa e il suo corpo, e quello di lui. Oh! Il corpo di Dair era magnificamente virile, le sue reazioni ai baci e alle sue carezze esplorative una meraviglia in sé. Era ancora sbalordita per quello che era appena successo tra di loro. E avendo condiviso l'esperienza più intima che esistesse con l'uomo che amava più di chiunque altro, aveva superato un ponte da cui non si poteva tornare indietro. Ora era spiritualmente legata a lui per sempre e non avrebbe potuto essere più felice. Tutto quello che restava da fare, era celebrare l'unione legale perché la loro felicità fosse completa.

Allora perché, con il corpo rinfrescato e la mente a riposo, sentiva ancora come se ci fosse un'ombra che minacciava la loro felicità? Il suo cuore le diceva che fare l'amore con l'uomo che amava era la cosa più naturale al mondo. Eppure c'era una scheggia di dubbio, di senso di colpa che le premeva sul cuore e la turbava. Non riusciva a liberarsene. Sin dall'infanzia sapeva che la verginità di una donna era il suo bene più prezioso. Non si doveva regalarla alla leggera e non a chiunque, e mai e poi mai prima del matrimonio; farlo sarebbe stato l'inizio del declino morale. E anche se lo credeva, non aveva mai seriamente pensato che si sarebbe sposata, men che meno che avrebbe fatto l'amore in un tempio magico con l'uomo più bello di tutta l'Inghilterra.

Le aveva dato un anello promettendo il suo impegno prima che facessero l'amore... e aveva detto che si sarebbero sposati con una licenza speciale alla fine della settimana... Non bastava per rassicurarla...?

Dair percepì l'agitazione di Rory e notò che giocherellava inconsciamente con l'anello di zaffiro lavanda cui non era abituata, girandolo e rigirandolo sull'anulare. Ma non sapeva che cosa la stesse turbando e quanto fosse grande il suo tumulto interno. Pensò che forse la presenza di Farrier la stesse mettendo a disagio, quindi le mise un braccio sulle spalle e la condusse alla piscina, lontano dal suo attendente, che restò a fissare il terreno come se fosse tutto quello gli interessava.

Quando tornò, lasciando Rory a fare il bagno in privato, Farrier era entrato nel tempietto e si stava rendendo utile spegnendo il fuoco e rassettando la stanza. Dair si mise i calzoni, la camicia e il panciotto, senza allacciare i bottoni. Aveva in mano gli stivali e le calze.

"Signor Farrier, datemi una mano, per favore."

"Ne ho proprio una che posso offrire a vostra signoria."

Dair sorrise. "Una mi basta."

Di nuovo a suo agio, Farrier si sentì libero di chiedere: "Posso tagliar corto con la mia vacanza e tornare al vostro servizio, milord?"

Dair alzò gli occhi mentre si allacciava la fibbia dei calzoni.

"Ne siete sicuro? Non è necessario... Ripensandoci, sì! Per favore, tornate. Devo rasarmi e subito, questo pomeriggio. Reynolds è un buon valletto in quasi tutto, ma non è capace di rasarmi o di prendersi cura dei miei rasoi e non ha la minima idea di come preparare una cote."

Farrier scosse la testa, con grande serietà.

"Non mi meraviglia allora che abbiate tutto quel pelo, milord. Non vorrei nemmeno io che Reynolds mi tagliasse la gola. E ha due mani buone per farlo, anche. Lasciate fare a me... Ecco!" Aggiunse soddisfatto ora che il suo maggiore era calzato e vestito. "Se non avete bisogno di me, tornerei al cottage per raccogliere la mia roba. Il mio skiff è anch'esso ormeggiato nella caletta."

"Signor Farrier... Bill..."

L'attendente si fermò sulla soglia del tempio e si voltò verso la stanza.

"Sì, milord?"

Dair lo guardò negli occhi.

"La mia vita ha preso una piega inaspettata ma molto gradita da quando siete stato rinchiuso nella Torre."

Farrier non poteva essere più d'accordo. A suo parere, la confessione del maggiore era un colossale eufemismo. Quando Dair non si spiegò oltre, Farrier annuì e uscì. Era sicuro che li aspettassero tempi interessanti... Prima di sera, nemmeno lui avrebbe potuto prevedere quanto.

VENTISEI

Antonia si alzò lentamente dai cuscini ricamati della dormeuse e appoggiò i piedi sul tappeto. Senza aprire gli occhi. E ancora con gli occhi chiusi cercò con la punta dei piedi le pantofoline di seta turchese ricamata che aveva scalciato via un po' prima. Anche se era pomeriggio inoltrato, era ancora in *déshabillé* come il mattino, un morbido abito di seta marrone *à la turque*, sciolto, ma con un'ampia fascia di seta turchese in vita. E visto come si sentiva, non aveva la minima voglia di vestirsi per la cena, nonostante avesse invitato suo cugino. Come avrebbe fatto a superare il pasto, non lo sapeva. Il cibo non le interessava proprio.

Il suo corpo non cercava nutrimento e, per qualche motivo che solo lui conosceva, era più facile combattere le ondate di nausea con gli occhi chiusi. Michelle le aveva chiesto se doveva chiudere le tende, ma lei voleva... no, aveva assolutamente bisogno di sentire la lieve brezza che arrivava dal lago. E con il sole dietro alla casa elisabettiana, le finestre erano spalancate, con il panorama del molo, del lago e dell'isola del Cigno bagnato dalla luce dorata del tardo pomeriggio.

Un'ora prima era davanti alla finestra quando al molo erano arrivate due barche e avevano ormeggiato. Le aspettava una mezza dozzina di uomini, alcuni dei quali erano stati sul lago, parte di una squadra di ricerca. La sua prima reazione era stata il sollievo che la sua figlioccia stesse bene. La seconda era stata un vivo interesse per la persona in compagnia di Rory. Interesse che si era intensificato quando aveva scoperto che la giovane donna era stata in giro sul lago con suo cugino il maggiore.

Guardò gli uomini scaricare entrambe le barche e andarsene, dopo che uno di loro ebbe consegnato a Rory il suo bastone. Il maggiore e Rory avevano camminato lentamente su per il prato digradante, fino a un calessino che aspettava Rory per riportarla a casa. Fu quello che accadde accanto al calessino, o meglio dietro al calessino, che fece barcollare Antonia e poi aggrapparsi al davanzale della finestra con tutte e due le mani, tanto che la sua cameriera pensò che stesse per svenire. La coppia pensava veramente che nessuno li avrebbe visti baciarsi, con la casa elisabettiana che incombeva su di loro? Ma da come si baciavano, Antonia capì che non stavano pensando affatto. Erano talmente presi l'uno dall'altra da ignorare tutto il resto, in particolare quello che li circondava. Si poteva trarre una sola conclusione riguardo alla sua figlioccia e a suo cugino, e Antonia non era sicura che le piacesse. Perché se il loro bacio la faceva sorridere, la riempiva anche di un'inquietudine di cui non riusciva a liberarsi.

Si ricordò di quel bacio quando Michelle interruppe le sue riflessioni annunciando che la sala da pranzo privata era pronta e aspettava solo il suo ospite per far portare i piatti dalla cucina. Sua grazia desiderava cambiarsi per la cena? Antonia scosse la testa e, in una rara esplosione di impazienza, afferrò l'estremità della fascia intorno alla vita, aprì gli occhi ed esclamò: "Se tutto quello che mi serve è togliermi questo vestito e mettermene un altro e cambiare le scarpe per cambiare come mi-mi *sento*, non pensate che lo farei? *Mon Dieu*;" borbottò tra sé, "che cos'ho che non va?"

Michelle avrebbe potuto dirglielo, ma tenne per sé la sua opinione. Con un cenno della testa verso la tenda che portava alle stanze private della duchessa, mandò via le due cameriere, che capirono dall'espressione sul volto della dama di compagnia che gli abiti che avevano scelto e preparato per la loro padrona dovevano essere riappesi e riposti per un altro giorno.

"*Madame la duchesse*, preferireste che informassi sua signoria che non state bene e..."

Antonia scosse la testa bionda. "No." Guardò Michelle che si era avvicinata alla dormeuse. "Anche questo non cambierebbe come mi sento. Forse accompagnatelo qua, prima. E per me, potete portarmi una tazza di tè. Niente latte. Forse una fettina di pane. Niente burro. Forse potrà aiutarmi a far passare questa nausea..."

Lo sguardo corse alla vasta distesa di folto tappeto tra lei e il camino, coperta di documenti raccolti in pile ordinate e da sinistra a destra, in ordine di importanza. C'erano documenti legali, mappe di confini, progetti di case, fatture e ricevute, i documenti commerciali di una moltitudine di mercanti e commercianti e tutta la loro corrispondenza. Insieme a pile di documenti ben raccolti c'era il catalogo di un falegname con segnalibri a parecchie pagine, campioni di tessuti, di colori e di tappezzeria. C'erano perfino diversi disegni dettagliati di un costruttore di carrozze per una nuova carrozza da viaggio e una carrozza da città. E all'estremità della dormeuse, sopra a una pila di libri che aveva portato con sé dalla casa di Hanover Square da leggere con calma, la sua agenda. Era aperta e le diceva che il pittore, il signor Joseph Wright, sarebbe arrivato da Derby la settimana successiva, su suo invito, per passare due settimane con lei e fare gli schizzi preliminari per un nuovo ritratto. Una volta completato lo avrebbero spedito al castello di Leven, per appenderlo accanto al ritratto del nuovo duca di Kinross, già commissionato allo stesso Wright.

Tutto, dal più piccolo conto di un commerciante fino alla sua agenda, era connesso alla sua nuova vita come duchessa di Kinross e alle quattro case di cui ora era la padrona: la sua casa vedovile, ora parte delle proprietà Strang-Leven, il palazzo di Hanover Square, che sarebbe stato ribattezzato casa Kinross, il castello di Leven, il castello francese del sedicesimo secolo sulle rive di Loch Leven in Scozia, e una residenza di città a Edinburgo. Il suo duca le aveva dato carta bianca su tutto perché si fidava implicitamente del suo giudizio e, sospettava Antonia, per tenerla occupata durante la sua permanenza a nord del Vallo di Adriano.

Ma come poteva pensare di occuparsi di una casa, men che meno di quattro, e ordinare due nuove carrozze e dare istruzioni al nuovo sovraintendente del duca su una pletora di faccende amministrative relative alle sue proprietà, quando riusciva a malapena a concentrarsi per leggere un giornale, per non parlare di prendere decisioni critiche. E senza Jonathon a condividere le decisioni con lei, le sembrava tutto stranamente poco importante. Ma avrebbe compiuto il suo dovere nei confronti del suo nuovo marito e, anche se non era ancora riuscita a conciliarsi con l'idea, nei confronti della piccola vita che stava crescendo dentro di lei, erede dei beni e della ricchezza, e del titolo ducale scozzese.

MENTRE ANTONIA SORSEGGIAVA LA SUA TAZZA DI TÈ NERO, mordicchiando una fetta di pane morbido, Dair entrò nel bel salottino ingombro con la sua vista sul lago. Era vestito formalmente, ed era una sorpresa. Ancor più perché era abituata a vederlo con una redingote tagliata per essere comoda, i soliti stivali da cavallerizzo e i folti capelli neri legati con indifferenza giusto per togliergli dal viso. Quel giorno indossava una redingote elegante color blu notte, con le corte falde, gli alti risvolti delle maniche e delle tasche ricamati con fiori e righe in filo d'argento, e un paio di calzoni aderenti in tinta. Il tutto rifinito con bottoni di lucido argento che richiamavano quelli del panciotto di seta color panna. E per la prima volta in tanti anni, i suoi lunghi piedi erano infilati in scarpe di pelle nera dal tacco basso con semplici fibbie d'argento. I capelli che gli arrivavano alle spalle erano accuratamente pettinati e tirati indietro, legati sulla nuca con un nastro di seta color panna.

E cosa ancora più sorprendente, non aveva più la corta barba che Antonia aveva visto quel pomeriggio. In effetti, il mento squadrato e le guance erano più lisce di quanto non fossero state da parecchi anni. Dair aveva sempre un accenno di barba, anche nelle occasioni più formali, come se non avesse la voglia, o il tempo, di preoccuparsi di rasarsi accuratamente. Antonia aveva sempre creduto che fosse un'affettazione, come i capelli in disordine e gli stivali. Trucchi d'attore, a beneficio del suo ammirato pubblico femminile e, sospettava, per irritare sua madre; la contessa era pignola sulla forma e sull'abbigliamento.

Non era il solito cugino dall'aspetto spericolato e il passo tracotante quello che si chinò sulla sua mano tesa per salutarla, ma un giovane, affabile gentiluomo con un sorriso che quasi rasentava la timidezza. Antonia si raddrizzò, lo guardò attentamente e, per stuzzicarlo, disse: "Un mese nella Torre e sei un altro uomo, Alisdair."

Dair alzò un sopracciglio.

"Voi e io sappiamo, vostra grazia, che ho passato quel mese in Portogallo."

"Ah, allora non è stato il carcere ma un colpo di sole che ti ha fatto scartare gli stivali, *hein*?" Antonia appoggiò la tazza. "Questo cugino che ho davanti sembra molto più serio dell'altro. Ma dovresti portare più spesso le scarpe. Le calze bianche mettono in risalto i polpacci muscolosi. E la barba aveva un certo fascino, ma sei molto più bello senza."

"Vi ringrazio, vostra grazia..."

"Vostra grazia? Ti faccio un complimento e diventi formale con me? E ora ti ho fatto arrossire! Chi avrebbe mai pensato che fosse possibile. Ma non ti sto dicendo niente che tu non sappia già."

Dair sorrise. "No, vostra... cugina. Ma prenderò in considerazione le scarpe e le calze."

"Julian, lui sa che sei qui e forse ti ha invitato al concerto di stasera?"

Dair scosse la testa. "No. Dopo la cena con voi ho un appuntamento con Lord Shrewsbury." Davanti all'espressione interrogativa di Antonia, aggiunse: "Per fare rapporto sul mio viaggio a Lisbona. Ma prima di poterlo fare, devo discutere con voi una faccenda importante..."

"Con me?" Lo interruppe Antonia, ricordando il bacio appassionato con la sua figlioccia di cui era stata testimone. Gli offrì la poltrona vicino alla sua dormeuse e si scusò per il disordine sul tappeto quando i grandi piedi di Dair faticarono a trovare lo spazio per attraversare le pile di carte. Quando si fu seduto, aggiunse con un sorriso: "Naturalmente ti aiuterò come potrò. Lo sai, *mon cher*."

Dair annuì e di colpo sopraffatto, scivolò facilmente nel francese natio di Antonia. "Sì, lo so, *ma chère cousine*... Jamie adora il suo microscopio e la vostra visita a casa Banks ha fornito alla famiglia e ai loro servitori abbastanza materiale per parlarne per settimane, oltre a offrire loro una piccola notorietà nel loro angolino di mondo. Sospetto che lo sapeste prima di andare fino a Chelsea in pompa magna...?"

Antonia trillò una risatina e poi divenne seria.

"La gente nella nostra posizione ha la responsabilità di vivere all'altezza delle aspettative degli altri, specialmente di quelli le cui condizioni o posizioni non offrono l'opportunità di avvicinarsi al nostro ceto sociale, men che meno di frequentarlo. Come potevo non arrivarci con la grande carrozza nera, gli uomini di scorta e io con uno dei miei vestiti più belli, una duchessa in tutto e per tutto? Che delusione sarebbe stata se mi fossi presentata come sono oggi!"

Dair rise e scosse la testa. "Mai una delusione, *Madame la Duchesse*. Checché ne diciate, siete sempre una duchessa in tutto e per tutto; l'abbigliamento è un dettaglio irrilevante."

"*Moi*, io spero che sia vero anche nei prossimi mesi..." Mormorò Antonia e poi si fece forza per alzarsi senza sentirsi male, spinta dalla comparsa di un servitore sulla soglia dell'anticamera che collegava il salotto con la sala da pranzo privata. "Non ti dispiace se ceniamo prima di discutere quella faccenda importante? Pierre si strapperà i pochi capelli che gli sono rimasti se almeno non assaggerò i piatti con i quali cerca di tentarmi. Sono così contenta che tu sia con me," aggiunse con un sorriso, quando Dair le offrì il braccio e camminarono verso la sala da pranzo e una tavola imbandita con argenti, cristalli e piatti di Sèvres. "Il tuo appetito almeno farà sentire apprezzato il mio *chef*."

Mentre i cugini cenavano con una lombata di agnello in crosta di funghi, insalata mista, soufflé di carote, e un pudding di patate e cetrioli, la conversazione restò sull'attualità ma niente di personale. Discussero la visita a sorpresa dell'invalido Lord Chatham alla Camera dei Lord sulla sua portantina e la sconfitta della sua mozione per porre fine alle ostilità nelle Americhe, con un voto di 76 a 26. Furono entrambi d'accordo che la pubblicazione della Storia Generale di

Macpherson, che condannava l'avidità del primo duca di Marlborough, fosse un inutile abuso, perché Macpherson non aveva il diritto di criticare il grande generale della regina Anna. Erano entrambi vivamente interessati alle recenti incursioni dei corsari americani sulle coste scozzesi e irlandesi e Antonia espresse la speranza che le casse contenenti i suoi beni personali provenienti dalla sua vecchia casa parigina arrivassero al sicuro in un porto inglese senza essere confiscate dai corsari traditori. Dair fu svelto a mordersi la lingua e a non commentare che quei corsari traditori erano aiutati proprio dai suoi compatrioti, i francesi, che continuavano a nascondere i loro rapporti traditori con i coloni facendo codardamente il doppio gioco e fingendo cordialità con gli inglesi. Sapeva che una guerra aperta con i francesi era proprio dietro l'angolo, qualche mese, forse meno.

Antonia non era così distratta dalla nausea o dalla conversazione da non accorgersi dell'improvviso irrigidimento della mascella di suo cugino alla menzione dei francesi, quindi deviò abilmente la conversazione dall'argomento della guerra menzionando una banale osservazione che Horace Walpole aveva fatto in una delle sue lettere. Aveva a che fare con la follia di quel momento dell'alta società, a Londra, di fare sempre più tardi. Disse a Dair che il cuoco di Lord Derby aveva avvertito sua signoria che sarebbe morto se avesse dovuto preparare cene alle tre del mattino, al che sua signoria gli aveva risposto freddamente quanto avrebbe dovuto pagare per ucciderlo!

Risero entrambi e tornò la cordialità, tanto che quando arrivò il dolce, Antonia, che era riuscita a tenere sotto controllo la nausea mangiando pochissimo, riuscì a concedersi una cucchiaiata di gelato al pistacchio accompagnato da un sottile wafer aromatizzato alle bacche di berberis. E Dair dimenticò perché stava cenando con sua cugina e invece le raccontò dei suoi sentimenti per la signorina Aurora Talbot.

Antonia mascherò la sua incredulità e ascoltò senza fare commenti. Ma quando finì l'ultimo cucchiaino di gelato al pistacchio nell'alto bicchiere di cristallo, era completamente sicura della sua sincerità. Ora il cambiamento aveva un senso. Non era esattamente cambiato, era solo diventato l'uomo che era destinato a essere. E se la stupiva che fosse stata proprio la sua figlioccia l'autrice di quella maturazione, e che fosse lei la donna su cui Dair aveva riposto tutte le sue speranze e i sogni per il futuro, non era perché non avesse visto il potenziale di Rory di essere l'amore della vita di un brav'uomo. La stupiva che suo cugino, che pure aveva vissuto nell'orbita di Rory per molti anni, l'avesse finalmente notata e si fosse irrevocabilmente innamorato di lei. Non avrebbe potuto essere più contenta e naturalmente pensò che fosse questo l'argomento importante che voleva discutere con lei.

Ritornarono in salotto per prendere il tè e i pasticcini. Il tappeto carico di carte davanti al camino era miracolosamente libero da tutti gli ammennicoli necessari per l'organizzazione e l'arredamento di quattro case, ora tutti ordinatamente impilati su un lungo tavolo di mogano appoggiato contro una parete. Fu mentre lei e il maggiordomo si stavano occupando di versare il tè nelle tazze di porcellana che Antonia chiese a Dair se il suo fidanzamento segreto fosse l'argomento importante che aveva inteso discutere con lei.

La domanda innocente della duchessa distolse di colpo Dair dai suoi sogni a occhi aperti e lui tornò al vero motivo per cui aveva bisogno di parlare con lei. Se possibile, era ancora più riluttante a farlo. La ritrovata intimità e la comprensione tra di loro rendevano ancora più difficile affrontare l'argomento dell'identità del suo contatto a Lisbona. Eppure era inevitabile. Confermare l'identità della spia che faceva il doppio gioco significava che l'uomo avrebbe potuto tornare in Inghilterra e, così facendo, rivelare tutto quello che sapeva degli intrallazzi dei francesi con i ribelli americani ed esporre il doppiogiochista all'interno dello stesso servizio segreto di Shrewsbury.

Antonia fu naturalmente perplessa quando suo cugino riportò la conversazione alla sua visita segreta in Portogallo.

"Vuoi parlare con *me* dei tuoi affari a Lisbona?"

Antonia si rese conto, allarmata, che la questione doveva essere molto seria quando, dopo aver accettato la tazza di tè, Dair si spostò dalla poltrona per appollaiarsi in fondo alla sua dormeuse.

"Il motivo principale per cui sono andato a Lisbona era di incontrare un contatto, un agente importante, un agente che fa il doppio gioco, in effetti, che lavora non solo per la Francia ma, cosa più importante, anche per noi contro i francesi. Ha informazioni vitali che potrebbero salvare migliaia di vite tra le nostre truppe. Inoltre conosce l'identità del traditore all'interno dello stesso servizio di Shrewsbury."

Antonia tese la zuccheriera e guardò Dair usare le pinzette d'argento per mettere una piccola zolletta di zucchero nel suo tè al latte.

"Hai chiesto a questo individuo se tuo fratello è il traditore che Shrewsbury dice sia?"

Dair sentì la sua nota di biasimo e si prese un attimo per mescolare il tè prima di dire, semplicemente: "Lui crede, come me, che Charles sia un intellettuale idealista i cui ideali sono stati sfruttati per i loro scopi da forze leali a *le Roi Louis*."

"Vedo. Quindi questo individuo che hai incontrato, deve pensare di conoscere bene Charles e anche te per fare un'osservazione simile, *hein?*"

"Sì, *Madame la Duchesse*," rispose Dair. Le chiese di appoggiare la tazza, temendo che potesse versare il tè per la sorpresa, visto quello che stava per dirle.

Antonia obbedì, l'uso del titolo e l'espressione degli occhi scuri le avevano fatto battere forte il cuore. Prima che lui potesse dire qualcos'altro, disse in un sussurro: "Tuo fratello... Charles... è al *sicuro*?"

"Sì. Sì, certamente. Lui e Sarah-Jane si sono sistemati in una casa nella città di Versailles, appena fuori dal palazzo. Secondo Charles, hanno un bel giardino recintato e la casa è abbastanza vicino al palazzo da poterci andare a piedi quand'è necessario."

Antonia annuì e respirò più liberamente. "Sì. Sì. Ho ricevuto una lettera da Sarah-Jane. Lei e Charles sono felici nella loro nuova casa, e suo padre e io ne siamo molto contenti."

"L'agente che ho incontrato a Lisbona si fa chiamare *M'sieur Lucian, M'sieur Gaius Lucian*. Questo però non è il suo nome di battesimo. Ammetto che quando mi ha rivelato la sua vera identità non ne ero convinto. No, ero attonito! Avrebbero potuto stendermi con una piuma! Ma abbiamo passato parecchi giorni insieme e alla fine ho dovuto ammettere che c'erano echi in lui che mi rammentavano il giovane che era una volta. Quindi potrebbe tranquillamente essere chi dice di essere, ma non sono io quello che può prendere quella decisione.

"Dopo tutto, sono passati più di dieci anni da quando l'ho visto l'ultima volta e, se è lui, è cambiato molto. Il ricordo che ho di lui non è favorevole. Avevo sempre voglia di dargli un pugno in faccia per la sua insolenza e il suo modo di comportarsi. Solo l'intervento di Julian mi impediva di scagliarmi con violenza contro quel damerino! Andare in giro con i tacchi più alti di quelli di una donna e con una risata irritante che non dovrebbe mai uscire dalla bocca di un uomo. E aveva quella fastidiosa, pretenziosa abitudine di portare con sé la sua viola dovunque andasse. Poi suonava qualche composizione discordante, di solito quando ero a portata di orecchi, che mi faceva venire voglia di spaccargli lo strumento sulla testa incipriata per farlo stare zitto."

Antonia accarezzò la mano di Dair che si era stretta in un pugno sul suo ginocchio.

"So chi stai descrivendo, *mon cher*, e capisco la tua irritazione. Io lo amavo teneramente perché era il figlio dei miei migliori amici e mio nipote. Ma anch'io a volte avrei voluto picchiarlo sulle nocche con il mio ventaglio. Era tutta una finta, te ne rendi conto, vero?"

"Sì. Sì, adesso lo so. Ma quand'ero più giovane non riuscivo a vedere oltre quello spettacolo oltraggioso." Rise in tono brusco. "Lo immaginate? Io, l'attore più abile del servizio segreto, completamente ignaro della simulazione del suo stesso cugino!"

Antonia emise un piccolo sospiro sconsolato. "È così triste... Un'intera famiglia perduta... Mi consola che Evelyn non sia vissuto per vedere entrambi i suoi genitori e *Monseigneur* lasciarci come hanno fatto..."

Dair la guardò sorpreso. "Ma la persona che vi ho descritto, il cugino che non mi piaceva più di dieci anni fa, è l'uomo con cui ho passato del tempo a Lisbona; o almeno ha tentato di convincermi di esserlo. *M'sieur Gaius Lucian* afferma di essere Evelyn Gaius Lucian Ffolkes, vostro nipote ed erede del titolo di conte di Stretham-Ely."

Antonia scosse la testa. "No. No. No. Quest'uomo è un bugiardo! Evelyn, lui lo abbiamo perduto tanti anni fa. Era fuggito per sposarsi con una ragazza assolutamente inadatta che è morta pochi anni dopo il loro matrimonio, a Firenze, credo. E dopo..." Alzò le mani in un gesto di impotenza: "Abbiamo perso tutti i contatti con lui. *Monseigneur* ha speso una piccola fortuna per cercarlo. Sua sorella, la mamma di Evelyn, come puoi immaginare era disperata; prima per la sua fuga e poi quando è scomparso. Era il suo unico figlio. Non passava un giorno in cui non scoppiasse in lacrime, pensando a lui. È stato troppo triste per mia cognata e suo marito. Ed è per quello che, quando a *Monseigneur* è arrivata la notizia da Cracovia che il suo corpo, il corpo di Evelyn, era stato ripescato dal fiume Vistola, per i suoi poveri genitori è stata una specie di chiusura. Ovviamente noi, nessuno di noi credeva che se ne fosse veramente andato ed era rimasto un briciolo di speranza che il corpo non fosse suo perché era mutilato in modo così orribile. Ma quando abbiamo ricevuto il suo anello con sigillo e suo padre lo ha identificato, abbiamo saputo che era veramente morto. Quindi quest'uomo, questo *M'sieur Lucian*, è un bugiardo, Alisdair."

Dair aveva ascoltato la dichiarazione della duchessa senza fare commenti e senza reagire. Se non avesse passato un bel po' di tempo con questo *M'sieur Lucian* e lui non l'avesse convinto di essere chi diceva di essere, sarebbe stato il primo a essere d'accordo con lei. Ma sapeva già tutto quello che Antonia gli aveva detto, e Gaius Lucian aveva avuto una spiegazione per tutto. E quindi insistette per convincerla.

"E se vi dicessi che il corpo ripescato dal fiume non era il suo? E se vi dicessi che l'anello era stato mandato proprio per convincere finalmente il duca e i suoi genitori che era veramente morto, perché a quel punto della sua vita desiderava di essere morto e non voleva essere trovato? Non è plausibile?" Quando Antonia alzò le spalle, senza contraddirlo, Dair mise da parte la tazza vuota e continuò. "Sono sicuro che ci sia molto più di quanto mi sia stato detto io in questa storia, ma il mio tempo era limitato e non era compito mio diventare il confessore di quell'uomo. Dovevo prendere contatto con l'agente doppiogiochista a Lisbona, accertare alcuni particolari e riportare le informazioni a Shrewsbury. Ma a quanto pare il nostro agente ha le sue idee su quanto è pronto a rivelare e quando. Lo farà solo quando avrà avuto un lasciapassare per l'Inghilterra e, una volta qua, l'immunità. Quindi è imperativo che io creda che sia chi dice di essere e che anche Shrewsbury lo creda. Solo allora potremo fidarci delle informazioni che ci darà e ritenerle veritiere."

"Vuoi che ti dica che credo che quest'uomo è mio nipote, tornato dal mondo dei morti? Ma non posso e non voglio crederlo. Non finché sarà davanti a me e potrò guardarlo nei suoi occhi azzurri. Allora, forse, potrò darti la mia conferma."

"Credetemi, cugina. Non ero più stupito di voi ora né meno propenso a credere che quest'uomo fosse chi pretende di essere. Dopo tutto, non è affatto come il damerino impettito che ricordo. Non può più nemmeno suonare la viola. Almeno non credo che sia possibile. Gli mancano due dita della mano sinistra. Immagino che abbia più o meno la mia età, ma sembra che abbia dieci anni di più…"

"Se fosse vivo, compirebbe trent'anni."

"Quest'uomo dimostra almeno quarant'anni. Il collo e le mani mostrano segni di tortura. È scarno e asciutto, come se avesse passato molto tempo senza cibo sufficiente. E ha gli occhi azzurri…"

"Magra consolazione."

"… e tutto quello che mi ha detto, e voglio proprio dire *tutto*, della sua famiglia, dell'infanzia passata a Parigi e qui, a Treat, di *Monseigneur* e di voi, degli anni a Eton con Julian, di quando insegnava alla duchessa a suonare la viola, perfino avvenimenti che riguardavano mio padre… è tutto giusto."

"Impostore! Avrebbe potuto raccontare queste storie a un amico, perfino a un servitore, ed è questa persona sinistra che finge di essere mio nipote. E tutto per mettere le mani sull'eredità, senza dubbio!"

Antonia alzò una mano, come per chiudere l'argomento e prese il ventaglio. All'improvviso aveva bisogno d'aria. Perché avevano chiuso le finestre e tirato le tende? Al suo comando, due servitori si affrettarono ad aprire le tende e spalancare le finestre. E dov'era Michelle? O, se era per quello, le sue altre quattro assistenti? Si guardò attorno, fissando il paravento cinese a sei ante nell'angolo della stanza. Nascondeva dalla vista un gabinetto e un portacatino, con una caraffa d'acqua e una bacinella di porcellana. Si chiese se sarebbe riuscita ad arrivare in tempo alla bacinella nel caso in cui l'ondata di nausea che stava provando si fosse rivelata insopportabile. Di solito Michelle o un'altra delle sue assistenti erano lì vicino, pronte a porgerle la bacinella quando ne aveva bisogno.

Che non fossero nella stanza aumentò la sua paura. Ed era questa paura, questa sensazione di dover di colpo correre dietro lo schermo e vomitare, che la fece sembrare irritata con suo cugino.

"Perché non sei andato da Julian con questa faccenda? Potrebbe dirti le stesse cose. È stato legato a suo cugino per molti anni, finché lui non è scappato con la figlia del *Fermier-Général*, e si sono persi di vista. Sono sicuro che potrebbe anche trovare le lettere che suo padre aveva scritto a molti agenti sul continente, cercando informazioni su Evelyn. Mi dispiace, Alisdair, ma questo *M'sieur Lucian* è un imbroglione."

"Vorrei esserne certo come voi, *Madame la Duchesse*. Vorrei non avervi dovuto disturbare e poter risolvere la faccenda con Roxton, ma non è possibile."

"Perché? Perché non puoi parlare con mio figlio?" Chiese Antonia. Era riuscita ad arrivare al sedile sotto la finestra e a esporre il volto alla brezza fresca che arrivava dal lago. "Non sei d'accordo che sia strano che questo *M'sieur Lucian* voglia che disturbi me e non mio figlio?"

Dair rimase in silenzio, facendosi forza per quello che doveva chiederle di confermare, che stava diventando ancora più difficile se l'origine della mancanza di appetito di sua cugina era ciò che pensava. L'aveva vista rifiutare cibi che aveva sempre mangiato in passato. Ancora più significativa era l'avversione per la sua bevanda preferita, il caffè, e la sua recente preferenza per il tè, una bevanda che normalmente aborriva. Era un segno palese che stesse soffrendo di nausee mattutine. E anche se era lievemente sorpreso che una donna dell'età di sua cugina potesse essere incinta, sapeva che non era così insolito. Era anche segretamente esultante per lei e il suo nuovo duca. Un bambino era sempre il benvenuto e sapeva che questo sarebbe stato ancora più prezioso per i novelli sposi, visto specialmente che il duca di Kinross non aveva un erede maschio.

"Se potessi disturbare il duca lo farei, ma l'informazione che *M'sieur Lucian* mi ha affidato, per provare la sua identità, è riservata a voi. Non vuole che sia riferita al duca e quando sentirete ciò che ho da dirvi, sarete d'accodo che sia meglio che resti tra di noi."

Antonia si sedette sotto la finestra e guardò Dair con i suoi limpidi occhi verdi. Restò in silenzio per un momento e poi alzò lentamente una mano, indicando che poteva continuare con quello che aveva da dire; non avrebbe più protestato. Se tutto quello che le chiedeva era di confermare o negare la storia di questo *M'sieur Lucian*, allora andava bene così. E subito. Era sicura che avrebbe vomitato da un momento all'altro.

"Solo cinque persone sono al corrente dei particolari di questo inquietante incidente, sei adesso, includendo me. Due di queste persone non sono più con noi: *Monseigneur* e un certo signor Robert Thesiger. Gli altri, Roxton, o Alston come era conosciuto allora, *M'sieur Lucian* e, ovviamente, voi, eravate gli unici membri della famiglia presenti la notte della nascita di Harry."

Sentire il nome del figlio sedicenne, Henri-Antoine, fece immediatamente sedere diritta Antonia, con il volto improvvisamente pallido, ma restò in silenzio e Dair continuò.

"Non voglio sconvolgervi entrando nei dettagli esplicit dell'incidente, anche se potrei, se fosse necessario. *M'sieur Lucian* ha espresso il rimpianto di non essere venuto in vostro aiuto, almeno per trascinare via Alston. Ma anche lui, come i suoi compagni, era molto ubriaco. Nonostante le facoltà ridotte e gli anni trascorsi, è stato in grado di farmi un resoconto dettagliato degli avvenimenti di quella sera. Mi ha descritto il comportamento sconvolgente di vostro figlio Julian, come vi abbia accusato di essere una puttana e che il bambino che avevate portato quasi a termine non fosse di suo padre. Come vi abbia trascinato fuori di casa, in Hanover Square, dove siete entrata precocemente in travaglio e che fu solo il ritorno tempestivo del duca dal White a salvare voi e il bambino. Che il parto prematuro era la causa dei debilitanti episodi di mal caduco di cui ha sofferto Harry quando era piccolo…"

"*C'est assez! La mémoire est trop douloureuse!* Non posso. Per favore, Alisdair. Non dire altro. Né ora né mai. *C'est compris?*"

Dair le fu vicino accanto alla finestra e le prese la mano prima che finisse di parlare ma non prima che le lacrime cominciassero a scendere sulle guance pallide. Prese in fretta il fazzoletto pulito dalla tasca della redingote e glielo mise gentilmente in mano.

"Mai, vi do la mia parola. Non avrei mai voluto sconvolgervi, credetemi, ma non potevo chiedere a Roxton…"

"No. Hai fatto bene a venire da me. Julian non dovrà mai sapere che anche tu sai. Ha dovuto convivere con il ricordo di quella notte e le sue conseguenze ogni giorno della sua vita. Io penso che non si sia ancora perdonato, anche se suo padre e io lo abbiamo fatto tanto tempo fa. Si incolpa ancora per la malattia di suo fratello. Ma chi può dire che Henri-Antoine non avrebbe sofferto del mal caduco anche se non fosse nato prematuro? I medici non lo sanno. Ma Julian continua a biasimare se stesso." Afferrò stretta la mano di Dair. "Non dirai una parola a Shrewsbury. Promettimelo."

"Non una parola. Volevo solo confermare con voi l'identità di *M'sieur Lucian*, e a Shrewsbury basterà."

Antonia emise un sospiro di sollievo e annuì lentamente. "Questo *M'sieur Lucian* deve essere Evelyn… Io-io sono contenta che sia vivo, ma… Come ha potuto essere così crudele e insensibile da permettere ai suoi genitori, a *Monseigneur* e a me, la sua famiglia, di pensare che fosse morto per tutti questi anni? Sa che entrambi i suoi genitori sono morti? Che anche *Monseigneur* non è più con me?"

"Sì. Mi ha raccontato una parte della sua storia. Mi ha chiesto di riferirvela, nella speranza che possiate capirlo e forse un giorno perdonarlo…"

"È un imbecille! Perché non dovrei perdonarlo? È mio nipote."

Dair rise e poi tornò serio, dicendo a bassa voce: "Non mi ha detto com'è successo, ma ha passato parecchi anni in carcere per crimini contro lo Stato imperiale russo. Ha perso i contatti con il mondo esterno. Quando alla fine è stato rilasciato, era un uomo distrutto e non desiderava mettersi in contatto con nessuno, in particolare la sua famiglia, che aveva disonorato. Ritiene che per i suoi genitori sia stato meglio piangerlo come morto piuttosto che sapere che cos'era stato e che cosa aveva sofferto per mano della polizia segreta dell'imperatrice Caterina. Ma questo e molto altro ve lo racconterà lui con parole sue e di persona, una volta che sarà tornato in Inghilterra e avrà il vostro permesso per mettersi in contatto con voi."

"Ma certo! È un imbecille, ripeto. Perché dovresti respingerlo? Anche Julian e Deborah gli daranno il benvenuto a casa, ne sono sicura. E per favore, permetterai che sia io a dar loro la notizia, *n'est-ce pas?*"

Dair le premette la mano e si inchinò.

"Certamente. *M'sieur Lucian* sarà felicissimo di saperlo. E ora vi lascerò in pace. Sono già in ritardo per il mio colloquio con Lord Shrewsbury…"

Gli occhi umidi di Antonia si illuminarono. "Per chiedergli il permesso di sposare la mia figlioccia, vero?"

Dair annuì, stranamente sopraffatto dall'emozione davanti all'entusiasmo di Antonia.

"Per discutere il ritorno di vostro nipote in Inghilterra e," non riuscì a non arrossire e Antonia lo trovò incantevole, "per chiedere la mano di Rory. Devo ammettere di essere più che nervoso all'idea."

"*Eh bien!* Ma, *mon cher*, è certamente una formalità, Rory è maggiorenne."

"Potrà anche essere una mera formalità, ma non rende il compito meno difficile. Rory ama teneramente suo nonno e quindi la sua approvazione è necessaria."

"Non te la rifiuterà! Come potrebbe? *Perché* dovrebbe farlo?"

Saltò giù dal sedile sotto la finestra e lo prese a braccetto. A metà della stanza si voltò e gli tese la mano per salutarlo e, quando Dair si chinò per baciarla, lo fece abbassare per baciargli la fronte e accarezzargli la guancia.

"Verrai a trovarmi più tardi, quando tornerai, e mi racconterai tutto, sì? Sarò sveglia, te l'assicuro."

Come poteva dire di no davanti a un simile entusiasmo? E non vedeva l'ora di raccontare a Rory com'era felice la sua madrina del loro fidanzamento.

"*Madame la Duchesse*, è arrivato *M'sieur le Duc*," li interruppe il maggiordomo, mandando due servitori nel salotto, uno per portare via il servizio da tè e l'altro per mettere al suo posto un pesante vassoio d'argento con una caffettiera, tazze e piattini da caffè e un piatto di biscotti alle mandorle.

Una zaffata dell'inebriante aroma di caffè fu tutto quello che ci volle.

Antonia si mise una mano sul naso e sulla bocca per reprimere un conato, sollevò in fretta le sottane di seta e si precipitò attraverso la stanza sparendo dietro il paravento.

VENTISETTE

Il duca restò immobile a guardare a bocca aperta e occhi verdi spalancati, mentre sua madre scappava da lui con due delle sue assistenti al seguito, per sparire dietro il paravento nell'angolo del suo salotto. La sua dama di compagnia poi si mise a rimproverare i due servitori, come se lui non fosse nemmeno lì. I servitori girarono sui tacchi e tornarono di corsa da dove erano venuti, con le tazze e i piattini che sbatacchiavano sui vassoi d'argento. Il maggiordomo restò a guardare, stupito quanto il duca, ma in modo diverso. Il viso sopra la cravatta bianca era violaceo, si era reso conto di aver commesso un passo falso dal quale era sicuro che non si sarebbe mai ripreso. Michelle si scagliò contro di lui chiamandolo idiota, non gli aveva forse detto che il caffè doveva essere bandito dalla presenza di *Madame la Duchesse*? Il maggiordomo cercò di difendersi dicendo che non aveva avuto scelta. Dopo tutto era *M'sieur le Duc* che aveva ordinato il caffè e chi era lui per negare qualcosa a un re nel suo reame? Michelle lo rimbeccò dicendo che non le sarebbe importato nemmeno se fosse stato re Luigi di Francia in persona a voler prendere un *café au lait* con la sua padrona, poteva andare al diavolo! Fu solo dopo aver detto queste ultime parole che Michelle si rese conto che il duca era lì accanto a lei e, con un'affrettata riverenza e delle scuse mormorate, sparì anche lei dietro il paravento.

Uso a vivere in un ambiente disciplinato e prevedibile, con camerieri educati e invisibili che si comportavano sempre allo stesso modo, che fossero o meno in sua presenza, e dove la sua parola era legge, per il duca questo ambiente caotico era incomprensibile. Non aveva mai capito sua madre e, nel migliore dei casi, la riteneva un piccolo turbine di gaiezza impulsiva. Per un attimo si chiese se non fosse scivolata nuovamente nella depressione che l'aveva tenuta prigioniera per tre anni dopo la morte di *Monseigneur*, al pensiero che il suo nuovo duca sarebbe stato lontano, a nord della frontiera per qualche mese. E la sua reazione istantanea e brusca fu di desiderare che Kinross l'avesse portata via con sé in Scozia invece di lasciarla lì, nel suo dominio. Scacciò il pensiero appena formato, sostituendolo con un tale senso di colpa che si ritrovò, prima di rendersi conto di quello che stava succedendo, a tre stanze di distanza, in una piccola anticamera oltre una stanza di ricevimento che sua madre usava come biblioteca.

Dair aveva preso suo cugino per il gomito e lo aveva trascinato lì. Diversamente dal duca, trovava divertente l'intero episodio, specialmente l'espressione di confusione sul volto di Roxton quando aveva visto sua madre scappare da lui e la drammatica reazione dei suoi leali servitori davanti alla sua imbarazzante situazione; e, prima che il duca potesse fare domande, aveva sporto la testa nel corridoio e aveva chiesto al cameriere di portare lì il vassoio con il caffè, dicendo che c'era una distanza sufficiente tra loro e la duchessa. Sembrava che al duca servisse una tazza di caffè forte, se non qualcosa di ancora più forte. Dair poi aprì le due finestre sopra i sedili, sperando che l'aria fresca facesse sparire l'aroma del caffè prima che la duchessa arrivasse dov'erano.

"Ho appena accompagnato Shrewsbury alla Gatehouse e ho pensato di venire a vedere se *maman* si era sistemata," disse Roxton, per riempire il silenzio e coprire il suo imbarazzo. "So che è arrivata solo ieri... Potevi restare alla casa grande. A Deborah e ai bambini piacerebbe vederti."

"*Merci, mon cousin*," rispose Dair in francese e non fu sorpreso quando il duca aggrottò la fronte perplesso, senza rendersi conto di aver parlato lui per primo in francese a Dair. "La duchessa è stata tanto cortese da ospitarmi," continuò Dair in inglese. "Siamo vicini alla Gatehouse, ed è comodo per Shrewsbury."

"Mi ha detto che avete delle faccende da discutere... Il recente viaggio in Portogallo?"

"Sì," Dair non diede altre spiegazioni e fu lieto dell'interruzione quando un cameriere tornò con la caffettiera.

Declinò l'invito del duca di bere una tazza di caffè, impaziente di congedarsi. Ma non voleva apparire frettoloso o scortese, quindi aspettò ancora qualche minuto, dicendosi che la duchessa si sarebbe fatta viva o che avrebbero convocato il duca nel suo salotto. In un modo o nell'altro sarebbe potuto scappare alla Gatehouse e mettersi alle spalle la tormentosa faccenda di chiedere la mano di Rory.

"È... È andato tutto bene durante la tua permanenza...?" Chiese Roxton, sperando di aver parlato in tono lieve.

Dair si rese conto che il duca stava in realtà chiedendo di sua madre e, sapendo che il suo austero cugino sicuramente non aveva idea delle condizioni della duchessa e che nemmeno in mille anni si sarebbe mai aspettato una simile eventualità, viste le sue idee ristrette, Dair decise di dargli una piccola spinta nella direzione giusta. Si sentiva anche un po' malizioso, voleva vedere la faccia dell'aristocratico quando si fosse messa in moto una rotellina nel cervello e si fosse reso conto che la donna che lo aveva messo al mondo oltre trent'anni prima e che si era recentemente risposata, aspettava un figlio dal suo nuovo e più giovane marito.

"Tutto perfettamente a posto. Ovviamente non c'è bisogno che te lo dica," disse Dair tranquillamente, "con quattro figli e un altro per strada, devi sapere esattamente com'è. Senza dubbio anche la duchessa ha avuto degli attacchi di nausea mattutina. Capita spesso alle donne nei primi mesi di gravidanza che sviluppino una profonda avversione per quei sapori e gli odori che amano di più..."

Il duca sbatté le palpebre, senza capire, ma quando Dair restò lì, con un sorriso complice sul volto, fece un passo indietro come se avesse ricevuto un colpo, tanta fu la sorpresa. Poi, senza dire una parola, girò sui tacchi tornando a grandi passi verso il salotto di sua madre, come se gli avessero detto che la casa era in fiamme. Dair lo seguì.

"Roxton! Julian! Aspetta! La tazza! Dammi la tazza!"

Il duca si fermò, guardò la tazza di caffè che aveva in mano, la ficcò in mano a Dair e poi tirò di colpo la tenda di broccato, sparendo nel salotto di sua madre. Venti minuti dopo, quando lo fecero entrare nella piccola anticamera della Gatehouse Lodge, Dair stava ancora sorridendo per l'espressione di completa incredulità sul volto del suo nobile cugino davanti alla notizia della gravidanza di sua madre.

Rory era seduta sul penultimo gradino delle scale ad aspettarlo.

LA PRESENZA DEL MAGGIORDOMO COSTRINSE I DUE A ESSERE SOLO educatamente cortesi. Dair chinò la testa e Rory, che aveva una mano sulla balaustra, accennò una riverenza. Eppure l'occhiata e il sorriso che si scambiarono dicevano tutto. Erano estatici e tesi per l'eccitazione e l'attesa. Si erano entrambi vestiti con attenzione, volendo dare a quel momento la giusta importanza. Dopo tutto, non capitava tutti i giorni che una coppia si fidanzasse, e nella società di cui facevano parte era raro che una coppia fosse tanto innamorata.

Quando il maggiordomo entrò nello studio per vedere se sua signoria era pronto a ricevere il suo ospite, ebbero qualche momento per stare soli. Entrambi afferrarono quell'opportunità. In due passi, Dair arrivò ai piedi della scala. Strinse a sé Rory che gli buttò le braccia al collo.

Dair non ricordava un giorno in cui fosse stato più felice. Tutte le paure del passato sul matrimonio, l'incertezza di trovare la donna giusta con cui dividere il futuro, e tanto più trovare l'anima gemella, erano svanite e tutto per la divina creatura che aveva tra le braccia. Non aveva più dubbi. Sperava che fosse lo stesso anche per lei. Quindi si preoccupò quando, dopo un bacio, il sorriso sul volto arrossato di Rory si trasformò in un broncio.

"È... Siete... Va tutto bene?"

"Non lo so... Dovrete baciarmi ancora. Non sono convinta che mi piacciate senza i baffi."

Dair soffocò una risata e si rilassò immediatamente, sussurrandole all'orecchio: "E io che vi stavo dando l'opportunità di baciare un uomo diverso... Poi avreste potuto dirmi quale dei due preferireste portare in luna di miele."

Rory fece una risatina.

Dair le tenne entrambe le mani e fece un passo indietro per guardarla da capo a piedi. La *mise* che indossava Rory gli piaceva veramente tanto. Su una *chemise* di sottilissimo lino color panna, con un'alta balza all'orlo e un'altra simile a entrambe le maniche, c'era un abito aperto di seta color lavanda rosato. Aderiva alla sua figura sottile, dai piccoli seni al vitino e si apriva ai fianchi, a mostrare le sottogonne di lino. I suoi capelli biondo paglia, lunghi fino alla vita, erano pettinati accuratamente, scostati dal volto e raccolti morbidi in cima alla testa, con forcine e nastri, per poi ricadere lungo la schiena. Le scarpe, ovviamente, erano intonate al vestito. Era bella e radiosa e proprio come lui immaginava una sposa il giorno delle nozze. Desiderò che stessero per presentarsi davanti al parroco.

Le baciò in fretta il dorso di una mano e poi l'altra, quando sentì la porta che si apriva, e la lasciò andare, dicendo a bassa voce: "Siete così bella. Non fate venire un altro abito. Indossate questo per le nostre nozze. Il colore è perfettamente intonato allo zaffiro che vi ho dato."

Rory era felice, talmente felice che le si riempirono gli occhi di lacrime. Riuscì solo a rispondergli con un sorriso e annuire quando le chiese: "Mi aspetterete qui...?"

Quando Dair seguì il maggiordomo nello studio di suo nonno, Rory si sedette nuovamente sul gradino, ad aspettare, senza rendersi conto che stava giocherellando con l'anello di fidanzamento con lo zaffiro lavanda, ancora poco familiare ma rassicurante.

L'incontro durò molto più di quanto Rory si aspettasse. Più di una volta il maggiordomo le chiese se voleva un bicchiere di vino oppure una tazza di tè e dei biscotti. Ma Rory era troppo nervosa per mangiare o bere. Cercò di non ascoltare ed era impossibile sentire le voci o la conversazione, ma una o due volte una forte risata attraversò la porta di quercia. Poi non si sentì più niente per talmente tanto tempo che Rory si appisolò. Era molto tardi e la sua giornata passata sull'isola del Cigno era stata così speciale, che al buio della sera tardi era quasi come se l'avesse sognata.

Stava dormendo, accasciata contro la balaustra, quando quasi come in sogno, la porta dello studio di suo nonno si spalancò e l'uomo che amava uscì a grandi passi in anticamera. Suo nonno lo seguiva a ruota. Perché non riusciva a svegliarsi? Aveva la testa così pesante. Suo nonno le parlò ma, anche se Rory sentì le parole e fece istintivamente quello che le chiedeva, non ricordava esattamente che cosa avesse detto. Si alzò e lui le offrì il braccio. Ma quando si allontanò dalla scala, c'era il suo futuro sposo. Era in piedi in mezzo all'anticamera e la porta d'ingresso era spalancata. Avrebbe voluto attraversare quel piccolo spazio che li separava ma suo nonno la tenne al suo fianco, il braccio stretto in una morsa. Fu allora che si rese conto che non stava sognando. Era sveglia e non c'era niente che avesse senso.

Quasi un'ora prima, quando il maggiordomo aveva annunciato a sua signoria il maggiore Lord Fitzstuart, Lord Shrewsbury aveva salutato il suo miglior agente come sempre, con affabile buon umore. Era sempre sinceramente contento di vedere il giovanotto, e sollevato che fosse sopravvissuto senza danni alla sua ultima missione. Sapeva già quasi tutto quello che era successo a Lisbona dal rapporto in codice che Dair aveva inviato appena era sbarcato a Portsmouth. Sapeva anche che le parti più importanti non sarebbero state scritte, ma riferite verbalmente. Ciò che voleva disperatamente era il nome dell'agente doppiogiochista all'interno del suo servizio segreto; un nome per il quale il maggiore era andato fino in Portogallo.

Fu quindi amaramente deluso quando Dair gli disse francamente che non poteva fornirgli quel nome, che poteva consegnargli la persona che glielo poteva comunicare ma che c'erano delle condizioni. Quando mai non ce n'erano? Shrewsbury accettò.

Mentre Dair riferiva tutto quello che gli aveva detto il suo contatto,

M'sieur Lucian, i due uomini bevvero porto da bicchieri di cristallo; il porto che il maggiore aveva riportato in delle casse da Lisbona. Shrewsbury fu molto sorpreso e incuriosito scoprendo che questo *M'sieur Lucian* era in effetti l'erede dei conti Stretham-Ely e primo cugino del duca di Roxton, tornato dal regno dei morti. Ancora più interessato perché l'erede perduto era stato una spia. Si chiese che cosa avrebbe potuto dirgli della corte dell'imperatrice Caterina. Ovviamente accettò le condizioni dell'uomo per tornare in Inghilterra e disse a Dair che avrebbe chiesto a Watkins di organizzare l'immediato e sicuro ritorno a casa di *M'sieur Lucian*.

Menzionare William Watkins deviò la conversazione da Lisbona per riportarla in Inghilterra. Per educazione, Dair chiese del naso rotto della Faina e a quel punto Shrewsbury rise di cuore dicendo che era ora che il suo segretario abbassasse la cresta e tornasse al suo posto, nella sua stanzetta tra una montagna di documenti, dove non poteva fare danni. Per un attimo, Dair si sentì dispiaciuto per il segretario, ma la sensazione svanì subito, ricordando perché gli aveva dato il pugno in faccia. Shrewsbury stava pensando la stessa cosa e sorprese Dair facendogli pensare che potesse leggergli la mente quando disse francamente: "Vi sarò grato se dimenticherete perché avete rotto il naso di Watkins. Meglio che la gente creda che si sia trattato di due uomini che litigavano per una scommessa di qualche tipo, non importa quale, purché non si menzioni il nome di mia nipote."

"Non succederà mai, signore."

Il vecchio continuò a fissare Dair, come se si aspettasse che fosse più aperto sull'argomento, ma Dair rimase zitto e Shrewsbury aggiunse a bassa voce: "Grasby mi ha detto quello che è successo all'orto botanico. Mi ha anche detto che si deve essere sbagliato pensando di avervi visto vicinissimo a mia nipote. Ovviamente siamo stati entrambi d'accordo che era una stupidaggine. Grasby dice che deve essere stato un gioco di luci..." Shrewsbury fissò Dair e sbuffò. "Potete anche fare il donnaiolo con le ballerine, le puttane e le mogli poco oneste di altri uomini, buon pro vi faccia, ma una cosa sulla quale siamo stati entrambi d'accordo è che non siete un seduttore di..."

"Signore, io..."

"...ragazze innocenti di buona famiglia..."

"Signore, io..."

"...in particolare le sorelle dei vostri amici, nonostante quello che Watkins possa cercare di dire per convincerci del contrario. Il mio segretario vi ha sempre catalogato come un verme libidinoso senza cervello e non vorrei pensare che la sua valutazione abbia qualche fondamento. Ma non mi avete mai deluso in passato e so che non lo farete adesso. Avete giustamente dimenticato l'incidente nello studio di Romney e so che farete lo stesso adesso, riguardo allo stupido tentativo di Watkins di chiedere a mia nipote di sposarlo." Shrewsbury scosse la testa. "L'idiozia di quell'uomo sfida la mia comprensione. Che cosa pensava che sarebbe successo? Quale pensava che sarebbe stata la reazione di mia nipote? Come ha fatto ad auto convincersi di essere degno di lei?"

Erano ovviamente domande retoriche che non esigevano risposta, quindi Dair rimase in silenzio. Quando Lord Shrewsbury alzò il decanter, Dair scosse la testa e lo guardò riempirsi il bicchiere e rimettere il decanter sul vassoio al suo fianco. Si disse che era meglio lasciarlo parlare, sperando che una volta che si fosse sfogato per il patetico comportamento della Faina, sarebbe stato più favorevole alla proposta di matrimonio di Dair. E, dopo tutto, lui e la Faina erano come il giorno e la notte, in tutti i sensi.

"È veramente un peccato che mi serva la sua competenza per costruire e decifrare i codici, altrimenti me ne sarei liberato appena saputo del suo riprovevole comportamento," gli confidò Shrewsbury, insistendo sull'argomento. "Può anche essere il cognato di Grasby, ma questo non gli dà il diritto nemmeno di *pensare* a mia nipote, in nessun modo! E se mai volessi un marito per mia nipote, l'ultimo posto dove guarderei sarebbe Billingsgate. Suo nonno era un pescivendolo, per l'amor del cielo! Mentre quello di mia nipote... Beh, io sono un conte! Se sua sorella non avesse avuto cinquantamila sterline di dote, puzzerebbe ancora di pesce anche lei! E parlando della cara Drusilla, mio nipote e la sua carissima moglie verranno qua domani. Ho detto loro di non offrire un posto in carrozza a Watkins; si merita di restare fuori. Punizione giustificabile per la sua volgare presunzione. Inoltre, se c'è da festeggiare, sarà *solo per la famiglia*."

Gli occhi del vecchio si illuminarono e si strofinò allegramente le mani. Non riuscì a nascondere l'eccitazione nella voce.

"Grasby ha delle novità... Novità! Non vuole metterle per iscritto. Dice che me le deve annunciare di persona. Ve lo posso dire, ragazzo mio, prego Dio che sia che sua moglie è incinta... *Finalmente*! Non sto diventando giovane e nemmeno la moglie di mio nipote! Tre anni di matrimonio e nessun risultato. Ora, se voi doveste sposarvi, scommetterei che vostra moglie sarebbe incinta entro un mese, se non entro una settimana! Avete già dimostrato che siete fertile. Ma non do la colpa a Grasby. Do la colpa a lei. Creatura volubile e nervosa... Se volete il mio parere, sposate una vedova con figli. Una bella vedovella, ma con dei figli, così sarete sicuro che possa averne. Se ci avessi pensato e non avessi permesso al patrimonio di quel pescivendolo di confondermi il cervello, avrei trovato una bella vedova fertile per mio nipote..."

Quando il capo dello spionaggio fece una pausa per bere il porto, Dair giudicò che fosse il momento adatto e che Shrewsbury fosse dell'umore giusto per affrontare l'argomento del suo matrimonio.

"Signore, si dà il caso che abbia anch'io una novità piuttosto importante da condividere con voi."

Il vecchio si raddrizzò tutto attento e Dair si trovò a schiarirsi la gola. Riuscì comunque a mantenere la sua voce profonda tranquilla e imperturbata.

"Ho deciso che è ora che segua le orme di Grasby e mi sposi."

Il volto di Shrewsbury si aprì in un sorriso e l'uomo si diede felice una pacca sul ginocchio.

"Per Giove, è davvero un'eccellente notizia, ragazzo mio. Eccellente!"

"Grazie signore. Il vostro appoggio significa moltissimo per me, *per noi*. Ho scritto a lord Strathsay e al suo sovraintendente informandoli della notizia e chiedendo che facciano i passi necessari perché io possa incaricarmi della gestione delle proprietà di famiglia. E ho avvisato mia madre delle mie intenzioni e della necessità che lasci Fitzstuart Hall e trasferisca la sua residenza nella casa vedovile. Ovviamente non immediatamente, ma occorrerà sistemare le cose di modo che mia moglie possa assumere la sua posizione di signora della casa."

"Allora il matrimonio è più di un'idea? È un po' che ci state pensando?"

"È difficile rispondere. Se mi aveste chiesto di scommettere che al ritorno dalla guerra mi sarei sposato entro un anno, non avrei rischiato uno scellino." Alzò le spalle e sorrise, imbarazzato. "Ma la vita, grazie a Dio, non è guidata da un libro delle scommesse. Il che mi porta alla richiesta di essere esonerato dai miei obblighi di servizio. Sono sicuro che sarete d'accordo che, con una moglie e una famiglia e proprietà da gestire, non posso continuare a operare come un battitore libero."

"No. È comprensibile. Il matrimonio comporta una serie di obblighi e responsabilità, specialmente per un uomo nella vostra posizione, che un giorno erediterà il titolo di suo padre. Mi fa veramente piacere che prendiate sul serio questa istituzione. C'è chi, tra i nostri ranghi, tratta il matrimonio con meno dignità di quanto meriti. Non che stia suggerendo che prendiate alla lettera i vostri voti matrimoniali. Non è che dobbiate diventare un monaco dopo il matrimonio, nemmeno per idea. Ma vi consiglio di non sprecare tempo o seme con la vostra amante finché vostra moglie non sarà incinta. Una volta che ci sarete riuscito, potrete tornare alla vostra mantenuta, o qualunque puledra che attiri la vostra attenzione, con la coscienza pulita per aver fatto il vostro dovere. Se la vostra sposa è una creatura ragionevole e arrendevole, e non dubito che ne abbiate scelta una che lo sia, sarà lieta di essere lasciata in pace. Chi è la..."

"Vi chiedo scusa, signore, ma voglio assicurarvi che ho intenzione di prendere i voti matrimoniali molto seriamente perché qual è..."

Il vecchio sventolò una mano, sprezzante, davanti alla solerzia di Dair.

"I giovani hanno buone intenzioni, ma lasciate che ve lo dica per esperienza, capita raramente, se mai capita, che restiamo fedeli. Non è nella nostra natura. Francamente, poi, perché dovremmo? Le femmine hanno l'onere di far crescere il nostro seme, quindi sono loro che devono essere dannatamene fedeli a noi! È così che Dio ha creato Adamo ed Eva, e non si discute."

"Signore, questo non è il tipo di matrimonio che intendo avere. Il duca di Roxton è un marito fedele, come suo padre prima di lui. Sono il mio esempio di ciò che costituisce un buon marito, un buon padre, un matrimonio che valga la pena di avere."

Shrewsbury era scettico.

"Aberrazioni, entrambi! E lasciate che ve lo dica, prima che cadesse sotto l'incantesimo della divina creatura che ha sposato, il vecchio Roxton era un caprone libidinoso! C'era un motivo se lo chiamavano nobile satiro, ragazzo mio, e io lo so bene. Ha montato ogni gonnella che ha attirato la sua attenzione fin dai nostri giorni a Eton." Si chinò in avanti sulla poltrona, come se non volesse che lo sentissero e ridacchiò con aria d'intesa. "Da quanto ho sentito delle vostre avventure di letto, siete all'altezza del vecchio Roxton. Quindi, a meno che abbiate trovato una rara e magnifica bellezza come vostra cugina Antonia da sposare, e lo dubito fortemente, non perderei il sonno su una bazzecola come la fedeltà. Fidatevi, non importerà nemmeno a vostra moglie." Tornò ad appoggiarsi. "Allora, chi è la fortunata creatura? Un'ereditiera, senza dubbio. Una delle ragazze Spencer? O una Cavendish, parente di Deborah Roxton? O avete anticipato il mio consiglio e vi siete trovato una vedovella fertile? Voi non avete bisogno di dimostrare di essere fertile, no? Quanti marmocchi vi ha dato la vostra amante? Quattro o cinque? E tutti maschi sani. Conoscendo la vostra fortuna, la vostra nuova moglie sarà incinta prima che sorga il sole sulla prima notte!"

"Ho un figlio naturale, signore," disse Dair in tono misurato, con la punta delle dita che scavava nei braccioli della poltrona per mantenere la calma. Era furioso. "Sua madre è sposata ed è fedele a suo marito da quasi nove anni. I suoi quattro figli minori sono di suo marito."

"Sì. Sì. Se lo dite voi, ragazzo mio. Non sono uno che cavilla sui figli bastardi. Se a suo marito fa piacere credere che i marmocchi sono suoi..."

"Signore! Milord! La signora Banks non è un'adultera e io non sono un bugiardo!"

Dair era balzato in piedi. Era solo la stima che aveva per il capo dello spionaggio che gli aveva permesso di tenere sotto controllo la sua rabbia così a lungo. Non aveva voluto offenderlo. A quel punto, non gli importava più.

"Non sono venuto qua per ricevere una lezione sull'istituzione del matrimonio, o su come dovrei comportarmi come marito. Non ho bisogno dei vostri consigli, né mi importa molto della vostra opinione, perché sembra che voi non abbiate una buona opinione di me.

"Sono stato testimone dell'inferno in terra dei miei genitori, quindi sono un esperto su come *non* comportarmi come marito e padre. Ma riconosco un'unione amorevole quando la vedo e, con l'aiuto della donna che amo, intendo avere quel tipo di matrimonio, essere quel tipo di marito e padre di cui mia moglie e i miei figli possano andare fieri. Amo vostra nipote con tutto il cuore e non farei né direi mai niente che possa rovinare la sua felicità o il nostro matrimonio. Vi do la mia assicurazione, sinceramente. È per amore di Rory che chiedo la vostra benedizione. Spero che ce la darete liberamente e la renderete felice. Sta aspettando di fuori in anticamera. Posso andare a prenderla perché possiate dirglielo voi stesso...?"

Lord Shrewsbury si era alzato lentamente dalla poltrona accanto al fuoco mentre Dair era nel bel mezzo della sua sincera dichiarazione, sorpreso dall'inconsueto scatto di rabbia del giovane aristocratico, ma pronto a perdonarlo per la stessa ragione; il ragazzo non era mai stato così scortese in passato. Ma ciò a cui non era preparato era sentire il nome di Rory uscire tanto facilmente dalle labbra del maggiore. Ricadde sulla poltrona, sbalordito.

Nemmeno in mille anni avrebbe sospettato che sua nipote fosse legata romanticamente a *chiunque*, men che meno a quest'uomo. Perché non lo aveva visto arrivare? Perché non si era accorto dei segnali di questo attaccamento clandestino? Perché nessuno dei suoi servitori, dei suoi agenti, nemmeno il suo stesso fratello, lo aveva visto e avvertito? L'unica persona che aveva accennato a un interesse del maggiore Lord Fitzstuart per sua nipote era William Watkins e lui stupidamente aveva scartato le insinuazioni di quell'uomo ritenendole ridicole e alimentate dalla gelosia.

Era incredulo.

Perché mai un uomo d'azione, un soldato decorato e una spia, un uomo che rischiava la vita come se non avesse nessuna importanza, un uomo la cui virilità faceva svenire alcune femmine alla sua vista, perché un uomo del genere si sarebbe interessato a sua nipote? La sua amatissima Rory era una storpia ingenua che raramente era andata oltre il cancello del giardino di famiglia. Era carina a modo suo, con i capelli biondi della madre norvegese e i profondi occhi azzurri, ma non era così bella da catturare l'occhio voglioso del passionale maggiore Lord Fitzstuart. Non era Antonia Roxton Kinross, non era una bellezza voluttuosa che potesse far bollire il sangue di un uomo con un solo sguardo.

Per lui non aveva senso, e lo disse a Dair, anche se con un discorso a volte esitante e ingarbugliato. Ciononostante la sua incredulità era lampante quanto la sua opposizione al fidanzamento della coppia. Lo proibiva, non avrebbe dato la sua benedizione; secondo lui, Rory non era mentalmente o fisicamente in grado di sposarsi. L'idea di quel donnaiolo voglioso che si portava a letto sua nipote lo faceva sentire fisicamente male. Per quanto lo riguardava, Rory sarebbe rimasta vergine e avrebbe passato con lui il resto dei giorni che gli restavano e sarebbe morta zitella.

Dair era altrettanto perplesso per la violenta opposizione di Shrewsbury, non solo a che sua nipote sposasse lui, ma all'idea che Rory si sposasse, con chiunque. Divenne presto chiaro che il vecchio aveva ricevuto un colpo talmente forte che era inutile continuare a discutere con lui quella sera. Ma si aspettava che Shrewsbury sorridesse impavido e non deludesse sua nipote. Nonostante ciò che pensava del loro fidanzamento, Dair avrebbe sposato Rory, con o senza la sua benedizione.

"Dopo tutto, ha ventidue anni e non ha bisogno del vostro consenso," dichiarò Dair. "Possiamo sposarci senza la vostra benedizione ma, per amore di Rory, preferirei che non fosse così."

Shrewsbury non si lasciò placare. La sorpresa si trasformò in rabbia e risentimento. Colpì i braccioli della poltrona, si alzò di colpo e quella volta restò in piedi.

"No, non darò la mia benedizione. Né ora né mai! Non potete seriamente aspettarvi che creda che vogliate sposare mia nipote. Ah! È una specie di scherzo. Uno scherzo orribile ma comunque uno scherzo! Quanti soldi ci sono in ballo sulla scommessa di riuscire a turlupinarmi? Eh?" Quando Dair fece una faccia disgustata a quell'idea, Shrewsbury scoppiò in una risata stridula. "Questa è la vostra migliore interpretazione, Fitzstuart! Ma non riuscirete a prendermi in giro! So tutto della vostra ributtante scommessa di portarvi a letto una storpia. Me l'ha riferita Watkins..."

"Scusate? Non ho mai..."

Dair si fermò. Non poteva respingere la stramba affermazione di

Shrewsbury perché era vera. Aveva accettato quella scommessa, ma era stato completamente ubriaco ed era successo anni prima. Cercò di ricordare le circostanze esatte nelle quali aveva accettato quella sfida così spregevole. Era con un gruppo di compagni ufficiali in un bordello al Covent Garden o era in un bagno turco? Aveva diciannove o vent'anni? Non era importante. Tutto quello che ricordava era che erano così stupidamente ubriachi e debosciati che lui avrebbe accettato qualunque scommessa, per quanto diabolica o improbabile, e tutto perché non poteva deludere i suoi compagni d'arme. In qualche modo era finita nel libro delle scommesse del White. Sospettava che William Watkins c'entrasse qualcosa. Ma era passato talmente tanto tempo...

"Quella storia non ha niente a che fare con il presente," disse in tono sicuro. "Rimpiango profondamente di aver accettato una simile assurda scommessa, ma se conosceste le circostanze..."

"Non fa la minima differenza. Ve ne siete vantato davanti a testimoni ed è tutto ciò che importa. Che intendeste o no portarla a termine non importa. Non mi potrebbe interessare di meno, ma significherà moltissimo per mia nipote."

Dair era troppo inorridito per parlare.

Shrewsbury era estremamente compiaciuto della sua reazione.

"Annullate questo ridicolo fidanzamento e lei non saprà mai da me della scommessa..."

Dair fece un ultimo tentativo di far ragionare Shrewsbury.

"Signore, amo Rory con tutto me stesso. Voglio sposarla, prendermi cura di lei, adorarla per tutto il resto della mia vita..."

Il vecchio non si lasciò convincere. Non capiva le coppie che si sposavano per amore. Suo padre aveva scelto sua moglie, e lui aveva scelto la donna che suo nipote avrebbe sposato. I genitori sapevano che cos'era meglio per i loro figli. Suo figlio si era stupidamente sposato per amore ed era finito in un disastro per tutti. Rory era la cosa più preziosa al mondo per lui e non l'avrebbe mai sottoposta al dolore e ai patemi di un matrimonio d'amore, né avrebbe mai rinunciato a lei. E lo disse a Dair, senza lasciarsi commuovere dall'aperta e sincera manifestazione dei propri sentimenti da parte del giovane.

Dair sospirò senza capire e alzò una mano, impaziente.

"Un giorno sarò il conte di Strathsay e lei la mia contessa. Dovrebbe significare qualcosa per voi, anche se sembra non vi importi di niente di quanto vi ho detto."

"Mi importa. E anche questo non depone a vostro favore. Rory non è adatta a essere protagonista in società come moglie di un aristocratico. Quando entra zoppicando in una stanza si voltano già abbastanza teste, e non in modo favorevole. Immaginatela al *vostro* braccio.

Che spettacolo! Che-che farsa. Non può nemmeno ballare, per l'amor del cielo! La fareste diventare oggetto di ridicolo e non posso accettarlo. Mi spezzerebbe il cuore, e anche il suo."

Dair scosse la testa, incredulo.

"Avete talmente poco rispetto per lei e per ciò di cui è veramente capace, che non riuscite a guardare oltre l'ovvio. Non è un diamante fallato da tenere in una scatola di velluto per paura che una piccola imperfezione sia tutto quello che noteranno gli altri. È un gioiello magnifico e unico che dovrebbe poter splendere e mostrare il suo valore. Lasciatele prendere il suo posto al mio fianco e guardatela brillare. Non si merita di meno dalla vita. E quella vita è con me."

Shrewsbury non riusciva a credere alla presunzione del giovane. Ricevere una predica sulla persona che amava di più al mondo lo fece arrossire di rabbia.

"Brillare? Idiozie!" Sputò il vecchio. "Non brillerà, appassirà e morirà ed è certo, esattamente com'è certo che voi tornerete alle vostre puttane e alla vostra vita spericolata una volta che vi sarete stancato di lei! Dio solo sa che demone pervertito vi spinge a voler sposare una creatura per cui salire le scale dall'altra parte di quella porta è difficile quanto volare! Conosco gli uomini come voi. Nessuno lo sospetta, ma in fondo ci sono desideri e inclinazioni innaturali, che se lasciati emergere fanno danni che non si possono riparare! Non permetterò che accada ancora e non a lei. Trovatevi una donna zoppa da qualche altra parte. C'è un bordello a Covent Garden che provvede a queste perversioni..."

"Basta!" Ringhiò Dair, allontanandosi di scatto dal camino, dov'era rimasto con la testa bassa, afferrando con forza la mensola per impedirsi di scagliarsi contro Shrewsbury e afferrarlo per la gola. "Ho sentito abbastanza delle vostre oscene idiozie! Se non foste suo nonno, chiuderei quella bocca schifosa con un pugno!"

Fece un respiro profondo, rammentando a se stesso che Shrewsbury aveva settant'anni e che era l'amore che provava per sua nipote a farlo reagire in quel modo irrazionale e assurdo. In quello stato emotivo, era inutile continuare a discutere con lui. Decise che il vecchio aveva bisogno di tempo per digerire la sua proposta. Sperava che, con la luce del nuovo giorno, Shrewsbury avrebbe capito che per la futura felicità di Rory, sarebbe stato meglio dare la sua benedizione al matrimonio. Se il vecchio si fosse mostrato irremovibile, allora il matrimonio avrebbe avuto luogo senza di lui, prima possibile.

Non c'era nient'altro che potesse fare lì quella sera. Eppure il pensiero di uscire dallo studio e vedere Rory sulle scale, sorridente di felicità con gli occhi azzurri pieni di aspettative, era quasi troppo da contemplare. Avrebbe voluto poter uscire dalla finestra e scappare attraverso il parco, come un ladro nella notte. Tuttavia non era un codardo. Ma come avrebbe fatto a placare la naturale angoscia di Rory quando avesse saputo che suo nonno aveva respinto la sua domanda? Doveva dirle qualcosa o guardarla prima di essere accompagnato alla porta, perché capisse che era deciso a sposarla e che non avrebbe accettato rifiuti.

"Per ora vi dico buonanotte," disse Dair con calma. "Ma tornerò domani mattina…"

"Non sarebbe né saggio né accettabile."

"Verrò comunque."

"No."

"Non potete fermarmi."

Shrewsbury sogghignò, altezzoso.

"No? Tempo fa ho requisito quel particolare libro delle scommesse dal White, nel nome dell'interesse nazionale. Mostrerò a Rory quell'oltraggiosa scommessa, se sarà necessario. Ma spero che non arriveremo a tanto. Dovete capire che farò tutto quanto sarà necessario per preservare la sua innocenza e assicurare la sua felicità. Se significherà rinchiuderla, lo farò. Guardatemi, Fitzstuart: sono mortalmente serio."

Dair gli credette. Ma quel gioco si poteva giocare in due e intendeva tornare all'alba e rapire Rory, se necessario. Senza più niente da dire, si inchinò educatamente al vecchio e lo seguì fuori dallo studio nell'anticamera, dove il maggiordomo aspettava accanto alla porta di ingresso.

E lì c'era Rory, rannicchiata sulla scala, con la testa appoggiata al braccio, con i capelli biondi che le ricadevano sulla guancia arrossata, addormentata.

Dair fece per andare da lei, ma una mano sul braccio lo fermò. Era Shrewsbury, che lo superò e, come una sentinella, rimase in piedi tra la coppia, impedendo a Dair di vederla. Fece un cenno con la testa incipriata al maggiordomo e la porta si aprì all'aria della notte.

Dair esitò, stringendo e allentando i pugni, frustrato. Per quanto volesse andare da Rory, prenderla tra le braccia e uscire da quel posto con lei, non poteva farlo, sapendo che il vecchio era capace di fare una scenata. Quindi girò sui tacchi e uscì.

Calcolò che mancassero meno di otto ore all'alba.

VENTOTTO

Quando Antonia riapparve finalmente da dietro il paravento, Alisdair Fitzstuart non era più lì e il duca era appollaiato sul sedile sotto la finestra a guardare il panorama. Si era buttata un po' d'acqua fredda sul volto e si era sistemata i capelli, raccogliendo i riccioli biondi lunghi fino in vita con un nastro di seta color panna. Quando le sue assistenti la seguirono attraverso la stanza, le congedò con un gesto della mano e con un cenno della testa indicò a Michelle di uscire e lasciarla sola con *M'sieur le Duc*. Poi riprese il suo posto sulla dormeuse, come se non ci fosse stato niente di strano nel suo comportamento, con un'occhiata di sbieco a suo figlio, prima di dire in tono leggero, in francese (la lingua che usavano sempre quando erano da soli): "C'era qualcosa in particolare di cui volevi parlarmi, Julian?"

Roxton voltò la testa.

"Niente in particolare. Ho avuto Shrewsbury a casa, oggi e l'ho appena lasciato alla Gatehouse. Quindi ho pensato di venire a vedere com'era stato il vostro viaggio da Westminster."

Antonia alzò una spalla. "Tranquillo, grazie per avermelo chiesto."

Roxton nascose un sorriso. "Di certo non tranquillo come ogni altro viaggio a casa?"

"Non capisco di che stia parlando."

"Pensavo che forse il movimento della carrozza potesse essere stato sgradevole in questa occasione. E che vi siate dovuti fermare più di frequente…"

Antonia lo guardò perplessa. "Come hai…" Poi cambiò in fretta l'argomento. "Come stanno i bambini? Potrò vederli presto?"

"Chiedono continuamente di voi. Ho detto loro che potranno riprendere l'abitudine del tè con voi due volte la settimana, e sono corsi in giro per la nursery urlando di gioia! Non avevo mai sentito tanto baccano. Le orecchie della bambinaia fischiavano ancora un'ora dopo." Chinò di lato la testa. "Ma forse dovremmo posticipare la loro visita fino a quando vi sentirete…"

"No. No. Lasciali venire. Questa sensazione passerà, lo so. Come sta Deborah?"

Il duca non riuscì a nascondere un sorriso.

"Benissimo. Crede che siano gemelli anche questi."

"*Mon dieu*. Non è qualcosa di cui sorridere, Julian. Io non potrei sopportarlo!"

Il duca perse il sorriso.

"Non siete voi a doverlo sopportare, *Maman*. E Deborah è entusiasta. Vogliamo entrambi una famiglia numerosa."

"Certo, è chiaro. È stato poco caritatevole da parte mia, perdonami. Non sono più io." Gli diede un'altra occhiata di sbieco, poi si fissò le mani intrecciate in grembo. "È colpa del-del… *tempo*."

Il duca la fissò a lungo, intensamente e poi fece una cosa assolutamente inconsueta alla presenza di sua madre. Scoppiò a ridere forte, senza controllo. All'inizio Antonia si offese, poi cominciò a ridacchiare. Madre e figlio risero fino ad avere le lacrime agli occhi.

"Oh, *Maman*, non cambiate mai!" Esclamò Roxton quando riuscì finalmente a parlare, asciugandosi gli occhi. "Vi voglio tanto bene."

Antonia fece qualche respiro, sorpresa, e poi scoppiò veramente a piangere, sopraffatta da quella dichiarazione sentita. Quando riuscì a riprendere il controllo, fece segno al duca di sedersi accanto a lei e lui eseguì di buon grado. Poi suonò il campanellino per chiamare Michelle, che era seduta appena fuori della porta con il suo ricamo, e si fece portare la più piccola delle due cassette portagioielli di tartaruga che viaggiavano sempre con lei.

Antonia aprì la cassetta con la piccola chiave d'argento appesa alla *chatelaine* d'oro e smalto e ne tolse una scatolina d'avorio intagliato. La mise sul palmo della mano del figlio dicendogli di aprirla. Un'occhiata al contenuto e Julian la guardò con una smorfia interrogativa.

"Avevo intenzione di dartelo, ma al momento giusto," gli spiegò Antonia con un sorriso gentile. "Lo smeraldo ducale sarebbe dovuto essere tuo tanto tempo fa. È sempre stato passato da un duca a quello seguente. È l'ordine giusto delle cose. Tuo padre avrebbe voluto che lo portassi tu. Ora so perché *Monseigneur* non te l'ha dato ma l'ha consegnato a me perché lo custodissi. Forse te l'ha detto lui stesso…"

Quando Roxton annuì, troppo commosso per parlare, Antonia non si sorprese. Era ovvio che *Monseigneur* avesse confidato le sue intenzioni a suo figlio. Comunque lo disse a voce alta. "Era preoccupato, vero? Che non fossi abbastanza forte da sopravvivere senza di lui. Mi ha fatto promettere di consegnare l'anello a Frederick il giorno del suo ventunesimo compleanno. In quel modo sapeva che mi avrebbe impedito di fare qualcosa di... *idiota*. Tuo padre, lui-lui ha pensato a me... fino al... fino al suo... ultimo respiro."

"Sì, *Maman*."

Il duca si infilò l'anello a un dito della mano destra e si meravigliò di come stesse bene. Lo conosceva bene, ricordava che suo padre lo portava sempre. Lo smeraldo quadrato sulla sottile fascia d'oro era grande e dello stesso colore degli occhi di sua madre e dei suoi.

"Hai le stesse dita lunghe ed eleganti di tuo padre, *mon chou*," disse Antonia, come leggendogli nel pensiero. "Ti sta bene, penso." Sospirò felice. "Che Frederick possa essere vecchio e grigio prima che venga il suo turno di portarlo, *oui*?"

Il duca la abbracciò e poi le baciò la mano.

"Grazie, carissima *Maman*. Non lo toglierò mai..." Le tenne la mano e le disse con un mezzo sorriso: "C'è qualcosa in particolare che vorreste confidarmi?"

Antonia si portò una mano alla guancia. Si sentiva all'improvviso triste.

"Non so se sono arrivata al punto di accettarlo io per poterlo confidare a qualcuno. Non l'ho ancora detto a voce alta, come se dirlo, in qualche modo, lo rendesse più vero di quanto sia già. Le mie donne, ovviamente, devono saperlo e qualche volta le scopro a guardarmi come se fossi tonta. Ma io, io voglio ignorarlo perché è sbalorditivo per una donna della mia età. Ho quarantanove anni. Non riesco quasi a crederlo io stessa. È *incroyable*, no?"

"Ammetto che non è comune, ma succede che una donna abbia un figlio a *un'età così tarda*."

Antonia si raddrizzò, sgranando gli occhi, offesa.

"Età così tarda? Ti sembro decrepita, Julian?"

"Tutt'altro." Il duca sorrise. "Comunque siete sempre stata unica in tutti i sensi, *Maman*. Quindi, ditemi: quando informerete *il tempo* della meravigliosa notizia? Kinross sarà fuori di sé dalla gioia."

Antonia non riuscì a impedirsi di sorridere.

"Jonathon era assolutamente sicuro che avremmo avuto un figlio *et moi*, io pensavo che fosse matto. Ora sembra che quel dannato uomo avesse ragione. E dov'è quando ho una notizia così incredibile da dargli? A centinaia di miglia di distanza! Dovrebbe essere qui, con me, a vedere che cosa sto passando per dargli un erede. No! Anche questo non è caritatevole, lo so. Ma quello che non capisco è che un minuto prima sono felice perché avremo un figlio. Il momento dopo sono miserabile perché *Monseigneur* non è qui a condividere la mia felicità. Ma come potrebbe essere possibile? Non è un'idea ridicola?"

Il duca scosse la testa, con gli occhi fissi sul grande smeraldo ducale che ora aveva al dito.

"No. Per niente," disse dolcemente. "Papà sarebbe felice per voi, per entrambi voi. Tutto quello che ha sempre voluto è che foste felice... di nuovo."

Antonia fece un profondo respiro e poi sospirò. Poi si riprese e disse con una risatina: "Devo andare a trovarlo e riferirgli la novità e tu sai che cosa mi dirà? Che sono scandalosa e che è quello che succede quando si sposa un uomo tanto più giovane." Fece spallucce. "È così strano essere *enceinte* di nuovo. Ma i miei *bébés* arrivano a quindici anni l'uno dall'altro e quindi, anche questo... Per favore, Julian, non devi dire una parola a nessuno finché sarò sicura che succederà. Ancora due settimane e il pericolo sarà passato, e il bambino sarà qui per restare. Poi scriverò a Jonathon e lo informerò che diventerà papà."

"Non una parola. Ma darò la notizia a Deborah."

Antonia coprì la mano di suo figlio e lo guardò negli occhi.

"Mi dispiace di essere un peso per entrambi voi. Ora hai due donne incinte di cui preoccuparti, *mon cher*."

Il duca le baciò nuovamente la mano e le sorrise guardandola negli occhi.

"È il miglior tipo di preoccupazione da avere, *Maman*. E Henri-Antoine? Dovremmo dirglielo? Lui e Jack stanno arrivando. Ho fatto preparare i loro vecchi appartamenti, ma se preferite che restino con voi..."

"Julian, *mon cher*, devi fare come credi meglio. Non cercare di indovinare quello che voglio o penso. È giusto che i ragazzi stiano nella casa grande con te e Deborah. Che cosa farebbero qui con me, specialmente mentre ho quest'orribile nausea? La casa grande è sempre stata la loro casa e tu sei il loro tutore. E se vuoi la verità," aggiunse con un sorriso triste, "dalla malattia di *Monseigneur*, sei stato un papà per Henri-Antoine..."

"*Maman*, per favore, io..."

"È la verità, ti dico. E tuo padre sarebbe d'accordo con me. Sono sicura che lo pensa anche Henri-Antoine. Quindi non occorre che mi consulti, salvo, ovviamente, quando sarà ora che si sposi e allora, *moi*, vorrò sapere tutto della ragazza molto prima del fidanzamento!"

"Molto bene, *Maman*. Ora dovete scusarmi. Ho la scrivania piena di carte, e questo mi ricorda che sono arrivate ieri da Parigi, dall'*Hôtel*, le casse con i vostri effetti personali. Le farò immagazzinare finché non verrete a controllarle e deciderete che cosa deve essere portato qua e quali oggetti e libri devono andare a Londra o al castello di Leven."

Quando sua madre si limitò ad annuire, pensando ad altro, si era aspettato che battesse le mani per la gioia di riavere finalmente i suoi effetti personali dall'*Hôtel Roxton*, prese congedo alzandosi e baciandole la fronte. Ma fu a quel punto che lei gli prese la mano e disse, come se non avesse nemmeno parlato delle casse: "Julian, devi scrivere a Frederick Cornwallis stasera e chiedergli una licenza speciale di matrimonio, e digli che ne hai bisogno subito, entro la fine della settimana. Manda un corriere a prenderla, se serve."

Il duca scosse le falde della redingote da equitazione di velluto marrone e riprese pazientemente il suo posto sulla dormeuse. Cercò di sembrare disinvolto.

"Un'altra licenza speciale? Sua grazia l'arcivescovo comincerà a chiedersi se non le venda, queste licenze. Sarà la seconda in due mesi. Ma dubito che Cornwallis potrebbe essere più sorpreso di quando ha firmato una licenza per sposare voi a…"

"Non è il momento di scherzare, Julian. È mio cugino Alisdair che deve sposare la mia figlioccia Aurora, e prima possibile."

"Dair e-e la signorina Talbot?"

"Sì, è quello che ho detto. E lo dico a te in stretta confidenza e nessun altro lo deve sapere, nemmeno Deborah, che dopo aver cenato con Alisdair e sapendo che hanno passato il pomeriggio sull'isola del Cigno…"

"*L'isola del Cigno*?"

"Sì, l'isola del Cigno. L'ha portata là in barca."

"All'isola del Cigno? Ma è strettamente proibita."

"Ciononostante è là che sono andati."

Il duca strinse la mascella. "Deve sapere che non ha il permesso di andarci, eppure c'è andato lo stesso!"

Antonia contò fino a cinque e poi disse pazientemente: "Julian, da ragazzo, magari con Evelyn, non sei andato di nascosto all'isola del Cigno per dare un'occhiata e soddisfare la tua curiosità o, nel caso di Evelyn, solo per dispetto?"

Roxton si offese. "Mentre papà era in vita? Ovviamente no! Gli avevo dato la mia parola di non sconfinare mai sull'isola. E io mantengo sempre la mia parola."

"Sei sempre stato un bravo ragazzo," disse Antonia con una risata e lo baciò sulla guancia. "Grazie per aver mantenuto la promessa. Tuo padre sarebbe stato fiero di te; lo è sempre stato." Cercò di sembrare scherzosa. "Sei stato sull'isola da-da quando *Monseigneur* ci ha lasciato, vero?"

Il duca sembrò momentaneamente a disagio e, quando non riuscì a guardare sua madre negli occhi, Antonia si rese conto che non solo era stato sull'isola ma nel tempietto e aveva visto gli arazzi. Sapeva che era al corrente che lei e suo padre passavano due notti ogni anno a festeggiare il loro matrimonio sull'isola, ed era certa che l'atmosfera da baccanale del tempio, la piscina e gli arazzi fossero stati una dura prova per il temperamento puritano di suo figlio. Eppure lo mise ancora più a disagio aspettando che rispondesse alla sua domanda.

"Sì. Sì, ci sono andato. Sono andato con gli agrimensori," disse, riportando la conversazione a faccende meno intime. "Sembra, e volevo discuterne con voi e Kinross al suo ritorno, che prima che le terre circostanti fossero allagate dal quarto duca per creare il lago, il confine tra le terre degli Strang-Leven e la tenuta ducale di Treat passasse per il rilievo che è poi diventato l'isola del Cigno. Quindi metà dell'isola fa parte di Treat e l'altra è parte della terra degli Strang-Leven connessa a questa casa, che ora fa parte dell'eredità ducale dei Kinross."

Antonia sorrise con le fossette e disse maliziosa: "Spero che i templi siano nella mia parte del confine...?"

Il duca non sentì la nota scherzosa nella voce di sua madre e il suo disagio nel discutere l'isola era tale che alzò una mano ed esclamò: "Per quanto mi riguarda voi e Kinross potete averla tutta! Ed è quello che ho detto agli agrimensori quando tracciavano i nuovi confini. Quindi toccherà a voi e Kinross, non a me, decidere se l'isola dovrà restare proibita a quelli come Fitzstuart e la signorina Talbot."

"Grazie, quell'isola vuol dire molto per me..."

Roxton annuì e sorrise. "Sì, *Maman*, lo so. Sono contento che l'abbiate voi."

Antonia emise un piccolo sospiro.

"Ma non penso, se anche dovessi mantenere l'editto di *Monseigneur* e proibire l'accesso all'isola, che Alisdair rispetterebbe l'avvertimento. Alcune persone... No, non è così, la maggior parte delle persone non sono come te, *mon chou*. Vedono i cartelli e gli editti come suggerimenti, non come leggi assolute. E nostro cugino Alisdair ha un temperamento che lo porterebbe a vedere un simile editto come una sfida piuttosto che una barriera."

"È il motivo per cui si ritrova in ogni tipo di impiccio!" Replicò Roxton irritato. "Se non irrompe nello studio di un pittore rispettabile, rompe il naso del segretario di Lord Shrewsbury! E adesso sento che ha

avuto l'impudenza di portare in barca la signorina Talbot su un'isola il cui accesso è proibito a tutti eccetto che al duca, che sono io!"
"Certo che sei tu, Julian. E sì, è andato in barca con lei sull'isola," ripeté Antonia, sperando che si sarebbe reso conto di quanto fosse significativo che il cugino si fosse avventurato sul lago in barca. Sorrise quando il duca la guardò sospettoso.
"L'ha portata in barca?"
"È quello che ho detto. È andato fin là in barca. Quindi capisci quanto la cosa sia seria tra di loro."
"*Lui* l'ha portata in barca? È andato in barca sul lago senza nessun altro incentivo che accompagnare la signorina Talbot sull'isola?"
"Julian, ti serve un cornetto acustico?"
"Certo che no!"
"Allora ascoltami! Sì, ha remato fin là di sua spontanea volontà. È quello che ho detto ed è quello che ha fatto. E non è tutto. Sono andati a nuotare nella piscina."
"*Nuotare*? Alisdair è andato a nuotare?" Roxton non lo avrebbe creduto se non fosse stata sua madre a dirglielo. "Insieme? Sono andati a nuotare insieme nella piscina? Ve l'ha detto lui?"
"Mi ha detto che sono andati a nuotare," rispose Antonia con un sorrisino malizioso. "Non ci vuole un genio per dedurre che erano insieme."
"Buon Dio! Che cosa penserà Shrewsbury se scopre che sua nipote..."
"Julian, che cosa importerà a un uomo orgoglioso come Shrewsbury, se non che sua nipote sposerà l'erede del conte di Strathsay! Ora devi andare e mandare la richiesta a Cornwallis. Aspetto che Alisdair torni da un momento all'altro dopo essere andato a chiedere a Shrewsbury il permesso di sposare Rory."
"Allora le sue intenzioni sono serie."
"Sì. È quello che ti sto dicendo. Ma non penso che debbano aspettare le tre domeniche necessarie per le pubblicazioni. Non è giusto..."
"... ma corretto. E Shrewsbury potrebbe voler..."
"Non è quello che vuole Shrewsbury che conta. E poiché tu hai il potere e la ricchezza per ottenere che l'arcivescovo di Canterbury faccia quello che vuoi e ti dia una licenza speciale, perché la giovane coppia dovrebbe aspettare?"
"*Maman*, che cosa sono tre domeniche—"
"Julian, io sono fiera di te e *Monseigneur* non avrebbe potuto sperare in un figlio migliore per succedergli come duca, ma a volte mi dispero per la tua incapacità di capire al volo. Quella coppia è innamo-

rata, hanno passato il pomeriggio da soli sull'isola del Cigno e sono andati a nuotare insieme. Devo proprio spiegarti il resto?"

Quando le sopracciglia di suo figlio quasi si unirono e lui arrossì, Antonia gli baciò in fretta la guancia e disse, ridendo: "Mi pare che il tuo desiderio di avere una casa piena di bambini si avvererà, e per Natale!"

ANTONIA ASPETTÒ CHE SUO CUGINO TORNASSE DALLA Gatehouse. Quando non arrivò e non riuscendo a dormire perché era una notte calda, uscì per fare una passeggiata alla luce della luna fino al padiglione sulle rive del lago. Un cameriere con una torcia le illuminava la strada. Michelle la seguiva, con uno scialle di lana sul braccio, rifiutandosi di lasciar andare da sola la duchessa. E se *Madame la Duchesse* avesse avuto bisogno di qualcosa? Se si fosse slogata una caviglia sui gradini di pietra? *M'sieur le Duc de Kinross* non l'avrebbe mai perdonata per non aver fatto il suo dovere verso la duchessa e il suo *enfant*. *Mi dispiace, Madame la Duchesse, ma anche se voi non volete dirlo, lo farò io perché, secondo i miei calcoli, sono quattordici le settimane e non dieci da quando avete avuto il vostro ultimo ciclo, ed è stato proprio due settimane prima che M'sieur le Duc facesse l'amore...* Antonia la fermò lì. Aveva sentito abbastanza e proibì alla sua dama di compagnia di pronunciare un'altra sillaba. Fu facile zittire Michelle. Era talmente allibita per aver detto ad alta voce quei particolari intimi sulla sua padrona che si era zittita da sola.

Antonia fece aspettare il cameriere e Michelle ai piedi della scalinata e salì da sola i gradini del padiglione. La luna faceva abbastanza luce da permettere di vedere. Sul gradino in alto, l'ombra di un ricordo la fermò. Era il piacevole aroma di un sigaro e le ricordò talmente Jonathon che sentì la sua mancanza in modo talmente acuto che era come se lo avesse perso come il suo primo marito. Ma si riscosse in fretta dalla malinconia. Il suo secondo marito, il suo secondo duca, era vivo, vivissimo, sano e forte come un toro. Sarebbe tornato da lei entro pochi mesi, ne era certa.

Persa nei suoi pensieri, esitò, abbastanza a lungo che dall'oscurità una voce profonda e familiare le chiese se doveva spegnere il sigaro.

Antonia scosse la testa.

"No, quest'odore, per fortuna, mi piace ancora. Mi ricorda mio marito..."

Quando Dair non rispose, Antonia andò verso il punto incandescente quando il sigaro tornò in vita e trovò suo cugino in maniche di camicia, con una spalla appoggiata a una colonna di marmo. Aveva la testa girata, per esalare il fumo, pensò Antonia. Ma quando non si voltò e continuò a guardare la luce argentea sulla superficie calma del lago, si avvicinò e disse sommessamente: "Non sei venuto a vedermi, Alisdair..."

Dair si voltò, lentamente. Mentre lo faceva, la luce della luna colpì il suo volto, illuminando i suoi occhi scuri. Erano lucidi e vitrei e la luce li colpì in modo tale che vide che erano pieni di lacrime. Dair distolse lo sguardo, deglutì e aspirò il fumo del sigaro. Sconvolta per il cambiamento avvenuto in lui dall'ora di cena, Antonia mantenne la calma e aspettò che parlasse, chiedendosi che cosa fosse andato storto durante la sua visita alla Gatehouse.

"Una volta mi avete detto che mi nascondo dietro una maschera; che ho interpretato per tanti anni il ruolo del cinico da non poter più riconoscere la differenza tra il mio io reale e quello immaginario. Ma vi sbagliate, cugina," disse guardandola di nuovo. "È perché so esattamente chi sono, da dove vengo e che cosa devo diventare che ho scelto di nascondermi. Era l'unico modo che conoscevo per sopportare l'amara delusione di mio padre, vostro zio, per non essere l'erede studioso che voleva. È così che ho sopportato il matrimonio pieno di risentimento dei miei genitori. Questa facciata, questa maschera, che avete deriso mi ha aiutato a sopravvivere a molti anni sanguinosi nell'esercito e mi ha fatto superare più di un momento pericoloso come agente della corona. Ma non ho mai perso di vista chi ero o che cosa volevo dalla vita..." Si voltò in fretta e mise il viso sulla manica della camicia per asciugarsi gli occhi, poi si voltò a guardare Antonia con un mezzo sorriso. "Sarete sorpresa di sapere che ciò che voglio dalla vita è quello che avevate con *M'sieur le Duc*, e quello che Roxton ha con Deb e quello che non ho mai pensato di poter avere: un matrimonio felice, sposato con l'amore della mia vita e con figli miei da curare. È chiedere troppo?"

"No. No."

"Ricordate di avermi detto sulle scale ad Hanover Square che essere innamorati può essere terrificante?" Quando Antonia annuì, continuò. "Avete detto che essere innamorati può essere più terrificante di qualunque altra cosa, se esiste il dubbio che l'amore non sia reciproco o se c'è un impedimento per un lieto fine... Ricordate di averlo detto, cugina?"

"Sì, *mon chou*. Certo. Confermo quello che ho detto."

Dair annuì, facendo un respiro profondo e tremolante. Guardò la punta incandescente del sigaro che aveva tra le dita e poi il volto di Antonia, parzialmente nascosto nell'ombra, e la fissò negli occhi. Antonia non distolse lo sguardo. Quando finalmente parlò, si sentiva appena ma Antonia percepì il suo tormento come se avesse urlato dalla cima del tetto.

"Cugina... sono... Sono *terrorizzato*."

VENTINOVE

Dair era seduto su uno scialle di lana sul gradino in alto dell'entrata del padiglione, con un sigaro, forse era il secondo, tra le dita e si stava confidando con Antonia prima ancora di rendersi conto di dove fosse o che cosa stesse facendo. La sua angoscia era assoluta e non vedeva un modo per uscire dalla sua difficile situazione. Antonia non interruppe la sua confessione autoflagellante e i suoi servitori erano abbastanza acuti che bastarono un'occhiata e un segnale della loro padrona perché se ne andassero e tornassero con tè caldo per lei e una bottiglia di qualcosa molto più forte per il maggiore Lord Fitzstuart.

Gli tremavano le mani e aveva la gola secca. Vedendo un bicchiere di liquore sul gradino sotto la punta del piede, lo afferrò e lo svuotò di colpo, sentendo appena il liquido bruciante sulla lingua. Mise da parte il bicchiere di cristallo e dall'ombra uscì un servitore che lo riempì di nuovo e poi sparì nuovamente nella notte.

Antonia ascoltò senza fare commenti, critiche o domande finché Dair riprese fiato e allungò la mano verso il bicchiere. Fu solo quando dichiarò che l'unica scelta che gli restava era rapire Rory e andare a Gretna che decise che era ora di intervenire.

Vedeva che l'angoscia di Dair era così forte da impedirgli di pensare razionalmente. Il suo unico pensiero era di allontanare Rory da suo nonno abbastanza a lungo da poterla rivendicare. Gli serviva tempo per spiegarle che non era un mostro libidinoso, né un seduttore e che le sue intenzioni erano onorevoli e sincere.

Per chiunque altro che non fosse Antonia, il suo disperato desiderio di placare le paure di Rory riguardo alle sue intenzioni avrebbe potuto essere confuso. Dopo tutto, le aveva chiesto di sposarlo e lei aveva accettato e c'era l'anello con lo zaffiro lavanda come prova tangibile che intendeva sposarla. Erano entrambi maggiorenni e avrebbero potuto sposarsi, quali che fossero le obiezioni di Shrewsbury a quell'unione. Ma Antonia sapeva che la coppia aveva passato la giornata sull'isola del Cigno. Era un'isola per amanti, un posto mistico ma sensuale, dove lei e *Monseigneur* erano stati liberi di godere l'uno dell'altra in ogni modo senza interruzioni. Ora, per lei, l'isola era un posto triste, piena di ricordi felici ma passati e di un'altra vita. Remare fin là, ora che il suo amato non era più con lei, sicuramente le avrebbe rovinato la pace mentale. Ma per una giovane coppia profondamente innamorata, quell'isola appartata con il tempio, la piscina e il tempietto con gli arazzi era un posto magico dove fare l'amore ed essere amati.

Era ovvio che Dair e Rory avevano fatto l'amore sull'isola del Cigno, Antonia ne era convinta. Era il motivo per cui suo cugino era tanto sconvolto. Ed era giustificabile. Se Shrewsbury avesse raccontato a Rory della ridicola scommessa, lei avrebbe sicuramente avuto dei dubbi sulle vere intenzioni di Dair e, cosa ancora più importante, sul suo vero carattere. Che razza di uomo poteva accettare una simile odiosa scommessa?

Un ragazzo sventato, arrogante e stupido, era quello che Antonia credeva fermamente. La spregevole scommessa non rappresentava minimamente l'uomo seduto accanto a lei con la testa china. La scommessa non valeva la carta su cui era scritta. Ma se era facile per lei non tenerla nemmeno in considerazione, sarebbe stato difficile per Rory. Specialmente avendo dato la sua verginità a Dair prima del matrimonio, un fatto che sicuramente le pesava sulla coscienza. Sarebbe stato naturale per lei chiedersi che razza di uomo seduce la sua sposa prima della notte nuziale se intende veramente sposarla. Con suo nonno ad aggiungere peso alla scommessa e la sua ferma opposizione al matrimonio con il famigerato bel mascalzone, il maggiore Lord Fitzstuart, l'immagine attentamente costruita che Rory aveva dell'uomo amorevole che aveva intenzione di sposare, avrebbe sicuramente cominciato a sgretolarsi.

Antonia riusciva a sentire il vecchio, che riempiva le orecchie di Rory di ogni tipo di pettegolezzo sconvolgente sull'uomo che amava, per gettare dei dubbi, per generare sfiducia e tristezza e accertarsi che Rory restasse nubile e al fianco di Shrewsbury per il resto dei suoi giorni. Bene. Antonia non lo avrebbe permesso! Suo cugino e la sua figlioccia erano innamorati e meritavano il loro lieto fine. E lei lo avrebbe fatto succedere, anche se avrebbe comportato evocare un segreto che *Monseigneur* le aveva affidato, da usare solo in circostanze estreme. Sapeva che l'avrebbe capita e perdonata. L'indomani, andando al mausoleo, gli avrebbe spiegato tutto e gli avrebbe anche dato la sconvolgente notizia che avrebbe avuto un bambino nell'anno nuovo. Ma quella visita poteva aspettare, prima avrebbe fatto visita al capo dello spionaggio inglese.

Dair era convinto che l'unica soluzione per uscire da quella situazione richiedesse azione: rapire Rory da sotto il naso di Shrewsbury. Quindi, quando Antonia gli disse che non era necessario e di non preoccuparsi, che tutto si sarebbe sistemato per il pomeriggio del giorno dopo, la sua reazione immediata fu l'incredulità e le disse in modo insolente che picchiare per terra il suo adorabile piedino davanti a Shrewsbury era un'interferenza di cui poteva fare a meno. Antonia lo ignorò. Dopo tutto, non aveva intenzione di rivelargli i suoi pensieri o i suoi metodi e Dair era sconvolto. Invece gli disse in tono misterioso, alzandosi in piedi e scuotendo le pieghe della banyan di satin ricamata: "Tutti hanno dei segreti, Alisdair. Anche i capi dello spionaggio. E questo capo dello spionaggio ha più segreti da nascondere della maggior parte degli altri. Ma questo è tutto quello che ti dirò. Ora devi andare a letto e cercare di dormire. Domani, dopo colazione, ho intenzione di andare a trovare Shrewsbury, senza farmi annunciare. Verrai anche tu, ma aspetterai in carrozza finché ti chiamerò." Gli sorrise quando Dair si alzò lentamente in piedi dopo aver spento il sigaro sul tacco della scarpa. "Di' al tuo uomo di fare i bagagli e di portarli alla casa grande domani mattina come prima cosa. È là che starai fino al matrimonio..."

"Matrimonio? Volete che stia nella casa grande?"

"Sì. I promessi sposi non devono assolutamente risiedere sotto lo stesso tetto fin dopo il matrimonio e dato che Rory starà con me..."

"Rory verrà qua? Per-per stare con voi?"

"Sì. Finché sarete sposati nella cappella, su alla casa grande. Stanotte scriverò a tua madre per invitare lei e tua sorella..."

"Scrivere a Mary? E a mia madre?"

Antonia sospirò. "Che cosa c'è che non va con l'udito dei giovani di questi giorni? Avete tutti bisogno di un cornetto acustico? No! Non rispondere e non interrompermi più. Ascolta e basta..."

Dair sorrise e le fece un piccolo inchino, debitamente pentito.

"Sì, *Madame la Duchesse*... Perdonatemi, sono un po' tonto... Ah! Vi ho interrotto di nuovo."

"Sì, ma non importa," rispose dolcemente Antonia, vedendo la nuvola nera che lasciava il suo volto e lieta di vederlo finalmente sorridere. "Lo ripeto. Il vostro matrimonio avrà luogo nella cappella Roxton. Fino a quando non sarà tutto organizzato, e credimi, i piani sono già in azione, resterai nella casa grande, insieme a tua madre e a tua sorella. Charlotte non si aspetterà niente di meno da suo figlio. E mi dispiace, Alisdair, ma proprio non riuscirei a sopportare che Charlotte restasse da me. Specialmente con Rory qui." Sorrise mostrando le fossette. "È meglio che la tua fidanzata passi meno tempo possibile in compagnia della sua futura suocera, no? Sono mio figlio e sua moglie che dovrai ringraziare per-per..."

"... tutto," la interruppe dolcemente, con gli occhi scuri brillanti e umidi. "Ma specialmente voi..." Le afferrò la mano e la baciò, prima di guardarla negli occhi e dire, con la voce rotta: "Se riuscirete a fare questo miracolo, sarò in debito con voi in eterno, non potrò mai ringraziarvi abbastanza..."

"Ascoltami, Alisdair!" Lo interruppe bruscamente Antonia perché anche i suoi occhi verdi si stavano riempiendo di lacrime. "*Naturellement* farei qualunque cosa per te. Non abbiamo forse lo stesso sangue nelle vene? Non siamo primi cugini, discendenti del grande Stuart, re Carlo II? Non abbiamo forse il dovere di dare al nostro reale antenato gli eredi che lui non ha avuto, perché possa vivere attraverso noi?" Rise e poi gli toccò la guancia arrossata. "Come sono pomposa! Ma tuo nonno, che non hai mai conosciuto ma con cui io ho vissuto negli ultimi anni della sua vita, era orgoglioso di essere il figlio di Carlo II, di avere sangue reale nelle vene. Il suo unico rimpianto era di non essere stato fatto duca, come aveva fatto suo padre con gli altri figli naturali. Ma quella era colpa di sua madre, ed è una storia che ti racconterò un altro giorno.

"Ora ho delle lettere da scrivere e tu devi andare a letto," aggiunse con allegria forzata. "Domani mattina dopo colazione tu e io faremo visita alla Gatehouse e tutto si sistemerà."

Si ritirarono per la notte, e nessuno dei due disse quello che entrambi avevano in mente: la speranza che Shrewsbury avesse lasciato tranquilla Rory per quella notte e che sarebbero arrivati alla Gatehouse prima che il capo dello spionaggio avesse la possibilità di mandare in frantumi i sogni e le speranze di sua nipote. Come poi risultò, arrivarono quasi troppo tardi.

ANNUNCIATA DAL MAGGIORDOMO, ANTONIA ENTRÒ NEL SALOTTO nella Gatehouse, dove la tensione crepitava più del fuoco nel camino. Perché poi ci fosse il fuoco acceso in una giornata così calda non riusciva ad immaginarlo, mentre si toglieva i mezzi guanti di seta e lo scialle indiano dalle spalle nude. Entrambi gli articoli furono tesi senza guardare e prontamente afferrati da Michelle, la sua dama di compagnia, che aveva accompagnato la duchessa con un suo preciso compito da svolgere. Alla prima opportunità, doveva scivolare via e cercare la cameriera di Rory e farle preparare gli effetti personali di Rory perché fossero portati alla casa vedovile.

Antonia entrò in un fruscio di sottane di seta, la nobile ospite venuta a trovare gli occupanti della Gatehouse. Era vestita in modo più adatto a una *soirée* nel palazzo del figlio che per una visita mattutina in un casino di campagna. Il suo vestito *à la française* era di lussuoso chintz indiano, le scarpe in tinta con fibbie di diamanti e la scollatura era così bassa sul suo seno ampio che ogni uomo nella stanza aveva lo sguardo ammirato e fisso sul suo leggendario décolleté.

C'erano tre uomini, Lord Shrewsbury, Lord Grasby e il signor William Watkins. Fu questo allampanato gentiluomo che Antonia si fermò a studiare, con le sopracciglia arcuate che si alzarono leggermente alla vista del naso storto e gli occhi che presentavano ancora un accenno di lividi. L'unica donna presente era la graziosa Lady Grasby dai capelli castano ramato, e fu lei che il maggiordomo interruppe a metà frase annunciando che la duchessa di Kinross era venuta in visita.

Antonia non ne era certa, ma sembrava che fossero Lord Grasby e suo nonno i più nervosi. Si chiese se avesse a che fare con Rory e poco dopo ne ebbe la conferma. Ma per il momento, qualunque fosse il disaccordo tra i due uomini, lo misero da parte in sua presenza.

Tutti si alzarono in piedi di colpo, per inchinarsi o fare la riverenza, e poi rimasero educatamente in silenzio, aspettando che parlasse la duchessa. Dopo uno scambio di amenità e qualche commento banale sul tempo, Antonia chiese in tono leggero, guardandosi attorno per effetto: "Non vedo la mia figlioccia. Spero che Rory stia bene?"

"Molto bene, vostra grazia," rispose in fretta Shrewsbury. "Volete del caffè? Lo abbiamo appena preso e non sarebbe un problema farlo portare..."

Antonia chiuse gli occhi a quel pensiero e fece un gesto di rifiuto.

"A quanto pare la mia sorellina ha cominciato a dormire fino a tardi in campagna," disse Lord Grasby, con il tono di voce che suggeriva che non ci credeva nemmeno un po'. Antonia vide l'occhiata che diede a suo nonno mentre aggiungeva: "Pensavo che sarebbe stata alzata ad aspettare il nostro arrivo, specialmente dal momento che la mia lettera accennava a un annuncio eccitante che volevamo dividere con lei..."

"Lady Grasby ci ha resi i più felici degli uomini," annunciò fiero Lord Shrewsbury con un ampio sorriso. "Con l'anno nuovo diventerò bisnonno, Grasby un padre e il signor Watkins un orgoglioso zio."

Lady Grasby fece una risatina dietro il ventaglio si confidò con Antonia, senza che ce ne fosse bisogno.

"Pensavo che fosse il caldo intollerabile che mi rendeva irritabile. Ma poi mi sono resa conto che non ero più io da qualche mese oramai, e una visita del medico mi ha confermato quello che speravo e che non osavo sognare potesse essere il motivo della mia scarsa salute." Si portò una mano alla spalla e suo marito, in piedi accanto alla sua sedia, gliela serrò. Drusilla lo guardò prima di riportare lo sguardo su Antonia, con un sorriso che assomigliava a un gatto che avesse scovato la panna. "Anche se devono essere passati tanti anni dalla vostra ultima gravidanza, senza dubbio vostra grazia deve ricordare la sensazione di completa esultanza che si prova sapendo che si stanno per realizzare le speranze e i sogni di un'intera famiglia."

"*Grands dieux*, un altro bambino per strada. Ci deve essere qualcosa nell'acqua," borbottò Antonia, poi sorrise alla coppia felice, offrendo le sue congratulazioni e aggiungendo in tono criptico: "Credetemi, Lady Grasby, la sensazione di esultanza di cui parlate per me è roba di ieri. Avete reso felice la vostra famiglia, in particolare il nonno di vostro marito. Vi auguro che abbiate un maschio, ma comunque sia, maschio o femmina, l'importante è che sia sano. Ma dov'è Rory?" Continuò in tono di studiata curiosità, con la testa lievemente china da un lato. "Non avete aspettato di dividere il vostro annuncio più importante finché tutta la famiglia fosse presente?"

"È quello che volevo, ma..."

"Date le circostanze, Lord Shrewsbury ha ritenuto meglio non aspettare," dichiarò William Watkins, tagliando fuori Lord Grasby, dopo aver scambiato un'occhiata con Lord Shrewsbury, che fece capire ad Antonia che entrambi gli uomini conoscevano più dei Grasby il motivo dell'assenza di Rory.

Antonia sgranò gli occhi verdi. "Circostanze, *M'sieur Watkins*? Quali circostanze possono impedire a un amato membro della famiglia di sapere che c'è un bambino in arrivo? Mi avete detto che Rory non è malata...?"

"È quello che ho detto, vostra grazia," confermò Grasby guardando William Watkins imbronciato. "Dopo tutto Rory diventerà zia e nessuno sarà più eccitato di lei alla prospettiva! Non vedo perché non potevamo aspettare fino a..."

"Sta bene, vostra grazia," dichiarò Lord Shrewsbury, interrompendo suo nipote non solo con le parole ma con un'occhiata. Riportò in fretta l'attenzione sulla sua ospite, dicendo con un sorriso forzato: "Ma capite perché la moglie di mio nipote non poteva aspettare per dirmelo. Specialmente perché è una notizia che aspettavamo da tanto. Stavamo per fare un brindisi a sua signoria e al bambino e saremmo onorati se vi uniste a noi."

"Certo," disse Antonia, con lo sguardo fisso sul vecchio. "Appena Rory sarà con noi. Per favore, fatela venire, Edward."

"Non è possibile, vostra grazia."

"Ho una gran voglia di vedere la mia figlioccia. È il motivo della mia visita."

"Se tornaste domani, forse allora..."

"No. Non mi va bene. Sarebbe molto scomodo. Sono qui adesso. Desidero vederla adesso."

Lord Shrewsbury fece un passo verso di lei.

"Vostra grazia, come ho detto, mi dispiace ma non è possibile."

Antonia guardò oltre il braccio del vecchio verso Lord e Lady Grasby che si stavano scambiando un'occhiata incuriosita, mentre il signor William Watkins sembrava stranamente composto.

"Sono sicura che suo fratello desidera che Rory si unisca al brindisi. Forse, Harvel, potresti essere così gentile da andare a prendere tua sorella?"

Chiamandolo con il suo nome di battesimo, Antonia attirò la completa attenzione di Lord Grasby che disse, senza pensarci due volte: "Voglio che Rory sia qui quando faremo il brindisi, vostra grazia. Dovrebbe essere qui con noi. Andrò a prenderla e potremo..."

"No! Ho detto di no," ringhiò Lord Shrewsbury a denti stretti. Fece un respiro profondo e tornò la persona raffinata di sempre. "Proibisco a te o a chiunque altro di avvicinarsi alla sua stanza! È chiaro? Grasby? È chiaro?"

Grasby guardò sua moglie e suo cognato, poi la duchessa e infine suo nonno.

"Perché, nonno? Perché non posso vedere mia sorella? Che cosa sta succedendo?"

"Edward, una parola. Da soli," ordinò Antonia.

Non ebbe bisogno di spiegarsi. Lord e Lady Grasby si inchinarono al rango e uscirono dalla stanza. Antonia indicò la porta con uno scatto della testa acconciata e Michelle uscì per svolgere il suo compito dopo una breve riverenza. Il signor William Watkins esitò sulla porta, come se non fosse incluso nel comando imperioso poiché era anche il segretario di Lord Shrewsbury. Un'occhiata di Antonia, che alzò lievemente il sopracciglio, e se ne andò inchinandosi, lasciando il capo dello spionaggio e la duchessa soli nel salotto riscaldato.

"Non sto abbastanza bene per sprecare energia sui vostri tentativi di manipolare la verità, quindi arriverò subito al punto," disse Antonia nella sua lingua natia. "E voi, Edward, farete ciò che è meglio per Rory. *Vous me comprenez?*"

"Quello che capisco, *Madame la Duchesse*," replicò educatamente

Shrewsbury, "è che state interferendo in un affare di famiglia che non vi riguarda."

"Che non mi riguarda? Mi avete enormemente sottovalutato se pensate che *Monseigneur* e io non fossimo interessati alla felicità di quei due bambini lasciati alle vostre cure dopo la tragica morte di entrambi i loro genitori."

A quel punto, il capo dello spionaggio perse la pazienza, alzando un braccio.

"Per l'amor del cielo, Antonia, perché andare a rivangare una storia così tragica proprio oggi, quando mi hanno appena detto che diventerò bisnonno? Lasciate che mio figlio e sua moglie riposino in pace e permettetemi di godermi questo momento. È un giorno da festeggiare."

Antonia fece un giro nella piccola stanza ingombra per allontanarsi dall'odore di caffè stantio che proveniva dal vassoio con le tazze usate. Aprì una finestra, sperando che arrivasse un po' d'aria fresca, prima di tornare a guardare Shrewsbury.

"Sono lieta che Drusilla stia per dare un erede ai conti di Shrewsbury, e certamente non c'è niente che mi piacerebbe di più che lasciare riposare in pace nelle loro tombe vostro figlio e sua moglie. Ma voi, Edward, non meritate la felicità quando avete rifiutato la sua alla figlia di Christina."

"Rifiutato la felicità? Ho salvato Rory da una vita di dolore. Vi dirò ciò che ho detto a Fitzstuart. Rory non è adatta a essere protagonista in società come moglie di un aristocratico e lui non è il marito adatto a lei. Non darò la mia benedizione a un tale matrimonio e userò qualunque mezzo per tenerli separati. Rory appartiene a me. Non c'è niente che possiate dire o fare che mi possa far cambiare idea. È deciso. Quindi, per favore, *Madame la Duchesse*, apprezzo che siate venuta con le migliori intenzioni e senza dubbio su richiesta di Fitzstuart, ma non serve a niente. Potete dirglielo da parte mia: se insiste, non esiterò a mostrare a Rory il libro delle scommesse del White come prova tangibile che le sue intenzioni erano oscene."

"Sapete che Dair la ama con tutto il cuore?"

Shrewsbury sbottò, esprimendo la sua incredulità. "Così ha tentato di farmi credere!"

Gli occhi verdi di Antonia si strinsero. "Non siete mai stato innamorato, Edward, quindi come fareste a saperlo?"

A quel punto Lord Shrewsbury rise, come se gli avesse detto qualcosa di divertente. E poi i suoi occhi azzurri divennero freddi e osò guardarla come un uomo che desidera una donna ma non può averla, con gli occhi fissi sul suo décolleté. "Forse no, ma conosco il desiderio e so come togliermi il prurito."

"È un tentativo patetico di intimidazione, perfino per voi. Alzate gli occhi dal mio seno, guardatemi in faccia, Edward, e ascoltatemi! Non mi fate paura. Ecco che cosa farete: brucerete la pagina del libro del White con quella ridicola scommessa, fatta da un gruppo di stupidi ragazzi e accettata da un ragazzo ancora più stupido. Senza dubbio mentre erano ubriachi avranno pensato che fosse così divertente! Darete anche la vostra benedizione al matrimonio di Rory con l'uomo che ama. Se non farete immediatamente entrambe le cose, andrò da mio figlio e gli racconterò ciò che so di voi."

"Andare da Roxton? Dirgli qualcosa di me che *voi* sapete?" La spalle di Shrewsbury si scossero per la risata silenziosa. "Oh, mi piace guardarvi quando vi scaldate tutta! Dio mio, dovete proprio aver sfinito il mio vecchio amico sotto le lenzuola!" Il sorriso sparì. "Non sottostarò a nessuna di quelle due stupide richieste. Ora, *Madame la Duchesse*, battete pure il vostro bel piedino e finiamola con questa stupidaggine melodrammatica."

"Non ritengo di essere melodrammatica dicendo che rispettate mio figlio, perché è un uomo dall'altissima moralità, oltre a essere il duca più potente in Inghilterra. Anche Roxton prova affetto per voi. Non vorrete perdere il suo rispetto e, peggio ancora, obbligarlo a chiedervi di ritirarvi in disgrazia dal vostro posto di capo dello spionaggio."

Shrewsbury rise di nuovo, ma questa volta incredulo.

"Buon Dio, Antonia. State minacciando *me*? Sono più eccitato che mai!"

Antonia fece una smorfia di disgusto e alzò la testa. "Io non minaccio. È quello che succederà se non farete quello che vi ho chiesto."

Il vecchio scosse la testa e si mise la mano sotto il mento, stanco di quello scambio di battute.

"Prego, andate pure da Roxton con le vostre storie. Penso che scoprirete che la sensibilità morale di vostro figlio sarà molto più disturbata dal comportamento di Fitzstuart e dalla sua scommessa di scopare una storpia che da qualsiasi cosa possiate dirgli di me."

Antonia fece un respiro profondo e tentò per l'ultima volta di far capire la ragione a Shrewsbury.

"Edward, preferite veramente spezzare il cuore di Rory che vederla felicemente sposata con l'uomo che ama e che ama lei?"

"Sì, per il suo stesso bene."

Antonia a quel punto lasciò cadere le spalle. Ma poi, decisa, raddrizzò la schiena e unì le mani davanti a lei.

"Allora non mi lasciate altra scelta che usare contro di voi la promessa che vi ha fatto *Monseigneur*. Non siamo diventati padrini di Rory perché ce lo avete chiesto voi, ma perché me l'aveva chiesto sua madre, prima che la bambina nascesse. Sì. Siete sorpreso, vedo. Dimenticate forse che vostra nuora e io abbiamo la stessa età, o l'avremmo se fosse vissuta. Anche i nostri figli erano vicini di età. Ci incontrammo nel parco e poi cominciammo a prendere il tè insieme, guardando i nostri figli giocare insieme."

Era ovvio che si trattava di una novità per il vecchio.

"Che cosa potevate avere in comune con la figlia bastarda di una sarta? Veniva dalla Norvegia, sapeva a malapena scrivere il suo nome, men che meno parlare inglese."

"Ve l'ho detto. Avevamo la stessa età e i nostri figli anche. Che altro serviva? Parlavamo in francese. L'inglese non era importante. *Ah, j'ai compris*! Pensate che una duchessa avrebbe dovuto disprezzarla a causa delle sue umili origini? Era sposata con vostro figlio ed erede e in quanto tale era Lady Grasby. Inoltre aveva un carattere dolcissimo ed era una persona gentilissima, proprio come sua figlia Rory. Si assomigliano molto, anche se Christina era più bella. Quando passeggiavamo insieme sul Mall spesso ci prendevano per gemelle, tanto ci assomigliavamo. A volte indossavamo abiti uguali per fingere di esserlo, e ridevamo dietro i ventagli quando la gente, passando, dava un'occhiata e poi si voltava ancora a guardare…" Antonia fece un gesto con la mano come per cancellare il pensiero e riprese il controllo delle sue emozioni prima che i ricordi dolceamari avessero la meglio su di lei. "Ma niente di tutto ciò è importante adesso. La cosa importante è la felicità di Rory e che io conosca la verità: Christina si è tolta la vita perché non poteva più vivere con la vergogna di quello che vi aveva permesso di farle."

Ci fu una pausa impercettibile e Antonia pensò di aver visto una crepa nell'arrogante facciata di Shrewsbury, che però riprese in fretta il controllo di sé e diede una risposta brusca.

"*Io*? Si è gettata dal balcone poche ore dopo aver dato alla luce la sua bambina. Quale madre lascia una neonata a cavarsela da sola? Ha reso orfano anche il figlio di sei anni, per giunta!"

"È vero. Ma non è il motivo per cui si è uccisa. Vostro figlio, anche lui si è tolto la vita, per il dolore, perché amava sua moglie, e per la vergogna, perché sapeva che voi, suo padre, eravate un mostro depravato e che lui non aveva fatto niente per fermare i vostri abusi su sua moglie."

"Depravato? Mostro?" Sbottò Shrewsbury, con un sorriso sprezzante. "Chiacchiere fantasiose! Ammetto che il dolore ha fatto impazzire mio figlio. Era un essere debole. Dalla bocca dei pazzi escono stupidaggini e roba senza costrutto. Nessuna delle dichiarazioni di mia nuora reggerebbe alla prova dei fatti."

"Ma *Monseigneur* non era pazzo, e non ha mai detto una stupidaggine in vita sua, quindi credo a ciò che mi ha detto. Vi riteneva anche lui un mostro. Ma voleva risparmiare ai figli di Christina il tormento di sapere che cosa aveva fatto il loro nonno alla loro madre, e la verità sulla morte dei loro genitori. E non poteva permettere la vostra rovina sociale perché avrebbe coinvolto anche loro, se l'orribile verità fosse mai diventata di pubblico dominio. Quindi *M'sieur le Duc* ha accettato di portare il vostro odioso segreto nella tomba." Antonia si permise un lieve sorriso. "Ma prima di morire l'ha riferito a me."

"A voi? Non vi credo!"

"*M'sieur le Duc* non vi aveva mai promesso di non riferirmelo. E l'ha fatto perché non si fidava di voi, e sapeva che quell'informazione sarebbe diventata utile nel caso il capo dello spionaggio inglese fosse diventato un nemico della mia famiglia." Fece una smorfia. "Non gli fece piacere dirmelo. Lo addolorava dovermi raccontare il vostro comportamento immorale, ma sapeva che avrei preferito sapere. Sapeva anche che non avrebbe cambiato i miei sentimenti nei confronti della mia figlioccia. Anche se ha cambiato per sempre il modo in cui vedo voi. *Monseigneur* è stato astuto a dirmelo perché significava che se un giorno avessi avuto bisogno di proteggere la mia famiglia dal pericolo, proteggerla da *voi*, avevo l'arma perfetta. E ora quel tempo è arrivato, Edward. Intendo proteggere la mia famiglia e farete ciò che vi ho chiesto o andrò da mio figlio."

Il vecchio sembrò di colpo malato. Eppure fece l'ultimo tentativo per farle scoprire le carte.

"Il mio vecchio compagno di scuola non avrebbe mai tradito la fiducia di un amico, per nessuno."

Antonia sospirò piano.

"Ripeto, è ovvio che non siete mai stato innamorato. Quando si ama qualcuno, si farebbe di tutto per assicurare la felicità e il benessere della persona amata." Antonia si allontanò dalla finestra. "Quindi, adesso, andrò a chiamare mio cugino e voi riunirete la vostra famiglia e Rory e faremo tutti un brindisi alla gravidanza di Lady Grasby e al prossimo matrimonio di vostra nipote e mio cugino."

Prima che arrivasse alla porta, Shrewsbury la afferrò per il braccio e la voltò verso di sé. Antonia fu talmente stupita di essere trattata in quel modo che lo guardò in volto, ammutolita.

"Forse romperò il vostro grazioso collo, qui, subito," le sussurrò. "Poi quei piccoli segreti rinchiusi in quella bella testa spariranno per sempre e potrete raggiungere un po' prima il vostro prezioso *Monseigneur*."

"Farlo non vi servirebbe, *M'sieur*," replicò Antonia, nauseata dalla sua vicinanza e dal suo fiato caldo.

Liberò il braccio e si allontanò di un passo, per mettere un po' di distanza tra di loro, lisciandosi il delicato pizzo alle maniche, come per eliminare la puzza di Shrewsbury. Le servì quel momento per ricomporsi. Dopo tutto, Shrewsbury aveva appena minacciato di ucciderla. Ma un'ondata di nausea riportò tutto a fuoco. Sapeva che doveva superare quel colloquio per il bene di suo cugino e della sua figlioccia. Voleva anche porvi fine il più presto possibile. Si obbligò a non pensare alla nausea e disse con voce forte e sicura:

"Vi conosco troppo bene e so di che cosa siete capace. C'è una lettera sigillata sul mio tavolo da toilette. È indirizzata a mio figlio. Ho dato istruzioni di farla avere a *M'sieur le Duc de Roxton* nel caso capitasse qualcosa alla sua *Maman*. I miei servitori..."

"Astuta!"

"... non mancheranno di farlo. Uccidetemi e sarete rovinato. E con voi, vostro nipote e la sua famiglia, con eterno dispiacere di vostra figlia..."

"Mia nipote, volete dire."

"Non prendetemi per stupida, *M'sieur*. Volevo dire esattamente quello che ho detto. Rory è vostra nipote ma è anche vostra figlia. *N'est-ce pas*? Avete obbligato sua madre, vostra nuora, ad accettare le vostre attenzioni, e con minacce e intimidazioni avete violato lei e la santità del suo matrimonio. Siete un mostro e un violentatore e se non fosse per la mia figlioccia, non avrei niente a che fare con voi, mai!"

Shrewsbury barcollò all'indietro, come se le sue parole lo avessero colpito forte in faccia. Sbalordito di sentirlo espresso in parole così dirette e con tanto veleno, per un momento perse la parola. Antonia non gli diede tregua.

"Christina vi pregò più e più volte di smettere di andare nei suoi appartamenti. Ma voi non vi siete fermato. Il pretesto era di andare a trovare vostro nipote. Ma era solo uno stratagemma. Inviaste vostro figlio, suo marito, all'Aia in una missione diplomatica senza scopo per poter passare il tempo nel suo letto, senza interruzioni. Christina ha sopportato il vostro abuso per sette lunghi mesi ed è stato solo quando l'avete messa incinta che avete fatto richiamare vostro figlio dal continente, per paura che la verità sarebbe venuta a galla..."

"No! Non è vero! Non sono mai stato più felice di quando Christina mi informò che aspettava un figlio da me. Era quello che volevamo entrambi..."

"*Bugiardo*." Antonia lo fissò come se fosse matto. "Certo che voleva il bambino. Pensava che la gravidanza vi avrebbe fermato! E non parlatemi della vostra-della vostra *felicità*. Avete infranto le leggi che Dio ha dato a Mosè prendendo come amante vostra nuora e avete anche il coraggio di dirmi in faccia che eravate *felice* di averla messa incinta? Voi… mi *disgustate*!"

Shrewsbury aveva sentito abbastanza. Alzò una mano come se volesse far smettere Antonia di schernirlo con la verità. Aveva pensato che tutto quell'episodio della sua vita fosse stato sepolto sotto vent'anni di vita. Si era quasi convinto che non fosse mai successo. Rimaneva fedele alla verità che Rory era sua nipote; aveva attentamente soppresso il fatto che era anche sua figlia. I suoi desideri carnali per la nuora e le loro conseguenze buttategli in faccia in quel modo lo fecero sentire di colpo male.

Lui, che aveva tra le mani i piccoli sporchi segreti degli altri, che non si faceva scrupoli ad usare quei segreti per i suoi scopi come capo dello spionaggio, era stato battuto al suo stesso gioco, e dalla vedova del suo migliore amico. In un momento di suprema debolezza si era confidato con il vecchio duca di Roxton. Si era sentito meglio per essersi scaricato la coscienza, senza rendersi conto che il suo stesso piccolo sporco segreto sarebbe stato archiviato, ma sempre pronto a essere tirato fuori quando necessario. Chinò la testa sapendo che quel giorno era arrivato. Eppure, nonostante avesse riconosciuto la sconfitta, gli restavano abbastanza fiducia in sé e arroganza da cercare di giustificare il suo comportamento.

"Dovete capire, Christina mi ha stregato. Sapevo di sbagliare. Mi vergognavo ma non c'era niente, *niente* che potessi fare per fermarmi! Gli uomini sono creature deboli di fronte alla divina bellezza. È una-una malattia…"

"*Ne parlez pas*! Non voglio più ascoltarvi! Non mi meraviglia che quella povera creatura si sia buttata dal balcone. *Mon Dieu*, non so come abbia fatto *Monseigneur* a non passarvi a fil di spada, sentendo la vostra patetica confessione!"

"*Monsieur le Duc* conosceva intimamente lo-lo strazio di essere preda di una passione assoluta per una donna molto più giovane e bella. Vi ha sposato che avevate la metà dei suoi anni e la più divina…"

Antonia ansimò, inorridita. E poi il suo volto si fece di fiamma e gli occhi verdi scintillarono con una rabbia che aveva provato solo raramente. "Come osate… Come *osate* paragonare voi e la vostra depravazione al grande amore che *Monseigneur* e io dividevamo! Voi non sapete *niente* dell'amore. Non mi parlerete *mai più* di lui. Non riesco nemmeno a contemplare la vostra mente contorta. Mi dà la nausea!"

Fece un respiro profondo per riprendere la calma, per ricordarsi perché si era sottoposta a quella prova disgustosa. Eppure non poteva fare a meno di chiedersi come avesse fatto a sopportare la presenza di quell'uomo odioso e ripugnante, ma *Monseigneur* l'aveva tenuta al riparo dall'orribile verità dei natali di Rory e della morte di Christina e di suo marito quasi fino alla fine della sua vita. La rivelazione era avvenuta solo qualche settimana prima della sua morte. Ma lei era stata così consumata dal dolore per la perdita dell'amore della sua vita, incapace di affrontare la realtà che il suo amato marito l'aveva lasciata, che tutto il resto era diventato insignificante.

Ora, tre anni dopo e sposata a un uomo che adorava, era tornata nel mondo dei vivi, forte e determinata, e con il desiderio che tutti i membri della sua famiglia estesa vivessero vite felici e soddisfacenti. Se aveva mai provato un grano di simpatia per Shrewsbury, era perché era stato un nonno amorevole sia per Harvel sia per Rory.

La suprema ironia era che avendo educato Rory a credere che la sua fragilità fosse solo un'altra caratteristica del suo essere e non un impedimento per la sua esistenza, le aveva involontariamente dato fiducia in se stessa. Ma aveva sbagliato a credere che nessuno avrebbe mai voluto sposarla e che quindi lei non lo avrebbe mai lasciato. Sarebbe stata la compagna ideale per la sua vecchiaia. Non gli era mai passato per la testa che si sarebbe innamorata, men che meno dell'erede di un conte, e che quell'uomo potesse essere il maggiore Lord Fitzstuart, concepito da tutte le donne.

Ma questo non cambiava la sua opinione su Shrewsbury, né la sua certezza che avrebbe passato l'eternità all'inferno per quello che aveva fatto a Christina. Lo guardò e vide che il suo discorso appassionato gli aveva tolto ogni voglia di combattere. Quindi disse con voce molto più calma, padrona della situazione: "Vi darò qualche momento per ricomporvi e per trovare il modo di eliminare la pagina incriminante dal libro delle scommesse del White. Poi metterete in scena il miglior spettacolo della vostra vita, e sarete felice per la nuova coppia di fidanzati. Dopo i brindisi, Rory starà con me fino al giorno del suo matrimonio, che si terrà tra una settimana da domani. Avverrà nella cappella privata di *M'sieur le Duc*, presente la famiglia. Se avete a cuore la sua felicità e volete ingraziarvi suo marito, voi ci sarete."

Shrewsbury la fissava risentito, eppure annuì obbediente. Quando parlò, la sua voce era umile e supplichevole.

"Promettetemi che non direte una parola a nessuno. Promettetemi, per amore di Rory e della mia famiglia, che brucerete quella lettera indirizzata a vostro figlio."

Antonia finse di riflettere sulla richiesta. In verità non c'era nessuna lettera. Nemmeno fra cent'anni avrebbe messo nero su bianco la verità dei natali di Rory e la triste storia dietro la morte dei suoi genitori. Era stato un trucco. Che fortunatamente aveva funzionato perché non aveva avuto un piano di riserva se Shrewsbury non avesse mandato giù la sua storia e la sua minaccia.

"Per amore della mia figlioccia e di mio cugino, e della vostra famiglia, sì. Farò quello che mi chiedete. Ma solo dopo che saranno stati davanti al parroco e lui li avrà dichiarati marito e moglie."

Shrewsbury annuì, soddisfatto. Andò verso il camino e prese un volume dall'aspetto innocuo, rilegato in pelle, appoggiato a una gamba della sua poltrona. Lo aprì a una pagina con un angolo piegato. Ripiegando la pagina in tre parti fino al margine, la strappò attentamente dal libro, poi la accartocciò e buttò la palla di carta tra i ceppi ardenti nel camino. Gli occhi verdi di Antonia si spalancarono quando il fuoco si ravvivò consumando la carta. Non serviva che Lord Shrewsbury le dicesse che era la pagina dal libro delle scommesse e che ogni traccia di quella scommessa aberrante era sparita.

Aveva la mano sulla maniglia quando Shrewsbury la richiamò. Antonia voltò la testa, ma non si mosse.

"Vi sbagliate, *Madame la Duchesse*. So che cosa vuol dire amare. Amo mia figlia, più di quanto possa esprimere a parole."

"*Bon*, allora da padre amorevole sarete sopraffatto dalla gioia che stia per sposarsi bene e per amore. E, Edward, se oserete spogliarmi un'altra volta con gli occhi, farò in modo che mio marito ve li cavi."

TRENTA

La duchessa era dentro la Gatehouse da meno di quindici minuti, e aveva lasciato Dair fuori in carrozza, quando lui decise che erano dieci minuti di troppo. Detestava stare rinchiuso ma detestava ancora di più restare fermo. Doveva fare qualcosa, qualunque cosa, piuttosto che stare seduto in ozio in una carrozza finché lo avessero chiamato. Una gamba non riusciva a restare ferma mentre l'altra era distesa sul sedile imbottito, con la punta del piede che batteva ritmicamente contro l'imbottitura della porta. Diede un'altra occhiata al quadrante di madreperla dell'orologio da taschino in argento giusto per fare qualcosa, notò che la lancetta dei minuti si era spostata di ben tre unità e lo infilò di nuovo nella tasca del panciotto di seta. Poi infilò una mano nella tasca della leggera redingote, trovò il portasigari d'argento e la scatola dell'acciarino, che non ricordava di aver messo lì, e decise che ne aveva avuto abbastanza di fissare le pareti di preziosa seta moiré blu scuro della sua prigione.

Uscì all'aria, usando la porta della carrozza dall'altro lato rispetto alla Gatehouse, e si allontanò di qualche passo, verso un gruppo di alti cespugli di rose bianche, tenendo sempre la carrozza tra lui e la casa, di modo che non potessero vederlo da una delle finestre. Si accucciò per usare l'acciarino per accendersi un sigaro. E, una volta acceso, restò basso e fumò, con gli occhi scuri stretti contro la luce brillante del sole a godersi la vista di un panorama ben ordinato e familiare sin da quando era un ragazzo: il sentiero di ghiaia che portava a una strada tortuosa appena dopo il cancello, che costeggiava il lago cui poi si collegava tramite un lungo viale di olmi maestosi, incrociava un ponte di pietra a tre arcate per poi curvare verso il palazzo dei duchi di Roxton, che dominava il secondo punto più alto della proprietà. Solo il mausoleo di famiglia godeva di un punto di vista più alto. Eppure quel giorno vedeva appena quel panorama. La mente del maggiore Lord Fitzstuart era stipata zeppa di tutte le possibilità e possibili scenari che avevano luogo tra le pareti della Gatehouse.

Era abituato a prendere in mano le situazioni, ragionare sui problemi e tutte le sfide logistiche che comportavano e mettere in atto un piano adatto. Ma aveva promesso a sua cugina che avrebbe aspettato la sua chiamata; che non avrebbe fatto niente di avventato. In effetti, Antonia gli aveva ordinato di 'non giocare a fare l'eroe', ed era sicuro che intendesse non abbattere a calci le porte o arrampicarsi su una fune o scalare un tubo di scarico, né rompere una finestra per entrare nella stanza di Rory con la forza, se non con l'inganno. Aveva preso seriamente in considerazione tutte queste possibilità finché Antonia gli aveva fatto promettere il contrario.

Si era quindi ridotto a camminare avanti e indietro sul lato cieco per la lunghezza della carrozza, dal gradino del conducente al corrimano del servitore, con il sigaro tra le dita. Non ci volle molto prima che la sua mente tornasse all'idea di entrare con la forza nella stanza di Rory. Dopo tutto, doveva essere pronto nel caso la visita di sua cugina non fosse andata come voleva. Decise che la stanza di Rory non doveva essere al piano di sopra ma a pianterreno. La sera prima aveva notato la scala stretta e come i gradini sparissero di colpo. Rory poteva anche averlo aspettato seduta sul gradino più basso ma era sicuro che non usasse la scala ogni giorno.

Lo portò a riflettere sulla sua casa ancestrale, Fitzstuart Hall, in particolare pensò alla grande scalinata e agli appartamenti privati al primo piano che avrebbe fatto arredare e ingrandire per la sua sposa. C'erano altre modifiche che intendeva far fare alla casa per renderla più comoda possibile per lei, prima tra tutte l'installazione di una sedia monta-persone come quella che Shrewsbury aveva a casa Chiswick. Forse ne avrebbe fatte installare due, una in ogni ala della casa, di modo che sua signoria non avesse bisogno di andare avanti e indietro se desiderava scendere a pianterreno. Le avrebbe anche dato un più facile accesso a tutte le stanze del palazzo. E, ovviamente, c'era la serra da costruire per coltivare gli ananas, arance, limoni e lime e forse fiori esotici, se sua moglie ne avesse avuto voglia.

Tutte quelle riflessioni lo tennero occupato mentre camminava avanti e indietro, fermandosi ogni tanto a fumare e a far cadere la cenere che poi schiacciava con la punta di uno stivale sul ghiaietto del viale.

Per quella visita si era vestito badando alla comodità, con calzoni di maglia e stivali, camicia bianca e redingote liscia blu di Prussia. E anche se il giorno prima aveva permesso a Farrier di rasarlo, quel giorno non aveva voluto. In parte era per superstizione. L'unica volta che si era sforzato di vestirsi di tutto punto, con la faccia liscia come il sedere di un bambino, Shrewsbury lo aveva respinto sommariamente dichiarandolo inadatto a sua nipote. Ma francamente era solo più a suo agio così, ora che non aveva più bisogno di fare buona impressione. Questa volta si aspettava che Shrewsbury lo accettasse. Ma non gli importava in che modo. Tutto quello che gli interessava era la felicità di Rory e sposarla al più presto. E quel giorno non poteva arrivare presto abbastanza!

Più camminava e fumava più aumentava la sua preoccupazione che sua cugina stesse avendo lo stesso successo che aveva avuto lui la sera prima. Fino a che arrivò un cameriere per accompagnarlo dentro.

Dair era così nervoso per l'ansia che ogni muscolo era teso come la corda di un violino. Passò davanti al cameriere ed entrò in casa, pronto a dare battaglia a tutti. Entrò nel salotto alzando il mento squadrato, con i pugni chiusi. Gli occhi scuri ispezionarono in fretta la stanza cercando l'unico bel volto di cui gli importava. Non c'era. Perché non era lì? Ma prima che potesse chiederlo, gli misero tra le dita una coppa di champagne, e tra il chiacchiericcio e le risate sentì il suono di tappi che saltavano.

Fu solo allora che notò che la stanza era piena di facce sorridenti che gli davano il benvenuto, mentre due camerieri si affrettavano a versare champagne nei bicchieri.

"Sei appena in tempo!" Gli disse Grasby, facendosi avanti per salutare il suo migliore amico. "Che fortuna che sia arrivato proprio adesso quando stiamo per fare un brindisi alla nostra bella novità. Scusami se non ti ho scritto per dirtelo, ma Silla voleva aspettare finché l'avessimo detto al nonno. Ed è giusto, no? Ad ogni modo," aggiunse confidenzialmente, avvicinandosi al maggiore per parlargli nell'orecchio, "se avessi saputo dove trovarti nelle ultime due settimane te lo avrei detto comunque. Che fortuna che sia ospite del duca."

"Che cosa sta succedendo, Grasby?" Chiese Dair un po' brusco e bevve lo champagne senza sentirne il sapore. Non si era reso conto di avere tanta sete. "Dov'è tua sorella?"

"Calma! Non abbiamo ancora fatto il brindisi! Tieni, prendi il mio bicchiere," insistette Grasby e tese la mano per avere un altro bicchiere dal cameriere. "Sei bianco come un lenzuolo, come se avessi appena visto uno spettro. Stai bene, amico?"

"Perfettamente. Dove hai detto che era tua sorella?"

"Il nonno è appena andato a prenderla. Non si sentiva molto bene. Sembra che abbia passato una notte inquieta..."

Dair aggrottò la fronte, preoccupato e poi strinse i denti, con la rabbia che ribolliva appena sotto la superficie della sua facciata cordiale. Se Shrewsbury aveva causato angoscia a Rory, l'avrebbe pagata cara. Strinse di nuovo il pugno sinistro.

"... ma non possiamo fare un brindisi a un nuovo Talbot senza che sia presente la zia, no?" Continuò Grasby, parlando a raffica. "Oh, accidenti! Ecco che ho rovinato la sorpresa. Non dirai a Silla che te l'ho detto, vero?"

"Che cos'hai detto, Grasby? Un nuovo Talbot?" Dair emerse dalla nebbia della sua rabbia abbastanza da sorridere e dare una pacca sulla schiena al suo amico. "Non una parola, amico mio! Congratulazioni. Buon per te! Ed era ora. Rory sarà entusiasta di diventare zia."

"Tra te e me, quasi disperavo di diventare padre, dopo il fiasco nello studio di Romney," gli confidò Grasby alzando gli occhi al cielo con un sospiro di sollievo. "Almeno, adesso che aspetta un bambino, Silla ha deciso che quella serata spaventosa non c'è mai stata..."

"Sicuramente non è stata spaventosa? Beh, non per te, almeno...?"

Grasby emise una specie di grugnito imbarazzato. "Calma! Non a voce alta!" Quando Dair lo guardò con aria di sfida, Grasby alzò di nuovo gli occhi al cielo e ammise: "Oh, va bene, non è stata spaventosa per me! Erano veramente adorabili, vero, quelle ragazze...?"

"Sì, molto."

"... Ma un uomo deve ricordare che cos'è importante nella vita e poter dormire nel letto coniugale è importante."

Dair scoppiò a ridere, causando una pausa nella conversazione quando tutti si voltarono nella sua direzione. "Oddio, Grasby! Sai sempre mettere le cose nella giusta prospettiva!"

Grasby sorrise come un idiota. "Davvero? Sì, è vero! Certo! Oh, e sarai contento di sapere che mia moglie ha perdonato anche te."

"Non merito proprio tanta generosità. Quand'è andato a prendere Rory, Lord Shrewsbury?" Chiese Dair, guardandosi intorno. Vide la duchessa in piedi accanto a una finestra aperta, che si faceva aria con il ventaglio, il volto rivolto verso l'aria fresca, quindi non poté attirarne l'attenzione. Avrebbe voluto avvicinarsi a lei ma Lady Grasby, con William Watkins un passo dietro, si intromise e offrì alla duchessa un bicchiere di champagne.

"Non sentirti troppo a tuo agio," lo avvertì Grasby. "Silla è quello che è, ed ha immediatamente ritirato il suo perdono appena ha saputo che avevi dato un pugno a suo fratello rompendogli il naso!" Questa volta Grasby rise di cuore. "Mio Dio, è stata una bella batosta! Mai visto niente di meglio e l'ho detto a Cedric e agli amici, che hanno immediatamente scommesso che lo avresti rifatto prima della fine dell'anno."

"Basta sfide, Harvel," dichiarò Dair e strinse la spalla dell'amico quando lo vide restare a bocca aperta. "Mi dispiace deluderti, ma è così che sarà, da ora in poi. Basta scambi di soldi e basta scommesse sul libro del White. Ho smesso di essere un somaro sconsiderato. Penso che non sarebbe una brutta cosa anche per te, in vista dell'imminente paternità. Pensi che ci vorrà ancora molto prima che arrivi Rory?"

"Ascolta, Dair. È la terza volta che chiami mia sorella per nome," brontolò Grasby. "Se hai intenzione di traviarla sarò io quello che ti darà un pugno."

"Assolutamente no, mio caro amico. Esattamente l'opposto."

"Eh?" Grasby era confuso, ma il sorriso sul volto di Dair non aveva la minima traccia di insinuazioni lascive. In effetti sembrava contento di sé, e in un modo dolce, felice, tanto da alleviare le paure di Grasby. "Bene, allora. Hai ragione. Pensavo solo di dovertelo dire perché la Faina ha fatto a Silla delle insinuazioni piuttosto volgari sulle tue intenzioni verso Rory. E te lo posso dire, se non fosse il mio maledetto cognato, e tu non gli avessi già rotto il naso, sarei io a dargli un pugno in faccia."

"Accomodati. Ma fammi il favore di aspettare che sia guarito prima di mettergli le mani addosso. E mi perdonerai se non sono altrettanto aperto con *te* riguardo alle *nostre* novità, ma sarà tutto chiaro…"

"Perdonarti? Aperto? Chiaro? Che cosa… *Le nostre novità*? Che novità, Dair? Dair!"

"Scusami, Grasby," borbottò Dair, distratto dalla porta del salotto che si era spalancata, e gli passò davanti.

Di colpo divenne sordo alle domande del suo amico e perse la visione periferica, quindi non vide Lady Grasby e suo fratello che attraversavano la stanza per avvicinarsi a lui. Il sorriso compiaciuto di Lady Grasby si trasformò in una poco dignitosa smorfia quando Dair la ignorò. Tutto quello che vedeva era l'entrata del salotto e tutto quello che sentiva era il battito del suo cuore che gli risuonava forte in testa. Si rese conto di essere ancora teso come una corda di violino quando pensò che sarebbe potuto svenire per l'ansia di vedere Rory, e al pensiero di che cosa sarebbe successo dopo.

Lord Shrewsbury fu il primo a entrare e poi eccola, la sua Delizia, al braccio di suo nonno, appoggiata al suo bastone. Si vedeva la stanchezza intorno agli occhi ma per tutto il resto era la sua bella, cara ragazza. Inconsciamente sorrise e fece un passo avanti. E proprio come aveva fatto lui entrando nel salotto, anche Rory si guardò intorno in fretta, come se anche lei avesse perso qualcosa o qualcuno.

E poi lo vide.

APPENA PRIMA DI ENTRARE NEL SALOTTO, RORY SI ERA meravigliata per il maelstrom delle emozioni che aveva provato nelle ultime ventiquattro ore, dall'altezza celestiale di una felicità senza freni, al pozzo profondo della disperazione, senza apparente possibilità di uscirne, solo per essere risollevata nuovamente fino alla beatitudine assoluta.

Dall'attesa felice della risposta positiva di suo nonno quando Dair era venuto a chiedere formalmente la sua mano in matrimonio, era passata a un senso di sbigottimento quando si era trovata da sola nell'atrio, con Dair che se n'era andato senza dire una parola. E poi era arrivata la desolazione paralizzante quando si era sentita dire, in modo pragmatico, quanto suo nonno ammirasse il coraggio del maggiore Lord Fitzstuart per aver accettato la missione di tornare nelle colonie con la prima nave disponibile, per infiltrare un'organizzazione di spie ribelli alla periferia di New York, roccaforte lealista.

Rory non aveva creduto a suo nonno. Aveva chiesto di mandare un servitore per richiamare indietro il maggiore. Doveva parlare con lui. Era una questione della massima importanza e non poteva aspettare. Doveva ricevere la notizia della sua partenza direttamente dalle labbra del maggiore e da nessun altro.

Il nonno era stato assolutamente perplesso e non aveva capito perché fosse sconvolta. Si era seduto pazientemente con lei sulla scala e le aveva chiesto di spiegargli perché fosse tanto sconvolta da quella notizia. Ma Rory era crollata pensando che il maggiore non avesse detto a suo nonno che erano fidanzati e avesse accettato la missione di andare a fare la spia dall'altra parte dell'Atlantico, come se non ci fosse niente che lo trattenesse in Inghilterra, e non era riuscita a formulare una parola coerente, tanto meno una frase per spiegarsi. Il nonno le aveva offerto il suo fazzoletto e l'aveva tenuta tra le braccia mentre Rory singhiozzava fino a sentirsi dolere le costole. Le aveva suggerito che forse si era stancata troppo nuotando al sole quel giorno, che forse aveva preso un colpo di sole. Aveva notato a cena che era più colorita in volto e sulle braccia rispetto al solito. Una buona nottata di sonno avrebbe sistemato tutto. Avrebbero parlato ancora l'indomani mattina.

Ma Rory sapeva che niente sarebbe stato a posto la mattina dopo. Doveva vedere il maggiore *quella sera stessa*. Suo nonno doveva capire. Il giorno dopo era troppo lontano. Doveva vederlo subito, quella sera, in quell'istante.

Era tale la sua angoscia che si era rifiutata di andare nelle sue stanze e aveva chiesto ancora una volta a suo nonno di mandare un servitore a richiamare il maggiore. Stava da sua cugina la duchessa, a dieci minuti a piedi lungo il viale. Quando suo nonno rifiutò ancora una volta, pazientemente, dicendo che non avrebbe disturbato il personale della duchessa a quell'ora e che lei era inconsuetamente irragionevole a fare una richiesta simile, Rory aveva dichiarato che sarebbe andata lei personalmente, e subito.

Solo allora il nonno si era arrabbiato. Le aveva detto che era egoista. Che doveva smetterla immediatamente con quel comportamento inappropriato. Non ricordava più chi era, che era la nipote del conte di Shrewsbury? Mostrare le maniere di una pescivendola, e di fronte ai servitori, era inaccettabile. Non avrebbe accettato un comportamento simile dal suo stesso sangue. Aveva concluso la sgridata dicendo che sperava con tutto il cuore che lei non avesse perso la testa per un tipo come il maggiore.

L'aveva educata ad avere una testa pensante, a conoscere il suo valore e a comportarsi di conseguenza. Non era una nullità dalla testa vuota e in miseria, pronta a offrirsi a un aristocratico qualunque, corpo e anima, nella speranza di intrappolarlo e farsi sposare. Non aveva un po' di discernimento? Certamente il maggiore avrebbe ereditato un titolo nobiliare, un giorno. Ma lui, Shrewsbury, lo conosceva meglio di chiunque altro. Il maggiore era l'ultimo uomo su questa terra benedetta da Dio cui avrebbe dato in moglie una qualunque donna di sua conoscenza. Era un seduttore, uno spericolato, con la propria vita e quella di chiunque altro se fosse servito ad ottenere i suoi scopi. Aveva figli illegittimi in pratica in tutto il paese. Non capiva che c'era un buon motivo per cui il suo soprannome era Diabolico Dair?

Ma ciò che aveva fermato i suoi singhiozzi e le aveva bloccato il fiato in gola era stata la sommessa, quasi pietosa predizione di suo nonno che il cuore gli si sarebbe spezzato e la sua salute ne avrebbe sofferto se avesse scoperto che aveva permesso al maggiore anche solo di baciarle la mano. E quanto ad avere la sua bella testolina piena dell'idea ridicola che un uomo simile potesse amarla e chiederla in moglie, poteva smettere di pensarci. A dire il vero, lui era proprio quel tipo di libertino senza coscienza che l'avrebbe ingannata e tutto per amore di una qualche stupida scommessa fatta con altra gente del suo tipo. Ma era sicuro che lei avrebbe avuto l'intelligenza e la sensibilità per non farsi ingannare da quegli schemi.

Non riuscendo più a respirare, Rory era crollata.

Si era svegliata tra le braccia di un servitore che l'aveva portata non nella sua camera al pianterreno, ma al piano di sopra dove l'avevano messa a letto in una piccola camera per gli ospiti sopra l'entrata principale. Era venuta Edith e anche suo nonno. Lei era rimasta lì, apatica e fredda. Si chiedeva sinceramente se valesse la pena di respirare, tanto la testa le batteva e le faceva male il cuore.

Nella nebbia della disperazione, aveva sentito suo nonno dire a Edith che avrebbe chiuso a chiave la porta. Non voleva che sua nipote facesse niente di folle quella notte, come ad esempio correre alla casa vedovile. Avrebbe riaperto la porta a un'ora ragionevole il mattino seguente e sperava che una buona nottata di sonno avrebbe permesso a sua nipote di riprendere a ragionare.

Lo sguardo di Rory doveva essere andato alla finestra, perché suo nonno aveva aggiunto che era impossibile, per qualunque motivo, aprire la finestra. E visto che c'era un bel salto, e niente tra la finestra e il viale di ghiaia per fermare la caduta, se avesse tentato di rompere il vetro e calarsi giù, si sarebbe sicuramente rotta tutte le ossa, se anche non si fosse uccisa.

Poi le aveva baciato la fronte e le aveva detto che lei significava tutto per lui e che le voleva tanto bene. Sentendo girare la chiave nella serratura Rory era scoppiata a piangere, fino a cadere esausta in un sonno irrequieto. Si era svegliata all'alba, trovando Edith addormentata su una sedia ai piedi del letto, scomodissima e tremante di freddo, lo scialle con cui si era coperta era scivolato a terra. Il fuoco si era spento, la sguattera non era stata in grado di entrare per portare altra legna per la notte. Rory aveva il cuore talmente triste che non sentiva niente, eccetto l'anello che aveva al dito...

L'anello! L'anello di zaffiro lavanda che Alisdair le aveva messo al dito dopo averle chiesto di sposarlo. Perché non aveva pensato a sentirlo sul dito prima?! Fissò la bella gemma con meraviglia crescente nella luce grigia del mattino fino ad avere gli occhi asciutti, temendo che se avesse battuto le palpebre, l'anello sarebbe sparito, che avrebbe scoperto che aveva solo sognato. Ma era ancora lì sul suo dito, taglio perfetto, belli i toni morbidi della lavanda e *suo*. L'anello divenne il suo talismano di speranza e fede.

Aveva capito che se Alisdair se n'era andato senza dirle una parola non era perché l'aveva abbandonata. La amava. Voleva veramente sposarla. La prova delle sue parole era in quell'anello. Ma forse suo nonno lo aveva respinto come inadatto a essere suo marito, in fondo era quello che aveva detto la sera prima, e, scoraggiato, Alisdair non aveva avuto il coraggio di darle la cattiva notizia. Ma era sicura che fosse uscito da casa solo per formulare un piano e che non avrebbe lasciato l'Inghilterra per l'America senza di lei. Se avesse dovuto scappare con lui nelle colonie devastate dalla guerra, lo avrebbe fatto. Niente e nessuno l'avrebbero fermata!

Sentendosi molto meglio e fiduciosa che il giorno le avrebbe riportato Alisdair con un piano per il loro futuro, Rory aveva coperto Edith con lo scialle e aggiunto una delle due coperte del letto per buona misura, per assicurarsi che la sua cameriera stesse calda. Poi si era rannicchiata nel letto e si era addormentata di colpo, tanto era stanca e indolenzita. Si era svegliata sul tardi, quando avevano portato la colazione su un vassoio, e aveva sorpreso Edith mangiando bene e dichiarando che si sarebbe fatta il bagno e avrebbe indossato il vestito *à l'anglaise* di seta verde pallido, con le sottogonne ricamate. E aveva chiesto di portarle per favore delle compresse fredde, per far sparire il gonfiore dagli occhi. Poi Edith avrebbe potuto acconciarle i capelli in uno chignon di trecce e riccioli.

Quando Lord Shrewsbury aveva chiesto a Edith come se la stava cavando la sua padrona dopo la sera prima, Edith aveva potuto dirgli che quando l'aveva lasciata nella vasca, Rory stava canticchiando; era come se il melodramma della sera prima non fosse mai accaduto. Tutt'altro che contenta, l'espressione preoccupata del vecchio si era fatta più cupa. Si chiedeva che cosa stesse tramando sua nipote per riunirsi al maggiore. Aveva ordinato a un cameriere di tenere sua nipote chiusa a chiave nella stanza al piano di sopra e di permettere l'accesso solo alla sua cameriera; un servitore doveva restare di guardia davanti alla porta in ogni momento.

Rory si stava facendo il bagno quando Edith le portò la notizia che Lord e Lady Grasby e il signor William Watkins erano arrivati da Chiswick. Poi l'avevano chiusa nuovamente nella stanza, senza preavviso o spiegazioni, e Rory aveva cominciato a preoccuparsi del motivo per cui suo nonno la stava tenendo sotto chiave, senza nemmeno permetterle di vedere i membri della sua famiglia.

E poi il maggiore Lord Fitzstuart era tornato! Rory era vestita e pronta a scendere quando nel viale era entrata una seconda carrozza. Edith era alla finestra e l'aveva chiamata in tempo per vedere lo sportello della carrozza dalla parte opposta della casa aprirsi e apparire il suo grande amore. Rory avrebbe potuto svenire di felicità nel vederlo. Aveva premuto il palmo delle mani e il nasino contro il vetro per vederlo meglio quando si era accucciato per accendere un sigaro, chiedendosi se l'avrebbe sentita se avesse gridato. Ma poi, aveva ragionato, l'avrebbe sentita anche il resto della casa, quindi meglio restare zitta ed essere pronta a scappare quando Dair avesse buttato giù la porta. Forse avrebbe dovuto pensare a un piano per aiutarlo a salvarla. Aveva quindi chiesto a Edith di aiutarla a togliere le candele dai candelabri di ottone. Li aveva soppesati per trovare il modo migliore di tenere in mano un candelabro e usarlo con forza. Edith era quasi svenuta per la preoccupazione davanti alla passione per la violenza che mostrava la sua giovane padrona provando le mosse per usare un candelabro come arma.

Ma non era stato necessario usare nessuno dei candelabri. Né era stata buttata giù la porta. Era stata aperta da un servitore per far entrare una signora non molto alta, impettita, che si presentò in francese come dama di compagnia della duchessa di Kinross. Arrivava con l'ordine per Edith di preparare i bagagli di *Mademoiselle Talbot* e farli portare alla carrozza della duchessa che aspettava fuori. *Mademoiselle Talbot* avrebbe passato la settimana nella casa della sua madrina, mentre si preparava per il suo matrimonio con il maggiore Lord Fitzstuart. Non capendo il francese, Edith aveva guardato Rory aspettando la traduzione. Ma dopo aver sentito la frase... *mentre si prepara per il suo matrimonio con il maggiore Lord Fitzstuart*, Rory aveva avuto un collasso, aveva dimenticato di respirare ed era crollata al suolo in un mucchio di sottane fluttuanti.

Rianimata, Rory era rimasta in uno stato di coscienza alterata, con il miscuglio di sollievo e incredulità che le faceva battere forte il cuore e sentire il cervello in fiamme. E mentre Edith era andata con la dama di compagnia della duchessa a sovraintendere alla preparazione dei bagagli, il servitore aveva rinchiuso nuovamente Rory nella stanza, dicendo in tono di scusa che non poteva liberarla finché non avesse ricevuto l'ordine di sua signoria.

Finalmente suo nonno era venuto a prenderla e con la notizia che la stavano aspettando tutti in salotto. Non aveva parlato degli avvenimenti della sera prima e, anche se restavano tante domande senza risposta, Rory non aveva trovato il coraggio di fargliele. Sembrava essere invecchiato da un giorno all'altro. Aveva le spalle curve e un leggero tremore gli scuoteva le mani. La cosa peggiore era l'espressione tormentata dei suoi occhi azzurri. Non riusciva a guardarla negli occhi e, quando parlava, sembrava fragile; tutta la sua sonora sicurezza era sparita.

Com'era possibile restare arrabbiata con lui? Gli aveva baciato la guancia, lo aveva abbracciato e aveva detto che lo perdonava e che gli avrebbe sempre voluto bene. Suo nonno era crollato, le aveva chiesto perdono per essere stato iperprotettivo e, con un completo voltafaccia, aveva detto che il maggiore, in effetti, era una brava persona, ed era degno di lei. Poi entrambi avevano versato una lacrimuccia. Poi si erano ricomposti abbastanza ed erano scesi a braccetto, con Shrewsbury rassegnato a diventare uno spettatore e Rory per salutare il primo giorno del resto della sua vita.

DAIR FU DAVANTI A LEI IN DUE PASSI. LEI GLI SORRISE. LUI LE sorrise. Erano così felici di vedersi che ridacchiarono. Rory lasciò andare il braccio del nonno e gli consegnò il suo bastone. Ma quando si voltò a guardare nuovamente Dair, quando vide che era veramente lì davanti a lei, il sollievo fu talmente grande che crollò. Si portò una mano tremante alla bocca e con gli occhi pieni di lacrime cominciò a singhiozzare.

Dair la prese immediatamente tra le braccia e la tenne stretta, con il volto affondato nei suoi capelli, in silenzio, sentendo nel corpicino snello i forti tremori della tensione che la lasciava. Ma poi si rese conto che i tremori non erano solo di Rory. Non parlò, la tenne solo stretta e la lasciò piangere finché smise da sola. Quando si mosse tra le sue braccia, la lasciò andare. Le diede il suo fazzoletto e quando Rory si fu asciugata gli occhi, anche lui si asciugò in fretta i suoi e ripose il fazzoletto.

Nessuno dei due sapeva chi si era mosso. Ma Rory era di nuovo tra le sue braccia, in punta di piedi, con il volto alzato per baciarlo. Dair si chinò a baciarla, dimenticando tutte le restrizioni sociali. Erano troppo sollevati, troppo felici, troppo innamorati per preoccuparsi delle convenzioni e del decoro. Tutto ciò che importava era che fossero insieme, che si sarebbero sposati, appena possibile. Tutto e tutti intorno a loro sparirono in una nebbia di movimento e rumore inutili.

Sarebbero rimasti così, chiusi in un abbraccio appassionato, ma Rory tornò in sé quando un bicchiere si infranse rumorosamente sul pavimento.

Lady Grasby era rimasta sconvolta vedendo la coppia abbracciarsi e baciarsi e aveva lasciato cadere il suo bicchiere di vino, facendo schizzare lo champagne fin sulle ruche del corpetto. Mai in vita sua si sarebbe aspettata un esito simile. Non riusciva a credere ai suoi occhi. Diede un'occhiata veloce a suo fratello, che sembrava sconvolto quanto lei, con la bocca aperta. Ma fu su suo marito che fissò lo sguardo. La prima reazione di Grasby era stata molto simile alla sua, ma poi era avvenuto un cambiamento e il suo volto si era aperto in uno stupido sorriso. Si era stretto le braccia intorno al corpo, come se dovesse contenere la sua gioia, con le spalle in avanti, la sorpresa che lasciava il posto alla comprensione e poi alla gioia assoluta alla vista di sua sorella e del suo miglior amico così felici insieme. Gli occhi di Lady Grasby si riempirono di lacrime e strinse le labbra; non per sentimentalismo ma perché il suo momento di gloria era arrivato ed era passato, cancellato dalla felicità senza freni di quella coppia.

La rottura del bicchiere causò un subbuglio generale e i camerieri si affrettarono a raccogliere le schegge e si sentì il signor William Watkins commentare che non era sorpreso che sua signoria avesse perso la presa sul bicchiere. La sorpresa di essere testimoni di un simile spettacolo indecente, una coppia che si lasciava andare a un comportamento così volgare e in una simile eccelsa compagnia, e alla piena luce del giorno, era sufficiente a turbare perfino la mente più liberale tra quelli lì riuniti. Si aspettava che il maggiore offrisse immediatamente le sue scuse a sua grazia e a Lord Shrewsbury.

"*M'sieur!* Avete la sensibilità di una vecchia zitella, le maniere di una lavandaia e il volto di un sorcio," disse la duchessa senza tanti giri di parole, guardando l'alto segretario magro come un chiodo dal basso in alto, dalle lucidissime scarpe con le fibbie alla parrucca alla moda ma troppo arricciata, *à le faisan.* "Direi che la vostra faccia è il risultato delle prime due cose. Quindi non provo nessuna simpatia per voi. Quindi, adesso, *M'sieur,*" ordinò, puntando il ventaglio chiuso verso il signor William Watkins, "starete zitto, come se non foste qui. Lord Shrewsbury deve fare i brindisi. Poi entrambi i lati della famiglia potranno manifestare la loro sorpresa per le reciproche novità e non dubito che forniranno ad alcuni di voi argomenti di conversazione per il resto della settimana. Ma la mia figlioccia e Lord Fitzstuart dovranno fare a meno di questa animata discussione, perché devo portarli a un appuntamento con mio figlio e il suo cappellano, per discutere la cerimonia nuziale alla quale siete tutti invitati la settimana prossima. Ecco! Vi ho rivelato la novità, senza nemmeno volerlo. Milord, i brindisi, *s'il vous plait. M'sieur le Duc* non tollera ritardi."

Ma una volta in carrozza, la duchessa diede al cocchiere l'ordine non di portarla da *M'sieur le Duc de Roxton,* ma al mausoleo. Doveva raccontare a *Monseigneur* la novità della coppia, e la sua ancora più strabiliante novità, prima di recarsi alla casa grande.

LA LUCE DEL SOLE ENTRAVA ATTRAVERSO L'OCULUS DI VETRO dell'opulenta cripta, il posto dell'ultimo riposo dei duchi di Roxton e dei loro famigliari, e illuminava il pavimento di marmo italiano, mostrando la via all'interno dello spazio cavernoso.

Un servitore e Dair portavano due vasi pieni di rose bianche. Il cameriere posò il più piccolo dei vasi alla base di un sarcofago di marmo nero che portava sul coperchio le figure in marmo bianco di un uomo e una donna addormentati: il luogo dell'ultimo riposo del conte e della contessa di Stretham-Ely, conosciuti per la maggior parte della loro vita come Lord e Lady Vallentine, gli amatissimi cognati di Antonia, genitori di Evelyn Gaius Lucian Ffolkes che, secondo Dair, ora si faceva chiamare *M'sieur Lucian*.

Dair posò il vaso grande di rose bianche alla base dell'imponente tomba del quinto duca di Roxton. Il nobiluomo, scolpito in marmo bianco, era così realistico che sembrava fissare oltre il lungo naso dall'alto della sua sedia, come se stesse ancora esaminando tutto quello che aveva davanti con lo stesso arrogante disdegno che aveva mostrato a tutti in vita, meno che alla sua famiglia. Per Dair, il duca era stato un secondo padre, un secondo padre severo ma amorevole, nonostante tutto. E quindi dopo aver posato il vaso fece un passo indietro e rimase per un momento a testa china, prima di raggiungere Rory sulla panchina di marmo dal lato opposto. Le tese la mano senza distogliere gli occhi dal duca e quando sentì le dita di Rory che si intrecciavano alle sue, sorrise e la guardò. Rory lo stava fissando e quando Dair alzò le sopracciglia chiedendo senza parlare, Rory gli toccò una spalla così che si abbassasse per permetterle di sussurrargli nell'orecchio, senza disturbare la duchessa.

"Quando avevo sei anni, *M'sieur le Duc* mi disse che quando fossi stata più grande, avrei potuto avere il suo naso aquilino… Ha mantenuto la promessa… Voi avete il suo naso."

Dair si raddrizzò sorpreso, la guardò, poi guardò la statua di suo cugino, perché era imparentato non solo con Antonia attraverso la loro mutua antenata, la loro nonna, ma al duca che era stato primo cugino della loro nonna. Ma non aveva mai pensato a quel legame di sangue con il duca. Eppure, guardandolo ora, era palese che lui avesse effettivamente ereditato il suo naso aquilino. Che il vecchio duca avesse predetto che il grande amore di Dair avrebbe sposato un uomo con lo stesso naso importante che aveva lui era una pura coincidenza, ma gli fece comunque venire un brivido e sentire un groppo in gola. Tenne la mano di Rory giusto un tantino più stretta.

La coppia rimase seduta in silenzio e attenta alla duchessa, che era rimasta in piedi davanti alla tomba del suo primo marito, prima per sistemare i fiori come piaceva a lei e poi per guardarlo, con una mano appoggiata alla punta della scarpa con la fibbia. Era come se il contatto con il freddo marmo le servisse per sentirsi un po' più vicino a lui, per superare quell'insormontabile distanza tra i vivi e i morti. E anche se non disse nemmeno una parola a voce alta, Rory era sicura che la sua madrina stesse comunicando con il suo diletto. Ne ebbe la conferma quando la duchessa, alla fine, andò a sedersi sulla panchina, con le mani in grembo.

"Gli ho raccontato la vostra novità," disse gentilmente. "So che è felicissimo per entrambi. Ma ora per favore uscite e andate a tenervi per mano in carrozza, mentre io passo cinque minuti da sola con *Monseigneur*. Poi andremo alla casa grande per dare la bella notizia a mio figlio, a Deborah e ai bambini."

Guardò la coppia uscire dal mausoleo mano nella mano, poi si voltò a sorridere alla figura di marmo, portandosi una mano alla gola arrossata.

"E ora ho qualcosa da dirvi che vi farà scuotere la testa e ridere di me..." Guardò la tomba con il secondo vaso di rose davanti e disse: "Anche voi, Vallentine ed Estée. Mi farete una ramanzina, ma vi dico che non c'era niente da fare." Tornò a guardare il duca. "Voi sarete felice per me, lo so. Anche se mi direte che il risultato non è niente di meno di quello che mi meritavo per aver sposato un uomo virile non molto più vecchio di nostro figlio..."

Quando raggiunse la carrozza, Michelle la stava aspettando all'esterno. Antonia capì e ringraziò la sua dama di compagnia per aver lasciato alla coppia l'intimità della carrozza. Trovò suo cugino e la sua figlioccia rannicchiati insieme in un angolo, addormentati. Non ne fu sorpresa, dopo gli avvenimenti emotivamente spossanti delle ultime dodici ore, era stanca anche lei. Bussò dolcemente sul pannello sopra la sua testa, la carrozza partì e anche lei si rannicchiò in un angolo, con Michelle accanto, e sonnecchiò finché lo sportello fu aperto da un invadente servitore in livrea a casa di suo figlio.

Prendendo la mano guantata di bianco del servitore e uscendo all'aria fresca, fece una graditissima scoperta. Non aveva più la nausea, la sua nausea mattutina, che le era piombata addosso in fretta e di sorpresa, era svanita proprio come era arrivata. Michelle doveva aver fatto i conti giusti. Anche se era portata a credere che non fosse una coincidenza, era appena stata nel mausoleo per ricevere la benedizione di *Monseigneur* per la nuova vita che stava crescendo in lei. Quella sera stessa avrebbe scritto a Jonathon con la bella notizia. Sarebbe stato estatico e senza dubbio le avrebbe amorevolmente ricordato di averle sempre detto che sarebbe successo.

Antonia, duchessa di Kinross, entrò con passo sicuro nel gigantesco foyer di quella che una volta era stata la sua casa. I suoi quattro nipoti stavano correndo giù dallo scalone per salutarla, strillando e ridendo di gioia, con bambinaie, servitori e tutori al seguito. Antonia si lasciò cadere sul pavimento di marmo in una nuvola di seta, allargò le braccia e li raccolse tutti in un abbraccio amorevole.

TRENTUNO

Con la duchessa di Roxton e la duchessa di Kinross intente a organizzare ogni particolare del matrimonio di Rory e Dair, dalla lista degli ospiti ai piatti da servire al banchetto nuziale, a Rory non restò che godersi ogni giorno che la avvicinava alla cerimonia con un senso di eccitazione ancora più accentuato, come se stesse vivendo un sogno.

Non aveva nemmeno l'ansia di dover decidere quale abito sarebbe stato più adatto. Sua cognata aveva cercato di convincerla che un abito di seta avorio o color limone sarebbe stato più adatto a una sposa, ma nessuno dei due colori era giusto per il colorito pallido di Rory. E aveva promesso a Dair di indossare l'abito rosa-lavanda e le scarpe in tinta che portava quando l'aveva vista sulla scala della Gatehouse. Edith sapeva esattamente come acconciarle i capelli, nonostante Silla insistesse di essere più esperta in quelle faccende. Quanto ai gioielli, Rory era perfettamente contenta del suo anello di fidanzamento di zaffiro lavanda, il colore era intonato al vestito che aveva scelto. Silla non era d'accordo. Avrebbe trovato lei dei gioielli adatti per il collo e i polsi di Rory. Segretamente, Rory sperava che la ricerca non avesse successo.

Il mattino seguente Lord e Lady Grasby arrivarono a piedi alla casa vedovile partendo dalla Gatehouse, per prendere il tè con Rory sulla terrazza. Quando furono alla seconda tazza di tè, presentarono a Rory un astuccio piatto e quadrato. Dentro, su un letto di velluto, c'era una parure formata da una collana di quattro fili di perle luminose e dal relativo braccialetto. La parure era appartenuta alla madre di Rory che l'aveva indossata il giorno del suo matrimonio a Oslo, e ora era di Rory, un regalo di nozze da parte di suo fratello e sua moglie. Rory si commosse fino alle lacrime, sorpresa che Silla si separasse da perle tanto belle.

Silla rovinò il momento informandola che lei aveva una collana molto lunga e più costosa, a cinque fili, con un fermaglio d'oro e di diamanti, con due braccialetti abbinati e un paio di orecchini. La parure era stata un regalo dei suoi genitori quando si era sposata con un Talbot. Rory non fece commenti, salvo dire che era sicura che le perle di Silla fossero senz'altro belle, e Silla rispose che le avrebbe viste lei stessa perché aveva intenzione di portarle alla cerimonia nuziale due giorni dopo.

Rory scambiò un'occhiata con suo fratello, che si limitò a scuotere la testa, ringoiò una risposta piccata e bevve il suo tè in silenzio. Ma nemmeno cinque minuti dopo Silla si superò con una risposta priva di tatto all'innocente domanda di Grasby su quale dei suoi bastoni avrebbe scelto Rory per la sua cerimonia nuziale. Rory preferiva il bastone di malacca con il manico d'avorio a forma di ananas. Era stato proprio lui, Grasby, a regalarglielo il giorno del suo ventunesimo compleanno, non ricordava? Era anche quello che aveva con sé quella fatidica sera nello studio di Romney. Grasby rise e disse che era la scelta perfetta chiedendosi a voce alta se il suo amico ricordava quell'offensivo strumento.

Silla non ci trovò niente da ridere. In effetti, si agitò pensando che Rory si sarebbe sposata usando un bastone. Appoggiando la tazza sul piattino disse francamente, ignara che le sue parole potessero essere offensive: "Rory non può assolutamente sposarsi con il bastone, Grasby. Hai mai visto una sposa camminare con un bastone? No, non è assolutamente possibile. Devi appoggiarti al braccio del maggiore. È più adatto e perfettamente accettabile per una sposa. La gente allora penserà che sei emozionata per la cerimonia e nessuno capirà…"

"Silla, come puoi dire…"

Rory lo interruppe.

"È un matrimonio in famiglia, Silla, e tutti sanno perfettamente che uso un bastone," rispose pacatamente Rory. "E non sono una creatura così patetica da svenire al mio stesso matrimonio." Sorrise, mostrando le fossette. "È più facile che sorrida stupidamente di felicità, e dovrò stare attenta, altrimenti sembrerò un'idiota." Toccò il risvolto della manica di suo fratello. "Mi farai un segno, vero, se comincerò a sorridere come una matta?"

"Ma, carissima, non sei mai stata al centro dell'attenzione, prima," ribatté Silla. "E non hai mai ballato. Sei sempre stata sullo sfondo ai ricevimenti. È quindi possibile che ci sia chi non sa proprio chi sei!

Credimi, avere tutti che ti fissano è molto più sfibrante di quanto tu possa immaginare."

Rory nascose un sorriso davanti alla boria di sua cognata, e disse in tono pacato, ma con pungente ironia: "Ragione di più per usare il bastone in quest'occasione. Dopo tutto, un giorno sarò la contessa di Strathsay, quindi prima mi abituerò a essere al centro dell'attenzione meglio sarà. Non sei d'accordo, Grasby?"

"Certamente. Secondo me non sarà mai abbastanza presto, cara sorella."

Fratello e sorella scoppiarono a ridere, ma Silla non trovava niente di divertente. Dopo attenta considerazione, disse: "Suppongo che sia vero, Rory. E con tanti parenti titolati invitati al matrimonio, non è il caso che la sposa faccia un capitombolo."

"No, certo che no," confermò Rory e quando suo fratello le fece una smorfia buffa, senza farsi vedere da sua moglie, ridacchiò con la tazza del tè davanti alla bocca. Una volta ripresa la compostezza, aggiunse: "Che cattivo auspicio sarebbe se dovessi inciampare, slogarmi la caviglia sana e sbattere il muso sul pavimento. Povero Alisdair!"

Silla diede un piccolo compassato colpo di tosse coprendosi la bocca con la mano guantata.

"Carissima, è Alisdair solo quando siete in privato e una volta che sarà tuo marito," enunciò in tono didascalico. "Sempre Fitzstuart in compagnia e milord davanti ai servitori e altra gente simile."

Sbalordita da un simile ingiustificato rimprovero, Rory non riuscì a ribattere, quindi continuò a sistemare il servizio da tè, indecisa se sentirsi furiosa o imbarazzata.

Intervenne Grasby, che aveva esaurito la pazienza. Sua moglie poteva anche essere incinta e lo avevano avvertito di non turbare i suoi delicati nervi in quello stadio iniziale della gravidanza, ma non se ne sarebbe rimasto seduto senza far niente a lasciare che dicesse a sua sorella come comportarsi, cosa che proprio non la riguardava. Infastidito fino a essere furioso, disse quello che Rory aveva sulla punta della lingua ma che l'educazione le proibiva di pronunciare a voce alta.

"Da dove ti viene la strana idea di poter far lezione a *noi*? Mia sorella è una Talbot, e noi Talbot sappiamo come comportarci in compagnia. Inoltre Rory può fare quello che vuole, chiamare suo marito Rover o Fido se fa piacere a *lui*, per quello che me ne importa! Incidentalmente, dov'è Rover... ehm, il fortunato sposo?" Chiese calmandosi un po' e spostandosi sulla sedia per guardare a destra e a sinistra, come se si aspettasse che il suo miglior amico saltasse fuori da dietro una statua per spaventarlo a morte. Era già successo. "Pensavo che sarebbe stato qui con te."

"Arriverà per il pranzo oggi," gli disse Rory. "Aveva degli affari da discutere con il duca."

"Pensavo che avessimo sistemato ieri tutti gli accordi," commentò Grasby. E quando Rory lo guardò incerta, spiegò. "Il nonno e io, Roxton e Dair, abbiamo sistemato la parte finanziaria, la tua dote e i soldi per le spese." Sorrise come se fosse contento di sé. "Sono lieto di dirti, cara sorella, che ci siamo presi buona cura di te, e abbiamo coperto tutte le eventualità."

"Eventualità?" Rory non capiva di che cosa stesse parlando suo fratello.

"Sai... Se dovesse succedere qualcosa a Dair... Non che sia probabile!" Le assicurò in fretta quando la vide rannuvolarsi. "Ha smesso di fare la spia, ed ecco una cosa che non sapevo, e sì che è il mio miglior amico! È stato una spia per tutti questi anni. Ma, Rory, per favore, non guardarmi così! Non ne avevo la più pallida idea. Ma ha rinunciato a tutta quella roba da cappa e spada. Ed è giusto, ora che si sposa. Ha altre responsabilità, e tu sei la più importante, e glie'l'ho detto. Ma non mi preoccupo, davvero, visto che si è praticamente incollato alle tue sottane!" Scherzò. "E quando non è appiccicato a te, è lì che incombe come un'ombra, appena un passo più in là, e quel poveretto non riesce a staccarti gli occhi di dosso. Direi che l'ha proprio presa brutta..."

"Cosa? Che cosa ha preso?" Chiese in fretta Silla, portando una mano al corpetto. "Non è contagioso, vero? Il bambino..."

Lord Grasby alzò una spalla e fece sporgere il labbro inferiore. "Difficile da dire..."

"Oh, smettila di scherzare, Harvel!" Lo ammonì Rory con affetto, con le guance rosse per l'imbarazzo. "Il tuo bambino è perfettamente al sicuro, Silla."

Lady Grasby sospirò forte di sollievo e si fece aria, come convinta che il maggiore Lord Fitzstuart fosse stato contagiato dalla peste.

"Grazie al cielo! Deb Roxton si è data tanto da fare per il tuo matrimonio, ed è anche incinta," disse Silla in tono drammatico. "Che delusione sarebbe per lei e sua grazia di Kinross se, dopo tutti i loro piani e il loro duro lavoro, si dovesse cancellare il matrimonio perché il maggiore ha preso l'influenza!"

"Sì, cerchiamo di non deludere la duchessa, *due* duchesse, in effetti," la schernì Lord Grasby, appoggiando la tazza e il piattino. "Deludere la sposa non conta!"

Quando Rory spalancò gli occhi e lo fissò, capì che aveva esagerato un po' con i rimproveri verso la moglie e fece del suo meglio per mitigare la sua irritazione. Non era solo Silla che lo aveva fatto andare fuori dai gangheri. A essere onesto, era di malumore da quando aveva saputo del fidanzamento di sua sorella con il suo miglior amico. Egoisticamente, non voleva che lei lasciasse l'ovile. Non aveva ancora capito perché risiedesse con la duchessa di Kinross prima del matrimonio e non alla Gatehouse con la sua famiglia. La spiegazione di suo nonno era stata che la casa era piccola e con Watkins presente, era meglio che Rory stesse altrove.

Ma poi William Watkins, avvilito, era partito per Londra il giorno prima. Non gli avevano dato spiegazioni, solo che era necessario che la Faina andasse a Londra per gli affari della corona. Grasby sapeva che era solo una parte della storia. L'altra parte l'aveva sentita forte e chiaro attraverso le pareti sottili della casa, perché gli era successo di essere seduto proprio fuori dallo studio, sul primo gradino della scala, a leggere la *Gazette*.

La Faina aveva accusato Dair di essere un traditore, niente di nuovo lì, cercava continuamente di screditare il maggiore, ed era diventato uno scherzo di vecchia data tra Grasby e suo nonno. Ma questa volta la Faina aveva detto di avere la prova, una lettera di pugno del maggiore a suo fratello Charles. Era entrata in possesso della Faina per vie misteriose che non era pronto a divulgare. C'erano poi state discussioni a non finire tra la Faina e il capo dello spionaggio e Grasby aveva potuto cogliere solo una parola qua e là. Alla fine aveva sentito la Faina urlare a suo nonno di non buttare la lettera incriminata nelle fiamme.

Il signor William Watkins era uscito dallo studio, aveva dato un'occhiata a Grasby e aveva sbottato dicendo che la Camera dei Lord era piena di furfanti e che prima l'avessero abolita meglio sarebbe stato per il paese! Al che Grasby aveva risposto gentilmente che parole simili erano sovversive e che se realmente voleva fare la differenza da qualche parte, c'era una rivoluzione in corso nelle colonie americane. Era sicuro che i patrioti avrebbero accolto a braccia aperte un uomo con le capacità e le tendenze filosofiche della Faina. Poi era tornato a leggere la *Gazette*, mentre la Faina saliva furioso le scale per fare preparare i suoi bagagli.

Il ricordo di quello scambio riportò il sorriso sul volto di Grasby e migliorò il suo umore, pensando che la Faina potesse veramente decidere di unirsi a un branco di rivoluzionari e scappare in America, lasciando finalmente in pace lui e sua moglie.

"Dair non ha niente che non va," disse gentilmente Grasby a sua moglie. "Direi che va tutto bene. È solamente innamorato di mia sorella, e hurrah per quello." Sorrise a Rory. "Non potresti essere più felice per voi. Avrei dovuto saperlo quando vi ho visto sul muretto di casa Banks." Si rilassò sulla sedia ammiccando a Rory. "Se Dair non serve qui, Cedric e io vorremmo rubartelo domani mattina. Andiamo a caccia con i falchi con Roxton e qualche altro nobile locale, tutti venuti a festeggiare le ultime ore di libertà del poveretto; prima che gli mettano la palla al piede a vita e non possa più muoversi senza che la moglie gli chieda dove sta andando."

Silla, che non aveva visto la strizzatina d'occhi di Grasby, si sedette impettita. Ma prima che potesse lanciarsi in un'altra predica, arrivò l'oggetto della loro discussione, proveniente dalla scuderia.

VESTITO CON UN COSTUME E STIVALI DA CAVALLERIZZO, I CAPELLI lunghi scomposti dal vento, era appena arrivato dalla casa grande. Come sempre era leggermente in disordine, e non si era preoccupato di rasarsi, e quel lieve accenno di barba aumentava solo il suo fascino. Quella fu l'opinione di Rory, i cui occhi azzurri si illuminarono quando Dair salì i gradini di pietra per unirsi a loro. Suo fratello la pensava allo stesso modo, vedendo il volto di sua sorella arrossarsi alla vista del suo miglior amico, e sua moglie che si chinava in avanti a guardarlo con desiderio palese, anche lei sperando che il maggiore la notasse. Ma Grasby non se la prese, scosse solo la testa, non solo per l'effetto che la virilità un po' trasandata del maggiore aveva sul sesso debole, ma anche che lui sembrasse ignaro dell'effetto che aveva sulle donne.

"Vorrei avvertirvi che ci sono due carrozze in arrivo dalla casa grande," disse loro Dair fermandosi accanto alla sedia di Rory. Le mise una mano nuda sulla spalla e le dita di Rory trovarono immediatamente le sue e le strinsero. "Una piena di bambini e l'altra piena dei loro assistenti. La duchessa li ha invitati a un picnic. Io sono riuscito a venire a cavallo fin qua ma Cedric non è stato altrettanto fortunato. I gemelli Roxton lo hanno preso in simpatia, quindi si è ritrovato sulla loro carrozza prima che potessi salvarlo."

"Ah, scommetto che non hai nemmeno tentato di salvarlo. Povero Ced," replicò Grasby, senza mostrare la minima compassione mentre si tirava indietro con la sedia. "Giusta punizione per essere alto un metro e un tappo! Probabilmente lo hanno scambiato per un marmocchio. Andiamo, moglie! Meglio che vi porti a casa. Dovete riposare e non possiamo esporre il bambino a infanti con la tosse e il naso che cola, anche se si tratta di infanti ducali."

Lady Grasby non fece obiezioni. In effetti, sembrava non riuscire a muoversi abbastanza in fretta per allontanarsi dalla casa vedovile. Scese la scalinata del terrazzo prima di suo marito, che si era fermato per scambiare un'ultima parola con la coppia.

"Non vi sto abbandonando. Tornerò appena sistemata Silla,"

confidò loro. Fissò Rory negli occhi. "Forse potremo parlare seriamente dell'argomento che abbiamo solo sfiorato ieri..."

Quando Rory annuì, Grasby prese congedo. Ma anche con suo fratello fuori dalla portata d'orecchi e da sola con Dair, non spiegò quella frase criptica. Dair non aveva bisogno di conoscere il problema in oggetto per sapere che la questione pesava sulla mente di Rory. I suoi pensieri non avrebbero dovuto riguardare niente di più serio dell'abito nuziale e i preparativi dell'ultimo minuto per il loro matrimonio imminente.

Non gli piaceva vederla così solenne. E, anche se non poteva aiutarla senza sapere di che cosa si trattasse, era sicuro di poter sistemare il problema immediato. Senza preavviso, la prese in braccio e corse attraverso il prato verso la casa dei pirati sull'albero. Prima che Rory smettesse di ansimare e strillare e ridere allo stesso tempo, se la buttò sulle spalle come se non pesasse più di un fuscello. Poi si arrampicò con la scala a pioli sulla quercia vecchia di trecento anni per arrivare al magico mondo di una casetta a due piani costruita per assomigliare al ponte di una nave pirata.

Dair sollevò Rory sulle assi e lei si allontanò carponi dalla scala e dalla lunga caduta fino a terra, per dargli lo spazio di sollevarsi al sicuro sul pavimento di legno. Una volta al sicuro, Rory si mise sulle ginocchia e guardò il panorama oltre la ringhiera.

"Oh! Che meraviglia! Si vede tutto, dalla terrazza al padiglione e oltre il molo. Vorrei essere salita prima. Anche se questa nave sembra essere comparsa dal nulla. Non c'era l'estate scorsa. Forse è arrivata navigando su una nuvola manovrata da una banda di pirati ed è rimasta incastrata? Che ne pensate?"

"È solo la seconda volta che salgo a bordo. Kinross l'ha fatta costruire per la nidiata dei Roxton, appena dopo Pasqua. Ma preferisco la vostra spiegazione." Si avvicinò a lei e incrociò le braccia appoggiandosi leggermente alla ringhiera. "I ragazzi arriveranno molto presto e correranno immediatamente sulla passerella per salire a bordo. Non parlano d'altro che della nave dei pirati!"

Voltò la schiena al panorama e si sedette a terra appoggiandosi alla fiancata della nave, allungando le gambe davanti a sé. Quando Rory lo raggiunse, sedendosi davanti a lui, Dair le prese le dita e appoggiò dolcemente le labbra sul dorso della sua mano. Sorrise malinconico.

"Non abbiamo più avuto un minuto da soli da quando vostro nonno ha fatto il brindisi alla nostra futura felicità. Siamo sempre circondati da un'attività frenetica e sospetto che non smetterà finché non correremo via insieme dopo sposati. So che mi hanno tenuto occupato a esaminare contratti, documenti, e a scoprire esattamente il disastro lasciato da mio padre che il vecchio duca e Roxton hanno dovuto sistemare, dopo che lui era scappato alle Barbados! Ma voi? Lady Grasby sembra essersi ripresa dallo svenimento all'annuncio del nostro matrimonio…"

"Oh, ma dobbiamo essere compassionevoli." Il sorriso di Rory rispecchiava quello di Dair. "È finalmente incinta, ed è una notizia che la famiglia desiderava da tanto. E che cosa facciamo noi, se non rovinare il suo momento di gloria annunciando il nostro fidanzamento? Avrebbe dovuto ancora essere al centro di tutte le attenzioni, invece il suo bambino è finito in secondo piano rispetto al nostro matrimonio. Mi dispiace per lei. Anche se potrei fare a meno dei suoi consigli su come essere una sposa, ne ho veramente avuto abbastanza." Sorrise maliziosa. "L'unico argomento che non ha affrontato è la prima notte di nozze, e sono sicura che si freni solo perché è presente mio fratello. Il povero Harvel avrebbe un mancamento per la mortificazione se mai sospettasse che Silla osi darmi consigli su *quello*."

"Non riesco a immaginare che cosa potrebbe confidarvi," commentò Dair con una risatina.

Rory fraintese il significato e arrossì.

"Sono sicura di avere ancora molto da imparare…"

"Intendevo i consigli di Silla, Delizia."

"Ah, capisco…"

Dair si avvicinò e le alzò il mento, perché lo guardasse negli occhi. "Che cosa c'è? È da ieri che non siete più voi. State per caso avendo dei ripensamenti sul…"

"… nostro matrimonio? *Mai*!"

"… sul fatto di esservi data a me sull'isola. Forse avreste preferito aspettare la prima notte di nozze?"

"Oh, no!" Rory fu enfatica. "Come potete pensarlo? È un giorno che non dimenticherò mai." Sorrise impacciata. "Sono sicura che ogni ragazza sogni che la sua prima volta sia meravigliosa come la mia. E siete stato voi a renderla così."

"Grazie. È importante per me. *Voi* siete importante per me."

"E voi per me…"

Rory si spostò per baciarlo dolcemente. Prima sotto il mento un po' ruvido, poi la gola e su lungo la mascella squadrata, attraverso la guancia e poi sul ponte del naso e infine sulla fronte ampia. Evitò la bocca, scherzosa. Punteggiò i baci leggeri come una farfalla con una conversazione altrettanto giocosa.

"Se Silla cerca di darmi dei consigli, le dirò educatamente che non mi serve la sua *saggezza di moglie*, perché non vedo l'ora di fare l'amore, *di nuovo*. Ma questa volta con mio *marito*. Lei perderà i sensi un'altra volta, ma non si può far niente perché non dirò una bugia. In effetti, è alquanto irritante che voi viviate nella casa grande e io qui. Dalla finestra della mia stanza vedo l'isola del Cigno ed è un continuo promemoria del tempo passato da soli. E poi ho quei ricordi profani di noi due che facciamo l'amore. Di voi sdraiato sulla schiena sul pavimento del tempio, che mi guardate mentre sono cavalcioni sopra di voi, e sono lì, tra i cuscini del mio letto, da sola, e non riesco a dormire per il desiderio. Se voi abitaste qui, potreste portarmi là in barca di notte e nessuno in casa lo saprebbe e potremmo…"

Dair le prese il volto tra le mani e la baciò appassionatamente, non riuscendo più a resistere alla tortura dei suoi baci appena percettibili, delle sue provocazioni e del dolce delizioso profumo di vaniglia della sua pelle. Il ricordo di loro due che facevano l'amore nel tempio, con lei sopra, godendo insieme, con i suoi lunghi capelli biondo paglia che le ricadevano sulle spalle, e poi l'immagine che Rory aveva evocato di lei sdraiata sul suo letto da sola, nuda e vogliosa, era troppo. Lo faceva sragionare. Doveva fare l'amore con lei, assaggiarla, farla sua, lì e subito. Non gli importava più che fossero nella casa sull'albero dei bambini e che quei bambini si sarebbero precipitati sulla scaletta da un momento all'altro. Era sicuro che avrebbero avuto abbastanza tempo.

Ma per quanto Rory contraccambiasse i suoi baci e desiderasse fare l'amore con lui, non era così presa dal momento da non rendersi conto di dov'erano e della situazione potenzialmente scandalosa. Fu lei quindi che smise di baciarlo. E nell'attimo in cui lo fece, Dair si fermò.

La fissò, senza fiato e chiedendosi che cosa aveva fatto, ma ci vollero solo pochi secondi prima di tornare in sé e ricordarsi dov'erano. Non solo fu acutamente imbarazzato per essersi permesso di lasciarsi cogliere dall'attimo in un posto simile, ma ora ci sarebbe voluto un po' di tempo per riportare a riposo il suo corpo sovraeccitato. A quello scopo giudicò saggio mettere un po' di distanza tra di loro e sedette di nuovo contro la parete della nave. Scostandosi i capelli dalla faccia, pensò ai libri contabili di Fitzstuart Hall, al notevole introito, cresciuto con gli anni, delle piantagioni di zucchero di suo padre, e all'inaspettata buona notizia, alla vigilia del suo matrimonio, di essere straordinariamente ricco. Tanto di cappello a suo padre per avere avuto la preveggenza di tenere congelata la sua eredità fino al matrimonio e a Rory per aver dato alla sua vita gioia e uno scopo.

"È stata colpa mia," si scusò Rory, imbarazzata. "Non avrei dovuto allettarvi con le mie volgari e stupide…"

"Non c'era niente di volgare," la interruppe Dair, tornando al presente. La frustrazione fisica lo fece sembrare brusco. "E mai stupida. Dovremmo sempre essere scherzosi tra di noi. Ma avete fatto bene a fermarmi. Questo non è il posto giusto. Ora, non volete dirmi che cosa vi preoccupa? Forse sarà sufficiente a spegnere il mio ardore?" Chiese ridendo. "A meno che, cioè, non abbiate un po' d'acqua fredda a portata di mano!?"

Rory lo guardò senza capire. "Acqua fredda...?" Quando Dair distolse lo sguardo, arrossendo di colpo, Rory spalancò gli occhi azzurri, capendo. Sospirò comprensiva. "È così diverso per gli uomini, vero? Noi donne possiamo più facilmente nascondere le nostre frustrazioni di modo che nessuno capisca, ma per gli uomini... È doloroso se non trovate soddisfazione?"

L'acuto imbarazzo unito alla serietà della sua domanda lo fece scoppiare in una risata.

"Oh, Delizia. Come vi amo! Sì. In un certo senso è doloroso. Ma più che altro scomodo e piuttosto imbarazzante. *Lui* tende ad avere una mente tutta sua, specialmente quando vi vede! Così. Se non vi dispiace, preferirei che non fosse il centro dell'attenzione. C'è qualcosa che vi preoccupa che dovremmo discutere prima del nostro matrimonio?" Le diede un buffetto sotto il mento. "Dobbiamo condividere le nostre preoccupazioni esattamente come le nostre gioie. È l'unico modo per far funzionare un matrimonio."

Rory annuì. "Sì. Sì, avete ragione. Sono di fronte a un dilemma." Si spostò per sedersi davanti a lui, con le sottogonne rimboccate sotto le ginocchia, chiudendo lo spazio che Dair aveva posto tra di loro. "Grasby avrebbe dovuto aiutarmi a trovare una soluzione, di modo che non dovessi infastidire voi. Siete stato così preso con gli affari e so quanto detestiate stare al chiuso, e non avete bisogno di altri fastidi..."

"Rory, permettetemi di fermarvi. Prima di tutto non sarò mai troppo preso da niente, siano affari, sia qualunque altra cosa, da farvi ritenere di non potermi interrompere. Secondo, voi non mi darete mai fastidio. Terzo, capisco che siete abituata a rivolgervi a Grasby per aiutarvi e consigliarvi, è vostro fratello, dopo tutto. Ma spero che ora che siamo fidanzati, e presto saremo sposati, vi sentirete abbastanza a vostro agio da venire da me per primo." Fece un sorrisino. "Suona come se fossi invidioso di Grasby, vero? E per dire la verità, un po' lo sono. A Mary, mia sorella, non verrebbe mai in mente di venire da me per un consiglio. Immagino che sia perché è più grande di me e si è sposata quando ero ancora a Harrow... Vediamo se riesco a indovinare il vostro dilemma... Siete preoccupata per vostro nonno e di come ci comporteremo tutti da ora in poi, ora che dovrete a me la vostra lealtà..."

Rory lo interruppe.

"Come avete fatto..."

"Perché vi conosco, e perché non voglio che vi preoccupiate,

Shrewsbury e io abbiamo firmato una tregua. Io rispetto che vi voglia molto bene e che voglia solo il meglio per voi. Lui si è reso conto che abbiamo entrambi lo stesso obiettivo. So anche che siete preoccupata per la visita reale alla serra di vostro nonno che avrà luogo una settimana dopo il nostro matrimonio, quando dovremmo essere occupati a goderci l'inizio della nostra luna di miele. Immagino che vi siate chiesta come fare a dirmelo?"

Gli occhi azzurri di Rory diventarono due piattini.

"Come..."

Fu la volta di Dair di interromperla e con un sorrisino compiaciuto. Ma non poté mantenere a lungo la pretesa di essere un oracolo e scosse la testa davanti alla sua espressione meravigliata.

"Sempre vostro nonno. Stavamo discutendo il contratto di matrimonio e altra roba simile con Roxton e due tetri sovraintendenti, e io probabilmente mi agitavo sulla sedia. Credetemi, Delizia, tre ore incastrato in una biblioteca, circondato da ogni lato da scaffali pieni zeppi di libri, mi hanno quasi distrutto! Ero pronto a buttarmi fuori da una finestra chiusa, arrampicarmi sugli scaffali, qualunque cosa per uscire all'aria aperta! Shrewsbury mi conosce bene, quindi mi ha portato a fare una passeggiata sulla terrazza e fumare un sigaro, mentre il duca si occupava di un'interruzione da parte dei suoi agrimensori. Vostro nonno mi ha gentilmente chiesto il permesso di farvi partecipare alla presentazione dell'ananas Talbot alle loro maestà. Dopo tutto, siete voi che l'avete coltivato..."

Lasciò in sospeso la frase, aspettando la sua reazione e che aggiungesse qualcosa alla discussione, ma quando Rory restò muta, aspettando che continuasse, Dair alzò le mani e poi la tirò a sé.

"Buon Dio, Rory. Che cosa pensavate che dicessi? No? Dopo tutti i mesi di duro lavoro passati a curare quell'affare! A parte Speechly, il giardiniere dei Portland, chi è il più importante coltivatore in tutto il regno di quel frutto maestoso? Nessun altro che voi. So quanto significhi quell'ananas per voi, e per vostro nonno, che vi ha guardato metterci il cuore e l'anima. La seconda volta che ci siamo incontrati, avete lasciato cadere ai miei piedi un trattato di giardinaggio..."

"Lo ricordate?"

"Ricordarlo? È impresso a fuoco qui," disse Dair indicandosi la tempia. "Avevo dato la mia parola a vostro nonno che non avrei rivelato che ricordavo qualcosa del nostro fortuito incontro nello studio di Romney. Quindi ero lì che desideravo stringervi tra le braccia per la gioia di avervi ritrovato, e dovevo forzatamente fingere di non avere idea di chi foste. Posso perfino ricordare il nome del libro. E per me è un miracolo. *Un trattato generale di agricoltura e giardinaggio* di Richard Gradey..."

"*Bradley*. Richard Bradley."

"Si, va bene, lui. Quindi *ovviamente* so quanto sia importante per voi presentare l'ananas Talbot alle loro maestà. Ci sarete, ci saremo entrambi." Ridacchiò. "Inoltre, chi potrebbe presentarlo meglio di Lady Fitzstuart, moglie di un discendente di Carlo II, che fu il primo monarca a ricevere in regalo un ananas..."

"... da John Rose. Ho visto il dipinto di Danckerts."

"Sì, ho suggerito a vostro nonno di far dipingere il fausto avvenimento, e di farlo fare da Romney e di regalare una seconda copia del dipinto a sua maestà. Shrewsbury l'ha trovata una splendida idea. Ne ho chiesta una copia anch'io, da appendere nel salone a Fitzstuart Hall. Mia madre ne sarà debitamente impressionata."

Quando Rory gli buttò le braccia al collo, Dair la baciò in fretta, ma non permise a se stesso di lasciarsi distrarre dalla sensazione di Rory tra le sue braccia. Si scostò riluttante, perché c'era ancora molto da dire prima del gran giorno e prima che la nidiata di Roxton arrivasse con Cedric e salisse a bordo.

"Dobbiamo essere d'accordo su un aspetto importante del nostro matrimonio, Rory. Quando ci si sposa, marito e moglie diventano spiritualmente e legalmente una persona sola, e quella persona normalmente è il marito. Ma non è così che ci comporteremo noi come marito e moglie. Mi capite? Sono stato testimone di quel tipo di matrimonio, è degradante e distruttivo. Voi sarete sempre voi e io, beh, dovrete sopportarmi così come sono! E prenderemo *insieme* tutte le decisioni importanti. Siete stata voi a dirmi che cosa considerate importante in un matrimonio. Amore. Rispetto. Amicizia. Onestà. Fiducia. E io ci credo sinceramente. Mi capite?"

Rory si rannicchiò tra le sue braccia e annuì per confermare, aggiungendo sfrontata: "Certamente, milord. Come dite voi, milord."

"Smettetela, creatura perfida!" Le baciò la testa, aggiungendo: "Ve lo dico subito, così che possiate godervi la cerimonia e il banchetto nuziale senza preoccupavi della nostra luna di miele posticipata. Passeremo le prime due notti da marito e moglie sull'isola del Cigno."

"Davvero?" Rory era senza fiato. "Come faremo ad arrivarci in barca dopo il banchetto senza che la famiglia lo sappia? Senza che lo sappia il duca? Dovete escogitare un piano!"

Dair scosse la testa, sorridendo. "No. No. No, tesoro mio. Niente sotterfugi. Anche se ammetto che la prospettiva di rapirvi e portarvi su un'isola proibita è molto più romantica. No, Delizia. È un regalo di mia cugina, la vostra madrina." L'emozione improvvisa lo fermò e dovette deglutire e prendersi un momento per calmarsi. "Lei... Lei ci ha regalato l'uso dell'isola per una settimana l'anno finché vivremo. È stata felice quando le ho detto che saremmo stati onorati di continuare la tradizione cominciata da lei e dal quinto duca. E ha accettato la mia richiesta di appendere un arazzo con la nostra storia, quando sentiremo che è il momento, sopra il camino, sulla quarta e ultima parete del tempio."

Rory era troppo sopraffatta dall'emozione per parlare. Ma non servivano parole. Erano entrambi sbigottiti per quel regalo. E poi Dair sentì il suono lontano di attività e il distinto crescendo di voci acute dell'eccitazione senza freni che solo i bambini riescono a emettere. Si spostò per scendere e aiutò Rory ad alzarsi.

"È ora di abbandonare la nave, Delizia, prima che ci abbordino e ci catturino. Louis e Gus sono pirati feroci; così continuano a dirmi. Louis ha perfino minacciato di farmi saltare dall'asse se dovesse catturarmi!"

"Dovreste permetterglielo. Niente renderebbe più felice quel ragazzino."

"Sì, sì, avete ragione. D'accordo, lo farò." Dair ammiccò. "Ma non glielo renderò facile." La attirò tra le braccia. "Le cose difficili da ottenere sono le più preziose..."

Si sentì il trambusto di molti piedi che cercavano di arrivare per primi sulla scaletta. Seguirono sussurri e risatine. Poi una voce giovane sbottò: "*Puah*! Baci. Gus! *Gus*. Guarda! È disgu-disgu... È orribile!"

"Louis! Spostati!" Ordinò Frederick al fratello minore e riuscì a superarlo sulla scaletta.

Il figlio maggiore ed erede del duca di Roxton poi infilò la testa nella casa sull'albero, si guardò attorno, vide le due persone che sua nonna stava cercando, poi si strinse per passare di nuovo di fianco a Louis, scendendo fino a metà scala. Nel frattempo, Gus lo aveva superato e si era unito al gemello, Louis, che era salito di un piolo ed era deciso a entrare nella casa sull'albero nonostante la visione disgustosa. I gemelli si arrampicarono sul cassero ed estrassero le sciabole di legno dipinto dalle fasce di seta colorata che avevano in vita. Gus aveva perfino una toppa sull'occhio. Entrambi puntarono le armi sui due prigionieri.

"Li abbiamo trovati, Mema!" Gridò Frederick verso Antonia che era alla base della scaletta con una mezza dozzina di servitori, e aveva la sua sorellina Juliana in braccio. Guardavano tutti verso l'alto, attraverso i rami della vecchia quercia. "Sono qui, Mema! Si stanno baciando e Louis sta per vomitare!"

TRENTADUE

La cerimonia nuziale del maggiore Lord Fitzstuart, erede dei conti di Strathsay, e della signorina Aurora Talbot, nipote del conte di Shrewsbury doveva cominciare nell'arco di appena tre ore. Tutte le persone presenti nella proprietà del duca di Roxton, da sua grazia fino all'ultima sguattera e anche oltre, in tutta la tenuta e nel villaggio, stavano aspettando ansiosamente. Gli argenti e i legni erano stati lucidati e brillavano. Lavati i pavimenti e i bambini. Preparati bagni caldi per la famiglia e gli ospiti. I valletti e le cameriere personali stavano agghindando i loro padroni, mentre cameriere e servitori correvano su e giù per le scale posteriori, come formiche, per esaudire le richieste dell'ultimo minuto. Nei salotti, nelle sale di ricevimento e sui tavoli preparati per il banchetto nuziale c'erano mazzi di fiori e frutta estiva in vasi di porcellana. La cappella Roxton era decorata con ghirlande.

Niente era stato lasciato al caso, sotto la guida e le esperte doti organizzative della duchessa di Roxton e della duchessa di Kinross. Eccetto, cioè, la madre e la sorella dello sposo. Era quasi ora e non si sapeva ancora niente della contessa di Strathsay e di Lady Mary Cavendish. L'ultima notizia che avevano ricevuto era una lettera che dichiarava la loro intenzione di arrivare due giorni prima del matrimonio. Quei due giorni erano arrivati e passati. Se era preoccupato, il maggiore lo era per la salute di sua madre e sua sorella. Ma salvo che si trattasse di sventura o morte, il matrimonio sarebbe proseguito senza di loro. Niente e nessuno gli avrebbero impedito di sposare Rory nel giorno e all'ora previsti.

Fu quindi un enorme sollievo per tutti quando una carrozza non identificata fu avvistata sulla strada per Treat e confermarono che conteneva sua signoria e sua figlia. Un servitore corse al galoppo per riferire la notizia. La carrozza era coperta di polvere, i cavalli sembravano ronzini esausti e c'erano solo due uomini di scorta. Aiutate a scendere a terra dai servitori in livrea, la contessa, sua figlia e le loro rispettive cameriere sembravano in un tale stato di ansia che si sentivano i loro lamenti oltre i larghi gradini dell'ingresso e su fino al salotto verde mare al primo piano. In questo salotto era stato offerto un rinfresco prima del matrimonio agli ospiti che venivano da una certa distanza e che erano stati ospitati alla locanda *Bull and Feather* ad Alston, ma il trambusto era tale che alcuni ospiti si spostarono verso le finestre per dare un'occhiata a chi stava creando tanto subbuglio, e proprio in una simile giornata.

Accompagnate in uno dei salotti del pianterreno e serviti i rinfreschi mentre si preparavano le stanze e i bagni per loro, la duchessa di Roxton le salutò a braccia aperte, lieta di vederle sane e salve e appena in tempo! Informarono il maggiore che sua madre e sua sorella erano arrivate, ma ci volle parecchio prima che le due donne si calmassero a sufficienza da proferire una frase intelligibile, e fu Mary a parlare per entrambe perché la contessa era crollata su un sofà con forza sufficiente appena per muovere il polso e farsi aria con il ventaglio.

Da quanto poté dedurre Deb Roxton, il loro viaggio dal Buckinghamshire verso l'Hampshire era stato gravido di contrattempi prima ancora di cominciare. La figlia di Lady Mary, Theodora, aveva una febbre che non ne voleva sapere di scendere; quindi Mary non sapeva decidersi a lasciare sua figlia alle cure della bambinaia, ma alla fine era stata convinta dal medico della contessa, che le aveva assicurato che non c'era niente di serio di cui preoccuparsi. E quindi Lady Mary e la contessa erano finalmente partite per l'Hampshire. E quello era stato solo l'inizio dei loro problemi.

Dopo solo dieci miglia si era rotto un asse della carrozza. Erano state obbligate a passare la notte in una locanda sovraffollata mentre mandavano a prendere la carrozza di riserva. Il carradore del villaggio era ammalato e non era in grado di fare il suo lavoro. E proprio mentre stavano scaricando i *portmanteau* dalla carrozza per caricarli sull'altra erano state rapinate, e in pieno giorno! La contessa era stata obbligata a consegnare una spilla di diamanti e le forcine ingioiellate e Lady Mary aveva dovuto separarsi dai suoi orecchini di zaffiri. Per fortuna erano riuscite a nascondere il cofanetto dei gioielli e il denaro in una cassaforte segreta sotto il sedile. E come se non bastasse, dieci miglia dopo la strada era stata bloccata da un carro rovesciato. Erano seguiti altri ritardi e drammi vari.

La duchessa ascoltò pazientemente tanti particolari inutili che le ci volle qualche minuto per distinguere le cose irrilevanti da quelle importanti. Riuscì comunque a fare tutti i debiti oh e ah e a calmare le due donne prima che arrivasse un servitore a informarla che le stanze della contessa e di Lady Mary erano pronte. Stavano preparando i bagni, togliendo gli indumenti dai *portmanteau* e rinfrescando gli abiti con l'aiuto di diverse cameriere che non erano necessarie al piano di sotto in quel momento. Mancavano solo poche ore alla cerimonia e la duchessa le avvertì che non c'era un minuto da perdere. Dovevano scusarla. C'era ancora tanto da fare.

Fu allora che la contessa tornò a nuova vita e saltò su dal divano come se avesse visto un topo o un ragno le fosse passato sul polso grassoccio. Chiese di vedere suo figlio, *immediatamente*. Aveva della corrispondenza che richiedeva la sua attenzione. C'era anche una lettera per il duca e dalla stessa fonte. Non c'era tempo da perdere. In effetti, era dell'opinione che una volta che suo figlio avesse letto il contenuto della lettera, c'era la possibilità che il matrimonio dovesse essere rimandato, forse indefinitamente.

Per sottolineare l'urgenza della sua richiesta, cercò il taglio nelle sottane che dava accesso alla tasca legata in vita. Trovatolo, ne tirò fuori con difficoltà non una ma due lettere, una delle quali piuttosto spessa. E le alzò, come se stesse mostrando un fagiano da primo premio colto al volo.

Che le lettere fossero una novità anche per Lady Mary, si vedeva dalla sua aria stupita.

"Mamma? Non riesco a credere che abbiate aspettato fino ad ora per dirlo. Perché non avete detto niente in carrozza? O meglio, perché non dirmelo a Fitzstuart Hall?"

La contessa agitò il ventaglio verso sua figlia come se Mary fosse un irritante moscerino estivo.

"Che cosa c'era da dirti, Mary? Le lettere non hanno niente a che fare con te. Sono per Fitzstuart e il duca." Mostrò le lettere alla duchessa, come se gliele stesse offrendo. "Devono essere consegnate, e subito. Vengono dalle Indie, ne sono sicura..."

"Grazie, cugina," disse calma Deb Roxton, anche se il suo cuore aveva fatto uno strano balzo e aveva cominciato a battere forte. Anche se desiderava strapparle le lettere di mano, le prese lentamente prima che la contessa potesse protestare e riprenderle. Senza guardarle, fece scivolare in tasca i due pacchetti tra le pieghe della gonna di damasco azzurro. "Le darò immediatamente a sua grazia."

"Sono la madre di Fitzstuart e dovrei essere io a..."

"Oh no, cugina. Assolutamente no," disse gravemente la duchessa.

"Sarebbe traumatico e scorretto che la madre dello sposo lo disturbi poco prima della cerimonia. È con i suoi amici maschi, che stanno passando con lui le sue ultime ore da scapolo. Non oso nemmeno io avvicinarmi a quel lato della casa. Solo servitori e parenti maschi hanno il permesso di avvicinarsi. Sono sicura che capirete, cugina Charlotte. Senza dubbio stanno cominciando a vestire vostro figlio. Ovviamente gli farò sapere del vostro arrivo," continuò, prendendo gentilmente la contessa per il gomito e guidandola fuori dalla stanza e sullo scalone. "Voi e Mary avete avuto un viaggio così lungo e gravoso che gradirete sicuramente qualche momento in più nelle vostre stanze." Fece un cenno a un cameriere, che si avvicinò. "James vi mostrerà le vostre stanze. E vi manderemo a chiamare quando sarà ora di riunirsi per andare nella cappella di famiglia. È appena stata restaurata e sono sicura che il duca è ansioso di avere la vostra opinione sulla finitura delle panche e del pulpito. Ha letto la vostra lunga lettera di consigli in merito e l'ha mostrata all'architetto."

La contessa si lasciò distrarre. "Davvero? Allora gli darò il mio parere durante il banchetto nuziale. Anche se come farò ad apprezzare i nuovi interni quando i miei nervi sono a pezzi, con il trauma del viaggio, e il mio figlio maggiore che si sposa senza che io, la sua mamma, abbia mai messo gli occhi sulla sua sposa." Afferrò il braccio di Deb. "Siete sicura che lei non lo abbia costretto con le sue arti femminili, che questo matrimonio sia quello che vuole *lui*? Tante donne inadatte hanno cercato di mettere gli artigli su Fitzstuart. Ci vuole un occhio vigile per schivarle. Gli uomini non hanno idea della malvagità che li circonda, vestita e agghindata per allettare e catturare. Ho già perso un figlio, intrappolato in un matrimonio con la figlia di un nababbo..."

"Charles non è stato intrappolato, mamma. È scappato con la signorina Strang. E suo padre non è un nababbo. È un duca scozzese ed è sposato con la cugina duchessa."

"Mary! So bene chi e che *cos'è* quell'uomo. Devo ancora riprendermi dal fatto sconvolgente che Antonia si sia risposata, non solo al di sotto del suo rango, ma con un bruto abbronzato molto più giovane di lei. È semplicemente scandaloso!"

Gli occhi violetti di Lady Mary si spalancarono: sua madre stava sparlando della suocera della duchessa, e in sua presenza, e ne era totalmente inconsapevole. Ma Deb era abituata ai commenti senza tatto e spesso acidi della contessa. E anche se la facevano infuriare, non aveva tempo per preoccuparsi di difendere sua suocera, specialmente perché il cameriere aspettava di accompagnare sua signoria nella sua stanza e lei non vedeva l'ora di liberarsene. Inoltre, aveva la soddisfazione anticipata di immaginare quanto sarebbe stata scandalizzata la contessa quando avesse saputo che la duchessa di Kinross era incinta dell'erede del suo giovane marito, era ansiosa di vedere la sua reazione.

Ma Deb provava compassione per Lady Mary, che sembrava in disordine ed esausta, dopo aver passato una settimana in compagnia di sua madre e poi tre giorni chiusa con lei in una carrozza. Quindi, quando la contessa si lasciò finalmente persuadere che aveva bisogno di un bagno caldo e di un'altrettanto calda tazza di tè nelle sue stanze e seguì il cameriere al piano di sopra, Deb trattenne Mary mettendole una mano sul braccio.

"Mi dispiace che Teddy non sia con noi. Forse, quando starà meglio, potreste venire entrambe a trascorrere un mese con noi?"

Gli occhi di Lady Mary si illuminarono a quella prospettiva.

"Ne siete sicura? E il bambino?"

Deb si passò una mano sulla pancia rotonda. "Oh, lui o lei, o entrambi..."

Lady Mary rimase stupita. "Altri gemelli, Deborah? Ne siete certa?"

"No. Sarà quel che sarà. E se voi e Teddy sarete qui non farà differenza. Quindi pensateci, per favore."

Lady Mary annuì, con le lacrime agli occhi. Baciò sua cognata sulla guancia. "Grazie. Voi e Roxton siete stati così gentili e generosi dopo la morte di Sir Gerald. Non so da dove cominciare a ringraziarvi..."

"Mary! Zitta! Niente ringraziamenti. Per favore. Eravate sposata con mio fratello. Siete la cugina di Julian. Voi e Teddy siete di famiglia. Ora andate a prepararvi per il matrimonio di vostro fratello e potremo parlare meglio domani, quando tutto questo trambusto sarà finito."

Lady Mary annuì, ringoiò le lacrime e cercò di sorridere. Suo marito era morto due anni prima, in un incidente di caccia, si mormorava in circostanze misteriose, che lei però si rifiutava di accettare. Non si discuteva però che, non avendo prodotto un erede maschio, lei avesse perduto l'eredità per sé e per sua figlia, e fosse rimasta praticamente indigente. Comunque non voleva soffermarsi su quelle circostanze. Aveva in mente prima di tutto suo fratello e specialmente la sua sposa. Quindi mise una mano sul braccio della duchessa e le chiese, in confidenza: "Deborah, ditemi la verità: merita mio fratello? È una Talbot, certo, e quello conta per certi versi, ma per me non è niente se non è innamorata di lui."

"Rory è perfetta per lui. Le vorrete bene, Mary, come la amiamo tutti noi. Si amano moltissimo."

"Allora sarò lieta per loro e le darò il benvenuto come a una sorella."

La duchessa e Lady Mary si scambiarono un altro bacio sulla guancia e Lady Mary seguì sua madre sulle scale, mentre Deborah si affrettava a cercare suo marito. Aveva lasciato il duca che parlava con sua madre in biblioteca. Pregava che le lettere che aveva in tasca non portassero cattive notizie. Qualunque fosse la notizia che contenevano le pagine ripiegate, Deb era decisa che non avrebbe rovinato il grande giorno di Dair e Rory.

DAIR GUARDAVA CRITICO IL SUO RIFLESSO. IL VALLETTO ERA DA UN lato del lungo specchio, i suoi migliori amici, muti, dall'altra. Tutti e tre lo fissavano. C'era voluto parecchio tempo per vestirsi per il suo matrimonio e tutto si era svolto in un silenzio solenne. Lord Grasby e il signor Cedric Pleasant erano vestiti e pronti e, una volta ammessi nello spogliatoio del loro amico, l'avevano trovato così com'era, quasi completamente vestito e davanti allo specchio.

Lo sposo aveva scelto un vestito di seta color oro brunito, quasi marrone cioccolato, a seconda della luce, con calzoni, panciotto e redingote in tinta. Il davanti del panciotto e le patte delle tasche, il bavero e il colletto della redingote, le fasce alle ginocchia dei calzoni aderenti e il tessuto dei bottoni di tutti e tre gli indumenti erano riccamente ricamati con un delicato insieme di fiori di lavanda, rosmarino, garofani e foglie di aro.

Era un insieme stupendo, completato dalle calze bianche con le bande ricamate sui polpacci muscolosi, scarpe di pelle nera con il tacco basso, lucidissime, fibbie di diamanti sulle scarpe e ai calzoni e balze di pizzo ai polsi forti, lo stesso pizzo della cravatta bianca intorno al collo.

Oltre a essere inconsuetamente ben rasato, i capelli dello sposo erano impomatati e tirati indietro. Il suo valletto aveva scelto un largo nastro di seta bianca per legargli i capelli, ma Dair aveva una sua idea. Diede a Reynolds un nastro molto più stretto di seta color lavanda. Il valletto lo legò con un fiocco preciso, senza battere ciglio; aveva giustamente capito che il nastro era appartenuto alla sposa del suo padrone. E anche se non era elegante come il nastro bianco di seta che aveva scelto lui, il sentimento romantico fece venire una lacrimuccia all'occhio del valletto.

Restava solo da mettere a Dair la redingote, infilargli al dito l'anello col sigillo, che portava raramente eccetto che nelle occasioni più formali, e raccogliere i vari accessori di un gentiluomo da mettere nelle tasche: orologio da taschino d'argento, fazzoletto di lino bianco con il monogramma e la scatola d'argento dell'acciarino.

Eppure Dair si attardava davanti al suo riflesso, aggiustandosi la cravatta sotto il mento rasato come se non fosse completamente soddisfatto.

"È tutto un po' esagerato, vero?"
Il valletto sembrò preoccupato. Lord Grasby e il signor Cedric Pleasant sorrisero e scossero la testa.
"Neanche un po', caro amico. Ti stai per sposare. È normale che assomigli a un galletto da combattimento!"
"Galletto da combattimento? Ah! Più a un pavone direi, e mi sento molle come un dannato budino."
"Tutto perfettamente naturale," rispose Grasby, continuando a sorridere.
Era dalla colazione che non smetteva di sorridere. Aveva continuato a sorridere durante una veloce partita al biliardo con il duca, Dair e Cedric, tutto per calmare lo sposo e fargli dimenticare quello che stava per succedere. Aveva sorriso durante tutti i brindisi improvvisati e anche mentre fumava un sigaro, il suo primo sigaro. Proprio non riusciva a farne a meno. Se non gli faceva male la faccia, gli faceva male la gola per aver bevuto troppo cognac misto al fumo di tabacco, e tutto prima di mezzogiorno. Era semplicemente troppo felice perché il suo miglior amico e sua sorella sarebbero diventati marito e moglie.
"E mentre le gambe mi sembrano molli come un budino, la testa martella," borbottò Dair. "È come se mi avessero appena detto che sono destinato alla forca, non alla cappella. E non voglio assolutamente sentirmi così."
"Sì. Sì. Tutto normale," gli assicurò Grasby dando a Cedric Pleasant una gomitata perché aggiungesse anche lui le sue rassicurazioni.
"Cosa? Oh! Ehm, sì, perfettamente normale," aggiunse Cedric Pleasant. "Non che io mi sia mai trovato nella tua tragica... voglio dire euforica condizione, Dair. Ma fonti attendibili mi dicono che sentirsi orrendamente è perfettamente naturale per uno sposo il giorno delle sue nozze."
Dair voltò di scatto la testa verso i suoi due amici, diede loro un'occhiataccia e ringhiò: "Vi state entrambi divertendo un sacco, vero?"
Cedric Pleasant fece per scuotere la testa quando Grasby scoppiò a ridere forte.
"Sì! Sì. Perché no? Le cose si sono ribaltate adesso, caro amico. Io ci sono già passato. E chi meglio del mio miglior amico, e presto mio cognato, dovrebbe sperimentare il terrore senza confini quando la campana suona il rintocco dell'ultima ora di libertà per lo sposo? Io ero inequivocabilmente pietrificato, non mi vergogno a dirtelo!"
"Non preoccuparti, Dair," gli assicurò Cedric. "Grasby e io saremo proprio lì vicino a te durante l'intera cerimonia, per puntellarti, nel caso dovessi vacillare."

"Non vacillerò e non mi servirà un sostegno. E non sono terrorizzato! Voglio sposare Aurora. La amo, lo sapete entrambi, vero?"

I suoi due amici smisero di sorridere e annuirono.

"Sì, certo."

"Sì, lo sappiamo. Non ti lascerei sposare mia sorella altrimenti. Dai, forza, lasciati mettere la redingote e scendiamo," aggiunse Grasby con un cenno al valletto, che venne avanti con la redingote aperta. "Il duca probabilmente si sta chiedendo dove siamo finiti..."

Dair annuì. Lasciò che gli infilassero la redingote senza discutere e restò docile mentre Reynolds si affaccendava a sistemargliela sulle spalle e tirava gentilmente sulle falde per far prendere alla seta una piega aggraziata. Permise perfino all'uomo di dargli un'ultima occhiata, dal nastro per i capelli alla fibbia delle scarpe, prima di lasciare lo specchio.

"Grazie, John, continuerò io adesso," disse a bassa voce al suo valletto, che si inchinò e si ritirò dall'altra parte del tavolo da toilette.

"Ce l'ho io," disse Grasby quando Dair cominciò a battersi sulle tasche della redingote come se avesse perso qualcosa. Si diede un colpetto sulla tasca interna del panciotto a righe ricamato d'argento. Dentro, c'era una scatoletta di velluto con la fede nuziale d'oro di Rory.

"E io ho il tuo portasigari," aggiunse Cedric. Sorrise gentilmente. "Per dopo la cerimonia, al banchetto, se avrai bisogno di uscire un momento..."

Un colpetto secco alla porta esterna fece voltare tutti e tre gli uomini da quella parte. Farrier sporse la testa dallo stipite della porta.

"Solo la vostra vedetta, milord, venuta ad avvisare che è suonata l'ultima chiamata alle armi. Il vostro picchetto, con sua grazia, Lord Alston, Lord Henri-Antoine e Sir John Cavendish, sta aspettando al pianterreno per accompagnarvi in cappella."

I gentiluomini uscirono in silenzio dalle stanze di Dair. Sul pianerottolo, Dair mandò avanti Grasby e Cedric per scambiare due parole da solo con Farrier. I suoi migliori amici non sarebbero andati da nessuna parte. Continuarono a scendere lo scalone ma si allontanarono solo quel tanto da poterlo tenere d'occhio, ma restare fuori dalla portata d'orecchi.

"Molto elegante, signor Farrier."

L'attendente, vestito con un abito nuovo di fine tessuto blu, omaggio del suo padrone, gli fece un inchino, poi alzò il suo uncino d'argento con un sorriso. "Tutto lustro e scintillante, milord."

Dair sorrise e, con una mossa che obbligò l'attendente a deglutire per mandar giù il groppo di emozione, diede una stretta al braccio di Farrier dicendo: "Ci siete sempre stato per me, signor Farrier. Sia che stessi correndo sotto una pioggia di fuoco nemico o che mi steste aiutando a scappare dallo studio di un pittore, o per guardarmi andare davanti al parroco. Grazie."

"Sempre, milord."

"Volevo rassicurarvi. Mi starò anche sposando e ritirando in campagna nella tenuta di famiglia, ma non significa che non avrò bisogno di voi. Ho una tenuta da gestire e ho bisogno di qualcuno che mi conosca, qualcuno di cui mi fidi incondizionatamente. Una specie di sovraintendente che gestisca la mia esistenza privata. Che si accerti che milady e io abbiamo tutto quello che ci serve. Qualcuno che si assicuri che la nostra famiglia, e io includo Jamie e i Banks nella mia definizione della parola, abbia l'intimità che le serve. Sua signoria e io siamo d'accordo ed entrambi desideriamo che abbiate voi questo compito. Se lo volete." Dair sorrise. "Cioè, se non pensate che vi annoierete con un impiego del genere."

"Sarebbe un onore e un privilegio, milord. Ho sempre pensato di ritirarmi in campagna un giorno."

Dair rise e annuì, poi divenne serio. C'era qualcos'altro che gli dava da pensare. "Tenete d'occhio il ragazzo e i suoi nonni per favore. Anche se daranno loro il benvenuto, c'è chi non sarà lieto di vederli qui."

Dair stava pensando particolarmente a sua madre e ai bacchettoni come lei.

Farrier sapeva che sua signoria stava parlando del figlio naturale Jamie e dei nonni del ragazzo, il signore e la signora Banks.

"Non preoccupatevi di niente, milord. Sono andato a vederli ieri sera. Erano sistemati comodi comodi al *Bull and Feather*, e poi questa mattina sua grazia ha mandato una carrozza per portarli qui e io sono venuto con loro."

"Ha mandato una carrozza? È stato molto gentile da parte sua. E anche voi. Grazie."

"E sua grazia e io abbiamo ragionato sull'assegnazione dei posti..."

"Sua grazia di Roxton e voi *avete ragionato...*?"

"Chiedo scusa, vostra signoria, la duchessa di Kinross. Sua grazia non voleva disturbarvi. Ha detto che avevate già abbastanza da pensare. Quindi è stato deciso che io siederò con il signorino Jamie e i suoi nonni in cappella e, più tardi, al banchetto rimarrò con i Banks mentre il signorino Jamie si siederà a tavola con sua grazia di Kinross, Lord Henri-Antoine, Sir John Cavendish e Lord Alston."

Dair fu sorpreso ma anche sollevato. "Bene, allora non devo preoccuparmi di niente..."

"Assolutamente niente, milord. State solo tranquillo e godetevi questo momento con sua signoria. È tutto quello che dovete fare."

Farrier sogghignò. "Non è che lo rifarete un'altra volta!"

"Troppo dannatamente giusto, Bill! Mai."

Farrier si mise sull'attenti e salutò il suo maggiore. Poi tese la sua unica mano.

"Auguro a entrambi tutta la felicità del mondo, milord."

Dair restituì il saluto e poi afferrò saldamente la mano del suo attendente.

"Grazie, signor Farrier."

"Dair! Dair? Ehi! Fitzstuart!"

Le grida arrivavano dal primo pianerottolo. Erano Grasby e il signor Cedric Pleasant.

"Per l'amor del cielo, Alisdair. Datti una mossa altrimenti la sposa arriverà prima di noi."

L'ultima esclamazione era arrivata dal duca e ottenne lo scopo di far scendere immediatamente le scale a Dair, con l'attendente alle calcagna, tra gli applausi della truppa.

TRENTATRÉ

PRIMA DI UNIRSI ALLO SPOSO E AL SUO GRUPPO E ANDARE NELLA cappella, il duca di Roxton si era goduto un attimo di respiro con sua madre nello splendore della sua biblioteca, la sua stanza preferita nel palazzo ancestrale.

C'era qualcosa nell'essere circondato da libri rilegati in pelle che coprivano le pareti dal pavimento al soffitto e da tutto quello che c'era in quell'ambiente magnifico, che dava conforto al duca: il soffitto di gesso dipinto, i due grandi mappamondi, uno della terra e uno del cielo, la grande scrivania di mogano, i comodi divani e le profonde poltrone, i tappeti folti. Gli ricordava la sua infanzia felice, con suo padre dietro la grande scrivania che scriveva mentre sua madre era seduta, rannicchiata in una poltrona, o sulla dormeuse, sempre in una nuvola di morbide sottane, senza scarpe, e sempre a leggere.

Quel giorno non era diverso. Antonia aveva alzato sulla dormeuse i piedi fasciati nelle calze, sorseggiando un tè leggero; una visione di leggiadria nel vestito *à l'anglaise* di delicato cotone indiano. Ma Roxton non si sarebbe mai aspettato di vedere sua madre in quell'ambiente, incinta di un altro duca, e alla sua età. Aveva pensato che sarebbe stata per sempre sposata a suo padre... Gli mancavano lo spirito pungente di suo padre, il suo occhio onnisciente, e la sua compagnia. Si chiedeva che cosa ne avrebbe pensato suo padre. Specialmente in quel giorno, con il loro cugino Alisdair che si sposava nella cappella di famiglia, e con la nipote del suo miglior amico dei tempi di Eton. Era certo che suo padre avrebbe approvato che la sua figlioccia sposasse il maggiore e senza dubbio avrebbe fatto una battuta su Rory che doveva averlo stordito con il suo bastone per farlo innamorare così in fretta.

Si era riscosso immediatamente da quei pensieri sdolcinati quando un cameriere aveva fatto entrare la sua duchessa. Il volto si era illuminato quando Deb era entrata con il suo solito passo sicuro, risplendente nell'abito di damasco azzurro, con i capelli rosso scuro rialzati e acconciati con fili di perle. Non mancava mai di apparire maestosa e, come il suo passo, ogni sua gravidanza procedeva con la stessa sicurezza. Ringraziava il cielo ogni giorno che avesse buone gravidanze e parti facili (se mai un parto si potesse definire così) perché perderla durante un parto, o in qualunque altro momento, avrebbe sicuramente reso la sua vita insignificante.

"Il vostro volto è trasparente, si vedono i vostri pensieri, vostra grazia," aveva scherzato Deborah, baciandolo. "Non sono entrata precocemente in travaglio per aver avuto a che fare con Charlotte e Mary, se è questo che significa quell'espressione. E sono riuscita a mandarle a vestirsi, senza che Charlotte pretendesse di vedervi. E per questo mi merito un altro bacio... Grazie. Ma ora ho bisogno di sedermi un momento prima di andare nella cappella."

Si era sciolta dall'abbraccio di suo marito e si era seduta cautamente sulla poltrona più vicina. Roxton le aveva messo subito davanti un poggiapiedi, le aveva alzato le gambe e tolto le scarpe, e si era seduto sul bordo dello sgabello per massaggiarle i piedi nelle calze bianche.

"Grazie, *Maman*," disse Deb ad Antonia quando questa le porse una tazza di tè. Bevve un sorso di tè e si spostò sui cuscini, con un sorriso per il duca. "E grazie a *voi*, carissimo. Sarà meglio che prendiate un'altra tazza di tè anche per voi, o forse qualcosa di più forte. Ho invitato Mary e Teddy a stare..."

"Quando e per quanto tempo?" La interruppe Roxton.

"... per un mese, appena riuscirà a organizzarsi. Teddy al momento è malata, ed è rimasta a Fitzstuart Hall con la febbre. Niente di serio."

"Un *mese*? Penso proprio che berrò qualcosa di più forte! Ma sono contento che Teddy non sia in pericolo. Peccato che non sia potuta venire..."

Nuora e suocera si scambiarono un sorriso a spese del duca, guardandolo versarsi un brandy.

"È stato gentile da parte vostra, Deborah," disse Antonia e per prendere in giro suo figlio aggiunse con finta innocenza: "Ma basterà un mese...?"

"Sì! Sì, *Maman*. Con il bambino che deve nascere fra due mesi... Oh, divertente," aggiunse quando entrambe le donne ridacchiarono dietro i ventagli.

"*Mon chou*, sono sicura che Mary abbia superato la sua infatuazione per te parecchio tempo fa."

Deb diede un'occhiata al duca ma si rivolse alla suocera. "Non ne sarei tanto sicura, *Maman*. A volte, quando pensa che nessuno la osservi, Mary lo guarda così." Spalancò gli occhi e sbatté le ciglia in modo esagerato, facendo ridere Antonia.

"P-povera Mary!"

"Basta! Smettetela," ordinò Roxton. Arrossendo, bevve il brandy in un sorso e appoggiò il bicchiere. "Quella povera donna ha perso suo marito ed è in sostanza sul lastrico. Il meno che possiamo fare è offrirle qualche comodità qui."

"Che idea meravigliosa, amore mio," concordò Deborah, scambiando un sorriso complice con Antonia. "Allora mi organizzerò e farò sapere a Mary che le avete rivolto voi un invito."

"Potreste farla restare qui e mandare a prendere Theodora appena starà meglio…?" Suggerì Antonia. Appoggiò la tazza sul piattino e guardò suo figlio. "Chiederò a Mary di stare con me per qualche giorno dopo il matrimonio e poi, quando sapremo che sua figlia è per strada, la riporterò qui."

"È un'offerta generosa, *Maman*."

"Per niente, Julian," lo corresse Antonia con una risata. "Sono sola e annoiata e perfino la compagnia di Mary è preferibile a quello!"

"Per i bambini ho fatto installare i bersagli per il tiro con l'arco sul prato appena oltre la terrazza," disse loro Deb. "Saranno tesi come corde di violino dopo la cerimonia, quindi meglio che corrano in giro mentre noi ci godiamo il banchetto nuziale." Guardò Antonia. "Pensavo che potrebbero tenerli d'occhio Harry e Jack."

"Dopo tutti gli anni in cui io ho tenuto d'occhio loro mentre tiravano le frecce a tutto e a tutti! Che ci provino a evitarlo!" Disse il duca, scherzando solo per metà. Guardò l'orologio sulla mensola e poi controllò il suo orologio d'oro da taschino. "Sarà meglio che ci prepariamo a muoverci. So chi è teso come un corda di violino in questo momento, ed è Dair. Quel poveretto è pietrificato dai nervi. Non sarei per niente sorpreso se svenisse durante la cerimonia."

"Ed è così con gli uomini grandi e vigorosi," aggiunse Antonia, con un sospiro, ricordando. "Tuo padre era proprio così…"

"Cosa? Papà era pietrificato dalla paura alla prospettiva di sposarvi? Non ci credo!"

Antonia raddrizzò la schiena. "Julian, pensi che ti mentirei su una cosa del genere? Il tuo povero padre era un grosso blocco di ghiaccio, te lo dico io!"

Roxton scoppiò a ridere e scosse la testa. "*Mon Dieu*, avrei voluto essere lì per vederlo!"

Gli occhi verdi di Antonia scintillarono e lei fece un sorrisino malizioso, dicendo a bassa voce: "C'eri, *mon cher*, c'eri."

"Oh, quasi dimenticavo," esclamò Deborah nel silenzio tra madre e figlio, facendo tornare tutti al presente e spianando la fronte aggrottata del duca. Si era ricordata delle due lettere che aveva in tasca e avrebbe preferito averle dimenticate del tutto. Le diede entrambe a suo marito dicendo, con un'occhiata preoccupata ad Antonia mentre Roxton si sedeva alla scrivania con le lettere davanti a sé: "Per favore, Julian, ditemi che quelle lettere non cambieranno i piani di oggi; che non interferiranno con la felicità della coppia che sta per sposarsi."

Entrambe le lettere venivano dalle Indie. Entrambe erano indirizzate al duca di Roxton. Poteva solo tirare a indovinare perché entrambe fossero state inviate a Fitzstuart Hall, nel Buckinghamshire, e non lì, a Treat nell'Hampshire. Ma erano completamente diverse. Una lettera era sigillata con la ceralacca rossa che aveva impresso il sigillo dei conti di Strathsay, e una calligrafia che riconobbe appartenere al suo prozio, Theophilus, conte di Strathsay. Non esitò ad aprirla. Lesse le due pagine, mentre sua moglie e sua madre aspettavano pazientemente, anche se un po' ansiose, che riferisse loro il contenuto.

Veniva effettivamente dal conte ed era stata scritta circa sei settimane prima. Roxton lesse in fretta, cercando un segno di che cosa poteva esserci nella lettera con il sigillo nero. Ma non si parlava di malanni o di sintomi di malattia, niente che suggerisse che quell'uomo non fosse sano come un pesce.

Dopo averla letta, Roxton la passò ad Antonia perché la leggesse.

C'erano notizie della piantagione di canna da zucchero, come stavano i suoi due figli naturali, come fosse orgoglioso dell'abilità di suo figlio con la mazza da cricket e come sua figlia stesse crescendo e diventando una bella giovane donna. Parlava perfino di un prossimo viaggio della famiglia sul continente, quando i gemelli fossero stati un po' più grandi, in particolare per visitare l'Italia.

Solo un paragrafo riguardava la sua famiglia legittima. E parlava del figlio minore, Charles, della sua fuga in Francia e del suo matrimonio con una ricca ereditiera. Non menzionava Dair. In effetti, aveva sprecato più inchiostro descrivendo l'arrivo della stagione degli uragani e la sua preoccupazione per le notizie che arrivavano dal porto, e di una nave che era appena arrivata informandoli di un'ampia depressione atmosferica che si stava dirigendo verso di loro, che parlando della sua famiglia in Inghilterra. E siccome non menzionava il matrimonio di Dair, era da presumere che la lettera si fosse incrociata con quella di Dair con cui informava il padre.

Era la seconda lettera che preoccupava il duca, abbastanza da fargliela girare e rigirare tra le mani diverse volte prima di mostrarla a sua madre. Non era di pugno del suo prozio, ed era indirizzata sia a lui sia ad Alisdair Fitzstuart, presso Fitzstuart Hall. Non era sigillata con ceralacca rossa ma nera, e con un sigillo che il duca non riconobbe immediatamente, e questo normalmente significava una cosa sola: una morte in famiglia.

Vedendo il sigillo nero, Antonia balzò in piedi dal sofà, con un pugno sulla bocca, come per impedirsi di gridare. Deborah diede un'occhiata a suo marito e poi a sua suocera e disse a voce alta quello che stavano entrambi pensando.

"Pensate che sia Lord Strathsay che è-è morto, *Maman*?"

"Julian! Metti quella lettera in un cassetto e dimenticala immediatamente!" Ordinò Antonia. "Non aprirla. Non pensarci adesso. Io non voglio sapere e lui, Dair, non si merita una notizia così orribile, se è quella, proprio oggi! Non puoi fargli una cosa del genere!"

Roxton continuò a fissare la lettera con il sigillo nero e talmente a lungo che Deborah si alzò in piedi e si unì ad Antonia accanto alla scrivania del duca.

"*Maman Duchesse* ha ragione, amore mio. Dair e Rory meritano che questo sia un giorno di gioia e di festeggiamenti."

"E il giorno dopo, e quello dopo ancora? Certamente anche quei giorni dovrebbero essere felici?" Chiese Roxton. "Se non spezzo il sigillo oggi, o domani, quando dovrei farlo? Capite il mio dilemma?"

"Che importanza ha se non la aprite?" Mormorò Deborah. "Se la mettete in un cassetto e la dimenticate per una-una settimana, che cos'è una settimana nella vita di Dair?"

"Una settimana?" Sbuffò Roxton. "Tra una settimana i novelli sposi saranno in viaggio per Fitzstuart Hall. Dovrei dirglielo al suo ritorno dall'isola del Cigno, o dopo che sua moglie avrà presentato l'ananas Talbot alle loro maestà o forse subito dopo, prima che partano per Fitzstuart Hall?"

"Julian, sei pedante in modo irritante!" Dichiarò Antonia arrabbiata. "Non fra una settimana. Fra un mese. La aprirai fra un mese. Quando la luna di miele di Alisdair e Rory sarà finita. Puoi concedere loro questo tempo. E potrai anche considerarmi insensibile, ma che cos'è un mese, se è vero che mio zio è morto? Sarà ancora morto tra un mese! È dei vivi che dobbiamo preoccuparci."

Il duca ringoiò il commento piccato che erano passati meno di sei mesi da quando i morti erano tutto quello cui riusciva a pensare sua madre e ora gli diceva di pensare solo ai vivi? Fece per prendere la lettera, ma Antonia la afferrò per prima.

Antonia era sul punto di chiedergli che la mettesse sotto chiave quando si rese conto che c'era qualcos'altro oltre alla pergamena nel pacchetto. Tenne la lettera per qualche momento, soppesandola tra le mani, e poi fece scorrere le dita sull'esterno, sopra il laccio che legava la lettera e teneva ferma la grossa protuberanza. C'era un piccolo oggetto pesante avvolto all'interno e, dalla forma, avrebbe azzardato l'ipotesi che fosse un anello.

Se era l'anello che presumeva che fosse, allora lo conosceva bene. Lo aveva visto al dito di suo nonno. Chiamato *Il fuoco e il ghiaccio dei Fitzstuart*, l'anello d'oro portava incastonati un grande rubino e un diamante di pari dimensioni. Era stato regalato a suo nonno da bambino, ancora nella culla, da suo padre Carlo II, perché fosse trasmesso agli eredi maschi che sarebbero succeduti al titolo. Il rubino rappresentava il sangue reale e il diamante era infrangibile, a significare che il legame di sangue reale tra padre e figlio e la linea maschile non potevano essere spezzati, nonostante gli inizi illegittimi.

Fu solo in quel momento, sentendo il peso dell'anello, che l'enormità di ciò che conteneva la lettera la colpì e così forte che dovette sedersi. In quel momento seppe, con certezza come se l'avesse letto nero su bianco, che suo zio, il fratello di sua madre e nipote di Carlo II, era morto. Non sapeva come o perché, o quando, ma Theophilus James Fitzstuart, secondo conte di Strathsay, non c'era più.

Ma lo avrebbe pianto un altro giorno. Non quel giorno. Quel giorno doveva essere la celebrazione dell'unione di due persone che si amavano. Per quello che ne sapeva lei, suo zio era morto oltre un mese prima, visto che era quello il tempo che ci voleva perché le notizie arrivassero dalle Indie all'Inghilterra. Quindi che scopo avrebbe avuto trasformare quel giorno in un giorno di lutto? E poi? Avrebbero dovuto cancellare il matrimonio, come minimo rimandarlo, e Alisdair che cosa avrebbe dovuto fare? Andare alle Barbados per assicurarsi che suo padre fosse morto, o aspettare sette anni perché fosse dichiarato legalmente morto? Era il modo di iniziare un matrimonio, una vita nuova come marito e moglie?

E fu quello che Antonia disse a suo figlio e a sua moglie.

Si aspettava che il figlio discutesse, parlando della moralità di nascondere notizie simili al cugino. Che era obbligato, come capo della famiglia, e come guardiano delle proprietà e delle finanze dei Fitzstuart, a fare ciò che era giusto e corretto, senza tener conto delle conseguenze. E la cosa giusta da fare era informare la famiglia appena possibile. La coppia avrebbe capito, e anche gli ospiti. Dair, come anche la contessa e sua figlia, avevano tutti il diritto di sapere che il secondo conte di Strathsay era morto; che Dair era succeduto al titolo ed era ora il terzo conte di Strathsay, e il terzo visconte Fitzstuart.

Ma il duca sorprese sua madre.

"Ecco, *Maman*," disse gentilmente, porgendole una piccola chiave d'ottone e smalto attaccata a una corta catena d'oro.

Antonia la prese senza nemmeno accorgersene, tanta era la sua preoccupazione. Quando si rese conto che aveva in mano una chiave lo guardò sorpresa, chiedendosi che cosa avrebbe dovuto farne. Il duca glielo disse.

"Tenetela al sicuro. Tra un mese me la porterete e io aprirò il cassetto della scrivania e romperò il sigillo su quella lettera. E allora farò quello che devo. *Vous acceptez, chère mère?*"

Antonia annuì e si infilò le scarpe. Con suo figlio e sua nuora, uscì dalla biblioteca con la chiave al sicuro in una tasca sotto le gonne di liscio cotone indiano.

Il duca andò nella cappella con lo sposo e i suoi invitati maschi. La duchessa si unì agli ospiti riuniti nel salotto verde mare. Antonia andò a dare un'occhiata alla sposa, per vedere a che punto erano i preparativi dell'ultimo minuto. La lettera con il sigillo nero fu dimenticata mentre l'intera congregazione guardava sorridendo con gli occhi umidi la bella sposa che raggiungeva il suo attraente sposo all'altare della cappella Roxton.

RORY NON ERA MAI APPARSA COSÌ DELICATAMENTE BELLA NEL SUO abito di seta color lavanda, i capelli biondo paglia raccolti e acconciati con forcine e nastri, e una cascata di riccioli che le ricadeva su una spalla nuda. Indossava il collier e il braccialetto di perle di sua madre e l'anello di fidanzamento con lo zaffiro color lavanda. Se c'era un cambiamento nel suo abbigliamento rispetto alla notte in cui Dair l'aveva vista seduta sulle scale della Gatehouse, erano le scarpe. Aveva mandato a prendere nella casa di suo nonno a Chiswick un paio delle sue scarpe speciali, di seta con motivi di ananas ricamati sulla tomaia e sui tacchi. Erano intonate al suo bastone e alla piccola borsa a forma di ananas, lavorata all'uncinetto da Edith per il suo ventunesimo compleanno, che le pendeva dal polso.

Quando suo nonno la accompagnò accanto a Dair, Rory si chiese se anche lui fosse ansioso come lei. Ma non riuscì a guardarlo. L'importanza di quel momento la ossessionava. E sposarsi tra i loro pari, con tutti gli occhi addosso, specialmente su di lei, le faceva mancare il respiro. Tenne gli occhi fissi davanti a sé, riuscendo a malapena a sentire le dita attorno al manico d'avorio del bastone, tanto lo stava stringendo. E anche se sentiva il cappellano del duca che parlava, le orecchie le fischiavano tanto da non avere idea di che cosa stesse dicendo. Dubitò di riuscire ad arrivare al termine della cerimonia senza incidenti.

E poi, in pochi secondi, cambiò tutto. Non fu più né nervosa né preoccupata.

Dair aveva cercato la sua mano e le aveva stretto le dita.

Rory finalmente trovò il coraggio di dargli un'occhiata nervosa.

Dair le sorrise e ammiccò.

Rory vide che era nervoso quanto lei, eppure aveva cercato di metterla a suo agio. E anche se continuò ad apparire solenne, come le richiedeva la situazione, fu inondata da una tale felicità che non riuscì a smettere di sorridere dentro di sé.

Un po' dopo, Rory osò guardarlo di nuovo. Questa volta notò la redingote di seta bronzea con il colletto ricamato, il pizzo vaporoso sotto il mento ben rasato e i capelli pettinati formalmente: era così diverso dal Dair che conosceva. Ma fu il nastro che gli legava i capelli che fissò, e per qualche secondo buono. Poi distolse in fretta lo sguardo, portandosi una mano alla bocca per reprimere un singhiozzo, ma non riuscì a frenare le lacrime.

Dair portava il nastro di satin lavanda che le aveva preso come spoglia di guerra la notte in cui si era scontrato con lei nello studio di Romney. Lei aveva dimenticato quel nastro, ma lui no. Era un gesto così intimo da toglierle il fiato.

Prima di sapere che cosa stesse succedendo, si sentì premere un fazzoletto in mano. Ma era tale il suo stato emotivo che lo guardò sorpresa, senza capire che cosa dovesse farne. E poi, come per magia, si sentì alzare il mento e asciugare dolcemente le guance. Dair ripose il fazzoletto in una tasca della redingote, poi raddrizzò le spalle e fece segno al cappellano di continuare. Tutto senza agitarsi e suscitando sospiri collettivi da ogni donna presente.

Gli sposi sopravvissero senza contrattempi al resto della cerimonia. Nessuno dei due sbagliò le dichiarazioni. Si scambiarono i voti con voce chiara. E lo sposo riuscì a prendere l'anello nuziale quando Grasby glielo porse. La sottile fascia d'oro scivolò facilmente sul dito di Rory. Fu solo allora che ci fu un cambiamento nella procedura. Dair non poté farne a meno. Con l'anello al suo posto, sollevò la mano di Rory e baciò la fascia d'oro, con un altro sorriso e una strizzatina d'occhi, prima di lasciarle andare le dita e tornare a guardare il vicario. Non solo ci fu un altro sospiro collettivo dalle donne invitate, ma una di loro scoppiò in lacrime e continuò a singhiozzare durante le benedizioni.

Firmato il registro dagli sposi e dai testimoni, la coppia di novelli sposi si voltò verso la famiglia e i parenti sorridendo e arrossendo. Salutarono il duca e la duchessa di Roxton con un inchino e una riverenza, poi fecero lo stesso con la duchessa di Kinross, che lanciò loro un bacio. Poi si voltarono e si inchinarono e fecero la riverenza alla contessa di Strathsay, che cercava di frenare le lacrime, con il volto mezzo sepolto nel fazzoletto bordato di pizzo. Dair fece un passo avanti, baciò la guancia di sua madre e poi quella della sorella, prima di tornare da sua moglie e accettare i sorrisi e le congratulazioni da tutti quanti mentre camminavano lungo la navata verso le porte aperte e la folla che aspettava pazientemente di vederli. Fuori dalla cappella di famiglia, li aspettavano altre congratulazioni dalla famiglia e dagli amici, dai servitori del duca e dalla maggior parte degli abitanti del villaggio che erano venuti per ammirare gli sposi in tutta la loro splendida gloria.

Ma la coppia non aveva fatto che pochi passi verso le porte lungo la navata che la nuova Lady Fitzstuart si fermò e sorrise a suo marito. Quelli che stavano seguendo gli sposi si chiesero perché. Non Dair. Baciò in fretta la mano di sua moglie e poi fece un passo avanti per abbracciare suo figlio. Jamie si teneva così stretto al padre che Dair capì che il ragazzino era agitato, così gli diede un momento per calmarsi. Poi gli baciò i riccioli rosso scuro, gli sussurrò una parola all'orecchio e, quando Jamie annuì, lo lasciò andare. Poi tese la mano al signor Banks e il vecchio gentiluomo, sopraffatto per il pubblico riconoscimento, afferrò stretta la mano di Dair, mentre la signora Banks piangeva di felicità nel fazzoletto già umido e, quando Dair si chinò per baciarle la guancia e dirle qualcosa all'orecchio che nessun altro poté sentire eccetto lei, pianse ancora più forte e cadde tra le braccia del marito.

Ci fu chi nella congregazione pensò che quel comportamento fosse fuori dall'ordinario e controllò che cosa ne pensava il duca di Roxton. Ma al duca, come a tutti quelli coinvolti in quella scena emotiva, non poteva interessare di meno che cosa ne pensassero gli altri. Erano tutti così felici. E i più felici di tutti erano lo sposo e la sposa.

Dair e Rory uscirono dalla cappella e camminarono a braccetto verso il calore di un luminoso futuro d'amore, due anime fuse in una sola.

La storia continua in *Lady Mary*

NOTE DELL'AUTRICE

Mentre facevo le ricerche sulle disabilità nel diciottesimo secolo, in particolare sui soldati che ritornavano dalla guerra con uno o più arti inutilizzabili o amputati, mi è capitato tra le mani un notevole trattato intitolato *'On the best form of Shoe'* La migliore forma di scarpa, scritto da un persona altrettanto notevole, Petrus Camper (1722-1789), Professore di medicina, chirurgia e anatomia ad Amsterdam e Groningen. Ciò che oggi à evidente (ma largamente ignorato da molto consumatori) fu una rivelazione per la maggior parte della gente nel diciottesimo secolo. Camper concluse che le scarpe erano costruite ignorando l'anatomia umana e la crescita del piede e fabbricate seguendo le assurdità e i dettami della moda del momento. Camper usava il termine 'vittime della moda' per descrivere persone che portavano una particolare forma di scarpa non perché fosse comoda ma perché era di moda. Espresse la speranza che i genitori illuminati avrebbero evitato di infliggere 'torture' (parola sua non mia), ai loro figli permettendo loro di portare scarpe che si adattassero comodamente ai loro piedi ed elogiò i genitori che permettevano ai loro figli di camminare a piedi nudi per casa, lasciando così che i loro piedi crescessero nella loro forma naturale.

Il libro di Camper include un capitolo sui piede equino, dove l'autore conclude (erroneamente ma in modo illuminato per l'epoca) che le sue osservazioni scientifiche e le sue scoperte indicavano che quella deformità avveniva durante lo sviluppo del feto nel grembo materno e che era improbabile riuscire a correggerla con l'uso dei marchingegni di legno e ferro allora disponibili e che, invece, si sarebbero dovute adottare calzature fatte specificatamente per la forma del piede.

Le scoperte di Camper erano così notevoli per quell'epoca che La migliore forma di scarpa fu tradotto in diverse lingue europee e considerato degno di essere ristampato per i seguenti 100 anni.

Andate dietro le quinte di Diabolico Dair—*esplorate i posti, gli oggetti e la storia del periodo su Pinterest.*
www.pinterest.com/lucindabrant

*Dall'idea alla copertina: i costumi, i gioielli e il servizio fotografico.
La realizzazione dall'inizio alla fine:*
www.youtube.com/lucindabrantauthor
www.lucindabrant.com/blog/dair-devil-cover-reveal

La storia continua in *Lady Mary*

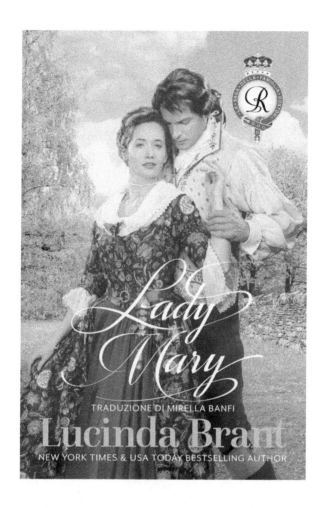

CPSIA information can be obtained
at www.ICGtesting.com
Printed in the USA
FSHW010504231221
87145FS